U0068213

林繼富
劉秀美 主編

民俗與民間文學叢書

民間文學的整體研究

劉錫誠 著

秀威資訊・台北

目次

第二輯 史詩與歌謠……211

二十世紀中國神話學概觀（代序）

中國神話學是晚清末年現代思潮即民族主義、平民意識以及西學東漸的產物。沒有民族主義和平民意識這些思潮的崛起，就不會有西學東漸的出現，即使西學在部分知識份子中發酵，也難以引發天翻地覆的社會變革與思想革命。中國神話學就是在這樣的社會和文化背景下濫觴的。

在中國的原始時代，先民原本有著豐富的神話，包括西方神話學家們所指稱的自然神話、人類起源神話、宇宙起源和創世神話、以及神祇的神話等，並以口頭的、以及其他的種種方式和載體傳播。儘管這是一種假說，但這個假說已由近代以來的考古發掘（如多處新石器遺址，包括在許多地方發現的岩畫、殷商甲骨卜辭、長沙子彈庫帛書、馬王堆帛畫、三星堆、漢畫像石等）和現存原始民族的文化調查得到了印證。[1] 但由於沒有文字可為記載和流傳的媒介，而物化了的考古文物又無法復原原來的豐富的表現形態和思想，春秋時代及其後來的一些文學家、哲學家、歷史學家、讖緯學家根據當代或前代口頭流傳和記憶中的形態，保存下來了其中的一部分，即使這些並非完整的神話，到了漢代以降儒家

1 呂微在〈夏商周族群神話與華夏文化圈的形成〉裏說：「山東大汶口文化、山西和陝西仰紹文化，以及河姆渡文化、良渚文化的遺存中，都發現了『三足烏載日』的神話意象。」見郎櫻、扎拉嘎主編《中國各民族文學關係研究》（先秦至唐宋卷）第四頁，貴州人民出版社二〇〇五年九月第一版，貴陽。陳夢家在〈商代的神話與巫術〉一文裏，以甲骨卜辭為對象、以考據學為手段研究神話，挖掘出和論證了一些有關動物的神話：由「商人服象」而衍生的種種關於「象」的神話。見《燕京學報》一九三六年第二十期。

思想霸權的擠壓下，有的或歷史化、或仙話化、或世俗化了，有的在傳承過程中被遺忘了，有的雖然借助於文人的記載而得以保留下來，卻也變得支離破碎、語焉不詳，失去了昔日形態的豐富性和完整性，有的連所遮蔽著的象徵含義也變得莫解了。芬蘭民間文藝學家勞里・航柯於二十世紀七十年代在〈神話界定問題〉一文中在界定神話的四條標準——形式、內容、功能、語境——時說，除了語言的表達形式外，神話還「通過其他類型的媒介而不是用敘述來傳遞」，如祈禱文或神聖圖片、祭祀儀式等形式。[2]他的這個觀點，即神話（特別是沒有文字作為媒介的史前時代）是多種載體的，在我們審視華夏神話時，是可以接受的。在這方面，中國神話學史上的一些學者，如顧頡剛、楊寬、鄭振鐸、鍾敬文、聞一多、陳夢家、孫作雲等，都曾有所涉及，或做過一些研究，不過中國學者沒有上升為系統的理論而已。在中國人文學術界，雖然前有王國維一九二五年就提出的「二重證據」研究法[3]，並為一些大家所接受和倡導，但在神話研究中，多數人卻還是大抵認為只有「文獻」（「文本」）才是神話研究的正宗和根據，到四十年代聞一多的系列神話論文問世，「二重」證據法的成功運用於伏羲女媧神話、洪水神話的論證，才在實際上得到認可，成為從單純的文本研究通向田野研究的橋樑。

歷代文獻典籍裏保留下來的中國神話，所以在晚清末年、民國初年被從新的視角重新認識、重新估量，完全是因為一部分從舊營壘裏衝殺出來的先進的知識份子的民族主義和平民意識使然。如以「驅逐韃虜」為社會理想的民族主義、以破除儒學和乾嘉之學的霸權而顯示的反傳統精神、「疑古」思潮的勃興把神話從歷史中分離出來。蔣觀雲說：「一國之神話與一國之歷史，皆於人心上有莫大之影響。」「神話、歷史者，能造成一國之人才。」「蓋人心者，……鼓蕩之

2 [芬]勞里・航柯著、朝戈今譯〈神話的界定問題〉，見阿蘭・鄧迪斯編《西方神話學讀本》（廣西師範大學出版社，二〇〇六年），五二至六五頁。

3 王國維：「吾輩生於今日，幸於紙上材料之外更得地下之新材料。由此種材料，我輩固得據以補正紙上之材料，亦得證明古書之某部分全為實錄，即百家不雅馴之言亦不無表示一面之事實。此二重證據法，惟在今日始得為之。雖古書之未得證明者，不能加以否定，而其已得證明者，不能不加以肯定可以斷言也。」見王國維，《古史新證》（北京來薰閣書店，一九三四年）。又，〈最近二三十年中中國新發現之學問〉，見《王國維學術經典集》（上）（江西人民出版社，一九九七年），頁一七五至一八〇。

有力者，恃乎文學，而歷史與神話，其重要之首端矣。」[4]如此，「增長人之興味、鼓動人之志氣」的神話價值觀的出現和形成，把一向視神話為荒古之民的「怪力亂神」、「鬼神怪異之術」的舊案給推翻了，顯示了中國神話學從其誕生之日起就以「現代性」學術品格與傳統決裂為本色。

反觀百年中國神話學發展史，始終存在著兩股並行的學術思潮：一股思潮是西方傳來的人類學派神話學的理論和方法，一股思潮是以搜神述異傳統為主導的中國傳統神話理論和方法。一方面，西方神話學從二十世紀初起就開始得到介紹、翻譯和研究，一百年來，可以說從未間斷過。世紀初至二十年代引進的英國人類學派神話學，三〇年代引進的德國的和法國的社會學派神話學，四〇年代引進的德國語言學派與英國的功能學派神話學，八〇年代引進的蘇聯（俄國）的神話詩學和美國的文化人類學神話學，九〇年代以至當下引進的美國口頭詩學和表演理論，等等，都曾對中國神話學的研究發生過或多或少的影響，而特別深遠者，則莫過於主要建基於非西方原始民族的材料上的西方人類學派的神話學。另一方面，中國傳統文化理念下成長起來的理論和方法，在神話研究和神話學構建中不斷得到拓展、提升、深化、發展。後者在其發展中又分了兩個方向或支流：一是把神話作為文學之源和文學形態的文學研究，主要依附於古典文學研究中，如對《楚辭》神話、《山海經》神話、《淮南子》神話等的研究，一個世紀來可謂篳路藍縷、洋洋大觀，自成一體；二是把神話作為歷史或史料的史學研究，或圍繞著「神話」與「古史」關係的研究（如「疑古」神話學的形成和影響），後浪推前浪，形成神話研究的一股巨流。神話的文學研究和歷史學研究，其貢獻最著之點，表現於對中國載籍神話，特別是創世神話、洪水神話、古史傳說等的「還原」和「釋讀」上。

中國神話學構成的這兩股來源不同、體系有別的神話學理論和方法，應該說，在一定程度上都體現了「現代性」的學術自覺，並不像有的學者說的那樣，只有西方傳來的學說才是體現和確立了學術的現代性，而承襲和發展了中國傳統

---

[4] 蔣觀雲〈神話・歷史養成之人物〉，《新民叢報・談叢》第三十六號，一九〇三年，日本橫濱。

文化理念及某些治學方法（如考訂、如訓詁、如「二重證據」等）的神話研究，就沒有或不能體現學術的現代性。在中國神話學的建設過程中，二者互為依存、互相交融、互相會通，如西方的進化論的影響、比較研究方法、以及以現存原始民族的文化觀照的方法等，都給傳統的神話研究帶來了持續的、有益的變革和強大的驅動，但又始終是兩個獨立的體系。近年來有學者指出，中國神話學的研究要走出西方神話的陰影。[5]這個論斷固不無道理，西方神話學（主要是人類學派的神話學及進化論）理論和方法的確給中國神話學的建立和發展帶來了深刻的影響，但還要看到，中華文化畢竟有自己堅固的系統，西方神話學並沒有全部佔領中國神話學的疆土，在移植或借用西方的理論與方法上，除了少數修養不足而生吞活剝者外，多數人只是將外國的理論與方法作為參照，以適用於並從而推動了中國神話的研究和中國神話學的建構，並逐漸本土化為自己的血肉。相反，中國神話學者在神話學研究上所作出的有價值的探索、經驗和貢獻，卻長期以來為西方神話學界視而不見。[6]甚至可以說，西方神話學家們對中國神話學的狀況是頗為隔膜的。即使到了二十世紀八、九〇年代，除了一些西方漢學家和日本的一些神話學者與民俗學者的中國神話研究著述[7]，包括美國的鄧迪斯、芬蘭的勞里・航柯這樣一些知名的當代西方神話學家，至少在他們於二十世紀八〇年代中期親身來中國考察訪問之前，對中國神話學家們的神話研究及其對世界神話學的貢獻，也幾乎一無所知。

---

5 陳連山〈走出西方神話的陰影——論中國神話學界使用西方神話概念的成就與局限〉，《長江大學學報》（社會科學版）二〇〇六年第六期，荊州。

6 一九六二至六三年，筆者曾組織翻譯了美國民俗學會的機關刊物《美國民俗學雜誌》一九六一年第四期（即第七十四卷第二九四期）發表的一組由不同國家民俗學家撰寫的介紹世界各國民俗學歷史和現狀的文章，其中包括剛果、南美洲、斯堪的那維亞、英國、德國、芬蘭、挪威、西班牙、義大利、土耳其、俄羅斯、加拿大法語地區、墨西哥、日本、印度、波利尼西亞、澳大利亞、非洲等，共十五篇，在這組文章中，卻沒有把包括神話研究在內的中國民間文學研究的歷史與現狀、成就與經驗納入他們視野。中國民間文藝研究會研究部編印《民間文學參考資料》第四輯，一九六二年十二月；第八輯，一九六三年十一月。美國神話學家阿蘭・鄧迪斯（Alan Dundes）於一九八四年出版的*Sacred Narrative Readings in The Theory of Myth*（第一個譯本譯為《西方神話學論文選》，顯然是視其內容而取的譯名，後廣西師範大學出版社的再版本，改用了《神話學讀本》的譯名，顯然比較恰切）中，其中也沒有一篇中國人寫的或關於中國神話學的文章或介紹。

7 據俄羅斯漢學家李福清在〈外國研究中國各民族神話概況〉一文所提供的材料：最早研究中國神話的是法國漢學家，於一八三六年發表了文章並如果說，蔣觀雲於一九〇三年在日本橫濱發表神話學專文〈神話・歷史養成之人物〉，夏曾佑於一九〇五年在《中國歷史教科書》裏開闢《傳疑世代》專章講授中國古神話，魯迅於一九〇八年在〈破惡聲論〉裏作「夫神話之作，本於古民，睹天物之奇觚，則逞神思而施以人化，想出古異，淑詭可觀，雖信之失當，而嘲之則大惑也」之論，在第一代學人手裏宣告了中國神話學的誕生，那麼，二十世紀二三十年代，周作人、茅盾、鍾敬文、鄭德坤、謝六逸、黃石、馮承鈞等學人於中國神話學的初創期把西方神話學介紹到國內，繼而以顧頡剛、童書業、楊寬、呂思勉等為代表的「古史辨」派就古史與神話的糾纏與剝離進行的大論戰，衛聚賢、白壽彝、吳晗、江紹原、劉盼遂、程憬等的帝系神話研究，以及淩純聲、芮逸夫、林惠祥等前中央研究院系統的學者在神話學的田野調查方面所取得的成就和在學理上取得的經驗，蘇雪林、聞一多、游國恩、陸侃如等對《楚辭》《九歌》神話的文學研究，曾經在中國學壇上掀起了第一次神話研究的高潮，而在這個研究高潮中，中國神話學一下子提升到了一個眾所矚目的、羽毛豐滿、為相鄰學科爭相介入和徵引的人文學科。

到了四〇年代，特別是在抗日的大後方——大西南，一方面抵禦外侮的民族情緒的空前高漲，一方面學人們走出書齋來到了少數民族聚居或雜居的地區，一時間，湧現出了聞一多、鄭德坤、衛聚賢、常任俠、陳夢家、吳澤霖、馬長壽、鄭師許、徐旭生、朱芳圃、孫作雲、程憬、丁山等一大批傾心於神話研究的學人，神話學界群星燦爛。他們一方面承繼了前賢們的研究傳統，運用考證、訓詁等傳統的治學手段，進行古神話的「還原」研究，另一方面對南方諸少數民族的活態神話進行實地調查、搜集和研究，拓展了神話的疆域和神話的構成（如：尚未人文化或帝系化的「自然神話」，洪水神話與伏羲女媧神話，太陽神話與射日神話，武陵一帶的盤瓠神話，廩君、九隆、竹王神話等，多種口頭神

翻譯了《山海經》。十九世紀七〇年代英國漢學家F.Mayers發表了第一篇關於女媧的短文。一八九二年俄國漢學家S.M.Georgievskij在聖彼德堡出版了世界上第一本研究中國神話的專著《中國人的神話觀與神話》。見所編《中國各民族神話研究外文論著目錄》（一八三九～一九〇〇），北京圖書館出版社二〇〇七年十二月第一版，北京。

話遺存的發現和材料的採錄），[8]開啟了從神話的純文本研究進入到神話與民間信仰綜合研究的階段，從而催生了中國神話和中國神話學的多元構成以及多學科研究格局的形成。中國神話學進入了一個新的階段。

五〇至六〇年代，由於社會政治的、學術的等多種原因，以及上文所說的意識形態與學術現代性的矛盾，中國神話學的研究一度從二〇至四〇年代形成的多學科參與的綜合研究，萎縮到了幾近單一的社會政治研究。許多原來在神話研究上造詣頗深的學者，除孫作雲、丁山等幾位外，大多只專注於自己的本業，而不再流連於神話學的研究了。孫作雲的神話研究始於四〇年代，最突出的成就在運用圖騰學說希圖建構一個圖騰式的神話體系；到了五〇至七〇年代，開闢了新的研究領域，以楚帛畫和漢畫像石的神話母題為研究方向。丁山的神話研究，以宏闊的視野和縝密的考證為特點，從古代祭祀起，後稷與神農、日神與月神、四方神、方帝與方望、洪水傳說、堯與舜、顓頊與祝融、帝嚳、炎帝與蚩尤、黃帝，三皇五帝，……從史前神話人物，到秦建國前的先王世系，一一論列。他以神話研究而活躍於四〇年代學壇，可惜於一九五二年英年早逝。其神話學代表作《中國古代宗教與神話考》，於一九六一年由龍門聯合書局出版；另一遺著《古代神話與民族》於二〇〇五年由商務印書館出版。袁珂是這一時段有代表性的神話學者，他的研究方向和學術貢獻，主要在對典籍神話的考釋和對神話進行連綴，使其系統化。《中國古代神話》（初版由商務印書館於一九五一年出版，後經多次印刷。一九五七年七月增訂本出版時，累計印數達六萬七千冊；一九六〇年一月改由中華書局出版，累計印數兩萬兩千冊；一九八一年月第二次印刷，累計印數達十二萬七千冊。改革開放後進入新時期，一九八四年九月，易

[8] 參閱拙著《二十世紀中國民間文學學術史》第三章《學術轉型期》之〈民族學調查中的民間文學〉、第四章《戰火烽煙中的學科建設》之〈社會—民族學派〉、〈大西南的民間文學採錄〉、〈神話的考古和史學研究〉、〈聞一多的民間文學研究〉等節，河南大學出版社二〇〇六年十二月第一版，開封。劉亞虎〈少數民族口頭神話與漢文文獻神話的比較〉，見郎櫻、扎拉嘎主編《中國各民族文學關係研究》（先秦至唐宋卷）第七十至一一五頁，貴州人民出版社二〇〇五年九月第一版，貴陽。

名為《中國神話傳說》改由中國民間文藝出版社出版，一次印數達十七萬冊。）是他本人、以及中國神話學界這一時期的代表性成果。此外，游國恩、高亨、楊公驥、胡念貽等在古典神話的文學研究上所取得的成績，也值得稱道。

經歷過十年「文革」之後，從一九七八年起，中國進入了改革開放的歷史新時期。中國神話學研究重新起跑，到世紀末的二十年間，逐步把間斷了十多年的中國神話學學術傳統銜接起來，並提升為百年來最活躍、最有成績的一個時期。以學者隊伍而論，這一時期，除了茅盾、顧頡剛、楊寬、鍾敬文、楊堃、袁珂等老一輩神話學家們的學術貢獻以外，陸續成長起來了一大批中青年的神話學者，如蕭兵、李子賢、張振犁、陶陽、潛明茲、葉舒憲、呂微、陳建憲、常金倉等，他們借鑒和吸收各種外來的當代學說和理念，採用包括比較文化研究、多學科和跨學科研究在內的多種研究方法，對中國神話和神話學進行了多學科全方位的探討研究。新時期以來，持有不同學術理念的神話研究者們，（1）在古神話的研究、校勘、考訂、闡釋、構擬和復原方面（袁珂的《山海經校注》（一九八〇）和鍾敬文的《洪水後兄妹再殖人類神話》（以一九九〇），可以看作是這種研究的代表性成果），對長沙子彈庫戰國楚帛書、睡虎地秦簡日書等所載創世神話文圖的解讀與闡釋（楊寬《楚帛書的四季神像及其創世神話》、李零的《長沙子彈庫楚帛書研究》、劉信芳的《中國最早的物候曆月名——楚帛書月名及神祇研究》以及許多學者的多種考釋性著作）方面；（2）在漢民族居住的廣大地區和各少數民族居住的地區的「活態」口傳神話的搜集、整理、翻譯、研究領域，包括神話思維、結構、類型、象徵等神話理論研究方面，作出了跨越式的開拓。不同地區、不同語系的少數民族神話的被發現、採集、研究，不僅填補了中國古神話系統構成中某些缺失，而且全面推動了中國神話學從文本研究到田野研究的過渡或相容，亦即神話研究的學術理念的更新和研究方法的轉換。

當然，也還要看到，中國神話研究中的一些難題和懸案，如神話的歷史化問題，還遠未取得令人滿意的結論、甚至較大的進展。在運用考據、訓詁、校釋等傳統的研究方法和西方人類學與民族學的方法（如社會進化論、原型理論、圖騰理論、象徵理論等），來「還原」中國遠古神話並建立中國神話系統，以及闡釋「活態」神話傳說（包括漢族和各少數民族）方面，脫離嚴謹的科學論證而以隨意性的玄想為特點的、被批評為「歧路」的傾向（如遭到學術界批評的用「產翁制」、圖騰制等理論來闡釋鯀禹神話的遞嬗就是一例），在近些年的神話研究中並非孤例。

在百年中國神話學的歷史途程中和學理構成上，居住在臺灣、香港的神話學者們的學術貢獻，是不能忽略的。一般說來，近五十年來臺灣和香港的神話學研究表現出兩個重要的特點：一是學理的連貫性的延續，他們以自己的研究成果填補了大陸學者「文革」十年被迫停止工作的那段空白；二是他們以開放的心態和理念面對世界，更多地吸收了國際神話學的一些新的理論和方法。無論是老一輩的學者如淩純聲、芮逸夫、蘇雪林，還是繼之而起的李亦園、張光直、王孝廉、文崇一、李卉、胡萬川以及更年輕一代的學者，他們在典籍神話和原住民神話的研究方面，以現代的學術理念、扎實的考據、微觀的闡發，對中國神話學的建構和提升貢獻良多。

二十世紀已經成為歷史了。回顧一百年來的神話學歷史，從二十世紀初茅盾所撰〈中國神話研究ＡＢＣ〉起，到二十世紀末袁珂所撰《山海經校注》止，許多學者都在為「創造一個中國神話的系統」這一學術理想而不停息地貢獻著自己的智慧和力量。茅盾說：「用了極縝密的考證和推論，也許我們可以創造一個不至於十分荒謬無端的中國神話的系統。」[9]當然，前輩學者所說的這一理想，是指典籍神話和漢文世界的神話而言，包括通過「縝密的考證和研究」對「零碎」的神話斷片的闡釋與連綴，和對被「多次修改」而「歷史化」了的神話的「還原」，而並未包括居住在中國各地的五十五個少數民族的神話。應該說，典籍神話的「還原」、「梳理」、「闡釋」只是問題的一個方面，典籍神話在現代社會不同地區和群體中的流變，也理應在中國神話的構成之列，但典籍所載之日，就是其生命的結束之時，而在民間，神話卻似滔滔逝水永無停息，二十世紀八〇年代以河南王屋山一帶為中心對「中原神話」的搜集與研究，彌補了中國典籍神話的某些缺環、豐富了典籍神話的鏈條，延長了典籍神話的生命。[10]而少數民族的神話，如茅盾所說：「中國

9　茅盾〈中國神話研究ＡＢＣ〉。見《茅盾說神話》第一〇九頁，上海古籍出版社一九九九年七月，上海。
10　張振犁有《中原古典神話流變論考》（上海文藝出版社一九九一年）一書，記錄和描繪了中原典籍神話在現代社會條件下在王屋山一帶的流傳變

民族在發展的過程中，不斷的有新分子參加進來。這些新分子也有它自己的神話和傳說，例如蜀，在揚雄的《蜀王本紀》、常璩的《華陽國志》內還存留著一些，如吳越，則在趙煜的《吳越春秋》內也有若干傳說。此種地方傳說，當然也可以算為中國神話的一部分。這也需要特別的搜輯和研究。至於西南的苗、瑤、壯各族，還有活神話在他們口頭的，也在搜采之列。」[11]袁珂於八十年代發表的「廣義神話論」，[12]實與茅盾二十世紀的所論是一脈相承的。二十世紀以來，至少自三〇至四〇年代起，尤其是八〇至九〇年代，「中國民間故事集成」的搜集編輯過程中，對各兄弟民族的神話（無論是抄本的、還是口頭的）的調查搜集和採錄編定，不僅發現了許多新的神話類別和文本，有些漢文文獻中已有的著名神話，如盤古神話，洪水神話，新的材料也有了大量的增益，大大地豐富了中國神話的武庫。幾代學人的這一學術理想，到世紀末已接近實現。中國不僅有一個龐大的帝系神話系統，而且也有一個豐富多樣的自然神話系統，不僅有一個宇宙和人類起源神話系統，也有一個創造文化的文化英雄神話系統。中國神話的系統和中國神話的武庫，在多樣的世界神話系統中，以其悠久的傳播歷史和獨具的文化特色，為世界文化的多樣性和可持續發展，提供了一個樣本，同時，要求有中國獨具的神話理論來闡釋。

對於中國神話學來說，二十世紀是其學科建設從草創到初步建成的重要時期。在這百年中，我們基本上擺脫了跟在外國人後面蹣跚學步的階段，初步建成了自己的神話學學科體系，並在一些包括古神話「復原」、創世神話闡釋、少數民族口傳神話發掘與研究在內的重要神話學問題上，取得了值得驕傲的成就。儘管這樣說，並不意味著中國神話學的學科建設已經很完善了。二十世紀末，中國的神話學界，雖然先後痛失了幾位巨擘，但更多的年輕學子在神話學的學壇上

異情況。

11 茅盾〈中國神話研究ABC〉。見《茅盾說神話》第一〇九頁，上海古籍出版社一九九九年七月，上海。

12 袁珂〈從狹義的神話到廣義的神話〉，《社會科學戰線》一九八二年第四期，長春；《民間文學論壇》一九八三年第二期，北京。〈再論廣義神話〉，《民間文學論壇》一九八四年第三期。

挺立了起來，以優秀的神話學專著和論文，叩開了二十一世紀的大門。我相信，二十一世紀，隨著中國傳統文化的復興和預言中的「東學西漸」文化移動潮流，中國的神話和中國的神話學，必將取得更加驕人的成績和更大的影響。

二〇一〇年一月九日於北京

注：本文係馬昌儀編《中國神話學百年文論選》序，陝西師範大學出版社二〇一三年版，首發於《西北民族研究》二〇一〇年第一期。

第一輯

傳說與故事

中國神話與中國文化
——在中國神話學會首屆學術年會上的發言

中國神話學會首屆學術年會就要閉幕了。在本屆學術年會上宣讀了三十四篇論文，還有幾位學者提交了論文而未能到會。正如袁珂先生在開幕詞中所宣佈的，這些論文圍繞著兩個論題：一是中國各民族神話的特點，二是中國神話和中國文化。聽了各位學者的發言，我學習到很多東西。總的感覺是，這是一次活躍思想，促進學術交流的對話，我和大家一樣，受到啟發，有不少收穫。

首先，圍繞著上述兩個論題，與會者接觸到世界神話學和中國神話學的一些重要問題。例如，薩滿教與神話的關係是神話學中的重要問題，是原始巫教、多神教盛行的世界各民族和地區的共同性問題。一九八四年蘇聯科學院出版社在著名的「烏龜叢書」中出版了E. C.諾維克（E.C.Новик）寫的一部有趣的書，書名叫《西伯利亞薩滿教中的儀式與民俗》（*Обрят и фольклор в сибирском шаманизме*），專門探討了這個問題。蘇聯出版的《世界各民族的神話》（百科辭典）中有專門的「薩滿教神話」詞條。美國出版的Funk & Wagnalls《民間文學、神話、傳說辭典》（*Standard Dictionary of Folklore, Mythology, and Legend*）中也有「薩滿與薩滿教」詞條。外國學者在研究印第安神話中的文化英雄烏鴉的形象時，認為烏鴉具有兩重性，牠不僅是創世者，而且是個薩滿，充當了生與死的世界的溝通媒介的角色。二十世紀六十年代張光直在討論中國商周神話中的人與動物的關係時，指出巫覡通神的本事，要借助於神話動物的助力[1]。他們介紹的美國學者埃里亞特（Mircea Eliade, 1907-1986）和坎伯（Joseph Campbell, 1904-1987）有關這個問題的一些觀點，對我們理解和研究薩滿教與神話這個全球性的神話學問題會有所啟發。

中國學者早就注意到這個問題了。一九二五年魯迅先生給北師大兩位學生的信中，在談到中國神話的分期時，就是以「根柢在巫」作為分期的標誌[2]。近年來的楚文化研究、各少數民族古文化的研究，都接觸到了神話與巫文化，與薩滿文化的關係問題，使神話研究有可能往縱深發展。

一九八〇年蘇聯著名漢學家李福清先生提出，西王母與冥界有關：「豹虎之外形，穴處，都說明她是一隻與冥界有關係的山地怪獸。」[3]在本次會議上，有學者從薩滿教的角度剖析西王母，再次提出探討神話與薩滿教關係的重要性，這是很有意義的。另外，從會下得知，這個問題也引起了與會年輕學者們的注意，他們打算就這個問題做進一步的探討，寫一部專著。在這裏我預祝他們取得好的成績，希望他們在與世界神話學界的對話中，不僅在這個問題上，而且也在其他問題上，取得中國學者的發言權。

另一個問題，是關於中國神話的重構問題。中國漢民族的遠古神話向來以零星破碎著稱，本世紀以來，中外學者為重構中國漢民族的遠古神話（使之像希臘、羅馬神話一樣具有系統性）做了大量工作。有學者提出，中國神話是不可重構的，因為中國的神不像西方，來源不一，不成體系，要構成一個完整的東西，必然帶有很大的個人創作的成分，把古人的東西加以拼湊，從科學的角度來看是行不通的。的確，中國神話（漢民族遠古神話）不同於西方，文字的多源、多

1　張光直，〈商周神話與美術中所見人與動物關係之演變〉，見《中國青銅時代》（三聯書店，一九八三年），頁二八八至三一二。

2　魯迅致傅築夫、梁繩禕信，一九二五年三月十五日，見《魯迅書信集》（上）（人民文學出版社，一九七六年），頁六六至六七。

3　李福清，〈中國神話〉係為《世界各民族的神話》（百科辭典）寫的詞條。譯文收入李福清著、馬昌儀編之《中國神話故事論集》中（中國民間文藝出版社，一九八八年），頁九〇。

義，文詞的殘缺、簡約，內容的荒誕，對象的不確定，又缺少宗教經典作為參照，因此，要復原（「古史辨」派之為「還原」）如初是不可能的。但是，從一個民族的文化的發展來看，從神話的保存、傳播、弘揚來看，神話的重構是有必要的，借助現代各種科學——人類學、民族學、宗教學、發生學、史學、心理學、哲學、文學……我們有可能把人類遠古時代的特殊產品——神話的原來面目看得更清楚一些，使神話的重構盡可能建築在比較科學的基礎上。神話的時代是一去不復返了，但是，當代人可以努力去認識神話、理解神話，一部神話學史所記載的，就是處在不同時代的「當代人」是怎樣看神話的。我們把荷馬史詩和赫西奧律《神譜》中的故事稱為神話，把屈原《天問》所記的稱為神話，實際上這些作品都是詩人對神話的文學重構，帶有那個時代的個人的色彩，只是由於他們去古未遠，被後代認可罷了。

我們認為，重構中國神話是有必要的，有意義的。但由於中國神話的實際情況，要把多民族的中國神話重構成一個體系是一件十分困難、十分艱巨的事情。無論是全景重構、局部重構、階段重構、觀念重構、形象重構，都必須持嚴格的科學態度。近一個世紀以來，中外學者曾經嘗試過對中國神話進行歷史重構、民族學重構、文學重構、哲學（觀念）重構、綜合重構或稱原型重構等等，做了許多努力，也有不少的成果。我們主張多種重構方法，不必分高低優劣，或定於一尊。從目前的發展趨勢看，綜合性的重構為較多的學者所認同。

在這次學術會議上，有學者企圖從文學人類學的角度，以羿神話為例，借用原型理論，為神話重構提供一種嘗試，儘管其中有一些可商榷的地方，這種努力是值得肯定的。

其次，不少論文提出了一些值得注意的問題，引人深思。例如，有學者舉葫蘆、鳥、虎、中國的姓為例，說明圖騰是女性生殖器的象徵。但是，是否就等於說，一切圖騰都是女性生殖器的象徵呢？很值得討論。有學者在分析古籍中人所共知的女神時，從哲學和文化史的高度指出中國沒有愛神，婚姻之神代替了愛神，是由於中國文化心理所造成的。兩性關係無法迴避二元，一是行為的，二是心理的。前者導致生殖，後者產生愛情。按照中國人的觀念和文化心理，體現在中國神話中的兩性關係是一元的，有行為而無心理，有肉而無靈，從而形成了一個沒有愛情的徒具女神形體，或只有生育功能的神的宇宙。這種看法，想必會引起大家的興趣和思考。

第三，這次會在河南召開，河南地處中原，是中華民族的發祥地，近年來中原神話的採錄引起了中外學者廣泛的注意。河南大學和河南的學者們為採錄、研究這些尚在民間流傳的活材料做了大量認真、細緻的工作，為中外學者提供了珍貴而可靠的文字資料和田野作業資料。他們的成果，他們的田野作業的方法，他們的精神，都值得我們學習。

記得一九六一年蘇聯學者李福清出版他的孟姜女研究專著時，曾經提出過一個理論問題：一個民間作品能有多久的生命力？這是任何從事民間文學研究的人都關心的問題，用西方的材料無法回答，而孟姜女傳說卻為我們揭示了，在中國，這個傳說以各種形式在民間流傳，歷一千多年而不衰。目前發現的中原古典神話，從它產生的時代來看，自然比孟姜女傳說具有更長的生命力，因此，引起外國學者的濃厚興趣是並不奇怪的。據我所知，在世界範圍內，文化高度發展的國家不必說了，有豐富神話傳統的希臘、羅馬、印度等，似乎未見報導有「活神話」流傳。十九世紀末，考古學家發現了特洛伊人的都城伊利昂遺址，在邁錫尼還發現了據說是阿伽門農的服飾、兵器，學術界認為荷馬史詩所載有不少歷史依據。關於這方面的資料很多，但未見有「活神話」記載。就是非洲、美洲、澳洲等原來的土著居留地，我們從《當代的原始民族》等一些資料得知，到了二十世紀中葉，這方面的材料也不多。本世紀初美國學者博厄斯在考察北美印第安地區時就注意到了這種現象。只有為數不多的偏遠地區（包括中國某些少數民族地區），伴隨著某些原始宗教儀式，還有不多的神話在流傳。因此，在並非偏遠，又並非遠離文明的中原地區有如此大量的古典神話「活化石」在流傳，實在是一件引人注意的事情，值得從理論上進行深入的、認真的探討。

二十世紀六十年代《民間文學》雜誌上發表了在四川記錄的幾篇有關女媧、伏羲、大禹的神話，袁珂先生寫了一篇文章予以介紹，引起了學術界的注意。此後出現了中原神話、江南神話，不少漢民族地區都有「活神話」流傳的報導，外國學者認為這是當前中國神話研究中最值得注意的問題。因此，對中原神話的進一步探討具有全國性意義。

河南南陽是漢畫像石的故鄉之一，是舉世聞名的漢畫像石保存地之一，是中外神話學者嚮往的地方。德國、蘇聯和日本都有專門研究漢畫像石的專著。在我們的會上宣讀的這方面的論文，也是饒有興味的，提出了值得注意的見解。中國在這方面的研究也應該走在前面。

第四，此次到會的學者中，以中青年學者居多，尤其是青年學者顯示了巨大的活力和潛力，交流和對話使他們的活力和潛力得到充分的發揮。前面我說過，青年學者眼光敏銳，思維敏捷，大膽創新，他們是中國神話學理論創新之依靠，希望之所在。重大課題的突破，學科的建設，與國際神話學界的對話，都需要我們幾代人付出全部的努力！

上面我講了這次會議所取得的成績，當然，無庸諱言，這次會議的論文也有不足之處，例如，在探討中國神話的特點時，缺乏比較意識，缺乏參照物，傾向於就事論事。對中國各少數民族已經發掘出來的大量神話材料、民族學材料，研究與觀照得很少，甚至在研究中國上古神話時，也沒有將其作為一個重要的參照系。對世界神話（比如希臘、羅馬、印度、兩河流域、北歐神話）雖然有所接觸，但也很不夠。特別是國際學術界對世界神話研究的許多重要結論，幾乎很少引起我們的注意。這樣就不能從比較中，從異同中，去認識、去發掘自身的特點和規律。又例如，把中國神話放到中國文化這一大背景上來討論，換句話說，中國神話與中國傳統文化、中國傳統文化結構的相互影響和滲透，中國神話與中國人的民族性格、民族心理、思維方式、行為方式的關係，似乎也挖掘得不夠。這些方面的課題，有待於神話研究界同行們進一步研究。

一九八七年十月二十三日於鄭州

附記：這是作者一九八七年十月二十三日在鄭州召開的中國神話學會首屆學術年會上發言的一部分，關於建立神話研究的中國學派問題，將另行整理發表。感謝我的同事謝選駿先生根據錄音為我整理了這份講稿，本文就是在錄音整理稿的基礎上修改而成的。

原載中國民間文藝家協會編《中國民間文藝界通訊》一九八七年第六期（一九八七年十二月）；中國神話學會編《神話學信息》一九八八年第一期（總第三期）。

伏羲神話的現代流變

淮陽，古稱宛丘、陳。傳說是太昊伏羲建都和薨葬之地。《竹書紀年》載：「太昊伏羲都宛丘。」據神話傳說，上古時代，伏羲從西北高原的成紀（今天水）沿黃河而下，來到宛丘這塊土地上建都，並在以宛丘為中心的黃淮大平原上創網罟、畫八卦、制嫁娶、正姓氏，以龍紀官，從而結束了遠古狩獵時代，開闢了遠古的畜牧時代；結束了茹毛飲血的時代，人類開始熟食；結束了群婚、亂婚，創始了一夫一妻的對偶婚；結束了原始母系社會，肇始了父系社會；結束了部落萬邦的天下，開闢了龍天下，完成了中國歷史上第一次氏族部落大統一，構建了中華民族的雛形。於是太昊伏羲被傳為中華民族的人文始祖。

世界上任何一個民族及其始祖都有自己的神話，傳為中華民族人文始祖的伏羲同樣也有種種瑰麗的神話。如「華胥履巨人跡」而生伏羲。如「伏羲氏人首蛇身」（《藝文類聚》卷十一引《帝王世紀》）。如伏羲「始作八卦」（《易・繫辭下傳》），等等。儘管學界一向認為，伏羲出現於中國古文獻中的時代甚晚，最早見於戰國以後的《易》、《莊子》、《荀子》等諸子之文，而一旦出現，便將其地位置於三皇之首（顧頡剛「層累說」；[日]白川靜「加上說」），但，伏羲的神話傳說見諸文獻雖然較晚，在民間卻應該一直是大量流傳而不絕的少數古神話之一。這一點，在古稱中原地區、在古宛丘今淮陽及其周邊地區所搜集到的「活」在民眾口頭上的神話傳說就是一個明證。

記得一九八六年，在鄭州召開的中國神話學會第一屆神話學術研討會上，我第一次聽到來自淮陽的文化工作者楊復竣先生的發言，向與會者介紹在他於二十世紀六十年代在淮陽一帶搜集到的伏羲女媧神話。這些在現代條件下還流傳於民眾口頭上的古神話，其中〈玄武星〉、〈摶土造人和黃帝的傳說〉、〈女媧補天〉和〈伏羲畫八卦〉四篇被選刊於周揚、陳荒煤總主編、劉錫誠主編的《中國新文藝大系‧民間文學集》（一九三七至一九四九）中[1]。

活躍於二十至四十年代的神話學者們，如芮逸夫、常任俠、聞一多等諸位對中國神話研究做出過重要貢獻的學者，由於當時看到的材料有限，那時北方的材料還沒有得到搜集和發表，認為伏羲女媧神話是起源於南方或是南方民族的神話[2]。如果他們看到楊復竣及稍後其他河南民間文學工作者們搜集到的神話材料，相信他們會修改他們的結論的。倒是日本學者白川靜在他著的《中國神話》一書裏說得好：「在神話上，卻是與前述的洪水之神一樣，都是很古就已經成立的了；只不過因為擁有這個神話的苗人，以後被驅趕而南下，逐漸與中原失去了接觸，因此這些神話沒有被記錄在古文獻之中罷了。」[3]現在楊復峻在這本《淮陽神話傳說故事》裏收錄了他歷年來搜集的一百六十六篇民間作品，屬於神話的四十七篇，屬於人物傳說與地方風物傳說的八十篇，故事三十九篇。〈白龜救姐〉、〈滾磨成親〉、〈女媧摶土造人〉、〈伏羲女媧創世〉、〈女媧造六畜〉、〈伏羲畫卦臺〉、〈女媧補天〉等神話文本，構成了一個現代流傳的伏羲女媧神話群，把這些作品與古文獻記載的作品相比較，就可以看出在歷史的長河中神話發生了怎樣的流變！

1 劉錫誠主編《中國新文藝大系‧民間文學集》（一九三七至一九四九）（中國文聯出版公司，一九九四年）。

2 芮逸夫〈苗族的洪水故事與伏羲女媧的傳說〉：「在漢以前，早有一南方蠻閩等族為蛇種的傳說。正因為伏羲女媧乃是南方蠻族，所以才產生人首蛇身的傳說。好事者更因神話的傳說，繪成圖畫；這便是梁武祠石室伏羲畫像繪成麟尾相交的所由來。這一點也許可做伏羲女媧為南方民族的一個佐證。」「徐中舒先生曾提及伏羲女媧皆『風姓』，及伏羲『德於木』，『出於震』的傳說，並以為均含有伏羲女媧為南方或東方民族之義。」南京：《人類學集刊》第一卷第一期（一九三八年）。此引自馬昌儀編《中國神話學文論選萃》上冊（中國廣播電視出版社，一九九四年），頁四一〇至四一一。

3 白川靜著，王孝廉譯，《中國神話》（臺北：長安出版社，一九八三年），頁四八。

從一九八四年起，圍繞著編纂「中國民間文學三套集成」（民間故事、歌謠、諺語）在全國開展了一次長達近十年的普查工作。從一九八六年起，楊復峻主持並參加了淮陽的普查，組織隊伍，走街串巷，深入民間，共搜集記錄了一百多萬字的資料。他們所調查的地區，除了淮陽、西華、太康、鄲城、項城、商水等縣市，特別重視太昊伏羲朝祖廟會和農曆每月初一、十五祭祖日的調查採錄，搜集到不少伏羲女媧神話和廟堂經歌，材料彌足珍貴。

楊復峻先生在基層文化工作崗位上孜孜矻矻二十多年，深入民間採錄搜集神話傳說，從未中斷，為構建淮陽、乃至中原地區的民間文化做出了自己的貢獻。這本《淮陽神話傳說故事》不僅包括伏羲女媧人祖神話，還收錄了流傳於淮陽一帶的人物傳說、風物傳說和民間故事，堪稱是淮陽地區的一部民間文學之大全！他為搶救和傳播民族民間文化所付出的辛勞，所收穫的成果，令我敬佩！

全球化、現代化的浪潮席捲了全世界。城鎮化和新農村建設正在改變著傳統的農業結構和社會結構，民間文學以及所有民間文化所依存的傳統農耕文明，正在轉型，甚至消失。民間文學以及所有民間文化逐漸衰微的趨勢，隨處可見。著眼於保持文化的多樣化和可持續發展，著眼於保護我們民族的文化之根——民間文化、非物質文化遺產，中國正在開展非物質文化遺產的保護工作。在「政府主導，社會參與」的方針下，許多熱愛民族文化、有責任感的文化工作者，參與到二十一世紀正在進行的這項巨大文化工程中來，深入民間，進行深入、細緻、艱苦的調查，採取多種方法和手段進行保護工作。楊復峻（及其同時代人）主要於二十世紀六十至八十年代搜集記錄的這些神話故事所顯示的，是民間文化在那個時代的生存狀態和特點，現在，時代已經過去了二十年，甚至四十年，民眾的生活條件和世界觀普遍都發生了巨大的變化，神話傳說也無可置疑地發生了流變。我們民間文學和民間文化工作者，有責任以正確的理念和科學的方法，對我們曾經在二十年或四十年前做過調查的地區（村落），再做一次「跟蹤調查」，忠實地、全面地記錄下在今天（二十一世紀第一個十年）社會條件下民間文學和民間文化的現代流傳形態來。

二〇〇七年八月三十一日

附記：本文係為楊復峻主編《淮陽神話傳說故事》（北京：中國炎黃文化出版社，二〇〇七年）一書寫的序言。

神話崑崙與西王母原相

在古代神話裏，崑崙之丘，亦名崑崙之虛。崑崙之丘是古代諸神聚集之山。崑崙丘與西王母有著不解之緣。崑崙丘與西王母的神話，被歷代百姓眾生和文人學者千遍萬遍地述說著，時間長達兩千餘年。經歷過漫長的時代，在數不清的述說中，西王母從一個原相「豹尾虎齒」人獸合體的西部山神，逐漸演變而成為一個具有神格的人王，最後成為一個代表仙鄉樂園的全能之神。崑崙神話，也像滾雪球一樣，穿越歷史的風霜，逐漸演變成中國神話的一個龐大體系。

一、神話崑崙

崑崙是個千古之謎。近代學者顧實說：「古來言崑崙者，紛如聚訟。」現代學者蘇雪林說：「中國古代歷史與地理，本皆朦朧混雜，如隱一團迷霧之中。崑崙者，亦此迷霧中事物之一者。而崑崙問題，比之其他，尤不易董理。」[1]神話學家們大都認為，在中國古代文獻裏，「崑崙」有兩義：一是地理的崑崙，一是神話的崑崙。地理崑崙的地望

1 蘇雪林，《崑崙之謎．引言》（臺北，一九五六年）。

究竟在哪裏?這個問題困擾著一代代的學者，出現過許許多多的說法，至今也還是難有定論。凌純聲在〈崑崙丘與西王母〉一文中，揀其重要的論點，列舉了丁山〈論炎帝大嶽與崑崙山〉、衛聚賢〈崑崙與陸渾〉、蘇雪林〈崑崙之謎〉、程發軔〈崑崙之謎讀後感〉、杜而未〈崑崙文化與不死觀念〉、徐高阮〈崑崙丘和禹神話〉六家之言，再加上他自己的崑崙即「壇墠」之說，就是七家[2]。何其紛紜!神話崑崙，雖然也有史實的影子，但更重要的，是一個奧林匹斯式的西部華夏神山的象徵。筆者撰寫本文，無意對崑崙做全面探討，只局限在「神話崑崙」上，試圖做一點小小的開掘。

(一)「帝之下都」，眾神所集之山

已故史學家徐旭生在二十世紀四十年代寫的〈讀《山海經》劄記〉裏說，《山海經》在史料上是「我國有很高價值的」十部書之一，而「《西山經》各山均在今陝西、甘肅、青海境內，雖間有神話而尚歷歷可指」[3]。《山海經》裏提到的崑崙共有八處，或「崑崙之丘」，或「崑崙之虛」，雖直接間接地標注有地理座標或特有物產和生物，但由於作者受當時流行的神話思維和巫風的深刻影響，在敘述時亦真亦幻，幻中有真，真中有幻，崑崙之丘的地理位置也便不免撲朔迷離。或如蔡元培先生所說：「這部書固然以地理為主，而且有許多古代神話的材料，但就中很有民族學的記載，例如《山經》，每章末段，必記自某山以至某山，凡若干里，其神狀怎樣，其祠禮怎樣；這都是記山間居民宗教狀況。」[4]古代神話與史實的混雜交織，使我們今人難於理清哪些因素是崑崙丘的史地事實，哪些因素是基於幻想的神話因素。在上面提到的八處經文中，至少有三處直接敘述了崑崙神話或神話崑崙。

2 凌純聲，〈崑崙丘與西王母〉，見《中國邊疆民族與環太平洋文化》（臺北：聯經出版事業公司，一九七九年），頁一五六九至一六一三。

3 徐旭生，〈讀《山海經》劄記〉（一九四三年），見《中國古史的傳說時代》（增訂本）（北京：文物出版社，一九八五年），頁二九三、二九五。

4 蔡元培，〈說民族學〉，《一般雜誌》一九二六年第十二期。

其一：《西次三經》：「西南四百里，曰崑崙之丘，是實惟帝之下都，神陸吾司之。其神狀虎身而九尾，人面而虎爪；是神也，司天之九部及帝之囿時。有獸焉，其狀如羊而四角，名曰土螻，是食人。有鳥焉，其狀如蠭，大如鴛鴦，名曰欽原，蠚鳥獸則死，蠚木則枯。有鳥焉，其名曰鶉鳥，是司帝之百服。……」

「崑崙之丘」是神話中的「帝之下都」。這個「帝」指的是天帝。郭璞云：「天帝都邑之在下者。」有學者指出，此「帝」指的就是黃帝，黃帝把自己比作天帝[5]。其根據是《穆天子傳》卷二的下述文字：「吉日辛酉，天子升於崑崙之丘，以觀黃帝之宮。」筆者對這個看法，實不敢贊同。崑崙之丘的守護神是陸吾，他虎身而九尾，人面而虎爪，是人獸合體之神，其職責是看守九部（九域）和天帝的園林與祭壇（時，即時）。《莊子・大宗師》裏的那個山神肩吾，就是陸吾的異名。此外，在崑崙丘上還有其他一些神獸，如：「狀如羊而四角」、「食人」的土螻（有學者認為，土螻屬於幽冥惡獸[6]）；螫鳥獸致死的欽原；「司帝之百服」的鶉鳥。

其二：《海內西經》：「海內崑崙之虛，在西北，帝之下都。崑崙之虛，方八百里高萬仞。上有木禾，長五尋，大五圍。面有九井，以玉為檻。面有九門，門有開明獸守之，百神之所在。在八隅之巖，赤水之際，非仁羿莫能上岡之岩。……崑崙南淵深三百仞。開明獸身大類虎而九首，皆人面，東嚮立崑崙上。開明北有視肉、珠樹、文玉樹、玗琪樹、不死樹。鳳皇、鸞鳥皆戴瞂。又有離朱、木禾、柏樹、甘水、聖木、曼兌，一曰挺木牙交。開明東有巫彭、巫抵、巫陽、巫履、巫凡、巫相，夾窫窳之尸，皆操不死之藥以距之。窫窳者，蛇身人面，貳負尸所殺也。」（圖一：明代蔣應鎬《山海經繪圖全像》開明獸）

5 袁珂，《山海經校注》（上海古籍出版社，一九八〇年），頁二九五。
6 張勁松，《中國鬼信仰》（中國華僑出版公司，一九九一年），頁六五至六六。

此經中的「崑崙之虛」與《西次三經》裏的「崑崙之丘」同。《說文》云：「虛，大丘也。」何以這個被稱之為「帝之下都」的崑崙，稱丘或虛，而不稱山呢？因為崑崙山沒有恆山高，所以稱丘。《爾雅》說：「三成為崑崙丘」，「恆山四成」。經文說：方八百里的崑崙丘，「面有九門」，由開明獸負責把守著。「九門」與「九井」，以及前引的「九部」的「九」字，是同義的。但「九」這個數目字，在這裏究竟何解？是否是當作「天數」中的最大數？尚難做出定論。有學者用古漢語中語義通假的原理，把「九門」解釋為「鬼門」，看來也沒有多少道理。在被認為記錄崑崙神話

圖一：明代蔣應鎬《山海經繪圖全像》開明獸

最為完整的《淮南子・墬形訓》裏，「九門」就演變成了四百四十門。當然四百四十門做何解，也是一個懸案。有學者認為，開明獸，就是《西次三經》中的陸吾。筆者認為證據不足，陸吾應是司守崑崙的較高一級的大神，而開明獸的職責，不過只是管理看守九門而已，儘管崑崙丘的神獸們的形體大都是類虎。出身類虎或身具虎形，很可能說明他們是同屬於一個以虎為圖騰祖先的血族。有待考證。

崑崙丘上的神很多，經文裏說是「百神之所在」。除了《西次三經》裏的土螻、欽原、鶉鳥，《海內西經》中的開明獸、窫窳、貳負等外，還有鳳皇、鸞鳥、眾巫等。如此神靈眾多、氤氳迷障、非仁羿莫能上的「岡岩」之地，崑崙之丘，如同古希臘神話裏集中了眾多神靈的奧林匹斯山一樣，自然是座西方神山、靈山。羿，即那個「嘗請不死之藥於西王母」者，亦即那個「在崑崙虛東」「與鑿齒戰於壽華之野，羿射殺之」（《海外南經》）的羿。

其三：《大荒西經》：「西海之南，流沙之濱，赤水之後，黑水之前，有大山，名曰崑崙之丘。有神——人面虎身，有文有尾，皆白——處之。其下有弱水之淵環之，其外有炎火之山，投物輒然。有人，戴勝，虎齒，豹尾，穴處，名曰西王母。此山萬物皆有。」

此經中「人面虎身，有文有尾，皆白」之神，應就是《西次三經》中那個主管崑崙之丘的陸吾。在這段經文裏出現了西王母，而這裏的西王母是人，但其形象卻又是「戴勝、虎齒、豹尾」，即人獸共體，頭上戴著玉質的飾物「勝」。關於西王母的話題，姑且先按下不說。《海內西經》說開明東有巫彭等十巫，他們「皆操不死之藥」；又說開明北有珠樹；《海外南經》說「三珠樹生赤水上」。據《列子・湯問篇》：「珠玕之樹皆叢生，華實皆有滋味，食之不老不死。」這種珠樹，就是巫彭等眾巫所操之不死之藥，或是後來傳說中的不死不老之藥的原形。在崑崙神話後來的發展演變中，不死之藥的情節大為膨脹，操不死之藥的西王母，成為崑崙神話中的大神，崑崙之丘也從原始的諸神之山，變成了被神話學家所說的西方的「仙鄉」[7]。在這段經文中，還有一句話不可忽略：「此山萬物皆有」。《十洲記》說此山「品物群生，希奇特出」。這就是說，崑崙之丘不僅是集諸神之山，而且有享用不竭的物產。「品物群生」也是「仙鄉」的一個重要條件。

（二）天地之臍、天之中柱

《淮南子．墬形訓》：「禹乃以息土填洪水以為名山，掘崑崙虛以為下地，中有增城九重，其高萬一千里百一十四步二尺六寸。上有木禾，其許五尋，珠樹、玉樹、璿樹、不死樹在其西，沙棠、琅玕在其東，絳樹在其南，碧樹、瑤樹在其北。旁有四百四十門，門間四里，里間九純，純丈五尺，旁有九井玉橫，維其西北之隅，北門開以內（納）不周之風。傾宮、旋室、縣圃、涼風、樊桐在崑崙閶闔之中，是其疏圃。疏圃之池，浸之黃水，黃水三周復其原，是謂丹水，飲之不死。河水出崑崙東北陬，貫渤海，入禹所導積石山。赤水出其東南陬，西南注南海丹澤之東。赤水之東，弱水出自窮石，至於合黎，餘波入於流沙，絕流沙南至南海。洋水出其西北陬，入於南海羽民之南。凡四水者，帝之神泉，以和百藥，以潤萬物。崑崙之丘，或上倍之，是謂涼風之山，登之而不死。或上倍之，是謂懸圃，登之乃靈，能使風雨。或上倍之，乃維上天，登之乃神，是謂太帝之居。」

《論衡．道虛篇》：「如天之門在西北，升天之人，宜從崑崙上。淮南之國，在地東南，如審升天，宜舉家先從崑崙，乃得其階。如鼓翼邪飛，趨西北之隅，是則淮南王有羽翼也。」

7　王孝廉，〈絕地天通——以蘇雪林教授對崑崙神話主題解說為起點的一些相關考察〉，見《岭雲關雪——民族神話學論集》（北京：學苑出版社，二〇〇一年）；又見《西南學院大學．國際文化論集》第十四卷第二號（二〇〇〇年二月，日本福岡）。

《山海經・大荒西經》：「有靈山，巫咸、巫即、巫朌、巫彭、巫姑、巫真、巫禮、巫抵、巫謝、巫羅十巫，從此升降，百藥爰在。有西王母之山、壑山、海山。有沃民之國，沃民是處。沃民之野，鳳鳥之卵是食，甘露是飲。凡其所欲，其味盡存。爰有甘華、甘柤、白柳、視肉、三騅、璿瑰、瑤碧、白木、琅玕、白丹、青丹，多銀鐵。鸞鳳自歌，鳳鳥自舞，爰有百獸，相去是處，是謂沃民之野。」

《神異經》：「崑崙有銅柱焉，其高入天，所謂天柱也。」

《河圖括地象》：「崑崙山為柱，氣上通天。崑崙者，地之中也。地下有八柱，柱廣十萬里，有三千六百軸互相牽制，名山大川孔穴相通。天不足西北，地不足東南。西北為天門，東南為地戶。天門無上，地戶無下。」

《藝文類聚》：「崑崙山，天中柱也。」

這些來自不同時代（從戰國到漢唐）和不同作者的文字，包含了好幾個各自獨立又互有聯繫的神話，其中以《淮南子・墬形訓》所述最為完整、廣泛而細緻，其他幾段，當可與之互相補充參證。這些關於神話崑崙的表述，其中心意思是：（1）百神所居的崑崙之丘，乃是上接天下通地的天柱。靈異之人如巫咸等十巫者可援崑崙山天柱而升降，將人間之情況上達於天，再將上天的指令下達於地。他們的角色是充當人神兩界的中介。（2）崑崙地處神州之中心，故為中柱，即神話學上所說的「天地之臍」。而地下還有八根柱子支撐著。這個時代，崑崙天柱使天地宇宙處於一種穩定平衡的原始狀態，群巫可以沿著山體天柱自由上下，溝通信息。後來，「共工與顓頊爭為帝，怒而觸不周之山，天柱折，地維絕。天傾西北，故日月星辰移焉；地不滿東南，故水潦塵埃歸焉。」（《淮南子・天文訓》）這被「折」的「天柱」，指的自然是「百神所居」的崑崙之丘，但這裏所包含的文化象徵意義，可能意味著崑崙之丘的至高無上的壟斷地位，受到了新的挑戰。總之，舊的宇宙秩序遭到了破壞。於是，才出現了「絕地天通」的神話（圖二：山東沂南漢畫像石天柱崑崙圖）。

圖二：山東沂南漢畫像石天柱崑崙圖

天柱的意象，顯示著一種古老瑰麗的幻想。按照〈墜形訓〉的敘述，自崑崙天柱而上，共有三層：第一層是涼風之山，登上此山者可不死；第二層是懸圃，登之乃靈，能使風雨；第三層才是上天（天庭），那裏便是天帝的居所。《楚辭・天問》：「崑崙懸圃，其尻安在？增城九重，其高幾里？四方之門，其誰從焉？西北闢啟，何氣通焉？」涼風和懸圃，都是人們幻想中的空中神話樂園，但不是普通人，而只有那些異人、那些巫覡們，才能夠登臨和享受；而第三層，那是天帝——天神專有的居所，與人類之間有一條無法逾越的距離。

（三）幽都之山

魂歸聖山的觀念，大概是與神居聖山的觀念同時產生的。作為「帝之下都」、「百神之所」的崑崙之丘，同時也是一座幽冥之山。《海內經》：「北海之內，有山，名曰幽都之山，黑水出焉。其上有玄鳥、玄蛇、玄豹、玄狐蓬尾。有大玄之山。有玄丘之民。有大幽之國。有赤脛之民。」這「幽都之山」的地理座標在哪裏？可從黑水的發源地而得到一些消息。《大荒西經》說，崑崙之丘的位置，在「西海之南，流沙之濱，赤水之後，黑水之前」。一個是「黑水出焉」，一個是「黑水之前」，大致可以斷定《海內經》所指的「幽都之山」，就在崑崙之丘的方圓八百里的範圍之內，或者這「幽都之山」就是指的崑崙之丘。

二、山神西王母

最早記載西王母而又流傳至今的資料，當是成書於戰國初年的《山海經》。陳夢家在〈古文字中之商周祭祀〉一文中說，殷甲骨卜辭中的「西母」二字，就是戰國文獻中的神話人物西王母[8]。但不少學者對「西母」就是西王母，表示了懷疑，因為在此孤證之外，尚沒有更多的材料可資證實。《山海經》裏寫到西王母的地方有四處，這四處所寫西王母，各有不同的內涵，也可以說，這些不同之處，昭示著西王母形象演變的不同時期。下面做一簡略的分析和判斷。

《西次三經》：「又西三百五十里，曰玉山，是西王母所居也。西王母其狀如人，豹尾虎齒而善嘯，蓬髮戴勝，是司天之厲及五殘。」

《大荒西經》：「西海之南，流沙之濱，赤水之後，黑水之前，有大山，名曰崑崙之丘。有神——人面虎身，有文有尾，皆白——處之。其下有弱水之淵環之，其外有炎火之山，投物輒然。有人，戴勝，虎齒，有豹尾，穴處，名曰西王母。此山萬物盡有。」（圖三：明代蔣應鎬《山海經繪圖全像》崑崙山神西王母圖）

8 陳夢家，〈古文字中之商周祭祀〉，《燕京學報》一九三六第十九期，頁一三一至一三三。

西王母的居住地是玉山。玉山是崑崙丘諸山中的一座山，或為崑崙丘的異名。朱芳圃說：「《山海經・西山經》：『玉山為西王母所居。』又《海內北經》：『西王母在崑崙虛北。』《大荒西經》：『西王母穴處崑崙之丘。』考玉山為崑崙的異名，《淮南子・墬形訓》：『西北方之美者，有崑崙之球琳琅玕焉。』高誘注：『球琳琅玕，皆美玉也。』因為山出美玉，所以又名玉山。」[9] 西王母其神容為半人半獸：「狀如人，豹尾虎齒，蓬髮戴勝。」這個半人半獸、人

圖三：明代蔣應鎬《山海經繪圖全像》崑崙山神西王母圖

9 朱芳圃，《中國古代神話與史實》（中州書畫社，一九八二年），頁一六〇至一六一。

獸共體的西王母，可能是最原始的西王母形象。日本京都大學教授小南一郎認為：「屬於《五藏山經》的《西山經》的記載在《山海經》中屬古老層次，可推定所記載為上溯至戰國初期的觀念。」[10]

這個半人半獸的西王母，豹尾虎齒，善嘯，樣子像野獸；但她披散著頭髮，頭上戴著飾物「勝」，「狀如人」。「勝」是古人戴在頭上的一種玉質飾物。據《爾雅翼》卷十六：「勝者，女之器。」這說明：西王母的性別是女性。儘管「勝」的古代含義，我們今天已經不能完全瞭解，但玉器在古代作為王權的象徵，在後世的考古發掘（如漢畫像石）和文獻記載中，其影子還依稀可辨。「虎齒」的西王母，與「虎身」「虎爪」的陸吾——「司天之九部及帝之囿時」的崑崙之丘守護神，是同一血族，這一信息也向我們預示了：崑崙之丘的諸神，應是一個大的部族——虎族，一個以虎為圖騰祖先的族群。而西王母占據的玉山，作為崑崙之丘眾多山頭中的一個，以產玉而聞名。西王母的「穴居」，也至少說明了兩點：第一，西王母還沒有完全脫離神話中的獸人時代；第二，穴居是崑崙之丘群山中原始人類的居住方式。

豹尾虎齒、蓬髮戴勝的崑崙山神西王母，其職司是「司天之厲及五殘」。通俗地說，就是主管刑殺與安全之神。「厲」和「五殘」都是天上的星名。郝懿行《箋疏》云：「按厲及五殘，皆星名也。……《月令》云：『季春之月，命國儺。』鄭注云：『此月之中，日行歷昴，昴有大陵積屍之氣，氣佚則厲鬼隨之出行。』是大陵主厲鬼，昴為西方宿，故西王母司之也。五殘者，《史紀·天官書》云：『五殘星出正東，東方之野，其星狀類辰星，去地可六七丈。』《正義》云：『五殘一名五峰，出則見五方毀敗之徵，大臣誅亡之象。』西王母主刑殺，故又司此也。」朱芳圃認為：「古代四方之神——東勾芒，西蓐收，南祝融，北玄冥——為春秋以來天文學發達與五行學說相結合的產物。東方為春而主

10 小南一郎著，孫昌武譯，《中國的神話傳說與古小說》（中華書局，一九九三年），頁二六。

生，西方為秋而主殺，既已各有專司，又復以西王母司刑殺者，因為西王母位在西方，且與蓐收同為猛獸，一虎一豹，物類相連，所以也成為主刑殺的凶神。」[11]

《山海經》原本以木簡刻成，每簡刻一小節文字，被發現時，連接簡冊的繩索已朽爛，簡冊散亂。現在的《山海經》是後人編排組合，成書也並非同一時代，是陸續附益而成的。種種錯亂的情況，已陸續有學者指出。《大荒西經》和《西次三經》多處寫到西王母其人其事，現在的編排可能有錯亂之處，但重要的是《大荒西經》可能要比年代最早的《西山經》晚出。《大荒西經》裏寫的西王母，其神容，雖然也還是「戴勝虎齒，有豹尾」，但《西次三經》裏的「狀如人」，在這裏卻變成了「有人」，而且增加了「穴處」的內容。「穴處」當然是指原始人類的居住方式。較之《西次三經》裏作為原相的半人半獸、人獸合體的西王母，《大荒西經》裏作為「人」的西王母，已經「人」化了。儘管她已「人」化，卻也無法全部脫去原始山神的形態（豹尾、虎齒、蓬髮、戴勝、善嘯）和功能（司天之厲及五殘）。對照《海內西經》中所說之「在八隅之巖，赤水之際，非仁羿莫能上岡之岩」神話，仁羿（應為夷羿）之所以「上岡之巖」，是為了向西王母討不死之藥。那麼，這無疑說明，作為崑崙（身處「八隅之巖」）山神的西王母，此時在「司天之厲及五殘」之外，已負有掌握不死之藥的重任了。「不死之藥」觀念的出現，是人類希望延長生命的一種願望，最初是有其積極意義的。後來，衍化出姮娥盜食得仙奔月的千古故事，在現實生活中，被黃老道徒與最高統治者們用以滿足追求其長生不老的奢望。

11 朱芳圃，《中國古代神話與史實》，頁一六〇至一六一。

三、統屬關係頂端的西王母

神話中的西方山神的西王母，在適宜的社會條件下，即歷史化、合理化的社會條件下，逐漸演變為神話統屬關係頂端的、部落王者的西王母。

《海內北經》：「西王母梯几而戴勝，杖，其南有三青鳥，為西王母取食。在崑崙虛北。有人曰大行伯，把戈。」

《大荒西經》：「大荒之中，有西王母之山、壑山、海山。……有三青鳥，赤首黑目，一名曰大鵹，一名少鵹，一名曰青鳥。」（郭璞注：「皆西王母所使也。」）

與《西次三經》裏的那個豹尾、虎齒和善嘯的西王母不同，出現在《海內北經》裏的西王母，是個「梯几戴勝，杖」的部落頭領或王者，而且在她的身邊，出現了供她使役的三青鳥和大行伯等一批役者。相比之下，這裏所描寫的西王母，不僅消失了原始神靈通常必具的動物形貌特徵，而且擁有了為其取食的三青鳥和為其傳遞信息的行者大行伯這兩個役者角色，顯示出這個原始的神話，已形成了簡單的神際統屬關係，而不同層次的神祇之間的統屬關係的出現，乃是原始神話向著體系神話演進的一個標誌（圖四：山東嘉祥漢畫像石作為統領的西王母）。

作為崑崙之丘的山神，西王母最初的活動地點，《西次三經》說是玉山。根據經文所述，其方位應在崑崙之丘以西的一千里左右，距流沙之濱不遠。據《海內東經》：「西胡白玉山在大夏東，蒼梧在白玉山西南，皆在流沙西，崑崙虛東南。崑崙山在西胡西，皆在西北。」前引《大荒西經》的經文說是崑崙之丘，其方位在「西海之南，流沙之濱，赤水之後，黑水之前」。筆者認為，把這一條置於《大荒西經》裏，可能是錯置，因為它與我們在本節開頭引用的《大荒西經》的另一條關於西王母之山的經文頗有差異。

圖四：山東嘉祥漢畫像石作為統領的西王母

如前所說，「梯几戴勝」、有三青鳥可供使役的西王母，與「豹尾、虎齒」的西王母，已不可同日而語。如果說「豹尾、虎齒」的西王母是崑崙山神的話，那麼，「梯几戴勝」有三青鳥取食、有大行伯傳遞信息的西王母，已儼然是一個部落的女頭領了。況且她已在群巫上下採藥的「天梯」靈山不遠處，建立了一個西王母之山；而在此西王母之山附近，是「鸞鳥自歌、鳳鳥自舞、爰有百獸、相群是處」、物產豐饒的沃民之野。據《穆天子傳》卷三云：「天子遂驅升於弇山，乃寄名於弇山之石而樹之槐，眉曰西王母之山。」

從社會學的立場來透視隱藏在《海內北經》和《大荒西經》這兩段經文背後的社會景象，那麼，我們看到的是，西王母是一個以西王母為名、以玉山和西王母之山多處地盤為根據地的原始部落的頭領。據歷史學家朱芳圃考證，《山海經》中所見之動物形體的「西王母為西方貘族所奉祀的圖騰神像」。古之西膜（貘）族，亦即神話中所說的西王母。在《穆天子傳》中描寫的穆王西征崑崙所見之西王母，已不再是圖騰神像，而是西膜族的君長[12]。筆者並不贊成把動物形體的西王母看作是部落圖騰神像這樣一種觀點，但如果說這種解釋還有其合理性的話，那麼，為西王母取食的三青鳥，即大鵹、少鵹、青鳥，

12 同上書，頁一四六至一四七。

為西王母傳遞消息的大行伯，當係被西王母所代表的膜族所兼併的小部落，以崑崙之丘的玉山和西王母之山為根據地的西王母部落或族群，也就成為一個以女性為首領的大的部落聯盟了。

從上面的分析，大體可以認定，《山海經》不同的經文和其他古籍中的西王母形象，經歷了一個從神話中的人獸合體的山神，到神話中的人神，再到部落大頭領的漫長的演變過程。在後來的發展中，西王母從一個僅僅「司天之厲及五殘」的西方山神，超越了受命守護「天之九部及帝之囿時」的大神陸吾的地位，成為崑崙神山眾神之中具有顯赫地位的神祇——一個高踞於崑崙神話所呈現的統屬關係頂端的大神。

二〇〇一年七月三十日

（原載《西北民族研究》二〇〇二年第四期）

牛郎織女傳說的時代命運

俗稱中國「四大傳說」的孟姜女傳說、梁山伯祝英台傳說、白蛇傳傳說，以及在民眾中也流傳非常廣泛的董永傳說、西施傳說、濟公傳說，於二〇〇六年五月二十日被納入了第一批「國家級非物質文化遺產名錄」，這在中國文化史上開了民間傳說受到國家保護的先河。但公眾對於「四大傳說」之一的牛郎織女傳說竟然沒有一個地方申報、故而未能進入第一批國家名錄感到非常遺憾和失望，自然也成為我們這些多年來從事民間文學搜集、研究與保護工作的學人的心頭之痛。好在，等待了兩年之後，二〇〇八年一月二十四日，公示的第二批「國家級非物質文化遺產名錄」推薦名單中，終於載入了牛郎織女傳說，而且確認山東省沂源縣、陝西省長安縣、山西省和順縣為該傳說的第一批保護地（二〇〇八年六月十五日正式公布的「第二批國家級非物質文化遺產名錄」，「牛郎織女傳說」已被批准納入，編號為：I－三六。保護地只批准了山東沂源縣與山西和順縣兩地）。對此，我和同行們無不感到欣慰，額手稱慶。

我所以把牛郎織女傳說的這三個重要流傳地稱為第一批保護地，是因為近年來積極申報牛郎織女傳說保護地的地區還有好幾處，如河南省的安陽市、江蘇省的太倉縣、河北省的內丘縣、甘肅省的西和縣等。這些提出申報的地區所以沒有被採納進入國家級「非遺」的「民間文學」類名錄，原因是各不相同的，有的是因為他們申報的重點側重於七夕節而非傳說，有的則由於他們所提供的材料主要是想以當地某些文物或風物來證明他們那裏是牛郎織女傳說或七夕的起源地，而他們所提供的傳說文本又不足以證明牛郎織女傳說在當代還有廣泛的流傳和承遞。筆者希望這些地區繼續努力，做扎實的田野工作，組織基層文化幹部或與高校和研究單位學者們合作，對當地流傳的牛郎織女傳說進行廣泛而科學的搜集，拿出科學性比較強的記錄文本和切實可行的保護工作計畫來，再行申報。

我想，在申報國家級非物質文化遺產名錄時，牛郎織女傳說所以遇到各地文化主管部門的冷淡，除了參加這項工作的文化幹部對民間傳說不熟悉又沒有下鄉去做實地調查採錄而外，也可能與這個傳說在近代以來處於逐漸衰弱的發展趨勢不無關係。二十世紀前半葉，被文人學者搜集記錄下來並公開發表的牛郎織女傳說，與同時期發表的孟姜女、梁祝、白蛇傳等三個傳說相比，數量上是最少的。筆者所能找到的直接的或間接的材料，充其量不過十數篇。筆者在編纂《中國新文藝大系·民間文學集》（一九三七至四九年）（中國文聯出版公司，一九九一年）時搜集到的牛郎織女傳說計有：（1）靜聞（鍾敬文）記錄〈牛郎織女〉，流傳於廣東陸安，《北京大學研究所國學門週刊》二〇〇五年第十期；（2）王茀橋記錄〈牛郎織女的故事〉，流傳於廣東，《民俗》週刊第八十期（一九二九年十月二十日）；（3）蔡維肖搜集〈牛郎織女〉，流傳於福建南安、泉州、漳州一帶，謝雲聲編《福建故事集》（廈門新民書社，一九三〇年）；（4）孫佳訊記錄〈天河岸〉，流傳於江蘇灌雲縣，林蘭編《換心後》（上海：北新書局，一九三一年）；（5）鄭仕朝記錄〈牛郎織女〉，流傳於浙江永嘉縣，《新民》半月刊一九三一年第五期；（6）林秀蓉搜集記錄〈牛郎織女〉，流傳於山東，方明編《民間故事》（上海：元新書局，一九三七年）；（7）、（8）趙啟文記錄〈牽牛郎〉兩篇，流傳於山東諸城，王統照編《山東民間故事》（上海：兒童書局，一九三七年）；（9）〈牛郎織女〉，歐陽飛雲〈牛郎織女故事的演變〉引，見《逸經》雜誌一九三七年第三十五期；（10）〈牛郎織女〉，李浩編《民間故事新集》（上海大方書局，一九四七年）；（11）〈牛郎織女〉，《民間神話》（上海：國光書店）。而到了二十世紀八十年代各地民間文學工作者在全面搜集基礎上編纂的《中國民間故事集成》各省卷本中，入選的牛郎織女傳說的數量，也顯示了這個傳說在各地的流行仍然處於弱勢，不像董永傳說那樣因受到戲曲和電影的激發而在民間重新獲得了傳播的活力。據陳泳超先生告知，他在編輯「牛郎織女傳說系列叢書」之《牛郎織女傳說》這一卷的過程中，查閱了《中國民間故事集成》

的縣卷資料本，共收錄牛郎織女傳說達到了一百四十篇。全國各地的民間文學工作者在二十世紀八十年代記錄下這麼多牛郎織女傳說的不同異文，給我輩和後代學人研究中國民間文化的發展流變提供了豐富的材料，實在是一件值得大書特書的事情。

民間傳說主要是在原始的或自然經濟為主的農耕文明和宗法社會條件下的民眾集體的精神產物。二十世紀末、二十一世紀初，中國社會進入了一個全面而深刻的轉型期，即由原始的和自然經濟為主的農耕文明和宗法社會，向著現代化、市場化、城鎮化、現代文明的急劇過渡。在「四大傳說」中，牛郎織女這個美麗哀婉的悲劇傳說是見諸史籍最早，並由神話而傳說而故事，經歷過不同的發展階段，在民間傳誦了兩千多年的傳說，到了現當代，因生存條件的變化開始逐漸呈現出了衰微的趨勢。民間傳說在歷史流傳途程中，會發生或強或弱的變異，像滾雪球那樣粘連上、附會上、疊壘上或兼併上一些異質的東西，如情節、枝杈、細節、人物與場景，甚至導致主題和情節的兼併、融合和轉變，這是口頭文學的發展嬗變規律，牛郎織女傳說亦然。牛郎織女傳說在社會轉型的現代條件下出現的衰微趨勢，不僅表現在流傳地區和傳播群體的萎縮上，而且也表現在情節構成的停滯和故事元素的衰減上。牛郎織女傳說在現代條件下的遭遇，無疑是傳統文化現代嬗變的一個饒有興味的文化個案。

古代，牽牛和織女原是天上銀河系的兩顆星辰，是否有一個以牽牛星和織女星為主人公的神話，畢竟留給我們可供研究和判斷的文獻太少了，故而一向有不同見解。如二十世紀早期研究者黃石說：「牛、女的故事，可謂我國星宿神話中之碩果僅存者。」[1]又如[日]新城新藏，其說見《宇寓大觀》頁二二七[2]。再如劉宗迪，其說見所著《七夕故事考》[3]。

1 黃石，〈七夕考〉，上海：《婦女雜誌》第十六卷第七號（一九三〇年七月）。
2 見王孝廉，《中國的神話傳說・牽牛織女的傳說》（臺北：聯經出版事業公司，一九七七年），頁一八七。
3 劉宗迪，〈七夕故事考〉，《民間文化論壇》二〇〇六年第六期。

如果說，《夏小正》中「七月，初昏，織女正東向」的文字還只是關於織女星的記載而缺乏神話情節和內容的話，那麼，《詩經・小雅・大東》中的詩句「維天有漢，監亦有光。跂彼織女，終日七襄。雖則七襄，不成報章。睆彼牽牛，不以服箱。……」就包含了一個富有幻想的星辰神話：說的是非現實生活中治絲織布的織女和耕田拉車的牛，而把天上的織女星想像為一個治絲織布的織女，把牽牛星想像為一個挽牛耕田的牽牛郎。一向以來，學界大都傾向於認為，牛郎織女傳說形成於漢：西漢或東漢。其證據有：《古詩十九首》之〈迢迢牽牛星〉；西漢班固〈西都賦〉：「臨乎昆明之池，左牽牛而右織女，似雲漢之無涯。」東漢應劭《風俗通》（逸文）：「織女七夕當渡河，使鵲為橋，相傳七日鵲首皆髡，因為梁以渡織女故也。」（《歲華紀麗》引）；唐《白氏六帖》引《淮南子》之「七夕烏鵲填河成橋，渡織女」[4]等。一九七五年十一月在湖北省雲夢睡虎地出土的戰國秦簡〈日書〉中的記載：「丁丑・己酉取妻，不吉。戊申・己酉，牽牛以取織女，不果，三棄。」（甲種一五五正）「戊申・己酉，牽牛以取織女而不果，不出三歲，棄若亡。」（甲種三背）[5]其直接的意思，固然說的是不宜嫁娶之日，是禁忌，其故事卻已經是牽牛和織女這一對有情人、而愛情最終成為悲劇的傳說。這兩段文字，不僅改寫了長期流行於學界的牛郎織女傳說形成於漢代的結論，將其形成期由漢提前到了春秋至秦，至少不晚於墓主人喜卒亡之日始皇帝三十年（西元前二一七年），而且也對《詩經・小雅・大東》由於文體的局限所導致的牛郎織女神話的缺環，提供了重要的情節上的補充和連接。也就是說，到了戰國時代，這個原本是星宿神話的故事，已經發展演變成為一個織女和牛郎的愛情悲劇故事了。

如許多學者所指出的，到了漢魏及其以降，《古詩十九首・迢迢牽牛星》裏了銀河相隔、「盈盈一水間，脈脈不得語」的情節；應劭《風俗通》（逸文）中增益了「使鵲為橋」的情節，故事已經發展得完備了。到了唐代，牛郎織女傳說完整形態及互為表裏的七夕習俗，都發展得成熟而定形了。正如有的學者說的：「至唐代，牛郎織女神話完成了向內

4 歐陽雲飛，〈牛郎織女故事之演變〉，見《逸經》第三十五期（一九三七年八月五日）。

5 睡虎地秦墓竹簡整理小組：《睡虎地秦墓竹簡》（北京：文物出版社，二〇〇一年），頁二〇六至二〇八。

涵豐富、功能多樣的節俗形式的演變。」[6]也有學者指出，就其性質而言，七夕節應是中國的「女兒節」[7]。而此後的千多年來，這個相對定形了的傳說，似乎再也沒有太大的發展演變了。

牛郎織女傳說的起源問題，始終是二十世紀中國學界關注的一個問題，卻也始終處於裹足不前的狀態。只是到了世紀末，即雲夢睡虎地材料行世二十年後，對這一傳說的起源研究和文化解讀才終於邁出了新的一步。這方面的研究不少，但要指出的是，並非所有的研究結論都能被接受。如有學者把牛郎織女的婚姻引申解讀為「傳統走婚制與新夫妻婚制的妥協」，織女為「低級的」「走婚者」，而牛郎為「高級的」「夫妻婚者」。這樣的解讀和結論，怕是很難有較大的說服力。

在二〇〇三年十月聯合國教科文組織通過的〈保護非物質文化遺產公約〉框架下開展的「國家級非物質文化遺產名錄」的申報和認定，在新的形勢下重新激發起了關於牛郎織女起源問題的大討論。在這次大討論中，無論是在紙質媒體和學術報刊上，還是在網路虛擬媒體上，發表了數量不少的文章，應該說，不同立場的論者都有了較大的視野開掘和理論提升，除了對古文獻的解讀對學科建設的貢獻外，地方學者在保護文化多樣性和文化可持續發展的理念下對有關牛郎織女的地方文化資源的開掘，大大地豐富了我們過去在牛郎織女傳說上的狹隘眼界。當然，也要指出，有些地方出於利益的考慮，把目光放在了爭奪傳說的原生起源地上，未免把原本屬於學術性質的問題利益化、庸俗化了。事情的另一面是，缺乏對現代口傳材料的苦心搜集和理性觀照，已成為當下研究者的時代通病。從全國來看，二十世紀八十年代圍繞著「中國民間故事集成」而進行的民間故事調查採錄，提供了那個已經成為歷史的時代的傳說紀錄，儘管其地理分布和記錄質量都未見得能令人滿意。往者已矣，現在我們所缺少的，是這一傳說在二十世紀九十年代到二十一世紀初這十幾

6 李立，〈牛郎織女神話敘事結構的藝術轉換與文學表現〉，《古代文明》二〇〇七年第一期。程薔、董乃斌，《唐帝國的精神文明——民俗與文學》（中國社會科學出版社，一九九六年），頁六八。

7 程薔、董乃斌，《唐帝國的精神文明——民俗與文學》（中國社會科學出版社，一九九六年），頁六八。

年間在民間流傳的口傳文本的紀錄，而這無疑是研究民間文化的發展變遷以至文化國情的重要依據。國務院文化部於二〇〇五年啟動了「全國非物質文化遺產普查」，今年年底應是宣告基本結束的日期，可惜至今我們還沒有看到更多能夠顯示出時代烙印的牛郎織女傳說的口傳紀錄資料問世。在此情勢下，山東省沂源縣的地方文化工作者，在學者們的幫助和指導下，兩股力量通力合作，深入到民眾中去進行了艱苦細緻的田野調查，搜集採錄了一批現在還流傳在民眾（主要是農民）口頭上的牛郎織女傳說，並對二十一世紀初當下時代的生存狀況進行了分析研究，撰寫出了田野調查報告，為這個有著兩千多年流傳史、至今還在民間廣泛傳承的牛郎織女傳說的保護，交出了第一份答卷。

我想，由葉濤教授和韓國祥書記主編、許多知名學者和文化工作者參加編輯的這套包括口頭傳說集、研究成果集、史料集、圖像集、調查報告集等多項成果在內的《牛郎織女傳說系列叢書》[8]，將為牛郎織女傳說的口頭傳承和生命延續，也為這個傳說同時以其「第二生命」在國內外讀者中廣為傳播，提供了依據或參考，僅這一點就是可喜可賀的，而於「非遺」保護工作的推動、於民間文學學科的建設，都將是有益的。

二〇〇八年四月二十日於北京寓所

附記：此文係為葉濤、韓國祥主編《中國牛郎織女傳說》叢書寫的總序，發表於《中國文化報》二〇〇八年六月二十九日、《中國社會科學院院報》二〇〇八年七月三十一日。

[8] 葉濤、韓國祥主編《中國牛郎織女傳說》叢書（廣西師範大學出版社，二〇〇八年），包括：第一卷《民間文學卷》（陳泳超主編）、第二卷《研究卷》（施愛東主編）、第三卷《俗文學卷》（丘慧瑩主編）、第四卷《圖像卷》（張從軍主編）、第五卷《沂源卷》（葉濤主編）。

牽牛織女原是東夷部族的神話傳說

牛郎織女傳說是一個古老的傳說。以往研究者一般都贊同這樣一種見解：牛郎織女傳說故事的遠源，可以追溯到原始社會末期人們對於牽牛星和織女星的星辰崇拜；到周秦甚或周秦之前，在星辰崇拜的基礎上已初步形成了牽牛星和織女星的星辰神話（以《詩經》的《大東》的記述為標誌）[1]；隨著中國農耕社會的進一步發展，適應農耕文明的需要，星辰神話逐漸世俗化、人格化、道德化，到漢魏便形成了比較完型的牛郎織女傳說。所謂完型，即具有人間的牛郎、天上的織女、鵲橋相會三個情節要素。近十年來，由於非物質文化遺產的申報和保護工作的推進，在牛郎織女傳說起源地問題上的爭論此起彼伏，討論中各相關地區所提供的證據和發表的意見使「漢魏形成期」這一結論遭到了挑戰，推動了理論研究的深化。

《詩經・小雅・大東》：「維天有漢，監亦有光。跂彼織女，終日七襄。雖則七襄，不成報章。睆彼牽牛，不以服箱。東有啟明，西有長庚。有捄天畢，載施之行。維南有箕，不可以簸揚。維北有斗，不可以挹酒漿。維南有箕，載翕其舌。維北有斗，西柄之揭。」這段詩章（《大東》之第五章）是我們看到的有關牽牛星和織女星的最早的文獻，被學者們認為是牛郎織女神話的最早的「雛形」或「胚胎」。翻檢近百年來關於牛郎織女研究資料，可以見到，較早持「雛

1 趙逵夫認為：「『牽牛』、『織女』這兩個星座名，在西周以前就已經有了，很可能產生在商代。」見其作《論牛郎織女故事的產生與主題》，《西北師大學報》一九九〇年第四期。

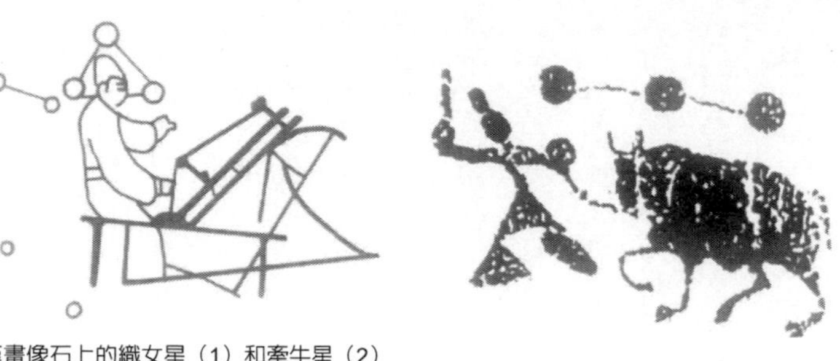
漢畫像石上的織女星（1）和牽牛星（2）

形」或「胚胎」說者，其代表性的文章是歐陽雲飛所撰〈牛郎織女故事之演變〉（一九三七年），他說：「牽牛、織女的名見諸於最早的是《詩經》。《小雅・大東》章云：『睆彼牽牛，不以服箱。』又云：『跂彼織女，終日七襄。』是周以前就有這兩個星名的醞釀了，不過它是只具有一個雛形而已，還沒有指出他們是神仙，也沒有說出他們是否有夫妻關係，只是一些詩人隨意拈來的想像語罷了。」[2]稍後，常任俠在《牛郎織女神話・後記》（一九四〇年）裏寫道：「（《大東》詩句）這當是農作的勞動者把人世的艱辛怨歎，借牛女來自寫中愁（引者按：常先生指出了「人世的艱辛怨歎」，但沒有說這種「艱辛怨歎」由何而來）。古代人樸美的心靈中，已經把清夜所見的許多星光，擬物化了。這歌中牛女兩星的故事，便已早具雛形。……至於牛女兩星的名稱，中外各異。但都被擬物化了，這是原始社會人類的思想共同之點。」[3]再後，有王孝廉的〈牽牛織女傳說的研究〉（一九七四年），他說：「織女在這些記載中都是單獨地被當作天女而記錄的，和牽牛並沒有關係，雖然《詩經》時代以前的中國人已經把現實農耕社會中作為信仰對象的『牽牛』、『織女』作為天上星辰的名字，但並沒有把這兩顆星結合在一起發生神話聯想，後來的人們由實際的天文星象觀察而把牽牛織女兩星由神話聯想而成立了傳說的雛形，最早也該是在西元以後的年代了吧？」[4]

2 歐陽飛雲，〈牛郎織女故事之演變〉，上海：《逸經》文史半月刊第三十五期（一九三七年八月）；此處引自施愛東主編《中國牛郎織女傳說・研究卷》（廣西師範大學出版社，二〇〇八年）。

3 常任俠，《牛郎織女神話・後記》，收入作者《民俗藝術與考古論集》（重慶：正中書局，一九四三年），頁六六、七三。

4 王孝廉，〈牽牛織女傳說的研究〉，臺北：《幼獅月刊》第四十六卷第一期（一九七四年）；又施愛東主編《中國牛郎織女傳說・研究卷》（廣西師範大學出版社，二〇〇八年），頁九八。

古人為什麼把兩顆星星命名為牽牛星和織女星呢？它們各自的原始含義是什麼？這應該是研究牛郎織女神話傳說繞不過去的一個問題。

關於牽牛星。《史記・天官書》說：「牽牛為犧牲，其北河鼓。」司馬遷寫《史記》之前，河鼓三星被稱做牽牛。所以《爾雅・釋天》說：「河鼓謂之牽牛。」所以漢畫像石的圖像中仍然依照牽牛的形象把牽牛星畫成一列三顆的河鼓三星。由於「河鼓二」在河鼓三星中最為明亮，所以《大東》詩裏說「睆彼牽牛」，「睆」就是亮的意思，最亮的那顆「河鼓二」就是牽牛星。牽牛星與織女星並沒有統屬的或關聯的關係。關於牽牛星的原始意義，王孝廉說：「最遲在《詩經》的時代，『牽牛』、『織女』已經被中國人當作是那兩顆明星的名字了，但是在人們把那兩顆明星命名為牽牛織女以前，人們已經有了牽牛織女的原始信仰，因此，我認為牽牛織女的傳說絕不是單純的天文故事，而是一個由大地上農耕信仰的崇拜對象與天文上的實際星象觀察結合而形成的神話傳說，也就是說牽牛織女的傳說絕不是單純地由古代人觀察星空的天文現象而憑空想像出來的東西，而是以大地上的現實生活為背景結合天文現象所形成的。雖然這種結合早在《詩經》以前已經形成了。」他根據所提出的理念，進一步認為：「牽牛星名的原始當就是一匹祭祀大地所用的白色牡牛，也就是說在牽牛作為天上的星名以前，古代中國已經先有了這種農耕信仰。」[5]

關於織女星。《史記・天官書》說：「其北織女，天女孫也。」織女星也是三顆，形成鼎足三角形。其形狀讓人們聯想為一個坐在織機前織布的織女。關於織女星的原始意義，常任俠認為，根據《晉書・天文志》：「織女三星，在天紀東端，天女也。主果蓏絲帛珍寶也。」織女是天神之女，是主管果蓏絲帛之女神[6]。王孝廉則認為：「織女在成為星名之前的原始意義當是農耕信仰中被視為神聖樹木桑樹的桑神，……也就是說在人間大地上先有了以織女為桑神的信

5 王孝廉，〈牽牛織女傳說的研究〉，臺北：《幼獅月刊》第四十六卷第一期（一九七四年）；又，施愛東主編《中國牛郎織女傳說・研究卷》（廣西師範大學出版社，二〇〇八年），頁八七、九一。

6 常任俠，《牛郎織女神話・後記》。

仰，然後結合了天文現象的觀察而形成了織女星的星名。」織女的原始身份究竟是桑神，還是果蓏絲帛之神，其實並不重要，也許還有可以討論的餘地，但闡明牽牛和織女兩星所顯示的古人的原始星神崇拜意識，對於理解這個星辰神話的形成，卻是非常重要的。

在談論由牛郎織女星辰神話向著傳說轉化，進入傳說形成期的問題時，以往學者們大都援引南北朝（梁）任昉（四六〇至五〇八年）《述異記》裏的一段記述：「大河之東，有美女麗人，乃天帝之子，機杼女工，年年勞役，織成雲霧絹縑之衣，辛苦殊無歡悅，容貌不暇整理，天帝憐其獨處，嫁與河西牽牛為妻。自此即廢織紝之功，貪歡不歸。帝怒，責歸河東，一年一度相會。」自一九七五年十一月湖北雲夢睡虎地《日書》中關於牽牛與織女的兩段文字被發掘和被解讀，在《大東》詩之外，又增加了一份古文獻資料，在某種程度上改寫了學界先前已有的結論，也就是說，牛郎織女傳說形成於漢魏的結論，遭到了挑戰。有學者指出：「作為民間傳說，其形成時間至遲應推至戰國中期。」[7]不錯。二〇〇八年四月，筆者在為葉濤、韓國祥主編的五卷本《中國牛郎織女傳說》叢書所寫序言裏寫了這樣的見解：「一九七五年十一月在湖北省雲夢睡虎地出土的戰國秦簡《日書》中的記載：『丁丑・己酉取妻，不吉。戊申・己酉，牽牛以取織女，不果，三棄。』（甲種一五五正）；『戊申・己酉，牽牛以取織女而不果，不出三歲，棄若亡。』（甲種三背）[8]其直接的意思，固然說的是不宜嫁娶之日，是禁忌，其故事卻已經是牽牛和織女這一對有情人、而愛情最終成為悲劇的傳說。這兩段文字，不僅改寫了長期流行於學界的牛郎織女傳說形成於漢代的結論[9]，將其形成期由漢

7 趙逵夫，《牛郎傳說在魏晉南北朝時期的傳播與分化》，《長江學術》二〇〇八年第一期。

8 睡虎地秦墓竹簡整理小組：《睡虎地秦墓竹簡》（北京：文物出版社，二〇〇一年），頁二〇六至二〇八。

9 許多學者認為，牛郎織女傳說形成於漢：西漢或東漢。其證據有：《古詩十九首》之《迢迢牽牛星》；西漢班固《西都賦》：「臨乎昆明之池，左牽牛而右織女，似雲漢之無涯。」東漢應劭《風俗通》（逸文）：「織女七夕當渡河，使鵲為橋，相傳七日鵲首皆髡，因為梁以渡織女故也。」（《歲華紀麗》引）；歐陽雲飛《牛郎織女故事之演變》則以《白氏六帖》引《淮南子》之「七夕烏鵲填河成橋，渡織女」為據，見《逸經》第三十五期（一九三七年八月五日）等。

提前到了春秋至秦，至少不晚於墓主人喜卒亡之日始皇帝三十年（西元前二一七年），而且也對《詩經・小雅・大東》由於文體的局限所導致的牛郎織女神話的缺環，提供了重要的情節上的補充和連接。」[10]

探討牛郎織女神話傳說的起源和演變，還有一個不容忽略的問題，就是這個神話傳說最早起源於哪個或哪些族群？以及何以發生的？討論這個問題不是沒有意義的。由於這個問題長期以來沒有在理論上得到釐清，以至於發展到二十一世紀的今天，在非物質文化遺產保護「運動」中，竟然演成了一個關於爭奪起源地的熱門討論。山東的沂源、江蘇的太倉、河南的南陽和魯山、河北的靈寶和靈壽、山西的和順和興平、湖南的郴州和桂東、湖北的鄖西，至少十一個地區提出牛郎織女傳說起源於他們那裏。這種局面的出現，一方面說明了牛郎織女傳說流傳之廣影響之大，另一方面卻也折射出「非遺」時代民間文學理論研究工作的薄弱。

關於牛郎織女神話傳說的起源，大體上存在著兩種意見：一種意見是周秦說；一種意見是東土（「東國」）說。所謂周秦說，即主要根據「漢」、「雲漢」與「漢水」等的對應而主張牛郎織女傳說起源於西部的西漢水流域或周秦文化。當下持這種觀點的最有代表性的學者是趙逵夫，他說：「先秦之時稱銀河為『漢』、『雲漢』，乃源於秦人關於織女的傳說。也就是說，織女的故事傳說是同秦民族的始祖女脩有關的。『牛郎織女』的故事的形成，則是周文化同秦文化交融後，在漫長的奴隸社會和封建社會中逐漸形成的。」[11]其實，認為織女的原型是女脩的觀點，早在六十多年前，丁山就已發表過這樣的意見：「假定，《史記》所謂大業，釋為牽牛，那麼，『顓頊之孫女脩織』，顯然是『天孫』織女星；女脩生大業，該是牽牛織女戀愛故事的變相。」[12]顯然趙逵夫延續了、並發展了丁山的觀點：「《史記・秦本紀》中說：『帝顓頊之苗裔孫曰女脩。女脩織，玄鳥隕卵，女脩吞之，生大業。』大業為秦人之祖，是秦民族由母系氏

10 拙文《中國牛郎織女傳說（叢書）・總序》，葉濤、韓國祥主編，五卷本（廣西師範大學出版社，二〇〇八年）。
11 趙逵夫，《漢水與西、禮兩縣的乞巧風俗》，《西北師範大學學報（社會科學版）》第四十二卷第六期（二〇〇五年十一月）。
12 丁山，〈從東西文化交流探索史前時代的帝王世系〉（一九四八），遺著《古代神話與民族・自序》（商務印書館，二〇〇五年），頁一。

族社會向父系氏族社會過渡的關鍵人物。……她以織而聞名於後世，是演變為織女的關鍵因素。」[13]

關於東土說。最早記載了牽牛星和織女星信仰和神話的《詩經・小雅》中的《大東》篇，民間文學研究者們大都只關注牽牛星和織女星作為神話傳說的雛形形態學及其意象的演變，而忽略了詩中作為隱喻出現的牽牛星和織女星所反映的東方民眾反周的思想情緒和深層社會問題。中國科學院文學研究所著《中國文學史》在論到《大東》時這樣寫道：

> 《小雅》裏的《大東》篇表現了被周人征服的東方殷、奄諸族對周人的憎恨。相傳這首詩也產生在（周）幽王時代。宣、幽兩代對外連年用兵，可能對東方被征服的民族壓榨更緊。《大東》詩中說「小東大東，杼柚其空」，說明東方諸國的財富都被周人搜刮一空。那裏的人民早已淪為周人的奴隸。他們不斷因為筋疲力盡而悲鳴：「契契寤歎，哀我憚（癉）人！」詩中還歷舉天上的星斗，怨它們有名無實，叫做箕的星不能簸揚，叫做斗的星也不能舀酒漿。而且北斗的柄兒還向著西方，好像也甘心讓西方的周人使用它對東方進行搜刮。這些很奇特的想像，詩人藉以發抒悲憤，表示天上也充滿不合理的現象，而且天也不是公平可靠的。這首詩不但命意沉痛，而且運用了不平凡的藝術手段。[14]

《大東》對牽牛星和織女星的幽怨也是很明顯的。不是對「跂彼織女，終日七襄」的織女，「雖則七襄，不成報章」表示不滿嗎？不是也對「睆彼牽牛，不以服箱」表示了埋怨嗎？顯然是與對箕和斗的抱怨一脈相承的。借用牛郎織女神話所表達的詩人的沉痛的命意，是不應該被忽略的。

---

13 趙逵夫，〈漢水、天漢、天水——織女傳說的形成〉，《民間文化》二〇〇七年第八期。

14 中國科學院文學研究所中國文學史編寫組《中國文學史》（一）（人民文學出版社，一九六二年），頁二七。

要探討牛郎織女神話傳說最早是哪個或那些部族的神話傳說，就要弄清楚《詩經・大東》中的「大東」的地望在哪裏。上面的引文說引述了箕、斗兩星座和牽牛與織女兩星座並「物格化」了的〈大東〉詩，其命意在表達被征服的殷、奄諸族對周人的憎恨。殷、奄何處？據此，「大東」應該指的是今山東境內的東夷大國奄和薄姑。《左傳・昭公九年》：「薄姑、商奄，吾東土也。」李白鳳《東夷雜考・魚族考》：「所謂『商奄我東土也』的商奄並不在今曲阜，而是在萊蕪谷口一帶，就是《古本竹書紀年》所稱『南庚遷奄，陽甲居之』的地方。」[15]何光岳則認為：「奄地當今的曲阜市為是。」[16]《竹書紀年》中有「東國五侯」之說；《左傳・僖公四年》有「五侯九伯」。「五侯」指的是薄姑、徐、奄、熊、盈五個東夷部族（氏族）；「九伯」指的是「東夷九族」。從這些材料看，所謂「大東」、「東國」，都是指的薄姑、奄或「南庚遷奄」後的商奄等東夷氏族邦國。范文瀾在《中國通史簡編》裏說：「東方地域廣大，周公滅奄，太公滅薄姑，周勢力僅到山東境內，淮夷徐夷仍倔強不服。」[17]奄和薄姑都被周人滅族滅國，成為周人的奴隸，處在被壓榨被奴役的境地。牛郎織女之被「物格化」（常任俠語）後引用在詩中，顯然已是流行於東夷部族（至少是奄和薄姑）的神話。

《詩經》研究者揚之水說：「《小雅・大東》，卻與幾篇〈風〉詩不同，『此詩意旨，自歐公以來解釋略盡，而文情俶詭奇幻，不可方物。在〈風〉、〈雅〉中為別調，開詞賦之先聲。後半措詞運筆，極似《離騷》，實三代上之奇文也』（吳闓生《詩義會通》卷二）。其興寄深微，鬱紆有致，悲愁之思全借夜空繁星寫來，『維天有漢，監亦有光』，閃爍映漾中，卻非摽有梅野有蔓草的繾綣，而是『天文』與『人文』合著成憤懣與怨怒，詩中之星象，乃一片愁慘之燦爛。」「〈序〉稱：『東國困於役而傷於財，譚大夫作是詩以告病焉。』譚大夫其人，似無可考，但『告病』說大致不

15 李白鳳，《東夷雜考》（齊魯書社，一九八一年），頁三九。
16 何光岳，〈奄國的來源和遷徙〉，《長沙理工大學學報（社會科學版）》一九九五年第一期。
17 范文瀾，《中國通史簡編》（修訂本）第一編（人民出版社，一九六五年），頁一五二。

錯，且詩必作於東遷之前，時號令猶行於諸侯，故東國諸侯之民愁怨如此；若以後，則不可能（姚際恆《詩經通論》卷十一）。」「大東則指今山東省的大部分地區，即泰山以南直至海濱的廣大地域，《閟宮》『遂荒大東』，鄭箋：『大東，極東，海邦近海之國也。』生息於東土的各個部族，有很古老的歷史，有很發達的文化，他們歷事夏商共主，繼則事周，而周初管叔、蔡叔聯合武庚反叛，招誘夷人，奄、薄姑等都參加了。……周公東征取勝之後，到了康王時代，東夷又大反叛，召公與衛侯伯懋父遂大舉東征……直攻至海湄。此後，東土才漸趨平靜。但小東、大東之民，總是受到嚴重剝削的一群。……〈大東〉之怨，正是由此而起。」「詩由『織女』而『七襄』，然後蟬聯而下，更牽挽出牽牛，層層遞進，總是東人哀哀無助之苦狀。』」[18]

對比周秦說和東土說兩種主張，在牛郎織女神話的起源問題上，分析《小雅・大東》詩的作者譚大夫簡略地引錄的牛郎織女神話以及曲折地表達的民眾悲憤情感，我傾向於認為，在其最早的階段上，牛郎織女神話傳說正是小東、大東等東夷部族在民族危亡和亡國之怨下誕生的口頭文學創作。其時已達到很高文明的東夷，是一個已經發明了鐵器，「從銅器銘文中可以看出已經是父權制和私有制建立以後很久的時代了」[19]的大的族群，被東進的西周滅國之後，各個部落或邦國遭到了滅國滅族之難，把包括氏族（部落）領袖在內的民族全體被淪為奴隸，整個部落或邦國被遷移到其他地區，逐漸被同化。作者把一切神話的美麗都變得慘澹無光，以激發人們對東方人遭受掠奪的同情，對掠奪者的憤怒。正如清人沈德潛所說：「〈大東〉之詩，歷數天漢牛斗諸星，無可歸咎，無可告訴，不得不悵望於天。」

寫到這裏，不禁令我回想起恩格斯在〈愛爾蘭歌謠集序言劄記〉中對不幸的愛爾蘭民族被英格蘭消滅後彈唱歌手們所傳唱的民族歌曲所發表的議論：「……到了十七世紀，伊莉莎白、詹姆士一世、奧利弗・克倫威爾和荷蘭威廉把愛爾蘭人民全部淪為奴隸，劫掠了他們，奪去了他們的土地，把它交給英格蘭征服者，使愛爾蘭人民得不到法律的保護，成

18 揚之水，《詩經名物新證・小雅・大東》（北京古籍出版社，二〇〇〇年），頁三六三。
19 李白鳳，《東夷雜考》，頁六九。

了被壓迫的民族，而流浪歌手們也像天主教的神父們一樣遭到了迫害，到本世紀初，他們已逐漸絕跡了。他們的名字被遺忘了，他們的詩也只保留下一些片段；他們給自己被奴役、然而未被征服的人民留下的最優秀的遺產，就是他們的歌曲。……這些歌曲大部分充滿著深沉的憂鬱，這種憂鬱在今天也是民族情緒的表現。」[20]東夷族群的被滅族滅國，其悲慘的程度，比起愛爾蘭人來有過之無不及。牛郎織女神話傳說的悲劇性，就是他們的民族精神通過藝術的棱鏡對悲慘境遇和反抗意識的折射。可以設想，東夷的牛郎織女神話傳說也被帶到了其他地區，被西部的民族和後來形成的漢民族所接受、融匯和改造。至於到了漢魏時代，牛郎織女神話向傳說演化達到比較完備形態的時候，如《古詩十九首》之〈迢迢牽牛星〉所表現的，出現了「河漢」的地名和鵲橋相會等情節，阻撓牛郎和織女相會的人物，也改換成了王母娘娘，與西部、與西漢水聯繫起來，也就順理成章了。

應該說，如此推想或詮釋〈大東〉中這一段語焉不詳的詩句，從而表達作者「東國困於役而傷於財」（《毛詩序》）的憤懣，並不是毫無根據的臆想。但要把天空中的自然星象和布局，想像成世俗生活中一個挽牛耕田的牛郎和一個治絲織布的織女，被一條浩瀚的銀河隔開而不得見面，只有每年的七月七日借助於鵲橋才能相見的神話傳說，這中間卻需要一種群體性的、社會性的、象徵思維的催化劑。這催化劑不是別的，而是西周東進及其對「東國」民眾的奴役與剝削所激發起來的家國情懷和群體情感。任何一種先民的神話傳說之被創作出來，在民眾中不脛而走，其驅動力，不是別的什麼，而是民眾的社會生活，是民族「大事件」對民眾的激發。而在牛郎織女這一悲劇傳說來說，就是周秦的武功帶給東土百姓的壓榨與剝削導致了民眾的「哀哀無助之苦狀」，而這才是激發神話傳說產生的真正的根源和動力。奴役者對東土民眾的奴役與壓榨所激起的「地火」，把牛郎織女星神崇拜和星辰神話的主題，由對「不以服箱」的牽牛和「不成報章」的織女的不滿和諷刺，轉向了對人間社會——織女與牛郎不能相見的悲劇的「刺亂」（《毛詩序》）。有

[20] 恩格斯著，劉錫誠、馬昌儀譯，〈愛爾蘭歌謠祭序言箚記〉，《民間文學》一九六二年第一期。

些研究牛郎織女傳說的學者，在闡釋《大東》中的牽牛星和織女星的關係時，往往僅就星空的布局和天文運行就事論事，而忽略了這首詩所以產生的時代背景以及它的內容的指向，這樣的解讀，是無法回答天空中的牽牛郎星和織女星是如何走進神話傳說領域裏去的懸疑的。

二〇一三年八月三十日脫稿

發表於《黃河文明與可持續發展》第八輯，河南大學黃河文明與可持續發展研究中心編，河南大學出版社，二〇一四年三月。

鍾馗論

鍾馗是個家喻戶曉、婦孺皆知的傳說人物。鍾馗這個角色與一般的傳說人物不同，他是活人死後變成的大鬼，其主要活動是以鬼的面目出現，斬鬼除妖、懲惡揚善、驅疫逐鬼、護佑人間平安。鍾馗又與一般的傳說人物有相同之處，其形象雖然是鬼，實則是人，是神，不僅有人的七情六欲，所做的事也是人間的事。作為亦鬼亦人亦神的形象，在中國眾多的民間傳說人物中，鍾馗實在是獨一無二的，特別值得研究者重視。即使在當代條件下，鍾馗傳說也還在大陸沿海一帶若干省份的一些地區的民間流傳。大陸和臺灣的戲曲舞臺上，鍾馗戲依然受到歡迎，因而還相當活躍。臺灣的跳鍾馗也還在祭祀場合演出[1]。因此，研究鍾馗傳說及信仰，不是沒有意義的。

一、鍾馗傳說和信仰的濫觴

關於鍾馗的原始，爭論甚多，迄未停息。傳統的看法多認為鍾馗的原型就是《周禮・考工記》「大圭長三尺，杼上

[1] 邱坤良，〈臺灣的跳鍾馗〉，《民俗曲藝》第八十五期（下）（臺北：施合鄭民俗文化基金會出版，一九九三年），頁三二五至三六七。

終葵首，天子服之」裏所說的終葵。也有學者從其他角度（如從古儺的發生和演變的角度）立論來探討鍾馗的起源[2]。這些研究工作，大大地推動了對這個人鬼神兼而有之的角色的理解。

近來，王正書先生指出：「鍾馗其人及歷代傳其驅鬼辟邪的觀念，實起源於上古巫術，他是由先代位居祝融之號的重黎衍生而來的。」他認為良渚文化反山、瑤山出土的玉琮上的獸形人面紋，乃是傳說中的重黎的形象，亦即後來出現的鍾馗的原型[3]。

玉圭、玉璋、玉璧、玉琮等玉器，原本都是原始社會時代東部原始人群的圖騰徽號，服務於巫術和原始宗教目的，後來成為少數貴族人物的權力的標誌。奴隸制確立後，玉器作為禮器而為王室服務，帶有神聖性。《大宗伯》說：「以

2 楊慎《鉛丹總錄》：「俗傳鍾馗起於唐明皇之夢，非也。蓋唐人戲作鍾馗傳，虛構其事，如毛穎、陶泓之類耳。《北史》堯暄本名鍾葵，字辟邪。後世畫鍾葵於門，謂之辟邪，由此傳會也。宋宗慤妹名鍾葵，後世畫工作〈鍾馗嫁妹圖〉，由此傳會也。但葵、馗二字異耳。又曰，鍾葵，菜名。《周禮・考工記》：『大圭終葵首。』注：『終葵，椎也。』疏：『齊人謂椎為鍾葵。』《禮記・玉藻》：『大子搢珽。』注：『挺然無所屈也，或謂之大圭，長三尺，於杼上又廣其首，方如椎頭，是謂無所屈，後則恆直。』」（商務印書館四庫全書珍本四集卷十三，頁二三。）胡應麟《少室山房筆叢》引楊子（慎）卮言並加發揮說：「《考工記》曰：『大圭首鍾葵。』注：『鍾葵，椎也。齊人名椎曰鍾葵。蓋言大圭之首似椎爾。』《金石錄》：『晉、宋人名以鍾葵為名，其後訛為鍾馗。俗畫一神像，帖於門首，執椎以擊鬼。好怪者便傅會，說鍾馗能啖鬼。畫士又作〈鍾馗元夕出遊圖〉，又作〈鍾馗嫁妹圖〉，訛之又訛矣。文人又戲作〈鍾馗傳〉，言鍾馗為開元進士，明皇夢見，命工畫之，尤為無稽。』按孫遜、張說文集，有謝賜鍾馗畫表，先於開元久矣。亦如石敢當本《急就章》中虛擬人名，本無其人也。俗立石於門，書『泰山石敢當』，文人亦作〈石敢當傳〉，虛辭戲說也，昧者相傳，久之便謂真有其人矣。」（卷二十二，中華書局上海編輯所，一九五八年）頁二九二。近人胡萬川在《鍾馗神話與小說之研究》第二章裏對此種意見有詳細介紹和辯證，他對此論持否定見解：「不論說鍾馗信仰是出於『終葵』、『鍾葵』的訛化，或說是由大圭（因其上端為終葵形）、信圭、躬圭等（因其上面有人像）演變而來，都是靠不住的。」（臺北：文史哲出版社，一九八〇年，頁四二。）常任俠在〈饕餮終葵神荼鬱壘石敢當〉文中沿襲「終葵，椎也」器名說：「今考鍾馗之起源，蓋始稱終葵。」（重慶—上海：《說文》月刊第二卷第九期，一九四二年，頁五五八至五六一。）何新在〈諸神的起源・鍾馗的起源〉裏認為：「鍾馗之名早見諸姓氏。殷賢相名『仲虺』，亦為鍾馗之別語。」「近年湖北出土梁代畫磚中有雷鬼擊連鼓圖，馬王堆出土帛畫中有土神鎮鬼圖，土神之形有鱗、翼、尾、角、銳爪，此當即今日所見較早之鍾馗圖。」（光明日報出版社，一九九六年，頁三五五。）

3 王正書，〈鍾馗考實——兼論原始社會玉琮神像性質〉，上海民間文藝家協會、上海民俗學會編《中國民間文化》第一輯（學林出版社，一九九三年）。

玉作六瑞，以等邦國：王執鎮圭，公執桓圭，侯執信圭，伯執躬圭，子執穀璧，男執蒲璧。」鎮就是安鎮、鎮壓的意思。這可能仍然是原始古玉的遺意，而這遺意傳承又與其上的特定紋飾不可分割。從已經發掘出土的眾多的原始玉圭來看，其頂部刻繪有獸形人面，「杼上鍾葵首」大概就是指這獸形人面而言。綜合前輩學者從《考工記》「杼上鍾葵首」所提出的鍾馗神話和鍾馗信仰起源的解說，與已經出土的原始玉圭實物來對照分析，可以推論，這些原始玉器上的獸形人面紋，應該是某個神話意象——不排除就是具有鎮邪殺鬼功能的鍾馗——的造型，不過由於年代相去甚遠，我們無由解讀罷了。

根據考古發掘的史前資料，從原始宗教和巫術的角度來探討鍾馗傳說和鍾馗信仰的起源，不失是一條新徑。但在目前階段，這畢竟仍屬於推論。探尋關於鍾馗的最早文字記載，對於瞭解鍾馗傳說和鍾馗信仰的產生和初期形態仍然是必要的。

李豐楙教授曾指出，鍾馗斬鬼的傳說，最早見於記載的，是唐高宗麟德元年（西元六六四年）奉敕為皇太子於靈應觀寫的《太上洞淵神咒經》，而該經最初的十卷成書時間約在陳隋之際[4]。他的立論所據，係吉岡義豐所作《道教經典史論》和大淵忍爾所作《道教史之研究》第二章《道教經典史之研究》。任繼愈先生主編的《道藏提要》說：「本經（指《太上洞淵神咒經》）前十卷為原始部分，乃晉末至劉宋時寫成。……《太上洞淵神咒經》有敦煌寫本，今存一、二、七、八、九、十。」[5]任著所據，也是吉岡義豐所著《道教經典史論》第二編《經典之研究》第一章〈六朝之圖讖道經〉。吉岡義豐後又在〈六朝道教的種民思想〉一文裏修改了自己的觀點，認為《太上洞淵神咒經》出於梁末以前。中國學者卿希泰教授在《中國道教思想史綱》裏說《太上洞淵神咒經》出現於晉代[6]。如果晉代說的觀點不錯的話，那

4 李豐楙，〈鍾馗與儺禮及其戲劇〉，見《民俗曲藝》第三十九期（臺北：施合鄭民俗文化基金會出版，一九八六年），頁八七。

5 任繼愈主編《道藏提要》（中國社會科學出版社，一九九一年），頁二五三。

6 卿希泰，《中國道教思想史綱》第一卷（四川人民出版社，一九八〇年），頁三二四。

麼，鍾馗傳說和鍾馗信仰產生的時代，就比唐代說、也比南北朝說大大推前了，換句話說，鍾馗傳說和鍾馗信仰在西晉或東晉末，就已經在民間相當流行了。如此說來，明胡應麟在《少室山房筆叢》裏所說的「余意鍾馗之說，必漢、魏以來有之」[7]也就並非只是臆斷了。

敦煌寫本標號為伯二四四四的《太上洞淵神咒經・斬鬼第七》關於鍾馗是這樣寫的：

> 今何鬼來病主人，主人今危厄，太上遣力士、赤卒，殺鬼之眾萬億，孔子執刀，武王縛之，鍾馗打殺（剎）得，便付之辟邪。[8]

敦煌本與《道藏》本的文本略有出入，「孔子執刀，武王縛之」的字樣，在《道藏》中是沒有的。這段顯然是驅除病癘之鬼的早期道教經典，儘管對鍾馗斬鬼的傳說語焉不詳，甚至也還沒有出現鍾馗形象的具體描寫，但鍾馗作為專門的斬鬼者的角色，與孔子、武王這二位著名歷史人物，也是傳說人物，一起出現在經中，其形象又是十分鮮明的。這說明，在寫本中，斬鬼的鍾馗，不是作者隨意創造出來的一個驅鬼逐邪的道具，而是取自當時已經家喻戶曉的民間傳說中的人物。

作為捉鬼殺鬼者和驅邪治病者的鍾馗，在其他敦煌寫卷裏也留下了身影。據法國敦煌學家艾麗白（Danielle Eliasberg）研究，在負責驅邪的諸神中，鍾馗的作用位居首席。斯二〇五五《除夕鍾馗驅儺文》（王重民擬題）中，關於鍾馗是這樣敘述的：

---

7 胡應麟，《少室山房筆叢》卷二十二續乙部《藝林學山》（四）（中華書局，一九五八年），頁二九四。

8 黃永武主編《敦煌寶藏》一百二十冊（臺灣：新文豐出版公司，一九八五年），頁四八〇。又見邱坤良，〈臺灣的跳鍾馗〉，見《民俗曲藝》第八十五期（下），頁三六六注十一。兩書文字略有出入，此處採用了前書的文本。

正月揚（陽春）秸（佳）節，萬物咸宜。
春龍欲騰波海，次端（異瑞）祈敌今時，
大王福如山嶽，門興壹宅光輝。
今夜新受節□（儀），九天龍奉（鳳）俱飛。
五道將軍親至，□（部）領十萬熊羆，
衣（又）領銅頭鐵額，魂（渾）身物（總）著豹皮，
□（敕）使朱砂染赤，咸稱我是鍾馗，
捉取浮游浪鬼，積郡掃出三峗。
學郎不才之慶（器），取（敢）請宮（恭）奉□□。
音聲[9]

在這段可能作於中晚唐的願文中，不僅出現了角色的轉換，重要的是，鍾馗的形象豐富鮮明得多了。第一，連五道大將軍也裝扮成鍾馗的樣子，冒鍾馗的身份：長著「銅頭鐵額」，身上蒙著豹皮，身上（或臉上？）塗著朱砂；第二，「咸稱我是鍾馗」者，又是出現在除夕之夜驅儺的儀式（「今夜新受節儀」）之中，與歲暮新歲聯繫起來。胡萬川教授曾指出，鍾馗的特點之一，是與年節有不可分割的聯繫，出現在除夕之夜的大儺之中[10]。這很容易令我們聯想起商周以

9　錄自[法]艾麗白，〈敦煌寫本中的「兒郎偉」〉和〈敦煌寫本中的大儺儀禮〉，見謝和耐等著，耿升譯《法國學者敦煌學論文選萃》（中華書局，一九九三年），頁二六三、二四四至二四五。又見黃征、吳偉編《敦煌願文集》（嶽麓書社，一九九五年），頁九六三至九六四、九六一至九六二，文字略有出入。下文引用的寫本伯二五六九和伯三五五二，均出此書，頁九四五至九四六。

10　胡萬川，《鍾馗神話與小說之研究》（臺北：文史哲出版社，一九八〇年），頁一〇八。

至秦漢之際古儺儀式記載中的方相氏。方相氏最初的形象也是「掌蒙熊皮、黃金四目、玄衣朱裳、執戈揚盾」（《周禮・夏官・司馬第四》），與《除夕鍾馗驅儺文》中的鍾馗形象頗為相似。正是這個銅頭鐵額、蒙著獸皮的鍾馗，在方相氏逐漸消聲匿跡之後在除夕驅儺儀式中繼之而起。他在除夕驅儺儀式中的使命，不是如上所說的僅只是驅除病癘之鬼，而是捉拿一切浮游浪鬼。

還可以舉出伯四九七六號寫卷：

兒郎偉
舊年初送玄律，迎取新節青陽。
北（？）六寒光罷末，東風吹散冰[光]。
萬惡隨於古歲，來朝便降千祥。
應是浮游浪鬼，付與鍾夔大郎。
從茲分付已訖，更莫惱害川鄉。
謹請上方八部，護衛龍沙邊方。
伏承大王重福，河西道泰時康。
萬戶歌謠滿路，千門穀麥盈倉。
因茲狼煙殄滅，管內休罷刀槍。
三邊扱肝盡髓，爭馳來獻敦煌。
每歲善心不絕，結壇唱仏八方。
緇眾轉全光明妙典，大悲親見中央。

[如][斯]供養不絕，諸天助護阿郎。
次為當今帝主，十道歸化無疆。
天公主善心不絕，諸寺造仏衣裳。
現今宕泉造窟，感得壽命延長。
如斯信敬三寶，諸仏肋護遐方。
夫人心行平等，壽同劫石延長。
副使司空忠孝，執筆七步成章。
文武過於韓信，謀才得達張良。
諸幼良君英傑，彎孤百獸驚忙。
六蕃聞名撼顫，八蠻畏若秋霜。
大將傾心向國，親從竭方尋常。
今夜驅儺之後，直得千祥萬祥。
音聲[11]

這是一篇以「兒郎偉」為開篇、以驅儺為目的的「願文」，由於其中有「伏承大王重福，河西道泰時康。萬戶歌謠滿路，千門穀麥盈倉。因茲狼煙殄滅」等詞句，說明其寫作年代在西元八五一年張議潮逐走吐蕃守將、奪得沙州，被唐宣宗任為沙州防禦史之後不久。這篇「兒郎偉」是在除夜誦讀的願文，將其與當代搜集到的儺儀和儺舞遺存相對照，可以

11 [法]艾麗白，〈敦煌寫本中的「兒郎偉」〉，《法國學者敦煌論文選萃》，頁二四四至二四五。

想像，當年在誦讀願文時，必定同時會有某種儺儀相配合。在這場「舊年初送」「迎取新節」的儺儀中，驅邪的主角應是鍾夔（馗）。如果說在《太上洞淵神咒經》裏的鍾馗，是個捉鬼治病的角色，那麼，在這裏，鍾馗的職責則不僅是捉趕「浮游浪鬼」（所謂「浮游浪鬼」，是指那些死後沒有墓葬的孤魂野鬼），還能驅除一切邪魅，護佑「來朝」邊關平安、「千祥萬祥」。

提到和描寫鍾馗的其他敦煌寫本，還有伯二五六九（背面）即Pt（藏文寫本）一一三和伯三三五二。伯二五六九中寫道：「驅儺之法，自昔軒轅，鍾馗白澤，統領居（仙）先。怪禽異獸，九尾通天。總向我皇境內，呈祥並在新年。」下面還寫到驅邪的場面：「適從遠來至宮門，正見鬼子一郡郡（群群）。就中有個黑論敦，條身直上舍頭存。眈氣袋，戴火盆。眼赫赤，著非（緋）褌。青雲烈，碧溫存。中庭沸洒洒，院裏亂紛紛。喚中（鍾）馗，蘭（攔）著門。棄頭上，放氣熏。懾肋折，抽卻筋。拔出舌，割卻唇。正南直須千里外，正北遠去亦（不）須論。」這個寫本突出了鍾馗在儺儀中的「統領」地位（至少在唐代敦煌和西北地方的除夕儺儀中是這樣），並把他與另一名驅鬼神白澤聯繫起來（關於白澤，饒宗頤有專文論述，見〈跋敦煌本白澤精怪圖兩殘卷〉，載《中央研究院歷史語言研究所集刊》第四十一卷第二冊，一九六九年，頁五三九至五四三）。怪禽異獸，九尾（狐）神獸，都在他的統領之下，於除夕之夜舉行的大規模的驅邪儺儀中，捉住一群群的鬼魅，放氣熏，折其肋，抽其筋，拔其舌，割其唇，將其逐出千里之外。這篇願文中也有些提示時代的詞句，如：「自從長史領節，千門樂業歡然。司馬兼能輔翼，鶴唳高鳴九天。」「北狄銜恩拱手，南戎納款旌旆。太夫人握符重鎮，即加國號神仙。」張議潮的侄子張淮深八五三年起任敦煌刺史，張議潮本人於八六六年入朝任司馬，「太夫人」顯係指張議潮之妻「河內郡君太夫人廣平宋氏」。可見，這篇卷子寫作的時代，在八五三年之後不久，與伯四九七六年代相近。

在寫本伯三五五二（Pt一一三）中也有一段鍾馗和白澤捉鬼殺鬼的形象描寫，可以與伯二五六九對照研究：「適從遠來至宮宅，正見鬼子笑赫赫。偎牆下，傍籬棚。頭朋僧，眼隔搦。騎野狐，繞項脈（巷陌）。捉卻他，項底搭。塞卻口，面上擲。磨裏磨，磓裏側。鑊湯爛，煎豆蹭。放火燒，以槍劐。刀子割，臠臠擗。因今驅儺除魍魎，納慶先祥無災厄。」鍾馗捉鬼殺鬼的場面，極富動感和情趣。

如此看來，第一，鍾馗在這些說唱體的敦煌寫本（願文）中，已經具備了足令一切鬼祟避讓、能夠捉鬼殺鬼的神性形象（未見「啖鬼」的詞句），而這個形象肯定與當時民間傳說中的敘事形象是一致的；第二，至少在西北地方，鍾馗已經進入了歲末年初的鄉儺儀式行列，成為其中的一個驅鬼逐疫、祈求平安的重要、甚至首要角色；第三，鍾馗的名聲和許可權都很大，作為「部領十萬熊羆」的五道將軍，也襲用鍾馗的大名，他不僅能捉殺致主人生病的鬼（《洞淵神咒經》），而且也能捉殺一切浮游浪鬼，總之，一切鬼厲都在他的捉殺統轄範圍之內，這就開始具備了後世傳說中由玉皇大帝或閻羅王封給他的鬼族統領——驅邪斬祟將軍或世游大使的特點。

唐玄宗朝，大臣張說（六六七至七三〇年）所撰〈謝賜鍾馗及曆日表〉一文記載了鍾馗畫融入新春年節民俗的情景：「中使至，奉宣聖旨，賜畫鍾馗一及新曆日一軸……屏祛群厲，績神像以無邪；允授人時，頒曆日而敬授。」[12]在歲終春臨之際，宮中將鍾馗的形象繪製成畫幅，連同新日曆各一軸，「奉宣聖旨」頒賜給朝廷官員，懸掛在家裏，以為「屏祛群厲」、驅除邪祟之用。如果說，鍾馗傳說早就在晉代或更早的時代形成並在民間廣為流傳的話，那麼，從交感巫術的心理出發，將傳說中斬鬼的鍾馗製作成畫像，在歲除（除舊迎新）之際頒賜給官員們，作為鎮鬼之靈物，則是從張說供職的唐玄宗朝才開始有記載的。這種年節懸掛鍾馗像鎮鬼的做法，得到了後世朝廷的認同，形成風俗，世代延續，而且逐漸流到了民間。

詩人劉禹錫（七二二至八四二年）也撰寫過二份同類性質的文書〈為李中丞謝鍾馗曆日表〉和〈為杜相公謝鍾馗曆日表〉，記載了德宗朝頒發和懸掛鍾馗畫驅邪的年俗。〈杜相公謝鍾馗曆日表〉說：「臣某日，高品某乙至，奉宣聖

12 《文苑英華》卷五百九十六《表》（中華書局，一九六六年），頁三〇九三。

旨，賜臣鍾馗一，新曆日一軸。星紀方回，雖逢歲盡；恩輝忽降，已覺春來。伏以圖寫神威，驅除群厲，頒行律曆，敬授四時。施張有嚴，既增門戶之貴；動用協吉，常為掌握之珍。」[13]這份文書的作者標明寫於（德宗）貞元二十一年，即西元八〇五年。與張說的時代相比，時間已經過去了一百多年，而這時奉宣聖旨向朝廷官員們頒賜鍾馗畫的風俗和鍾馗驅鬼的觀念，在民間不僅沒有減弱或消匿，反而越加盛行起來。而且劉禹錫對朝廷頒至的鍾馗像本身，做了比張說較多的描繪：「圖寫神威，驅除群厲。」朝廷頒發的鍾馗之像具有「神威」之貌，能使主人家增添「門戶之貴」，加上人們群體的原始思維和靈魂觀念所賦予鍾馗像的「捉鬼驅邪」象徵意蘊，因而才能具有祈新歲之安、一年吉祥的功能。

與張說、劉禹錫的「表」說同一件事的，還有生活於晚唐的周繇所寫的〈夢舞鍾馗賦〉。此賦對鍾馗形象的描寫，其細膩生動，遠在此二「表」和上述敦煌願文之上：

……扃禁闈兮閒羽衛，虛寢殿兮闃嬪嬙。虎魄枕攲，象榻透熒熒之影；鰕鬚簾捲，魚燈搖閃閃之光。聖魂惝怳以方寐，怪狀朦朧而遽至。硉矹標眾，巑類特異。奮長髯於闊臆，斜領全開；搔短髮於圓顱，危冠欲墜。顧視才定，趨蹌忽前。不待乎調鳳管，撥鸞弦，曳藍衫而颯纚，揮竹簡以蹁躚，頓趾而虎跳幽谷，昂頭而龍躍深淵。或呀口而揚音，或蹲身而節拍。震雕栱以將落，躍瑤階而欲折。萬靈沮氣以憧惶。一鬼傍隨而奮躑。煙雲忽起，難留舞罷之姿；雨雹交馳，旋失去來之跡。睿想才寤，清宵已闌。祛沉屙而頓愈，癢御體以猶寒。對真妃言寤寐之祥，六宮皆賀。詔道子寫婆娑之狀，百辟咸觀。彼號伊祁，亦名鬱壘，儺祆於凝冱之末，驅厲於發生之始。豈如呈妙舞兮薦夢，明君康寧兮福履。[14]

13 《欽定四庫全書‧劉賓客文集》卷十三，頁七；又見《四庫全書唐人文集叢刊‧劉賓客文集》（上海古籍出版社影印本，一九九三年），頁八四。

14 《文苑英華》卷九十五《賦》（中華書局，一九六六年），頁四三四。

儺舞或巫舞，是行儺祭或做巫事時不可或缺的通神儀式。周繇所描寫的，雖然是唐明皇夢鍾馗捉鬼的一段軼事，卻實在是一幅「聖鬼」鍾馗驅邪儀式圖。我們看到的是一個充滿著動感的、活生生的鍾馗。鍾馗的形體：怪狀朦朧，形象特異，長髯、短髮，闊臆、圓顱。裝束：著斜開領（衽）的藍衫、戴危冠。手執法器：鳳管、竹簡（還沒有出現後來的青鋒劍）。舞姿：開始時，調鳳管、撥鸞弦，擺動著藍衫身軀飄逸，舞動著竹簡舞步蹁躚，繼而如虎跳幽谷，似龍躍深淵，令雕栱將落、瑤階欲折。鍾馗的粗獷雄健、氣勢逼人的巫舞，終於使所有的精怪（「萬靈」）不得不沮氣而迴避。賦中還寫了唐玄宗夢覺後，將夢中之祥告之楊貴妃，六宮皆賀的情境，和詔畫工吳道子依照他夢中所見畫鍾馗捉鬼的情節。

到唐末五代十國，舊將胡進思擁兵廢吳越王錢倧的史事，透露出鍾馗信仰在當時深入人心的信息。吳越王錢佐卒，其弟倧以次立。舊將胡進思對其卑侮，錢倧在碧波亭閱兵犒賞軍士，胡進思前諫以賞太厚，無意中惹惱了新王錢倧。「倧怒，擲筆水中，曰：『以物與軍士，吾豈私之，何見咎也！』進思大懼。歲除，畫工獻鍾馗擊鬼圖，倧以詩題圖上。進思見之大悟，知倧將殺己。是夕，擁兵廢倧，囚於義和院，迎俶立之。」[15]這樁史實發生在西元九四七年。這段記載透露出歲除獻鍾馗擊鬼圖的習俗，在五代以前，也許就在唐代，就從都城長安傳到並在吳越地區廣泛流行，而鍾馗擊鬼的傳說和信仰也早已成為吳越民族族眾的集體意識，以致胡進思一見到倧在畫工所獻的鍾馗擊鬼圖上所題的詩句，便明白自己將被當作鬼魅除掉，於是不得不擁兵廢倧。據美術史家認為，這段記載「是為鍾馗擊鬼驅邪的獨幅畫始見於史書者」[16]。

一般說來，一種信仰民俗、特別是有神格的信仰民俗的形成和延續，必是有某種神話和傳說所支持的。鍾馗信仰從兩晉、南北朝逐漸形成並得到廣泛流傳，到唐末，又經五代十國，五六百年間，不僅從未中斷，而且在流傳中越來越形成體系，無疑是由於有鍾馗這個具有神格的人物及其越來越豐富的傳說的支持。到了北宋科學家沈括（一〇三一至一〇

15 《新五代史・吳越世家》卷六十七，見《二十五史》第六冊（上海古籍出版社、上海書店，一九八六年），頁五一一六一。

16 王樹村，〈略說鍾馗畫〉，見王闌西主編《鍾馗百圖》（廣州：嶺南美術出版社，一九九〇年），頁七。

九五年）所撰的〈夢溪筆談・補筆談〉中，鍾馗其人及其傳說則變得完整和豐滿起來：

> 禁中舊有吳道子畫鍾馗，其卷首有唐人題記曰：「明皇開元講武驪山，歲暮，翠華還宮，上不懌，因痁作，將逾月，巫醫殫伎，不能致良。忽一夕，夢二鬼，一大一小。其小者衣絳犢鼻，屨一足，跣一足，懸一屨，搢一大筠紙扇，竊太真紫香囊及上玉笛，繞殿而奔。其大者戴帽，衣藍裳，袒一臂，鞹雙足，乃捉其小者，刳其目，然而（後）擘而啖之。上問大者曰：『爾何人也？』奏云：『臣鍾馗氏，即武舉不截之進士也，誓與陛下除天下之妖孽。』夢覺，痁苦頓瘳，而體益壯。乃詔畫工吳道子，告之以夢曰：『試為朕如夢圖之。』道子奉旨恍若有睹，立筆圖訖以進。上瞠視久之，撫几曰：『是卿與朕同夢耳，何肖若此哉！』道子進曰：『陛下憂勞宵旰，以衡石妨膳，而痁得犯之，果有蠲邪之物，以衛聖德。因舞蹈上千萬歲壽。』上大悅，勞之百金。批曰：『靈祇應夢，厥疾全瘳。烈士除妖，實須稱獎。因圖異狀，頒顯有司。歲暮驅除，可宜遍識，以祛邪魅，兼靜妖氛。仍告天下，悉令知委。』」熙寧五年，上令畫工摹拓鐫板，印賜西府輔臣各一本。是歲除夜，遣入內供奉官梁楷就東西府給賜鍾馗之像。[17]

沈括記錄的這個傳說，歷來被學術界公認為是一個情節最豐富、最完整的異文。它標誌著鍾馗傳說發展中的一個轉折。稍後出現的有關鍾馗傳說的記載，還有已經亡佚的《唐逸史》（學術界普遍認為是唐末以後的作品，明代陳耀文《天中記》卷四《夢鍾馗》條注引）[18]和高承（一〇七八至一〇八五年）的《事物紀原》[19]。為了對照研究，不妨也把

17 沈括著，胡道靜校注，《夢溪筆談校證》補三四・五七三（上海古籍出版社，一九八七年），頁九八六至九八七。

18 陳耀文，《天中記》，見《欽定四庫全書》卷四，頁三三；又見《四庫類書叢刊・天中記》（上海古籍出版社影印本，一九九一年），頁九六五。

19 高承著，金圓、許沛藻點校，《事物紀原・歲時風俗部・鍾馗》（中華書局，一九八九年），頁六二五。

《唐逸史》的移錄如下：

> 明皇開元，講武驪山，翠華還宮。上不悅，因痁疾作，晝夢一小鬼，衣絳，犢鼻，跣（按：應為「跋」字）一足，履一足，腰懸一履，搢一筠扇，竊太真繡香囊及上玉笛，繞殿奔，戲上前。上叱問之。小鬼奏曰：「臣乃虛耗也。」上曰：「未聞虛耗之名。」小鬼奏曰：「虛者，望空虛中，盜人物如戲；耗，即耗人家喜事成憂。」上怒，欲呼武士，俄見一大鬼，頂破帽，衣藍袍，繫角帶，靸朝靴，逕捉小鬼，先挖其目，然後劈而啖之。上問大者：「爾何人也？」奏曰：「臣終南山進士鍾馗也，因武德中應舉不捷，羞歸故里，觸殿階而死。是時，奉旨賜綠袍以葬之，感恩發誓，與我王除天下虛耗妖孽之事。」言訖，夢覺，痁疾頓瘳。乃詔畫工吳道子曰：「試與朕如夢圖之。」道子奉旨，恍若有睹，立筆成圖進呈。上視久之，撫几曰：「是卿與朕同夢耳。」賜與百金。

《事物紀原》文本的情節與此基本相同。這兩個稍後記載的文本，與〈夢舞鍾馗賦〉和〈補筆談〉相比，又增加了兩個重要情節：一，明確說明鍾馗的身份係終南進士；二，鍾馗所捉之小鬼名為「虛耗」。

從傳說學的特點來說，從產生於西晉或東晉末的《太上洞淵神咒經》及產生於中晚唐的其他敦煌寫本起，經張說、劉禹錫的簡單記載，周繇〈夢舞鍾馗賦〉的描寫，到沈括〈補筆談〉、《唐逸史》和《事物紀原》止，圍繞著鍾馗這個人物，已經形成了由三個故事素（亦稱情節單元）構成的傳說。這三個故事素是：唐明皇夢鬼、鍾馗啖鬼和吳道子畫鬼（另外還有一個情節，即鍾馗嫁妹，留待下面再論）。隨著時代的演進，故事情節層層累積，使鍾馗這個箭垛式的傳說人物，在動態的敘述和靜態的描寫中變得立體化了。

鍾馗是原始巫的產物。鬼的觀念出現後，神鬼分開，人們需要塑造出一個治鬼的神和統領諸鬼的大鬼（「聖鬼」）。鍾馗就是適應這樣一種需要而被人們塑造出來的神和大鬼。新石器時代的史前玉圭上所刻畫的獸面人像，可能隱含著某個神話意象，這個神話意象中的神，可能就是鍾馗或鍾馗的原型。最初的文字記載，出現較遲，見於晉末的道經敦煌寫本。以方相氏為儺儀主角的大儺，到漢唐開始發生深刻變化。一方面，「四時以作」的古制，已土崩瓦解，只保留著一年一度舉行的送舊迎新的歲除之儺了；另一方面，方相氏在作為神的「十二獸」出現後地位逐漸下降的趨勢下，鍾馗以統領諸鬼的神（聖鬼）的資格進入大儺隊列中，取方相氏而代之。鍾馗由於在神話傳說中被塑造出來之始，就被人們賦予的捉鬼驅邪的特性，因此也從其形成起，就進入每年歲暮年初的大儺儀式中，成為一個驅邪納吉的重要角色。同時，與送舊迎新的歲除節儀相關聯，也就成為鍾馗信仰的一個重要特點。鍾馗傳說與鍾馗信仰是共生的，二者相互交織，相互依存。鍾馗信仰只有在傳說的支持下，才得以不斷發展；鍾馗傳說也由於有了鍾馗信仰的附麗而得以世代傳承。

在古代中國，儺儀是原始信仰的一種普遍形態，其流行範圍十分廣闊。在唐代及其以前，鍾馗傳說和信仰似乎主要存在和流傳於以長安為中心的中原儺文化地區以及以敦煌為中心的西北一帶；五代十國時期，鍾馗信仰顯然已傳播到吳越地區並得到了廣泛流行。

二、鍾馗信仰的民俗化

宋代是儺儀發生大轉變的時代。宋代以後，鍾馗信仰也發生了重要轉變，其特點是，逐漸向著世俗化和民俗化方向發展。在敦煌寫本《太上洞淵神咒經》中那個曾經與孔子、武王這兩個文武二神並列作為統領捉殺諸鬼之神的鍾馗，逐漸轉變為辟邪驅祟的道具和象徵，融入例行的送舊迎新的年節民俗事項之中。這種轉變，從實質上說來，意味著鍾馗信仰的神聖性逐漸減弱或消失，世俗性逐漸加強。

這種轉變以北宋都城汴京宮中歲除所行的儺儀為開始。《宋史》不再記載儺禮，但我們可從孟元老《東京夢華錄》裏看到其大概：「除日禁中呈大儺儀，並用皇城親事官、諸班直戴假面，繡畫色衣，執金槍龍旗，教坊使孟景初身品魁偉，貫全副金鍍銅甲，裝將軍，用鎮殿將軍二人，亦介胄裝門神，教坊南河炭醜惡魁肥，裝判官，又裝鍾馗、小妹、土地、灶神之類，共千餘人，自郡中驅祟，出南薰門外轉龍灣，謂之埋祟而罷。」在宋廷上演的百戲中，出現了鍾馗戲：「又爆竹一聲，有假面長髯，展裹綠袍韡簡，如鍾馗像者，傍一人以小鑼相招和舞步，謂之舞判。」在近歲節的十二月裏市面上所印賣的吉祥物品中，也有鍾馗畫：「近歲節，市井皆印賣門神、鍾馗、桃板、桃符，及財門鈍驢、回頭鹿馬、天行帖子。」[20]汴京宮中舉行的大儺，比之唐代發生了很大的變化，方相氏、十二獸、侲子等角色，已銷聲匿跡，自不待言，參加驅邪的將軍、門神、判官、鍾馗等角色，也都是由教坊人來扮演的，變成了歲除舉行的只有象徵作用的民俗活動。

前面說過，吳越之地，在五代十國時就已流傳著鍾馗捉鬼的信仰和除夕之夜驅儺的習俗。至宋室南遷後，汴京宮中的驅儺慣例照樣保留下來，禁中驅儺埋祟的隊列中也照例還有裝鍾馗者。從前朝廷官員「掛鍾馗」的風俗，此時也流入了民間。吳自牧《夢粱錄》：除夕之日，「士庶家不論大小家，俱灑掃門閭，去塵穢，淨庭戶，換門神，掛鍾馗，釘桃符，貼春牌，祭祀祖宗，遇夜則備迎神香花供物，以祈新歲之安。禁中除夜呈大驅儺儀，並係皇城司諸班直，戴面具，著繡畫雜色衣裝，手執金槍、銀戟、畫木刀劍、五色龍鳳、五色旗幟，以教樂所伶工裝將軍、符使、判官、鍾馗、六丁、六甲、神兵、五方鬼使、神尉等神，自禁中動鼓吹，驅祟出東華門外，轉龍池灣，謂之『埋祟』而散。」[21]周密《武林舊事》中也有大致相同的記載。據《乾淳歲時紀》記載，六甲、六丁、六神等神將，是由女童裝扮的。宋代宮中在歲除之際雖仍舉行大儺儀，但這種儺儀不再是國家的「典禮」，而變成了「直以戲視之」的民俗活動，古意蕩然無存

20 孟元老著，鄧之誠注，《東京夢華錄》卷十、卷七（中華書局，一九八二年），頁一九三至一九四。

21 吳自牧，《夢粱錄》卷六《除夜》（浙江人民出版社據《知不足齋叢書》本排印，一九八〇年），頁五〇。

了；而鍾馗也從統領鬼殺鬼諸神的地位，變成了與將軍、判官、門神、桃符、灶神等在同一等級的辟邪象徵角色，只作為人們祈求吉祥福祉心理的撫慰者。

據清乾隆《欽定續通志・禮略》：「遼金元明俱無儺禮。」[22]宋代一朝，儺作為禮的舊制，就逐漸式微。元朝的統治者係來自北方的少數民族，他們的民俗習慣與前朝有所不同，因此廢除除夜行大儺的舊禮也是必然的。因此，作為大儺主角之一的鍾馗，除了像薩都剌關於鍾馗畫的詩這類文人興感資料外，可徵的民俗資料並不多。明代大臣邱濬曾上奏「請斟酌漢唐之制，俾內臣依古制為索室逐疫之法」。未被採納，也未實行。雖然明代宮中不再舉行冬儺，但由中原而汴京而後又傳至江南的鍾馗信仰民俗，在民間卻依然盛行。據明萬曆十五年刻本《紹興府志》：「（臘月）二十四……自是，人家各拂塵，換桃符、門神、春勝、春帖，懸祖先像，並貼鍾馗圖。」[23]北京宮中歲除之日，門旁照樣置桃符板、將軍炭，照樣貼門神，室內照樣懸掛福神、鬼判、鍾馗等畫[24]。

到了清代，鍾馗還出現在吳中一帶的年節驅邪祈福民俗活動中，當地還流傳著以鍾馗為主角的「跳鍾馗」和傳說。這種「跳鍾馗」活動，顯係古代歲除驅儺活動的遺緒。清代學者顧祿《清嘉錄》（出版於一八三〇年）載：「丐者衣壞甲冑，裝鍾馗，沿門跳舞以逐鬼。亦月朔始，屆除夕而止，謂之跳鍾馗。周宗泰〈姑蘇竹枝詞〉云：『殘鬚破帽舊衣裳，萬兩黃金進士香，寶劍新磨堪逐鬼，居然護國有忠良。』」[25]作者引用宋以來的民俗志資料說，當地的跳鍾馗，始於月朔，而止於臘月二十四日，而到作者生活的時代，此俗已有變化，止於除夕。吳地以外的其他地區，年節民俗活動資料中，似乎已經再沒有鍾馗出場了。

22 清乾隆《欽定續通志・禮略・時儺》卷一百一十七，頁八。
23 《紹興府志》，明萬曆十五年刻本，引自《中國地方誌民俗資料彙編》華東卷中冊（北京：書目文獻出版社，一九九五年），頁八二〇。
24 劉若愚，《酌中志》，《叢書集初編》三九六〇種第二冊（中華書局，一九八五年），頁一七三。
25 顧祿，《清嘉錄》卷十二「十二月」（上海文藝出版社影印本，一九八五年）。

清代鍾馗信仰的一個重大變化是，從晉代以來就與年節相聯繫、相沿流傳了一千多年的鍾馗信仰，自此轉移和附著到了端午節的民俗生活中。最早見於記載的一份資料是刻於康熙五十七年（一七一六年）的杭州《錢塘縣誌》：「（五月）五日為天中節。門貼五色鏤紙，堂設天師、鍾馗像，梁懸符籙，盆養葵、榴花、蒲、艾葉，丹碧可觀。」[26]《清嘉錄》載：「五月，吳地人家堂中掛鍾馗畫圖一月，以袪邪魅。李福《鍾馗圖詩》云：『面目猙獰膽氣粗，榴紅蒲碧座懸圖。仗君掃蕩妖魔技，免使人間鬼畫符。』又盧毓嵩有詩云：『榴花吐焰菖蒲碧，畫圖一幅生虛白。綠袍烏帽吉莫靴，知是終南山裏客。眼如點漆髮如虬，唇如腥紅髯如戟。看徹人間索索徒，不食煙霞食鬼伯。何年留影在人間，處處端陽驅厲疫。嗚呼世上魍魎不勝計，靈光一睹難逃匿。仗君百千億萬身，卻鬼直教褫鬼魄。』」顧祿在歷述古來鍾馗信仰之後，特別指出：「五日堂中懸鍾馗畫像，謂舊俗所未有。」[27]富察敦崇《燕京歲時記》載：作為清代都城的北京，「每至端陽，市肆間用尺幅黃紙，蓋以朱印，或繪畫天師、鍾馗之像，或繪畫五毒符咒之形，懸而售之，都人士爭相購買，貼之中門，以避祟惡」[28]。〈民社北平指南〉云：「……於是日（端午）午時以朱墨畫鍾馗像，以雞血點眼，俗稱『朱砂判』者，懸屋中，謂能避邪。」[29]是何原因促成了鍾馗信仰的這種轉移，學者們一般都以五月是「毒月」的民間觀念來解釋，還有待於進一步探討。

有意思的是，一個世紀前，俄國收藏家B.M.阿列克謝耶夫曾在北京買到一幅慈禧太后收藏的鍾馗木版畫。「木版畫上的鍾馗身穿文官服，正在斬殺欲犯民宅的小鬼。一隻蝙蝠從天而降，意味著『驅鬼納福』或『降吉納福』。畫的頂部有題銘，乃為慈禧太后所加。這幅御畫上，還題了日期：一八八八年（按：光緒十四年）二月十九日。類似的畫，在

26 《錢塘縣誌》（清康熙五十七年刻本），錄自《中國地方誌民俗資料彙編》華東卷中冊（北京：書目文獻出版社，一九九五年），頁五九四。
27 顧祿，《清嘉錄》卷五「五月」（上海文藝出版社影印本，一九八五年）。
28 富察敦崇，《燕京歲時記・天師符》，見潘容陛、富察敦崇《帝京歲時紀勝・燕京歲時記》（北京古籍出版社，一九八三年），頁六五。
29 〈民社北平指南〉，轉自李家瑞編《北平風俗類徵》上冊（商務印書館，一九三七年），頁七六。

北京並不少見。這位貴夫人喜歡把描繪著象徵圖案的畫，饋贈給她最喜歡的人，因為這種最為流行的象徵，在她看來是最珍重的了。根據這塊版印製的畫幅，我再也沒有見過。也許這幅畫的原版根本就不存在了，任何仿作也不能不遭到禁止。」[30]這幅題為〈鎮煞〉的木版畫的題銘是：「鎮宅神判下天宮，手拿寶劍代七星，拿住妖魔無其數，斬沙（殺）多少怪物精，有人請到他家去，萬事平安福祿增。」在題銘的旁邊，還寫著常見的符籙「敕令」和上下相連的五個「雷」字以及兩個表示「雷」的意象符號。「神判」就是鍾馗。據題銘來看，此畫的作用在於鎮宅。顯然，作者把道教的「五雷符」與鍾馗聯繫起來，意在加強鍾馗鎮邪驅祟的能力。

在民國以來出版的一些地方誌裏，我們看到，端午節懸掛鍾馗畫以辟邪的風俗，在江南吳越文化圈內依然流行。

本世紀五十年代以來，由於政府提倡破除迷信，舉行有鍾馗角色出現於其中，甚或以鍾馗為主角的巫儺信仰活動已較為少見了。近年來在有些地區發掘搶救出來的巫儺儀式和儺戲資料證明，鍾馗依然是作為傳統古儺的「活化石」而存在著的儺禮和儺戲中的一個重要驅邪角色。江西的跳儺分「閉口儺」和「開口儺」。「閉口儺」用於迎神舞隊，以面具扮為「儺神將軍」（有紅臉、黑臉、紅黑兩面臉等不同形式的「將軍」五人），又有鍾馗、判官、小鬼、四大天將、關王、花關索、城隍、徒弟、和合二仙、灶神、小娘子等神靈。扮者跳儺舞，分別有「開山」、「紙錢」、「魁星」、「雷公」、「儺公儺母」、「鍾馗醉酒」等節目[31]。四川北部梓潼縣的儺儀分「陰戲」和「陽戲」。陰戲為「天戲」，用提線木偶表演；陽戲為「地戲」，用面具裝扮二郎神、判官、小鬼、土地等，搬演「土地繳願」、「鍾馗斬鬼」、「跑馬進財」等節目[32]。在這些地區殘存的儺儀或儺戲中出現的鍾馗或扮演鍾馗，就其性質而言，似乎還沒有脫離古儺

30 А.М.АЛЕКСЕЕВ, КИТАЙСКАЯ НАРОДНАЯ КАРТИНА, СТР.222-223,ИЗД.《НАУКА》, МОСКВА, 1966.

31 毛禮鎂、流沙，〈江西的跳儺與儺戲〉，中國儺戲學國際學術討論會論文（一九九〇年三月），轉自周華斌，〈儺儀面具的沿革——兼談儺面與戲面〉，臺北：《民俗曲藝》一九九一年第六十九期上冊，頁一五九。

32 赫剛、姚光普，〈梓潼陽戲的文化淺識〉（同上注）。又，于一、王康、陳文漢在〈四川省梓潼縣馬鳴鄉紅寨村一帶的梓潼陽戲〉說：「戲神有壇前供奉的正神、天上三十二神、地下三十二神三種。」地下三十二神中，除了太白、四值功曹、統兵元帥、白鶴童子、雷公電母等外，還有鍾

中的驅邪角色。

也有漸而脫離巫儺角色而向著戲劇化轉化，依然帶著濃重的巫儺色彩的，如重慶市巴縣接龍區的陽戲中的鍾馗。這是因為：（一）唱陽戲一般是為了酬神還願而進行的祭祀活動，其科儀壇序的安排，嚴格遵循著請神、酬神、祈神、送神的程序；其整體結構，以內壇法事為主，外壇唱戲穿插進行。（二）唱陽戲屬於外壇關目，一般帶有慶賀、歡悅的性質，或發財得寶，或官運亨通，或誕辰喜宴，或嫁女娶媳，都要唱陽戲。（三）唱陽戲的時間，不再像古儺儀那樣在除夕之夜（或更早的「四時以作」），為了送舊迎新，祛除穢氣邪祟，而是在每年秋收之後至第二年春耕之前這段農閒時間裏，沒有嚴格的時間限制。近年在當地發現的清道光抄本《陽戲全集》有〈鍾馗〉一齣內壇唱本：

（偈子）

吾神不是非凡神，吾是天上文曲星，可恨唐王無道理，把吾貶作一魁神，一對小鬼當面立，心中愁眉二三分，南臺鼓樂輕槌打，南山進士上棚行。

（說詩）

頭戴烏紗帽，身穿紫羅袍，點動朝陽鼓，鍾馗大將是吾神。

（白）且問堂前，銅鼓震天，鐵鼓震地，香煙渺渺，所為何事？（介）酬恩了願。（介）堂前不正之鬼神斬開未曾？（介）未曾。（介）點動明鑼，吾神與你斬開。

仙花一朵墜日月，黃英閃閃下天堂。天也愁，地也愁，人也愁，鬼也愁，天愁只怕不下雨，地愁只怕無收成，人愁只怕閻王取，鬼愁只怕斬了頭。吾神蓋（蓋：押。）鬼到東方，東方化作拷鬼王，你在東方為鬼域，吾

馗（王秋桂主編：民俗曲藝叢書，臺北：財團法人施合鄭民俗文化基金會出版，一九九四年，頁五二至五四）。

是東方拷鬼王，大鬼見吾忙忙走，小鬼見吾走忙忙，將吾掛在牆壁上，邪魔一見走如雲，木精木怪吾斬了，東方無有鬼來藏。

〔照此一樣，唱五方

（白）吾將不正之神、不正之鬼。蓋出三天門外，你給甚何準折？（介）錢財寶馬。（介）既然如此，憑火化來，吾神蓋出陰山背後。（介）願聞。

吾神蓋鬼出天堂，押在陝西鳳翔府。父親有名鍾古老，母是堆金積玉人，一母所生三兄弟，我的排行第三名。年逢十五去會試，貌醜不中狀元郎，一驚跌在金階地，三魂渺渺上天堂。玉皇見吾多正直，封為都天拷鬼王，賜吾一口青銅劍，天下邪魔任吾斬。吾神蓋鬼出大門，押赴陰司鐵圍城，自從吾神蓋鬼後，家門清吉萬事亨。鍾馗爺，本姓鍾，掃邪歸正道有功。遇節氣來割豬牲，洪豬淨酒敬吾神，堂前斬鬼先用我，小鬼一見走如雲。吾神根本唱不盡，天宮有事要回程，堂前借動鑼共鼓，獨占鰲頭轉回程。[33]

在這段戲文中，鍾馗的生平身世有了交代：父親名叫鍾古老，母親是「堆金積玉人」，兄弟三個，他是排行第三。貌醜是天生的，不是典籍記載的被毀容。在殿試中因貌醜而不中狀元，「一驚跌在金階地，三魂渺渺上天堂」，而不是自撞石階而死。戲文中還敘述了鍾馗成神的經過，以及用牲供奉鍾馗神的習俗。在此戲文之後，還附有另一外壇劇本《蓋魁》，內容大同小異，但其中鍾馗自稱「魁神」，在別處是未見的。

由巫師做「鎮鍾馗」的儺事巫俗至今還在有的地區存在。地處吳文化圈外緣、長江口的南通市北郊秦灶鄉八里廟村，近年還舉行過以治病為目的的「鎮鍾馗」儺儀。當地民俗學者施漢如、楊問春所寫的調查報告〈「鎮鍾馗」儺儀

---

33 胡天成，〈四川重慶市巴縣接龍區漢族的接龍陽戲〉，王秋桂主編《民俗曲藝叢書》（臺北：財團法人施合鄭民俗文化基金會出版，一九九四年），頁六一至六三、三三九至三四一。

記〉，報導了一九九三年陰曆正月十八該村一名三十八歲何姓農民，為治病延請巫師二人所行的「鎮鍾馗」捉鬼驅妖、安宅保太平儀式的全過程。「鎮鍾馗」儺儀分六個程序：

（一）準備工作

事先，患人家主按僮子之意籌辦以下物品：鍾馗神像一幅；紅紙軸聯一對；蒼蒲、艾草各一小紮（用以禳邪招福，俗云：「艾旗招百福，蒲劍斬千邪。」）；香燭錁錠若干；鍾馗、家堂、灶君神馬各一副；供品數碟；明鏡一面（照妖用）；「五血」（雞血、犬血、黑魚血、鱔魚血、甲魚血）各少許（除污辟邪用）；中藥材十二味，計蜈蚣一條、地鱉蟲十三隻、壁虎（守宮）一隻、蛇殼一條、海馬一對、赤小豆十三粒、金銀花二塊、勾藤十克、蒼耳子十克、蓮蓬房一個、血見愁五克、鬼見餘十克。藥材連同順治銅錢一枚，自製紅綠線纏繞小弓箭一副，裝入陶瓦罐內，圖以鎮邪。

（二）請神上坐

巫師行執前先在正屋懸掛鍾馗畫像，並當場書寫軸聯：「唐王賜我青鋒寶劍，手執弓箭斬妖除怪」。在鍾馗神像上方兩側各書「秋官驅邪」與「鎮宅平安」文字（秋官，據巫人解釋，是鍾馗的上司靈神。史載：秋官，又稱司寇。《禮記．王制》：「司寇正刑明辟，以聽獄訟。」鄭玄注：「司寇秋官卿，掌管者，辟罪也。」）再於神像下方畫「一鎮無事」符。

（三）點血鎮邪

巫事開始先取「五血」在神像面部、手足、寶劍等處點塗。據僮子稱，不點血的神像不具有驅邪捉鬼的法力。

（四）鍾馗神威

僮子唸動「鍾馗誥」，恭請神駕鄰壇，同時並大加讚頌鍾馗的神力。誥文如下：「終南進士，鎮國將軍，聲若暴雷而射邪山谷，目如鉅電而圍駕宮闈。偕敬德、秦公作將魔之尉，同神荼、鬱壘為啖鬼之神。號令三千鬼卒，魑魅喪膽侵驚；驅馳百萬神兵，魍魎寒心失色。標名虎榜，護駕龍宮，御賜狀元，官封都判。赫赫厥聲，濯濯威靈。後封校尉九州按察權司夏令護化之神，袪邪斬鬼大將軍，終南鐵面神君，掃蕩妖氛天尊。贊曰：鍾馗大帝鎮國將軍唐王親敕狀元尊夏令護化之神袪邪斬鬼鐵面掃妖氛。」

（五）開光顯靈

唸畢誥、贊，巫師為神像開光。其做法是：用銀針一枚，分別在神像的各個關鍵部位點刺。開光時巫師口中唸詞：「天有金光，地有銀光，日之黃光，月之射光。金光速現，速現金光，恆巫來開光。」在點刺有關部位時，巫師分別述說該部位開光後的功能。（略）開光完畢，巫師用新毛巾將神像揩抹乾淨，此神像便成為患者家庭的鎮宅之神。

（六）立約文疏

由巫師一人站立案前，宣讀〈皇命敕封鍾馗進士靈神拿妖捉怪，鎮宅保寧文疏〉，唸至語氣嚴厲之處，拍敲驚堂木，以加強驅邪逐鬼氣氛。讀畢，將文疏一式兩份合摺簽約，書符並立鎮宅辟邪武大將軍陰陽合同文疏為證字樣。簽約後，一紙交鍾馗（摺成小方塊藏於藥材罐內，長期置於鍾馗神像前），一紙交香主門中先前（焚化）執存，以便日後對證。

（七）上聖驅魔

立約畢，巫師著法裝上聖，數說「鍾馗家世」，祈請鍾馗執行鎮宅巡查、逐捉鬼魅任務。唱完後表演「喝聖」，表示鍾馗已經降壇，開始鎮宅。一巫在案前發令：「我恆巫號令，聽我的號令，只聽恆巫言，不聽眾人語，恆巫怎樣吩咐，你怎樣行：何氏家中，園前宅後，宅左宅右，巡查糾察，日查三十六，夜查七十二，日夜巡查一百另八次，時刻當心，嚴禁妖魔野鬼、精邪怪術、魑魅魍魎、猖狂落水、官兵土匪、一切冤孽，遠離他家。如若刁難，不聽號令，立即開弓放箭，破肚扒腸，皮肉鮮血，吞服下肚。」為防止鍾馗執法中連累家人和親友，又特別強調：「武鍾馗公坐，開光聽令，在此鎮宅，何氏家中老少男女、左鄰右舍、親姑六眷來往不忌；祖宗祭祀、雞犬牛馬、六畜不忌；單忌妖魔野鬼、精邪怪術。」

（八）封門脫災

用兩隻大碗盛水，平放在大門外平地上，在兩碗之間擱置筷子一根。巫人著法裝戴摺帽，手執廚刀在門外邊舞邊唱：「鍾馗生來氣昂昂，頭戴金盔亮堂堂，唐王賜你青鋒劍，站在本宅鎮四方。信實號令末更鼓，一夜刀槍十三魔，送你長江依律治罪，倘有妖魔鬼怪不聽，天差五雷七閃轟，轟轟化灰塵。」唱畢，巫人用廚刀斬斷碗上的筷子，端起一碗水在大門外旋轉澆地，邊轉邊唸：「天地日月斗南開，全生麗水起起來，禍因惡跡今日散，福佑善慶入門來。水碗一扣災殃脫，左手攀起大發財，恭喜恭喜大發財。」此時，將另一碗水潑向屋面，意為太平水灑淨，從此妖氛掃除，家宅平安。

整個「鎮鍾馗」執事，至此完結[34]。

三、鍾馗傳說的文人化趨向

在鍾馗信仰逐漸世俗化和民俗化的同時，宋以降，鍾馗傳說不斷被文人們利用來進行再創作，賦予鍾馗題材以新的情節、新的內涵和新的思想，出現了鍾馗畫、鍾馗戲曲、鍾馗小說和鍾馗詩，從而使鍾馗傳說出現了文人化趨向。傳說中的吳道子所畫的鍾馗圖，雖然對鍾馗傳說和信仰的發展起了推波助瀾的作用，卻始終屬於傳聞，並沒有人見

---

[34] 施漢如、楊問春，〈「鎮鍾馗」儺儀記〉，《民俗》（中國民間文藝家協會主辦）一九九六年第二期，頁三五至三七。

過。歷代研究者們常引的，是宋郭若虛在《圖畫見聞志》卷六《近事》裏說的一段話：「昔吳道子畫鍾馗，衣藍衫，鞹一足，眇一目，腰笏，巾首而蓬髮，以左手捉鬼，以右手抉其鬼目。筆跡遒勁，實繪事之絕格也。有得之以獻蜀主者，蜀主甚愛重之，常掛臥內。」宋葉夢得在《石林燕語》卷五裏也說：「宰執每歲有內侍省例賜新火冰之類，將命者曰『快行家』，皆以私錢一千贈之。元豐元年除日（按：一〇七九年二月四日），神宗禁中忽得吳道子畫鍾馗像，因使鏤版賜二府。吳沖卿時為相，欲贈以常例，王禹玉曰：『上前未有特賜，出此異恩，當稍贈之。』乃贈五千，其後御藥院為故事。明年除日（按：一〇八〇年一月二十四日）復賜，沖卿例復授五千。沖卿因戲同列曰：『一馗足矣。』眾皆大笑。」[35]他們雖然說得活龍活現，但細究起來，他們也並未見過吳道子的畫，只不過是根據傳說來描繪的。五代末，石恪作〈鬼百戲圖〉，其畫面為「鍾馗夫婦對案置酒，供張果肴，乃執事左右皆述其情態：前有大小鬼數十，合樂呈伎倆，曲盡其妙。」石恪還有〈鍾馗氏小妹圖〉，畫一少年婦人，四鬼相從。孫知微有〈雪鍾馗〉圖，鍾馗「破巾短褐，束縛一鬼荷於擔端，行雪林中。想見武舉不第，胸中未平，又怒鬼物擾人，擒拿搏擊，戲用餘勇也。」[36]他們的鍾馗畫，論題材，較之唐初宮中頒至朝臣的鍾馗掛像，已大有開拓；論形象，較之據傳唐人題記所述的形象也大相徑庭了。他們開始跳出鍾馗儺儀和鍾馗傳說的框子，滲透進了較多的思考和個性，趣味性和娛樂性顯著增強。

綜觀現存的宋元明清四代的文人鍾馗畫，集中表現了（1）出遊（或移家）、（2）鍾馗小妹、（3）五鬼鬧鍾馗、（4）醉鍾馗、（5）求吉這五個題材。這五種題材及其畫面，已經遠遠超出了傳統鍾馗故事的題材範圍，而表現了不同時代的社會思潮和畫家個人的思想與情趣。王闌西和王樹村兩先生主編的〈鍾馗百圖〉（嶺南美術出版社，一九九〇年）把中國大陸博物館和私人所藏的歷代鍾馗畫搜集起來，並做了選擇，成為一部很好的研究文人鍾馗畫的畫集。

---

35 郭若虛，《圖畫見聞志》卷六；葉夢得，《石林燕語》卷五。據胡道靜，《夢溪筆談校證》（上海古籍出版社，一九八七年），頁九八七至九八八。

36 李薦，《德隅齋畫品》。據王樹村，《略說鍾馗畫》，見王闌西、王樹村主編《鍾馗百圖》（廣州：嶺南美術出版社，一九九〇年），頁八。

臺灣學者李豐楙在前面提到的〈鍾馗與儺禮及其戲劇〉一文裏也列舉了一些鍾馗畫，是這部畫集裏所未收的，如南宋末龔開的〈鍾進士移居圖〉（今藏臺北故宮）、〈中山出遊圖〉（今藏美國弗瑞爾美術館），元顏輝〈鍾馗元夜出遊圖〉（今藏美國克里夫蘭博物館）、明錢谷〈鍾老移家圖〉（《佩之齋書畫譜》卷八十七）、佚名畫家的〈醉鍾馗圖〉（今藏臺北故宮）、清陳洪綬〈鍾馗元夕夜遊圖〉與〈鍾馗嫁妹圖〉等。筆者在前面也提到了俄國漢學家阿列克謝耶夫《中國民間年畫》中搜集的有關鍾馗的五幅十九世紀中國年畫。如果將這些鍾馗畫加在一起來研究，便可看出宋代以降，歷代畫家對鍾馗題材的鍾愛、價值取向和藝術趣味。

鍾馗嫁妹的情節最初出現於何時，難以確知。《東京夢華錄》裏就有「裝鍾馗、小妹」的記載，趙叔向的《肯綮錄》裏也提到當時有人畫鍾馗小妹，因此可以肯定的是，鍾馗嫁妹的情節在宋代已經附會到鍾馗傳說上了。宋元以降，嫁妹越來越成為畫家們（還有戲劇家）感興趣的題材，使鍾馗傳說和鍾馗這個人物日漸人情化和人性化。醉鍾馗題材的開掘，在保持鍾馗本性的前提下使形象妙趣橫生，令鍾馗又增加了一副面孔。清代畫家金農有〈醉鍾馗〉圖，題銘曰：「吾聞善釀者有國，藏貯者有城，沉湎者有鄉。此中天地，彼蚩蚩者胡為，長年溺飲不醒也。老馗鬚髯戟張，豪氣攝鬼，鄙睨處不知有人，方可一醉也。今圖其狀，騰騰焉，陶陶焉，冠裳顛倒，劍佩皆遺，值得一醉耳。」他說：他之所以畫醉鍾馗，「不特禦邪拔厲，而其醉容可掬，想見終南進士嬉傲盛世、慶幸太平也。昔人於歲終畫鍾馗小像躬獻官家祓除不祥，今則專施之五月五日矣」[37]。

宋元雜劇和傳奇異峰突起，盛極一時，一直延續到明清，成為文學史上一大奇觀。鍾馗傳說這個題材也受到了官本雜劇和勾欄雜劇的編劇人的青睞。宋周密《武林舊事》卷十，有〈官本雜劇段數〉一節，列舉劇本二百八十本，其中有〈鍾馗爨〉一劇[38]。以爨命名的劇本還有一些，單成一類，如〈天下太平爨〉、〈百花爨〉、〈門子打三教爨〉等。

37 金農，〈醉鍾馗〉，王闌西、王樹村主編《鍾馗百圖》之圖十二。

38 周密，《武林舊事》卷十（西湖書社，一九八一年），頁一五六。清姚燮《今樂考證》有著錄，《中國古典戲曲論著集成》第十冊（中國戲劇出何為「爨」？元陶宗儀《南村輟耕錄》的解釋：「院本，……又謂之五花爨弄，或曰：『宋徽宗見爨國人來朝，衣裝鞋履，巾裹傅粉墨，舉動如此，使優人效之以為戲。』」[39]周貽白先生說：「據此，所謂『爨』，其上場者的裝扮，與《輟耕錄》所說相符，而其表演形式則為唸詩詞，說賦歌，並非根據故事情節裝扮人物而做代言體的演出。」[40]「爨」是百濮民族的古稱，多文身涅面，在其儺儀表演時，又多戴面具。宋代官本雜劇取名爨者，是否劇中人物借用繪身和戴面具之意呢。如果這個假說說得過去，那麼，雜劇《鍾馗爨》顯然是從宋室宮中除夕之夜舉行的儺儀中「裝鍾馗」的過渡形態了。

明代萬曆初年有一齣以鍾馗為主角的隊戲《鍾（魁）馗顯聖》，係明萬曆二年（一五七四年）《迎神賽社禮節傳薄四十曲宮調》[41]。明鄭之珍編《目連救母勸善記》（又稱《新編目連救母勸善戲文》）下卷第二十五齣《八殿尋母》中，有鍾馗上場，劇本寫作「淨上舞介」[42]。該劇有明萬曆十年（一五八二年）高石山房原刊本、明金陵富春堂刊本、清會文堂刊本、清光緒間刊本、《古本戲曲叢刊初集》據高石山房原刊本影印。

萬曆年間教坊編演的雜劇劇目中有《慶豐年五鬼鬧鍾馗雜劇》，係歲首在內廷供奉演出的吉祥之戲。傳至今日的本子，有脈望館萬曆抄校本，其封面標明「本朝教坊編演」，題目係「賀新正喜賞三陽宴」，正名為《慶豐年五鬼鬧鍾馗》。劇本最末注明鈔校時間為乙卯——明萬曆四十三年（一六一五年）七月二十七日，抄校人為「清常道人」[43]。該

版社，一九五九年），頁七〇。

39 陶宗儀，《南村輟耕錄》（中華書局，一九八〇年），頁三〇九。

40 周貽白，《中國戲曲史發展綱要》（上海古籍出版社，一九七九年），頁一一九。

41 《鍾馗顯聖》，山西師範大學戲曲文物研究所編《中華戲曲》第三輯（一九八七年）頁一至一一七。茆耕茹，〈目連資料編目概略〉有著錄，王秋桂主編：民俗曲藝叢書（財團法人施合鄭民俗文化基金會出版，一九九三年），頁七九至八〇。

42 鄭之珍，《目連救母勸善記》，《古本戲曲叢刊》初集第二期（該刊編刊委員會，一九五四年）。

43 傅惜華，《明代雜劇全目》（作家出版社，一九五八年），頁二四二；莊一拂，《古典戲曲存目彙考》中冊（上海古籍出版社，一九八二年），頁六五一。

劇本結構紊亂，文字也粗劣，然而自明以降在諸家目錄書中卻多所著錄。明趙琦美「也是園」藏「古今雜劇」書目「本朝教坊編演」類有著錄[44]。清姚燮《今樂考證》和張照、王國維《曲錄》亦有著錄[45]。今人將劇本收入《古本元明雜劇》（第三十冊）和《古本戲曲叢刊》（第四集）。這個雜劇，就整個基調而言，原來在晉至唐記載中的鍾馗啖鬼的恐怖猙獰，已被頌揚五穀豐登和太平吉祥的熱鬧氣氛所代替，慶豐年、頌恩德成為雜劇的重要題旨。全劇由楔子和四個折子戲所組成。劇情大致如下：

楔子裏交代說，鍾馗是終南山甘河鎮人氏，姓鍾名馗字君實，幼習儒業，苦志攻讀，平生直正，不信邪鬼，歲前中了科甲，後因楊國忠掌卷子，兩次未中。如今正逢科考，鎮長叫他前去應試。

頭折講，鍾馗在趕考途中，在五道將軍廟裏借宿，遇到大耗、小耗二鬼。在他熟睡之際，兩小鬼將其唐巾偷走。他醒來後將其趕走（沒有小鬼將其毀容的情節或字句）。

第二折講，在殿試中，參加考試的有鍾馗和常風二人，「發傻」的常風賄賂殿頭官，而鍾馗卻憑文才應試。

第三折講，鍾馗在試院中「文才廣覽，詩句驚人，有談天論地秀氣，此人中第一名進士。」殿頭官為他奏知聖人，封他為天下頭名狀元，賜他靴笏襴袍。但不知為何原因，鍾馗回到旅店便「一氣而死」了。劇中人張伯循云：「大人不知有秀才，鍾馗不知怎生回到店中，一氣而死了。」鍾馗死後，被上帝封為判官。「正末粉判官」（鍾馗鬼魂）上場自述：「小聖終南進士鍾馗是也。因我生平直正、膽力剛強，來到京師應試不用，一氣死歸冥路。上帝不負苦心之德，加為判官之職，管領天下邪魔鬼怪，不期大人賜與靴笏襴袍，小聖如今一夢中知謝大人，走一遭去。」這一折是全劇重頭

---

44 《也是園藏書古今雜劇目錄》，清黃丕烈編目本，見中國戲曲研究院編《中國古典戲曲論著集成》第七冊（中國戲劇出版社，一九五九年），頁三九三。

45 姚燮，《今樂考證》，見中國戲曲研究院編《中國古典戲曲論著集成》第十冊（中國戲劇出版社，一九五九年），頁一三七，據北京大學出版組一九三五年影印本。

戲，加了一個「尾聲」，寫殿頭官夢見諸多鬼怪，並為其立廟，一個判官降服眾鬼，自稱是終南山不第進士鍾馗。「我如今奏知了聖人，著普天下人民盡都畫他形象，與他立廟。」

第四折講，上命加封，五福神（土地、井、廚、灶、門、戶尉之神）和三陽真君等都來朝見。天福問鍾馗，當日子五道廟中怎生不怕鬼怪。正末（鍾馗）云：「眾位尊神、三陽真君已登天界，聽小聖說一遍咱。【鷹兒落】我當日在生時，性燥凡（煩），行事衣（依）公道，指望待步，蟾宮折桂枝，誰想在宮貢院中遭剝落。」地福云：「你在生時怎生不懼狠鬼？」正末云：「眾神祇不知小聖的心也。【得勝令】我又不曾犯法共違條，行事不虛囂，為什麼全不把神靈怕，有忠心輔聖朝。」上陽真君云：「你今日管押天下妖精，加你為都判官領袖，則要你行事的（得）當，年年正旦掃除鬼怪者。」（唱）「更誰敢輕薄，有這些鬼力從吾調，若錯了分毫，將他來定不饒。」

這個戲的結尾，作者通過鍾馗所轄的五個鬼（青、黃、赤、白、黑鬼）頭上的三個炮杖作為象徵，把全劇的思想落腳在三點上：聖壽無疆、萬民無難、五穀豐登[46]。

關於「五鬼鬧鍾馗」題材，在明清其他作品中多所出現，並發展簡化為「五鬼鬧判」。「判」在當時的文藝作品中幾乎成為鍾馗的專指。如作於明萬曆年間（序寫於丁酉年，即一五九七年）的羅懋登著《三寶太監西洋記通俗演義》，第九十回有「靈曜府五鬼鬧判」回目，講的是五個因戰爭而死的鬼在陰曹地府定罪，多獲惡報，五鬼不服，亂嚷亂鬧，結成團夥。判官見他們來勢很兇，站起來喝道：「走！什麼人敢在這裏胡說，我有私，我這管筆可是容私的？」五個鬼齊齊地走上前去，照手一搶，將筆奪下來，說道：「鐵筆無私。你這蜘蛛鬚兒紮的筆，牙齒縫裏都是絲（私），敢說得個不容私？」[47]大約寫於明隆慶二年至萬曆三十年（一五六八至一六〇二年）的蘭陵笑笑生著《金瓶梅詞話》，第六十

46　古本戲曲叢刊編刊委員會輯《古本戲曲叢刊》第四集八十（商務印書館，一九五八年），頁一至三四。

47　羅懋登，《三寶太監西洋記通俗演義》。現存最早版本為明萬曆二十六年（一五九八年）刻本。此據上海古籍出版社據上海申報館印本並參照步月樓復刻本排印（一九八五年）。

五回，寫李瓶兒死後，各路賓客來弔孝。十月初八是四七，請西門外寶慶寺趙喇嘛來唸番經、結壇、跳沙。十一日，由歌郎並鑼鼓地吊來靈前參靈，演出各樣百戲：〈五鬼鬧判〉、〈張天師著鬼迷〉、〈鍾馗戲小鬼〉、〈老子過函關〉等，堂客都在簾內觀看。[48]又《牡丹亭還魂記》中有〈冥判〉一齣，判官亦由淨扮，上場後有「淨作笑舞介」。唱詞中有：「嘯一聲支兀另漢鍾馗其冠不正，舞一回疏喇沙門河魁近墨者黑。」[49]此外，明清兩季流傳下來的以「五鬼鬧判」為題材的繪畫更不在少數。這說明「五鬼鬧鍾馗（判）」的故事，作為鍾馗傳說在流傳中附著上去的一個新情節單元，至少在明萬曆三十年（一六〇二年）前已經在民間形成並流傳得相當廣泛了。

前面提到的鍾馗嫁妹，同樣也是明清戲曲關心的一個題材。清《曲海總目提要》（序寫於戊辰同治七年，即一八六八年）卷二十一所載張心其（生平未詳）所著《天下樂》，即以鍾馗嫁妹為題材的一折雜劇。《提要》對鍾馗的身世、嫁妹及成神等情節，均交代甚詳，使鍾馗傳說得以空前豐富：

> 杜平，字鈞卿，杭州錢塘人。累世為商，家資巨萬。父母早亡。未及婚娶。……時鍾南山秀士鍾馗，與妹媚兒同居。聞唐高祖開科取士，欲赴京應舉，貧乏無貲。平在長明寺中，大捨錢帛穀米。馗聞其名，詣寺訪之。平即邀至家中，贈百金為資斧，佐以寶劍。馗為人好剛使氣，乘醉入寺。寺僧方為杜做瑜珈道場，延請法師施食。馗見大詫，以為妖誕，毀榜毆僧，且謂平曰：『人之禍福在天，何得託名於鬼？若鬼能作禍於人，是為害人之物，必當盡殺而啖之。』諸餓鬼訴於觀音大士，大士知其正直，後將為神，而怒其謗佛，乃令五窮鬼損其福，五厲鬼奪其算。

48 笑笑生，《金瓶梅詞話》。現存最早為明萬曆四十五年（一六一七年）刻本。此據人民文學出版社戴鴻森校點本，一九八五年。

49 周貽白說：這句唱詞「一方面比其為魁星，一方面則比之為鍾馗。故〈五鬼鬧鍾馗〉或亦作〈五鬼鬧判〉，可見其皆與宋代百戲中的舞判具有淵源。」（《中國戲曲發展史綱要・明代的戲班及其演出》（上海古籍出版社，一九七九年），頁三四一至三四二）。

馗赴京，旅次痁瘧。及稍癒，由徑道往長安。夜抵陰山窮谷中，為眾鬼所困，變易形狀，紺髮墨面，叢生怪鬚，塞土於口而去。馗入京就試，獲中會元。殿試之時，以貌醜被黜，自觸殞身，大鬧酆都，奏知玉帝。玉帝憫其正直無私，懷才淪落，封為驅邪斬祟將軍，領鬼兵三千，專管人間祟鬼厲氣。初，馗之赴舉也，平厚賙其家，且使婢為其妹役。馗深感之。平以貿易入都。馗方登第，以妹許平。未及嫁而馗為神。時天子御朝，八方王子萬里入貢，雲睹五道祥雲，輝映中國。而其時適三月不雨，有旨問袁天罡。天罡云：「五雲之瑞，應在五人。」及召平等入見，平訟馗冤，請為立廟褒封，三日甘霖必沛。乃贈馗狀元，而令平等禱雨。如期雨降。遂拜平天下五路大總管。馗踐前約，親帥眾鬼，笙簫鼓樂燈火車馬，自空而下，以妹嫁平。五人復受玉帝之敕，為五路大將軍。……[50]

顯然，編劇者為了適應劇本主題「天下樂」的需要，將鍾馗傳說在流傳中出現的不合理情節和缺環，都給填平補齊，使其合理化、人情化了，並且把杜平的資助和鍾馗的嫁妹作為重點情節加以發揮和渲染，使本來只有夢鬼、啖鬼和畫鬼三個情節單元的鍾馗傳說，增加了一個重要的組成部分，從而把鍾馗傳說納入了財神戲之中。鍾馗的毀容、蒙冤、成神和嫁妹，前因後果，甚是清楚。作者在劇本開始故意加了一段交代性的情節，說鍾馗原是不信神鬼的，因醉闖長明寺中，見寺僧為杜平做瑜珈道場，以為妖誕而毀榜毆僧。於是，導致了觀音大士令五窮鬼損其福、五厲鬼折其算。有了這樣的鋪墊，圍繞著鍾馗後來的遭遇和斬鬼而生出的情節，便是樹有根、水有源，合情合理，增加了戲劇性。

鍾馗嫁妹在崑曲劇目中富有傳統。崑曲（崑山腔）從明代中葉誕生以來，主要流行於江浙一帶，以崑山、蘇州、上海等地為基地，有過輝煌的時代，並逐漸形成南崑和北崑兩大體系。但至清末，卻瀕臨絕響之勢。從同治—光緒朝起，

---

50 張心其，〈天下樂〉，見《曲海總目提要》中冊（人民文學出版社，一九五九年），頁一〇三三至一〇三五。

多次有人出來做各種努力以期振興崑曲這個劇種。劉半農先生搜集到光緒八年（一八八二年）三慶班（目二七〇一一）至宣統三年（一九一一年）安慶班（目八一八）包括了四十家戲班子的戲單，後由周明泰補充到民國二十一年的資料，編輯而成為《五十年來北平戲劇史材》一書。從該書所收的大量戲單來看，其間活躍在北平的戲班中演出鍾馗戲的有：雙奎班於光緒十六年庚寅歲演出〈嫁妹〉一齣，編目為三〇二・六；義順和班於光緒二十五年己亥歲臘月初十日，由何桂山外串代燈演出〈嫁妹〉一齣，編目為七六・三；福壽班於光緒二十五年五月初九日演出〈鍾馗嫁妹〉一齣，編目為三五八・三，演員不詳；福壽班演出〈嫁妹〉戲最多，其編目有：三六一・七、三七八・三、三八六・四、四一七・二、四二七・三、四三四・四、四四四・四、四九四・四；復出福壽班於光緒二十八年壬寅歲演出的〈鍾馗嫁妹〉有四九六・三、五一八・七、五六四・九，光緒二十九年癸卯歲演出的〈嫁妹〉有五八七・六、五九八・三；增桂班演出〈鍾馗嫁妹〉一齣，編目為三一一・三，演員也是何桂山，日期不詳；天慶班演出〈嫁妹〉一齣，編目為三三九・四，時間和演員不詳。宣統三年演出情況是：雙慶班編目為七〇四・六（演員是胡子鈞）；復出安慶班編目為八二二・八（二月十一日）、八一八・五（二月二十三日）、八二一・四（三月四日）、八〇二・六（冬月十二至十六日）；同慶班編目為八八六・七；復慶班編目為九一五・四；玉成班編目為九三七・八。這些演出，有時是在市內的劇場（如慶和園、廣德樓、廣和樓等）演，有時則是外串代燈[51]。至宣統元年（一九〇九年），肅親王善耆集合當時河北省幾個劇班中「慶」字、「榮」字、「益」字等輩的藝人，組成安慶崑（曲）弋（陽腔）班，在北京東安市場之東慶茶園演出，當時所演劇目八九十個，崑曲部分有〈嫁妹〉等。辛亥革命事起，安慶班報散。至民國六年（一九一七年）又出現了一個同合班，在北京東興園演出。嗣有侯益才、侯成章等組織的榮慶社，於民國七年（一九一八年）至京，曾在天樂園（即

---

51 劉半農、周明泰，《五十年來北平戲劇史材》（幾禮居戲曲叢書第二種，一九三二年），一函六冊，所引資料，凡光緒年間的大部分見第一冊，少量見第二冊，凡宣統年間的見第二冊。北京首都圖書館古籍部藏。

後來的大眾劇場）演出數年，其劇目中就有侯益隆的〈鍾馗嫁妹〉[52]。這段史實說明，鍾馗戲儘管沒有成為戲劇舞臺的主流戲，卻由於其懲惡揚善的故事情節和價值取向，在觀眾中紮下了深深的根，一直沒有退出過舞臺。崑曲中所以一直保留著鍾馗戲，就是這個原因。這個時期上演的崑曲〈鍾馗嫁妹〉或〈嫁妹〉（各劇班名稱不同），其腳本和侯益隆扮演鍾馗的劇照，都收在《最新崑弋曲譜初集》裏[53]。在這個演出腳本中，作為鬼魂的鍾馗，通過對白和唱詞，把他的身世和後來的遭遇，對待嫁的妹妹吐露了真情：「俺鍾馗只為獻策神州，誤陷鬼窟，將容顏改變，以致後宰門損軀殞命。蒙上帝見俺直正，封俺為驅邪斬祟將軍，少展胸中抱負。感荷杜員外將俺平生冤苦，一一奏聞聖上，又蒙聖上封俺為終南山進士，又賜俺狀元及第。感荷杜員外將俺的屍骸埋葬。此人有生死大恩，未曾報得，向在京師，曾將小妹許他為婚。故此，今晚特備笙鼓簫樂，送小妹到彼，與他成其百年之好。……【黃龍滾】想當初，自離門庭，想當初，自離門庭，到中途，虐妖作症，一路裏寒熱懨懨，一路裏寒熱懨懨，誤入在陰山鬼徑，改變我舊日容顏。赴帝京，因此上，試殿把君驚，將俺來黜落功名，將俺來黜落功名，後宰門損軀殞命。」這段肺腑之言，把《慶豐年五鬼鬧鍾馗雜劇》裏那些未說清楚或相互矛盾的地方，都敘述得天衣無縫了。從戲文來看，有可能與《蓬瀛曲集》[54]裏所收的〈嫁妹〉是同一個本子，已經在晚清流傳了很長一段時間。

在南戲搖籃的福建，莆仙戲傳統劇目中，有一齣名為〈鍾馗斬狐〉的小戲。劇情說，狐狸神通廣大，欲偷楊貴妃西番所供香囊，遣小鬼去竊。唐王排宴與貴妃飲，舞象作樂。妃入浴，鬼偷囊；象精化秀士欲戲貴妃。鍾馗顯聖，吃小鬼，拘象精。皇夜夢鍾馗斬狐逐鬼，追贈狀元，飭給神像，起蓋廟宇，春秋二祭[55]。編劇者將當地源遠流長的狐狸信

52 周貽白，《中國戲曲發展史綱要》，頁四四四至四四五。

53 《最新崑弋曲譜初集》（北京明明印刷局，一九一八年。編輯人：市隱；發行人；校閱人：寄蜉；發行人：文實權），頁九四至九九。

54 《蓬瀛曲集》未見，時代未詳。胡萬川教授引徵此戲文後說：「除了將鍾馗前後一俊一醜的緣故交代清楚以外，並且使人因而對這位『英雄奇男子』（戲中語）的境遇更生同情，加強了戲中的戲劇效果。」（《鍾馗神話與小說之研究》，頁一四三至一四四）此論甚確。

55 〈鍾馗斬狐〉，見《福建戲曲傳統劇目索引》第一輯（福建省文化局編印，一九五八年），頁一〇三。

仰，注入了傳統的鍾馗傳說之中，把自唐以來就有定名、在歷代記載中常見的「虛耗」鬼，改變成狐狸精，使其充分地方化了。狐狸在漢魏以前的典籍中，一向是以瑞獸面貌出現的。唐宋以後，狐狸才逐漸具有了妖孽的性格。明清的筆記小說裏，狐狸的形象大量出現，而且往往是亦神亦妖的角色[56]。莆仙戲〈鍾馗斬狐〉形成於何時，不得而知，很有可能就在明清之際。

保留和演出鍾馗戲的，還有京劇、河北梆子、川劇等劇種。近年來，根據著名河北梆子演員裴豔玲的演員生涯而創作和攝製的電影〈人鬼情〉，再現了鍾馗正直而又坎坷的一生，使這個流傳了長達一千多年的古老傳說和「聖鬼」形象，立體地出現在現代觀眾面前。

明清之際，相繼出現了三部取材自鍾馗傳說而創作的長篇小說。第一部是出版於明代的四卷本《鍾馗全傳》，大陸和臺灣都不見有傳本，日本內閣文庫藏有僅存的明刊本。第二部是《斬鬼傳》（十回本）。據路工先生考證，本書有五種版本。最早的本子是清康熙庚子年（一七二〇年）經綸堂刻本，題為《平鬼傳》四卷十回，原題「樵雲山人編」，有黃越序。北京圖書館藏。其他四種版本是：（1）《斬鬼傳》，四卷十回，清光緒十二年（一七二〇年）莞爾堂重刻本，書前有「莞爾堂第九才子書」，原題「樵雲山人著」，有黃越序。北京圖書館藏；（2）《平鬼傳》，清抄本，原題「樵雲山人編」，卷端題「第九才子書」，書首有康熙五十九年（一七二〇年，庚子）上元黃越、際飛氏序。北京圖書館藏。（3）《鍾馗斬鬼傳平鬼傳合刻本》，臺灣一九五七年印本影翻本。（4）《新編鍾馗斬鬼傳》，清乾隆（約一七四〇年）抄本，不分卷，上下兩冊，題「煙霞散人編」，有「翁山逸士」序及作者自序。第三部是《唐鍾馗平鬼傳》，封面題「乾隆乙巳年春新鐫」，「東山雲中道人評」，六卷十六回，無序無跋，全書每頁十行，行二十四字，最末回有殘缺[57]。這些書版本很多，已有許多學者（如孫楷第、柳存仁、陳監先等）對其做了研究。胡萬川教授對鍾馗小

56 參見山民，《狐狸信仰之謎》，劉錫誠、宋兆麟、馬昌儀主編《中華民俗文叢》之十九（北京：學苑出版社，一九九四年），頁一一三至一七五。

57 路工、譚天編《古本平話小說集》下冊（人民文學出版社，一九八四年），頁四九六至四九七。

說與鍾馗神話的關係，也做了探討，多有高論。筆者在此不準備展開討論。

這些小說的共同特點是，在唐玄宗夢鬼的傳說上，從社會生活中存在的醜惡現象中攫取一些典型事例，添加大量情節，敷衍成篇。鍾馗手執玉皇賜給的劍與筆，誅邪魅、記善惡，是為鍾馗形象、從而也是鍾馗傳說的一大衍變。晚清譴責小說盛行一時，無論是《鍾馗斬鬼傳》，還是《鍾馗平鬼傳》，都是在這種文藝思潮中產生的。作者都只不過是以唐明皇夢鬼傳說做影子，實際上是另起爐灶，在鍾馗之外又假託塑造了韓淵（含冤）和富曲（負屈）二鬼卒隨從，採取遊歷各地的方式，誅殺人間鬼魅，剷除社會不平，抒發作者抱負。小說創作和出版的時代，距我們生活的時代較近，又包含了奈何橋小鬼化蝙蝠、獻美酒五鬼鬧鍾馗、煙花寨智請白眉神等斬殺各種鬼祟的故事，讀起來還算引人入勝。《斬鬼傳》作者在〈尾聲〉裏說：「野史氏曰：魑魅魍魎，磷火熒煌，盈宇宙皆是也。是書一出，如甘露菩提水遍灑環中，鬼火自滅。試問上中之五形，後王之三盡，陰曹之劍刀山，有如鍾馗老子一劍否？有如我煙霞散人一筆否？」可見他寫此書的用意，只在誅殺現實社會上的一切人間鬼魅。取材自鍾馗其人和傳說的戲曲和小說，在中國普通老百姓中影響很大，不識字的百姓們也常常能夠從別人的述說中得其精髓，輾轉口傳，從而使情節本來很是簡單的鍾馗傳說，因為從戲曲和小說中吸取了一些情節和人物而豐富起來。

四、當代流傳的鍾馗傳說

本世紀前八十年間，雖然京劇、崑曲、河北邦子、川劇等劇種屢有鍾馗戲上演，深受觀眾的喜愛，而民間流傳的鍾馗傳說卻基本沒有搜集，留下了一個空白。近十年來，大陸各地為編輯《中國民間故事集成》而開展的搜集工作中，終於新搜集到一些當代還流傳著的鍾馗傳說，使我們有可能看到鍾馗傳說在當代的流傳變異情況。筆者翻覽手頭有限的資料，只得到十二篇，其中遼寧二篇，河北一篇，山東一篇，河南二篇，江蘇一篇，浙江二篇，福建一篇，廣東二篇。陝西和山西這兩個傳統文化積澱相對豐厚的省份，由於資料不足，不敢妄斷。就現有資料來看，鍾馗傳說在當代的流傳地區大致分布在沿海一帶的漢族和滿族居住地區。

對這十二個現代流傳的鍾馗傳說異文進行綜合分析比較之後，筆者認為，至少可以看出下面三個特點：

（一）在其發展流變中，情節有了較大的變異和拓展。任何一個歷史根源長久的傳說，在其流傳中都會發生變異，甚至會失掉一些情節，當然也不可避免地會粘連上一些新的因素，但傳說的骨幹和意旨是不會輕易失掉的。鍾馗傳說也不例外。唐代形成的三個故事素，即唐王夢鬼、鍾馗啖鬼和吳道子畫鬼，在當代搜集的傳說中都被傳承下來，儘管不一定同時出現在一篇異文中。現代搜集的傳說，在情節上顯然也有所變異和拓展。

如，從宋代起開始附會到鍾馗傳說中去的嫁妹情節，由於人情味和趣味性較強，在後來的繪畫和雜劇等藝術形式中，特別是在近代的戲曲中，得到了進一步的發展，甚至成為唯一在舞臺上向觀眾演出的保留劇目。由於其人情味、趣味性，以及其他藝術形式的影響，這個相對獨立的情節，在現代流傳的鍾馗傳說中，也被敘述得有聲有色。在浙江湖州搜集的一篇題為〈鍾馗傳奇〉[58]的傳說，其中包括〈受封鎮鬼官〉、〈斬鬼降雨〉和〈託夢嫁妹〉三個小故事，實際上在整個傳說中貫穿始終的情節卻是鍾馗嫁妹，鍾馗、杜平和小妹眉兒（可能是雜劇〈天下樂〉中「媚兒」的演化）之間的恩怨和姻緣。

58 〈鍾馗傳奇〉，流傳於浙江湖州，鍾雲龍等講述，鍾偉今搜集整理，收入《吳越山海經》（上海人民出版社，一九八九年），頁九三至九八。〈鍾馗嫁妹〉，流傳於山東膠州，王叢、王輝業搜集，收入文彥生（徐華龍）選編《中國鬼話》（上海文藝出版社，一九九一年），頁九三至九八。兩篇傳說，搜集者不同、流傳地區不同、文字卻基本一樣，可以肯定其中有一篇是抄襲之作，在未調查之前，姑且認為鍾雲龍等講述、鍾偉今搜集者是原作，流傳地區在浙江的湖州一帶。

又如，關於鍾馗怎樣變成「醜臉神」，多數的傳說中是說，在鍾馗進京應舉的路上，在野外（或廟裏）的石頭上睡著了，被嫉妒鬼給改了容。而在廣東普寧搜集的一則〈醜鬼戲鍾馗〉傳說[59]，其說法，則是在鍾馗傳說原來的骨架中所沒有的：鍾馗原本是個英俊的吃鬼捉鬼的神。有一次去捉拿一個住在山洞裏的醜鬼。醜鬼被鍾馗吃下肚裏去，不但不會死，還會變臉子，即他的臉變成吃他的神的臉，而吃他的神的臉反而變成他的臉。醜鬼在鍾馗的肚子裏翻騰，使鍾馗無法忍受，終於讓其逃脫出來，醜鬼的臉變成了鍾馗英俊的臉，而鍾馗的臉卻變成了醜鬼的醜陋的臉。

流傳於河南涉縣的一則〈鍾馗護唐王〉[60]，所講述的是鍾馗作為年畫上的神像是怎麼來的，在鍾馗傳說系列中獨樹一幟。傳說鍾馗原來是唐王跟前的一個大臣，由於愛好下棋，常與唐王對陣。每次都讓棋，讓唐王取勝，唐王因而不悅。一日，一妖怪來騷擾唐王未遂，鍾馗便將其刺傷。唐王將鍾馗留在身邊，鍾馗向唐王獻計說：「只要在前院掛著我手拿鎮妖寶劍的像，妖怪就不敢來了。」一次，鍾馗在與唐王對弈時，精神萎靡，原來是他的魂在與妖怪搏鬥。後來，人們就仿照鍾馗畫像的樣子，畫鍾馗像掛在院內，用來驅鬼，這個做法一直延續至今。這個故事的套路，與石敢當傳說和灶王爺傳說的套路有異曲同工之妙。

（二）有些鍾馗傳說，比如鍾馗來歷的傳說，並不是沿著唐代形成的情節骨架，而是以獨立的方向發展。在山東青島嶗山搜集的一則〈鍾馗殺鬼〉傳說[61]，就是一例。在這個傳說中，鍾馗不是鬼，而是人，他的職志是幫人家降妖、除怪、滅鬼魂。除夕夜，以變換成人樣的鬼來請他去除妖趕鬼。他來到海邊一紅牆綠瓦、亭臺樓閣

59 〈醜鬼戲鍾馗〉，方凱旋搜集，收入文彥生選編《中國鬼話》（上海文藝出版社，一九九一年），頁九八至一〇〇。

60 〈鍾馗護唐王〉，王國戰搜集，收入文彥生選編《中國鬼話》，頁一〇二至一〇四。

61 〈鍾馗殺鬼〉，趙財慶講述，劉好軍搜集，收入張崇綱編《嶗山民間故事全集》上卷（青島海洋大學出版社，一九九三年），頁五一六至五一八；又見劉曉路編《門神人物的傳說》，劉錫誠主編《中國民間信仰傳說叢書》之一（石家莊：花山文藝出版社，一九九五年），頁一三至一八。

的大戶人家，在一有五千年道行的老惡鬼引導下，來到廂屋，但見一大片被他殺死的吊死鬼、屈死鬼、餓死鬼、淹死鬼、吝嗇鬼、色鬼、酒鬼的屍體。周圍許多帶槍持刀的小鬼，欲動手向鍾馗報仇。老鬼奪走了他的龍泉寶劍。他向鬼們要水喝，順勢將手中攥著的朱砂化開，唸動咒語，向鬼們一揚，使出「掌中雷」，將鬼們全都炸死了。從此，世上再也沒有鬼了。嶗山是道教著名叢林之一，這裏的民間故事不僅數量多，而且充滿著道教的神祕色彩。在常見的鍾馗傳說中，鍾馗都是手持劍、笏、扇等物，劍的功能一是斬鬼，二是與蝙蝠在一起，具有「執劍（只見）福來」的象徵意義。而在這則傳說中，鍾馗手中則暗攥著朱砂，並最後以朱砂致鬼們於死地，顯然滲透著道教的神祕觀念和暗含著道教祖師張天師傳說的色彩。

（三）文人創作的鍾馗斬鬼題材作品（小說、繪畫和戲曲），回流到民間，影響著民間傳說的發展。當文學衰微之時，民間文學往往能給文人創作以養料，使文學重新繁榮起來。這是文學史發展的一條規律。在一定的條件下，文人的創作，也會回流到民間，給民間文學以有力的影響。鍾馗傳說在近現代的發展中，就提供了這樣的機遇。我們從若干新近採錄的鍾馗傳說中，看到了這種跡象。搜集於四川梓潼的一則〈鍾馗斬鬼〉說：鍾馗得中狀元，唐天子嫌他容貌醜陋，於是碰柱身亡。後唐天子又封他為驅魔大神，親賜尚方寶劍，斬殺妖孽鬼怪。鍾馗奉了唐王之命，要遍行天下，以斬妖孽。他心想，在陰間妖邪定多，於是找到了閻王，閻王問明來意，卻說，陰司妖邪雖有，卻都是些服毒鬼、上吊鬼、淹死鬼、餓死鬼之類。真要斬鬼，陽間甚多。說罷叫判官將鬼簿讓他看，鍾馗一看，只見上面羅列了饞鬼、假鬼、奸鬼、輕浮鬼、色中餓鬼等等。鍾馗看畢，大吃一驚，不料，世間竟有這麼多鬼魅。並道：「陰間鬼魅有十殿閻羅審理，陽間那麼多鬼魅，我一個如何掃除？」於是閻王排了文武全才的兩個英雄，一個叫咸淵，一個叫富曲，另外再排陰兵三百相助。而且，在途中又收了一隻蝙蝠為之引路。於是浩浩蕩蕩回到人間斬鬼逐魔[62]。顯然這個傳說，無論其結構、人物，還是情節發展脈絡，都是受了清代小說以及當地流行的地戲的影響。無怪乎民俗研究者把它列入「戲神傳說」之列[63]。搜集於廣東興寧的〈五鬼鬧鍾馗〉[64]和搜集於遼寧凌源的〈醉色二鬼歸地獄〉[65]，顯然是受了前面提到的清代康熙年間太原作家劉璋的中篇小說《鍾馗斬鬼傳》的影響，或是講述者根據讀過這本書後留下的記憶而講述的。「五鬼鬧判」的故事，在繪畫、戲曲中都有所表現，在民間也廣泛流傳。然而，就敘述語言、故事結構和藝術風格來看，筆者寧願認為，興寧的傳說是從劉璋小說第七回〈對芳樽兩人賞明月　獻美酒五鬼鬧鍾馗〉脫胎而來；凌源的傳說則係取法於劉璋小說的第九回〈好貪花潛移三地　愛飲酒謬引群仙〉[66]。

關於鍾馗的傳說，如果以晉代—南北朝作為其濫觴期，整個唐代作為其形成期，那麼，它已經流傳了一千多年。由於有傳說的支持，鍾馗這個人物大約也從其形成起進入老百姓的民俗信仰和源遠流長的儺儀之中。宋以後，鍾馗傳說一方面逐漸民俗化，形成了在一定的節日期間（先是在春節，後又在端午）掛鍾馗、跳鍾馗的民俗儀式；一方面大量被文人所吸收改造，從而戲劇化、人文化，大量滲透進文人對時代的觀點和價值取向。近十年間大陸各地為編輯《中國民間文學集成》而開展的民間文學搜集工作中，新搜集到一些現在還流傳著的鍾馗傳說，顯示出若干的時代特點和民間傳說

62 〈鍾馗斬鬼〉，《（四川）梓潼縣城關鎮民間文學資料集》，頁七二。
63 于一、王康、陳文漢，《四川省梓潼縣馬鳴鄉紅寨村一帶的梓潼陽戲》，頁六二至六三。
64 〈五鬼鬧鍾馗〉，黃偉群搜集，收入文彥生選編《中國鬼話》，頁一〇一至一〇二。
65 〈醉色二鬼歸地獄〉，常在志搜集，收入文彥生選編《中國鬼話》，頁九一至九三。
66 《鍾馗斬鬼傳》，見路工、譚天編《古本平話小說集》下冊，頁四九六至六〇七；又見吳宗蕙等主編《中國大眾小說大系・古代卷》（太原：北嶽文藝出版社，一九九四年），頁三三三至四三一。

與文人創作的對流現象。這些事實說明，這個形成於千年之前的傳說，至今也還有相當的生命力。在中國人的民間信仰中，實用主義始終占有主導傾向，而鍾馗這個人物，其神性卻在流傳中不斷被削弱，始終沒有成為高居於人之上的神。從人而鬼成為神，又從神而鬼還原到人。

一九九七年三月五日

附記：在本文寫作過程中，臺灣清華大學教授王秋桂、中國社會科學院文學所研究員董乃斌、張錫厚、副研究員呂微、北京大學教授白化文、中國道教學院教授朱越利等先生向我提供和幫助查閱資料，南通市群眾藝術館副研究員施漢如先生提供田野考察資料，特此誌謝。

（原載（臺灣）《民俗曲藝》第一百一十一期，財團法人施合鄭民俗文化基金會主辦，一九九八年一月。）

漫話八仙傳說

八仙傳說是中國民間流傳最為廣泛、最具傳奇性、家喻戶曉的人物傳說之一。這八個傳說人物是：鐵拐李、漢鍾離、呂洞賓、張果老、藍采和、何仙姑、韓湘子、曹國舅。這些人物原本都是道教人物，因此我們說這些傳說屬於道教人物傳說、仙人傳說。二十世紀八十年代全國民間文學普查中搜集到的八仙傳說所涉及到的流傳地區有：遼寧、山西、山東、河北、河南、浙江、福建、廣東、陝西、江西、湖南、湖北、四川、雲南。可以斷言，這組傳說在大半個中國都有流傳。

一、發軔的時代和社會背景

八仙傳說最早發軔於唐宋，而最終形成於元明，是一個淵源流長、在千多年歷史途程中流傳不衰的傳說。它的產生有其社會歷史背景。

唐宋時代，封建王朝崇信道教，廣詔天下，訪求道經，編輯道藏，興建宮觀，道教一時興盛起來。春秋戰國以來的中國大地，一直處於亂世，戰爭頻仍，民不聊生，民眾沒有出路。方術思想、求仙思潮勃然興起。至唐宋時代，這種社會的記憶和現實社會狀況，成為八仙傳說應運而生的沃土[1]。八仙這八個放蕩不羈的仙人形象被民眾塑造出來，給在苦悶中的社會和民眾提供了一種幻想中的出路，於是，很快在民間被認可和接受。

元代道教中以王陽明及其弟子丘處機為代表的全真派異軍突起，他們把儒、釋、道融於一爐，修改道教的教義，既在民間發生了相當的影響，又深得皇帝金宣宗的賞識。八仙傳說的意旨，與全真派的教義頗有吻合之點，為傳說的流傳發展提供了重要的時代契機，故而傳說得以在元、明兩朝得到發展興盛。

元、明兩朝，特別是元代雜劇中創造了令人難忘的八仙形象，深入人心，對於八仙傳說的流傳和承遞起了很多作用。如元雜劇《呂洞賓三醉岳陽樓》、明代小說《三寶太監西洋記演義》、明代《列仙全傳》中，都寫了八仙，但這些作品中的八仙人物還沒有定型。到明代吳元泰的小說《東遊記》問世，我們現在認同的八位仙人才最終定型了。

通俗小說之外的另一條渠道，就是大量的民間傳說的產生。八仙這些人物的行跡通過老百姓口口相傳的八仙傳說使其從文人創作返回民間，進入市井和鄉村，從人民生活中攝取一些情節和思想，從而逐漸人化、人性化、世俗化，帶上了世俗的生活特色和普通老百姓的人間情感，成為社會生活的「另類反映」。生活在極其狹窄的農耕條件下的農民以及初級的市井階層，天然地希望過上優越的生活，他們常常生活在幻想和憧憬中，如恩格斯在《德國的民間故事》書中所說的，他們把故事中的豪華宮殿想像成自己的住室，把故事中美麗的公主想像成自己的妻子，八仙傳說的流行也一樣，在一定程度上契合了老百姓的理想和願望。

1 劉守華先生在《道教與中國民間文學・八仙傳說的魅力》一文裏寫道：「對八仙的來歷及其組合，不少學人滿懷興趣地做過研究考證，大抵已理清脈絡。『八仙』之名，唐代杜甫詩中即已出現，即『飲中八仙』，指的是嗜酒的八位文人：李白、賀知章、李適之、李璡、崔宗之、蘇晉、張旭和焦遂。宋人編纂的《太平廣記》引《野人閒話》，又提到蜀中流行八仙圖，上面是李白、容成、董仲舒、張道陵、嚴君平、李八百、范長壽、葛永璝。……元代以後，還出現過上、中、下三組八仙，即上八洞神仙、中八洞神仙與下八洞神仙的說法。……中八洞神仙：漢鍾離（鍾離權）、呂洞賓、李鐵拐、張果老、曹國舅、藍采和、韓湘子、何仙姑。」（臺北：文津出版社，一九九一，頁六〇。）

二、八仙形象的特點

八仙傳說是一個龐大的傳說群或傳說叢，由八位神仙組成，每位神仙都有自己鮮明的形貌和個性特徵。八仙形貌的各異和個性的突出，在口頭文學中別出一格，其神奇性的審美傾向，適應和符合民間敘事體裁作品的特點和要求，易於為生活於狹窄的生存空間裏的農耕文明條件下的小農民眾所樂於接受和廣為傳播。

鐵拐李：是民眾最熟悉的八仙形象。他的形象是蓬頭垢面，坦腹跛足，倚杖而行，一臉乞丐相。他的行跡特點是行乞濟人。關於他的傳說，既有成仙之前的，如〈鐵拐李還鍋〉、〈鐵拐李偷油〉等，更多的是成仙之後雲遊四方的，樂善好施、同情民間疾苦，如〈鐵拐李贈藥〉等。

漢鍾離：他是道教全真派「北五祖」之一，他的形象特點是，憨實強壯，料事如神，度人成仙，除暴安良。

呂洞賓：據《列仙全傳》載，他是唐代士人，三舉進士不第，是個落魄的文人。山西芮城永樂宮的純陽殿裏的壁畫〈純陽帝君仙遊顯化圖〉中有五十二幅連環圖畫，畫的是他從降生到成仙度人的過程。他是道教「北五祖」之一，被稱為呂祖。他的故事很多，涉及的內容十分廣泛，是一位風流瀟灑、正直善良，又疾惡如仇、富有人情味、具有文人氣質的道士。傳說中的呂洞賓，鍾南山修道後，遊歷各地，是個多才多藝，放蕩不羈，醉酒行俠，鍾愛女人的「俠仙」之輩。三戲白牡丹的故事不脛而走，曲盡其意地渲染他的風流韻事，活脫脫地展現出一個突破世俗觀念、超凡脫俗的呂洞賓。

張果老：久隱中條山，甘居山野，來往於汾晉之間，長生不老，懲惡揚善，濟貧扶困，是一位樂觀樸實的老農形象。他的故事與農村聯繫較多，散發著濃厚的泥土氣息。

藍采和：天宮赤腳大仙脫胎降生。破衣爛衫，墨本腰帶，夏天衣衫裏加棉絮，冬天穿著單衣臥雪，一腳著靴，一腳跣露，手搖大拍板，醉酒踏歌，乞討於市。聞空中有笙簫之聲，便乘鶴騰空而去，來無蹤，去無影，真可謂飄飄欲仙。

何仙姑：唯一的女性仙人。十四五歲遵照夢中神人指點，食雲母粉身輕不死，一日遇鐵拐和采和，授以仙訣，能預知休咎，能每日飛返山谷，採摘野果奉養母親。是一個聰明、善良、機敏、潑辣，而對勞苦大眾抱著同情之心的女性。關於她的故事〈何三姑升仙〉、〈何大姑的半大腳〉等描寫了她的形象。

韓湘子：傳是韓愈的侄子。素性不凡，厭繁華、喜恬靜，刻意修煉，潛心奇術。在傳說中，常為書生形象，卻不戀仕途，為農民爭地，為漁民解困，與龍王鬥智，敢於戲弄皇帝。

曹國舅：因痛恨其弟作惡，辭別親友，入山修道，被鍾離、洞賓引入仙班。他的特點是悔罪修道。如〈呂仙化度曹國舅〉、〈曹國舅悔罪升仙〉等。

三、八仙傳說的價值和意義

八仙傳說滲透著濃重的道教的羽化升仙、善惡報應的思想，原本是道教傳說，這是沒有疑問的。但在其流傳中，八仙傳說逐漸形成一個龐大的傳說群，由於其所反映的懲惡揚善、濟困扶厄、不畏權貴、不嫌貧賤、同情弱者、樂善好施等的思想，而受到下層老百姓的喜愛和接受，在老百姓中發揮著很大的思想和道德影響，同時又因為其中所包含的道教思想，也符合統治者的利益，故而也得到封建王朝的拉攏。在其漫長的流傳過程中，不但為農民群眾所接受，而且被他們所改造，逐漸擺脫了或弱化了道教教義和教規的羈絆，逐漸趨向生活化、世俗化，充滿了人情味和世態相。八仙傳說中的仙人們，雲遊人間，不畏權貴，不嫌貧賤，不慕名利，不拘禮教，這些特點都反映了老百姓在亂世所遭遇的痛苦和願望。

這些傳說在反映現實的社會生活的時候，塗抹了一層浪漫主義的色彩，從而增加了想像力和神祕色彩。如著名的〈八仙過海〉傳說，八個仙人過海，各拋出自己的仙器，鐵拐李扔下鐵拐，在水上變成了一隻獨木舟，漢鍾離扔下自己的扇子，而他自己坐在扇子上漂流而去，張果老投下了紙驢。何仙姑扔下了竹笊籬。呂洞賓扔出了簫管。韓湘子放下了花籃。曹國舅擎起了玉板。他們熙熙攘攘地向著海島漂流而去。然後，是他們與東海龍王的一場難解難分的惡戰。四海龍王水淹龍宮，八仙搬來泰山填了東海。八仙大獲全勝，龍王與八仙結下了深仇大恨。卻給老百姓長了志氣，添了希望。

八仙傳說在某種程度上體現了中國海洋文化的一些特點。飄揚過海尋求樂土的思想，固然曾經是皇帝尋求不死之藥的目的地，也是中國人征服海洋的一種理想。在撰於戰國時代的《山海經》中就有《海外經》四種，說的就是海外的自然和人文圖景。民間故事中也不乏海龍王的富麗堂皇的宮殿的描寫，海龍王的女兒與凡人小夥的婚姻（二十世紀三十年代有學者名之為「苛富救貧式」故事者，其實那只是一種狹隘的民俗學的視角而已），不也反映了普通老百姓的理想嗎？徐福東渡，固然是受到秦皇的派遣，去海外求不死藥，但同時不也包含著探險海疆的希望嗎？八仙傳說寫八仙過海，到東海龍王的疆域，與龍王的蝦兵蟹將展開較量，其最初的意願不過是「想到海上去轉一轉」，並不是要發動一場掠奪性戰爭。這種中國式的海洋文化，與西方的海洋文化迥然不同，古希臘神話中的特洛伊戰爭是因爭奪美女海倫而起，北歐艾達中的遠征寫的是海盜行為，也顯示著海盜文化的濃重影子。中國的八仙傳說，充滿了歡快的氣氛和人生的樂趣，顯然與海盜文化不可同日而語。

這些傳說，在今天仍然具有積極的認識價值和欣賞價值，已被確認為珍貴的國家級非物質文化遺產，得到國家和地方的保護。

二〇〇八年五月八日

傳說人物劉伯溫

二〇〇六年公布的第一批「國家級非物質文化遺產名錄」之「民間文學」類中入選了六個民間傳說專案，即：孟姜女傳說、董永傳說、梁祝傳說、白蛇傳傳說、西施傳說、濟公傳說。二〇〇七年十二月三十一日公示的第二批國家級非物質文化遺產名錄推薦名單，「民間文學」類中，又新增入選了十九個民間傳說專案和四個神話專案，劉伯溫傳說是其中之一。這樣一來，進入國家名錄和推薦名單的神話和傳說專案已達二十九項、五十一個保護地區。

中國是個傳說大國，凡是有人群的地方，就有各種各樣的傳說被創作出來和流傳。民眾中流傳的民間傳說，是難以用精確的數字來表達的。據統計，從一九八四年起為編纂「民間文學三套集成」中的《中國民間故事集成》而開展的普查，前後持續了五到十年，全國各地的民間文學工作者在普查中搜集到的民間故事，數量達一百八十四萬篇。這個統計數字指的是廣義的民間故事，包括神話和民間傳說在內，如果以傳說、故事各半的比例把傳說單列出來，傳說總有九十萬篇之巨吧。傳說既是人們娛樂解頤、豐富知識、提升審美情趣的深入淺出而又富於想像的民俗文藝形式，又是傳授人生經驗、倫理道德、歷史事件、治國安邦、謳歌英雄偉人的知識寶庫。那些以歷史上的各類出眾人物，包括帝王將相、英雄豪傑、文人墨客、工匠大師、宗教職業者等為主人公的傳說，學術上稱做人物傳說。那些圍繞著歷史上發生的大事件，特別是那些充滿了神奇色彩和震撼人心、壯懷激烈的事件，總會被附會成傳說，學術上稱做史事傳說。民眾也喜歡賦予目力所及的山水草木等自然景觀、廟宇建築、園林宮觀等文化遺存等以傳說的形式，學術上稱為風物傳說或地方傳說。各種風俗習慣，也多有傳說相隨，學術上稱為風俗傳說。原始神話中那些具有神格的神祇（或英雄）人物，如已經進入第二批國家級名錄推薦名單中的「堯的傳說」、「炎帝神農的傳說」等，還有黃帝、顓頊、帝嚳、舜、鯀、禹等，也往往會在其發展過程中遭遇「歷史化」，而由古老的神話變成民間傳說。此外，還有動物傳說、植物傳說、工藝傳說，也都各具異彩和內涵，特別是那些動物故事中的角色，有的可能是某些族群遠古時代的圖騰祖先，有的可能是原始神話中給人類帶來糧食、火種和智慧的「文化英雄」，隱藏著寶貴的遠古信息和特殊的社會功能。等等，等等，不一而足，總之，傳說是題材多樣，內容豐富，敘事風格各不相同的。

作為民間文學的基本形式和類別之一，民間傳說是億萬民眾（主要是農民群體）口傳心授、世代傳承的文藝形式和知識寶庫，在民眾生活中具有不可替代的教育和娛樂作用，有強大的生命力和影響力。只要農村聚落這種居住形式仍然存在，只要有可供群眾交流的場合，或炕頭，或地頭，或場院，或戲樓，只要稍有閒暇的時間，就會有講傳說故事和聽傳說故事的活動。講、聽傳說故事是億萬民眾所創造和享有的一種重要的文化傳統，它如同一條滔滔的江河，永不枯竭地流淌著，與被統稱為民間文學的神話、故事、歌謠、史詩、小戲、小曲、謠諺等一起，成為擁有最為廣大的創作主體和受眾的「國學」。

進入國家級保護名錄的這二十九個專案、五十三個保護單位，對於在九百六十萬平方公里土地上的十三億人口中流傳的浩如煙海的民間傳說而言，實在是微不足道了，遠遠不能反映中國各民族各地區流傳的民間傳說的全貌之於萬一，一些婦孺皆知的傳說，像人物傳說如文聖人孔子的傳說、武聖人關公的傳說，像風物傳說或地方傳說如五嶽（東嶽泰山、西嶽華山、北嶽恆山、南嶽衡山、中嶽嵩山）五鎮的傳說，母親河黃河、長江的傳說，等等，都還沒有引起有關地方文化主管部門的重視。但我們畢竟邁出了第一步，有了這兩批得到國家保護的民間傳說，僅此一點堪可使我們得到些許的安慰。經過五年來非物質文化遺產保護工作的錘鍊，各地文化主管部門及廣大文化工作者的「文化自覺」意識，已經得到了顯著的提升，相信更多的流傳於民眾口頭上的民間文學各類題材和民間文學講述者、演唱者、傳承者，會在國家、省（市）、地（市）、縣不同層面上得到保護。

民間傳說最主要的特點，第一，是以現實世界中存在的事物和人物為主要憑依和根據，經過群體的口口相傳，並在傳遞中被添枝加葉，逐漸附會和融合上一些與本事相關聯的事件、人物、故事、情節和細節。構成傳說的基礎或核心部分，是現實中的事物和人物。經歷過時間上久遠的傳播和空間上跨地區的傳播之後，民間傳說在流傳中隨時可能粘連上一些無據可考的事件、情節或細節，甚至人物。但由於民間傳說有一定的事實為核心或憑依，故民間傳說以其可信性而區別於民間故事的虛構性。

其次，由於傳說是民間口頭散文敘事作品，與詩體敘事的相對固定不同，傳述者在傳述民間傳說時有較大的可發揮的自由度，所以，現實存在的事物和人物一旦進入民眾的群體創作和傳承過程，隨著口口相傳的傳播的演進，便越來距離事物和人物的本事越遠，越來越受到想像力的影響和支配。同樣，因傳說的講述是散文敘事模式，每一個講述者以自己獨特的情節結構和語言表達方式講述，故同一個母題的傳說，出自不同的講述者之口，其文本會各不相同，即使同一個講述者在不同時間、不同場合裏的講述，其文本也可能出現差異，甚至大不相同。也正以為如此，才使民間傳說成為一種顯示出個性風格、敘事獨特的敘事文體。

就已經進入國家名錄的傳說的構成而言，人物傳說占了大多數，地方傳說或風物傳說占了少數。這個比例，也許是與傳說的自然構成狀況不符的。人物傳說中，大多數又是歷史上實有其人、實有其事，或有某些歷史的影子，經過流傳，逐漸粘附和附會演化為傳說的。這類傳說中的孟姜女傳說、梁祝傳說、西施傳說、陶朱公（范蠡）傳說、楊家將傳說以及劉伯溫傳說，都是流傳歷史很長、流傳範圍很廣、在民眾中影響很大的傳說；少數是仙鄉傳說或宗教人物傳說，仙鄉傳說如八仙過海的傳說、徐福東渡的傳說，宗教人物傳說如觀音的傳說、黃大仙的傳說等。此外，還有一種是由神話演化而為史事傳說的，如盤古傳說、堯的傳說和炎帝神農的傳說。

劉伯溫的傳說屬於人物傳說或歷史人物傳說，是以歷史上的真人真事為核心而逐漸發展演化為傳說的。我們知道，事實上並非所有的歷史人物都能進入民眾口頭傳誦的視野的，只有那些做過大量有益於老百姓的好事、因而符合民眾意願，或做過許多壞事而為民眾所唾罵的人物和事蹟，才比較可能進入民眾的口碑之中。一個歷史人物一旦進入當地民眾的記憶，成為傳誦謳歌的對象，並在一傳十、十傳百地口頭流傳中按照民眾的願望逐漸附會上或被賦予了許許多多也許並非是歷史上實際發生過的、而在傳說中卻是合理的、為民眾所認可的事蹟、情節和細節，那麼就會形成一個以這個人物或事件為核心或憑依的龐大的「傳說叢（群）」和「傳說圈」。有的傳說的主體部分或某些情節，甚至在流傳中還帶上了神奇的色彩，如劉伯溫的神奇出生。這種故事人物的神奇的出生，本來是古老的神話和史詩中所特有的一種思維模式，在劉伯溫傳說這樣的歷史人物傳說中出現，其實在故事的聽眾聽來和讀者讀來，並不覺得講故事的人是在胡說，反而覺得是順理成章、合情合理的，符合人物性格的發展邏輯和人物的生活史的，有了神奇的出生，後來在輔佐朱元璋完成大業的過程中出現的許多出奇制勝的智慧和行為，就顯得更加可信，從而塑造出了一個傳說中的劉伯溫。與劉伯溫之出生的神奇性一樣，朱元璋的隱居，以及在朱元璋官兵的追捕下吞金倚柱而死的情節，同樣也是神奇的。而神奇的事件，不僅在塑造人物獨特的個性時，起到重要的、不可替代的作用，而且也比較符合人們的好奇心理，容易被吸收、粘附和融匯到傳說之中。

作為歷史人物的劉伯溫，以自己超人的智慧和膽識，忠心耿耿地輔佐朱明王朝，在明代建國和治國中多所貢獻，死後被追諡為太師、文成公，成就為一位傑出的古代軍事謀略家、政治家、文學家和哲學家。他的事蹟，在其出生地浙江省青田縣被編創進種種民間傳說，持久地被民間傳誦，受到家鄉父老兄弟子孫後代的謳歌，是順理成章的，符合傳說規律的。鑑於他在百姓中的影響，關於他的傳說，並不局限於他的家鄉以青田為中心的浙南一帶，就是其他地方，包括今南京、北京等明代建都的地方，也都廣為流傳。劉伯溫，作為明朝開國皇帝朱元璋的軍師在歷史上所起的作用，由於個人的足謀多智，而在傳說中被描述得惟妙惟肖，躍然「口頭」上，被塑造成為一個羽翼豐滿、深得老百姓的喜愛的歷史人物，並一代一代傳之不衰。在南京流行的傳說中，〈朱元璋斬「石將軍」〉、〈劉伯溫假施石章案〉、〈青菜秧救命〉以及〈劉伯溫造堤〉和〈沈萬山和聚寶盆〉，都是膾炙人口之作。老百姓甚至把劉伯溫其人在洪澤湖一代築堤擋洪水的事蹟，與水鄉流傳的陸沉傳說——洪水神話連結起來，融會為一個複合型傳說故事[2]。在北京傳說中，劉伯溫建造北京城的傳說〈八臂哪吒城〉，無疑是一篇古都傳說中流傳最廣、最富神奇性、藝術上膾炙人口的人物傳說。「八臂哪吒城」以其獨特的象徵意蘊而成為北京城及其古老歷史的文化名片[3]。二十世紀九十年代編纂出版的《中國民間故事集成・北京卷》中毫不吝嗇地選錄了〈劉伯溫與九龍杯〉、〈劉伯溫巧遇「木匠王」〉、〈劉伯溫私訪「聖人府」〉、〈劉伯溫劍劈玉泉石〉、〈劉伯溫砸碑建廟〉、〈劉伯溫法源寺畫竹〉五篇劉伯溫的故事，卻沒有選錄這篇最有代表性的〈八臂哪吒城〉，不知何故，令人不解。

民間傳說的保護，重點在根據民間文化發展的規律和固有特點，建立和健全一個適合時代需要的和可持續發展的傳承機制，從而使產生和流傳於農耕文明條件下的傳統民間傳說，在現代條件下仍然能夠得以繼續傳承。而居於這個機制核心的是傳承人、講述者、故事家。應該說，故事家是民間傳說的主要載體和傳播、傳承的關鍵。而傳說的傳承者、故事講述家，又與其他「非遺」領域的傳承者，如手工藝傳承人、傳統戲曲傳承人有所不同。傳說是一種最具群體性的民俗文藝表現形式，而不是如手工藝、戲曲那樣專業性很強的表現形式，因此，傳說的保護措施要依其特點而定。一般說來，對於一個傳說來說，它的傳承人不大可能是一個能夠講述很多故事或異文的傳承者，甚至不大可能像長篇史詩的演唱者那樣以長時間演唱和遊吟演唱為業的藝人，而是一些生活在老百姓中的普通勞動者，他們只是在茶餘飯後、閒暇

2 這幾則南京流傳的劉伯溫傳說，均見《中國民間故事集成・江蘇卷》（中國ISBN中心，一九九八年）。

3 金受申記錄寫定的〈八臂哪吒城〉，見張紫晨、李岳南編《北京的傳說》（上海文藝出版社，一九八二年）。論著有陳學霖著《劉伯溫與哪吒城——北京建城的傳說》（生活・讀書・新知三聯書店，二〇〇八年）。

時、開村民會或小組會前、在井臺上、在柳蔭下……給村民們講講故事。但能否把故事講得有條有理、生動傳神、繪聲繪色、跌宕起伏、引人入勝，卻並不是每人都能做得到的，而只有極少數或見多識廣、善於表達，或雖很少出門、卻記憶力強、又工於心計的人，才有可能成為一個出色的故事家。

能講十幾個、幾十個傳說故事的人，各地都有，要善於發現和發掘，不要因他們沒有文化而看不起他們，他們是民間文化的寶庫，是傳遞我們的文化傳統的「火炬手」。要對現有的傳說講述者、故事家進行保護，只要他們能講述他們記憶的傳說故事，而且在他的周圍擁有一些聽眾，又有講故事和聽故事的環境，那麼，傳說故事就不會絕種，民間文化的傳統就不會中斷。只有他們，才是我們阻遏傳說故事急速衰亡的指望和保證。政府文化主管部門的責任，是千方百計為這些傳承者講述傳說提供良好的社會的、物質的條件，特別是要提倡培養講故事的後來者和培養聽眾。

記錄並出版民間傳說故事集，使民間傳說由口頭傳播到書面文本，是民間傳說由第一生命向「第二生命」轉化的過程。聯合國教科文組織政府專家委員會前負責人芬蘭著名學者勞里・航柯先生生前曾到中國推行他們的設想和理念，提出了「民間文學的第二生命」的理念。他說，民間文學一旦記錄下來，得到出版，就會獲得比直接聽講故事的人更為廣大得多讀者群，而且能一代一代地傳下去。忠實地記錄故事講述者講述的民間傳說，也是中國從二〇〇五年初啟動的全國非物質文化普查的一項重要要求。我高興地看到，《劉伯溫傳說》中雖然包括了二十世紀八十年代以前搜集的一些記錄文本，但它的主要部分，無疑是二十一世紀之初進行的這次「非遺」普查的成果。它的出版，能夠見證劉伯溫傳說在新世紀在青田縣、在溫州一帶流傳的現狀，也讓這個傳說能夠在繼續口頭流傳的同時，也以其「第二生命」在更多的讀者中廣為傳播。翻看厚厚的書稿，共四百多頁，我想這凝聚了青田文化界搜集整理本書的大量心血，體現了青田縣文聯一班人為保護歷史文化遺產而無私奉獻的一種精神，同時也說明了他們作為一個經費、人力及各種資源匱乏的基層人民團體，默默努力工作的重要意義。

《劉伯溫傳說》選集就要付梓了，劉伯溫傳說專案的保護地負責人、青田縣文聯的曾娓陽女士囑我為其寫序，我高興地答應了她的建議。現寫上此文以為序言，表示我的支持和祝賀。

二〇〇八年四月三十日於北京

附記：此文係為曾娓陽主編《劉伯溫傳說》（中國文聯出版社，二〇〇八年）一書作的序言。這次收入本書時，作者又做了一些修改。

越系文化香榧傳說群的若干思考

一、一個香榧傳說群的發現及其意義

香榧樹是中國原產的果樹，其果實香榧子是世界上最著名的乾果之一。其果實又稱赤果、玉山果、玉榧、野極子、三代果等，是一種紅豆杉科植物的種子，外有堅硬的果皮包裹，大小如棗，核如橄欖，兩頭尖，呈橢圓形，成熟後果殼為黃褐色或紫褐色，種實為黃白色，富有油脂和特有的一種香氣。

香榧，據考證，榧樹是第三紀孑遺植物。作為一個遠古殘留下來的物種，如今在會稽山脈東白山區等地還有大量遺存，並形成了幾個占地面積很廣的古香榧樹群；榧樹所結的果實香榧子，被當地世居民眾賦予了種種文化含義，從而成為榧樹分布地區民眾口口相傳的一種地方風物傳說。

近年來，紹興市的文物和農業主管部門為申報世界農業文化遺產，進行了大量的田野調查，並獲取了大量關於香榧的相關口述資料，彌補了傳統的研究在史料方面的不足。同時，紹興市文廣局也組織力量，從二〇一二年的四月份起，在古香榧樹集聚的一些鄉鎮，對古香榧群的基本情況及與香榧有關的習俗、傳說、民間故事、歌謠、手工技藝等等非物質文化遺產進行了實地調查，撰寫了〈紹興市會稽山古香榧田野調查報告〉以及〈嵊州市谷來鎮古香榧田野調查表〉、〈嵊州市竹溪鄉古香榧田野調查表〉、〈嵊州市王院鄉古香榧田野調查表〉、〈嵊州市雅璜鄉古香榧田野調查表〉、

〈嵊州市通源鄉古香榧田野調查表〉、〈嵊州市長樂鄉古香榧田野調查表〉、〈紹興縣稽東鎮古香榧田野調查表〉、〈諸暨市楓橋鎮古香榧田野調查表〉、〈諸暨市趙家鎮古香榧田野調查表〉、〈諸暨市東白湖鎮古香榧田野調查表〉、〈諸暨市東河鄉古香榧田野調查表〉等十一份調查表，比較系統地發掘了這個地區有關香榧的民間傳說、歌謠、習俗等相關的非物質文化遺產的信息[1]。作為二〇〇五至二〇〇九年中國開展的非物質文化遺產普查的補充，這次針對與香榧相關的非遺的調查，發現在當今現代化、全球化、資訊化、城鎮化浪潮的巨大衝擊下，主要在農耕文明和家族倫理制度社會條件下被世世代代的民眾創作和傳承的傳說故事、歌謠、民俗等，而今還在民間、主要是在會稽山廣大地區的世居鄉民社群中，以口口相傳的方式傳誦著。初步摸清了香榧傳說的貯存和傳承的「家底」，以及所涵蓋的內容和在鄉民社會中的社會功能，為下一步的全面記錄、保存和保護工作打下了堅實的基礎。

這些民間傳說故事、歌謠、諺語、習俗等非物質文化遺產表現形態，承載了、體現了、延續了農耕文明條件下會稽山周邊地區世居農民、手工業者等人群的宇宙觀、生命觀、倫理觀、理想和憧憬，並在一定程度上穿越時空傳承了上千年之久而不衰，時至今日，成為當今現代社會文化的一部分。

也許由於古榧樹主要生長在會稽山周邊的山區，而在上古時代，會稽山尚屬於不發達地區，榧樹又是一種古生物物種的孑遺，故古代文獻上的記載，不是很多。清人蔣廷錫主持編纂的《古今圖書集成・博物彙編・草木典》中，儘管將載籍搜尋以盡，也不過匯集了區區兩個頁碼！提供了最為豐富的香榧知識和人文資訊的，莫過於自漢代羅願《爾雅翼》和如李時珍、陶弘景等諸多醫家的記述，以及北宋詩人蘇軾的〈送鄭戶曹賦席上果得榧子〉和南宋詩人葉適的〈蜂兒榧歌〉兩首詩。

---

1 參閱紹興市文化館・紹興市非物質文化遺產保護中心編印《紹興市會稽山古香榧田野調查彙集本》（二〇一二年）。

榧圖

附稚　釋木

柀（音彼）煔（音杉）

註　煔似松生江南可以爲船及棺材作柱埋之不腐　疏　柀一名煔俗作杉郭云煔似松生江南可以爲船及棺材作柱埋之不腐

羅願爾雅翼

柀實

柀似煔而異杉以材稱柀又有美實而材尤文彩釋木云柀煔蓋以類相附也其木自有牝牡牡者華而

釋名

李時珍曰榧亦作棑其木名文木斐然章采故謂之榧信州玉山縣者爲佳故蘇東坡詩云彼美玉山果粲爲金盤實柀子見下

吳瑞曰土人呼爲赤果亦曰玉榧

集解

別錄曰榧實生永昌彼子生永昌山谷

陶弘景曰彼子亦名罷子從來無用者古今諸醫不復識之榧實出東陽諸郡

蘇恭曰彼子當從木作柀子誤入蟲部也爾雅柀亦名煔其葉似杉木如柏而微軟子名榧子宜入果部又註榧實云即蟲部彼子也其木大連抱高數仞其葉似杉其木如柏其理似松肌細軟堪爲器用

寇宗奭曰榧實大如橄欖殼色紫褐而脆其中子有一重黑粗衣其仁黃白色嚼久漸甘美也

陳藏器曰棑華即榧子之華也棑與榧同榧樹似杉子如長檳榔食之肥美本經蟲部有彼子陶氏復于木部出榧實棑華皆一物也

汪頴曰榧有一種粗榧其木與榧相似但理粗色赤

中華書局影印

蘇軾〈送鄭戶曹賦席上果得榧子〉詠曰：「彼美玉山果，粲為金盤實。瘴霧脫蠻溪，清樽奉佳客。客行何以贈，一語當加璧。祝君如此果，德膏以自澤。驅攘三彭仇，已我心腹疾。願君如此木，凜凜傲霜雪。斫為君倚綫，滑淨不容削。物微興不淺，此贈毋輕擲。」

葉適〈蜂兒榧歌〉詩云：「平林常榧啖俚蠻，玉山之産升金盤。其中一樹斷崖立，石乳蔭根多歲寒。形嫌蜂兒尚粗

榧部藝文 詩
送鄭戶曹賦席上果得榧子　宋蘇軾
彼美玉山果粲為金槃實瘴霧脫蠻溪清尊奉佳客
客行何以贈一語當加璧祝君如此果德膏以自澤
驅攘三彭仇已我心腹疾願君如此木凜凜傲霜雪
斲為君倚几滑淨不容削物微興不淺此贈毋輕擲
答人寄榧　劉子翬
老坡文中吼闞聲凜凜常如對英峙琅然諷詠興凌
雲瞠若追攀類流泚玉山妙唱久寂寥可與言詩有
我予栽箋遠餉風露新坐我千尺黃山底初授元殼
出冰霜小嚼清香泛窻几已經魏帝昵蒲萄肯許唐
賢魁綠李極知入口無正氣苦淡酸甘各矜美不經
真識為品題此物初為幾不齒青青有用扶蒿萊白
粲無酬腐糠秕士懷瓌瑞勿自神邂逅飛沈同一理
子才超然會嚼然外澤中貞期是似味果固已驅煩
邪味道更須淪骨髓
蜂兒榧歌　葉適
平林常榧啖俚蠻玉山之產升金盤其中一樹斷崖
第五四九冊　之五五九葉

《古今圖書集成・博物彙編・草木典》所收蘇軾《送鄭戶曹賦席上果得榧子》

率，味嫌蜂兒少標律。昔人取急欲高比，今我細論翻下匹。世間異物難並兼，百年不許贏栽添。余某何為滿地澀，荔子正復漫天甜。浮雲變化嗟俯仰，靈芝醴泉成獨往。後來空向玉山求，坐對蜂兒還想像。」

前引這兩位詩人由於都曾親近越地和古香榧，所以對香榧有著獨到的感悟和情懷。蘇詩不僅寫了「玉山果」（香榧）的珍貴和榧樹生長之地的良好生態環境，還以詩人的感悟賦予它「凜凜傲霜雪」的崇高品格。葉適詠唱了香榧之「世間異物難並兼，百年不許贏栽添」、「浮雲變化嗟俯仰，靈芝醴泉成獨往」的高潔品性。榧樹所結果實香榧，歷來被認為是堅果中的上品，不僅是療治五痔、去三蟲、治落髮的良藥，而且是贈送朋友和賓客的珍貴禮品。

可惜，現當代以降，一百年來，中國的人文學者和作家詩人，很少有人涉足香榧這一領域，更沒有人在會稽山地區對香榧及其民間文化做過系統的調查，甚至連一九八〇年代以降的二十五年間所進行的《中國民間文學集成》（民間故事、歌謠、諺語三套）大調查，都未能提供本應提供的相關記錄材料。可以聊以安慰的是，進入二十一世紀以來，隨著人類學的理念與方法逐漸進入人文社會科學領域並發揮作用，作家學者們也開始對香榧投以關注的目光。著名科普作家、中國自然博物館前副館長黎先耀於二〇〇一年發表了散文〈楓橋香榧〉[2]，二〇一〇年浙江作家協會舉辦了「冠軍香榧杯」全國微篇文學徵文，一向被文學界忽略的香榧及其民俗文化開始進入了文人作家的視野。在二〇〇三年中國開展「政府主導」的非物質文化遺產保護工程開展以來，筆者只在「國家非物質文化遺產・諸暨文化叢書」之一的《西施傳說》這本書裏，讀到一則由葉小龍搜集整理的、實際是「寫定」的香榧傳說〈西施眼〉[3]。因此，我們有理由認為，紹興市文廣局・市非物質文化遺產保護中心於二〇一二年四月主持的這次「會稽山古香榧（民俗和傳說）田野調查」中所發現的「活態」的香榧傳說，填補了中國民間文學調查搜集的空白。香榧傳說的被發掘，在近二十多年來中國和日本的學者合作進行的「越系文化」的調查研究[4]，特別是中國政府啟動的非物質文化遺產保護工作九年以來，在碎片化了的「越系文化」中展露並增添出了一片新的景觀。

二、香榧傳說：又一個「中華人文瓜果」

（一）香榧傳說圈

據資料，香榧的主產地在江蘇南部、浙江、福建、江西、安徽、湖南、貴州等地，以浙江諸暨趙家、紹興稽東、嵊

2 黎先耀，〈楓橋香榧〉，北京：《綠葉》二〇〇一年第一期。

3 〈西施眼〉，葉小龍搜集整理，張堯國主編，《西施傳說》（杭州：中國美術學院出版社，二〇〇六年），頁一六。

4 [日]鈴木滿男主編《越系文化新探叢書・小序》：「越文化發源於古越地一帶，隨著人口遷徙等原因逐漸向外擴散，至今浙江、福建、臺灣乃至朝鮮及日本許多地區的鄉俗中仍留存著明顯的越文化遺痕。近年，鈴木滿男、國分直一、直江廣治等日本著名學者運用比較民俗學的研究方法，對域外越文化流播地區進行綜合的考察研究，取得令人矚目的成就，開拓了越文化研究的新領域。」（浙江人民出版社，一九九二年）。

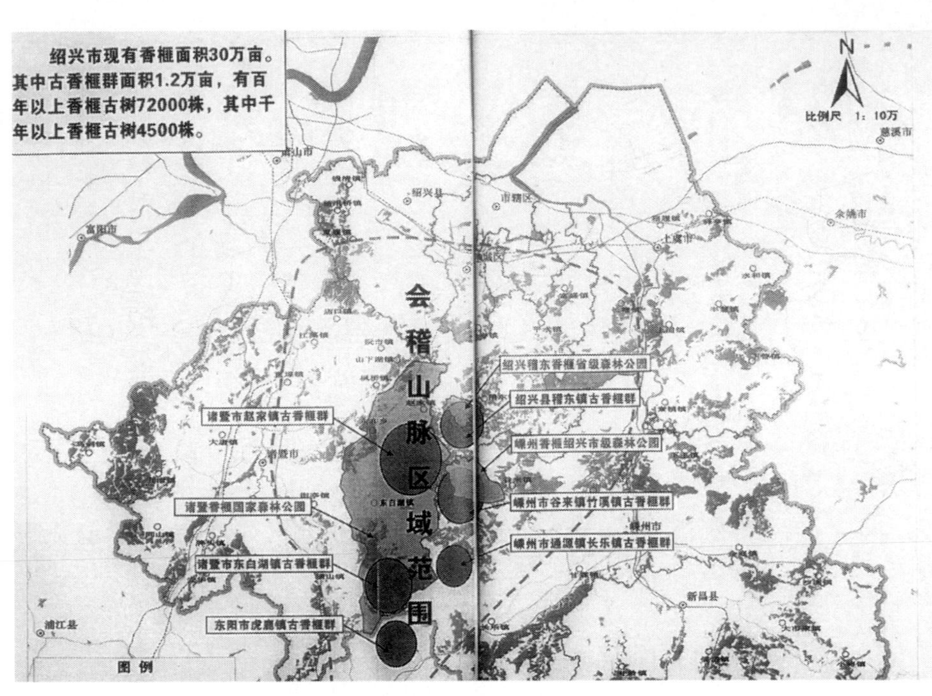

州穀來、東陽（磐安）等地分布最多。通過紹興市文化主管部門二〇一二年四月的這次摸底調查，大致可以確認，在會稽山周邊地區一帶，至少在諸暨市、紹興縣、嵊州市的一些榧樹群密集分布的鄉鎮，在經歷了極其漫長的口耳相傳的歷史發展後，形成了一個以榧樹和香榧子為中心主題或原型的別具特色的民間口頭傳說群，我們不妨沿用「文化圈」的理論，把這個傳說群流傳的地區稱做「香榧傳說圈」。「傳說圈」（文化圈、文化區），其實就是我們現在所說的「文化生態保護區」，不過「香榧傳說圈」要保護的對象，是有關榧樹以及香榧子的種種傳說而已。這個傳說圈的邊界劃在哪裏，還有待於進一步的調查採錄，才能做出科學的界定，但現在不妨把以行政區劃紹興市範圍內的諸暨市、紹興縣、嵊州市三個市縣的一些鄉鎮如諸暨的楓橋鎮、趙家鎮、東白湖鎮、東和鄉，紹興縣的稽東鎮，嵊州市的穀來鎮、竹溪鎮、王院鄉、雅璜鄉、通源鄉、長樂鎮等作為這個傳說圈的中心區開展深入的調查採錄。說這是一個狹義的香榧傳說圈，也無不可。如果我們把二十一世紀的今天還在這個傳說圈裏流傳的香榧傳說（即常說的「活態的傳說」），在全面調查的基礎上，採用筆錄、錄音、錄影等手段，科學地記錄下來，不僅使香榧傳說這一剛剛被發掘出來的傳統非遺項目，得到很好的保存，可以印成書籍，製成光碟，以其「第二生命」向更為廣大的讀者提供閱讀，為中華傳統文化增加一份此前未知的鮮活的元素和資料，如此，將是我們這一代文化人對中華文化史重構的巨大貢獻。這一地區是古越之地，香榧傳說的搜集、記錄、傳播和研究，無疑也是對由於人口遷徙移動等原因而碎片化了的「越系文化」重構的一個重要方面。

會稽山一帶的廣大世居榧民，一代又一代，通過口耳相傳的方式，創作和傳播的香榧的傳說，穿過跌宕起伏、劇烈動盪的漫長歷史而延續到二十一世紀的今天，特別是在當代全球化、現代化、城鎮化、資訊化的巨大衝擊下，大量的民間文學和民間文化因其生存與發展的基礎農耕文明條件的削弱乃至喪失而無一例外地處在式微狀態中，而香榧傳說還能借助於榧樹和香榧子這一物質的載體，而能保留下來許多在不同時代裏產生並適應於當時的那些傳統的觀念，仍然以口頭的方式在民間流傳，實在是一件幸事，也因此值得我們珍惜。筆者對調查報告《紹興市會稽山古香榧田野調查彙集本》中所涉及的田野材料略做梳理和分析，起碼讀到了八九個相對較為完整的傳說。這些傳說是：

1.〈七仙女、五通岩與香榧〉：嵊州市通源鄉松明培村裘先生講述，錢增方、張小英、史庭泉記錄。
2.〈金榧變香榧〉：嵊州市長樂鎮小昆村馬昌樵講述，錢增方、史庭泉記錄。
3.〈香榧的來由〉：嵊州市長樂鎮小昆村郭書念講述，錢增方、張小英、史庭泉記錄。
4.〈香榧的名諱〉：嵊州市長樂鎮小昆村小昆講述，錢增方、張小英、史庭泉記錄。
5.〈西施眼的由來〉：嵊州市長樂鎮小昆村郭大伯、馬小昆講述，錢增方、張小英、史庭泉記錄。
（異文：〈西施眼〉，葉小龍記錄，諸暨市，《西施傳說》，中國美術出版社。）
6.〈王羲之提筆書「香榧」〉：紹興縣稽東鎮高陽村黃永標講述，俞國榮記錄。
7.〈香榧的來歷〉：紹興縣稽東鎮占嶴村黃望土講述，俞國榮記錄。

（異文：〈香榧的來歷〉，諸暨市浣江小學老師鍾秀萍記錄，網上材料。）

8.〈香榧傳奇〉：諸暨市楓橋鎮海角村陳佐天寫定。

9.〈走馬崗和香榧〉，諸暨市趙家鎮宣家山村宣曙映講述，趙校根記錄。

這個篇目之外，還有一些傳說的記錄文本，因種種原因而沒有進入我的視野，它們或者還僅僅是個線索，或者記錄不完整，或者與香榧無關，等等，不一而足。如果深究其原因，大都是因為調查者不得法，採錄不科學，不符合「真實性、科學性、代表性」的民間文學調查原則，不是根據口述做的記錄而是調查者根據自己的記憶印象而加入自己的思想、用自己的語言（知識份子語言）創作出來的，等。如果能夠在下一步的調查採錄中以科學的態度重新加以搜集採錄，可以預期將成為一件件合乎要求的成品。

我把流傳於會稽山地區的香榧傳說，稱做「傳說」類中的「地方風物傳說」。二十五年前，在中國民間文學三套集成編纂工作的時代，總編輯部曾經組織力量撰寫了一本《中國民間文學集成工作手冊》，實際上是全國參與其事的人員共同遵守的工作規範，把「傳說」分為八類：（1）人物傳說；（2）史事傳說；（3）地方傳說；（4）動植物傳說；（5）土特產傳說；（6）民間工藝傳說；（7）風俗傳說；（8）其他。作者在闡釋中稱：八類常常有交叉，如史事傳說與人物傳說就很難截然分開。地方傳說、土特點傳說、風俗傳說也很難與歷史人物傳說無緣。這種區分是相對的[5]。「三套集成」所以做如此細的分類，是考慮到編書的需要，因為如果類別太大、作品多，就難於編排，而「類」小一點細一點，就會顯得相對好編排一些。

[5] 中國民間文學集成總編輯部辦公室編《中國民間文學集成工作手冊》（一九八七年），頁七六。

中國的文化所以自然地形成為若干區域文化，如吳越文化、齊魯文化、燕趙文化、荊楚文化、秦晉文化……等，就是因為口語方言、風俗習慣、精神氣質等的差異決定的。一個地區的「地方風物傳說」所以突顯，也是由於當地的山川地貌、氣候物候、口語方言、精神氣質、人文傳統的不同造成的。我認為「地方風物傳說」單列為「傳說」中的一個小類，較為符合中國民間文學的實際情況。在一些高等學校撰寫的教學用的教科書（如鍾敬文主編的《民間文學概論》，上海文藝出版社，一九八〇年）裏正是這樣做的，一般把「地方風物傳說」單列為一類。這本書的作者這樣闡釋地方風物傳說的內容和特點：

這類民間傳說敘說地方的山川古蹟、花鳥魚蟲、風俗習慣或鄉土特產的由來和命名。它們同解釋性的神話相似而又不同。第一，神話解釋的主要是具有普遍性的自然現象，如天地日月和人類的起源等；傳說大都是解釋某個特定的地方事物，如某山某水某樹某獸等；第二，神話解釋事物來源主要通過幻想方式；傳說則往往通過日常生活的方式，儘管也可能包含幻想成分。第三，原始人對解釋性神話信以為真；傳說一方面由於附會於實際事物而顯得像真有其事，另一方面在可信的問題上呈現出複雜的情況，……說的人和聽的人都未必盡信，也未必都不信。」

……民間風物傳說，通過把自然物或人工物歷史化或人格化，使他們和人民生活融為一體；對風俗習慣也給以饒有興味地解說。它們的產生，說明勞動人民既有傳述歷史的嚴肅意思，又有健康豐富的生活情趣和無比活躍的藝術想像力。[6]

---

[6] 鍾敬文主編《民間文學概論》（上海文藝出版社，一九八〇年），頁一九五－一九六。

「地方風物傳說」的一個基本的特點是其解釋性。即對所說的風物的由來、名稱、特徵、形體的由來做出解釋，因為要解釋，所以一般是有頭有尾，或加入人物、事件、地點、過程等外在的、但又是必然的環境描述和敘事。由於地方風物傳說大都是附著於現實世界裏某種實有的風物，因而風物傳說對風物的解釋，也就大體上不會脫離這些風物的本體和品性，或者說以現實中的事物為本，但細細分析起來，您又會發現，地方風物傳說對地方風物的解釋，卻又並非都是或大都不會是科學的，而更多地是藝術的，因為這些進入人們頭腦中的風物，大都是與他們的生活息息相關、命運與共的，人們自然地會賦予它更多的同情和關愛，賦予它超現實的美麗的品質和有益於人的功能，現實中不能實現的東西，一旦進入形而上的創作領域，便平添了更多的想像和幻想，以及嵌入了人們的超越現實的憧憬和願望。這也就是恩格斯在論述《德國的民間故事書》中所說的：「民間故事書的使命是使一個農民做完艱苦的日間勞動，在晚上拖著疲乏的身子回來的時候，得到快樂、振奮和慰藉，使他忘卻自己的勞累，把他的貧瘠的田地變成馥郁的花園。民間故事書的使命是使一個手工業者的作坊和一個疲憊不堪的學徒的寒傖的樓頂小屋變成一個詩的世界和黃金的宮殿，而把他的矯健的情人形容成美麗的公主。但是民間故事書還有這樣的使命：同《聖經》一樣培養他的道德感，使他認清自己的力量、自己的權利、自己的自由，激起他的勇氣，喚起他對祖國的愛。」[7]香榧的傳說正是承擔了這樣的一些使命的民間文藝作品。這一點，即使在現有的數量和題材都還很有限的香榧傳說中，也已經可以看得很清楚。

根據調查所提供的線索，這個「香榧傳說圈」（文化圈）中流傳的香榧傳說，就其題材和內容，以及其所反映的和隱含的思想（有的是明顯的，有的是遮蔽著的），應該是很廣泛的。至少包括下面五個方面的作品：

（1）有關香榧樹淵源和香榧子由來的傳說（如「榧王」和香榧由來的傳說）。如：紹興稽東鎮流傳的一個傳說說：香榧是天女從天庭偷到凡間來的。偷香榧的天女下凡，因而受到了天帝的懲罰，她的雙眼被挖出，扔

[7] 恩格斯《德國的民間故事書》，《馬克思恩格斯論藝術》第四卷（人民文學出版社，一九六六年），頁四〇一。

到了香榧樹苗上，故而每一個香榧果上都有一對小眼睛，那就是那個被天帝處死的天女的眼睛。諸暨楓橋流傳的一個傳說：嫦娥欲下凡人間，與凡人結為夫妻，玉皇大帝成全了她的癡心，給她香榧樹和佛手樹作為嫁妝，於是人間才有了香榧樹。香榧被廣大民眾賦予了神聖性和靈異性。嵊州市通源松明培村流傳的傳說：是玉皇大帝的小女兒七仙女給人間送來兩粒香榧種子。因此，七仙女受到當地榧農的崇尚和祭祀，懸掛在山巖上的小廟和所享受的香火，表明了人們不忘給他們帶來香榧種子的七仙女。在通源，七仙女的故事與全國各地其他地方的七仙女故事迥然有異。

（2）帶有神聖性的傳說（如關於嫦娥、娥皇、女英等與香榧傳衍關係的傳說）。

（3）神話人物和歷史人物傳說（如秦始皇、舜、西施、王羲之等）。如舜的傳說。舜的傳說是浙東地區的重要神話人物傳說或歷史人物傳說之一。舜的賢能傳為美談。唐《括地志》引《會稽舊記》云：「舜，上虞人，去虞三十里有姚丘，即舜所生也。」神話說，堯禪位於舜，堯的兒子朱丹起而與之爭奪皇位，發動爭亂。謙讓的舜避之於故里上虞。回鄉途中為大水所阻，一頭大象從林中出來背舜過江。平朱後，百官來會，請舜繼皇位。而舜為迎接百官而修築橋樑（百官橋）。《風土記》：「虞即會稽縣。」與今上虞近鄰的紹興縣稽東鎮流傳的一則傳說，將舜躲避朱丹於於上虞的神話傳說，附會上本地的內容，成為一個生動的香榧傳說：舜為了躲避朱丹的迫害而與娥皇、女英遁入會稽山腹地，靠採摘野果度日。舜下會稽山會百官，兩位妃子饑餓難當，突聞遠處飄來異香，循著香味走去，但見一位老嫗正在用石鍋炒乾果，並告之其為「三代果」。原來這位老嫗正是舜的母親，當她得知娥皇、女英身陷困苦時，便下凡來以「三代果」搭救她們。於是，兩妃子把「三代果」種子在當地種植。舜死後，兩位妃子投湘江而死，後人以「湘妃」相稱，於是會稽山一代的榧民便移花接木，把她們種下的「三代果」也稱做「湘妃」，久而久之，「湘妃」衍化成了「香榧」。

（4）地方風俗傳說。如嵊州市竹席鄉明珠廟會的傳說。

（5）地方風物傳說。如五通岩與香椎的傳說。

（二）「中華人文瓜果」傳說

在政府主導下進行的非物質文化遺產保護工作中，對珍貴的專案和瀕危的專案進行搶救已成共識。香椎傳說在普查中被發現和被記錄，是地方政府和民眾文化自覺得到提高的表現。就其在中國文化中的重要意義而言，筆者以為，香椎堪稱是繼人參、葫蘆之後的第三個「中華人文瓜果」，而香椎的傳說，自然也就理所當然地可以稱做第三個「中華人文瓜果」傳說。

歷數「中華人文瓜果」的家族，不能不首先提到長白山和大興安嶺中的人參。記得二十世紀五六十年代，在吉林省通化地區長白山密林裏流傳的人參故事（傳說）陸續被地方文化人記錄下來，並接連在首都的報刊上發表，一下子引起了廣大讀者的濃厚興趣和廣泛關注，挖參人及其命運、挖參故事，以及充滿了幻想色彩的人參娃娃、棒槌姑娘、小龍參等奇異詭譎的形象，在萬千讀者面前展現了一個深邃、陌生而有趣的世界。人參故事誤打誤撞地成為了第一個「中華人文瓜果傳說」，並且一時間風靡了中外知識界。人參故事的發掘和張揚，不僅得益於《民間文學》雜誌的發布與宣傳，而且也得益於人民文學出版社和中國民間文藝出版社的援手，這兩家出版社各自出版了一本《人參的故事》，把這段歷史公案記錄在了紙上。

幾十年後的一九九六年，中國東方文化研究會在北京召開「民俗文化國際研討會」，主題是葫蘆文化。從《詩經》裏的「綿綿瓜瓞，民之初生」的瓜果葫蘆，到在大洪水中人煙滅絕時，借助葫蘆得以逃生的兄妹二人經過種種考驗而結為夫妻、綿延後代的神話傳說，給葫蘆賦予了深厚的人文性質，從而成為中外學者關注的一個焦點。當時健在的鍾敬文先生在會上首次把葫蘆定名為「中華人文瓜果」，最是引人注目。商務印書館還在「東方文萃」書系下出版了一本《葫蘆與象徵》，把第二個「中華人文瓜果」的公案定格在了書中。

香榧及香榧傳說，是古越之地或所謂「越系文化」的一個代表性文化符號，我願意把它稱為在人參及人參傳說、葫蘆及葫蘆傳說（洪水傳說）之後的第三個「中華人文瓜果」傳說。

三、進行一次專題調查

民間文學是一個民族的非物質文化遺產中最基本的、也是最主要的門類和領域之一，是民眾口傳心授、世代相傳、集體創作、集體享用的語言口頭藝術。在聯合國教科文組織二〇〇三年十月十七日通過的〈保護非物質文化遺產公約〉，中國政府公布的第一批〈國家級非物質文化遺產名錄〉中，「民間文學」都是列在第一位的。由於十年前的二十世紀八十年代中國曾經進行過一次民間文學的普查，二〇〇五年六月開始的全國非物質文化遺產普查又對民間文學進行了一次「跟蹤」式的調查。「跟蹤調查」或每隔幾年進行一次的「重複調查」，是國際民俗學的一種重要的、普遍採用的調查方法。普查十年之後，再做一次全面的調查，不僅如古人所說的「可以達下情而宣上德」（清劉毓崧《《古謠諺》序》）、瞭解民心、研究國情（現代化進程對社會進步的推動和社會價值觀的變化）是十分必要的，而且從非物質文化遺產的嬗變本身來研究文化移動的規律也是十分必要的。與二〇〇五至二〇〇九年的全國非物質文化遺產普查不同，我們即將在會稽山地區進行的香榧傳說調查採錄，應當是一次專題調查，即圍繞著一定主題和預定目的的調查。

民間文學的專題調查，六十年來，各地進行過多次，已經積累了豐富的經驗。本次香榧傳說專題調查，其目的，筆者設計為兩個，供大家討論和參考：（1）通過實地調查摸清會稽山地區古老的香榧傳說在當代社會中的生存和流傳狀況，從而探討和制定保護措施；（2）通過實地調查採錄民間口傳的有關榧樹和香榧子的傳說故事，挖掘和發現優秀的故事家（傳承人），搜集相關的民俗文物和民間抄本、印本。

下面筆者就這次專題調查的理念和方法談幾點意見，供討論。

（一）文化理念與指導思想

專題調查一般都是預設了一個調查的主題（專題），比如我們要調查和採錄的是與榧樹和香榧有關的傳說，要想在規定的時間裏，最好地完成預定的主題和達到既定的目標，就必須要求所有參與調查的人員遵守一個共同的理念。這個理念，簡單說來，不外下面的三點：

第一，民間文學不是一種孤立的現象，而是一定地域文化及其敘事傳統的一部分。你所面對著的被採訪人，不是隨機碰到的任何一個人，而是經過選擇的故事家或歌手，一般說來，他在村子裏是個能說會道的人，是掌握地方傳統較多或最多、較系統或最系統的人，但他的講述，肯定是地方敘事傳統下的一種個人的敘事，而個人敘事又是有個性的，也就是說，有個人創造因素的。但任何有才能的人，他的講述，從內容到風格，又絕對離不開地方傳統，除非他是個最近來到此地的外來者，如打工者，過路的客人。因此，要求調查人員在採錄傳說故事時，要盡可能地同時記錄下與講述者所講述的傳說故事相關的環境材料，如講述者的身份、年齡、性別、地點（在家裏還是在學校、村委會辦公室，有沒有聽眾等），以及與故事有關的文化、民俗。比如，會唱戲的人、走南闖北的人、做買賣的人，他們在講述時不僅語言華麗、眉飛色舞、引人入勝，也可能會隨時附會上一些本地敘事傳統中沒有的東西。而那些沒有走出過本村本地的人的講述，則是另一種風格，他們也許更多地恪守或繼承了本地傳統，在講述的語言上，也往往以樸實平易見長。如果是一個婦女，她的講述，其情節的簡繁，不僅可能與她的娘家的地方敘事傳統有關，她的身世、遭遇也可能給她的故事以顯著的影響。我們現在有了現代化的技術手段，攝影錄音錄影，完整地記錄講述者的講述環境，和講述文本的相關材料，已經不再是難事了。

第二，講述文本的現代性。我們要調查的，是現代社會條件下、亦即二十一世紀第一個十年仍然「活」在老百姓口頭上的民間傳說故事。民間文學不是與社會絕緣的，不是一成不變的，而是隨著客觀社會環境和人文環境的變化而發生著或快或慢的嬗變的。客觀社會環境，指的是在全球化、現代化、城鎮化、資訊化條件下生產方式、居住模式等的變化，過去那種自給自足的農耕生產方式開始發生著深刻的轉型，過去聚族而居的那種村落式聚落在很多城鎮化了的地方也已成了往事。人文環境，指的是中國的血緣家族制度和與之相適應的一整套禮俗制度，逐漸衰弱甚至崩潰，也就是說舊日的那個「鄉土中國」已逐漸退出我們的視野。這些變化是深刻的，給長期以來作為「鄉土中國」裏的老百姓的主要精神文化的民間文學（民間傳說故事），從語言的變遷開始，逐漸注入一些「異類」的思想觀念，發生了或發生著令人驚異的變化。我們所要記錄的民間傳說故事，是二十一世紀第一個十年還在口頭上傳播的作品，這些口述作品中必然地會反映這個時代的巨變和面貌，但這巨變和面貌是通過生活在鄉土社會中的老百姓的口述描述的，而不是那些見多識廣的幹部、退休的公職人員們筆下的巨變和面貌。我們常常看到一些假託某農民講述的傳說，其語言卻是一些文謅謅的書面語言與成語，和與土生土長的村裏人無緣的敘事方式和知識份子腔調。

民間文學的調查，要求記錄下來的文本反映和適應現代性，但這個現代性是老百姓的現代性，而不是知識份子和政府官員設定的現代性。具有現代性的記錄文本，與過去時代的記錄文本之間既有連續性，也存在一些差異性，人們從這種差異性中，可以瞭解和研究中國的基本成員——農民在現代化條件下生活的變遷和文化的嬗變，亦即「鄉土中國」的變遷。

總之，採集當下時代還在民眾中流傳的民間文學作品，是本次香榧傳說調查採錄的最基本的任務，因為提供不出當代還在民間流傳的傳說故事的記錄文本，就使這次調查失去了意義，而有了當代流傳的民間文學作品及其相關的民俗文化事項的忠實記錄，就保存下了當代所流傳的香櫃傳說故事的時代面貌，從而也就為根據民間作品所提供的和折射出來的社會的和精神的信息，研究民眾的思想和世界觀提供了可能，為制定、實施和修訂保護規劃，為黨和政府制定文化政策，提供了必要的依據。

第三，遵守科學性、全面性、代表性三原則。據我的理解，「科學性」是調查採錄、特別專題調查採錄時的主要指導原則。所謂「科學性」，其核心就是真實性。真實性，就是按照民間文學作品在流傳中的形態，真實地、不加修飾、不加歪曲地將其記錄和描述下來，更不要以自己的想像或憑自己的知識和愛好去竄改民間文學作品。從以往的情況、特別是八十年代的調查來看，主要的傾向是後者，即不願意下苦功夫做實地調查、忠實記錄，或隨意按照自己的意願和趣味，或按照當前的政治口徑和政策要求亂改亂編，隨意拔高其所謂思想性和藝術性，不能提供民間流傳的「原汁原味」的調查資料。當下學術界和媒體上對過去的某些調查資料的非難，也主要在是否合乎「真實性」這一點上；只有符合「真實性」要求的調查材料，才算達到了科學性的要求。

所謂「全面性」，即在調查和採集的過程中，要以唯物史觀為指導，堅持全面調查和採錄，避免教條主義和機械主義，避免主觀地、輕易地捨棄一些一時間認為沒有價值的作品或材料。

所謂「代表性」，指在普查中，任何人都不可能對一切民間文學現象平均使用力量，要善於在一個地區的範圍內，發現哪些形式、哪些作品、哪些類型是有代表性的，抓住了這些形式、作品、類型，也就抓住了主流的或主要的東西。而在後期的編纂工作中，不大可能有聞必錄，而會從中遴選那些有代表性的文本。

只有把科學性、全面性、代表性三者結合起來、統一起來，符合這「三性原則」的調查和採錄成果，才經得起歷史的檢驗。

第四，處理好資料和文本的關係。在民間文學的專題調查中，一定的資料是需要的，但不可能用數學的統計法（量化）解決一切問題，故而要求採錄者在採錄時忠實於具體的講述者、傳承者、表演者的講述和表演，只有出自他（們）

之口和他（們）之手的作品，才能代表他（們）和他所屬的那個群體的一般思想觀念和審美取向。

口頭文學是民眾的語言藝術，因為它以通過語言、思想、形象、智慧而使其具有教化作用，即古代文藝理論說的「文以載道」。口頭文學又與一般的文學不同，而是一種特殊的文學，不能用純文學的原理和藝術的審美標準來衡量，因為它與人類生存的其他生活形態粘連或融合在一起。儘管「類型化」是民間作品的一個普遍性特點，但出自不同性格、不同氣質、不同人生觀的故事講述家講述的故事，和不同性格、不同氣質、不同人生觀的歌手唱出來的民歌，在語言敘事的方式、詞語所表達的文化意涵、細節的鋪敘、幽默感等方面，往往表現出迴異的特點。故而在記錄他們的講述和歌唱時，要盡可能忠實於他們講述或演唱的語言（包括方言土語）、音樂，儘量避免用通行的官話或採訪者自己的語言，替代講述者的講述語言。保持記錄的準確性和真實性，就能得到有個性、有風格的民間作品的文本。這是民間文學調查的基本要求，也是考察調查者的基本功的主要指標。

也就是說，一個記錄文本必須是在講述者講述現場記錄的文本，而不是搜集者閉門造車編造出來的文本，也不是一個作家個人的創作。民間作品的特點，是同一位講述者的每一次講述，都是一個獨立的文本，這一次的講述與上一次的講述，可能在大的情節結構上是一樣的，細節上、語言上就會出現差異。遇上適宜的環境，譬如講述者的精神狀態好，或聽眾呼應互動好，等等，激發著講述者，他可能講述出一個情節豐富、語言生動、與眾不同，也與他自己過去的講述不同的精彩的故事作品，這是常有的事。一個文學作者，要創作出一個自己滿意的文學作品，一個攝影工作者，希望拍攝到一幀自己滿意的照片，往往要花費常人無法想像的艱苦勞動。作為一個民間文學的調查採錄者，理所當然地要追求記錄到一個最好的文本。但這往往是可遇而不可求的。傳統的民間故事大半都有一個古老的原型，一代一代故事家用自己的演繹，修改著從前輩那裏傳承下來的講述文本，每講一次，可能出現繁簡不一的情況，而對於一個成熟的故事家來說，他總會給傳承下來的傳說故事增添上一些屬於自己的新東西。

（二）到現場去！——實地調查

民間文學的採錄不是書齋裏的工作。田野調查和觀察研究逐漸成為世界上不同國家和不同流派的民間文學研究者和民俗學者共同的觀念和方法。實地調查是民間文學採錄的最基本的也是最重要的方法，不到現場做實地調查的，不能算是真正的民間文學採錄。

實地調查，就是要與調查對象、講故事人面對面地進行訪談，採訪、記錄、記述故事家、歌手講述或演唱的民間口頭作品，並搜集與民間文學口頭流傳狀態相關的民俗背景。

現在有些民間文學工作者以為自己就是本地人，自己也掌握很多神話、傳說、故事和歌謠，他們不願意到現場去向那些掌握神話、傳說、故事、歌謠較多的普通老百姓中的優秀故事家、歌手做調查，向他們採錄口頭作品，而是根據自己頭腦裏的那些故事梗概進行寫作。這種狀態實在是中國式的中小知識份子的一種病態的心理。且不說民間文學是指下層普通老百姓的口頭語言創作這個基本的理念，單說這樣的出自知識份子之手的個人創作，與優秀的民間故事家的講述相比，一眼就能看得出來它的蹩腳。一是知識份子的那種扭捏作態的文風和故作高深的用語；二是曲意的編織，無法掩飾故事情節的編造和破碎；三是過多過細的心理描寫，是與民間作品的敘事風格絕對無緣的。等等，不一而足。

民間文學作品文本的獲取，主要的途徑是：到田野去！到民間去！到現場去！會稽山地區流傳的香榧傳說的「活態」文本的獲取，也不例外，要靠文化工作者的扎實的實地調查。

二〇一二年八月五日脫稿

〔發表於《西北民族研究》二〇一三年第二期（五月十五日）〕

曹娥傳說與孝德傳統

曹娥投江尋父的民間傳說，在江南民間可謂家喻戶曉。晚清著名畫家吳友如（？至約一八九三年）所繪《二十四孝圖》和《後二十四孝圖說》裏，都收有〈曹娥投江尋父屍圖〉。在二十世紀二三十年代的思想界和文壇上，曹娥投江尋父屍的本事就存在爭議，曹娥投江尋父屍圖的爭議就更大了。

魯迅在《朝花夕拾‧後記》裏談到這個民間傳說，並搜集了吳友如畫的兩種曹娥投江圖，作為他的書裏的插圖。一幅畫面是投江的曹娥的屍體和溺水而死的父親的屍體背對背一同浮出水面，另一幅畫面則是在岸上的曹娥正欲投江尋父屍之狀。

關於曹娥投江的本事，清道光本《前後孝行錄》（甲辰年春敬慕重鐫）說：「（漢）曹娥，上虞人。曹盱之女。盱為巫祝，能撫節，按歌以悅神。五月五日，逆流而上，為水所淹，屍不能得。娥年十四，沿江號泣。既而投瓜於江，祝曰：『父屍所在，瓜當沉。』旬有七日，至一處，瓜沉。遂投水。經五日，負父屍出。顏色如生。邑人為立曹娥孝女廟。」在江南民間傳說中，曹娥傳說也相當流行，同樣也被樹立為一個孝女的形象。上海大方書局一九四七年出版之李浩編《民間故事新集》中收有這則傳說。一九九七年中國ISBN中心出版之季沉主編《中國民間故事集成‧浙江卷》也選了這個傳說。這個現在還活在民眾口頭上的曹娥傳說是這樣的：

很久以前，上虞舜江西岸的鳳凰山下，有個不知名的小漁村，村裏有個姓曹的漁夫。這漁夫有個十四歲的女兒叫曹娥。生得又漂亮又聰明，還是個遠近聞名的孝女。

這年春夏之間，大雨落勿停，舜江洪水暴漲。漁人盼大水又怕大水，漲了大水魚蝦多，但洪水洶湧危險大。曹娥她爸望著江水，再也憋不住了，這是一年一度的漁汛，怎麼能錯過？他理出魚網，撐出小船去捕魚了。爹去了，曹娥在家不放心，只望爹爹平平安安早回家。直到太陽過了西，還不見爹爹來吃飯。她一次次跑到江堤上去望，都不見爹的漁船。曹娥心裏不安了，她沿江向上游走三里，轉身又朝下游走六里，還沒見到爹，太陽快擱山頭了，曹娥急得拚命叫：「爹爹！爹爹……」喊聲招來幾個她爹的夥伴，他們個個衣衫濕淋淋，大家見了曹娥都歎氣，說他爹的小船讓水沖走了，曹娥一聽嚇出了魂靈，大叫一聲「爹爹」，拔腳朝下游追去。

天黑了，幾個漁家叔伯伴著她，一再勸她先回去。曹娥不見爹，怎麼肯回去？誰也勸不住，整整一夜，她在江邊來回哭叫，沒有一個鄉親不為她難受。第二天，村裏人給她送來吃的，她不吃。人們陪著她在沿江找，找了三天，仍不見她爹。曹娥沿著江堤哭，不吃不睡，哭了七日七夜，哭得眼裏流出來的都是血。第八天，曹娥望著江水，忽見一個大浪，托起一個黑團，好像她爹在跟水搏擊。曹娥一陣驚喜，果然爹爹水性好，還在水裏游。她要幫爹游上來，一聲呼喊，縱身向江水撲去。「曹娥跳進江水裏了……」人們呼天搶地，紛紛奔去搶救，但只見江水滔滔，哪裏還有曹娥的影子。

村裏人不忍心讓曹娥父女葬身水底，分頭沿江尋找他們的遺體。

又過了三天，江面風平浪靜，人們在下游十多里的江面上，看到一股江水在盤旋，隱隱約約有人在游動。大家趕過去，果見一男一女，背貼著背，女的反剪雙手緊負著男的，原來正是曹娥和她的父親。曹娥雖然死了，但她卻能找回父親的屍首，把他揹到江堤邊。人們都說這是她的孝心感動了上天。

曹娥的孝心感動了上天，更感動了四周的鄉親，他們好生安葬了曹娥父女，又在曹娥跳水救爹的江邊造了廟，塑了她的像，尊她為「孝女娘娘」，還把漁村叫做「曹娥村」。曹娥投水救父的這條江，後來也改名叫「曹娥江」。

講述者：潭壽煥，男，六十一歲，上虞縣百官鎮。

採錄者：樓桂芳，男，五十五歲，上虞縣樟塘鄉湖村退休職工。

採錄時間及地點：一九八七年四月於上虞縣百官鎮。[1]

這是在二十世紀八十年代為編輯全國民間文學集成，在曹娥的家鄉上虞縣樟塘鄉百官鎮採集的。這一點說明，曹娥的傳說，如今還在民間流傳，有著強大的生命力。不過，該書所載異文，與《前後孝行錄》在一個重要情節上有一點出入，即曹娥的父親不是巫師，而是一個漁民，在出江打漁時，暴雨使舜江洪水暴漲，葬身水中。後面的情節則基本相同，卻也多了被水淹死的曹娥從江水中飄上來時，反手背負著她父親的屍體。村人為其立廟，江改名為曹娥江，村子也改名為曹娥村。

魯迅對曹娥投江本事和圖畫有所評價：「從說『百行之先』的孝而忽然拉到『男女』上去，彷彿也近乎不莊重，澆漓。但我總還想趁便說幾句，——自然竭力來減省。……曹娥的投江覓父，淹死後抱父屍出，是載在正史，很有許多人知道的。但這一個『抱』字卻發生過問題。我幼小時候，在故鄉曾經聽到老年人這樣講：——『……死了的曹娥，和她父親的屍體，最初是面對面抱著浮上來的。然而過往行人看見的都發笑了，說：「哈哈！這麼一個年青姑娘抱著這麼一個老頭子！」於是那兩個死屍又沉下去了；停了一刻又浮起來，這回是背對背的負著。』好！在禮儀之邦裏，

1 《曹娥》，《中國民間故事集成•浙江卷》（中國ISBN中心，1987年），頁四三二至四三三。

連一個幼年——嗚呼，『娥年十四』而已——的死孝女要和父親一同浮出，也有這麼艱難！我檢查《百孝圖》和《二百卅孝圖》，畫師都很聰明，所畫的是曹娥還未跳入江中，只在江干啼哭。但吳友如畫的《女二十四孝圖》（一八九二年）卻正是兩屍一同浮出的這一幕，而且也正畫作「背對背」。我想，他大約也知道我所聽到的那故事的。還有《後二十四孝圖說》，也是吳友如畫，也有曹娥，則畫作正在投江的情狀。」（《朝花夕拾・後記》）

有學者說，魯迅對孝道向來反感。但我們從魯迅的行文中，卻看不出他一般地反對孝道，他是藉曹娥的事，批評當時社會輿論的一種不良傾向，把本來屬於社會學的孝道之類，拉到男女之事的範疇內大加渲染的庸俗風氣。他感歎「在禮儀之邦裏」，連一個幼年女孩與父親的屍體抱在一起，竟也遭到非難，竟也如此「艱難」。否則，他也就不會選錄一幅如此的圖畫做他的文章的插圖了。

《孝經》唐玄宗序說：「子曰：『吾志在《春秋》，行在《孝經》。』是知孝者，德之本歟。」孝、孝道、孝行，是中國古代道德體系的一個中心問題。《孝經》成為《十三經》的組成之一。在長期的封建社會裏，封建統治階級把「孝」納入其封建倫理之中，為其封建統治服務，特別強調「孝之可以教人」的社會教化作用。編者在《二十四孝圖》裏所收的那些範例，在今人看來，其實是大都不可取的。但這只是問題的一個方面。我們不能因為「孝」曾被封建統治階級所利用，我們就來一個「凡是敵人反對的，我們就擁護」，把「孝」罵得一無是處，甚至壞得很。如今社會，人謂「世風日下」，很重要的一個方面就是以「孝道」為中心的道德的流失甚至淪喪。回想幾千年來，中華民族之所以能夠延續而不衰，堅守包括「孝道」在內的道德系統，是一個無可否認的重要因素。「孝」的基本觀念是孝敬父母。儘管在幾千年的漫長封建社會中，在「孝」字後面，還加上了一些其他雜七雜八的內容，如「不孝有三，無後為大」之類，需要加以分析和揚棄。孝敬父母這一點，卻是任何時代都不應廢棄的。

然而，我們卻常從報紙、電視螢幕上看到虐待父母甚至殘殺父母的事件。贍養父母這種天經地義的事情，如今竟然成了一個突出的社會問題。究其原因，無非是長期以來，對「孝」的盲目批判和否定，不敢正視以孝敬父母為主體的「孝道」的真理性和永恆性，就是導致當前社會上道德淪喪的一個重要原因。

如果我們進而去追溯和探求一下中華傳統文化中「孝」之本義，那麼，「孝」者，其實並不只是局限於對父母的孝敬，而是一個人格是否健全、社會是否進步的標誌。《禮記・祭義》有云：「居處不莊，非孝也。事君不忠，非孝也。蒞官不敬，非孝也。朋友不信，非孝也。戰陳無勇，非孝也。」文化史學家柳詒徵在《中國文化史》（頁八二）裏對這段話闡釋說：「……皆非僅以順從親意為孝。舉凡增進人格，改良世風，研求政治，保衛國土之義，無不賅於孝道。」今日之中國，我們要建設和諧社會，要培養健全的人格，要傳承中華文明，要樹立祖國至上的觀念，都離不開「孝」的道德理念的倡導與堅守。

二〇一一年六月十八日

附記：二〇一一年六月十八日在浙江省上虞市「弘揚孝德文化、傳承鄉賢精神」學術報告會上的演講。

端午：傳說與習俗

端午（五月端五／端午）何時成為一個民族節日？在學界一向是個見仁見智、沒有確證、因而沒有結論的懸案。正如有學者說的：「把端午起源斷為始於漢代，固嫌太晚，臆斷為始於戰國時代，也是無根之談。」如果綜觀作為端午之支撐的禮俗，其濫觴的時間，至少也有兩千年的歷史了。

在中國，任何一個傳統的民族節日，即非政治性的節日，其起源或動因，大半都是或因農時，或因天文，或因季節，或因農作需要，或因生命延續需要，而得以濫觴並逐漸形成的。一個特定的日期，一旦被全社會認同為全民性節日，又必定附著了許多禮俗作為基本構成內容，也必然有許多關於這些禮俗的傳說在民眾口頭上廣泛流傳，而這些因地而異的口頭傳說，反過來又對節日（包括禮俗）的延續和發展起著強固的積極作用。節日及其禮俗和傳說，在其發展中，總是隨時代的變遷和生活的需要而發生著或快或慢的遞變，不時加入了許多新的因素，而這些新的因素，由於是和新的環境、時代、社會相適應的，也就使傳統的節日獲得了新的生命力。「遞變」是不以人的主觀意志為轉移的，以至傳至今天的節日，有的甚至已經與其本意差之千里了。端午節就是一例。各地現代形態的端午，與原初形態的端午相比，已經發生了巨大的變異，其本意，如厭勝禳災（五月為毒月）、辟毒逐疫的原旨，經歷過漫長的歷史途程，在有些地方和有些人群中，或由於失憶而變得湮沒無聞了，或由於功能的淡化或削弱而基本上退出了人們的意識和生活。無怪乎媒體上有人批評說，深厚而多樣的文化內涵被遺忘了，剩下的只有吃粽子，幾乎變成了吃粽子節了。我有一個例子。

在我的家鄉，用五月端午捉來的癩蛤蟆，將一碇上好的墨從牠的屁股上塞進去，讓蛤蟆皮翻在外面，吊在房簷下風乾後，用來治療疽瘡或「痄腮」（腮腺炎），有奇效。葛洪《抱朴子》說：「蟾蜍萬歲者，頭上有角，頷有丹書八字，五月五日午時取之陰乾，百日，以其足畫地，即為流水。能辟五兵，若敵人射己者，弓矢皆反還自向也。」癩蛤蟆就是蟾蜍。牠嘴裏射出來的是毒液，能致人中毒，也能治療疽瘡。我兒時得過「痄腮」，這是一種傳染病，父母就用吊在屋簷下面風乾了的癩蛤蟆裏墨塗在我的腮上消腫，很快痊癒了。現在醫療技術進步了，即使在農村癩蛤蟆裏墨也不僅不用了，怕是根本不知道有這麼回事了。因此，追尋節日的本意，認識其本原和性質，對於今人認識自身及其文化的來龍去脈，保護民族文化的根脈，當是至關重要的。

關於端午節的本意和性質，二十世紀前半葉，先有江紹原先生（二十年代）後有黃石先生（四十年代）刨根問底的追溯研究，其所得出的結論，已成為中國學術界的共識：端午節原本是一個「禳災」或「逐疫」的節日，亦即一個公共衛生的節日。二十世紀後半葉的研究文章很多，在端午的起源與內涵諸方面做了細化的闡釋，但似乎並沒有太大的超越。黃石說：「端午節是個渾然的歲時禮俗體系，它的諸般禮俗有一條線索貫通，作為它們的中心支柱是什麼呢？一切都為了逐疫，一切都為了保證生命的安全，最高的目的，唯一的目的，是生存欲的表現。一句話說，端午是逐疫節，這就是它的根本意義，也就是唯一正確的解釋。」[1]生活的需要和時代的變遷，促使端午的內涵發生了或快或慢的遞變，如江紹原所說：「風俗係應某種需要而起，但是本來需要的到後來也許漸漸消滅，其時也，這個風俗如其不隨著消滅，就往往改變性質和內容，成為滿足另一種需要的工具，於是那風俗的本意日久許完全被人遺忘。」[2]而促使端午節及其禮俗發生或快或慢的遞變的因素固多，除了生活的需要和時代的變遷的直接影響外，民眾中流傳的關於端午及其禮俗的口頭傳說也起著不可忽視的，或者說推波助瀾的作用。

---

1 黃石，《端午禮俗史》（臺北：鼎文書局，一九七九年），頁二三〇。

2 江紹原，《端午競渡本意考》，北京：《晨報副刊》一九二六年二月十、十一、二十日。

如上所述，端午的原旨和性質在各地是一致的，幾乎沒有大的區別，而構成端午節日的禮俗則種類、名目繁多，且因地而異。以生活形態類而論，諸如：蓄蘭沐浴、龍舟競渡、採百草與鬥百草、捕蛤蟆、熙遊、競技等；以驅毒逐疫類而論，諸如：戴百索和香囊、長命縷、懸艾人、五雷符、五毒符等；以時食類而論，諸如：角黍（粽子）、羹湯、端午酒、端午宴等；不一而足。總的看來，代表性的禮俗主要是兩項：龍舟競渡和吃角黍（粽子）。

端午及其禮俗的傳說，主要是以某些與端午相關的同質的社會習俗為題材，並逐漸將其起源與某些歷史人物及其功業聯繫起來，而創作、記述、渲染、傳揚、流傳下來的口頭非物質文化遺產。這些口頭作品，是在不同的時代背景下、由不同地域的民眾所創作的，唯其如此，才顯得紛繁而駁雜，呈現出文化多元性和多樣性的特點。僅就端午起源的傳說而言，主要與三個歷史人物有關：楚大夫屈原、吳大將伍子胥、越王勾踐。此外，也還有孝女曹娥等等。〈武陵競渡略〉說：「競渡事本招屈，實始沅湘之間。」[3]《荊楚歲時記》說：「邯鄲淳曹娥碑云：『事在子胥，不關屈平。』」[4]宋高承《事物紀原》說：「越地傳云，競渡之事起於越王勾踐，今龍舟是也。」當然主要是以龍舟競渡這個重要的端午習俗來說事。楚人說端午起源於對屈原的緬懷，吳人說端午起源於對伍子胥的悲悼，越人說端午起源於對勾踐的紀念。這三個關於端午起源的「傳說群」，究其實質，其實是楚、吳、越三個地域文化的產物。楚、吳、越這三個歷史上並立與交戰的國家和集團，都處身於戰亂紛爭的春秋戰國時代，民眾對民族的命運的期望與對國泰民安的憧憬，勢所必然地促使他們選擇各自理想中的代表人物，作為他們的民族精神的代表和旗幟，而這樣的人物就是屈原、伍子胥、勾踐。於是，在時代因素使然下，以悲悼祭祀屈原、伍子胥、勾踐為內容的端午起源傳說，便一發而不可收拾，並逐漸與原先就流行於民間的關於「毒五月」裏種種驅毒逐疫的民俗事象聯結或融合起來，形成了包括民俗事象和人物功業在內的內容龐雜的端午傳說，而民間原有的一些民俗事象被納入到傳說中之後，給予了起源或意義上的重新闡釋。這

3 《古今圖書集成・歲功典・武陵競渡略》（中華書局，一九八五年），頁二二三五。

4 梁宗懍原著，譚麟譯注，《荊楚歲時記》第三十節（湖北人民出版社，一九九九年）。

些端午傳說一直在民間流傳不衰，使其成為在所有的傳統節日中最富傳說色彩和斑斕民俗事象的節日。由於種種複雜的原因，流傳的態勢出現了一些變化，沅湘地區流傳的紀念屈原端午傳說和吳越地區流傳的伍子胥端午傳說仍然盛傳不衰，而紀念勾踐的端午傳說雖然也仍在民間流傳，不過範圍相對要窄一些，主要在紹興一帶。嘉興一帶民間關於端午節的傳說，則以伍子胥傳說為主，同時也兼有勾踐傳說。

在國家非物質文化遺產保護工作中，「端午節」進入了國家非物質文化遺產的保護名錄，成為中華民族重要的六大傳統節日之一。秭歸、黃石、汨羅、蘇州、寶山、餘杭、晉江、嘉興、黑河、石獅以及香港特別行政區等地區，相繼被批准為中國端午傳統習俗的保留地和保護地。這些進入國家名錄的端午保護地區，其所擁有的端午民俗事象和故事傳說，是不一樣的，帶有很濃重的地方性。筆者在前面所論與三個歷史人物相聯繫的三個代表性地區，即楚、吳、越故地，除了前面所說的戰爭糾葛外，還有一個共同的特點，就是古代楚、吳、越三個國家和集團的生活環境，都在水網地帶，楚在沅湘流域，吳在太湖周邊，越居沿海兼山巒，豐富的水域所造成的居住環境的共同性，同時造就了他們都以龍舟競渡為其表達觀念的載體，而這觀念的實質，據學者考證，不是別的，而是「送標」、禳災（送災）、逐疫；後來，逐漸轉變為對屈原、伍子胥、勾踐的追懷，把他們的業績與端午的起源聯繫起來，藉以通過對這些偉大人物的謳歌來表達他們的理想和憧憬。

作為吳越交界的嘉興地區被批准為端午習俗的保護地，具有一份特別的意義，因為以端午傳說為代表的嘉興民間文學中，也許更多地保留著古代吳越人的務實開拓精神和民俗文化遺緒，如「習水便舟」，尚武慓悍，頑強不屈，堅忍不拔的原始野性，以及「山水倔強」（明張岱《琅環文集・越山五佚記》語）、剛直不阿的氣質。

非物質文化遺產，無論是民俗事象還是民間故事傳說，都是農耕文明條件下的精神產品，在現代社會條件下遇到了嚴峻的挑戰，使它們的傳承變得十分脆弱，這已是不爭的事實。而擺在我面前的這部《嘉興端午民間故事》，其主要篇章是在二十一世紀初農村現代化、城鎮化進程十分迅猛的情勢下，從各縣（市、區）的普通百姓中搜集採錄而來的，這雄辯地說明，端午傳說及其所記載的種種端午民俗事象，即使在現代社會條件下，依然在經濟發達的嘉興地區的民眾中以口口相傳的方式生存著、生長著、傳播著、承繼著，還顯示著民間口頭文學鮮活的生命力和影響力。

儘管民間作品不等於歷史，不能把春秋時代的屈原、伍子胥、勾踐這類歷史人物附會到端午的起源傳說上就因而認定端午起源於春秋戰國時代，但畢竟如俄蘇偉大作家高爾基所說：「從遠古時代起，民間文學就是不斷地和獨特地伴隨著歷史的。」[5]以歷史上的真實人物和歷史事件為核心情節的傳說和以紛繁雜蕪的端午民俗事象為核心情節的故事，依然在嘉興地區相互依存、口頭流傳的事實，無疑是我們今人認識歷史和考察民眾宇宙觀和社會觀的重要材料！也因此值得我們加倍地珍惜和悉心地加以保護。

二〇一〇年五月十八日於北京

（嘉興市民間文藝界協會編《嘉興端午習俗民間故事・序》，杭州：西泠印社，二〇一〇年。）

附記：首發於《中國文化報》二〇一一年六月三日，題為〈端午習俗的流傳與變遷〉；繼而發表於《學習時報》二〇一一年六月六日（端午），題為〈端午：禮俗、傳說和我們的節日〉。

5 ［俄］高爾基，〈蘇聯的文學〉，見《高爾基選集・文學論文選》（人民文學出版社，一九五八年），頁三三六；又見拙編《俄國作家論民間文學》（中國民間文藝出版社，一九八六年），頁三三七。

北京傳說與京派文化

一、「非遺」背景下的北京傳說

中國是一個傳說大國，世界上大概沒有任何一個國家（或民族）擁有這麼多的民間傳說。凡是有人群的地方，就有各種各樣的傳說被創作出來並在民眾中間流傳。在中國，民眾中流傳的民間傳說究竟有多少，從來只是說浩如煙海，卻誰也難以做出確切的回答。統計資料說，一九八四至一九八七年間為編纂「中國民間文學集成」中的《中國民間故事集成》而開展的普查，全國各地的民間文學工作者所搜集到的民間故事，數量達一百八十四萬篇。這個統計數字指的是廣義的民間故事，包括神話、傳說、故事和笑話在內。除了數量不多的神話外，如果以傳說、故事各半的比例把傳說單列出來，那麼，傳說總該也有九十萬篇之巨吧。大約二十五年後，由「政府主導」的新一輪非物質文化遺產大普查，即二〇〇五至二〇〇九年全國非物質文化遺產普查，政府公布的非物質文化遺產資源調查總量為八十七萬項[1]。但這次全國大普查到底搜集到了多少民間傳說，至今還沒有見到相關的資料發布出來，因而二十一世紀第一個十年，在現代化、城鎮化、社會轉型的提速，正在從根本上改變著傳統的農業耕作方式和農耕文明形態，改變著以血緣紐帶與家族關係、倫

1　此係文化部副部長王文章在二〇一〇年六月二日國務院新聞辦公室召開的新聞發布會上公布的數字。

理制度與道德觀念為基礎的村落禮俗的情況下，民間傳說的處境和命運究竟如何，雖然還很難做出準確的判斷，但這次普查的結果，畢竟還是為判斷民間傳說（以至民間文學）在新形勢下之命運提供了重要依據。

具體說到北京市的民間文學類普查情況，筆者在為有關單位撰寫〈北京市民間文學年度發展報告〉時，曾查閱了官方公布的資料資料，結果是：二〇〇五年七月至二〇〇七年底進行的全市非物質文化遺產調查，全市十八個區縣一共調查到了非物質文化遺產項目一萬二千六百二十三個（這裏指的是「資訊」或「線索」，而非記錄下來的作品），其中民間文學類專案是八千八百五十三個（東城區五個、西城區十一個、崇文區五個、宣武區六個、朝陽區七個、海淀區十八個、豐臺區〇個、石景山區一百八十七個、門頭溝六千六百三十個、通州區十四個、順義區五個、平谷區四百個、延慶縣三十三個、懷柔區二百五十二個、房山區八十六個、密雲縣九個、昌平區九十六個、大興區一千零八十九個）。經過主管部門的挑選，將其中的三千二百二十三項載入了《北京市非物質文化遺產普查項目彙編》，而其中入載的民間文學類項目是四百一十個[2]。儘管這個統計數字不一定很準確，但從中也還多少能看出一些端倪：這八千八百五十三個民間文學類專案（資訊），占了全市「非遺」專案（資訊）總數一萬二千六百二十三個的十分之七強，亦即民間文學類占了全部十大類「非遺」專案（資訊）總量的絕對多數。到筆者寫此文時為止，已經進入三批北京市級非物質文化遺產名錄、得到政府保護的民間文學類專案，共有十七個（第一批空缺，第二批十二個，第三批五個）[3]。從這次「非遺」普查所得資訊中遴選出來、載錄於《北京市非物質文化遺產普查項目彙編》中的四百一十個民間文學類（包括民間故事和歌謠）專案資訊（而非記錄下來的文稿），與國家「七・五」期間圍繞著《中國民間文學集成》所調查採錄到的民間

2 北京市文化局向文化部督查組的彙報——〈北京市非物質文化遺產普查報告〉（二〇〇九年）中提供的普查數字。

3 第二批北京市名錄入選的十二個項目是：北京童謠、頤和園傳說、圓明園傳說、香山傳說、八達嶺長城的傳說、盧溝橋傳說、永定河傳說、八大處傳說、張鎮灶王爺傳說、仁義胡同傳說、軒轅黃帝的傳說、楊家將（穆桂英）傳說。第三批名錄入選的五個項目是：磨石口傳說、曹雪芹的傳說、鳳凰嶺的傳說、天壇的傳說、前門的傳說。

故事相比，顯然是大為減少了。二十多年前的那次調查，從民眾口頭講述中記記錄下來的北京民間故事約為一千萬字，經過層層評議、嚴格遴選，最後編入《中國民間故事集成・北京卷》中的神話、傳說、故事、笑話等民間敘事作品是六百三十七篇[4]；而從中歸納出的「北京市常見的故事類型」為十五個[5]。當然，這次全國「非遺」普查於二〇〇九年底基本結束後，有的區縣又做了一些專題性的、補充性的調查採錄，搜集到了一些現在還呈現著流傳強勢的民間傳說，如二〇〇九年公布的第三批北京市級非物質文化遺產名錄中的五個項目：崇文區二個：天壇的傳說、前門的傳說；海淀區兩個：曹雪芹的傳說、鳳凰嶺的傳說；石景山區一個：磨石口的傳說等，有的是《中國民間故事集成・北京卷》之中沒有見錄的，如前門的傳說、鳳凰嶺的傳說和磨石口的傳說。而這五個傳說，其特點，都是圍繞著同一個主題（人物、事物、風物、名勝古蹟）形成了一個由眾多的傳說組成的「傳說群」。而這五個「傳說群」都是在普查結束之後進行的補充性的、專題性的調查中搜集記錄到的，是遵照科學性原則從口頭講述中記錄下來的作品，而不是前面所說的專案「資訊」。

二、市井社會與北京傳說

前文說，中國ISBN中心於一九九八年十一月出版的《中國民間故事集成・北京卷》裏附錄了一份《北京市常見故事類型索引》。為了弄清楚二十世紀末在北京市行政區劃範圍內還普遍流傳的一些民間故事，或「常見故事類型」在近二十多年來發生了怎樣的變化，以及以虛構為特點的民間故事與以寫實為特點的民間傳說這兩類民間散文作品的流傳與

4　《中國民間故事集成・北京卷・前言》（北京：中國ISBN中心，一九九八年），頁一。

5　《北京市常見故事類型索引》，見《中國民間故事集成・北京卷》（北京：中國ISBN中心，一九九八年），頁九一五至九一七。

消長情況，我們有必要對《中國民間故事集成・北京卷》中所記載的這十五個「北京市常見故事類型」的命運做一番簡略的考察。這些故事類型是：

1. **巧媳婦**（流傳於崇文區、延慶縣、平谷縣、懷柔縣、昌平縣）；
2. **狼媽媽**（流傳於崇文區、門頭溝區、房山區、順義縣、平谷縣）；
3. **憨寶**（流傳於東城區、豐臺區、門頭溝區、大興縣、平谷縣、延慶縣）；
4. **貓狗結仇**（流傳於門頭溝區、延慶縣、平谷縣、通縣、順義縣）；
5. **傻子學話**（流傳於崇文區、朝陽區、門頭溝區、密雲縣、平谷縣、延慶縣）；
6. **人心不足蛇吞象**（流傳於崇文區、朝陽區、門頭溝區、延慶縣、房山縣、密雲縣、順義縣；
7. **有緣千里來相會**（流傳於崇文區、門頭溝區、西城區、房山區）；
8. **不見黃河不死心**（流傳於東城區、西城區、門頭溝區、平谷縣、延慶縣）；
9. **人為財死，鳥為食亡**（流傳於朝陽區、延慶縣、順義縣、昌平縣、房山縣）；
10. **蛇仙**（流傳於西城區、宣武區、延慶縣）；
11. **炸海乾**（流傳於東城區、平谷縣、通縣）；
12. **皇帝改規矩**（流傳於密雲縣、宣武區、順義縣、延慶縣）；
13. **狗腿子的來歷**（流傳於門頭溝區、密雲縣、平谷縣、順義縣）；
14. **帝王踩墳**（流傳於延慶縣、密雲縣）；
15. **知人知面不知心**（流傳於延慶縣、崇文區、大興縣）。

這十五個「北京市常見故事類型」，是該書編輯委員會的成員們從二十世紀八十年代各區縣的普查材料中歸納、提煉出來的，而不是少數幾個學人閉門造車人為編造出來的，故而可以作為二十世紀八十年代在北京民眾口頭上流傳的北京市民間故事流傳情狀的認定根據。這個「常見故事類型索引」還告訴我們，民間故事在城區雖然也有流傳，如崇文區（六個）、東城區（兩個）、西城區（兩個）、宣武區（兩個）、朝陽區（三個），但其主要的流傳地區卻在各遠郊縣，如延慶（十一個）、平谷（八個）、門頭溝（五個）、順義（五個）、密雲（四個）、房山（三個）、通縣（兩個）、大興（兩個）、昌平（兩個）、懷柔（一個）。如果可以根據民間文學的流傳區域和人群，把北京市劃分為「市井社會」（城區）和「鄉民社會」（郊區）並在分析中採用這一對概念的話，那麼，以十五個常見故事類型為代表的民間故事的這種分布狀況顯示出這樣兩個結論：（1）如果說類型性是民間故事的一個重要特點的話，則地域性是傳說的特點；（2）市井社會群體中的故事傳統相對薄弱，而鄉民社會群體中的故事傳統則相對穩固。

與民間故事的分布狀況恰成對照，民間傳說的分布狀況和發展態勢，則別有一番景象。鄉民社會（郊區）之中雖然也有一些著名的傳說流傳，人物傳說如楊家將傳說（房山、燕山）、軒轅黃帝的傳說（平谷），風物傳說如八大處傳說（石景山）和長城的傳說（延慶），以及遍布所有鄉民社會的風俗傳說，但總體看不如故事的傳播更有活力；而在市井社會（城區，過去的城四區，如今的城八區）中，傳說（人物傳說、史事傳說、名勝古蹟即風物傳說或景物傳說）卻顯示出超越故事的優勢與活力，如海淀的「三山五園」傳說、崇文的前門傳說和天壇傳說、東城的故宮傳說和北京胡同的傳說（儘管現在還沒有申報和進入市級保護名錄）、豐臺的盧溝橋傳說，等。

已故張紫晨先生在《中國民間故事集成・北京卷》的〈前言〉裏曾對北京城區和郊區的民間故事的差異做過這樣的分析：「北京民間故事，城區與郊區呈現出的區別較大。在城區，傳說的分量大於故事，郊區則以故事為多。城區故事如同傳說，在題材上，以宮廷、史事、大臣以及名勝、街道、行業為主，郊區則重鄉里、平民勞動者的日常生活，以表現鄉間社會家庭倫理故事為多。城區民間故事含有文化古都人民的智慧和靈氣，郊區民間故事較為質樸，有鄉間人民的思想、氣質與體驗。」[6]在北京，何以民間傳說和民間故事分別與「市井社會」與「鄉民社會」相聯繫，從而形成各自不同的流傳優勢呢？我的回答是：這種差異導因於不同的生活方式、不同的社會環境和不同的文化傳統。

「鄉民社會」是傳統的農業社會，其社會主體是農民（包括農村手工業者），他們世世代代過著靠天吃飯、自給自足的耕稼生活，處身於家族和血緣為紐帶的封閉式的譜系社會與民俗制度中，以村寨為聚落居住方式，因而他們思維方式和文化傳統顯示出一定的保守性和封閉性，其所關注的社會和所傳承的文化，無不打上濃重的原始文明和農業文明的烙印。而以幻想性為特點的民間故事，就成為他們詩意地表達其觀念和寄寓其理想（群體的和個人的）的文化載體。但不能因此而認為，農民的民間故事以及他們文化傳統是落後的、封建的。他們的民間故事，正如恩格斯在論述德國民間故事書時所說的：「民間故事書的使命是使一個農民作完艱苦的日間勞動，在晚上拖著疲乏的身子回來的時候，得到快樂、振奮和慰藉，使他忘卻自己的勞累，把他的磽瘠的田地變成馥郁的花園。民間故事書的使命是使一個手工業者的作坊和一個疲憊不堪的學徒的寒傖的樓頂小屋變成一個詩的世界和黃金的宮殿，而把他的矯健的情人形容成美麗的公主。但是民間故事書還有這樣的使命：同《聖經》一樣培養他的道德感，使他認清自己的力量、自己的權利、自己的自由，激起他的勇氣，喚起他對祖國的愛。」民間故事書不僅「具有豐富的詩的內容、饒有風趣的機智、十分純潔的心地」，而且「具有健康的、正直的德國精神」[7]。恩格斯對德國民間故事所做的高度評價與詩意描繪，也完全適用於我們所論的北京郊區的鄉民社會裏創作和傳承下來的民間故事。還要看到，作為古都北京的郊區的鄉民社會，與一些邊遠地區的鄉民社會不同，在這裏大部分地區是傳統農耕文明和現代城市文明的交匯之地，也是漢族文化和北方民族文化的交匯之地，現代文明的曙光很容易地就投射到這裏，多元文化的「雜交」優勢常常給這裏的文化以激發，因而這裏是一塊滋生和傳播民間故事的沃壤。

6 《中國民間故事集成・北京卷・前言》（北京：中國ISBN中心，一九九八年），頁一一。

7 恩格斯，《德國的民間故事書》，《馬克思恩格斯論藝術》第四卷（人民文學出版社，一九六六年），頁四〇一。

與文化傳統相對穩固的遠郊的鄉民社會比較起來，城區是個五方雜處的市井社會，來自不同地區、不同職業、不同身份、不同文化背景的人帶來了不同的文化。城區本質上是一個市井社會，而市井社會的社會主體是市民，即或從事商業和服務業，或從事手工業，或從事製造業的勞動者，這個龐大的社會群體區別於鄉民社會中那個自給自足的農民群體。如果運用社會分層的理論來看待這個社會群體，持上下兩層論者認為市民階層應屬於社會下層，持上中下三層論者則認為市民階層應屬於中層。市民雖然處於上層文化與下層文化之間，但由於他們更多地受到上層文化（或精英文化）和現代文明的薰陶和影響，因而他們的思想意識和審美傾向更多地接近於通俗文化。城區有故宮等諸多宮廷建築、朝臣宦官們的深宅大院、頤和園等皇家園林、縱橫交錯的胡同街巷和商鋪店面、星羅棋布的寺觀塔廟，在這些去處和景觀所構成的都市生活場景的背後，無不埋藏著種種饒有興味的逸聞軼事，這些逸聞軼事構成了民間傳說的內容骨架和核心，在市井圈子裏一傳十、十傳百的流傳過程中，逐漸發酵、滾動、附會、演繹，從而編織成為情節相對固定的民間傳說，而這類傳說的傳奇性和神祕性特點，又多與市井社會的欣賞趣味和傳播環境相契合，故而比純屬虛構的幻想故事更容易在這塊土壤上生根發芽、繁盛發達。於是，多以宮廷祕聞、宦官逸事、史事傳奇、戲曲故事等為題材的口頭傳說，便在市民這個龐大的新興社會群體中找到了傳播的主體和傳承的空間。

現代化與城鎮化的提速，旅遊業的普及，不僅沒有使「市井社會」（城區）或近郊區以宮廷祕聞、宦官逸事、史事傳奇、戲曲故事、名勝古蹟等為題材的各種民間傳說遭遇衰微困局，反而如同注入了「潤滑劑」那樣，獲得了更好的流傳條件，有些傳說甚至上升為所在地區的代表性文化。與民間傳說不同，民間故事在市井社會中的遭遇則令人堪憂。在二十一世紀十年代所進行的全國「非遺」普查中，前面徵引的北京市常見的這十五個故事類型的現狀就是一個顯例。在各區縣的普查材料中，這十五個常見故事（類型）沒有見到任何報導。何以解釋？要麼是二十一世紀第一個十年所進行的這次調查由於種種原因有欠深入；要麼是這些常見故事及其類型壓根兒就從民眾生活中消失了。由此，我們不能不得出這樣的結論：二十世紀八十年代在北京市範圍內曾廣泛流行的民間故事（狹隘的民間故事），基本上或大多數隨著時代的變遷而逐漸式微，有的可能已經滅絕了。

在前後三批北京市「非遺」名錄中，只有第二批名錄中入載了「張鎮灶王爺傳說」一項民間故事。這個項目，就其性質而言，也許稱其為「灶王爺故事」更為貼切些。另據劉鐵梁《中國民俗文化志・北京門頭溝卷》第十章〈山裏頭人與山外頭人——方言土語與哭喪倌兒的傳說〉（日本青年學者西村真志葉撰，係作者參加二〇〇三年在北京門頭溝區進行調查時的調查報告），調查組對齋堂村民中的「拉家」（說故事）習俗的實地調查，記述了二十世紀八十年代「中國民間文學三套集成」普查時在京西一帶廣泛流傳的機智人物故事——「哭喪倌的傳說」（傳三倌的故事），現在還在村民中相當流行。作者寫道：「山裏人最愛拉家的，大概就是哭喪倌了。」「拉家」就是講故事。調查者的重點是生活民俗，所以只記錄了幾個與哭喪習俗有關的哭喪倌的事件與故事，提供了幾個篇目，而對傳三倌的故事，並沒有提供更多的講述版本的紀錄，殊為可惜[8]。應該指出的是，也許這是日本民俗學者學術理念的缺憾和局限。

這就意味著，在建設國際化大都市戰略、現代化進程提速、城鎮化全覆蓋、旅遊業日益成為支柱性產業的社會背景下，北京市的民間傳說，在「市井社會」（城區）仍然保持著相對旺盛的流傳態勢，以「鄉民社會」（郊區）為主要流傳地區的民間故事，則多少呈現出明顯的、急速的蛻化或式微的趨勢。

8 劉鐵梁主編《中國民俗文化志・北京門頭溝區卷》（中央編譯出版社，二〇〇六年），頁三四二至三五七。在《中國民俗文化志・北京門頭溝區卷》所載日本學者西村真志葉的調查報告發表之前，中國民間文學搜集者已經記錄發表的傳三倌的故事有：〈紅包袱換白包袱〉、〈帽子和靴子〉、〈捉小綹〉、〈買棺材〉、〈誰不拉屎〉、〈賣蜂蜜〉、〈買扁擔〉、〈賣病鷹〉、〈吃榆〉、〈運糧〉、〈揹豬〉等，均見門頭溝文化叢書編委會編《門頭溝民間故事集》（中國文聯出版社，二〇〇二年）。簡介見祁連休、馮志華編寫《中外機智人物故事大鑑》（知識出版社，一九九三年），頁二四八。

三、古都傳統下的北京傳說

北京是六朝古都，歷史悠久。姑且不論舊石器時代的周口店北京人所開啟的史前史，也姑且不論被傳為黃帝部落阪泉之戰打敗蚩尤部落後在北京附近建立的幽陵（《史記・五帝本紀》）[9]，即使以西周燕都、春秋戰國燕都薊城為起點（西周燕都在今房山區琉璃河董家林村，戰國燕都薊城在今北京城區西南的廣安門內外[10]），……金、元、明、清一路下來，至今也有兩千年的歷史了。封建王朝的連續建都，使北京處於國家政治文化中心的地位，皇親國戚、群臣宦官、士子文人、工匠優伶等，造就了精美建築、名勝園林、宮觀寺廟，留下了各種文獻典籍，對北京文化的積累和提升做出了重大貢獻。但只看到精英文化這一面，是遠遠不夠的，或者說是很片面的。處於社會下層的廣大民眾（在北京即包括市井社會和鄉民社會兩部分下層民眾）也創造了不可計數的傳說、故事、歌謠，表達了他們對宇宙、對社會、對歷史、對史事、對人生、對生死、對生活的觀點和態度，以不同的立場和視角、不同的文化系統，使北京文化得到增益和豐富，與精英文化相映成趣，構成了完整的北京文化，書寫了幾千年的北京文化史。也許，民眾（包括農民和市民）所創作和傳承的民間傳說和民間故事等口頭文學，在北京地域文化的形成上，起著更為不可忽視的重要作用。

香港學者陳學霖在闡釋北京建城傳說時指出：「舉凡中外名都，由於歷史久遠，世代迭有精英，多留下琳琅的文獻記錄和瑰麗的名勝古蹟，久而不浸。歐西之雅典、羅馬、巴黎、威尼斯、君士坦丁堡，其都城的肇興和變革，皆有離奇詭異神話。中國文化深厚綿長，古都眾多，著名的如長安、洛陽、開封、燕京、金陵，亦不乏神怪奇趣傳說。這些古代

9　軒轅黃帝的傳說（平谷）已納入北京市級非物質文化遺產名錄。

10　參閱于德源，《北京史通論》（北京：學苑出版社，二〇〇八年）第二章《北京古薊城起源蠡測》、第三章《戰國時期薊城的發展》。

中外名城的傳說，很多已成為學者研究的對象，因為它們不但詭奇玄怪，引人入勝，而且浮現個別歷史文化的一些特徵。簡言之，這些傳說的滋生和流傳，很多方面表露各國文化體系中，單元或多元的『大傳統』（Great Tradition）和『小傳統』（Little Tradition）的不同層次，和彼此間長期的依存和融會交流。」[11]他的這段論述，一方面指出，大凡古城名城，其肇始和變革，大都伴有種種神話傳說滋生與發展；另一方面又指出，所謂「大傳統」與「小傳統」是兩個平行的文化系統，二者相互依存和融會交流，即整合而達成一種民族文化。作為古都名城的北京，其文化所顯示的特點，正如陳氏所說，不僅因為其神話傳說的「詭奇玄怪，引人入勝，而且浮現個別歷史文化的一些特徵」而為學者關注和研究，而且是「大傳統」和「小傳統」不同系統和不同層次的文化互相依存和融會交流的文化。

以我之見，主要流傳於市井社會裏的北京傳說，最有特點者，莫過於下列四個傳說群：（1）北京的建城的傳說，如自元、明、清以來就流傳不衰的哪吒八臂城及劉伯溫建造北京城的傳說，胡同的傳說。（2）清代以來的關於「三山五園」的傳說，如西山、頤和園、北海公園等。（3）宮廷傳說，包括紫禁城內外的逸聞軼事，故宮的建築和工匠傳說。（4）前門的建造和前門大街以及作為商業區和老天橋的前門地區的傳說。

第一個傳說群，是圍繞著北京建城而產生的傳說。最早的形態，應是劉秉忠建元大都城的傳說，其中就有哪吒城之說。元張昱《張光弼詩集》卷三《輦下曲》：「大都周遭十一門，草苫土築那吒城。讖言若以磚石裹，長似天王衣甲兵。」可為證[12]。又，長谷真逸《農田餘話》卷上：「燕城，係劉太保定制，凡十一門，作那吒神三頭六臂兩足。」亦可為證[13]。明代劉伯溫、姚廣孝建八臂哪吒城的傳說，自不必說可追溯到或濫觴於元大都時代的六臂哪吒城傳說。明永

11 陳學霖，《劉伯溫與哪吒城》（三聯書店，二〇〇八年），頁二。

12 《四部叢刊續編》本，卷三，頁一五下。轉自陳學霖，《劉伯溫與哪吒城》，頁六四。

13 轉自陳學霖，《劉伯溫與哪吒城》，頁六四。

樂帝篡位的第二年即遷都北平（一四〇三年），興建新京城，而哪吒城的傳說，在明代繼續流傳下來，且盛傳於北京各階層的市民中，歷久不衰。

以劉伯溫為主角的「八臂哪吒城」傳說，我們已經擁有了好幾個紀錄版本。對這些紀錄文本做一番比較，不僅饒有興味，而且是有傳說學的意義的。先看滿族老文藝家金受申於二十世紀五十年代編寫的文本：

北京人說，北京是一座八臂哪吒城。

北京城的修建，是明朝初年的事。那時的皇帝叫燕王，他在永樂四年，下令開始修皇城和宮殿，分遣了大臣到四川、湖廣、江西、山西等地去採木材。到永樂十四年，又集議營建北京全城。傳說當時，燕王手下有兩個軍師，大軍師叫劉伯溫，二軍師叫姚廣孝。燕王命令他兩個人設計北京城的圖樣。他倆領了旨，就出去察看地形。

他倆來到城中心，從南到北畫了一條線。然後兩人背對背站在這條線上，一個往東走，一個往西走，各走五里地，就算城邊。走完以後，按照他們走過的地方又畫一條線，和南北那條線相交，形成了一個十字。然後他們兩個人又背對背地站在十字上，一個往南走，一個往北走，各走七里地，就算南北的城邊。他們就按這個里數畫出一個框子，然後各自回去了。

第二天，兩個人又出來了。大軍師劉伯溫想：「城地已經步量好了，該畫圖了。這圖要是畫出來，可是立了一份頭功。憑我大軍師的本事，怎麼也得比你二軍師強得多。因此畫圖這事，不能一塊兒做，還是各畫各的。」二軍師姚廣孝也想：「我和您劉伯溫在一起，我畫出來了，人家也說是大軍師的本事。我不能和你在一塊兒畫。」兩個人走到一起，劉伯溫就對姚廣孝說：

「姚二軍師，咱們地方也步量好了，該畫圖了。我看，咱們分開，各想各的主意，七天以後，在這兒見面。到那時，咱們脊背對脊背，當場畫，各畫各的，你看怎樣？」

姚廣孝一聽，正合他的心意，就說：「行啊。大軍師說得有理，就這麼辦吧。」兩個軍師就分開了。

……一晃又是三天過去了，剩下最後一天，得到現場畫圖了。大軍師劉伯溫走出來，腦袋沉沉的，一路走，一路心裏還在琢磨。忽然，看見有一個紅孩子在他前面走著。他走得快，這孩子也走得快；他走得慢，這孩子也走得慢。於是，他就緊緊追著這個紅孩子。兩個軍師追著追著，碰到一塊，一看，正是原來約定的地點。劉伯溫說：「現在咱倆可以分頭畫了。」姚廣孝順口答應一聲，兩個人就背對背地坐在一起。劉伯溫面向東坐著，姚廣孝面向西坐著；兩個人拿出紙來，鋪在面前，就開始畫。他們凝神靜思，看著畫紙。忽然兩個人的眼前，同時出現了那個紅孩子的模樣：頭上梳著小抓髻，半截腿露著，光著腳丫，穿的還是紅襖、紅褲子。……兩人一想，這不就是八臂哪吒嗎？兩人同時一陣高興，可是誰也不言語，都各自照著畫了。

劉伯溫這邊，先照著從頭上畫起，然後畫胳膊，畫腿。一筆一筆全畫下來了。姚廣孝呢？也從頭照著一筆一筆畫了起來。可是畫到最後，來了一股風，把哪吒的衣襟吹起了一塊，他也就隨手一筆畫了下來。

畫完了，兩個人手遞手交換了圖樣。……兩個人一看，同時笑了起來。原來，兩張圖全一樣，都是八臂哪吒城，只是姚廣孝這邊，在西北角上往裏斜了一塊。

姚廣孝要劉伯溫講講怎麼叫八臂哪吒城。劉伯溫說：「這正南中間的一座門，叫正陽門，是哪吒的腦袋；甕城東西開門，就是哪吒的耳朵；正陽門裏的兩眼井，那就是哪吒的眼睛；正陽門東邊的崇文門、東便門，西邊的阜成門、西直門，是哪吒那半邊身子的四臂；北面的安定門、德勝門，是哪吒的兩隻腳。」

姚廣孝又問：「那麼，哪吒的五臟呢？」

劉伯溫忙說：「那皇城就是五臟。」

姚廣孝想問些什麼。劉伯溫一看這架勢，知道他想找岔兒，忙拿起圖，指著姚廣孝畫斜的地方，說：「這就是你的不對了。城哪能斜一塊呢？」姚廣孝說：「大軍師有所不知，哪吒的圖形就是斜的。」兩個人爭來爭去，只好拿了圖樣去見燕王。燕王一看，正是八臂哪吒城，說：「好，你們不愧是我的軍師。劉伯溫畫的方方正正，還是當大軍師。姚廣孝畫的斜了一塊，還是當二軍師。」

劉伯溫說：「那修城時，以哪個為準呢？」

燕王指指圖說：「東城照你畫的修，西城照姚廣孝畫的修。」

就這樣，就動工修起城來。修成以後，一看，姚廣孝畫斜了的那一筆，正好是德勝門往西到西直門這一塊。直到今天，北京城西北面城牆還是斜的，缺著一個角呢！[14]

再看一九六一年從崇文區蟠桃宮廟會一位老藝人口述記錄下來的一個傳說文本。

燕王朱棣遠征蒙古歸來，便想在北方重建一座京城，於是把大臣劉伯溫找來，問他應該在哪裏興造。劉伯溫存心退讓，就獻議找大將軍徐達去辦。徐達來到，伯溫對他說：「憑著你的神力往北射一箭，箭落在哪兒，就在那兒修建京城。」徐達應喏便到殿外搭箭拉弓，朝向北方射出。劉伯溫連忙帶著隨從上船，順著大通河往北去追。這一箭射得好遠，落在當今北京南邊二十多里的南苑，那裏住著八家小財主。他們看見箭落下來十分慌張，唯恐在該處建京城，房產和田畝便會被占用。就在議論間，其中一個財主說：「把箭再射走不就行了嗎？」大家都說：「好主意。」於是轉手一箭往北射去，結果射到如今北京的後門橋那裏。不久，劉伯溫帶人追到南苑，掐指一算，箭應落在這兒，便找財主來問，逼著要箭，財主們一看瞞不住，只好招認，請求不要在當地建城，要

14　金受申這個傳說文本，是他於二十世紀五十年代編寫的傳說文本（《北京的傳說》第一集，北京：通俗文藝出版社，一九五七年）的縮寫本，而不是從北京市民的口中搜集採錄來的。《中國民間故事集成・北京卷》編者把金受申編寫的兩個文本全都收入其中，並在文末署上「採錄者：金受申」字樣，顯然是求其與編者的選錄要求一致起來。採自張紫晨、李岳南編《北京的傳說》（上海文藝出版社，一九八二年）。

什麼條件都行。伯溫想了又想，答應在他們轉手射箭落下的地方築京城，但是要他們捐輸建造，八家財主只好同意。

劉伯溫跟著找到落箭的地方，就拿出已準備好的圖樣，去找工匠動工。最先建的是西直門城牆，所要的費用全都找南苑的財主們要，但是沒想到一座城還沒修成，八家財主已經傾家蕩產，如何是好？伯溫又掐指盤算，便著手下把一個曉得有藏鏹的沈萬三找來。過了兩天，隨從果然把他帶到。此人原是個討飯的，渾身髒臭，腋下夾著個破瓦盆，又用一跟繩子繫在脖子上。劉伯溫見到沈萬三就說：「建北京城沒錢用，你可給我想辦法？」萬三一聽就被嚇壞，自言是個窮漢，哪裏有錢財。伯溫見不就範，立刻叫人用棍子朝著他打，萬三只好叫饒，講出地底埋下有銀子的巨缸，著他們去挖。劉伯溫派人去挖，果然發現一大缸銀子，於是就用來接續修城。可是沒多久，這些錢也用完，伯溫因此又找沈萬三，按著他劈打要錢，萬三被打得急，只好又往地下指出埋銀處，就這樣一而再，再而三，北京城便有足夠的錢建築起來。

話分兩頭，京城還未動工，苦海幽州的龍王已經曉得，故此當劉伯溫坐船追箭快到北京時，突然冒出水面，把前腳往船頭一搭，將船踏歪了一半。伯溫急忙走出艙來，問個究竟。龍王就說，北京是他的地盤，詰問占了他去建京城，會給他什麼甜頭。伯溫於是回答建好都城後燕王必會好好酬謝。龍王搖頭不信，說若要在這兒造城，一定要把他的九個兒孫在京城安排職位。伯溫只好佯作答應。龍王大樂，便放過了他，讓他的船繼續往北開去。到了北京城修完，燕王便遷到那裏，坐上龍廷當皇帝。一天，皇宮門前突然來了一老頭帶著好幾個孩子，吵著要見劉伯溫。伯溫出見，原來是龍王和他的兒孫。龍王就說他前此允諾給他的兒孫職位，因此把他們帶來，問怎麼安排。伯溫哈哈笑，說都已分配好。可是劉伯溫好厲害，把龍子龍孫分別派到華表、柱子、屋簷和影壁上去。安排完畢，他一喝令，九條小龍騰空而飛，飛到被分發的地方，一個個貼了上去。結果，歡蹦亂跳的活龍都變成石頭刻的、磚石燒的、油漆畫的死板飾物。這一絕招真把龍王氣壞，就要跟劉伯溫拚命，於是引起許多劇烈的鬥法去爭水源，結果伯溫成功地把大多的海眼都鎮蓋著，將龍王一家禁錮在城下，於是解除北京缺水的威脅。[15]

再看二十一世第一個十年非物質文化遺產大普查中，崇文區非物質文化遺產辦公室的楊建業於二〇〇九年五月從崇文區居民、藝人張俊顯口中採錄到的第三個文本〈劉伯溫修正陽門〉：

> 劉伯溫開始建北京城的時候，雖然皇上給了他很多錢，可還是不夠。剛開始修正陽門，劉伯溫就沒錢了。可他又不好意思再去開口向皇上要錢，那樣不是顯得他太無能了嗎？他就想別的招兒。
>
> 什麼招兒呢？就是向北京城裏有錢的大戶籌錢。但是因為造城的工程太大了，找到的幾個財主還沒等城門修好，就已經成了傾家蕩產的叫花子。工程只好停下來，監工的徐達找到劉伯溫，問他怎麼辦。劉伯溫說：「你別著急，馬上就有人送錢來。」他掐指一算，讓徐達派手下的將士去找一個名叫沈萬三的人。
>
> 幾天後，士兵們還真找到了一個叫沈萬三的人，並把他帶到了劉伯溫的面前。這個沈萬三衣衫襤褸，渾身上下又髒又臭，胳肢窩裏還夾著個要飯的盆兒。當他聽清楚劉伯溫找他是為了跟他要錢修城樓時，便渾身哆嗦著說：「我一個窮要飯的，哪兒有錢給你們修城樓啊。」聽了這話，劉伯溫眼睛一瞪，大聲喊人說：「來人呀，給我打這個沒錢的！」於是，兵士們上來劈哩啪啦一頓狠打，把沈萬三打得眼冒金星。這個沈萬三實在扛不住了，就用腳跺跺地說：「這地底下就有錢。」劉伯溫聽罷大喜，馬上派人開挖起來，果然從地下挖出了大缸大缸的銀子。
>
> 有了沈萬三的銀子，正陽門終於如期修好了。那些挖完銀子留下來的大坑，後來有了水，再後來裏面有了魚，人們就把那地方叫做金魚池了。

---

15 中國民間文藝研究會北京分會編《北京風物傳說》（中國民間文藝出版社，一九八三年）。

講述人：張俊顯（六十歲，家住崇文區長青園社區）
講述時間：二〇〇九年五月
講述地點：張俊顯家中。
記錄整理人：楊建業，崇文區非物質文化遺產保護中心人員[16]

在第二個傳說文本裏，寫的不是劉伯溫如何與姚廣孝兩人競賽畫圖建城和按哪吒八臂的圖樣建城的情節，而是命徐達搭弓射箭尋找建城的地方，同時增加了（或合併了）劉伯溫強迫江南巨富沈萬三資助修建北京城的情節（或故事）。第三個文本則突出了北京多水域和多水患的描寫。因此，我們可以斷言，就形成的時間而言，第二個傳說文本的核心部分應是「苦海幽州」北京水患，顯然比第一個文本——金本要早，儘管金本的核心情節是建八臂哪吒城，而這個情節濫觴於元大都時代劉秉忠建城的傳說，卻有意無意地把水患的內容給刪除了。楊建業在新世紀搜集的這個文本的特點，重點不是建城，而是把劉伯溫問沈萬三要錢的情節，附會到了修建前門的傳說中來了，突出了前門的修建這個情節。

到目前為止，陳學霖的《劉伯溫與哪吒城——北京建城的傳說》中所搜集到的關於八臂哪吒城的傳說材料最為完善。國人搜集的「八臂哪吒城」傳說文本，最早的是前文所論金受申於一九五七年編寫的那份。其實，在他之前，英國人L. C. Arlington與William lewisohn 合著的*In Search of Old Peking*一書中，就已經載錄了哪吒八臂城的傳說了，而且在L. C. Arlington與William lewisohn的書裏，前門在北京城的地位和形象就是：（1）前門（正陽門的俗稱）是哪吒的頭顱；（2）前門兩旁門是它的耳朵[17]。前門是作為哪吒的頭顱的象徵出現於建城傳說中的。

16 張俊顯口述，楊建業搜集，〈劉伯溫修正陽門〉，見楊建業編著《前門傳說》（北京美術攝影出版社，二〇一二年），頁三五。
17 陳學霖，《劉伯溫與哪吒城——北京建城的傳說》，頁八六。

北京建城傳說群所以在元明之際形成並得以傳播，顯然是受了當時特別是明代道教傳播和哪吒神的影響，在這樣的歷史文化背景下，把八臂哪吒的故事和形象，附會到北京建城的傳說中來，從而使北京的建城傳說變得格外撲朔迷離，引人入勝，是不難理解的。然劉伯溫這個歷史人物之引入這個北京建城傳說中來，並與八臂哪吒融合到一個情節中來，倒是一個至今缺乏有說服力的解說的問題。關於劉伯溫這個人及其關於他的傳說，筆者曾在為《劉伯溫傳說》一書所作的序言中說過這樣一段話，不妨引在下面作為討論的基礎：

劉伯溫的傳說屬於人物傳說或歷史人物傳說，是以歷史上的真人真事為核心而逐漸發展演化為傳說的。我們知道，事實上並非所有的歷史人物都能進入民眾口頭傳誦的視野的，只有那些做過大量有益於老百姓的好事、因而符合民眾意願，或做過許多壞事而為民眾所唾罵的人物和事蹟，才比較可能進入民眾的口碑之中。一個歷史人物一旦進入當地民眾的記憶，成為傳誦謳歌的對象，並在一傳十、十傳百地口頭流傳中按照民眾的願望逐漸附會上或被賦予了許許多多也許並非是歷史上實際沒有發生過的、而在傳說中卻是合理的、為民眾所認可的事蹟、情節和細節，那麼就會形成一個以這個人物或事件為核心或憑依的龐大的「傳說叢（群）」和「傳說圈」。有的傳說的主體部分或某些情節，甚至在流傳中還帶上了神奇的色彩，如劉伯溫的神奇出生。這種故事人物的神奇的出生，本來是古老的神話和史詩中所特有的一種思維模式，在劉伯溫傳說這樣的歷史人物傳說中出現，其實在故事的聽眾聽來和讀者讀來，並不覺得講故事的人是在胡說，反而覺得是順理成章、合情合理的，符合人物性格的發展邏輯和人物的生活史的，有了神奇的出生，後來在輔佐朱元璋完成大業的過程中出現的許多出奇制勝的智慧和行為，就顯得更加可信，從而塑造出了一個傳說中的劉伯溫。與劉伯溫之出生的神奇性一樣，朱元璋的隱居，以及在朱元璋官兵的追捕下吞金倚柱而死的情節，同樣也是神奇的。而神奇的事件，不僅在塑造人物獨特的個性時，起到重要的、不可替代的作用，而且也比較符合人們的好奇心理，容易被吸收、粘附和融匯到傳說之中。

作為歷史人物的劉伯溫，以自己超人的智慧和膽識，忠心耿耿地輔佐朱明王朝，在明代建國和治國中多所貢獻，死後被追謚為太師、文成公，成就為一位傑出的古代軍事謀略家、政治家、文學家和哲學家。他的事蹟，在其出生地浙江省青田縣被編創進種種民間傳說，持久地被民間傳誦，受到家鄉父老兄弟子孫後代的謳歌，是順理成章的，符合傳說規律的。鑑於他在百姓中的影響，關於他的傳說，並不局限於他的家鄉以青田為中心的浙南一帶，就是其他地方，包括今南京、北京等明代建都的地方，也都廣為流傳，如北京建城的傳說中，就不乏劉伯溫的傳說。[18]

歷史上的劉伯溫曾經主持修建了南京城，儘管北京城的修建與他無關，但其人確實到過北京。由於他在輔佐明王朝上的蓋世功績和過人才幹，甚至到了被民間神化的程度，故而，民眾把他的行跡附會到修築北京城的傳說中來，也就不僅符合傳說生成和流傳的規律，而且也是順理成章的了。

北京建城傳說在其撲朔迷離的傳說幻想中，折射出燕王時代被稱為「苦海幽州」的北京時遭水患的歷史現實和民間記憶。民間傳說中透露出，北京地區水患連年，而水源被龍王壟斷，故而要請哪吒八太子來解難。所以，傳說就把劉伯溫和姚廣孝兩位軍師規劃北京的藍圖，與神話傳說中的八臂哪吒聯繫了起來。我們不妨做這樣的解讀：如果說，元代劉秉忠之建六臂哪吒北京城，「這些充滿神奇色彩的傳說，不論是作者虛構，或是採自閭里，莫非揄揚劉秉忠能感通神靈，未卜先知，誇張其超人的才智技能。它們不但透露民間的膜拜英雄意識，虔誠地供奉神祇冀求難解禳災的心態，而且表暴漢人對蒙元統治的反抗，把流行的傳說渲染增飾，來宣傳鼓吹反蒙的意識和行動」[19]。那麼，到了明代及其以降，北京民眾在其口碑傳說中說劉伯溫、姚廣孝按照哪吒八臂的體形模樣來建造北京城，或許更多地延續了哪吒傳說中

18 拙文《曾娓陽主編〈劉伯溫傳說〉序》（中國文聯出版社，二〇〇八年），頁五至六。
19 陳學霖，《劉伯溫與哪吒城》，頁六六。

所隱藏著的，或遮蔽著的，鎮壓頻發水患的龍王的隱喻或象徵，以及民眾希冀鎮住龍王、風調雨順、國泰民安的願望和憧憬。

在北京建城傳說中，除了古老神奇的八臂哪吒城的傳說外，另一個不容忽視的主題和題材是胡同的傳說。一般認為，「胡同」一詞起於元代，源於蒙古語（《宛署雜記》、《析津志》）。最早的記載見諸於元雜劇。關漢卿〈單刀會〉第三折：（平雲）「你孩兒到那江東，旱路裏擺著馬軍，水路裏擺著戰船，直殺一個血胡同。」〈沙門島張生煮海〉中張羽問梅香：「你家住哪裏？」梅香說：「我家住磚塔兒胡同。」磚塔胡同如今猶在。縱橫交錯的胡同，構成北京城的獨特格局。而每一條胡同的背後，都隱藏著一個或多個傳說，無不從民眾的立場和眼界述說著一段有趣的歷史。

第二、三兩個傳說群，要麼是反映距離我們的時代較近的清代各個帝王的逸聞軼事的，要麼是描述我們還能親眼目睹的明清時代的、主要是清代的建築、園林及其建造者的，一方面由於距離我們的時代較近，在市民的記憶中還較為清晰，一方面由於人們對宮廷人物與生活內幕的好奇，故而在近現代以來，嘗為市民街頭巷議，逐漸成為北京市民階層中最為流行的傳說群。清宮裏發生的種種事情，如康熙私訪、乾隆對詩、慈禧專權、珍妃之死、崇禎上吊、劉墉抗旨等等，圍繞著故宮、頤和園等皇家建築的種種逸聞，如故宮裏的宮殿為什麼是九十九間半、魯班爺怎樣修建故宮的角樓等等，都是北京市民階層中流傳的膾炙人口的傳說，他們通過這些傳說表達其對皇親國戚奢靡生活的臧否和對精緻文化的讚賞。

第四個傳說群，是前門和前門大街的傳說。這裏是資本主義市場經濟在北京最早的萌芽之地，也是市井階層麇集之地。前門和前門大街之於北京，猶於俄羅斯人的涅瓦大街之於彼得堡。前門的建築，如前門樓子啦、箭樓啦、甕城啦、五牌樓啦；前門地區的胡同街巷，如大柵欄啦、鮮魚口啦；寺廟信仰，如火神廟啦；漕運和水域，如通惠河啦、二閘啦，金魚池啦；商業老字號，如同仁堂、會仙居、獨一處啦；歷史人物，如劉伯溫啦、徐達啦，……清俞清源《春明叢談》裏記載的前門地區：「殷商巨賈，前門大街設市開廛，凡金銀財寶以及食貨如山積，酒榭歌樓，歡呼酣飲，恆日暮不休。」那種店鋪林立、商賈輻輳、百工叢集、酒肆茶房、戲樓書場的市井社會生活場景，盡顯於民間傳說之中。

就現有的材料看，前門及前門地區的傳說，大致可分為兩個部分：一，在濫觴於元代、明代繼之的北京建城傳說中，已經包括了前門（麗正門）傳說的身影，其所反映的，是在北方「草野之地」、「地有龍池，不能乾涸」的沼澤水網地帶建築一座都城的民間歷史，帶有早期建城傳說的所有特點，而前門（麗正門）被賦予了八臂哪吒城的腦袋的地位和經濟與文化上的吐納之道的象徵功能；二，清代以降，前門地區及前門大街一帶商業發達、市廛繁榮、市井社會和以天橋為代表的市井文化的形成，其傳說，更多地反映了市場經濟在北京的興起與繁榮發達，以及市民階層（市井社會）的登上北京歷史舞臺的過程。

近代以來，在北京向著現代化都市邁進的過程中，無論在商業經濟的發展繁榮的代表性上，還是在新的市民階層和市井文化的形成上，前門地區都是一個重要的地區。而坐落在前門地區的前門樓子這座古代建築，作為北京城市古建築和古文化的標誌，其所蘊含的文化信息和所昭示的文化內涵，在傳統的北京文化系統（「大傳統」和「小傳統」）中的角色、地位、作用和影響，自然是無法繞過去不論的。此外，前門和前門地區以商鋪、戲樓、書場、老字號等為代表的市井文化，也是構成古老的南城文化的核心要素之一。凡此等等，都在前門一帶或南城一帶普通市民階層中間流傳的傳說中，得到了很好的反映和印證。而二十一世紀初所進行的新一輪非物質文化遺產普查和為申報「非遺」名錄所做的專題調查中，又向讀者提供了許多當下民間還在流傳的傳說，顯示了這些傳說在現代化的進程加速的環境下，不僅仍然在民眾中流傳，而且還在發展——無疑這是一個令人欣喜的趨勢。

在本節就要結束的時候，筆者要說的是：北京傳說，乃是一部老百姓口述的北京史！但，傳說畢竟是傳說，傳說包含著事實的成分或影子，卻又不等於事實；傳說包含著歷史的成分或影子，卻又不等於歷史。傳說是老百姓口傳的、反映了他們的思想、觀念、憧憬和願望的民間文學作品，因此，筆者還要說：傳說及其他民間作品所構成的，是與精英文化有別的北京文化的另一個系統。傳說既是人們娛樂解頤、豐富知識、提升審美情趣的深入淺出而又富於想像的民俗文藝形式，又是傳授人生經驗、倫理道德、歷史事件、治國安邦、謳歌英雄偉人的知識寶庫。

四、京派文學與北京傳說

二十世紀二三十年代文壇上曾有所謂「京派文學」與「海派文學」之爭。五四運動之後不久，北平的政治形勢大變，一九二五年，軍閥張作霖進入北平，解散北大，對文藝界實行鎮壓，北平的文藝界和一些出版社雜誌社紛紛南遷到了上海。中國的文化中心從北平轉移到了上海。平、津幾所大學如北大、清華、燕京、南開等未南下的學者、教授，如沈從文、淩淑華、林徽因、蕭乾、盧焚、李健吾等，這些所謂自由主義的作家們，堅持和延續五四文學的傳統，與受到商業化影響很深、被稱為「海派」的文人相對立，被稱為「京派」，雖然他們並沒有一個固定的社團組織。他們以《現代評論》、《駱駝草》、《大公報・文藝副刊》、《文藝雜誌》等幾大刊物為依託，倡導現實主義、為人生的文學和鄉土文學，他們的小說，表現出一種對原始神性社會的理解和對人類生命的悲憫，崇尚農耕鄉土文明的民俗、宗教、家族、人情，以及追求純厚、樸實、粗獷、多彩的鄉村圖景。論者說，京派文學是五四文學的分流。

「京派文學」的出現，不是偶然的，是與一些文化革命先鋒在五四運動過後經過一個短暫的醞釀期，於一九二二年在北京大學成立的歌謠研究會一脈相承的。蔡元培、周作人、沈尹默、劉半農、胡適、沈兼士等人，以北京大學為基地，成立社團（歌謠研究會），先以《北大日刊》為陣地，繼而創辦《歌謠》週刊和《北京大學國學門週刊》，也在《京報副刊》、《語絲》上，號召提倡搜集歌謠和傳說、闡釋神話、調查民俗、發掘下層文化，與稍後出現的「京派文學」成為北平文壇上兩支並駕齊驅的友軍。

二十世紀二十年代的周作人，不但是文學家，而且是思想家。曾經一度擔任過《新潮》雜誌主編。《新潮》停刊後，周作人與朱希祖、耿濟之、鄭振鐸、瞿世英、王統照、沈雁冰、蔣百里、葉紹鈞、郭紹虞、孫伏園、許地山一道在北京發起成立了文學研究會，並由他起草了〈文學研究會宣言〉。由於他對於民間文學和民俗學的「偏愛」（蘇雪林語）與提倡，在一九二〇年十二月十九日北大歌謠研究會成立時，被推為該研究會的兩主任之一（另一主任是沈兼士）。一九二二年十二月十七日北大二十五週年校慶日這一天創刊了歌謠研究會所屬的《歌謠》週刊，周作人又兼任了主編，成了歌謠運動的領袖人物。他通過編輯《歌謠》週刊，撰寫文章、編輯兒歌，在孔德學校講課等，在中國歌謠運動中起了重要的推動作用。一九二七年，周作人寫了〈上海氣〉一文，奚落上海文藝界多是「買辦流氓和妓女的文化，壓根沒有一點理性與風格」，表示了對上海文化狀態的不滿，從而成為「京派文學」最早發出的聲音，他也理所當然地成為「京派文學」的代表人物之一。

在這一點上，沈從文與周作人是相通的。楊義指出：「周作人在北平延續語絲派遺風，並與新月派合流。在語絲殘部向京派過渡之中，較早出現的《駱駝草》散文週刊（一九三〇年五月創刊）已標榜『不談國事』，『笑罵由你笑罵，好文章我自為之』的超然的文藝態度。周作人開始醉心於民俗研究，在《駱駝草》第一期發表了〈水裏的東西〉，介紹俗稱『河水鬼』的水中動物，希望『使河水鬼來做個先鋒』，引起大家對於『社會人類學與民俗學』的『調查與研究之興趣』。可以說，這種人類學、民俗學以及新月派尊崇人性的觀念，凝聚成京派文學的文化基調。」[20]

周作人之後，沈從文於一九三一年在《文藝月報》（二卷四期）上發表〈論中國創作小說〉說：「從民國十六年（一九二七年），中國新文學由北平轉到上海以後，一個不可避免的變遷，是在出版業中，為出版物起了一種商業化競賣。一要趣味的俯就，使中國新的文學，與為時稍前低級趣味的海派文學，有了許多混淆的機會，……創作的精神，是逐漸墮落了的。」表達了他對文學精神的墮落的憂慮。一九三三年十月他又在天津《大公報・文藝副刊》上發表《文學者的態度》，批評上海「一群玩票白相文學作家」，表達了對文學商業化和文學精神墮落的不滿，「希望他們（指白相

20 楊義，《二十世紀三十年代文學的京派與海派》。

作家）同我家大司務老景那麼守定他的事業，尊重他的事業，大約已不是一件很容易的事情」。沈文發表一個月後，海派的代表人物蘇汶（杜衡）在一九三三年十二月一日出版的《現代》上發表〈文人在上海〉，對沈從文做出了反應。於是從此掀起了一場關於京派文學和海派文學的論爭。

現代文學研究界一般都認為：京派文學之要義，表現在追求深厚的歷史感、與政治保持一定距離、追求純正的文學韻味、濃重的平民意識、現實主義的風格等等。我們看到，京派文學作家的作品，無論是沈從文的湘西世界、廢名的鄂東山野、盧焚的河南果樹城，還是蕭乾的京華貧民區，無不表現出作者對鄉民社會民俗風情及其所養育的人物和事件的關注與開掘，對淳樸的人情美、道德美、自然美、民俗美的深情認同，成為這些「京派文學」作家共同的文風特點和寫作原則。筆者要指出的是，在論述京派文學的貢獻的時候，大多數研究者們幾乎都忽略了京派文學及其代表人物們與民間文化、民間文學的聯繫以及民間文化、民間文學對他們創作的浸潤和影響。

小說家兼神話學家蘇雪林是第一個從沈從文的小說中感悟到了沈從文小說中的民間文化、民間文學背景並給予高度評價的人，她在一九三六年寫的〈沈從文論〉一文中，評論說：

> 據說湘西沅水上游，和川、黔邊境一帶有許多苗、瑤民族和漢族雜居在一起，惟其生活習慣與我們大不相同。沈從文是個湘西人，又曾在黔邊軍隊混過幾年，對於苗族生活比較別人多知道一些，故他的作品關於苗族生活的描寫要占一部分。這種描寫，許多人稱為作者作品特具的色彩，也似乎為作者自己所最得意，觀其常引『龍朱』二字可知。但以我個人的觀察，則較之湘西民族生活之介紹似遜一籌。……龍朱與神巫同是苗族中的美少年；同為許多青年婦女所傾心而莊矜自持；後來同為一個極美少女所感而陷入情網；同有一個愚蠢而頗具風趣像《唐吉可德》裏的山差邦諳的奴僕。故事是浪漫的，而描寫則是幻想的。……

本來大自然的美麗的風景，和原始民族自由放縱的生活，原帶著無窮神秘的美，無窮抒情詩的風味，可以使我們這些久困於文明重壓之下疲乏麻木的靈魂，暫時得到一種解放的快樂。我們讀到這類作品，好像在沙漠炎日中跋涉數百里長途之後，忽然走進一片陰森蓊鬱的樹林，放下肩頭重擔，拭去臉上熱汗，在如茵軟草上躺了下來。頃刻之間，那爽肌的空翠，沁心的涼風，使你四體鬆懈，百憂消散，像喝了美酒一般，不由得沉沉入夢。記得從前讀過法國十九世紀大作家夏都伯里陽（F.A.Chateaubriand）的名著《阿達拉》（*Atala*）、《海納》（*Bené*）等關於美洲北部未開闢時土人生活的描寫，頗感此等妙超。但夏氏曾親赴美洲遊歷，對北美蠻族的風俗習慣曾下過一番研究功夫，所以其書雖然富於浪漫氣氛，實非向壁虛造的故事可比。至於沈從文雖然略略明白一些『花帕族』、『白面族』的分別；能夠描寫神巫做法事的禮儀；能夠知道他們男女戀愛時特殊的情形。而他究竟沒有到苗族中間去生活過，所以敘述十分之九是靠想像來完成的。[21]

在蘇雪林之外，最為瞭解沈從文創作的特點的，莫過於他的學生、後來也成為京派代表人物的汪曾祺。五十年之後，汪曾祺為美國學人金介甫所撰《沈從文傳》寫的序言這樣寫道：

高爾基沿著伏爾加河流浪過。馬克吐溫在密西西比河上當過領港員。沈從文在一條長達千里的沅水上生活了一輩子。二十歲以前生活在沅水邊的土地上；二十歲以後生活在對這片土地的印象裏。他從一個偏僻閉塞的小城，懷著極其天真的幻想，跑進一個五方雜處、新舊薈萃的大城。連標點符號都不會用，就想用手中一支筆打出一個天下。他的幻想居然實現了。……評論家、文學史家，違背自己的良心，不斷地對他加以歪曲和誤解。他寫過〈菜

21 蘇雪林，《沈從文論》，茅盾等作，《作家論》（上海生活書店，一九三六年），頁二三一至二三五。

園〉、〈新與舊〉，然而人家說他是不革命的。他寫過〈牛〉、〈丈夫〉、〈貴生〉，人家說他是脫離勞動人民的。他熱衷於「民族品德的發現與重造」，寫了《邊城》和《長河》，人家說他是引人懷舊的不真實的牧歌。他被宣稱是「反動」的。一些文學史裏不提他的名字，彷彿沈從文不曾存在過。[22]

金介甫在《沈從文傳》裏說：「沈想往回到二十年代北京的那種局面。作家享有很高的地位，聯城一體，成為社會的領導力量。而海派文人則只會製造某某作家的謠言，然後寫成『文藝新聞』；有些人不是剽竊中國作家的作品，就是翻譯外國作品，冒充創作；有些人組成大肆渲染的文學社團，在喝茶聊天之餘，互相標榜，招搖過市；有些人用各種旁敲側擊的伎倆來破壞作者名聲。……」「三十年代的海派文藝完全破壞了五四傳統，一切只求迎合讀者口味。沈沒有否認他是名義上的京派頭頭，北京在感情上是他的第二故鄉。對他來說，北京象徵著獨立、個性自由，五四新文學同教育結合起來。用振興新文化運動來支持文學是沈清除海派惡習的良藥。沈和學院派一向和睦相處，已經從外部登上京派的殿堂，現在，沈最後已經步進文學文化運動的內部，雖然他年紀太輕，又沒有學歷，很難進入京派的核心裏面去。」[23]

金介甫的這段話，幫助我們瞭解，所謂京派文學，實質上就是站在維護五四文學傳統的一種文學觀點和文學流派。

蘇雪林從沈從文創作中發現並論述的這個創作特色，說明了立足民間文化土壤和特點，表現一種對原始神性社會的理解和對人類生命的悲憫，崇尚農耕鄉土文明的民俗、宗教、家族、人情，以及追求純厚、樸實、粗獷、多彩的鄉村圖景，是京派文學作家的文學主張的一個重要原則。

22　汪曾祺、[美]金介甫著，符家欽譯，《沈從文傳・序》（時事出版社，一九九〇年）。
23　同上書，頁一九二至一九三。

北京是一個歷史悠久的帝都城市。近現代以來，北京始終是國家的政治中心。在這裏爆發了「五四」新文化運動。中華人民共和國成立後，北京不僅是國家的政治經濟中心，也成為文化中心。這樣的歷史決定了這座城市的城市性格和市民的文化面貌。前文說過了，一個民族的文化，或一個地區的文化，並不只是一個民族或地區的精英文化或上層文化或「大傳統」文化，也包括作為社會基礎和文化基礎的非物質文化遺產，或曰民間文化，或曰「小傳統」文化。只有把這兩種文化整合起來的文化，才是完整的民族文化或地域文化。

一般說來，漫長的帝都的生涯和多元文化造就了這個城市的居民，也決定了包括北京傳說在內的北京文化的與生俱來的濃重的社會政治情結、深厚的歷史感、凝重的氣質、現實主義的、然而又不乏詼諧韻味的文化傳統。具體說來，近現代以降，這個帝都城市的居民的構成雖然隨著時代的進展發生著變化，但大致包括：上層貴族遺民及其後裔，其中包括鄧友梅小說《尋訪「畫兒韓」》裏寫的畫兒韓那樣的已經破落了、然而又沒有塌下架子的儒雅其表、提籠架鳥、遊手好閒、誇誇其談的貴族後裔；中層為廣大的市井社會的居民，他們大體都是移民北京的外省人，或以經營商業為生計，或以從事手工藝為業，或為江湖從藝者，其中不乏從小本生意到老字號的幸運者，他們帶來了不同地區的生活方式和文化理念，為了適應北京的環境，他們無不在勤勉的經營活動中陸續地「在地化」了；下層居民，包括大量的城市貧民。這裏所說的不包括建國以後移居到北京的政府官員和各類專業人士。

北京傳說，主要指流傳於城區市井社會裏的中層和下層民眾的口頭傳說。就題材說，傳說包括人物傳說、史事傳說、地方傳說、風物傳說、風俗傳說、動植物傳說、宗教傳說等諸多類別，但綜觀北京傳說，則以史事傳說、人物傳說和名勝古蹟傳說為主體、為大宗，而一般在鄉民社會裏廣泛流傳的風俗傳說、在少數民族地區和森林、海洋、草原地區廣泛流傳的動植物傳說、民間信仰發達地區廣泛流傳的宗教傳說，在這裏比較少見。這種特點，自然也是來源於或決定於都市裏龐大的市井群體的現實生活和精神訴求。對於北京市的市民，特別是長期在帝都文化、歷史的影響和薰陶下的北京的市井階層來說，歷史上各類出眾人物，包括帝王將相、英雄豪傑、文人墨客、工匠大師、宗教職業者，帝都城市的宮廷祕聞、廟宇建築、園林宮觀等文化遺存，歷史上發生的種種史事，都好似近在眼前，而那些歷史人物又可能與歷史上發生的史事、特別是那些充滿了神奇色彩和震撼人心、壯懷激烈的事件相聯繫著。這些人物和史事，這些建築和祕聞，對於相對比較閒適、重實際而又少玄想的市井群體而言，也許比那些在勞碌了一天後拖著疲憊的身子回到自己的簡陋的茅棚裏的農民群體來，更能在心靈上激發出詩意的記憶和聯想，故而這類傳說，便不絕如縷地被市井社會編造出來，並樂此不疲地被傳遞著。一代又一代。這一點顯然是與鄉民社會迥然有別的。

由於民間傳說大體是以現實世界中存在的事物和人物為主要憑依和根據，為傳說的基礎或核心部分，故而一個傳說的主體部分，即核心情節，在流傳中是葆有相對穩定性，也具有一定可信性的。但民間傳說是以口頭方式傳播的散文敘事作品，與詩體敘事的作品的相對固定不同，傳述者在講述傳說時有較大的個人發揮的自由度，在眾多口述者的口述中會被添枝加葉，如同「滾雪球」越滾越大，逐漸粘連、附會和融匯上一些與傳說的本事相關聯的事件、人物、故事、情節和細節。而在經歷了時間上久遠的傳播和空間上跨地區的傳播後，民間傳說在其流傳中也隨時可能粘連上一些無據可考的事件、情節或細節，甚至人物。正因為如此，傳說（在其創作之始，可能出自一人之口）一旦進入群體傳承過程之中，隨著口口相傳輾轉傳播演進，便越來距離事物和人物的本原越遠，越來越受到想像力的影響和支配。這幾乎成了傳說之傳承和傳遞的一條鐵律。無怪乎有學者說：「一個傳說的構成要素（Constituent elements）在最原始時可能比較簡單，然而在傳遞的過程中，越到後來其傳說中的要素，往往就摻雜了新的後來的成分；一個傳說的母題可能沒有改變，但是其中的情節無形中便增多了。」[24]「一種文化自發源地而傳布至一定圈帶之上，傳布的邊緣地帶常常保存此種文化的原始形式，而越近中心形式也越脫離原始，因為文化自中心傳布至邊緣需要時間，這時間是足以使一文化在中心再作演進變化。」[25]北京的建城傳說，也許可以說是這個越傳距離本事越遠的鐵律的頗有說服力的例子。除了八臂哪吒形象

---

24 李卉，〈臺灣及東南亞的同胞配偶型洪水傳說〉，見《中國民族學報》第一期（臺北中國民族學會編行，一九五五年），頁一八〇。

25 參看A. L. Kroeber著，李濟譯，《五十年來人類學的進展》，頁一二九；載方子衛等譯，《五十年來科學的進展》，譯自 *Scientific America*, Sept.

的被引入這一信仰和幻想的因素外，歷史人物劉伯溫的進入北京建城傳說，原本也是不可思議的事情，但卻真實地發生了，而且傳述得活龍活現，栩栩如生，似乎北京城真的就是劉伯溫和姚廣孝建造的。

前面我們講到北京傳說顯示出某種現實主義特點，即關注歷史現實，關注下層民眾的社會利益和人生訴求，也許有人會批評我們拿評價文學創作的原則來搬到了民間傳說上，是一種理論上的濫用和混亂。筆者只能回答說：「不然！」即使撇開像孟姜女哭長城這樣的口頭作品對無道的秦朝始皇帝的詛咒和抨擊如何與官方史書的評價迥異不論，撇開農民起義領袖李闖王進京傳說的價值判斷不說，就看看那些講述宮廷祕聞的傳說吧，紫禁城裏珍妃井的悲劇故事、雍正皇帝與白雲觀賈道士的傳說，不是在字裏行間透出來無道者的殺機嗎？頤和園裏挪用海軍費建造石舫的傳說，作者的傾向和鋒芒，不是現實主義的史筆嗎？民間傳說裏所展現的史事和作者給予史事與人物的道德評價和價值判斷，正代表了普通民眾的政治觀、歷史觀、道德觀、價值觀、是非觀和審美觀。如果把這些民間作品與現時流行的某些電視劇相比，難道不會發現老百姓的史筆之下所表現出來的深沉的歷史感和現實主義，要比那些庸俗社會學的電視劇作者更符合歷史和人民的要求嗎？

其後的老舍和汪曾祺，不僅與沈從文一脈相承，而且堪可與之媲美。老舍被譽為京味小說的源頭和鼻祖。在他的作品，《二馬》、《離婚》、《駱駝祥子》、《四世同堂》，顯示出濃厚的市民特色和地域文化性。在他筆下的「市民世界」，是一個包括老派市民、新派市民和正派市民三種類型的形象的世界，體現了北京文化的「人文景觀」。汪曾祺，我曾評論說，是「一個抒情的人道主義者」，有人評論說，他是「中國最後一個純粹的文人」，「中國最後一個士大夫」。他寫他小時候生活過的家鄉蘇北，如他說沈從文二十歲後生活在湘西的記憶裏一樣，他也是生活在蘇北的記憶裏，他的〈大淖記事〉、〈受戒〉和〈異秉〉，都是寫的童年、故鄉、寫記憶中的人和事，渾樸自然、清淡委婉中表現

1950, Vol. 183, No.3; G.Clark: Archaeology and Society, 1947, London, pp.131-136. 此處轉自李卉上引文。

出和諧的意趣。最初的京派作家，甚至建國後一些所謂「京味」作家，除了劉紹棠、陳建功等，好多人不是北京土生土長，他們所寫的題材和背景，幾乎都不是北京，但在這一理念上卻是共同的。

說北京傳說（或北京民間文學）是京派文化的基礎和「文化基調」，給京派文學以影響，這樣說，並不是把民間故事傳說與作家文學混為一談，尤其在敘事方式上，民間傳說與作家文學是有明顯的區別的。關於民間故事與文學作品的區別，丹麥學者阿克塞爾・奧爾里克說得好：「現代文學——我是在最廣泛的意義上使用這一概念——熱衷於情節之間各種線索的糾纏。相反，民間敘事文學則牢牢保持它的獨立線索。民間敘事文學總是單線索的，它從不回頭去增添遺失的細節。」他的這段話，得到國際學界的認可，已故美國學者阿蘭・鄧迪斯把他的這篇題名為〈民間故事的敘事規律〉的文章收進了所編《世界民俗學》一書中[26]。

當前的北京文壇上，又興起了一個新的話題：「京味文學」。王世襄、啟功、朱家溍、楊絳啦，鄧友梅、林斤瀾、汪曾祺啦，等等，儘管沒有一定的社團、沒有一致的章程、沒有固定的出版社和期刊，但他們都是「京味」作家。論者的好意，在復興北京作家的地域文化意識。因此討論很是熱烈。但，我們看到，所謂「京味文學」，已經與往昔的「京派文學」不同了，大體上限於地域概念，也與北京固有的民間傳統沒有太大的關聯了。

二〇一一年十一月十六日在北京聯合大學北京學講壇講座

二〇一一年十一月十四日修改定稿

（發表於瀋陽：《文化學刊》二〇一一年第一期）

[26] 見阿蘭・鄧迪斯編《世界民俗學》（上海文藝出版社，一九九〇年版），頁一三九。

前門傳說：不是單純的風物和名勝

楊建業先生兩年前開始調查搜集前門的傳說和典故，花費了很多的精力。他的責任感和執著精神讓我感動和欽羨。現在，《前門的傳說》的調查採集和編輯結集工作終於告一段落，就要付梓了，他囑我寫序，我一直猶豫未決，不敢答應。原因是，我雖然已有近六十個年頭的居京歷史，年輕時也喜歡騎自行車走街串巷，出入於包括前門外大柵欄和周邊的那些毛細管一樣的小胡同，也曾到天橋的小說書場裏去聽過連闊如說的三國，在那些琳琅滿目的舊書攤上流連徜徉，卻總感覺自己並沒有真正融入北京社會和老北京人之中，不過是個客居者。對北京的風土人情和北京的民間文學，不能說完全沒有留意，也不能說沒有一點兒研究，但卻遠說不上那種如數家珍般的稔熟和須臾離不開的那種親和。近幾年來，多少參與了北京市的非物質文化遺產名錄的評審工作，應邀參加了包括城八區和部分郊區在內的好幾個區縣的民俗活動和民間文化的調查研究，對北京市的非物質文化遺產多了幾分瞭解，也陡增了濃厚的興趣，於是，北京開始變成了我的城市。在這本書的集稿過程中，又有幸通讀了其中的全部文稿，感到有話要說，所以寫序的事，我終於答應了下來。

前門和前門大街之於北京，猶於涅瓦大街之於彼得堡。我從年輕時代起就嚮往彼得堡，但至今也沒有造訪過彼得堡，我對彼得堡的瞭解，全部源於果戈里的小說《小品集》，特別是其中的〈涅瓦大街〉。我相信，凡是念過書的中國人對彼得堡的瞭解，大體與我一樣。涅瓦大街的建築樣式、市容市貌、風土人情等都市文化蘊涵，借十九世紀俄羅斯著名作家果戈里的筆而為世界各地的人們所認識。前門大街呢？前門樓子啦，箭樓啦，甕城啦，大柵欄啦，鮮魚口啦，五牌樓啦，火神廟啦，通惠河啦，同仁堂、會仙居、都一處啦，劉伯溫、徐達、八臂哪吒啦，……中國著名作家中，有誰寫過讓世界記住前門和前門大街的作品呢？恕我無知，我不知道。回想我們對前門和前門大街昔日那種店鋪林立、商賈輻輳、百工叢集、酒肆茶房、戲樓書場的瞭解，不得不求助於前代雜家們的著作。如乾嘉之際俞清源《春明叢談》的記述：「殷商巨賈，前門大街設市開廛，凡金銀財寶以及食貨如山積，酒榭歌樓，歡呼酣飲，恆日暮不休。」如劉半農、周名泰一九三二年合著之《五十年來北平戲曲史材》（幾禮居戲曲叢書第二種）對前門地區戲樓（廣和樓即查樓、廣德樓等）、戲班（福壽班、玉成班等）、名角、劇目的記載。如由金受申、張紫晨、李岳南及當年北京大學中文系的學生和各區縣文化館的幹部們於二十世紀六十年代搜集編輯的《北京的傳說》，以及八十年代由崇文區文化館搜集編輯的《崇文民間文學選編》中的那些有關前門的民間傳說。儘管上面這些被記錄下來了的口頭文學材料數量並不多，與深藏於民眾之中的浩如煙海的民間口頭作品不成比例，但歷史已經向世人無可辯駁地證明了，北京民眾所傳承和傳播的口頭文學，尤其是前門的傳說，正是「京派文學」或「京派文化」的最雄厚的基礎。固然有一些優秀的作家寫出了傳世的「京派文學」或「京味文學」的作品，然而，民眾畢竟是「京派文學」或「京派文化」的基礎之所在，不瞭解北京的民間口頭文學，奢談什麼「京派文化」，是有失妥當的。換一句話說，從這一角度看《前門的傳說》的搜集和出版，其文化意義是自不待言的了。

關於北京的傳說，我曾寫過一篇題為〈北京傳說與京派文化〉的文章[1]，從文化分布的角度把北京的社會分為以城區為主的市井社會和以遠郊區為主的鄉民社會兩個社會，前者所流行的口頭敘事文學以傳說為主，後者所流行的口頭敘事文學以故事為主。我的看法是：

---

1 《北京傳說與京派文化》，瀋陽：《文化學刊》二〇一一年第一期。

以我之見，主要流傳於市井社會裏的北京傳說，最有特點者，莫過於下列四個傳說群：（1）北京的建城的傳說，如自元、明、清以來就流傳不衰的哪吒八臂城及劉伯溫建造北京城的傳說，胡同的傳說。（2）清代以來的關於「三山五園」的傳說，如西山、頤和園、北海公園等。（3）宮廷傳說，包括紫禁城內外的逸聞軼事，故宮的建築和工匠傳說。（4）前門的建造和前門大街以及作為商業區和老天橋的前門地區的傳說。

在這四個傳說群中，前門的傳說占了（1）、（4）以及（3）中的關於工匠的傳說。北京建城的傳說——八臂哪吒城——是最有京派文化特色的傳說之一，而在本書所選的三個建城傳說，搜集記錄於不同的時代（〈八臂哪吒城〉記錄於一九五七年、〈徐達一箭射出中軸線〉記錄於二〇〇九年、〈劉伯溫修正陽門〉記錄於二〇〇九年），出自不同的講述人之口和記錄人之手（金受申本、張俊顯本之一、張俊顯本之二），其內容顯然各有側重，而第二個傳說和第三個傳說文本，都講到劉伯溫奉命修築北京城，到了修建前門的時候，沒有錢了，劉伯溫靈機一動把南方富豪沈萬三找來，逼他捐錢的故事。關於這三個傳說的特點，我曾做了這樣的分析：

在第二個傳說文本裏，寫的不是劉伯溫如何與姚廣孝兩人競賽畫圖建城和按哪吒八臂的圖樣建城的情節，而是命徐達搭弓射箭尋找建城的地方，同時增加了（或合併了）劉伯溫強迫江南巨富沈萬三資助修建北京城的情節（或故事）。第三個文本則突出了北京多水域和多水患的描寫。因此，我們可以斷言，就形成的時間而言，第二個傳說文本的核心部分應是「苦海幽州」北京水患，顯然比第一個文本——金本要早，儘管金本的核心情節是建八臂哪吒城，而這個情節濫觴於元大都時代劉秉忠建城的傳說，卻有意無意地把水患的內容給刪除了。楊建業在新世紀搜集的這個文本的特點，重點不是建城，而是把劉伯溫問沈萬三要錢的情節，附會到了修建前門的傳說中來了，突出了前門的修建這個情節。

到目前為止，陳學霖的《劉伯溫與哪吒城——北京建城的傳說》中所搜集到的關於八臂哪吒城的傳說材料最為完善。國人搜集的「八臂哪吒城」傳說文本，最早的是前文所論金受申於一九五七年編寫的那份。其實，在他之前，英國人L. C.Arlington與William lewisohn合著的*In Search of Old Peking*一書中，就已經載錄了哪吒八臂城的傳說了，而且在L. C.Arlington與William lewisohn的書裏，前門在北京城的地位和形象就是：（1）前門（正陽門的俗稱）是哪吒的頭顱；（2）前門兩旁門是它的耳朵[2]。前門是作為哪吒的頭顱的象徵出現於建城傳說中的。

北京建城傳說在其撲朔迷離的傳說幻想中，折射出燕王時代被稱為「苦海幽州」的北京時遭水患的歷史現實和民間記憶。民間傳說中透露出，北京地區水患連年，而水源被龍王壟斷，故而要請哪吒八太子來解難。所以，傳說就把劉伯溫和姚廣孝兩位軍師規劃北京的藍圖，與神話傳說中的八臂哪吒聯繫了起來。我們不妨做這樣的解讀：如果說，元代劉秉忠之建六臂哪吒北京城，「這些充滿神奇色彩的傳說，不論是作者虛構，或是採自閭里，莫非揄揚劉秉忠能感通神靈，未卜先知，誇張其超人的才智技能。它們不但透露民間的膜拜英雄意識，虔誠地供奉神祇冀求難解禳災的心態，而且表暴漢人對蒙元統治的反抗，把流行的傳說渲染增飾，來宣傳鼓吹反蒙的意識和行動」[3]。那麼，到了明代及其以降，北京民眾在其口碑傳說中說劉伯溫、姚廣孝按照哪吒八臂的體形模樣來建造北京城，或許更多地延續了哪吒傳說中所隱藏著的，或遮蔽著的，鎮壓頻發水患的龍王的隱喻或象徵，以及民眾希冀鎮住龍王、風調雨順、國泰民安的願望和憧憬。

至於第四個傳說群，是前門和前門大街的傳說。大致可分為兩個部分：一，在濫觴於元代、明代繼之的北京建城傳說中，已經包括了前門（麗正門）傳說的身影，其所反映的，是在北方「草野之地」、「地有龍池，不能乾涸」的沼澤

---

2 陳學霖，《劉伯溫與哪吒城——北京建城的傳說》，頁八六。
3 陳學霖，《劉伯溫與哪吒城》，頁六六。

水網地帶建築一座都城的民間歷史，帶有早期建城傳說的所有特點，而前門（麗正門）被賦予了八臂哪吒城的腦袋的地位和經濟與文化上的吐納之道的象徵功能；二，清代以降，前門地區及前門大街一帶商業發達、市廛繁榮、市井社會和以天橋為代表的市井文化的形成，其傳說，更多地反映了市場經濟在北京的興起與繁榮發達，以及市民階層（市井社會）的登上北京歷史舞臺的過程。而縱橫交錯的胡同，不僅構成了北京城的獨特格局，而且每一條胡同的背後，諸如大柵欄、鮮魚口、珠市口、門框胡同、糧食店等等，都隱藏著一個或多個傳說，無不從民眾的立場和眼界述說著一段有趣的歷史。

近代以來，在北京向著現代化都市邁進的過程中，無論在商業經濟的發展繁榮的代表性上，還是在新的市民階層和市井文化的形成上，前門地區都是一個重要的地區。而坐落在前門地區的前門樓子這座古代建築，作為北京城市古建築和古文化的標誌，其所蘊含的文化信息和所昭示的文化內涵，在傳統的北京文化系統（「大傳統」和「小傳統」）中的角色、地位、作用和影響，自然是無法繞過去不論的。此外，前門和前門地區以商鋪、戲樓、書場、老字號等為代表的市井文化，也是構成古老的南城文化的核心要素之一。凡此等等，都在前門一帶或南城一帶普通市民階層中間流傳的傳說中，得到了很好的反映和印證。而二十一世紀初所進行的新一輪非物質文化遺產普查和為申報「非遺」名錄所作的專題調查中，又向讀者提供了許多當下民間還在流傳的傳說，顯示了這些傳說在現代化的進程加速的環境下，不僅仍然在民眾中流傳，而且還在發展——無疑這是一個令人欣喜的趨勢。

在全球化、現代化、城鎮化的形勢下，以口頭傳承為主要方式的民間文學類非物質文化遺產，在農村和城市都不同程度地呈現出急劇衰微的趨勢，遇到了空前的傳承困境，大都市的衰微趨勢尤甚。北京自然也不例外。二〇〇五年六月國務院文化部啟動了新一次的全國非物質文化遺產普查，北京市十八個區縣在這次普查中新搜集記錄到的民間文學作品，據《北京市非物質文化遺產普查項目彙編》所提供的資料，全市只擁有四百一十個[4]。對二十一世紀之初北京市民

4 北京市文化局向文化部督查組的彙報——《北京市非物質文化遺產普查報告》（二〇〇九年）中提供的普查數字。

眾中所貯藏的，亦即還在流傳的民間口頭文學的，這個調查資料的可靠性，我多少有些懷疑，可能是調查工作不夠深入所致。誠然，當今之世，北京正向著國際化大都市的方向闊步邁進，城市面貌發生了日新月異的變化，而民間文學賴以生存和傳承的土壤——都市人群、傳承環境，都在巨變之中。進入二十一世紀以來，農民進城務工的人口數量劇增，極大地改變了城市居民的構成。據統計局公布，二〇〇六年外來人口達三百五十七點三萬，占全市人口的五分之一；二〇〇八年，外來人口將突破四百萬，占全市人口的三點七分之一。人口構成的巨大變化，給傳統手工藝的衝擊，看來不是很大，有些項目，甚至還因人口的劇增而開闢了市場空間，而以口頭方式傳播和傳承的民間文學則不然。民間文學的傳播是有很強的地域性和有賴於一個相對固定的居民群體的，來自不同地方的人匯聚雜處於一地，需要有一個較長時間段和較穩定的居住區，才能逐漸造成民間文學的流傳條件和區域。原來的北京居民，「老北京」人口比例逐漸減少，而大多數原來「胡同」裏的居民，隨著居住條件的改善，陸續分散居住到新居民區的大樓裏去了；而郊區的農民，也大都失去了土地，搬進了高樓林立的新居民區，他們的身份正在發生歷史性的變化，即正在從農民向著市民過渡，他們傳承民間文學的那種自然環境也已發生了巨大的改變。電視、多媒體、電腦、手機等資訊手段的普及，資訊化程度的提高，資訊資源的多元化，使青年人對傳統的民間文學失去了以往的那種興趣。時代所帶來的這一切變化，給傳統的民間文學的傳播和傳承造成了空前的衝擊，衰微的趨勢使保護工作遭遇了前所未有的困境。條件與環境的變遷，如何在現代化飛速發展的大都市環境下保護口傳的非物質文化遺產——民間文學？這是我們這一代文化工作者所面對的嚴峻形勢。

從傳說分類的觀點來看前門的傳說，大體上應當屬於地方風物傳說或名勝古蹟傳說。但它又不是單純的風物傳說或名勝傳說，既包括了地方傳說（如胡同傳說、地名傳說）、風物傳說（如前門樓子的傳說），又包括了人物傳說（從帝王將相到能工巧匠、從梨園名角到商鋪老闆）、史事傳說（如建城傳說、八國聯軍進京慈禧出逃、義和團燒藥房）、風俗傳說（如老字號、廟與廟會、信仰習俗等）。傳說一般都因歷史事件、現實事物或人物的觸發或多少有事實的影子，但傳說是民眾口口相傳的作品，在流傳中，民眾以自己的知識、需要、願望和想像多所增益，添枝加葉，流傳的時間越久、流傳的地區距離事實發生的中心區越遠，傳說也就越加遠離事實，有的還殘留著或附會上一些前代社會的，甚至原始社會的，宗教信仰的觀念、形象、習俗等，故傳說包含著事實的成分或影子又不等於事實，包含著歷史的成分或影子又不等於歷史；傳說是老百姓口傳的，反映了他們的思想、觀念、憧憬和願望的民間文學作品。前門的傳說也一樣，讀者應作如是觀。唯此，才能對傳說有一個正確的瞭解。

《前門的傳說》是新世紀第一個十年北京市非物質文化遺產普查和保護的重要成果之一，是在「人文北京」理念下為繼承和弘揚北京傳統的地域文化而作的一件有益的工作。我祝賀它的出版！

二〇一一年四月二十七日

附記：此文係為楊建業編著《前門傳說》（北京：美術攝影出版社，二〇一二年）所做的序言；首發於《中國文化報》二〇一一年七月二十八日。

天壇傳說：聖與俗的統一

天壇是明、清兩朝皇室舉行祭天大典的祭壇。這座位於北京城南端的祭祀之所，始建於明代永樂十八年（一四二〇年），後經明嘉靖、清乾隆兩次大規模增建、改建和擴建，逐漸形成了一個南有圜丘壇和皇穹宇、北有祈年殿和皇乾殿的輝煌壯觀的皇家建築群。天壇的建築，有圓的壇，方的牆，外壇牆和內壇牆構成了北圓南方的形狀，這個形狀正是中國古代「天圓地方」和「天人合一」宇宙觀的具象體現。

中國古人把天（神）／天帝視為宇宙間至高無上的主宰者，而皇帝——天子乃是天帝在世間的當然代表者。所謂「君權神授」是也。也就是《禮記・經解》所說的：「天子者，與天地參，故德配天地，兼利萬物，與日月並明，明照四海而不遺微小。」而天壇就是天子向天帝表達敬意、祈求國泰民安、國運長久的祭祀場所。皇室每年要在天壇舉行三次祭祀活動——祈穀、祈雨、祭天。有人統計，明、清兩朝前後累計執政五百七十三年（始自一三六八年，終於一九一一年），換了二十八位皇帝，曾有二十二位皇帝在天壇舉行過六百五十四次祭天大典。帝制結束後，民國政府於一九一八年將天壇闢為公園，向民眾開放，由天子舉行的祭天大典隨之成為歷史。一九九八年十二月二日，在世界遺產委員會第二十二屆會議上，天壇被聯合國教科文組織世界遺產委員會批准列入《世界遺產名錄》（編號：二〇〇－〇二一）。其評語是：「天壇是建築和景觀設計之傑作，樸素而鮮明地體現出對世界偉大文明之一的發展產生過影響的一種極其重要的宇宙觀。許多世紀以來，天壇所獨具的象徵性布局和設計，對遠東地區的建築和規劃產生了深刻影響。二千多年來，中國一直處於封建王朝統治之下，而天壇的設計和布局正是這些封建王朝合法性之象徵。」這最後一句話，講得也很合乎實際情況，即：天壇是作為「封建王朝合法性之象徵」而存在於天地之間幾百年了的。

「天人合一」宇宙觀的融入，使被賦予祭祀功能的天壇建築群和由皇帝主持的祭天活動，具有了神聖而獨特的人文寓意。北京城區的市民和周邊郊區的鄉民，因直接受到天壇建築群神祕性和神聖性以及祭天大典的激發和影響，久而久之，便創作出了一些關於天壇的口頭傳說。這些口頭傳說的產生，以及對一代代民眾的影響，從根本上說，表達與反映了長期處於農耕社會下的廣大民眾的生存意願和現實訴求。天壇建築群的一柱一礎，祭祀活動的一鱗一爪，因其蘊含著天地溝通的神聖寓意，而給了參與傳說創作的民眾以靈感的空間與想像的激發。受傳說的內在規律的支配，越是神聖的或神祕的領域，就越能激發人們的想像力和創造力，因此，圍繞著天壇和祭祀而產生的民間口頭傳說，既有神聖性，也有世俗性，聖與俗的統一，成為天壇傳說的一個顯著的特點。

北京市的民間文學工作者和文化工作者曾對天壇的傳說進行過多次調查採錄工作。本書編者根據歷次調查採錄、特別是二〇一〇年的調查採錄所獲得的口述記錄文本，把天壇的傳說大致分為五個類別：

一、建壇傳說

本書所收〈天壇的由來〉、〈天壇建立之說〉、〈建祈年殿的故事〉、〈嘉靖重修祈年殿〉等傳說，從不同角度講述了皇家與天壇千絲萬縷的聯繫。如〈神童相助修圜丘傳奇〉中講述說，乾隆擴建圜丘時，一個要飯的小童，幫助工匠們畫出「九九祭壇圖」，完成了皇上要求的「從壇面到臺階，所用石料都應是九或九的倍數。」闡釋了天壇建築中的「九」的象徵意義。

二、景物傳說

景物傳說或風物傳說，在中國特別發達，老百姓把自己家鄉的一山一水、一景一物，都賦予靈性，創造出美麗動人的傳說，成為地域文化的重要組成部分。天壇的景物也一樣，成為老百姓口頭創作的重要題材。對於北京地區的老百姓來說，天壇是皇帝與天對話的地方，是個神聖而神祕的地方，所有的建築都充滿了神奇色彩，每座建築的構成都由「天」主宰，體現著「天為陽，地為陰」、「天圓地方」、「天人合一」、「天人感應」的觀念。值得注意的是，作為天壇景物傳說的題材的天壇建築群，大都不是自然物，而屬於人造物，工匠們把建築科學與人文理念融為一體。我們看到，天人感應的觀念的融入，為天壇的景物傳說塗上了一層神奇的和神祕的色彩。

三、天壇故事

傳說的創作，一般是有現實生活的人物或事物作為憑依，其體裁特點是解釋性的。而天壇的民間傳說中，有一些在流傳中顯然突破了傳說體裁（形式）特點的限制，雖然也還保留著某些解釋性的痕跡，卻更像是幻想故事或生活故事。如〈槐娘和柏郎的故事〉、〈火災和小青蛇〉、〈苗笛仙和天壇益母膏〉、〈甘泉與天壇的甜水井〉等。「益母草的傳說」就是一個例子。清乾隆年間汪啟淑著《水曹清暇錄》裏就有關於天壇益母草的記載，清道光時麟慶著《鴻雪因緣圖記》中有〈天壇採藥〉一章，清吳長元著《宸垣識略》中也有此傳說的記載，這說明，民間早就有關於益母草的種種傳聞，逐漸被民眾附會到天壇的傳說中來了。再如〈甘泉與天壇的甜水井〉的傳說，也是有淵源來歷的，清人王士禎曾做詩「京師土脈少甘泉，顧渚春芽枉費煎。只有天壇石甃好，清波一勺買千錢。」這裏的「清波一勺買千錢」指的就是傳說中天壇甜水井的水，說明天壇甜水井的傳說，至少在清代就已廣為流傳。考察這類傳說故事的來龍去脈，特別是弄清楚這些傳說如何被粘附到天壇傳說中，而又逐漸褪去傳說的本性，逐漸向著幻想故事或生活故事演變，應該是一個很有意思的學術課題。

四、壇根兒傳說

「壇根兒」是北京老百姓對天壇周邊地區的稱呼。以天壇為中心，北有金魚池，西有天橋，東有法塔和四塊玉，南有筒子河，這些地方俗稱「壇根兒」。這些地方，歷來都是普通勞動者的聚居之地，在這裏流傳的傳說很多，如〈金魚池和龍鬚溝〉、〈龍睛金魚〉、〈沈萬三腳踩金魚池〉等，反映出生活在社會最低層的人們對美好生活的期望。被稱為「壇根兒」的天壇周邊地區的一些傳說，被逐漸附會、納入、融合或兼併到了天壇傳說的系統中，從而豐富了、擴大了天壇傳說的內容和領地。前面我們說到天壇傳說是聖與俗的統一，既有神聖性的，也有世俗性的。從「壇根兒」的傳說中，我們發現，隨著社會的進步，天壇傳說中屬於神聖性的部分，受到現實生活變革的制約，而呈現出逐漸減弱的趨勢，而屬於世俗性的部分，則逐漸擴大，越滾越多。

五、人物傳說

歷代帝王天壇致祭活動的逸聞軼事，近現代歷史人物的有關行跡，歷來成為市民的街談巷議，在坊間廣為流傳。讀者在這類傳說中看到的乾隆、光緒等這些封建帝王，袁世凱等這些歷史人物，都是民眾通過一兩件事情來展現，而不是對這些人物的整體描寫，不可避免地偏離開人物或史實本事，有一定程度的虛構。但在這些傳說裏，老百姓對這些人物卻有自己的褒貶評價，有時不免黑白分明，臉譜化了，但他們所表達的無疑是平民的立場和觀點，跟正史是不會一樣的。而這正是這類傳說的價值之所在。

天壇傳說在北京地區已經傳承了幾百年了。這些傳說的傳承，靠的主要不是書面記載，而是口頭相傳：社會的傳承、鄰里間的傳承、家庭的傳承、公園職工的傳承等。天壇傳說之所以能在北京這樣的大都市的市民和鄉民中流傳，其原因，如前所說，仰賴於融合了「天人合一」宇宙觀的天壇建築群，和歷代帝王的祭天活動。如果再深究一步，天壇傳說是農耕文明條件下的精神產品，而社會的主體民眾的生存與發展，要靠自然的賜予，靠天吃飯，靠對「天」的信仰。他們也對皇帝舉行的祭天儀式、祈雨儀式、祈穀儀式，從而達到風調雨順、國泰民安給予認同和寄予希望。這就是天壇傳說之所以能在北京這樣的五方雜處的社會成員（主要是市井社會）中得以傳承和傳播的社會歷史條件。如今，原始的和初級的農耕社會條件已經漸行漸遠了，北京市已經由一個帝都城市發展成為現代化的國際化的大都市，也就是說，天壇傳說之生存、傳承、增益、延續所依賴的農耕社會條件，尤其是對「天」的信仰，已經基本上不存在了，傳承的群體——舊時的市井與市民——也已發生了巨大變化。天壇傳說的生命力出現了衰減的趨勢。隨著天神信仰體系的衰微，天壇傳說以及其他地方傳說的功能和性質，開始發生著轉變，文化遺產、文學作品、知識庫、審美載體、兼具科學價值和認識價值的社會歷史資料的角色和功能，越來越突顯出來。同時，隨著城市規劃和格局的變化，四合院變成了高樓，人們聚在一起談天講故事的機會和環境少了，而且能夠講述這類傳說的，其平均年齡也多在七十歲以上了，因此，以人為傳承載體的天壇傳說，也出現了傳承危機。這也是我們要以「政府主導，社會參與」的原則，加以搶救和保護的理由吧。

二〇一〇年，原崇文區非物質文化遺產保護中心組織力量深入社區、學校、旅遊群體，挖掘、搜集、記錄和整理當下時代還在民間流傳的天壇傳說，並將其採錄來的文字紀錄稿編輯成書，以期天壇的傳說故事能繼續在口頭傳承的方式之外，也以其「第二生命」——紀錄文本，在更廣泛的讀者中得到更廣泛的傳播。這無疑是對以口頭傳承為傳承方式的民間文學進行保護的一個重要措施。

近幾年來，筆者一直在關注著北京市的民間文學發展的命運及其保護工作，也曾應邀為原崇文區（現崇文和東城兩區合併為新東城區）準備下社區去進行調查搜集天壇傳說的社區文化幹部朋友們講過課，故而，在本書即將付梓之際，編者李俊玲女士要我為之寫序，所以我很高興地答應了。謹以上述文字表示我對這部傳說集的出版的祝賀。在本序中，我也發表了一些個人的見解，希望得到讀者和方家的批評指正。

二〇一一年三月十三日於安外東河沿

附記：此文係為李俊玲編著《天壇的傳說》（北京：美術攝影出版社，二〇一二年）所做的序；發表於《中國文化報》二〇一一年五月五日。

長城傳說：中國式的智慧和幽默

北京市延慶縣申報的非物質文化遺產項目「八達嶺長城的傳說」，於二〇〇八年六月七日被國務院批准列入了第二批「國家級非物質文化遺產名錄」。從此，八達嶺長城的傳說在東起遼寧虎山，西至甘肅嘉峪關，總長度為八千八百五十一點八公里，從東向西行經中國十個省（自治區、直轄市）的長城傳說中，率先在國家的層面上得到了保護，這件事無論在北京市、還是全國，都是有重要意義的。

長城傳說進入國家級非物質文化遺產名錄具有重要意義，首先在於，作為中國古代偉大防禦工程，萬里長城被聯合國教科文組織確認為世界遺產，是世界建築史上的一大奇蹟，凝聚了中國古代人民的堅強毅力和高度智慧，體現了中國古代工程技術的非凡成就；其次，長城的修建始於春秋戰國，在其持續兩千多年漫長的修建歷史裏，沿線地區的廣大民眾圍繞著修建工程的堅苦卓絕、建築技術的智慧結晶、防禦功能的歷史貢獻，以及與長城相關的史事、人物、風物、逸事等，創作了無以數計的民間傳說和民間故事。從民眾的立場構建了長城的文化內涵，述說著中國北方的民眾社會史，成為認識長城、乃至認識中華民族歷史的重要資料。誠然，八達嶺長城只是萬里長城的一個部分，八達嶺長城的傳說只是萬里長城傳說的一個部分，儘管如此，北京市延慶縣的文化工作者、民間文學工作者們，在二〇〇六年啟動的全國非物質文化遺產普查中所搜集記錄下來的這些八達嶺長城的傳說，在長城所經過的十個省區中起了帶頭作用。擺在我面前的這部《八達嶺長城的傳說》文稿，就是主編們從這次普查中搜集記錄的傳說中遴選出來的精品（部分傳說為二十世紀六十年代和八十年代搜集來的）。筆者希望有朝一日能把萬里長城全線的傳說搜集出版，那將是一部民眾眼中的萬里長城史。

一般說來，傳說是描述某種自然物（如山水地貌、風景名勝、物產風物）、人物（歷史人物或社會底層人物如工匠等）、事件、習俗的故事。傳說總是依附於這些自然物、人物、事件、習俗，並以其為核心；或受到這些自然物、自然現象、人物、事件、習俗的觸發，從而根據自己對這些自然物、自然現象、人物、事件、習俗的瞭解、感受和認識，並賦予一定的想像編織出一些故事來。這些故事一傳十、十傳百地在民眾中口口相傳，並在流傳中添枝加葉，於是，關於某個自然物、自然現象、人物、事件、習俗的傳說就形成了。傳說的發生發展，如同滾雪球，在滾動中粘連，甚至會把另一個（種）傳說的情節也附會進來。這種情況在八達嶺長城傳說中並非鮮見，如〈小丫頭與秦始皇〉的主要情節，可能是借用了或套用了「孔子回車」故事；〈佛爺洞的故事〉，顯然是著名的爛柯忘歸故事的移植或套用。因此，距離作為傳說核心的事物、人物、事件、習俗發生的時間越遠，被人們添加到傳說中來的情節也就越豐富。

八達嶺長城傳說的濫觴與嬗變，也大體遵循著這一規律。要麼是觸發於萬里長城的修建這一歷史事件，以及在八達嶺長城修建過程中發生的許許多多驚天地泣鬼神的事件，要麼依附於八達嶺長城這一宏偉壯麗的建築奇蹟以及在關城、敵樓等險要建築物的修建中發生的奇異故事。八達嶺長城的傳說大體是自明代以降就在世代居住在八達嶺一帶延慶縣的民眾（主要是農民）中被口頭創作出來並代代流傳的敘事作品。這些傳說雖然「流淌」過了明、清、民國和新中國如此漫長的歷史，卻並沒有像某些時政歌謠那樣被老百姓所遺棄，被時代所淘汰，它們還依然鮮活，依然為老百姓記憶在心中、傳承在口頭上。從這些在二十一世紀之初，主要是從農民口頭講述中記錄採集下來的八達嶺長城傳說的文本中，我們讀出了下面這些信息：民眾在這些傳說中傾注了自己的愛憎情仇；表達了民眾的政治觀點和倫理道德；顯示了民眾的智慧和知識；傳達了民眾的理想和憧憬。譬如，對秦始皇這個歷史人物的評價，民眾有民眾的看法，史家有史家的看法，統治者有統治者的看法。民眾在傳說中表達的看法，與史書上寫的並不一致，甚至迥然有別。史書上說秦始皇統一中國，功莫大焉。老百姓不是史學家，他們無法對其功過是非做出全面的科學的評價，他們所看到的和述說的，則是血淋淋的事實，是秦始皇暴君的一面。傳說描述秦始皇使用一切殘忍的手段施於築城民工，塗炭生靈，包括埋屍於城牆之中，如孟姜女迢迢千里送寒衣，而丈夫范喜良勞累而死，屍體卻被埋在了牆體中（〈孟姜女的傳說〉、〈血斑石〉、〈白花石〉）。為了不讓民工們有片刻的休息，秦始皇不惜在民工中施放蚊子和蒼蠅等毒蟲（〈蚊子和蒼蠅〉）。民間傳說所描繪的生活畫面、所反映的歷史真實，是彌足珍貴的。

這些主要流傳於社會底層、不見經傳的口頭敘事傳說，是民眾共有的精神文化財富。就其內容而言，長城傳說應屬於地方風物傳說，但又不完全是狹義的地方風物傳說，還包含了人物傳說和史事傳說、生活故事和幻想故事、道佛仙人傳說和民間俗信傳說。因此不妨說，八達嶺長城的傳說是一個內容豐富、形式多樣的「傳說群」。由於這些傳說產生和流傳於中國北部的多民族文化交匯之地，其內容構成的豐富性和民族文化的多元性，決定了該傳說群又具有鮮明的地域性文化特色和強烈的民族性文化特色。

人物傳說和史事傳說，在八達嶺長城傳說中占了相當可觀的分量，這種情況是符合地域文化的特點和規律的。與某地域有關的人物傳說和史事傳說，能賦予地域文化，特別是地域歷史，以深厚的內涵；反之，如果沒有這些人物傳說和史事傳說被創造出來並融入到地域文化的構成中，那麼，這個地域文化可能就顯得多少有些蒼白了。還說孟姜女的傳說吧，孟姜女的傳說是長城傳說中最具影響和魅力的傳說之一。二十世紀二十年代，史學家顧頡剛先生提出，孟姜女傳說可溯源於春秋時代《左傳・襄公二十三年》裏記載的「齊侯歸，遇杞梁之妻於郊，使弔之。」認為杞梁之妻就是孟姜女的最早原型。而八達嶺長城的孟姜女傳說，則將故事發生的地點和背景移植至秦長城的修築之中，這種聯結在歷史的發展中和在極其廣大的地區內被民眾所接受了。八達嶺長城的傳說中的孟姜女傳說，在其結構上，大體保留了在流傳中形成的孟姜女故事的比較固定的情節（有學者稱「情節單元」或「母題」）或部分情節，而因地制宜地增飾了若干與地方文化傳統相關的情節。八達嶺長城傳說群中的孟姜女傳說，與其他地方流傳的孟姜女傳說相比，自有其獨具的特點，故事就發生在八達嶺，發生在講述者們的身邊，孟姜女作為講述者們中的一員，更有親切感和感染力。如白馬滴血的情節和為婆婆採藥的蘭香姑娘變成一棵葫蘆籽，在孟、姜兩家的花園裏出芽、長秧、開花，結出個大葫蘆，而葫蘆裏的小女孩，就是蘭香，而蘭香就是孟姜女。葫蘆女孩的情節固然是全國許多地方的傳說中共有的基本情節，但白馬滴血於石上和蘭香採藥的情節，卻是延慶版孟姜女傳說獨有的（〈孟姜女和最早的一段長城〉）。又如孟姜女掛紙庵顯靈，難倒李斯的故事（〈孟姜女掛紙庵顯靈〉、〈掛紙庵〉），再如龍王幫助孟姜女的故事（〈孟姜女與龍王九女兒〉）等等，都是地域文化土壤的產物，又反過來豐富了地域文化的內涵。孟姜女傳說的悲劇色彩和對孟姜女其人其事的描繪，給殘暴不仁的秦始皇及其修築長城的事業抹上了濃重的否定性的一筆，增加了傳說的社會批判性，也因而成為八達嶺地區民眾傳之不衰、膾炙人口的佳作。

地方風物傳說是中國各地民間傳說中的大宗，富有風物傳說是中國民間文學的一個突出特點。這種文化構成上的特點，來源於在老百姓心目中，家鄉的一石、一樹、一草、一木都含有一種文化情懷。八達嶺的每一座山、每一塊石、每一個山洞、每一個泉眼、每一座寺廟，都有一個或多個與長城相關的傳說在民間流傳。而且，這些風物傳說，又因與歷史事件的糾纏而顯出其獨具的風采和引人的魅力。在八達嶺長城一帶建有八大山寨，寨寨屯兵，設有軍事防禦設施，如關隘、城堡、烽火臺等；關溝有七十二景，如：「望京石」、「六郎影」、「金牛洞」、「石佛寺」、「點將臺」、「彈琴峽」、「五郎像」、「鳳凰嘴」、「斷臂崖」等。這些山寨和景觀都是孳生傳說的客觀事物（或自然物，或人造物），每個山寨、每個景觀，都有一些為老百姓所編織出來，表達他們的政治觀和審美觀、表達他們的心願和憧憬的傳說相隨相伴。在某種意義上說，風物傳說無異於是一些美麗的散文，給老百姓以心靈的滋潤和知識的啟蒙。

民間信仰從來是老百姓精神生活中不可或缺的一個部分。由於生產力水平的低下和生存環境的局限，長期生活於艱難困苦之中的農民，有時不免寄希望於某種信仰和某些神靈，以求緩解所遭遇的困境和化解自己的苦惱。進一步說，八達嶺長城修建於戰國時期而定型於明代，而明代又是八仙故事廣泛傳播的時期，於是，處於鄉民社會的八達嶺長城所在地的延慶縣的農民們，在他們的故事傳說中，便順理成章地、廣泛地引入了道佛觀念和仙人形象。半仙半人的八仙、觀音菩薩、關老爺、藥王爺、灶王爺、火神爺、驪山老母等等，便現身於長城修建的傳說之中，成為懲惡揚善、解困排難、主持正義的超現實力量。〈呂洞賓助修騎鶴樓〉、〈王秀雲東樓遇仙女〉、〈神仙泉的傳說〉、〈鐵拐李送藥〉、〈白龍潭高山遇龍女〉等傳說，都是現實生活中的矛盾被超現實的力量化解。〈仙女點金磚〉寫的是放賑的蘆瑞，結果卻是朝廷百官被仙女懲罰，站在平民百姓的立場上，為平民百姓張目。這類傳說往往以奇妙的幻想和農民的幽默給人以積極的力量。奇妙的幻想，如趕山鞭的故事。驪山老母的簪子幻化成趕山鞭，趕石上山（〈趕山鞭的由來〉）；九龍女智取趕山鞭，趕石上山（〈九龍女智取趕山鞭〉），這是多麼奇妙！而這種奇妙的幻想，只有在老百姓創作的民間故事裏大行其道。關老爺與火神爺鬥法鬥智，爭地盤建廟的故事（〈石峽關老爺廟的故事〉）；神仙幫助民工修邊，雞叫時分剩下了一個神仙來不及返回仙界，只好坐在了碌碡上的故事（〈碌碡佛爺〉），無不洋溢著中國式的智慧和幽默。而這種智慧與幽默，只有在民間故事傳說中才能見到。

在八達嶺長城的傳說故事中，生活故事和幻想故事林林總總，在數量上也占有相當重要的地位。我們注意到編者選入了一些淵源久遠、在全國許多地方都有流傳的「寶物傳說」（「尋寶」、「識寶」、「南蠻子憋寶」、「盜寶」等），其中〈金鴿子護長城〉、〈八達嶺北三樓底下為啥是空的〉、〈失算的財迷〉等傳說，都是這個類型的故事或故事異文。把「南蠻子憋寶」或「盜寶」故事本地化，與長城的某個關城聯繫起來，取材於當地的景物與生活，刻畫了修築長城的督辦、財迷和民工等不同人物，使在當地採錄的這類故事兼具了生活故事和解釋性風物傳說兩重身份與特點。

不久前，文化界慶賀了二十世紀八十年代末到二十一世紀頭十年編輯而成的「十大民間文藝集成志書」五百卷全部出齊，這是全國文化界齊心協力的共同成果。人們在關心：二十世紀八十年代之後的民間文化生態發生了怎樣的變遷呢？從二十一世紀初年所開展的非物質文化遺產普查所獲作品中遴選出來的這部《八達嶺長城傳說》，向我們顯示了這樣的一個資訊，儘管現代化、城鎮化、資訊化已經覆蓋了和強烈地影響著包括八達嶺長城所在的延慶縣，促動著具有濃重民族多元性的、市井文化與鄉民文化迅速交融中的延慶地域文化向著現代化的道路大步前進，而深深扎根於民眾中的民間傳說，卻仍然堅守著自己的文化傳統，保留著和傳承著如此多樣而豐富的口傳作品，與越來越明顯的文化趨同化趨勢相抗爭著。在現代化浪潮洶湧澎湃的當今世界，保持文化的多樣性和可持續發展，是全世界、特別是發展中國家和民族的民眾和領袖們的共同訴求。有文化自覺的人們，無不在為保衛文化的多樣性、從而保持住自己民族的傳統文化而竭盡全力。守住我們的民間傳說，只是保持文化多樣性的一個方面，但卻是一個重要的方面。

延慶縣文化界的朋友們做了一件功德無量的好事情。

謹為序。

二〇〇九年十二月二十八日

（《八達嶺長城傳說·序言》，北京出版社，二〇一〇年。）

從永定河傳說看京西文化

石景山「左臨帝都，右繞長河」。這「長河」就是古老的永定河。永定河在石景山出山向渤海奔流，由此形成了城市的依託——北京灣小平原。石景山區在地理位置上，是北京的關鍵部位，對北京城市的生存和發展起著其他地區無法替代的作用。

永定河歷來被稱為北京的母親河。有著三千餘年建城史和八百五十餘年建都史的北京，其發祥之地，就在永定河從晉北群山中奔湧而出形成的沖積扇和古渡口一帶。有了永定河，有了沿河而居的先民，就有了關於這條河流的種種傳說故事。永定河的傳說見證著北京城和北京人繁衍生息、艱辛奮鬥、繁榮發展的漫長的歷史。永定河的傳說既是古老的，也是新鮮的。在如今現代化、全球化、資訊化、城鎮化的時代浪潮和建設國際化大都市的進程中，永定河的傳說遭遇到了前所未有的劇烈的衝擊。「永定河的傳說」於二〇〇八年被列入第二批國家級非物質文化遺產名錄。這標誌著，這個在永定河流域裏流傳的系列民間傳說群，作為中華傳統文化和北京傳統文化的重要組成部分，從此在國家層面上得到了保護。

最早的人類無不是沿河流而居，並在河流的兩岸創造了古代地域文明的。兩河流域的古先民，孕育和創造了兩河流域的古文明。印度河和恆河流域的古先民，孕育和創造了印度古文明。黃河和長江兩岸的古先民，孕育和創造了華夏古文明。永定河在華北文明史和北京文明史上的意義亦然。

永定河發源於山西省寧武縣的管涔嶺天池，流經山西北部、河北北部、北京、天津，從晉北高原穿過崇山峻嶺，奔騰而下，在廣闊的華北平原上形成了大片的沖積扇。其流經北京的河段長一百五十九點五公里，面積達三千一百六十八平方公里。考古發現表明，永定河流域是一條「古人類移動」的天然走廊。而永定河流經的北京小平原上的古渡口，由於其優越的生存環境，形成了北京地區最早的原始聚落。永定河以自己的乳汁哺乳了世世代代的北京人，世世代代的北京人也在這塊小平原上孕育和創造了輝煌的地域文化——永定河文化。

永定河文化是一個延續了幾千年、具有開放性和包容性的地域文化。《尚書・禹貢》、《山海經》等古文獻中，記載了大禹治理的繩水（桑乾河的古稱，下游即永定河）以及繩水所出的碣石之山。有注者說，碣石之山即今之石景山；今石景山地區，歷史上曾有燕昭王的碣石宮；至今仍有「碣石坪」的地名。作為商時期方國的「薊」與「燕」文化，應該是早期階段上的永定河文化。兩千多年前春秋時期的「雅樂」，即使在當今時代，也還在永定河流域傳承的古幡樂中或隱或顯地保留著一些成分。北京地區最早的佛教寺院，也建在永定河流域的北京界內，標誌著一千七百年前佛教文化已經傳入了北京。遼金建都北京後，西部的秦晉文化借助於永定河這條大通道，與永定河土著文化逐漸交融。至今在一些秧歌戲裏，仍保留著金元時期的曲牌。在多種文化交融的永定河文化中，也包括了大量民眾以口頭的方式創作和傳承的有關永定河的傳說故事，這些傳說故事包括神話傳說、史事傳說、人物傳說、風物傳說、神奇故事、生活故事等，奇特地伴隨著歷史的發展，記述了永定河的灌溉之利、氾濫無常、決堤改道以及治理的種種史蹟，表達了民眾對安居樂業的希冀和憧憬，謳歌了永定河及其治水者們和生活在這片土地上的人民艱辛創業的歷程。

凡是歷史悠久、傳統深厚的民族或地域，一般都富有神話和傳說的傳統。永定河流域，尤其是得其地利的石景山地區，就是這樣的一個富有神話傳說的地域。因為永定河出峽谷後在此地衝擊而形成小平原，既給生息繁衍在這裏的民眾帶來了河水之害，也帶來了河水之利。北京歷史上的著名水利工程幾乎都從石景山地區起步，這裏有三國時期劉靖開發的水利工程戾陵堰和車箱渠；有郭守敬領導開發的元代金口工程；有永定河上最堅固的「銅幫鐵底」的石盧段工程，有永定河流域最大的河神廟——北惠濟祠……，由此產生了古老的水文化；同時石景山又是京西軍事、經濟、交通的要道，其多種文化更是相促相生。凡此種種，無不給他們留下了深刻的記憶，激發了他們深邃而詭異的想像，提供了自強的精神力量。也因此而使產生於此地的神話、傳說、故事內容廣泛，且具有濃厚的地方色彩。

綜觀永定河的傳說，不論是直接反映河水氾濫和治理工程的，還是反映流域內的人物、史事、風物、村落和日常生活的，幾乎所有的傳說都留下了歷史的影子，或直接，或間接。傳說的創作和傳誦，在其初期，總是以史實和人物為依據的。史實和人物是傳說的內核。史實一旦進入了民眾的口傳，便會像滾雪球一樣在滾動中粘連上、附著上一些枝枝葉葉，從不完整到完整，從簡單到複雜，從單一到交錯。而傳遞的時間越長，傳遞的人群越多，虛構的東西也就越多，距離史實本相也就越遠。傳說與史實的關聯及其消長，是傳說的特點和一般規律，也是永定河傳說的一個重要特點。我們讀〈永定河畔劉靖開渠〉這篇傳說，其主要情節幾乎與文獻中的劉靖其人其事別無二致，沒有任何的虛構，也看不到講述者的敘事個性，也許就是搜集者根據文獻創作而成，並非從民間口頭傳述中採集而來。而讀〈河擋與擋河的傳說〉，給我的則是另外一種印象。所寫明武宗朝的太監劉瑾，因圖謀泄永定河之水以淹北京城未能得逞，有人認為係民間講述者把三國時魏國征北將軍劉靖治理濕水（永定河）的史蹟，移花接木置換到明代的人物身上。查《三國志．魏志．劉馥傳》：「……（劉）靖以為『經常之大法，莫善於守防，使民夷有別』。遂開拓邊守，屯據險要。又修廣戾陵渠大堨，水溉灌薊南北；三更種稻，邊民利之。」另據酈道元《水經注．劉靖碑》：「水流乘車箱渠，自薊西北逕昌平，東盡漁陽潞縣，凡所潤含四五百里，所灌田萬有餘頃。……高下孔齊，原隰底平，疏之斯溉，決之斯散，導渠口以為濤門，灑彪池以為甘澤，施加於當時，敷被於後世。」這裏講的史事，就是魏嘉平二年（二百五十年），任征北將軍的劉靖鎮守薊城，為開墾屯田，率領一千餘人在梁山（今石景山）南麓的濕水修建大型引水工程戾陵堰和車箱渠的事蹟。在他的治水工程中，永定河水自堰東端入渠，順渠經石景山金頂街向東，至紫竹院注入高梁河。景元三年（二百六十二年），他又對車箱渠進行擴建，從高梁河上游將車箱渠自西向東延伸，直至濕餘水（今溫榆河），並引至潞河（今白河下游），使永定河水沿渠灌溉今昌平、密雲、通縣等地農田萬餘頃。民間的故事講述者把歷史上一些人物及其行為，移植到另一個傳說故事的情節結構之中，是常有的事，但石景山區的民眾何以把劉靖這樣一個歷史上治水的正面形象，無端地置換為劉瑾這樣一個否定性形象，個中細故，還有待進一步探索。

以史實、人物為依據、為由頭、為核心的傳說，在永定河的傳說中，所在多有，從而形成了一個堅實的現實主義的傳統。傳說以史實、人物為依據、為由頭、為核心，不等於一成不變地把史實搬到傳說中。傳說之所以被創編出來，一定是經過了創編者從自己的價值觀出發的個性化的選擇、剪裁、創造和重鑄，而在其後的傳承和流傳中，又會因時勢、價值觀、審美觀等的變遷而發生嬗變的，但不管怎樣嬗變，其核心、其原型、其母題，還會存在於傳說之中。以唐僧取經故事為題材的著名傳說〈石經山和濕經山的傳說〉，就是以石景山上有晾經臺，石景山舊稱濕經山、石經山這樣的史實為依據的，但經過民間傳承和講述，唐代的僧人變成了《西遊記》中的唐僧。楊家將的傳說，如〈龜神廟的傳說〉，在永定河流域也是一個家喻戶曉的傳說。傳說裏所寫的神龜助楊六郎渡河的情節，折射出永定河沿岸老百姓的人心向背。可以想像，如果沒有楊家將在這一帶的英勇奮戰，並留下許多遺蹟，是不會被老百姓創作出那麼多給人留下深刻印象的民間傳說的。以劉伯溫為主人公的傳說，流布於大江南北許多地區，而在永定河流域流傳的〈高亮趕水〉、〈劉伯溫與麻峪村的暗河〉等傳說中，則把劉伯溫建北京城的史事，移植到永定河文化的背景中，儘管糅合了不少神怪的幻想和奇異的色彩。康熙皇帝賜名永定河一事，折射出明、清兩朝在治理永定河水患上的一系列重大舉措如何深得民心，故而也理所當然地成為永定河傳說的一個重要主題。〈王老漢栽種河堤柳〉的傳說，與歷代治理永定河時栽種河堤柳有關。〈馮將軍嚴懲老兵痞〉更是以馮玉祥治理永定河的史實為依據的……不一而足。

永定河的傳說，作為永定河流域地域文化的一個組成部分，除了上述與水有關的傳說以外，我們也欣喜地讀到一些更接近於民間故事的、即在固有的母題或原型上拓展、虛構性比較明顯的傳說作品，和近似於寓言、帶有訓誡意義的作品。前者如〈避水的金鴿子〉，讀來似接近於傳統意義上的南蠻子憋寶型的故事；後者如〈劉九和趴蝮的故事〉，讀者讀後得到的啟示是：天上地下，任何事情都不能亂來，都要遵規守矩。

地方風物傳說和「解釋性」的傳說，在永定河的傳說中占有很大分量。地方風物傳說，是一個地方的文化名片，是生於斯、長於斯的老百姓對自己生活的地方津津樂道、引為自豪的故事。如盧溝橋的傳說、石景山的傳說等。這類傳說，又往往與歷史上的名人軼事相聯繫，如此，也就在知識性之外，陡增了幾分趣味性。與地方風物傳說相類的，是一些解釋性的傳說。一個村落、一塊石頭、一段堤壩，都會被人們附會上一段故事。無論從日常生活的知識結構說，還是從民眾的審美立場說，這些解釋性的傳說，都是別有天地的。譬如一些古村落的名稱由來的傳說，不僅給讀者提供了相關的歷史知識和生活知識，填補了地方誌、民俗志的不足，且往往再現了一段生動真實的地方歷史。如：渾河（〈渾河的傳說〉）、掛家屯（〈軍莊的傳說〉）、碣石村（〈珠窩村和碣石村的來歷〉）、龐村（〈龐村與臥龍崗村的由來〉）、狼窩（〈狼窩的傳說〉）等等，都是一些妙趣橫生的口頭藝術作品。

土特產的傳說大多都是解釋性的傳說。如：金把黃（〈金把黃的由來〉）、打破碗花（〈打盆打碗磕的傳說〉）、姑妞草（〈姑妞草的傳說〉）、軋花苗（〈軋花苗與喇叭花〉）、桑葚（〈白桑葚紫桑葚〉）、野鬼子薑（〈野鬼子薑的傳說〉）等等。講述這些土特產的傳說，都帶出一個美麗而淒婉的故事。最令我動情的是《軋花苗與喇叭花》，表面看是一個解釋性的故事，其實是一個典型的「繼母型」故事。在中外學者的研究中，繼母故事以灰姑娘故事為最有名，但中國的繼母故事，則情節多樣，儀態萬方。受繼母虐待的軋花苗（花丫兒），並不是跳舞丟了玻璃鞋，而是被繼母趕出了家門，最終指月為媒，與她所愛的青年宴博成婚，過上了幸福生活。

永定河的傳說是豐富的，多樣的，多彩的，構成了一條民風獨具的京西文化走廊，向我們展現了永定河文化的一個側面。作為北京文化的母體文化，是現代北京所不能捨棄的。但作為主要流傳地區和保護主體的石景山區以及與之相鄰的其他區縣（如門頭溝區等），在當今的現代化時代背景下，正在從過往的「駝鈴古道」文化角色，急速轉變為北京城市功能拓展區中的「首都休閒娛樂中心區（CRD）」。而社會的轉型，農耕文明背景下的永定河民間傳說，面臨著生存條件急劇喪失的困境。我們一方面希望能給永定河傳說的活態傳承和發展提供良好的社會條件和文化氛圍，盡我們當代人的力量使其傳承下去；另一方面，我們也期望這本《永定河傳說》所載的文本，能夠發揮「民間文學第二生命」的作用，使更多的讀者閱讀，在更大的範圍裏傳播和傳承。

二〇一二年就要成為歷史了。自二〇〇八年六月「永定河傳說」被批准進入第二批國家級非物質文化遺產名錄至今，已經過去了四年。在這四年裏，石景山區文化委員會組織力量在區內外進行了調查搜集工作，採集到了現在還存活在民眾口頭上的一批傳說，編成了這部傳說集。這些傳說的文本記錄，儘管還有一些可以改善的地方，但實在是難能可貴的。編者要我為之作序，我應承下來，寫了如上這些文字，權作序言。

二〇一二年十二月二十九日

附記：本文係為北京市石景山區文化委員會編《永定河傳說》（北京：同心出版社，二〇一三年）所作的序；發表於《中國文化報》二〇一三年二月二十二日。

民間傳說及其保護問題

二〇〇八年是由文化部啟動的非物質文化遺產全國普查的最後一年，這次普查將於年底基本結束。這是二十世紀八十年代圍繞著「十大文藝集成志書」開展的全國民間文藝普查之後，又一次全國文化普查，與上次文藝普查相比，不僅是在新的文化理念指導之下進行的文化資源調查，而且其普查的範圍和規模也都寬得多了，提出了比以往那次普查更多的指標和資料，無疑是對全國基層文化部門和工作人員的一次新的挑戰。相對於二十世紀八十年代的那次調查，本次普查是在全球化、現代化、城鎮化、市場化急劇發展的形勢下進行的，流傳於民眾中的各類非物質文化遺產面臨著嚴峻的傳承困境，有些承載著傳統文化（包括口頭文學）的老故事講述家、歌手、藝人已經過世了，許多傳之既久的口頭作品要麼因傳承人的死亡中斷了，要麼因青年人在生產方式和社會生活的變遷中不願意再傳遞了，因而本次調查增加了很多困難。但我們不能因社會環境的變化而對文化普查產生畏難情緒，不能因社會轉型而對調查標準有絲毫降低。我們要在這次世紀之初的普查中，通過對口述文本的忠實記錄，進行綜合的和個案的研究評估，摸清楚在二十世紀末和二十一世紀初當下社會民眾流傳的民間文學、民間傳說，與二十世紀八十年代的生存狀況相比發生了什麼樣的變化，從而取得民間文化發展和變遷的真實情況和相關資料，以及口頭文學的發展規律，譬如，民眾的社會思想訴求和審美趨向各自發生了什麼樣的變化，口頭文學的在農耕文化和宗法社會條件向現代化轉型中的走勢。在本次普查結束之後，中國將獲得包括民間文化資源在內的更為全面的當代文化資源。普查中所得的文字紀錄、音響、影像等資料，將依次編入國家的和省市的非物質文化遺產資料庫，逐步做到資源分享；民俗文物、剪紙繪畫等，將依法上繳為文化部和各級文化主管部門指定的博物館或陳列館予以永久保存。在直接的意義上講，這次普查是「非遺」保護的基礎。從更高的意義上講，這次普查是一次文化國情調查。今天，我們以進入國家名錄的專案為對象，亦即在普查工作取得階段性成果的時候，來討論民間傳說的保護問題，就不再是坐而論道或紙上談兵，而是有的放矢，因而我們的研討就顯得更有針對性、更易於深入、無疑也更具有示範意義了。

一、民間傳說保護的喜與憂

二〇〇六年公布的第一批國家級非物質文化遺產名錄「民間文學」類中入選了六個民間傳說專案，即：孟姜女傳說（山東省淄博市）、董永傳說（山西省萬榮縣、江蘇省東臺市、河南省武陟縣、湖北省孝感市）、梁祝傳說（浙江省寧波市、杭州市、上虞市、江蘇省宜興市、山東省濟寧市、河南省汝南縣）、白蛇傳傳說（江蘇省鎮江市、浙江省杭州市）、西施傳說（浙江省諸暨市）、濟公傳說（浙江省天臺縣）。

二〇〇七年十二月三十一日公示的第二批國家級非物質文化遺產名錄推薦名單，「民間文學」類中，又新增入選了十九個民間傳說專案和四個神話專案，即：牛郎織女傳說（陝西省長安縣、山東省沂源縣、山西省和順縣）、禿尾巴老李傳說（山東省即墨市、文登市、莒縣、諸城市）、楊家將（穆桂英）傳說（北京房山區燕山特區、山西大學傳統文化研究中心）、劉伯溫傳說（浙江省青田縣、文成縣）、屈原傳說（湖北秭歸縣）、王昭君傳說（湖北興山縣）、陶朱公傳說（山東省定陶縣）、木蘭傳說（湖北省武漢市黃陂區、河南省虞城縣）、魯班傳說（山東藤州市）、徐文長故事（浙江省紹興市）、觀音傳說（浙江省舟山市）、黃大仙傳說（浙江省金華市）、八仙過海傳說（山東省蓬萊市）、徐福東渡傳說（浙江省象山縣、慈溪市）、麒麟傳說（山東省巨野縣）、長城傳說（北京市延慶縣）、永定河傳說（北京石景山區）、西湖傳說（浙江省杭州市）、嶗山傳說（山東省青島市嶗山區）；創世神話（河南省濟源市）、盤古神話（河南省桐柏縣、泌陽縣）、堯的傳說（山西省絳縣）、炎帝神農傳說（湖北省隨州市曾都區、神農架林區）。第一批名錄中已經立項、第二批名錄擴展的專案有：孟姜女傳說（河北省秦皇島市、湖南省津市市）、董永傳說（江蘇省金壇市、山東省博興縣）。

這樣以來，進入國家名錄和推薦名單的神話和傳說專案已達二十九項五十一個流傳與保護地區，涉及的申報省市和專案保護單位計有：

北京	3項	長城傳說（延慶縣）	永定河傳說（石景山區）	楊家將（穆桂英）傳說（房山區燕山特區）	
山西	4項	董永傳說（萬榮縣）	牛郎織女傳說（和順縣）	楊家將（穆桂英）傳說（山西大學）	堯的傳說（絳縣）
河北	1項	孟姜女傳說（秦皇島市）			
山東	13項	孟姜女傳說（淄博市）	梁祝傳說（濟寧市）	牛郎織女傳說（沂源縣）	禿尾巴老李傳說（即墨市）
江蘇	4項	董永傳說（東臺市）	梁祝傳說（宜興市）	白蛇傳傳說（鎮江市）	董永傳說（金壇市）
浙江	14項	梁祝傳說（寧波市）	梁祝傳說（杭州市）	梁祝傳說（上虞市）	白蛇傳傳說（杭州）
河南	6項	梁祝傳說（汝南縣）	董永傳說（武陟縣）	木蘭傳說（虞城縣）	創世神話（濟源市）
湖北	6項	董永傳說（孝感市）	屈原傳說（秭歸）	王昭君傳說（興山縣）	木蘭傳說（武漢市黃陂區）
湖南	1項	孟姜女傳說（津市市）			
陝西	1項	牛郎織女傳說（長安縣）			

			禿尾巴老李傳說（文登市）		西施傳說（諸暨市）	盤古神話（桐柏縣）	炎帝神農的傳說（隨州市）		
			禿尾巴老李傳說（莒縣）		濟公傳說（天臺縣）	盤古神話（泌陽縣）	炎帝神農的傳說（神農架）		
			禿尾巴老李傳說（諸城市）		劉伯溫傳說（青田縣）				
			陶朱公傳說（定陶縣）		劉伯溫傳說（文成縣）				
			魯班傳說（滕州市）		徐文長故事（紹興市）				
			八仙過海傳說（蓬萊市）		觀音傳說（舟山市）				
			麒麟傳說（巨野縣）		黃大仙傳說（金華市）				
			嶗山傳說（青島嶗山區）		徐福東渡傳說（象山縣）				
			董永傳說（博興縣）		徐福東渡傳說（慈溪市）				
					西湖傳說（杭州市）				

中國是個傳說大國，凡是有人群的地方，就有各種各樣的傳說被創作出來和流傳。民眾中流傳的民間傳說，是難以用精確的數字來表達的。據統計，從一九八四年起為編纂「民間文學三套集成」中的《中國民間故事集成》而開展的普查，前後持續了五到十年，全國各地的民間文學工作者在普查中搜集到的民間故事，數量達一百八十四萬篇[1]。這個統計數字指的是廣義的民間故事，包括神話和民間傳說在內，如果以傳說、故事各半的比例把傳說單列出來，傳說總有九十萬篇之巨。傳說既是人們娛樂解頤、豐富知識、提升審美情趣的深入淺出而又富於想像的民俗文藝形式，又是傳授人生經驗、倫理道德、歷史事件、治國安邦、謳歌英雄偉人的知識寶庫。那些以歷史上的各類出眾人物（包括帝王將相、英雄豪傑、文人墨客、工匠大師、宗教職業者等）為主人公的傳說，學術上稱做人物傳說。那些圍繞著歷史上發生的大事件，特別是那些充滿了神奇色彩和震撼人心、壯懷激烈的事件，總會被附會成傳說，學術上稱做史事傳說。民眾也喜歡賦予目力所及的山水草木等自然景觀、廟宇建築、園林宮觀等文化遺存等以傳說的形式，學術上稱為風物傳說或地方傳說。各種風俗習慣，也多有傳說相隨，學術上稱為風俗傳說。原始神話中那些具有神格的神祇（或英雄）人物，如已經進入第二批國家級名錄推薦名單中的「堯的傳說」、「炎帝神農的傳說」等，還有黃帝、顓頊、帝嚳、舜、鯀、禹等，也往往會在其發展過程中遭遇「歷史化」，而由古老的神話變成民間傳說。此外，還有動物傳說、植物傳說、工藝傳說，也都各具異采和內涵，特別是那些動物故事中的角色，有的可能是某些族群遠古時代的圖騰祖先，有的可能是原始神話中給人類帶來糧食、火種和智慧的「文化英雄」，隱藏著寶貴的遠古信息和特殊的社會功能。等等，等等，不一而足。

作為民間文學的基本形式和類別之一，民間傳說是億萬民眾（主要是農民群體）口傳心授、世代傳承的文藝形式和知識寶庫，在民眾生活中具有不可替代的教育和娛樂作用，有強大的生命力和影響力。只要農村聚落這種居住形式仍然

---

[1] 據中國民間文學集成總編輯部《任重行難　成績斐然——全國民間文學集成工作已逾十年》（一九九六年十二月彙報材料）；又，《中國民間文藝研究會一九九七至一九九九年工作規劃要點草案》，見中國民間文藝家協會，北京：《民間文藝家》一九九八年第一期；又，劉錫誠《二十世紀中國民間文學學術史》（開封：河南大學出版社，二〇〇六年），頁七一一。

存在，只要有可供群眾交流的場合，或炕頭，或地頭，或場院，或戲樓，只要稍有閒暇的時間，就會有講傳說故事和聽傳說故事的活動。講聽傳說故事是億萬民眾所創造和享有的一種重要的文化傳統，它如同一條滔滔的江河，永不枯竭地流淌著，與被統稱為民間文學的神話、故事、歌謠、史詩、小戲、小曲、謠諺等一起，成為擁有最為廣大的創作主體和受眾的「國學」。

對於在九百六十萬平方公里土地上的十三億人口中流傳的浩如煙海的民間傳說而言，進入國家級保護名錄的這二十九個專案、五十三個保護單位，實在是微不足道了，遠遠不能反映中國各民族各地區的民間傳說全貌之於萬一，像一些婦孺皆知的傳說，人物傳說如文聖人孔子的傳說、武聖人關公的傳說，風物或地方傳說如五嶽（東嶽泰山、西嶽華山、北嶽恆山、南嶽衡山、中嶽嵩山）五鎮的傳說，母親河黃河、長江的傳說，等等，都還沒有引起有關地方文化主管部門的重視，但我們畢竟邁出了第一步，有了第一批得到國家保護的民間傳說，僅此一點堪可使我們得到些許的安慰。經過五年來非物質文化遺產保護工作的錘鍊，省市（地）縣文化主管部門及廣大文化工作者的「文化自覺」意識，也已經得到了顯著的提升，相信更多的流傳於民眾口頭上的民間文學各類題材和民間文學講述者、演唱者、傳承者，會在國家、省（市）、地（市）、縣不同層面上得到保護。

從上述情況看出，一方面，我們面對的是民間傳說在各地的廣泛流傳以及因其賴以存在的農耕文明條件的逐漸喪失而導致的急劇衰微趨勢，另一方面，通過申報省級名錄和國家級名錄加以保護以及實際上進入名錄的民間傳說數量甚少，僅有二十九項五十一個保護地，就省市自治區而言，僅有十個省市自治區，占全國的三分之一弱，還有二十一個省市自治區連一項都沒有申報或進入名錄，實際進入保護名錄的數量與民間社會的貯量之間，存在著巨大的差距。這種狀況，不能不使人們對民間傳說的衰微狀況仍然沒有受到各級文化主管部門和文化工作的領導者的應有的重視感到憂慮，儘管進入省級名錄和國家級名錄僅僅不過是保護工作的第一步。

二、從傳說的特點說到傳說的保護

民間傳說的最主要的特點是，以現實世界中存在的事物和人物為主要藍本或憑依和根據，經過群體的口口相傳，並在傳遞中被添枝加葉，逐漸附會和融合上一些與本事相關聯的事件、人物、故事、情節和細節。構成傳說的基礎或核心部分的現實中的事物和人物，在日本學者柳田國男筆下，叫做「核心」或「紀念物」[2]。由於民間傳說有一定的事實為核心或憑依，故民間傳說有可信性的特點；經歷過時間上久遠的傳播和空間上跨地區之後，民間傳說在流傳中粘連上那些的無據可考的部分，也有可能變成了信史。

其次，由於傳說是民間口頭散文敘事作品，與詩體敘事的相對固定不同，傳述者在傳述民間傳說時有較大的可發揮的自由度，所以，現實存在的事物和人物一旦進入民眾的群體創作和傳承過程，隨著口口相傳的傳播的演進，便越來距離事物和人物的本事越遠，越來越受到想像力的控制和支配。同樣，因傳說的講述是散文敘事模式，每一個講述者以自己獨特的情節結構和語言表達方式講述，故同一個母題的傳說，出自不同的講述者之口，文本就頗顯不同，即使同一個講述者在不同時間、不同場合裏的講述，其文本也可能出現差異甚至頗不相同。也正以為如此，才顯示出民間傳說的個性風格和文本的獨特的藝術多樣性。

這兩批國家級名錄中的二十九個民間傳說專案又顯示出什麼特點呢？

---

[2] 柳田國男著，連湘譯，《傳說論》（北京：中國民間文藝出版社，一九八七年），頁二六。

第一，這些民間傳說一般都是有久遠的流傳歷史、影響頗大、形成了「傳說叢（群）」和「傳說圈」的，其本事起源於當地或與當地有某種淵源關係。我所說的「當地」，是指向國家申報進入國家名錄並得到認定的這些保護地區和單位。像流傳範圍廣及全國各地的牛郎織女傳說、孟姜女傳說、梁祝傳說、董永傳說，在西周至漢代就留影於文獻古籍了，它們都擁有著漫長的流傳史。至於白蛇傳傳說的起源，素有外來說和本土說兩種意見，至今還不是很清楚，總之，其起源不早於唐，真正在民間流傳和被文人採入評話小說，則是明代的事。人物傳說（無論是歷史人物、還是工匠傳說）則其傳主要麼曾經以某種身份（如做官、如征戰等）在當地羈留過，如劉伯溫傳說、木蘭傳說、楊家將傳說、王昭君傳說、西施傳說和陶朱公（范蠡）傳說等；要麼其生平業績與當地有關，成為當地民眾記憶和謳歌的對象，而後廣被人間，如屈原傳說、魯班傳說、徐文長傳說等。

第二，就這些已經進入國家名錄的傳說的構成而言，人物傳說占了大多數，地方傳說或風物傳說占了少數。這個比例，也許是與傳說的自然構成狀況不符的。人物傳說中，大多數又是歷史上實有其人、實有其事，或有某些歷史的影子，經過流傳，逐漸粘附和附會演化為傳說的。這類傳說中最令人矚目的是孟姜女傳說、梁祝傳說，而牛郎織女傳說和白蛇傳傳說並沒有什麼歷史的真實葛藤作為憑依或藍本；少數是仙鄉傳說或宗教人物傳說，仙鄉傳說如八仙過海的傳說、徐福東渡的傳說，宗教人物傳說如觀音的傳說、黃大仙的傳說等。還有三個是由神話演化而為史事傳說的，如盤古傳說、堯的傳說和炎帝神農的傳說。地方傳說或風物傳說在中國特別發達，這是因為人們熱愛自己的家鄉，總願意把自己家鄉的一山一石想像成美麗的所在，並賦予它們以超群的品格和美好的形象，同時也把人間的災難和機遇加諸在它們的身上，於是，關於地方的傳說和風物傳說不斷被創作出來，並不斷被疊堆上一些想像的情節和元素，而且越是後期粘附上的東西越有強大的魅力和生命力，促進著傳說的深入人心，從而獲得了傳承延續的驅動力。如西湖的傳說成了人們眼中美麗的象徵；長城的傳說寄託了下層民眾對秦始皇暴政的譴責；永定河傳說則隱含著河水為患、人定勝天制服自然的思想和事蹟。

其三，各地區在這些傳說的申報材料中，對原本就深厚的歷史背景資料做了最大限度的鉤沉和梳理，再現了每個傳說的歷史發展脈絡，對於中國過去的這類傳說的理論研究，做了超越性的工作。但遺憾的是，對這些傳說在現代的流傳情況，所做的調查研究和作品的搜集卻普遍不太令人滿意。這種情況的出現，筆者以為，各地更多地把所申報的民間傳說當成了「遺產」，當成了可供開發的品牌，而沒有明確地認識到，民間傳說的申報和保護，其目在促進和實現其「傳承」和延續（即聯合國文件所說「可持續發展」）。因此，在申報和評審過程中，筆者向一些諮詢單位和文化幹部強調，請他們至少提供二十篇當代還在流傳的民間傳說的紀錄文本，而且對所提供的傳說當代紀錄文本，還附加了兩方面的要求：

內容上：至少要有三個小類（亞類）的紀錄材料：（1）有關本事的傳說文本；（2）與當地地方風物粘連的傳說；（3）與地方時令風俗粘連的傳說。

講述者：主要應該是那些生活在村子裏不脫離生產勞動的農民、農婦、手工業者等，而不是那些縣市領導部門裏幹部或旅遊景區的講解員。後者講述的或寫作的文本，大體上都是些通用的政治文體、沒有語言特色的媒體時文，而不是有敘事個性的民間傳說故事。

當然，傳說的內容不限於這三類，越是豐富多樣越好，但這三條應是最低限度的要求。有了這三種類型的傳說紀錄文本，講述者主要是生活在聚落裏的老百姓，那麼，參與評審者就能對這些民間傳說在當代、在當地是否還有口頭流傳，以及是否有保護的價值和可能，做出正確的判斷。

筆者所提出的這些要求，也許不能完全符合教科書裏講的那些特點，缺乏課程要求的那種嚴密性和周全性，但我相信大體符合民間傳說名錄申報和保護的要求，更重要的是具有實際的可操作性。

從目前的情況看，在兩批國家級「非遺」名錄中的傳說項目，數量還很少，遠遠不能反映我們這樣一個泱泱大國的浩如煙海的民間文學的整體面貌。造成這種狀況的原因是多方面的。最不可忽視的，是我們國家體制對文化的分割，

「文化部不管文學」的觀念，從建國之日起就根深柢固，直到現在仍然沒有根本的改變，正確的文化理念至今沒有建立起來，文化分割、管理分散的狀況，至今沒有得到有效的整合。於是，地方文化主管部門主要管音樂、舞蹈、戲曲、曲藝等表演藝術，而不管民間文學、不管手工技藝、不管民俗生活等原本屬於「非物質文化」的這些重要文化領域。長期不管的結果，是不懂，是陌生。國家部委的「大部制」調整原則已經確立，我們期待著這種長期形成的不合理、不科學的文化分割的局面儘早結束，文化部的「大部制」改造就從「非遺」保護開始吧。

三、保護的重點在傳承和傳承人

民間傳說的保護，廣而言之，民間文學的保護，重點在根據其固有特點建立和健全一個適合時代需要和可持續發展的傳承機制，從而使產生和流傳於農耕文明條件下的傳統民間傳說，在現代條件下仍然能夠得以繼續傳承。而居於這個機制核心的是傳承人，講述者，故事家，歌手。故事家是民間故事傳說的主要載體和得以傳播、傳承的關鍵。

但傳說有傳說的特點，傳說的特點與手工藝不同，與傳統戲曲也不同，它是最具群體性的一種民俗文藝表現形式，而不是如手工藝、戲曲那樣專業性很強的表現形式，因此，傳說的保護措施要依其特點而定。已經入選第一批國家級名錄和第二批國家級名錄推薦名單的傳說專案，保護單位也都提出了一些代表性傳承人（故事家），儘管他們不是國家認定的代表性傳承人，而可能是省級或縣級代表性傳承人。一般說來，對於一個傳說項目來說，不大可能有一個傑出的傳承者，甚至不大可能像長篇史詩的演唱者那樣以長時間演唱和遊吟演唱為業的藝人，而是一些生活在老百姓中的普通勞動者，他們只是在茶餘飯後、閒暇時、開村民會或小組會前、在井臺上、在柳蔭下……給村民們講講故事。有時講故事、聽故事還分別男女，有的是只能給男人聽的，有的是只能給女人聽的。當然，中國很大，各地情況不一，不排除少數地方有戲樓、鼓樓一類的固定議事和娛樂場所。但反過來，一個傑出的民間文學、民間傳說傳承人，則可能就同一個傳說故事，講出幾個的不同文本來。這樣的傑出的傳承人、故事講述家，各地都有，要善於發掘。進入第一批國家級非物質文化遺產代表性傳承人名錄的民間傳說故事傳承人只有六個：河北省藁城市耿村的靳正祥、靳正新，湖北省宜昌市夷陵區下堡坪村的劉德方，重慶市九龍坡區走馬鎮的魏顯德，遼寧省新民市太平莊的譚振山，以及江蘇省常熟市白茆村的陸瑞英（故事兼民歌）。他們堪稱是講述民間傳說故事的大師。國際上一般認為能講五十個、一百個民間故事的就是大故事家了，而他們幾個，都是能講四五百個以上的民間故事。評審組在評審代表性傳承人時，我們是以能講述五百個傳說故事為國家級民間文學傳承人的底線的，故而南方的故事村伍家溝的故事家能講四百個，未能進入國家級傳承人的行列，殊為遺憾。我想，這個底線可能是太高了，應該修改。能講十幾個、幾十個傳說故事的人，各地都有，要善於發現和發掘，不要看不起他們，他們都是我們民間文化的瑰寶，是傳遞我們的文化傳統的「火炬手」。要保護現有的傳說講述者、故事家，只要他們能講述他們記憶的傳說故事，而且在他的周圍有一些聽眾，有講故事和聽故事的環境，那麼，傳說故事就不會絕種，民間文化的傳統就不會中斷。只有他們才能阻遏傳說故事急速衰亡的速度。政府文化主管部門的責任，是千方百計為傳承者講述傳說提供良好的社會的、物質的條件，特別是要提倡培養講故事的後來者和培養聽眾。「培養聽眾」在當今之世，不是戲談，而很有必要。馬克思不是也說過，要培養懂得美的觀眾嗎？因為在當代，青年一代有了多種獲取知識的渠道和自我娛樂的方式，講故事、聽故事、唱民歌只是其中的一種。在多種方式和興趣的誘惑下，講聽傳說故事的需要，正處在日漸消解的趨勢之中。

記錄並出版民間傳說故事集，使民間傳說由口頭傳播到書面文本，是民間傳說由第一生命向「第二生命」轉化的過程。聯合國教科文組織政府專家委員會前負責人芬蘭著名學者勞里•航柯先生生前曾到中國推行他們的設想和理念，提出了「民間文學的第二生命」的理念。他說，民間文學一旦記錄下來，得到出版，就會獲得比直接聽講故事的人更為廣大得多讀者群，而且能一代一代地傳下去。他認定，記錄出版民間文學是民間文學保護的重要手段。我很贊同他的觀點，事實也證明了這一理念的正確性和可行性。譬如，二十世紀二三十年代記錄和出版的一些民間傳說故事，由於講述人的自然死亡，也由於生產、生活、思想的變化，特別是居住環境、村民結構的變化，如今在民間已經聽不到了或很難聽到了，可是我們在書裏卻能找到這些現代已經銷聲匿跡了傳說故事，我們從而懂得了傳說故事由創作到傳播、由活躍到衰亡的過程是怎麼樣的。二十年代，文學研究會的著名作家王統照先生從上海回到家鄉山東諸城，帶回來他的侄子搜集的一部當地的民間故事集，就為之寫了序言，幫助在上海出版了。這部書裏所載的有些故事，到八十年後的今天就失傳了。

民間傳說的傳承人（講述者、故事家）一般生活在社會底層，生活在村子裏，不脫離生產，一般從事農業生產勞動，有的做一點小生意。他們可能是一些見多識廣、知識豐富、能說會道的人，也可能是些一生都沒有離開過離村子方圓幾華里的農民或農婦。不同生活環境和不同的文化傳統，造就了不同風格的故事家。

已經被認定為國家級「民間文學」傳承人的譚振山，就是遼寧省新民縣羅家房鄉太平莊村的一位農民。譚振山能講述各類民間故事一千零四十個，據認為，他是中國大地上能講故事最多的故事家。譚振山的研究者江帆說：「譚振山祖籍河北省樂亭縣譚家莊。一七九九年，其祖上移民關外，定居在東北的遼河平原。譚振山沒有走南闖北的生活經歷。他一生中雖有幾次小的遷徙，但終未離開現居的太平莊幾里方圓。他的故事傳承線路比較集中，多是家族傳承，有清晰的傳承譜系。」相對封閉的文化環境和文化傳統，對他所記憶和講述的故事，有著決定性的影響。「封閉時空文化環境形成了他們相應的封閉的心態。他們對本土文化圈以外的文化所知甚少。」[3]地方風物傳說和鬼狐成仙的故事，構成了他所講故事的重要部分。對他來說真稱得上是「眼中皆故事，腳下盡傳說」。翻檢他所講述的故事的目錄，除了能講述地方風物傳說並充滿感情而外，他所講述的傳說中，也有許多史有所載、名聞天下的傳說，如〈仁義胡同的傳說〉、〈魯

3 江帆，〈農耕文化最後的歌者——譚振山和他的千則故事〉，見《譚振山故事精選》（瀋陽：遼寧教育出版社，二〇〇七年），頁五。

班顯聖加三簷〉、〈孫思邈揹運〉、〈包公借貓〉、〈趙匡胤與紅煞神〉、〈彭祖的故事〉、〈關公有後眼〉、〈朱買臣拾金不昧〉、〈孫臏得天書〉等。

生活在湖北省長陽縣鄧家坪的土家族故事家孫家香老婆婆，被學界認定為講述故事最多的女故事家。她也是一個沒有離開過本鄉本土的人，她講的故事洋溢著濃郁的土家族鄉土風情。二十世紀八十年代，部隊文藝工作者裴永鎮在黑龍江發現了一個朝鮮族老大娘故事家金德順，她能講一百七十個故事，裴永鎮對她的故事做了記錄，出版了一部《金德順故事集》，成為第一個載入中國民間文學史史冊的女故事家講述的故事專集。那時發掘出來的女故事家，還有山東省臨沂地區臨沭縣鄭山鄉軒莊子村的王懷梅[4]、遼寧省岫岩縣李家堡子的李成明[5]等。孫家香講述的故事比金德順、胡懷梅、李成明還要多。長陽地方文化工作者蕭國松從孫家香口中記錄了二百六十個各類故事，出版了一本《孫家香故事集》，其中收錄了傳說一百一十三個。她同樣也被確認為國家級非遺名錄代表性傳承人（故事家）。故事研究者劉守華說：「孫家香能講三百多則故事，許多篇都不是土生土長之作，而是在中國乃至世界範圍內流行的著名故事類型……孫家香能夠講出這麼多屬於中國和世界民間故事寶庫中閃光耀眼的精品，這正是她作為大故事家的重要標誌」[6]。孫家香講述的這一百一十三個傳說中，有屬於宗教人物傳說的部分，如觀音的傳說、道教祖師張天師的傳說、彭祖的傳說、張果老的傳說；也有屬於世俗人物的傳說，如朱洪武的傳說、孟姜女的傳說、哪吒的傳說，這些傳說在全國各地都有不同程度地流傳。但她講的傳說，多數則屬於具體的地方風物傳說。傳說與故事不同，世界通用的故事類型理論，能解釋故事的形態，卻似不大能用於解釋傳說，傳說與本土文化傳統和地方風情的聯繫比故事更為緊密，而較少與外國的民間敘

4　靖一民、靖美譜，《胡懷梅簡介》，以及胡懷梅講述的故事，見濟南：中國民間文藝研究會山東分會編《四老人故事集》（一九八六年八月）。

5　張其卓，〈這裏是「泉眼」——搜集採錄三位滿族民間故事講述家的報告〉，見張其卓、董明搜集整理《滿族三老人故事集》（瀋陽：春風文藝出版社，一九八四年），頁五七六至五九〇。

6　劉守華，蕭國松搜集整理《孫家香故事集・序》（長江文藝出版社，一九九八年），頁七。

事作品發生雷同現象。

河北藁城縣耿村的靳正祥、靳正新，他們與譚振山、孫家香不同，他們所生活的耿村，地處交通要道上，他們見識過南來北往的各色人等，屬於見多識廣的故事家。他們記憶中和講述出來的傳說故事，自有其特點，與那些生活在封閉環境中的故事家們講述的傳說，無論在內容構成上，還是表達方式上，甚至遣詞用句上、敘事風格上，都大異其趣。他們講述傳說的風度，頗像已經過世的山東省嶗山道人宋宗科講述的傳說，他也是個走南闖北、僧俗均涉、見多識廣、知識豐富，講故事時隨手拈來皆成文章的故事家。

在非物質文化遺產保護工程中，國家、省、市（縣）三級，對傳承人，要在進行「認定」工作的同時，給他們政治上以地位、生活上以補助，為他們的傳承創造條件（如辦傳習班、、傳習場所、民間文學進學校等），建立可持續的傳承機制。

四、我的建議

（一）中國非物質文化遺產保護工程成果

中國非物質文化遺產保護工程是二十一世紀由中央政府文化主管部門啟動的一項以非物質文化資源普查、保護、傳承、弘揚為指歸的國家戰略。自二〇〇三年初啟動中國民族民間文化保護工程至今，開展試點、普查、到第二批「國家級非物質文化遺產名錄」推薦名單的公布，前後花費了五年多的時間，各地文化主管部門、各社會團體和研究機構，分別在自己的工作範圍內取得了可喜的成績。非物質文化遺產保護工程規劃所規定的專案成果，大致表現為下列四種形式：（1）作品或文本的紀錄（或抄本、翻譯本）；（2）調查報告；（3）相關的文化實物；（4）音像、影像作品。除（3）、（4）兩種形式的成果在規定的時間和地點移交主管部門指定的博物館、陳列館、研究機構保存外，（1）、（2）兩種成果，建議編纂為《中國非物質文化遺產・民間文學・××卷》公開出版。

據筆者眼界所及，自保護工程啟動以來已經公開出版的成果（以出版時間先後為序）有：

1. 趙德光主編《阿詩瑪文化叢書》（六卷本：《〈阿詩瑪〉原始資料彙編》、《〈阿詩瑪〉文獻彙編》、《〈阿詩瑪〉研究論文集》、《〈阿詩瑪〉文藝作品彙編》、《〈阿詩瑪〉論析》、《〈阿詩瑪〉文化重構論》；雲南民族出版社，二〇〇二年）。
2. 高福民、金煦主編《吳歌遺產集粹》（一卷本；蘇州市：上海文藝出版社，二〇〇三年）。
3. 農敏堅、譚志農主編《平果嘹歌》（五卷本，包括：《長歌集》、《散歌集》、《戀歌集》、《新歌集》、《客歌集》，共收入二萬三千六百零三首、九萬四千四百一十二行，漢文記錄整理稿和壯文轉寫稿；廣西民族出版社，二〇〇五年）。
4. 馬漢民編《水鄉情歌》（蘇州市：古吳軒出版社，二〇〇六年）。
5. 袁學駿、劉寒主編《耿村一千零一夜》（六卷本，收入：一千一百個民間故事；調查報告；花山文藝出版社，二〇〇六年）。
6. 張堯國主編《西施傳說》（中國美術學院出版社，二〇〇六年）和朱秋楓著《西施傳說》（浙江攝影出版社，二〇〇八年）。
7. 江帆採錄整理《譚振山故事精選》（一卷本，遼寧新民縣，包括：調查報告〈農耕文化最後的歌者〉、故事精選七十多篇、譚振山講述的一千零四十個故事的目錄；遼寧教育出版社，二〇〇七年）。

8. 周正良、陳泳超主編《陸瑞英民間故事歌謠集》（一卷本，常熟市，包括：調查報告、故事及記錄稿、歌謠。學苑出版社，二〇〇七年）；

9. 劉振興主編《《白蛇傳》文化集粹》（三卷本，江蘇省鎮江市，包括：《異文卷》、《論文卷》、《工藝卷》；鳳凰出版傳媒集團・江蘇文藝出版社，二〇〇七年）；

10. 尤紅主編《中國靖江寶卷》（上下冊；江蘇省靖江市：鳳凰出版傳媒集團・江蘇文藝出版社，二〇〇七年）。

11. 谷長春主編《滿族說部》（十卷十四冊，吉林省，包括：《雪妃娘娘和包魯嘎汗》、《東海窩集傳》、《飛嘯三巧傳奇》、《東海沉冤錄》、《扈倫傳奇》、《薩大人傳》、《薩布素外傳・綠羅秀演義》、《薩布素將軍傳》、《烏布西奔媽媽》、《尼山薩滿傳》；吉林人民出版社，二〇〇七年）。

12. 梁祝傳說。因筆者沒有見到成書，不便於採用。

13. 據悉，包括「牛郎織女傳說」在內的第二批國家級「非遺」名錄推薦名單公示以來，山東省沂源縣縣委、縣政府作出決定，邀請山東大學、北京大學、中國社會科學院文學研究所和民族文學研究所的相關學者參加，編輯一套「牛郎織女傳說」的叢書。該叢書已經啟動，有望在第三個國家文化遺產日前問世。這套將由廣西師大出版社出版的叢書將包括六卷：第一卷：《牛郎織女傳說故事卷》；第二卷：《牛郎織女俗文學卷》；第三卷：《牛郎織女史料卷》；第四卷：《百年來牛郎織女研究卷》；第五卷：《牛郎織女圖像卷》；第六卷《沂源牛郎織女傳說調查報告卷》。這無疑是非物質文化遺產民間文學類保護工作的又一重要成果。

筆者希望，所有進入國家名錄的傳說專案的責任保護單位，都能編輯一套儘量完整的、能夠體現二十一世紀中國搜集與保護傳說情況和理論學術水平的叢書，以此展示我們的搜集與保護成果，同時可惠及後人！

（二）內容構成的大體設想

編輯這樣一本（套）叢書，至少要包括下列內容：

1.總序和每卷的導言。

2.二十一世紀初對該項目所作的調查報告（包括歷史淵源、流傳現狀、主要傳承者和傳承譜系、相關的民俗事象、向周邊地區輻射流傳情況、研究歷史與研究結論、其他）。

3.本地主要傳承者口述的文本及本地流傳的文本的記錄稿。

4.全國其他地區流傳資料的紀錄文本的匯集。

5.圖像（包括年畫、古小說、戲曲等書、舊日曆、火花中的插圖，工藝品上繪製或鐫刻的圖像等）。

6.索引。

7.相關照片。

這樣一部國家級「非遺」名錄項目的選集，既是可傳之後代的二十一世紀民間傳說（民間文學）的留影，又是民間傳說（民間文學）從口頭形式向「第二生命」轉變的起點。

二〇〇八年四月十日

附記：此文係二〇〇八年四月十日在文化部民族民間文藝發展中心於浙江省諸暨市主辦的「非物質文化遺產・中國六大傳說保護與傳承高峰論壇」的論文，發表於《西北民族研究》二〇〇八年第四期。

第二輯

史詩與歌謠

《亞魯王》：原始農耕文明時代的英雄史詩

以西部苗語方言流傳於貴州麻山地區的苗族英雄史詩《亞魯王》（第一部）苗、漢雙語對照文本和漢語整理文本，經過紫雲縣民間文學工作者近三年的調查、記錄、整理、翻譯工作，今天終於和讀者見面了。我對它的出版表示熱烈的祝賀！

一

《亞魯王》的被發現、記錄與出版是二十一世紀中國非物質文化遺產保護工作的重大成果，從此它不僅繼續以「自然生命」——口傳的方式流傳於民間，而且將以其「第二生命」在更廣大的讀者中流傳，為多種保護渠道提供了可能。

迄今在貴州省麻山地區紫雲縣以口頭形態流傳的《亞魯王》的被發現和記錄，是二〇〇九年四月貴州省麻山紫雲苗族布依族自治縣非物質文化遺產普查的一項重要發現，也是中國非物質文化遺產普查中新發現的一個重要成果。這部敘述和歌頌亞魯王國第十七代國王兼軍事統領在頻繁的部落征戰和部落遷徙中創世、立國、創業、發展的艱難歷程的史詩，不僅以口口相傳的形式為苗族的古代史提供了不朽的民族記憶，傳遞了艱苦卓絕、自強不息的求生存、求發展的民族精神，而且以其獨具的特色為已有的世界史詩譜系增添了一種新的樣式，具有不可替代的文化史價值。

為了對這部史詩進行有效保護，該縣從二〇〇九年五月起在中國民間文藝家協會專家的指導下實施了實地採錄（部分是現場採錄），並於二〇一〇年三月向文化部申報、國務院於二〇一一年六月批准列入第三批國家級非物質文化遺產名錄，從而使這項瀕臨衰微的民族文化遺產在國家的層面上得到保護。

自從在非遺普查中被發現，到實施採錄，以及爾後的翻譯過程中，承蒙從事記錄翻譯的同仁、指導者和主編余未人、貴州省非遺保護中心主任周必素、中國民協領導人馮驥才、羅楊諸先生通告情況，多所交流，使我有機會較早接觸到並多少瞭解到一些《亞魯王》的調查和翻譯工作情況和遇到的問題，並在正式出版前就陸續讀到了史詩的譯文，從而激發我進行一些思考。在第三批國家級非遺名錄的專家評審時，根據我所掌握的史詩的一般知識和對《亞魯王》的粗淺瞭解，對其英雄史詩的性質提出了肯定性的認定意見。

記錄翻譯這樣一部史詩是一項浩繁的文化工程。我們現在看到的這個史詩文本，是由兩個文本組成的：其一是在演唱現場所作的苗文記音和漢語對譯本；其二是漢文語體文本，即意譯本。中國的〈非物質文化遺產法〉總則中規定，「保存」和「保護」兩者並重。筆者以為，對於民間文學類的非遺專案來說，記錄（筆錄、錄音、錄影）保存，也許是保護的最好方式之一。記得一九八六年聯合國教科文組織政府間專家委員會主席、芬蘭學者勞里・航柯先生來華履行中芬文化協定，與中國學者合作，聯合召開學術會議和進行聯合調查，在中國民間文學界推行芬蘭學者的和聯合國教科文組織專家們的學術理念和保護理念，並發表文章提出，把口傳的民間文學作品記錄下來加以出版或存放在博物館裏，使其以「第二生命」在更廣大的讀者中得到傳播。他說：「之所以提出要保護民間文學，並不主要是由於民間文學的第一生命，即自然生命，而主要是由於它的第二生命，即把民間文學製成文件，特別是使民間文學再度循環使用。在這一過程中，非書面的民間文學似乎總是變成了書面文學或其他藝術形式，從而在民間和地區文化中占有一席之地。這個過程一定要繼續下去，因為這是使民間文學不囿於某一孤立團體的財產，能為世界文學甚至為反對我們這個時代的文學壟斷做出貢獻的唯一機會。」〔〈民間文學的保護——為什麼要保護及如何保護〉，見《中芬民間文學搜集保護學術研討會文集》（中國民間文藝出版社，一九八七年），頁二六〕苗族史詩《亞魯王》的調查、記錄、翻譯、出版，正是「保存」和「保護」並重、以其「第二生命」使其在更廣泛的人群中傳播這一保護理念的體現，為多種保護渠道提供了可能。

二

《亞魯王》是迄今發現的第一部苗族英雄史詩，它的發現、記錄和出版改寫了已有的苗族文學史、乃至中國多民族文學史。

苗族是華夏大地上最為古老的民族之一。苗族的先民，學界說法不一。有學者說：「苗族的先民被稱為『三苗』，聚居長江中游的『荊楚』之地。」[1]有學者說：「古代的三苗非今日之苗。……今日之苗為古代之髦。」[2]等等。我們所讀到的《亞魯王》（第一部），其內容的主體，是以亞魯王為首領的古代苗族一個支系所經歷的部落征戰和部落遷徙，也包括了從人類起源和文化起源（如蝴蝶找來穀種、螢火蟲帶來火、造樂器、造銅鼓）、造地造山、造日造月、雷公漲洪水等神話傳說，到開闢疆土、立國創業、遷徙鏖戰、發展經濟、開闢市場（如以十二生肖建構起來的商貿關係）、姻親家族（史詩寫了亞魯的十二個兒子及其後代，以及他們父子連名制）等農耕文明的種種業績和文化符號，以及以亞魯這個英雄人物為中心的兄弟部落和亞魯部落的家族譜系。總體看來，應是一部以部落征戰和部落遷徙、歌頌部落（民族）英雄為主要內容的民族英雄史詩。

1 何耀華，〈苗族民俗志〉，見所著《中國西南歷史民族學論集》（雲南人民出版社，一九八八年），頁五四三。
2 凌純聲，〈苗族名稱的遞變〉，見李紹明、程賢敏編《西南民族研究論文選》（四川大學出版社，一九九一年），頁三二八至三三九。

苗族的口頭文學（民間文學）自二十世紀初年以來一向受到學界的重視，且多有調查、發現、記錄，並被譯成漢語出版。從已經搜集記錄下來並已出版的苗族敘事詩作品看，主要是以創世、人類和萬物起源為內容的古歌，兼有部分記述部落遷徙的作品，但數量不多、篇幅不長。如夏楊從一九四八年就開始搜集、到八十年代初定稿的《苗族古歌》（最早發表於《金沙江文藝》，後由德宏民族出版社一九八六年出版），田兵編選、貴州省民間文學工作組整理的《苗族古歌》（貴州人民出版社，一九七九年），馬學良、今旦譯注的《苗族史詩》（中國民間文藝出版社，一九八三年），苗青主編的《中國苗族文學叢書・西部民間文學作品選》（一、二兩冊，貴州民族出版社，一九九八年），以及貴州民間文藝研究會編印的《民間文學資料》等，正是這種情況，即以創世、人類和萬物起源為內容的「古歌」（又稱「創世史詩」）居多，而以部落遷徙和部落（或部落聯盟）戰爭為背景、記述和歌頌部落（民族）英雄的英雄史詩則不多見，尤其是西部苗語方言區的此類作品更屬罕見。

已經被發現和記錄下來的描寫部落遷徙的敘事長詩，如：馬學良於一九五二年記錄的《溯河西遷》、唐春芳等記錄的《跋山涉水歌》，都是流傳於黔東南清水江一帶的作品；楊芝口述、夏楊記錄的《涿鹿之戰》描寫了包括古代苗族領袖格五爺老、格略爺老、格蚩爺老三位長老在內的涿鹿大戰，顯示了較為突出的史詩性質，其搜集地點大約是滇東北的昭通，似應屬於東部苗族的史詩；苗青主編的《西部民間文學作品選》所收的關於部落和族群遷徙與戰爭的作品，除了幾篇記錄於貴州的赫章和威寧者外，大都是記錄於滇東北次方言區和川黔滇方言區的作品。儘管我們看到的《亞魯王》，還僅僅是這部口傳史詩的第一部，但就其內容和篇幅來看，它應是歷年來在貴州、雲南、四川三個苗族主要分布區搜集到的長篇敘事詩、遷徙史詩和英雄史詩中規模最為宏大的一部，比此前篇幅最長的《逐鹿之戰》（五百三十三行）要長得多，堪稱是苗族民間敘事作品中迄今篇幅最為宏大的一部英雄史詩。

《亞魯王》是一部超越了上述以描述部落遷徙為內容的敘事長詩的長篇敘事作品。它是一部以部落遷徙（拓展部落疆域、創立部落基業）和部落（聯盟）戰爭，歌頌部落（聯盟）英雄和英雄時代的民族英雄史詩。它的被發現和記錄出版，改寫了已有的苗族文學史，乃至中國多民族文學史。

三

《亞魯王》在二十世紀歷次調查中均被忽視，此次普查中被發現從而填補了民族文化的空白。

儘管在相關的歷史文獻中，曾有不同支系的苗民在麻山次方言區居留和開發，他們留下了不同時代、不同支系的文化印跡，如「狗耳龍家」、「克孟牯羊」、「炕骨苗」、「砍馬苗」等支系的名稱，留下了立鬼竿、「以杵擊臼和歌哭」的儀式，「舁之幽岩」的葬式的蹤影，等等。但在二十世紀以來的歷次民族調查和民間文學調查中，調查者們卻似乎都沒有注意到黔西北的苗民中有這樣一個亞魯部落（支系），更沒有提及在「亞魯苗」中流傳著一部長約兩萬多詩行的《亞魯王》英雄史詩，而這部史詩第一次出現在二十一世紀頭一個十年開展的全國非物質文化遺產普查的工作人員的視野中。有材料認定「西元前二〇三三年至西元前一五六二年，苗族史詩亞魯王就有了雛形」。我不知道這個史詩的形成期年代是怎麼推算出來的，有何科學的根據，但我認為，這種斷語也許還需要更多的如王國維所說的地上和地下的材料來證實，即運用「二重證據法」來考證和確認[3]。我們在史詩記錄文本中讀到了亞魯王國的世代譜系，讀到了亞魯王國的生產方式、生產工具和生產手段、財產（財物）分配模式、打鐵技藝、食鹽製作技藝、糧食作物，讀到了各地相同的和不同的信仰、崇拜、習俗，這些都可作為我們研究和判斷史詩之農耕文化形態的佐證，也可作為研究和判斷其形成

3 王國維《故事新證》：「吾輩生於今日，幸於紙上之材料外更得地下之新材料，由此種材料，我輩固得據以補正紙上之材料，亦得證明古書之某部分全為實錄；即百家不雅馴之言，亦不無表示一面之事實。此二重證據法，惟在今日始得為之。雖古書之未得證明者，不能加以否定；而其已得證明者，不能不加以肯定，可斷言也。」干春松、孟彥弘編《王國維學術經典集》（下）（江西人民出版社，一九九七年），頁一二六。

和傳播時代的座標和參照，但我們還需要更多的參照物。我們應該遵從實事求是的科學態度。儘管如此，史詩以漫長的生命史延續到今天仍然以口傳的形式在歌師中代代傳遞，二百餘個亞魯苗的王族後裔的譜系及其遷徙征戰的歷史故事，仍然能栩栩如生地從歌師們的吟唱中飛流而出，給後代留下了一部「活態」的民族百科全書，這就不能不讓人們感到驚異。

史詩除重點描述亞魯苗這個部落、歌頌亞魯王這個部落英雄外，還寫到其他一些兄弟部落。鴉雀苗就是其中之一。一九〇二年日人鳥居龍藏到黔西做過調查，撰寫了一部漢譯本長達五百零五頁的《苗族調查報告》（上下兩冊）[4]，他根據《黔苗圖說》裏記載的苗族的主要居住地的貴州省，苗族分支為八十二種，並確認《亞魯王》中寫到的「鴉雀苗」這一支系（部落）的居地在貴陽府。但鳥居龍藏並沒有提到貴州八十二個苗族支系中有《亞魯王》的流傳。四十年後，芮逸夫、管東貴於一九四〇年在川南敘永的鴉雀苗中調查撰著的《川南鴉雀苗的婚喪禮》[資料之部][5]中，也沒有提到「鴉雀苗」中有此史詩或古歌的流傳。史詩中描述的這個與亞魯部落同時並存的「鴉雀」部落，是亞魯王五哥鴉雀王所統轄的一個兄弟部落。鴉雀王幫助十二歲上繼承了亞魯王國王位的亞魯環征並奪回被盧咼王奪去的疆域，之後便率領本部落走出疆域，「不知去向」（見《亞魯王》頁八一至八二），給讀者和歷史留下了懸念。「鴉雀苗」這個族名，始見於清愛必達著《黔南職略・卷三十一》（乾隆十五年）一書，後又屢見於《黔書》、《黔書職方紀略》、民國《貴州通志》等。清代的《百苗圖》裏不僅有鴉雀苗的人像和服飾，而且有文字說明：「鴉雀苗在貴陽府屬。女子以白布鑲其胸前、兩袖及裙邊。居山中雜糧食之。親死，擇山頂為吉壤。言語似雀聲，故名鴉雀苗。」其故地，除了舊貴陽府屬外，看來，川南的敘永和貴州的大方（今還有羊場、馬場等史詩中描寫的古地名）等地，大概就是亞魯時代「鴉雀苗」部落的最後落根之地。

4 [日]鳥居龍藏，《苗族調查報告》（上下兩冊）（南京：前國立編譯館譯，一九三五年）。

5 芮逸夫、管東貴，《川南鴉雀苗的婚喪禮》[資料之部]，臺北：中央研究院歷史語言研究所單刊甲種之二十三（一九六二年）。

二十世紀五十年代初進行的民族大調查，苗族部分主要的調查地，是黔東南的臺江、從江等地的苗族，調查者沒有涉足生活於更為封閉的黔西地區，故而沒有為紫雲縣苗族的生活史和史詩留下筆墨。作為史詩流傳地的麻山一帶苗族支系的歷史及其演變、生產生活方式狀況、風俗習慣、服裝服飾、民族特性等，都還有待進一步深入研究。史詩中提供的歷史發展框架和生活細節，給我們今後的研究提供了豐富的資料，這只是問題的一個方面；民族歷史、生活方式、風俗習慣等的研究，無疑也給我們研究和闡釋這部史詩莫大幫助。大約一年前，史詩的記錄翻譯者楊正江先生來訪，在舍下看到鳥居龍藏的《苗族調查報告》中一百年前拍攝的「打鐵苗」的人物照片的背景是一片竹垣時，禁不住在我面前喊出：「我們家就是打鐵苗！」我們看到，在《亞魯王》史詩文本前面所附的「東郎」楊光東的照片的背景，正是一片紋路清晰的竹垣。此外，我們在《亞魯王》第十七節《亞魯王計謀多端，步步侵占荷布朵王國》裏讀到了這樣的詩句：

亞魯王到哪裏都沒有丟下鐵匠手藝，（第八千三百二十一行）
亞魯王去哪方就把鐵匠鋪建在哪方。
亞魯王鐵藝高，
亞魯王鐵技精。
亞魯王早上打出三把錘，
亞魯王一天做出三把鋤。
荷布朵鐵藝泥沙般粗糙，
荷布朵工具刺竹般毛糙。
荷布朵一早上打不出一把錘，

荷布朵一天也做不出一把鋤。
荷布朵說，
亞魯把你的打鐵工具留給我吧，
亞魯將你的打鐵技術教會我吧。
亞魯王說，
可我的鐵具我要用，
我要打鐵撫養我兒女，
我靠打鐵養活我族人。（第八千三百三十七行）
……[6]

根據這些詩行的描寫，我們可以斷定，史詩中記述的亞魯部落，就是鳥居龍藏一九〇二年調查報告中記述的「打鐵苗」無疑。「打鐵苗」這個歷史上的稱謂，可能是「他稱」，但反映了這個苗族支系的生產方式和居住習俗，至今依然。

6 苗族英雄史詩《亞魯王》（漢文意譯部分），中國民間文藝家協會主編，余未人執行主編（中華書局，二〇一二年），頁二三一。

四

與已知的許多英雄史詩不同，《亞魯王》是原始農耕文明時代的文化佳構，它的問世，為中國文化多元化增添了新的元素，為已有的世界史詩譜系增添了一個新的家族。

以往我們所熟知的世界知名英雄史詩，如古希臘的《荷馬史詩》（《伊利亞特》和《奧德賽》），盎格魯薩克遜人的《貝歐武甫》，法國的《羅蘭之歌》，德國的《尼伯龍根之歌》，日爾曼人的《希爾德布蘭之歌》，芬蘭的《卡列瓦拉》，亞美尼亞的《沙遜的大衛》，蒙古族的《江格爾》，柯爾克孜族和吉爾吉斯斯坦的《瑪納斯》，藏族的《格薩爾》，印度的《摩訶婆羅多》、《羅摩衍那》，等等，大都出自北半球，而且自西而東一路下來形成一個遼闊的史詩流傳帶。這些史詩大都是遊牧民族的作品，靠著被稱為「遊吟歌手」的彈唱詩人或流浪詩人的遊吟傳唱而得以傳承和保存下來。恩格斯說荷馬史詩是「希臘人從野蠻時期進入文明時期所帶來的主要遺產」（《家庭、私有制和國家的起源》），馬克思說是以軍事民主制為標誌的英雄時代的產物（《馬克思《路易士・亨・摩爾根《古代社會》一書摘要》》）。而《亞魯王》所展示的，儘管也是從蒙昧（如對「龍心」的崇拜）走向文明、從分散的小部落走向大的部落聯盟時期的產物，但不同的是，它不是遊牧民族而是農耕民族的作品，他們的傳承者和演唱者，不是在大草原上流浪遊吟的遊吟詩人和流浪歌手，而是在氏族或聚落成員死亡時，在發喪死者的儀式上由職業的歌師演唱的，是農耕民族和原始農耕文明條件下的偉大作品。從形式看，《亞魯王》的演唱與發喪儀式的進行是緊密相連的，並成為發喪儀式不可分割的有機構成部分；從功能看，《亞魯王》的演唱作為向民族或部落成員傳授民族或部落歷史記憶。故而我們有理由說，《亞魯王》與已有的大多數英雄史詩不同，它為已有的世界史詩譜系增添了一個新的家族。

儘管《亞魯王》的形成時代還有待以唯物史觀的科學態度作進一步的深入研究，做出符合實際情況的結論，但目前我們就可以明確的一點是，它在傳承過程中雖然受到漢民族文化的影響和道教文化的浸染，卻與漢代以降持續呈現強勢的儒家思想無緣。作為一種獨立的民族文化的代表性符號，《亞魯王》的被發現和問世，為中國文化多元化格局增添了一份新的元素。

我們讀到的僅僅是史詩《亞魯王》的第一部，還沒有看到作品的全貌。我們期待著第二部、第三部的問世！

二〇一二年二月二十一日

（發表於《西北民族研究》二〇一二年第三期）

秦風遺珠

趙逵夫先生打電話來說，他父親子賢先生早年在家鄉甘肅省西和縣搜集並編纂的《乞巧歌》，經過他的整理編訂，準備出版，要我寫一篇序言。儘管我對西和的歷史文化傳統及其民間文化的知識有限，對趙子賢先生的文化功業缺乏研究，可我還是答應了他的提議。這個決定對我而言，也不是沒有緣由的。自二〇〇四年中國加入聯合國教科文組織的〈保護非物質文化遺產公約〉以來，每年「七夕節」前後西和民間自發舉行的傳統乞巧活動，以其古樸、完整、獨特以及所體現出來的文化多樣性，著實引起了國家文化部和非物質文化遺產專家們的關注。其間，出身於甘肅西和的學者趙逵夫先生在《牛郎織女》傳說和七夕文化的研究方面做了很多工作，發表了一系列很有學術分量的論文，也曾幾次給我轉達信息，而西和縣的包紅梅副縣長連續兩次親到舍下，邀請我前去西和考察，我都因為步入古稀而難於遠行未能赴約。於是，為趙子賢先生這部《乞巧歌》寫序，便成了我償還和回應西和人對我的盛情的一個機會。

趙子賢（殿舉）先生是二十世紀西和縣的知名鄉賢。讀過詩書子曰，崇尚傳統文化，又專攻無線電學，具有進步思想。上世紀三十年代初回到故鄉，在所從事的民眾教育和學校教學中，對西和的古代民族歷史文化和周秦中原文化的情結與日俱增，於一九三六年在教書之餘，組織和率領學生在家鄉北起鹽關、祁山，南至何壩、橫嶺山一帶，記錄搜集了一批當時在民眾中、主要是年輕女孩子中口頭傳唱的乞巧歌，並整理成書稿。這部書稿在趙先生生前雖然沒有能夠得到出版，但就他所發動的這次民歌搜集工作而言，卻無疑是「五四」新文化運動所激發起來的、又構成「五四」新文化運動之一翼的歌謠運動在隴南地區，甚至在大西北地區，結出的第一個重要成果。

作為編者，他對這部《乞巧歌》所錄的節令儀式民歌，以及這些作品所記述和反映的當地流傳既久的七夕節候的乞巧風俗與社會情狀，特別是封建禮教和社會不公給婦女帶來的悲苦命運和心靈創傷，充滿了深切的同情，甚至憤懣；對這些民間作品的文化史意義和文學史意義，也給予了很高的評價。他把這些隱沒於漾水和西漢水流域草野之中而未被人們所認識的民歌，稱為「國風」。何以稱之為「國風」？他在〈題記〉中寫道：「莫謂詩亡無正聲，秦風餘響正迴縈。千年乞巧千年唱，一樣求生一樣鳴。水旱兵荒多苦難，節候耕播富風情。真詩自古隨風沒，悠遠江河此一罄。」也就是說，他把西和一帶的這些傳統的乞巧歌，看作是《詩經》中著錄的「秦風」的「餘響」。

《詩經》所採集的「十五國風」的地理範圍，主要是在中國的北部，稍入南方的，只有《周南》、《召南》和《陳風》（朱希祖《羅香林〈粵東之風〉序》）；北部的「秦風」選錄了十首之多，應該主要是周室東遷、秦文公「居西垂宮」時代的作品，其中的〈無衣〉、〈黃鳥〉、〈蒹葭〉等歌詩，頗受到文學史家的重視，尤其是那首「表現了人民慷慨從軍，團結禦侮的精神」（中國社會科學院文學研究所編《中華文學史・古代文學編》）的〈無衣〉。但也有學者認為，「秦風」之詩，大體都是秦人思賢、訪賢、得賢、棄賢之作，而並非都是真正從民間採擷而來的民眾作品。戰國時代，屈原寫《九歌》，後人輯為《楚辭》，主要輯錄了以楚地為中心的江南的「風詩」，而不涉及北方。到了漢武帝，立樂府，採歌詩，所及地區，最北方包括了燕、代（今之張家口轄蔚縣一帶）、雁門、雲中，西北到隴西，而隴西地區，也大體就是《詩經》的「秦風」之地，即天水一帶，至於建立古仇池國的氐人的發跡之地、也是周秦中原文化與氐戎（羌）文化交匯之地的隴南及西和一帶的民間歌詩，則少見涉及；且漢武帝採詩所得樂府歌詩，已佚亡不存。宋郭茂倩所輯《樂府詩集》，在《橫吹曲辭》裏收入了不少取材於隴頭、隴水、隴阪的歌詩之作，細細讀來，也多是隨軍文人或後世歌者歌詠或追懷中央王朝與氐戎戰事中的征伐勤勞之作，而看不出有多少來自隴南一帶真正的「風詩」。這樣以來，趙子賢先生於二十世紀三十年代所編訂的《西和乞巧歌》把採集足跡擴展到了前賢所未至的、地處漾水和西漢水流域的西和，第一次記錄了農村姑娘們所唱的歌詩，也就彌補了自《詩經》、《樂府詩集》以來隴南一帶的民間風詩在詩歌史和民間文學史上的闕位，因此可以說功莫大矣。

「乞巧歌」具有兩重意義：一，它是社會歷史和群體民俗的重要載體；二，它是依附於特定的節候——七夕——而產生和詠唱的民眾口傳文學作品。由於地域和歷史等的特定原因，這些歌詩（與《詩經》和《樂府詩集》裏的作品一樣，大半是可以演唱而不是徒歌）的流傳地西和，在周秦之後的漫長歲月中被逐漸邊緣化了。邊緣化的好處是，在農耕文明和家族人倫社會條件下的七夕風俗以及與之相關的民間歌詩，儘管是以口耳相傳這種易變的方式世代傳遞，其嬗遞變異的速度相對較慢一些，以相對完整的形態被保留下來，傳承下來。而子賢先生所記錄編訂的這本《西和乞巧歌》中的歌詩文本，就是「千年乞巧千年唱」，流傳至二十世紀上半葉的歌詩形態。正如子賢先生說的：「西和如此普遍、隆重、持久的乞巧活動其他地方沒有，這給女孩子一個走出閨門、接觸社會的機會，在古代是衝破封建禮教束縛的表現，在今天是一種對社會一些問題發表看法的方式，既反映老百姓之心聲，也是存史，同《詩經》中的詩有同樣的價值。」從這一情況來說，西和的七夕乞巧風俗歷史久遠，風格與形態獨特，乞巧歌的歷史文化底蘊豐厚，對於我們認識中國封建社會發展的歷史細節，特別是婦女的地位和命運，認識農耕文明和家族人倫社會制度對中國傳統文化形成發展的制約和影響，以及追溯七夕節和乞巧歌的源流和意涵，具有不可替代的意義。

當然，包括乞巧歌在內的所有民間文學形式是流動不居的，不會停止在一個時間點上。在歷史的匆匆步履中，民間文學總是隨時代的發展而變化，不僅內容，也包括形式。屬於時政歌謠的作品，大都隨著時代的變遷，往往成為絕唱，除了研究者的需要而外，逐漸退出了人們的視線，而那些表現民俗生活和民眾心態與情感的作品，則永遠伴隨著歷史和人們走向未來。同時我們也看到，乞巧歌的嬗變，與民間文學的其他體裁和形式一樣，是遵循著文化進化規律漸進的，而並不按照「那些自命為革命家的人」（列寧《共青團的任務》）的指令和路線圖發展前進的。關於這一點認識，只要把趙子賢版的西和乞巧歌，與當下在「政府主導，社會參與」的非物質文化遺產保護工作中新搜集採錄的乞巧歌加以粗略地對照研究，就可以相信是大致不錯的。

西和縣的乞巧節（七夕節），已於二〇〇八年被批准為第二批國家級非物質文化遺產代表作名錄，意味著在國家的層面上得到了保護。作為乞巧節的有機構成部分，乞巧歌自然也要加以保護，即連同姑娘們的乞巧活動一起，進行整體性的保護，使其傳承下去。當我們今天在對乞巧歌進行保護和研究時，趙子賢先生的開創之功，是不應忘記和忽略的。

二〇一〇年清明節於北京

附記：本文系為趙子賢編《西和乞巧歌》（香港：天馬出版社，二〇一〇年）所寫序言。首發於《文藝報》二〇一一年七月二十日，題為〈秦風遺珠足珍貴〉；《甘肅文藝》二〇一一年第一期（二月二十五日，內部），題為〈彌補隴南風詩闕位的重要文獻——《西和乞巧歌》序〉。

關於民間敘事詩《黑暗傳》

《黑暗傳》是以抄本和口頭方式流傳在鄂西北、江漢平原這一個廣闊的荊楚文化圈裏的許多民間敘事長詩中規模最大、異文最多的一部。最早是一九八二年由神農架的基層文化工作者胡崇峻搜集到了手抄本（明代存世的）和對口述者進行了記錄，得八種稿本。消息發布後引起了國內外文化界的廣泛關注。後來，又不斷有新的抄本被發現。搜集者胡崇峻在十分艱苦的條件下，卻矢志不渝，百折不回，終於圓了這個長達十數年的夢。最近媒體報導，在地處三峽的宜昌，也發現了一個清代的抄本。現在將要由長江文藝出版社出版的這個本子，長達五千五百行，是經過搜集者在多種異文的基礎上經過合併、刪汰、修飾、加工整理而成的。這是剛剛跨入二十一世紀的門檻，作者貢獻給廣大讀者的一份彌足珍貴的禮物。在這部長詩裏，保存下來許多已經消逝了的古楚文化的資訊和觀念。

《黑暗傳》是一部民間流傳的「活態」的敘事長詩，其主要內容是，神話中的創世大神、文化英雄盤古，如何開天闢地，收黑水（洪水）、平天下、定乾坤，艱難創世，從而結束混沌黑暗的洪荒時代的偉業。這部漢民族的民間敘事作品，包括了種種相關的神話、傳說人物，敘述了種種驚心動魄的創世業績，表達了種種先民的以及後起的觀念（包括道教觀念），構建了一個自己的神話世系，可以看出，它並不是以一種思想理念貫徹始終的敘事作品，但它具有重要的認識價值和歷史價值，是一部難得的包羅了許多神話和傳說的詩體作品。長詩中的「黑暗」，是指人類被創造之前的宇宙狀態——混沌一團，人類社會是從混沌中的盤古創世而來的，這乃是人類最早的一種思維模式，一種宇宙意象，一種奇偉想像，一種歷史記憶。從混沌到天地開闢，進入人類社會，是多麼艱難曲折的一個過程、一段漫長的道路啊！

二十世紀八十年代中期，袁珂、劉守華等學者，將《黑暗傳》定名為「漢民族的創世史詩」或「漢民族的神話史詩」。這當然是從廣義上說的。這是因為在這部敘事詩裏，包括了有關宇宙來歷（特別是水的來歷）、盤古開天、洪水泡天、人類起源等推原性的神話情節和觀念。除了這類最原始的神話觀念之外，也還雜糅了三皇五帝等歷史化了的神話情節和世俗的生活故事場景，有的情節也許還脫胎自明代的通俗小說或唱本。因此，可以認為，它的定型是比較晚近的事，一般認為是明代或更晚一些。在眾多的篇幅短小的異文的基礎上，經過比較、篩選，去粗、取精，整理成一部思想觀念一致、藝術上完整的敘事長詩，不僅是整理工作所允許的、世界史詩史上有先例可援的，而且也是文化界人士所盼望的。

漢民族歷來被說成是缺乏想像力和敘事傳統的民族，歷史上沒有長篇的敘事詩產生和保留下來。早在二十世紀二十年代，學術界就有人說過，中國民族是「一種樸實而不富於想像力的民族」，缺乏想像瑰麗的神話和鋪敘故事的長詩。全國解放後，我們的民間文學工作者在鄂西北和華東吳語地區等漢族居住地區搜集到了幾十部有相當規模的敘事長詩，而且這些敘事長詩的流傳歷史，至少可以追溯到五百至七百年前的明王朝時代，甚至更早。這些民間敘事詩，就其內容而言，都是詠唱愛情的不自由和悲劇的，這是二十世紀五十至六十年代我們文學界和民間文學界的一個普遍性的思潮，也就是在那時，我們把孟姜傳說、牛郎織女傳說、梁祝傳說、白蛇傳傳說這四個有涉愛情悲劇的傳說故事稱為「四大傳說故事」。相反地，像更有深厚民眾基礎的關公傳說、岳飛傳說、八仙傳說等，卻沒有進入所謂「四大傳說」之列。這種情況的出現都是文壇思潮使然的。而《黑暗傳》則與這些敘事詩大異其趣，主要內容是敘述人類起源和宇宙起源的，屬於神話的範圍，而不是後來的民間世俗生活。因此，《黑暗傳》的搜集出版，再一次有力地證明了漢民族不僅是一個富有想像力和敘事傳統的民族，而且是一個擁有包含著創世神話和推源神話在內的長篇敘事作品的民族。

我們中國的文化歷史太漫長了，在民間文化基礎上成長出了種種學派、種種精英人物，而這些人物（儒家尤甚），又幾乎都把培育、滋養他們的民間文化的土壤給踩到了九泉之下，完全不像西方文化精英們那樣，對滋養自己的民族民間文化給予高度的重視和評價，不知道愛護自己民族的民間文化。《黑暗傳》的遭遇就是一個例子。他們只看到孔孟所創立的儒家學說的影響，而對深藏在民間的神話、史詩、傳說卻視而不見！馬克思給予希臘史詩和希臘神話多麼崇高的評價！他說：「誰都知道，希臘神話不僅是希臘藝術的寶庫，而且是希臘藝術的土壤。」「困難並不在於瞭解希臘藝術和史詩是與社會發展的某些形態相關聯的。困難是在於瞭解它們還繼續供給我們以藝術的享受，而且在某些方面還作為一種標準和不可企及的規範。」[1] 如果中國的文化人都能以唯物史觀看中國的文化，就不會看不到《黑暗傳》這類「活態」的古史敘事史詩所具有的文化史價值，就不會誤解它是無中生有的胡話或道教人物的宗教說教，相反地，會從它的詩行裏看到古代神話思維模式下的宇宙起源、人類起源、早期社會狀況的影像。

即將問世的漢民族的史詩《黑暗傳》[2]，以及近十多年來各地出版的其他內容的民間敘事長詩，加上少數民族的多種神話史詩和《格薩爾》、《江格爾》、《瑪納斯》三大英雄史詩，向文化史家和文學史家們提出了一個重大問題：舊的框架下的中國文化史和中國文學史，應該重寫了！

二〇〇二年三月二十六日初稿
二〇〇八年八月二十七日改定

1 馬克思，《政治經濟學批判・導言》。

2 胡崇峻搜集整理的《黑暗傳》，已於二〇〇二年四月由長江文藝出版社正式出版。這個敘事作品，在湖北的其他地區，如十堰市的房縣，也有廣泛的流傳。

談呂家河民歌

記得一九九九年的夏季，湖北省十堰市的民間文藝搜集者李征康同志打電話給我，說在武當山下發現了一個民歌村，他在這個小村子裏搜集了大約一千五百首短歌，十五部長歌。要我去看一看。武當山地區十年前曾發現了故事村伍家溝，現在又在同一個地區冒出來一個民歌村，這個消息著實令我高興。到了九月底，我接到了十堰市所屬丹江市委召開「中國武當民歌學術研討會」的邀請。儘管武當是舊遊之地，還是毅然放下手中正在寫作的文稿前去參加。那次會議的內容，主要是圍繞著會議主辦者提供的、由當地搜集者（主要是李征康）在呂家河村搜集的一冊傳統民歌的列印稿。其中既有抒情的短歌，也有敘事的長歌，而且都有曲調，都能演唱。應邀參加會議的人，來自民俗學、音樂學、宗教學等不同學科，根據會議提供的材料，大家一致肯定：由於歷史（明萬曆年間修建武當宮觀的各地二十萬民工流落此地）、地理（地處漢水以北、秦嶺以南，十分封閉）、人文（南受楚文化、北受秦文化以及本地道教文化與土著文化的影響）等諸種的原因，呂家河村的文化積澱極為深厚，能保存下來如此豐富的傳統民歌資源，且其曲調的豐富多樣，顯示出其文化的多源性、相容性和開放性，在文化學上極富價值。

會議結束後，我們在會議安排下去了呂家河村。這是一個隱藏在武當山後山皺褶裏的小山村，道路雖經稍事修整，也還是七拐八彎繞道才能進得去。在村子裏聽了不同性別、不同年齡的男女村民演唱的各類民歌。親眼所見、親耳所聽，與其說印證了會議研討的結論，毋寧說是啟發了我的思考。古人說的「禮失，求諸於野」，這條有關禮俗和文化發展嬗變的規律，在這裏再次得到了驗證。古代中原的若干歌曲及其類型，在漫長的歷史途程中，在產地中原逐漸消失了，被遺忘了，如今，卻在這個相對封閉的小山村裏被保存下來，它們的生命得到了延續。僅這一點，不是值得我們特別珍重嗎？

我對李征康在呂家河村記錄的十五部長詩特別感到興趣。在會上發言時，我著重就這個問題說過一些粗淺的見解。我重提胡適先生當年的一個著名論點：「故事詩（Epic）在中國起來得很遲，這是世界文學史上一個很少見的現象。要解釋這個現象，卻也不容易。我想，也許是中國古代民族的文學確是僅有風謠與祀神歌，而沒有長篇的故事詩，也許是古代本有故事詩，而因為文字的困難，不曾有記錄，故不得流傳於後代；所流傳的僅有短篇的抒情詩。這二說之中，我卻傾向於前一說。《三百篇》中如《大雅》之〈生民〉，如《商頌》之〈玄鳥〉，都是很可以做故事詩的題目，然而終於沒有故事詩的出來。可見古代的中國民族是一種樸實而不富於想像力的民族。他們生在溫帶與寒帶之間，天然的供給遠沒有南方民族的豐厚，他們需要時時對天然奮鬥，不能像熱帶民族那樣懶洋洋地睡在棕櫚樹下白日見鬼，白晝做夢。所以《三百篇》裏竟沒有神話的遺蹟。所有的一點點神話如〈生民〉、〈玄鳥〉的感生故事，其中的人物不過是祖宗與上帝而已（《商頌》作於周時，〈玄鳥〉的神話似是受了姜嫄故事的影響以後仿作的）。所以我們很可以說中國古代民族沒有故事詩，僅有簡單的祀神歌與風謠而已。」[3]對於胡適先生的這個論斷，我們大可懷疑。在許多少數民族中流傳的史詩和敘事詩姑且不談，近五十年來，中國民間文學工作者至少在鄂西北和江南吳語地區兩個漢族地區相繼搜集到了數量不少的長篇敘事詩。上世紀五十年代初，宋祖立、呂慶庚在湖北崇陽、蒲圻一帶記錄搜集的漢族長篇敘事詩《雙合蓮》，長達一千五百行；同時期還搜集了一部反映農民起義的長詩《鍾九鬧槽》。錢靜人於一九五二至一九五三年在江蘇南部搜集到一部長達二百七十五行的敘事吳歌；到八十年代，江蘇、浙江和上海的民間文學工作者又相繼搜集出版了

[3] 胡適，《白話文學史》（上海新月書店，一九二八年）第六章《故事詩的起來》。

《沈七哥》、《五姑娘》、《孟姜女》、《趙聖關》、《林氏女望郎》、《鮑六姐》等三十餘部長篇敘事詩，上海文藝出版社出版了《江南十大民間敘事詩》一書[2]。這說明，漢民族不是不富有敘事傳統，而是沒有搜集起來，任其自生自滅，在傳承中失傳了。如今又在武當山下的呂家河村搜集記錄了十五部長篇敘事詩，怎能不叫我高興呢？這十五部長詩固然不一定每部都是佳作，都有較高的認識價值和藝術審美價值，但同樣我也確信，其中必有好詩在，它們無疑豐富了中國民間敘事文學的寶庫。這個事實證明了胡適先生早年提出的那個結論或假設，是證據不足的，應予修正；中國文學史也應該改寫。

呂家河的民歌與社會，成為一個令人矚目的人文與社科研究課題和媒體報導的熱點。湖北汽車工業學院人文社會學系的學者們成立了呂家河村課題組，對剛剛掀開冰山一角的呂家河村的民歌，展開了全面的調查和深入的研究。他們經過一年多時間的田野調查和案頭研究，這部《武當山呂家河村民歌村民歌集》就是他們的成果之一。在這部書的作品部分，包括了現在還在口頭上流傳的千餘首、約二十萬行各類民歌（包括短歌、長歌和曲調）。這些傳統民歌，就其內容而論，反映了明代以來不同時代、不同地區的社會生活風貌和文化傳統，除了屬於生活民歌、私情民歌類的大量作品外，還有反映了民間信仰的民歌，如哭喪歌、祭祀歌等，也還有相當數量是屬於本地文化傳統的民歌（如已經失傳的《武當山蓮花落》），以及道教色彩較為濃厚的民歌。在呂家河村聽當地的男女農民們演唱民歌時，我看到他們用來為長篇詩歌伴奏的打擊樂器——是用一個支架頂在肚子上的一對小鑼鼓，在其他地方沒有見到過這種形制的鑼鼓，也沒有見過如此演奏，就顯然屬於當地文化而非外來傳統。

呂家河村不過是漢水以北、秦嶺以南這個極富獨特性的區域文化地圖上的一個點。以我粗淺的知識，這裏的文化，既受了楚地文化的深刻影響，又與楚地文化不完全是一回事；既受秦地文化的深刻影響，也不是秦地文化。以呂家河村

2 關於民間敘事詩的搜集，此前我已在〈民間文學：五十年回顧〉中較為詳細地寫過了，參見張炯主編《新中國文學五十年》（河北教育出版社，一九九九年），頁五四五、五六六。

的民歌為基點，課題組所做的調查和研究，也許是初步的，但它是前無古人的，也是開啟來者的。也許他們還會把自己的視野擴大到整個的社會研究。不管怎樣，這部選集的出版，無論對鄂西北社會、民俗、歷史、宗教信仰等文化傳統的研究，還是對漢民族文化移動與交融的探索，都具有無可替代的價值。

我沒有過細研究呂家河村這次民歌田野調查的全過程，但我相信，對在一個村子的範圍內流傳的民歌做如此全面的調查研究，為中國的記錄民俗學創造了一定的經驗。遠的沒有考證，在我從事民間文學工作的四十多年裏，就我的記憶所及，類似的個案調查研究，曾經有過一例，即一九五九年五月，北京的學者路工、張紫晨與江蘇省的學者周正良、鍾兆錦等組成的聯合調查組對江蘇省常熟縣白茆村民歌的調查，並出版過一本《白茆公社新民歌調查》（上海文藝出版社，一九六〇年）。遺憾的是，那次調查的重點是新民歌，雖然也涉及到民歌的歷史傳統，但難免受當時流行的「左」的思想的影響，畢竟有失片面[3]。而今天對呂家河村民歌的調查，則是在新的歷史時期裏所做的一次全面的歷史的調查，不僅資料搜羅全面宏富，指導方針也是遵循著歷史主義的。我希望這次田野調查的成果，能經得起歷史的檢驗，其所獲得的資料，能為中國記錄民俗學提供科學的、翔實的資料。

記錄民俗學是民俗學的一個分支。鍾敬文先生在闡述民俗學的結構體系時說，中國的民俗學應由三個子學科組成，即：理論民俗學、記錄民俗學（即通常所說的民俗志學）和歷史民俗學[4]。對於我們正在努力建設中的中國民俗學學科體系來說，這三個子學科當然是缺一不可的。鍾先生把理論民俗學放在了第一位，把記錄民俗學放在了第二位，其實理論民俗學與記錄民俗學是相互依存的。誠然，理論民俗學是重要的，沒有理論體系的民俗學，就如同俗話說的「盲人瞎

5 不久前，江蘇省民間文藝家協會主席陶思炎先生在大同市召開的二〇〇一山嶽文化研討會上與我相遇，送給我一片由江蘇音像出版社出版的《白茆山歌（傳統篇）》光碟（沒有出版年代），其中收入白茆傳統民歌五十三首。我把它看成是這是四十年後當地文化界為當年《白茆公社新民歌調查》調查組償還的一筆欠帳。

6 鍾敬文，《建立中國民俗學派》（哈爾濱：黑龍江教育出版社，一九九九年），頁四四至四八。

馬」，不獨不能有效地指導記錄的民俗學的開展，甚至也失去了學科生存的地位和發展的方向（但也應指出，中國的民俗學理論，至今還是遠未完善的，特別是在方法論上，還有很大的發展空間）。從理論來自實踐和理論是實踐的總結與昇華的觀點看，一定的民俗學理論的形成和發展，又有賴於記錄民俗學的開展和成就的取得。沒有民俗事象的廣泛記錄與匯集，不獨不能進入理論研究的層次，甚至使民俗學本身失去了任何學科的意義。這就是說，記錄民俗學永遠是民俗學學科的基礎。從這樣的角度看呂家河的調查，其意義也就不言自明了。

二〇〇一年九月三日於北京

附記：本文係為李征康、屈崇麗主編《武當山呂家河民歌村民歌集》（學苑出版社，二〇〇三年）所寫的序言。

秦漢之風與江漢之化

道教名山武當山，古代也叫太和山，在湖北省西北部丹江口市境內，漢江上游南岸。地處武當山西北麓皺褶裏的一些山村，由於崇巫淫祀的楚俗傳統的浸潤、「勁質而多懟，峭急而多露」（袁宏道語）的敘事傳統的影響，以及關山阻隔信息不暢等原因而長期處在封閉的狀態之中，較多地保存下來了相當豐富的地域特色濃厚的傳統民間文藝。多年來基層文化工作者和民間文學工作者在這裏搜集採錄的多部長篇民間敘事詩，證實了一個學界早就提出的大膽假設：秦嶺以南、漢水以北的鄂西北地方，是一塊蘊藏著豐饒的民間文學資源和民間敘事長詩的寶庫。

早在建國之初，即一九五〇年代，進入武漢的部隊文藝工作者宋祖立、呂慶庚在崇陽、蒲圻一帶做民間文藝調查時搜集記錄了《雙合蓮》和《鍾九鬧漕》兩部在口頭流傳的長篇民間敘事詩，被學界認為是繼東漢樂府《孔雀東南飛》之後，漢民族民間敘事詩在現代的新發現。「文革」後，中國進入了改革開放的新時期，從一九八三年起，中國民間文藝研究會湖北分會在全省開展民間文學普查，採取徵集的辦法，在全省範圍內徵集到民間敘事長詩五百多部。除了已經編印出來的一些單行本外，他們還仿照清代學者董康編著《曲海總目提要》（同治七年，一八六八年）的體例，編印了一部《湖北民間敘事長詩唱本總目提要》（第一集，一九八六年），其中收錄了四十二部長詩的提要（《湖北民間敘事長詩唱本總目提要》（武漢：中國民間文藝研究會湖北分會編印，一九八六年）。五百部長詩這一統計數字，見該書的〈前言〉）。在這次調查中，丹江口市六里坪文化站站長李征康先生從六里坪蔬菜大隊農民張廣生口述記錄了《書中書》；神農架文化館的胡崇峻先生搜集記錄了《黑暗傳》，後者由湖北省民協於一九八五年把搜集到的八份正式資料合為一集以《神農架〈黑暗傳〉原始版本彙編》為題內部編印出版。我的朋友，當年執掌中國民間文藝研究會湖北分會祕書長職務的詩人兼民間文學家李繼堯先生，為中國民間文學事業所做的這件大好事，將永載學術的史冊。

一九九九年的夏天，李征康在發現了故事村伍家溝之後，繼續潛心於當地民間文學的搜集工作，在坐落於武當山後山的官山鎮呂家河村，從歌手們的口頭演唱中記錄了一千五百首短歌和十五部民間長篇敘事詩。他打電話給我，我聽到這個消息後，真有點兒喜不自勝。同年的九月，我接到了十堰市所屬丹江口市委召開「中國武當民歌學術研討會」的邀請，遠赴武當山下的武當賓館出席會議，會後又到呂家河村去參觀，並走訪了他所發現和採訪過的那些鄉村歌手們，在隊部的院子裏聽他們唱歌，到「歌王」姚啟華的家裏用餐。在這個山巒環抱的小村子裏，只有一百八十二戶，七百四十九口人，竟有八十五個能唱二個小時民歌的歌手，還有四個人能唱千首以上的民歌！真是不可想像！至於對呂家河村民歌的更深的瞭解，大半來自於李征康提交會議的那篇論文〈呂家河村民歌概述〉（李征康的論文後易題為〈呂家河——「中國漢族民歌第一村」概述〉，收入李征康、屈崇麗主編《武當山呂家河村民歌集》（學苑出版社，二〇〇三年）一書中）。我在學術會議上的發言，重點放在了在這個村子裏記錄下的長篇敘事詩，後來把發言的意思寫在了為李征康和屈崇麗主編的《武當山呂家河村民歌集》一書寫的序言中。為了方便，把有關該篇敘事詩的一段引在下面：

我對李征康在呂家河村記錄的十五部長詩特別感到興趣。在會上發言時，我著重就這個問題說過一些粗淺的見解。我重提胡適先生當年的一個著名論點：「故事詩（Epic）在中國起來得很遲，這是世界文學史上一個很少見的現象。要解釋這個現象，卻也不容易。我想，也許是中國古代民族的文學確是僅有風謠與祀神歌，而沒有長篇的故事詩，也許是古代本有故事詩，而因為文字的困難，不曾有記錄，故不得流傳於後代；所流傳的僅有短篇的

> 抒情詩。這二說之中，我卻傾向於前一說。《三百篇》中如《大雅》之〈生民〉，如《商頌》之〈玄鳥〉，都是很可以做故事詩的題目，然而終於沒有故事詩的出來。可見古代的中國民族是一種樸實而不富於想像力的民族。他們生在溫帶與寒帶之間，天然的供給遠沒有南方民族的豐厚，他們需要時時對天然奮鬥，不能像熱帶民族那樣懶洋洋地睡在棕櫚樹下白日見鬼，白晝做夢。所以《三百篇》裏竟沒有神話的遺蹟。所有的一點點神話如〈生民〉、〈玄鳥〉的感生故事，其中的人物不過是祖宗與上帝而已（《商頌》作於周時，〈玄鳥〉的神話似是受了姜嫄故事的影響以後仿作的）。所以我們很可以說中國古代民族沒有故事詩，僅有簡單的祀神歌與風謠而已。」〔胡適《白話文學史》第六章〈故事詩的起來〉（上海新月書店，一九二八年）〕對於胡適先生的這個論斷，我們大可懷疑。在許多少數民族中流傳的史詩和敘事詩姑且不談，近五十年來，我國民間文學工作者至少在鄂西北和江南吳語地區兩個漢族地區相繼搜集到了數量不少的長篇敘事詩。……這說明，漢民族不是不富有敘事傳統，而是沒有搜集起來，任其自生自滅，在傳承中失傳了。如今又在武當山下的呂家河村搜集記錄了十五部長篇敘事詩，怎能不叫我高興呢？這十五部長詩固然不一定每部都是佳作，都有較高的認識價值和藝術審美價值，但同樣我也確信，其中必有好詩在，它們無疑豐富了我國民間敘事文學的寶庫。這個事實證明了胡適先生早年提出的那個結論或假設，是證據不足的，應予修正；中國文學史也應該改寫。

的確，這些流傳在武當山周圍漢民族聚居區的長篇民間敘事詩的被發現和部分地被採錄下來，以及此前已在鄂西北的另外一些地區、長江三角洲一帶的吳語地區記錄下來的一些長篇敘事詩，不僅極大地豐富了中國文學史，也改寫了中國文學史。其在中國文化史上的意義是很大的。

此後未久，北京大學中文系的陳連山教授便率領他的學生到呂家河采風，他們被這裏的悠久的民歌傳統和鮮活的演唱活動所吸引，於是在這個被學界稱為「漢族民歌第一村」的山村建立了教學研究基地。他還著文宣傳和評價發現呂家河民歌村的學術意義。十年來，他和他的學生每到暑假幾乎都要到官山鎮所屬的呂家河及附近村子裏去做民間文學的調查訪問、採錄搜集，他們在當地發現了許多民歌能手，搜集記錄了大量的各類民歌，包括敘事長詩和各種老唱本。他把當地學者李征康搜集記錄的和他與學生們搜集記錄的長篇民間敘事詩收攏在一起，編為一集，精為校勘，盡其可能地做了注釋，改正了許多錯別字。他所編纂校勘的這部民間敘事長詩集，匯聚了武當山周圍地區、主要是南神道一帶眾多民間文化精英們吟唱的長篇敘事詩作品集，最近終於脫稿了。他提議要我為這部書寫一篇序言。對他的提議，我深感惶恐，雖然我在十多年前造訪過官山鎮和呂家河，聆聽過那些樸素的山民歌手們的忘情的詠唱，也寫過一點相關的文字，但畢竟沒有用心地研究過。

粗略地流覽《武當山南神道民間敘事詩集》所選的三十二篇民間敘事詩，其來源和內容是很複雜的，功能也是不同的（呂家河的民眾自己有「陽歌」與「陰歌」之分），需要做認真的考辨和研究。就內容和題材而言，既有講述天地混沌宇宙初創的，詠唱三皇五帝演繹史事的，宣傳道教或佛教世界觀的（大概與張三豐創立的三豐派，主張三教合一，修己利人，崇奉真武有關），更多的則是取材於世俗生活的。據我在演唱現場觀察，這些長篇敘事詩，不是文學史上被稱為「徒歌」的那種詩歌，亦即沒有伴奏只能朗誦的詩歌，而是在一種唱者用小鼓、小鑼、小鈸等樂器伴奏下吟唱的。在當地做過調查的四川音樂學院的教授蒲亨強說，呂家河的民歌的曲調，是長江流域民間音樂與黃河流域民間音樂風格的奇妙融合，除了一部分是土生土長的土著文化外，大都是淵源有自的，要麼來自於江南小調，要麼來自於中原地區，它們在當地有了幾百年的融合和傳播歷史。在判斷文化移動問題時，曲調也許比文本更顯示出重要性。我在閱讀這些作品的文本記錄稿時，也發現其中許多情節，特別是地名、字句，也依稀透露著它們發生的祖源地的某些信息。如〈孟姜女尋夫〉中說，孟姜女是「家住江南松江府，華亭縣內有家門」；「蘇州有個萬杞梁」，而這篇長詩的演唱者，官山鎮田畈村的范世喜，其祖源在河南南陽，而范姓家族於清乾隆初年即一七三六年遷到此地。如此說來，說范世喜所吟唱的這部孟姜女故事的長詩，帶有河南南陽或中原文化的印記或影子，也許並非是不可信的吧。這種情況再次提醒我們，我們有理由相信，呂家河以及武當山南神道一帶流傳的這些敘事長詩，很有可能是當年修建武當山道教宮觀時各地民工們從各自的熱土帶來，而後在一種相對封閉的環境裏口傳身授傳承至今的。一九九九年在武當山下召開的那次學術會議上我提出的這個未經充分證實的假設，如今已為當地的一些學者所進行的調查研究證實了。

明朝開國皇帝朱棣奪取政權後，極力推崇真武，扶持武當道教，廣建武當道場。自永樂十年（一四一二年）道錄司右正一孫碧雲受命勘測設計遇真宮、紫霄宮、五龍宮、南巖宮，七月動工，主體工程於永樂十七年完工，附屬工程於永樂二十一年（一四二三年）完工，前後凡十一年，整個工程及後勤役用人員達三十萬之巨。這些來自全國各地的民工，在工程告竣後，就地落戶〔武當山志編纂委員會《武當山志》（新華出版社，一九九四年），頁一二三〕。現在官山鎮所在的武當山後山地區，當年承擔著武當山宮觀生活和工程的物資供應及後勤保障任務。現在的五龍莊、新樓莊，當年就是專為五龍宮、新樓觀提供物資並因此而得名的。後山區域還是工匠們輪流休養的地方，故而青樓業在當年一度頗為發達。除了武當山宮觀的建設者外，永樂十五年（一四一七年），朝廷還將犯人王文政等統共五百五十戶差送到武當山。五方雜處，移民匯聚，講故事和唱民歌，成為當時的一種娛樂方式。清同治《鄖陽府志・風俗》：「舊志謂：陝西之民四，江西之民三，山東、河南（河）北之民一，土著之民二；今則四川、江南、山西亦多入籍，親戚族黨，因緣踵至，聚族於斯。語言稱謂，仍操土音，氣尚又各以其俗為俗焉。」大量移民所帶來的本土文化，在原本地曠人稀的鄂西北的武當地區，與當地的土著文化相匯聚、相交融，形成了「俗陶秦越之風，人漸江漢之化」的文化風貌和文化特色，而堪為代表的，乃是這些深藏於民間而今依然鮮活地流傳在民眾口頭上的民歌和長詩。

李征康先生在前單槍匹馬，陳連山先生在後率領學生，在丹江口的官山鎮一帶若干山村裏所做的調查和搜集記錄的這些民間敘事長詩，經過連山的精心編輯校勘，就要正式出版了。它的出版，不僅填補了湖北省民間文學分布圖，同樣也是中國民間文學分布圖上的一塊大大的空白，也在中國文學史和民間文學史上添加上了濃重的一筆。連山的調查報告式的緒論，以學者的縝密思維和獨到見地統領全書，使這本選集閃耀著民間文學學理的光輝。這是我久已期待的。

二〇〇八年五月二十五日於北京

附記：此文係為陳連山、李征康主編《武當山南神道民間敘事詩》（武漢：長江出版社，二〇〇九年）所做的序言；首發於《文藝報》二〇一〇年十一月十日。

附：關於《劉全進瓜》的信

征康同志：

你寄來的民間長篇敘事詩《劉全進瓜》，我已經讀完了。二十世紀末，在丹江口市呂家河村一帶的農村裏至今還在口頭流傳著這樣的活態的民間敘事詩，而且長達近六百行，自是十分寶貴的。長詩所敘述的故事，如你信中所說，與《西遊記》第十、十一兩回所敘述的故事大體相同。但《西遊記》的重點在寫唐太宗遊地獄，作者通過這個荒誕的故事，意在寫唐太宗是一個明君。劉全進瓜不過是為整個故事服務的一個小情節和表現的手段。而長詩《劉全進瓜》則重點寫村夫、村姑劉全和妻子劉翠蓮的悲歡離合和愛情忠貞。因此，兩個作品有相同之處也有不同之處，而長詩《劉全進瓜》應看作是一件有悠久歷史的獨立民間作品。

據研究者考證，《西遊記》創作於明代中葉，最晚不會晚於明萬曆二十二年（一五九二年，刊刻本問世）或十二年

（一五八二年，吳承恩逝世）。《西遊記》是作者吳承恩在大量民間傳說基礎上經過再創作而成的一部長篇小說。作者在小說裏吸納了各地流傳的許多民間傳說，有些地方其編織的痕跡明顯可見。劉全進瓜可能是作者根據需要而編織到小說中來的一個均州傳說。換言之，民間傳說《劉全進瓜》在均州流傳在先，作家吸收到小說之中在後。至於流傳於均州的民間傳說，是通過什麼途徑為吳承恩所熟悉，所採用，是值得研究的一個問題。《西遊記》寫作和竣稿的時間，大體上與太和山（武當山）各主要道教宮觀的建造時間相當。明萬曆年間，動用二十萬全國各地民工，經過二十年左右的時間，對武當山的宮觀、故道、橋樑進行了歷史上規模最大的一次擴建和重建，到萬曆二十五年丁酉（一五九七年）已陸續建成竣工。均州的民間傳說和長篇說唱，如劉全進瓜的傳說，有可能通過民工之口流傳到其他地區，為外界所知。吳承恩足跡所到，雖然只有浙江長興，但他素來對各地民間故事、傳說多有興趣，所以他便在寫作《西遊記》時，把它編織進去，作為唐太宗李世民遊陰並派人給閻羅王送瓜的細節。

如果這個判斷不致大錯的話，那麼，《劉全進瓜》可能是在某種軼聞的基礎上，逐漸形成為傳說或長詩（說唱），而且經歷了五百多年的歷史長河，一直流傳到今天。長詩儘管採取了李翠蓮、劉全夫妻二人過陰還魂的非現實手段（這種對冥界的描寫，與武當地區道教思想的廣泛傳播有關），但其總的傾向是歌頌普通勞動者愛情的堅貞。呂家河一帶能保存下來諸多民間長篇敘事作品，決定於它的內部和外部條件。已經有好幾位先生寫過論文，我就不在此饒舌了。

這只是初讀後的一些感想，不是深入研究的成熟結論。寫給你供參考。

祝安好！

劉錫誠

二〇〇〇年五月三十一日於北京

傳統情歌的社會意義

一

情歌在中國各族人民中是很豐富的。曾經有人做過一些並不十分科學的估計，認為情歌是民歌中最多的部分。文藝是現實的反映，作為文藝作品的情歌反映了人民的愛情生活。在舊的社會制度下，勞動人民受著重重的壓迫與奴役，政治上無權，經濟上受剝削，他們的真摯的愛情也往往被封建統治者的罪惡的手扼殺了。可以毫不誇張地說，這些無可計量的情歌大部分是向著統治者發出的抗議書和宣戰書，在這些青年男女的歌聲中，揭露了統治者扼殺自由愛情的罪惡，表達出勞動者的堅貞的戀愛觀和美好願望。

讀一讀這兩首情歌吧：

鐵打的鏈子九尺九，哥拴脖子妹拴手，
哪怕官家王法大，出了衙們手牽手。（雲南）

桂花的窗子桂花的門，大老爺堂上的五刑，

打斷了幹腿拔斷了筋，越打越是我兩人親。（甘肅）

這兩首歌一方面寫出了統治階級對勞動者的愛情的迫害，另一方面寫出了青年主人公們在封建統治者面前剛強不屈的「硬骨頭」精神。勞動者的愛情是火燒不斷、水撲不滅的，因為他們之間有著共同命運的基礎，有著勞動和階級感情的基礎。

我們讀到和聽到許許多多這樣的情歌，這些情歌的作者——也就是這些作品中的主人公——向舊社會、舊制度發出反抗和諷刺的呼聲。情歌中所以有那麼多反抗和諷刺的歌，當然是有其社會原因的。舊社會裏的婦女備受凌辱和壓迫，她們的悲慘生涯使她們不得不在歌聲中對社會制度、歷代統治階級和封建禮教提出毫不掩飾的、露骨的諷刺和抗議，流露出她們對自由生活、對平等權利、對幸福前途的企求。她們在統治者面前高歌：

鋼鎖鐵鏈妹不伯，砍頭坐牢妹不慌；
衙門要判我倆死，同葬東門柳結根。（廣西）

何等堅真的愛情！何等剛強的聲音！正如這首情歌所寫的，勞動婦女有著堅貞不移、「不自由毋寧死」的優良的品德；她們敢於大膽無畏地向舊社會制度挑戰，對坐牢、砍頭都毫不畏懼，為了愛情的自由，寧願「同葬東門柳結根」。讀到這裏，我們不禁聯想到漢魏樂府民歌《孔雀東南飛》的悲劇性的結尾，女的「舉身赴清池」，男的「自掛東南枝」，以殉身向封建社會提出抗議。這種血腥的事實，不是統治者和舊禮教壓迫的結果嗎？情歌中的反抗意識，是在古代歌謠中即有了的。我們且舉一首六朝時期的子夜歌為例：

自從別歡來，何日不想思。
常恐秋葉零，無復蓮條時。
仰頭看桐樹，桐花特可憐。
願天無霜雪，梧子解千年。
白霜朝夕生，秋風淒長夜。
憶郎須寒服，乘月搗白素。
秋夜入窗裏，羅帳起飄颺。
仰頭看明月，寄情千里光。
別在三陽初，望還九秋暮。
惡見東流水，終年不西顧。（秋歌）

這首歌裏所反映的是，六朝時期在政治上是一個動亂的、黑暗的時期，五胡的入侵使中原一帶人民流離失所、無以安居，加之征役入伍使老百姓妻離子散，情侶的思念之情是無法壓抑的。這首歌憑藉自然的景色抒發思念的情誼，遙寄愛人以團圓的期望。然而從詩的整個思想來看，卻是向舊社會、向統治者的控訴。過去的學者們把這類歌謠解說成「哀情的歌曲」，這實在是一種脫離開「社會政治的觀點」的曲解。

我認為，傳統情歌中反映社會政治主題（當然是通過愛情的描寫）的作品是最重要、最有代表性的一部分。在評價這種作品時，絕不能離開這種作品所由產生的社會情況，僅只是從作品所表現的生活去評價它，也就是說，必須用階級觀點和歷史觀點進行具體的分析。

二

把愛情同勞動結合起來，並在勞動中抒寫愛情，是傳統民間情歌的重要特色。這種特色是為勞動人民——情歌的作者和主人公對勞動的態度所決定的。

在這個問題上，以往存在著很多並不正確的看法，我們必須予以討論。一種看法是：「女子對握有經濟權的，擁有廣大土地的貴族君子的戀愛情感特別深摯，特別沉醉。」[1]對這種觀點是不用多加駁斥的，因為這種觀點今天已經沒有市場了。

另一種看法是：「在舊社會，勞動——在人們的心目中，已成為束縛他們鐐銬和枷鎖。最多也不過是為了一家一戶乃至自身生活的需要而已。因而，勞動人民為了充分滿足自己精神生活的需要，往往為了愛情而忘卻了勞動，或是身在勞動而心不在勞動。」愛情和勞動「二者處於矛盾的地位」[2]。這種看法是值得討論的。

勞動人民的愛情與金錢是無緣的，他們靠自己的雙手創造未來的幸福和美滿的生活，他鄙視建築在別人血汗上的富家人的「愛情」。青年婦女愛的是「種田哥」、「勤儉郎」，而絕不趨炎附勢地屈從於別人。

在舊社會裏，勞動者的確是為剝削者而勞動的，因而也確如前引的意見所說，在人們心目中，勞動已成為束縛他們的鐐銬和枷鎖。但是，在勞動者的意識中，對勞動的領會是複雜的、矛盾的，他們除了把勞動看作是沉重的負擔之外，還把勞動看作是創造性的快樂之源。高爾基說過：「即使是為世界上的掠奪者而做的強迫勞動，也依然是誘人的、使人

1 汪靜之為陳漱琴編《詩經情詩今譯》做的序（女子書店，一九三二年）。

2 見劉鵬，〈談新情歌〉，《民間文學》一九六〇年一月號。

高興的，可是這種高興不被人注意，因為它不是把糧食往自己穀倉裏收的財主的高興。」[3]如果看不到這種對勞動的理解的兩重性，就無法理解情歌與勞動的關係。

我認為情歌中的愛情與勞動不但不是處於「矛盾的地位」，反而是結合的、相互有益地影響著的。社會勞動任何時候都是民間文學的理想的基礎，傳統民間情歌也不例外。以古代情歌而論，如：

朝發桂蘭渚，晝息桑榆下。
與君同拔蒲，竟日不成把。（〈拔蒲〉）

這首南朝樂府民歌中的情歌，通過拔蒲的共同勞動寫愛情的專注，主人公沉浸在歡愉的愛情生活中。這裏寫的「與君同把蒲，竟日不成把」，意為女子與情人一起拔蒲，因為感到快樂而拔蒲心不在焉，才會「竟日不成把」，非並由於什麼「勞動僅僅是供少數統治者享樂，只有愛情才是自己的。勞動和愛情本來就存在著不可調和的矛盾」，而他倆「決然地不顧一切去追求自己珍貴的愛情」[4]，厭惡勞動。不是這樣，這裏作者是強調地描寫愛情的專注和主人公的心情。

在傳統民歌中，勞動人民通過勞動抒寫愛情的例子很多，這裏且舉一首：

男：
深山鳥叫不見人，順風吹來砍柴聲，
山坡下面有誰在喲？嗚喂！聽見山歌就想哥。

3 高爾基，〈文學遊戲〉，引文轉自《蘇聯民間文學論文集》（作家出版社，一九五八年），頁三五一。
4 見前引劉鵬文。

女：

手鬆斧頭掉下坡，山坡下面妹砍柴哟，

嗚喂！……

在這種作品中，勞動不但不是沉重的負擔、可恥的枷鎖，不但不是與愛倩有著不可調和的矛盾，相反地，是勞動烘托了愛情的主題，突出了真摯的愛情生活的描寫！

這樣分析情歌中的愛情與勞動，並不是勞動人民不把奴役性的勞動看作可厭的。勞動人民的歌謠創作中，特別是社會生活歌謠、時政歌謠中，充滿了對奴役性、剝削性勞動的反抗的意識。在情歌中雖然也有這種情況，但愛情與勞動的結合、通過勞動抒寫愛情的，總是占著比較重要的地位。

三

有一些情歌，雖然它們的短小的篇幅裏並沒有描寫宏偉的場面，也沒有描寫驚心動魄的事件，然而我們讀了或聽了卻很受感動。例如有一首流傳極廣的民歌：

姐家門前一棵槐，手攀槐樹望郎來。

娘問女兒望什麼，我望槐花幾時開！

這首民歌的主題很單純，內容簡單，語言樸實無華，惟妙惟肖地刻畫了一個戀人的內心世界和外在環境。在過去人吃人的階級社會裏，婦女是處在最悲慘、最不幸的地位的犧牲者。她們終日被關在家裏而不得出入三門四戶，甚至看人都不敢正視，怎麼能叫她們公開地對自己所愛的男子表露愛慕之情呢？可是她們那種青春的火焰在內心燃燒，使她們思索焦慮，輾轉不安，白日不餐，夜間不眠。她們不能不唱，可是又不能直率地說出來，只是迂迴曲折地暗示。明明是在望情郎，在母親的追問之下，卻說在望「槐花幾時開」。無論什麼力量也壓抑不住她們心的激情，她們的歌聲從未停止過，從未間斷過，而是低吟淺唱，此起彼伏，那麼深情，那麼動人！

歌謠作為人們世界觀的藝術的反映，真實地描述了勞動青年的戀愛觀，選擇愛人的標準，表現了他們的真摯、純潔的愛清生活。由於篇幅的限制，在這裏僅將表現真摯的愛情的歌謠加以分析。請讀：

塔里木河水在奔騰，孤雁飛繞在天空，
黃昏時不見你的身影，從黑夜等你到天明。
那羊兒睡在草中，那山谷閃著孤燈，
我的姑娘啊，從黑夜等你到天明。（新疆）

這首歌謠從側面、通過愛情生活中的一件事情表現了愛清的熾烈與專一。我們從作品中看到，男主角等愛人赴約會，從黑夜等到天明的焦急心情；塔里木的河水在喧囂奔騰，草原上的羊兒都入睡了，這時空中的孤雁，山谷中的孤燈，都引起他莫名的思情。但是主人公堅信愛人是會到來的，所以即使等到天明也要等待她。

情歌中還有相當數量的歌只寫了愛情生活中的一點，或僅只是對愛人的俊俏的讚美，或僅只是一次幽會的敘寫，或僅只是對愛人思念的抒發。這些歌謠的價值何在呢？有的人說：這些情歌只是單純的男女情思的表白，其內容比較狹窄，從中看不到更多的生活內容。

情歌作為抒情歌謠一種，不僅允許作者寫出直接的政治見解，而且允許作者寫出對事物的一點感受，只要是積極的、向上的、向前發展的、健康的，便是有價值的。我們舉例來看：

山間裏的溪水啊，清又亮，
姑娘啊——沒有你的眼睛好看！
我要說給你話啊，又多又長，
像山間的溪水一樣，流也流不完。（傣族）

這首歌，是對愛人的讚美和誇獎，愛人的眼睛，比山間的溪水還光亮，還好看；又通過對愛人的讚美，傾吐出對她的愛慕之情。這裏表現的勞動者的感情，是健康的感情，高尚的情愫。合乎勞動人民美學觀點和道德標準的東西，自然是會受到勞動人民的歡迎的。

一九六一年四月十七日定稿

（發表於《山東文學》一九六一年八月號）

激越悲愴的晉北民歌

在中國現當代文學史上，與民歌結緣的詩人，不絕如縷。從劉半農一九一八年搜集出版的《江陰船歌》被周作人稱為「中國民歌的學術的採集上第一次的成績」起，詩人搜集民歌，向民歌吸取滋養，成為中國新詩百年發展歷程的一個重要的傳統。後來者如：臺靜農搜集出版了《淮南民歌》，李金髮搜集出版了《嶺東戀歌》，鍾敬文搜集出版了《客音情歌集》。光未然搜集出版了《阿細的先雞》。聞一多指導劉兆吉搜集出版了《西南采風錄》並做序。何其芳編訂出版了《陝北民歌選》。嚴辰搜集出版了《信天遊選》。李季搜集出版了《順天遊》。薛汕編選出版了《金沙江上情歌》、《憤怒的謠》、《嶺南謠》。王希堅搜集出版了《翻身謠》等。學習民歌而在創作上取得成就的，鼓吹向民歌學習的，還有柯仲平、田間、馬凡陀等。詩人組織民歌社團、登高一呼搜集民歌者，也不鮮見，如新四軍詩歌作者勞辛、林山、蘆芒、賀綠汀等於一九四一年六月成立蘇北詩歌協會；抗戰勝利後，丁景唐、袁鷹、薛汕、沙鷗、呂劍、馬凡陀等在上海創立的中國民歌社等。

賈真先生是一位詩人，而且是一位熱愛民歌、深受民歌影響的詩人。他出身於並扎根於晉西北深厚的民間文化土壤中。在他的文學生涯中，時時受著民間文化的滋養。他對民間文學，尤其是對流傳於晉西北的民歌，有難以割捨的鄉土情懷，常常利用工作之便，到河曲、保德、偏關、繁峙、寧武、岢嵐、靜樂、忻州、定襄一帶，去採集那裏在民眾口頭上傳唱的山曲、民歌，三十餘年從未間斷。在他的行篋中，積累了大約五萬首晉西北各地民歌。《晉西北民歌選》（作家出版社，二〇〇四年）中所選錄的九千行民歌，就是從他的豐富的私藏中遴選出來的佳作。現在他把這些浸透了他多年的心血、本來屬於私藏的民歌珍品公諸於世，希望與更多的讀者和文學界朋友共用，實在是一樁文壇快事，自然也為中國現當代文學史上新詩與民歌的親緣關係的長長的鏈條，增添了新的一環。

西北民歌主要分布在晉西北、陝北、寧夏中部、甘肅南部、青海東部農業區。就民歌的形式和風格而言，似還應包括內蒙古的河套地區。這是一個狹長的「文化圈」，民歌的種類繁多，音樂的形式紛呈，但卻有著共同的因子，把這個狹長的地區聯繫在一起。論者嘗曰：「西北民歌是中國民歌之魂。」所謂「中國民歌之魂」，不僅是因為這一地區所處的黃河流域中段是中華民族的搖籃之地，我想，更主要指的是西北民歌所表達的生生不息的民族精神和所表現的激越豪放的風格。當然，說西北民歌是中國民歌之魂，並不是說其他地方和其他民族的民歌，就不是中國民歌之魂、沒有表達民族精神。

晉西北民歌屬於西北民歌的重要一支。河曲（包括保德）地處黃河拐彎處，這裏所流傳的民歌，無論在內容上，還是形式上，都以十分明顯的特色著名於世。歷史上，這一帶的民眾，自明末以來，由於封建統治者的剝削壓榨，由於土地集中和連年災荒，無以為生者甚眾，民不聊生的境遇，使他們不得不拋家別舍紛紛「走西口」（「西口」泛指內蒙古西部的伊克昭盟、準格爾旗、包頭、大青山、後套等地），到內蒙古的河套地區謀生，有的春去冬回，有的常年不歸，流落他鄉。歌曰：「河曲保德州，十年九不收，男人走口外，女人挑苦菜。」這種狀況一直持續到清朝末年。流徙的悲苦生活，不僅造就了河曲民歌的內容，民眾也把當地的民歌帶到了他們的客居地河套地區，把河套一帶的「爬山調」帶到了河曲。在藝術形式和藝術風格上，由於其西南部（除神木、府谷外）與陝北為鄰，而其北部又與內蒙古河套地區接壤，處在兩地之間的河曲，自然受到陝北民歌「信天遊」和河套民歌「爬山調」的影響，在文化的相互交融和相互吸收中，形成了河曲民歌——「山曲」在風格上的悲愴纏綿的特色。其實，悲愴或悲涼，幾乎是一切民歌的藝術風格的基調，這是由歌唱者的命運所決定的。不過，河曲人的特殊歷史和命運，使他們的民歌的這種悲愴的情調更加強烈和普遍罷了。恩格斯在論到愛爾蘭歌謠時說過：「這些歌曲大部分充滿著深沉的憂鬱，這種憂鬱在今天也是民族情緒的表現。當統治者們發明著越來越新、越來越現代化的壓迫手段，難道這個民族還能有其他的表現嗎？」（〈愛爾蘭歌謠集序言箚記〉，見《民間文學》雙月刊一九六二年第一期）果戈里在論到小俄羅斯歌謠時也說過：「正像馬克西莫維奇正確地指出的，俄羅斯的悽愴悲涼的音樂表現著對於生活的忘懷：它力圖離開生活，撲滅日常的需要和憂慮；可是，在小俄羅斯的歌謠裏，它卻和生活打成一片，它的音節生動活潑，因此似乎不是在嗚響，而是在說話——用言語來說話，吐盡心中的鬱積，……每一句話都深深地印入靈魂。」（〈論小俄羅斯歌謠〉，見《俄國作家論民間文學》（中國民間文藝出版社，一九八六年），頁二六）河流和山嶺往往成為文化分布阻隔與分野的屏障。與河曲民歌的風格不同，地處汾河以東、太行山中的左權，其民歌就呈現出另一種藝術世界。那裏的小調同樣委婉嫵媚，而山歌則高亢嘹亮。不同的歷史遭遇和不同的地理文化環境，使晉西北民歌在統一的激越豪放的基調和悲愴悠揚的旋律中，顯示出深邃撼人的詩意、芬芳馥郁的韻律和繁複多樣的風格。

好詩來自民間。讀者從這些由詩人直接採自民間的活態的民歌中，不僅能夠讀到晉西北民眾在不同時代裏和不同的地理環境中的種種生活樣相，他們的窘困，他們的奮爭，他們的愛情，他們的智慧，他們的情趣，而且也從字裏行間隨處可以體味到未經雕鑿的民眾的藝術天才，而這，正是我們專業的文藝家們不能不敬服的。當然，從民俗和音樂的立場說，任何記錄下來的民歌，都因失去了它生存的語境而不再具有鮮活力。這的確是沒有辦法的事情。劉半農把民歌的「清新」比作「野花的香」。魯迅說民間文學的特點是「剛健清新」。朱自清說「歌謠的自然是詩中所無」。就讓我把這些讚美之詞統統移來讚美晉西北的民歌吧。

二〇〇四年八月二十二日於北京

附記：此文係為賈真編《小曲兒一唱解心寬——晉北民歌精華》（作家出版社，二〇〇四年）所寫的序言；首發於《中華讀書報》二〇〇五年三月二日。

低吟淺唱的私情民歌

私情民歌，故名思義，通常是指反映舊社會婚姻不自由的情況下男女之間不被社會承認的愛情的那一類情歌，有時也泛指一般的情歌。私情民歌是那些精神生活頗為貧乏的鄉民們（主要是女子）表達情感、傾訴心曲、宣泄情欲的一個重要渠道和一種重要形式。因此，私情民歌並不是在任何情況下、任何環境中，都可以演唱的。這類情歌，多數是婦女們私下裏偷偷吟唱的。有情有意的青年男女，也時常在田頭山崗上引吭高歌，或在群眾性的歌會上對唱，以歌傳情。

最為常見的是第一種情況，即青年女子心有所愛，卻由於禮教的戒律或道德的規範而不敢或不便於公開表達其心曲，或是由於男子的背信棄義而失戀，無由傾訴，於是就在獨處時，低吟淺唱，抒發其內心蘊蓄既久的情感和憤懣。這種演唱方式和演唱環境，是由私情民歌的內容和指向所決定的。無論就其內容而言，還是就其心跡而言，都屬於歌者（或作者）埋藏得很深的私人祕密，不需要別人知道，卻又壓抑不住，強烈地要求傾訴和表達。

第二種情況，也是常見的。一般說來，情歌是不能在家裏唱，而只能在野外唱的，所以江南一般把情歌叫做山歌，大概就是這個道理。一九六〇年我在鄂爾多斯草原上下放勞動的時候，常常聽到有音調悠揚而內容屬於私情的「爬山調」從遠處飄到耳朵裏來。「爬山調」裏有大量屬於表達「私情」的民歌，幾乎都是在野外和峁梁上唱的。有一次，我與一個被放逐到農牧區來勞動了已經三年的「右派份子」一起，趕著一輛牛車在草原的土道上緩緩而行，草灘遼遠而寧靜，他坐在車轅上執著鞭子於長時間的沉默後，便放開嗓子，旁若無人地唱起了情歌。那情歌大膽熱烈而帶有失望，音調悠揚中透露著悲愴，給我的印象很深，直到四十年後的今天，他唱歌的樣子我還記憶猶新。我知道，這些民歌的內容和音調，是與他在政治上感到沒有出路、生活中沒有妻子的撫慰所產生的痛苦寂寞的心境相一致的。他所唱的是一些私情民歌，但他並不求有所呼應，只求抒發自己內心的情感和苦悶而已。

至於群眾性的歌會，那是青年男女們談情說愛和尋求情侶的大好時機，也是對唱私情民歌的最好場所。在古代，祭祀天地諸神或高禖的儀式，往往要在一片神聖的樹林裏舉行群眾性的節慶活動，此時人們擺脫了既成的社會陳規，把自己視同一個「自然人」，男女之間可以自由交往，唱歌跳舞，談情說愛，甚至實行幽會或野合。一九八五年我曾經應邀參加過雲南楚雄地區大姚曇華山的插花節，白天所進行的是一系列祭祀儀式，夜幕降臨之後，來自不同地方的人們，都陸續匯聚到曇華山頂的樹林中，點燃起熊熊篝火，忘情地又唱又跳，用歌聲傳情，不少相互愛慕的青年男女，在夜色的掩蓋下隱入叢林深處……八十年代曾經看到過一份材料說，甘肅省康樂的蓮花山「花兒會」也是這類性質的歌會，遺憾的是未能親臨考察，因而未得其詳。一九九四年夏天，中國旅遊文化學會民俗專業委員會邀請一些學者去青海省大通縣參加老爺山「花兒會」，我有幸參加並考察了這次傳統的群眾性節日活動。老爺山的叢林間和縣城體育場裏同時舉行對歌賽歌的活動，不過山林中的對歌賽歌是自發的，體育場上則是有組織的。對唱歌手們所唱的大都是些情歌，也有些是私情歌，詼諧的歌詞中甚至夾雜著不少大膽的男女挑逗、性欲象徵的隱喻。由於我們只參加了白天的活動，沒有參加夜間的活動，因而男女青年由於對唱情歌、進而幽會甚至野合的民俗事項就未能見到。這些僅存的古代歌會「化石」，已從以娛神為指歸的原初狀態，逐漸過渡到以娛人為目的了。

從私情民歌的創作者、演唱者及其流傳地域和演唱情況來看，私情民歌是中國農業文明和宗法社會的產物。私情民歌的濫觴、興盛、變遷及衰弱，都離不開農業文明與宗法制度這兩個根本性的因素。因此，無論從文藝學、社會學的角度來看，還是從民俗學、心理學的角度來看，私情民歌都是一個極有意思而尚未得到深入探討的領域。

然而，研究私情民歌，又不應在社會學的層面上止步，還應向著更深的精神層面掘進。男女之間的愛情畢竟是人類精神領域中的高級活動，其動力和內在本質，則是男子和女子的性欲，是延續種屬的本能。因此，研究私情民歌，也就不能撇開對人的性欲領域的研究。同時，男女之間的愛情在階級社會裏又受著階級、門第、道德等諸種因素的制約。在中國，愛情還受著長期封建社會中形成的禮教規範的制約。這樣一來，男女之間的正常而純真的愛情，只要觸犯了某一禁區，便會受到有形無形的壓抑甚至暴力摧殘，釀成人生悲劇。但愛情既然是基於男女性欲的一種內在要求和人類的一種高級精神活動，私情民歌也就永遠不會被扼殺。

一九九七年四月四日於北京

附記：本文係為山民編著《野玫瑰——中國民間私情歌選評》（大眾文藝出版社，一九九八年）所寫的序；首發於《棗莊日報》一九九八年九月六日。

靡曼纏綿的水鄉民歌

——嘉善田歌

金天麟先生的《中國・嘉善田歌》就要付梓出版了，他打來電話要向我索序。儘管手頭要做的事情實在是太多而自己又對田歌缺乏專門的研究，但我還是答應下來了。所以答應他的邀約，有兩個原因：其一，是因為嘉善與我有一段刻骨銘心的不解之緣。早在一九六六年春夏之交，受到新故事和田歌的吸引，我從上海市青浦縣的朱家角乘船去到浙江省的嘉善縣，一路飽覽了江南河網水鄉的旖旎風光，又在堆滿稻穀的禾場上聆聽和欣賞了新故事講述和田歌演唱，給我留下了難忘的印象；也是在那裏，第一次從廣播裏聽到了震驚世界、影響歷史的「文化大革命」爆發的消息。其二，是從「文革」後的撥亂反正、繼而改革開放新時期起，金天麟便作為民間文學戰線的一員活躍於文壇，而我也於一九八三年起從中國作家協會調回到了中國民間文藝研究會，盡一己之力推動民間文學理論研究與體系的建設，並參與主持制定了有關中國民間文學「三套」集成的編輯計畫和開展全國民間文學普查，我們便相識於這個大家都在施展身手的時代。此後二十多年來，我們多次見面，即使在我退休後過著「閒雲野鶴」的生活，他也並沒有忘記我這個無用的老人，前年春天，他藉來京參加中國民俗學會第六次會員代表大會暨主辦的學術會議之機，同上海的朋友們一道來看望我。在中國政府主導的非物質文化遺產保護工作順利開展並已深入人心的今天，他決意把自己窮畢生之力搜集和珍藏的，以及雖是他人採錄，但也由他多年來辛勤徵集保存的家鄉一帶的田歌和自己的研究著作拿出來出版，把不同時代、不同類型的田歌公諸於世，把優秀的（包括一些已經謝世的）田歌傳承人介紹給廣大讀者，把一份珍貴的文化遺產留給後代子孫，作為同行和朋友，我有什麼理由不寫呢？

「田歌」是流傳於太湖流域（江蘇的東南部和浙江的西北部）水鄉的一種民間歌謠，是農耕時代養育的、以農民大眾為創作和傳播主體的口頭文學。它的特點是用吳語詠唱或述說，受水鄉的陶冶，「聲調靡曼纏綿」。其淵源十分悠遠。顧頡剛說：「以五代時吳越國王錢鏐所唱的為早。」自東漢以降，嘉善就屬吳郡所轄，故嘉善的「田歌」，應屬於古代「吳歌」的一支。《詩經》的《周南》、《召南》所選的風詩，沒有包括楚地的歌謠。到戰國時代，屈原的《九歌》為後人集為《楚辭》，是我們讀到的最早的楚地風謠。漢武帝立樂府，採集了北起燕、代、雁門、雲中、隴西，南到吳、楚的風謠，可惜所採集的風詩已經湮沒不存了。宋郭茂倩編《樂府詩集》裏始收錄了《吳聲歌曲》四卷，並引《晉書・樂志》說：「吳歌雜曲，並出江南。東晉以來，稍有增廣。其始皆徒歌，既而被之管弦。蓋自永嘉渡江之後，下及梁、陳，咸都建業，吳聲歌曲起於此也。」（《樂府詩集》第二冊（中華書局，一九七九年），頁六三九至六四〇）顧頡剛先生說，這部書裏所收錄的吳聲歌曲，「是六朝至唐的樂曲，大約是以金陵（六朝的國都）為中心的」（《蘇州的歌謠》，《民俗週刊》第十一、十二期合刊，一九二八年六月十三日），這個斷語也未必盡然。只要細細讀來，可以品味出，有的作品在內容、調式、結構上，如〈子夜四時歌〉、十二月花一類所開創的歌曲範式，與當代流傳和記錄的吳歌以及金天麟所記錄的田歌之間，似也並不能排除有著蛛絲馬跡的承續關係。二十世紀的百年間，對吳歌（田歌）的採集記錄成績最大，不僅採錄了大量篇幅短小的歌謠（四句頭），也採集了多篇幾百餘行乃至千把行的長篇敘事詩歌和抒情詩歌。長篇吳歌的發現和採錄，是二十世紀民間文學工作者們對中華文化的一大貢獻。我們高興地看到，金天麟在嘉善所採集的田歌中，有些作品，如〈賣衣香〉、〈臨平二姐〉、〈白鴿子拖翎〉、〈林七姐〉等，就是這一類的作品。

本書作者把這些歌謠名之曰「田歌」，我想並非學者的命名，而是遵從民眾自己的俗稱。「田歌」者，顧名思義，是指在田野，即山野田疇間，放聲詠唱的民歌，僅就其內容而言，雖然涉及的領域很廣，如生產、生活、社會、情感等廣泛領域，甚至有以「急急歌」（繞口令）為調式抨擊舊的社會制度的〈長工山歌〉，但總的看來，以詠唱男女愛情的情歌數量最多，也最富有情趣。這類表達男女情致的歌，只能在山野和田間詠唱，因為在那裏，是最無視舊的禮教的場所。歌謠的實質在抒情言志。當然，抒的是民眾之情，言的是民眾之志。在這個意義上說，歌謠既是表達意願和情感、提升審美的文藝作品，又是認識歷史和民眾世界觀的重要資料。

金天麟對家鄉嘉善田歌的摯愛，使他幾十年如一日鍥而不捨地投身於田歌的搜集和研究工作，並且組織、帶領許多熱心於田歌的民間文藝工作者、田歌手一起搶救，一起搜集。現在，他終於把自己辛苦採錄和廣為搜集，包括部分由他人採錄得來的田歌，加以編選，並與他多年的研究成果合為一集，奉獻給家鄉的父老和範圍更大的讀者，同時，也使嘉善的口傳田歌獲得了「第二次生命」（已故芬蘭學者勞里・航柯語）。嘉善田歌將因這部書的記載而生命永存。從他的選集與研究中，我們不僅能夠窺見流傳在嘉善的田歌的全豹，而且也從他的著述中瞭解到那些已故的和還健在的優秀歌手的身影、才華和事蹟。正是他們這些非物質文化遺產的傳承者們，把一向處於弱勢的、非常脆弱的「草根文化」——非物質文化遺產，得以世代傳承下來。

二〇〇八年十月十一日於北京

附記：本文係為金天麟《中國・嘉善田歌》（哈爾濱：黑龍江人民出版社，二〇〇九年）所作的序言；首發於《嘉善日報》二〇〇九年九月十二日。

男女相與詠歌，各言其情者

——清江流域土家族的歌謠

與謝婭萍教授的文字之交已有多年了。近十多年來，我在她所供職的《湖北民族學院學報》發表過一些文章，都是經她之手編輯發表出來的。可是我們至今也還沒有機會謀面。她在編輯工作之餘，又從事人文學術的研究，對土家族的文化表現出了特別的熱情與專注，多次到清江流域土家族聚居地區做田野調查和專題採訪，並在報刊上撰發文章，提供了許多新鮮的材料和論點。以前她贈送我的《土家族村落文化的審美流變》（合著），就是以木魚寨為個案，以實地調查和文本材料研究並重，解讀土家族民眾審美文化的一部專著。在這部書之後，如今她又完成了這部新著《言情於歌——清江流域土家族歌謠研究》。我對她這部土家族歌謠的專題研究書稿即將付梓，表示欽羨和祝賀。

土家族是一個有著悠久傳統和燦爛文化的古老民族。該民族的先祖可能就是已經消失在歷史深處的巴人。可以肯定的是，自秦以來，土家族就聚居於湘西、鄂西、川東、黔東北四省毗鄰的武陵山區，在此休養生息，而少有遷徙、戰亂之苦。這塊地處千山萬壑之中，史稱荊楚、沅湘的地區，對於歷史上的中央王朝而言，自然屬於鞭長莫及之邊地了，然也因而使他們的文化保持著較為獨立的系統和穩定的形態。只是在清雍正朝實行「改土歸流」政策之後，土家族的本土文化受到周邊漢文化的影響加劇，大大加快了其吸收異族文化的進程，從而促使本土文化發生了和發生著日益顯著的嬗變。土家族雖然沒有自己的文字，早就以漢語作為交流的工具，但相對閉塞的自然、地理環境和巫文化盛行的人文環境，給土家族的文化傳承及其嬗變，造就了一些重要的特點。東漢王逸在《楚辭章句》裏就指出：「昔楚國南郢之邑，沅湘之間，其俗信鬼而好祀，其祀必作歌舞，以樂諸神。」也就是說，相對閉塞的地理環境以及巫風和淫祀，使包括歌謠在內的土家族的傳統文化，浸染著濃重的巫文化的色彩。即使到了現代，我們也還能看到，構成土家族文化重要部分的民歌（歌和謠），似乎除了狹義上的情歌而外，仍然沒有與儀式徹底脫離干係，生產勞動有薅草鑼鼓歌，祭祀有擺手歌（舞）和梯瑪歌，婚嫁有哭嫁歌，發喪有撒葉爾荷（亦歌亦舞）……而且從形態學來講，正如作者所說，「其原始歌謠特別是神歌，總是與巫舞、巫祀聯繫在一起」，體現著「生命原點意識」，而有些歌謠甚至至今也還相當完整地保留著歌舞「綜合體」的原始形態。作者從史詩《擺手歌》（也是歌舞綜合體之一例）中，發掘出了土家人在氏族生存繁衍的敘事中隱藏著的對生命意識的執著吟唱和呼喚。

清江流域的土家族只是四百萬人口的土家族之一部。作者選取居住在這一地區的土家人的歌謠及其流變史作為研究對象，除了已有的文本材料外，還以從親歷田野調查中得到的當代還流傳於民間的鮮活材料，運用歷史的和地理的比較方法，從多學科的視野和角度出發，來探索歌謠與民族（如白虎崇拜）、歌謠與群體（如族群意識、祖先崇拜）、歌謠與社會（如改土歸流前後的社會）、歌謠與地域（荊楚、沅湘）、歌謠與生產（如舟船、耕作）、歌謠與生活、歌謠與民俗（如婚嫁、喪葬、祭祀）等的關係，尤其關注社會的諸多方面對歌謠內容、風格、特點、體式之形成的影響，以及人的多面生活在歌謠中的表現與揭示，對近代以來相對處於薄弱地位的中國歌謠學的拓展，是有積極意義的。

採集歌謠和研究歌謠（包括古人的注疏、集解、正義等方法），在中國文化史、文學史上是有著光輝傳統的一種事業和學問。在這方面，先賢們為我們留下了《詩經》、《楚辭》、《樂府》等專集，以及許多古代文獻中輯錄、引述並闡釋的優秀古代民歌，既有地域的，也有民族的，成為我們瞭解和研究中國古代社會和人類自身的重要材料和百讀不厭的優秀文學讀物。近百年來，前輩們在粵東民歌、吳歌、花兒、陝北民歌、東蒙民歌等的輯錄和研究闡釋上，也多有貢獻，給我們留下了很可珍貴的遺產，使中華文化多元構成的格局添加了許多有說服力的證據。《詩經》之所收，基本上是北方的詩歌和民歌。《楚辭》之所收，擴大了疆域，涉及了楚國的作品。漢武帝立樂府，採錄的範圍擴大了；及宋郭茂倩所輯編的《樂府詩集》，雖收有吳楚之地的民間作品，如巴州的《竹枝詞》，但似乎也並沒有清江流域的土家族的歌謠。而地處荊楚、沅江之地的土家族的歌謠，雖然自東漢以降就有文人學者在其著作中論及，但畢竟不過是偶爾提及而已，還沒有人對其做出系統的深入的闡釋。現在擺在我前面的謝女士的論著，不僅是作者對現代條件下還在清江流域土家族民眾中流傳的傳統歌謠的研究和闡釋，而且還包含了透過她的多學科視野下遴選出來的土家族歌謠的範本，和她所撰述的歌謠演述環境的田野手記。因此，她的勞動自然是難能可貴的了。

〈詩序〉曰：「變風發乎情，止乎禮儀。」朱熹《詩集傳・序》曰：「凡詩之所謂風者，多出於里巷歌謠之作。所謂男女相與詠歌，各言其情者也。」作者把自己的著作取名為《言情於歌》，我想就是取此義而名之的。我欣賞這個題目，它簡潔而意深。

以上寥寥數語，就算是給謝婭萍女士的專著《言情於歌》的序言吧。

二〇一〇年七月二十九日於北京

附記：此文係為謝婭萍、曹毅新《言情於歌——清江流域土家族歌謠研究》所作的序；首發於《三峽論壇》二〇一一年第二期；《恩施日報》二〇一一年四月二十八日第十一版。

第三輯

現代性與方法論

整體研究要義

一、引言

建設有中國特色的民間文藝學理論體系問題，已經討論很久了。中國民間文藝學界的同行朋友們都在思考，而且從理論到實踐進行了積極而有成效的探索，步伐是堅實的。幾年來在報刊上發表的一些討論性文章，從不同角度分析論證了建設中國民間文學理論體系的必要性、迫切性和可能性，論述了它的基本構架和研究方法。這些論述發人深思，具有開放眼光和恢弘氣度，貫穿著現代意識和學科意識。但也要看到，這些討論仍然是極其初步的，有許多問題或討論得不夠深入或根本沒有觸及，而在這些問題上缺乏深刻的論述或不能有比較一致的意見，建設中國式的民間文藝學理論體系就始終不過是一句空話。

中國面臨著學術研究日新月異、科學技術飛速發展、社會生產發生深刻變革的新形勢。在當代世界，哲學、社會科學領域內崛起了一大批新學科、新思潮、新觀點，這些新學科、新思潮、新觀點擴大和提高了人類對已知領域和未知領域的認識，從而推動著學科的發展。民間文藝學作為一門新興的學科，由於它與人類生活的密切關係以及在研究方面所取得的成就，日益受到人文科學有關領域乃至自然科學領域的重視。

作為一個理論工作者，筆者對於建設中國自己的民間文藝學理論體系，曾發表過一些零零星星的意見，近年來也還在不斷思考。當「龍」年（一九八八年）即將君臨之際，不揣淺薄，擇其要者分篇寫出來，以求得同行專家們的批評指正。這一篇的題目叫〈整體研究要義〉。與其說想要提出什麼新見解，毋寧說想把近幾年學術界關於這個問題的意見加以梳理、歸納和概括罷了。

二、整體研究第一義

整體研究是前人早就提出來的一種研究方法。整體研究其實就是在事物的聯繫中對事物外在特徵和內在本質的研究。我們所以提出要在民間文學領域裏實行整體研究，是因為中國民間文藝學長期受到封閉的孤立主義思想的影響，無論在學科建設上，還是對某種現象的研究上，都程度不等地存在著割裂事物之間聯繫的傾向。比如對民間口頭創作的研究，由於這種傾向的存在，就不僅放棄了淵源的研究，致使學術界關於原始藝術、藝術的起源與民間口頭創作之間的歷史聯繫的意識薄弱，停留在民間口頭創作的描述這一淺層次上；同時對民間口頭創作與其他相關領域（比如它的孿生兄弟民間藝術）的關係，也表示了不可容忍的冷淡，更談不上在形態學和功能學上的理論概括了。這種割斷事物聯繫的狀況應當得到改正，這種狀況不改正，對民間口頭創作本質及特徵的認識，進而對原始藝術和民間藝術的本質及特徵的認識，也就是不全面、不科學的。

原始藝術、民間口頭創作和民間藝術是人類社會廣大成員三大類精神活動現象，三者構成民間文藝學的研究對象。這三大類精神活動現象，既有同質的方面，又有異質的方面，既體現著時間的觀念（發展的觀念），又體現著空間的觀念（有共時的特點）。從民間文學的立場來看，這三者是難於割裂和捨棄其中之一不論的，否則，我們也就不僅不能正確地認識各自的本質和特點，而且也根本無法正確認識和闡述人類藝術發展的兩個截然不同的系統——民間創作和專業藝術——是怎麼回事情。

從起源學或發生學的角度來看，原始藝術是史前時期人類藝術（精神）活動的結晶。民間口頭創作和民間藝術作為原始藝術的兩個發展支脈，與專業藝術和作家文學不同，更多地從它身上繼承了和頑強地保持了認識和把握世界的混合性的特點，正是這種原始的混合性使這三類精神創造現象同時成為民間文藝學的三個研究對象，民間文藝學的任務之一應該揭示它們之間的具體關係。

由於歷史的久遠，資料的匱乏，對於原始藝術，今天難於窺見其真實面貌。但是，研究者們還是根據考古發掘的古代文化遺存（如新石器時代的彩陶、青銅器上的紋樣）和把保存在叢山或深洞裏的岩壁畫、洞穴畫，根據古籍中記載的原始歌謠、神話、傳說、祭典禮儀等點滴材料，根據世界各地現存原始民族中間記錄下的口碑材料——歌謠，神話，傳說——和觀察所得的人體裝飾（文身、項圈、手鐲、耳環、唇塞）以及氏族圖騰、神偶等，得出了一些結論。比如：原始先民的藝術具有明顯的實用功能；藝術因素與實用物品（武器、工具等）的製作，與技術的發展交織在一起，相吻合；藝術地掌握客觀世界的混合性。原始藝術的實用—功利性是為人本身的需要所決定的：生產的需要（為工具和武器的順手而繪製的圖案，為保證狩獵和戰爭的勝利而舉行的儀式中先民表演的舞蹈與默劇，巖畫中所表現的動物和人具有的祭祀含義，等等）和人類自身繁衍的需要（對火的獲得、對生殖的崇拜，等等）原始藝術的混合性是原始思維能力和思維方式所決定的；由於原始先民的思維是一種被法國原始學家列維—布留爾（Lévy-Brühl, Lucién, 1857-1939）稱為不同於文明時代人類邏輯思維的「原邏輯思維」[1]，他們對主客體的認識往往受到「互滲律」的支配，不能區分物質和精神、自然和人、生產和思想意識、現實和幻想、實踐和想像。對於那些創造者來說，原始藝術不能說是現代意義上的藝

1 [法]列維—布留爾（Lévy-Brühl, Lucién）的「原邏輯思維」說，見所著《原始思維》（商務印書館，一九八一年，丁由譯本）。對列維—布留爾的這一觀點，學術界有不同看法。例如德國現代哲學家恩斯特．卡西爾在其《人論》中，曾引用法國社會學派人類學家杜爾克姆的《宗教生活的基本形式》和英國功能學派人類學家馬林諾夫斯基的《信仰和道德的基礎》中的論點，批駁了列維—布留爾的「原邏輯思維」說。

術構思，而是對真正發生的，或正在發生的事情的描述與模仿。

原始藝術從一開始就沿著兩條軌道平行發展：一條軌道是通過人本身所具有的表現手段——發出聲音、身體動作；一條軌道是通過人體以外的物質手段——石、粘土、木頭、骨、天然染料等。前者便產生了早期的詩歌、神話、歌曲、舞蹈等藝術，後者便產生了繪畫、雕塑、樂器等藝術。當社會生產力的發展把人類帶入文明時代之後，原始藝術逐漸演變而為民間口頭創作和民間藝術。民間口頭創作和民間藝術同原始藝術有相通之處和本質的相同之點，又在許多方面有根本性的差別。

民間口頭創作是在社會分層和階級對立的社會環境中產生的，由社會下層成員創作的口頭作品。前著名蘇聯美學家莫・卡岡（M. karah）在論述原始藝術與民間創作的區別時說：「民間創作終究不同於原始藝術，這是因為，首先，它是藝術創作最初形式的漫長歷史發展，完善和形態變化的結果，其次，它在另一種社會環境中被創造出來並存在著——已經不是在原始公社制和前階級的社會環境裏，而是在階級對立的環境中，同時這種環境在很多方面得到分裂，在社會方面分裂為城市和鄉村，在一般文化方面分裂為城市文化和鄉村文化，在特殊藝術方面分裂為民間創作和城市的專業藝術生產。實際上，原始藝術就是前階級的和未形成社會分化的社會的民間創作。」[2] 隨著腦力勞動和體力勞動的分工，文學逐漸為知識份子所專有，而民間口頭創作則仍然沿著氏族社會中發展起來的原始神話、傳說、歌謠發展的道路延續下來，成為廣大的不識字的下層社會成員的精神產品。值得指出的是，作為原始藝術核心內容的原始觀念，並未因為社會的歷史性變換而悄然遁去，而是依然頑強地保存在大部分社會成員的頭腦中，依然頑強地保存在和承繼在他們的民間口頭創作（傳說、故事、史詩等）中。即使在漫長的封建時代中創作出來並得以廣泛流傳的這類民間口頭作品中，我們仍然隨處都看到靈魂不死、靈魂寄於體外、變形、半人半獸、人神共處等原始觀念。不過，在民間口頭創作中的這類

[2] 莫・卡岡著，凌繼堯、金亞娜譯，《藝術形態學》（北京：三聯書店，一九八七年）第七章〈古代藝術混合性接替的歷史過程〉，頁二〇九。

原始觀念多數是與社會現實生活畫面交織在一起的，是從屬於已經進化了的社會形態和社會理想的，是逐漸與藝術的實用－功利功能疏離的。

民間藝術作為原始藝術經過漫長歷史發展的第二個支脈，在社會分層以至階級對立社會中與民間口頭創作平行發展起來。不過，民間藝術與口頭創作不同，它是以物質為依託、為外殼的，而不像民間口頭創作那樣，是口頭的、語言的、容易變易的；它是由個人創作（大型的巖畫、雕塑等作品例外）之後即告完成，而不像民間口頭創作那樣，在創作過程中即有集體的修改加工參與其間。在民間藝術中，相當普遍地存在著藝術史初期的藝術混合性、原始觀念和實用－功利性，儘管藝術所固有的「謬斯」（藝術性）與「實用－功利性」這兩重性之間的矛盾日益尖銳起來。比如各種民間神禡畫像起著祈福的作用，各種器物、服飾、窗花的圖案多數還具有禳災辟邪的意義。當然，隨著社會形態與社會生活的變遷，文化變遷是不可避免的，比起原始社會初期的藝術來，民間藝術的世俗內容大為加強了，審美功能大為強化了。中國的民間藝術特別發達，反映了人民群眾的心理素質和文化特徵，具有濃郁的地域特色，與中國的民間信仰的多種多樣、歷史悠久、在各階層民眾的生活中占有重要地位不無關係。

這三類人類精神創造是既有區別又有聯繫的，民間文藝學理論很難、也不應當拋開其中的一類於不顧，而應當把這三者作為一個整體來加以審視。建國以來，中國民間文學界對民間口頭創作研究較多，而對原始藝術和民間藝術研究較少，即使有所研究，也未能從三者的相互聯繫中做整體的觀照，因而造成民間文藝學理論斷肢殘臂的不正常狀態。

三、整體研究第二義

任何一件原始藝術作品、民間口頭創作和民間藝術作品，作為文化的一個小小的因素，都不是孤立存在的，而是與一定的文化環境相聯繫的。當我們研究這些作品時，只有把所要研究的作品放到它原初的生存環境中去，才能真正瞭解它、闡明它。這就是我在篇文章中所要說的「整體研究」的第二義。

馬林諾夫斯基在《巫術科學宗教與神話》一書裏講述他對民間故事的整體性研究時說過：

> 我們在這裏關心的，不是每個故事怎樣一套一套地說，乃是社會的關係。說法本身自然十分重要，但若沒有社會關係做上下文，做布景，便是死的東西。我們已經知道，有了講故事的姿態，於是故事的興趣也可提高，故事的本質也可明瞭。講述人的表演，有聲有色，聽眾的反應，有動有靜，在土人看來，都是與故事本身同樣重要的。社會學家也該自土人之間尋找線索。講述人的表演也當放到適當的布景以內——那就是一天的某一時，一年的某一季，以及出了苗的園子候著將來的工作，童話的講述可有略微影響豐收的巫力等背景。我們也不要忘記這種引人發噱的故事的私有制、社會功能與文化使命等社會布景。這一切素質都是同樣有關係的，要在故事的文本以外加以研究。故事乃是活在土人生活裏面，而不是活在紙上的；一個將它寫在紙上而不能使人明瞭故事所流行的生命圍氛，便只是將實體割裂了一小塊給我們。[3]

馬林諾夫斯基在這裏描繪了土人講述民間故事的社會文化環境，令人信服地指出：「故事乃是活在土人的生活裏面，而不是活在紙上的；一個將它寫在紙上而不能使人明瞭故事所流行的生命圍氛，便是只將實體割裂了一小塊給我們。」研究老百姓講述的故事，必須將在什麼場合、什麼季節（時刻）、當著什麼聽眾（男、女、老、少）、聽眾反應情況、有無巫力、當地風俗習慣與文化傳統等多種因素加以綜合考慮，進行整體性的研究。如果置上述諸文化因素於不

3 馬林諾夫斯基著，李安宅譯，《巫術科學宗教與神話》（北京：中國民間文藝出版社，一九八六），頁八九。

顧，只將記錄下來的故事文本進行一般文藝學的研究，那就會使人無法瞭解故事文本背後的深層意義，甚至帶來錯誤的印象，因此是絕對不可取的。

這種情況，對於神話尤其重要。因為神話作為原始藝術，大都是與原始人的儀式相伴而生的，除開那些講述事物來歷的推原神話和以世俗生活為核心的神話。神話與儀式的關係是極為密切的，神話作為儀式的觀念，儀式作為神話的形式。如果不把講述神話的小環境和大環境（氏族文化的傳統）做整體的考察，那就不僅不能得其要領，反而會墮入五里霧中。德國哲學家恩斯特・卡西爾（Ernst Cassirer, 1874-1945）在《人論》一書中寫道：

> 無論從歷史上說還是從心理上說，宗教的儀式先於教義，這看來已是現在公認的準則。即使我們能成功地把神話分析到最後的概念要素，我們也絕不可能靠這種分析過程而把握它的活生生的原則。這種原則乃是動態的而不是靜態的，它只有根據行動才可描述。原始人並不是以各種純粹抽象的符號而是以一種具體而直接的方式來表達他們的感情和情緒的，所以我們必須研究這種表達的整體才能發覺神話和原始宗教的結構。[4]

卡西爾在這裏就神話與（原始宗教的）儀式的結構所發的議論，從一個角度指明了對神話進行整體研究的重要性。不同時研究表達原始人的感情和情緒的「具體而直接的方式」，就無由發覺神話與原始宗教的結構，從而也就無由瞭解神話的意義。美國當代神話學家阿蘭・鄧迪斯（Alan Dundes, 1934-）也發表了類似的見解。他在為希歐多爾・H・加斯特爾的《神話和故事》一文所做的評點中說：「就其鼓勵文學家研究神話的口頭文本而言，神話—宗教儀式的解釋，對神話研究具有有益的效果。神話研究的目的，不只在其本身，而在於它們存在於其中的文化的其他方面的材料。」[5]

---

4 [德]恩斯特・卡西爾（Ernst Cassirer）著，甘陽譯，《人論》（上海譯文出版社，一九八七年），頁一〇一。

5 [美]阿・鄧迪斯，《世界神話學論文集》（美國加里福尼亞大學出版社，一九八四年）。

筆者對此曾有一番親身的觀察。一九八六年參加中國—芬蘭民間文學聯合考察隊在廣西三江縣侗族考察時，參加了宣講「款詞」的儀式。「款詞」的內容並非通常所理解的文學性的神話，而是在一種莊嚴的儀式上由一位德高望重的村寨老者（寨老？祭司？）向本族的成員（限於男人）宣讀一篇包含有民族遷徙歷史、事物來歷、法律準則等內容的文告。其中多含神話。但這種神話確非純藝術的構思，其作用（功能）也非給人以藝術的欣賞，而是作為儀式的內容的一部分，作為不可更易的氏族或村寨法規，要群眾遵從的。如果不把記錄下來的神話文本連同宣讀「款詞」的儀式及其功能聯繫起來研究，可以說，是完全不可理解的。

在考察研究口傳民間創作時，除了十分重視作品的演唱環境對作品的關係，將其與作品本身做統一的理論觀照外，還必須把民間口頭創作與相關的民間藝術品進行參照研究。在我們已知的世界各民族（包括中國各相關民族）的巖壁畫和洞穴畫中，幾乎每一幅畫面的背後，都隱藏著神話、故事和原始宗教的內容，而這些神話、故事和原始宗教的背景，有的還在民間流傳著，有的業已失傳，變成了不可索解的歷史之謎。

被原始藝術家認為屬於古代東夷部族遺留下來的連雲港將軍崖巖畫，以三塊主石為中心，在它周圍組成三組排列有序、內容不同的畫面，雕琢了人面畫、農作物、獸面紋、太陽紋、星象紋和各種符號。據研究，在這幅由三組構成的巖畫背後，是東夷人部族（「人方」部落）「敬天常、建帝功」，全氏族成員向蒼天表示最高敬意，歌頌農神的功德，祝願農神賜福人民、德被人民的祭祀儀式的寫照[6]。

要解開花山巖畫之謎，除了考古發掘、歷史記載、民俗文化可資參證外，流傳在民間的那些活生生的傳說，也不是無足輕重的。讀判斷巖壁畫的作畫年代這類問題，也許不是可信賴的助手，但對於研究巖壁畫的題材內容、畫面形象、宗教觀念、象徵意涵一類問題，卻未必不是一些重要的參證[7]。反過來，要研究流傳在左江流域的傳說，就離不開左江

6 參見劉洪石，〈連雲港將軍崖巖畫〉，載《美術叢刊》第二十六期（上海人民美術出版社，一九八四年）。

7 關於左江崖壁畫的作畫動機、象徵意涵等問題，論述甚多，素有農民戰爭宣傳畫、祭祀水神畫、駱越族巫畫等說。廣西民族研究所韓肇明、覃彩

崖壁畫。左江崖壁畫作為古代先民留下的空間藝術，記錄的雖然是一瞬間的畫面，截取的雖然是生活史的一個剖面，但由於這一瞬間的畫面、這生活史的剖面是由物質手段做依託、所固定的，因而對傳說研究有著重要的參證作用。

將軍崖巖畫也好，左江崖壁畫也好，它們與民間口頭文學有著內容、觀念上的互滲，只有做綜合的考察，才能接近認識的正確，這正是整體研究的要求。

四、整體研究的第三義

研究原始藝術現象、民間口頭創作作品和民間藝術作品，必須超越作品表面所提供的信息，把目光投注到中國文化的深處，投注到相關學科所提供的豐富的資料和方法，才能全面地把握住所要研究的對象的整體。民間口頭創作同原始藝術一樣，是漫長歷史時代中多層文化因子的積澱，在同一件作品或同一主題情節的作品上面，同時可見到不同歷史時代的文化因子：宗教（神話）觀念、象徵形象（符號）、比喻等。離開對歷史深處的文化形態的洞悉，就無法進行文化積層的剝離研究，無法分辨何種宗教觀念是在何種時期形成又為何能承繼下來，何種象徵形象（符號）是在什麼條件下出現又象徵何種意義，無法弄清不同的觀念、不同的象徵何以能相容並存（如道、儒、釋的若干觀念），等等。河南大學中原神話考察中發現〈鐵鞭打黃河〉（又叫〈大禹導黃河〉）和〈女媧補天〉等神話，一種說法是大禹和女媧的故事，另一種說法是老子李耳的故事[8]。這兩種神話並存的現象，表明了深厚的中國文化傳統對民間作品的影響，民間作

鑾著《廣西左江流域崖壁畫簡論》認為：「左江崖壁畫的作畫動機，無疑是與原始宗教有密切關係。……主要是祖先崇拜的表現，同時也雜糅了日月崇拜、山河崇拜、圖騰崇拜、剩餘崇拜和祭祀水神等。」

[8] 見張振犁，《中原神話考察》，中國民間文藝研究會第四屆第二次理事會上的發言。

品中既保存著大禹、女媧等上古神話的原始形象及其觀念，也有在後世歷史發展中被強有力的道教觀念異化的表現。這樣複雜的問題，任何簡單化的研究都是不能奏效的。在民間故事研究中，所以出現一些非此即彼的簡單化的結論，蓋因未能從文化傳統深層著眼，對其形成、發展做整體研究所致。民間故事的結構中分為穩性結構和非穩性結構兩個組成部分，穩性結構包括基本情節和基本人物，非穩性結構包括觀念和語言。在發展過程中穩性結構變化較慢、較小，或基本不變，而非穩性結構則隨著社會生活、社會關係、風尚的變化而發生著或快或慢的變遷。孟姜女傳說的演變就是與個典型的例子。一千三百多年來，這個傳說的基本情節和人物構成的核心部分並沒有多大的變化，這種穩固性也透露出了中國文化傳統的穩固性的一些信息；但觀念的變化、語言的變化，又是何等的驚人呀！要剖析孟姜女傳說，就不能不從整體性意識出發研究這一千三百多年的文化發展，不能不採取層層剝離的辦法，把積澱在這個傳說上的種種觀念進行解析。

目前，中國民間文藝學界在神話研究方面考證的方法得到了格外的重視。一方面這是好現象，因為它把神話的文化探源置於一種踏實可靠的基礎之上。另一方面，又是值得憂慮的現象。因為研究者們拋開了民族學所提供的大量活生生的材料，不能不使這種純粹書齋的研究走向極端。「五四」以後，中國神話學研究以歷史學家們為主幹，曾經在考證、訓詁的海洋裏徜徉了二十年之久，直到聞一多先生撰寫了《伏羲考》等論文，吸收一批民族學家們在西南少數民族地區考察所得的成果，把考證與運用活材料熔為一爐，才打開了神話研究的新局面。與其說聞一多作為學者的貢獻是他的學術成果，毋寧說是他在研究方法上的革新。聞一多的方法，實際上就是整體研究的方法、聯繫研究的方法。我的主張是，民間文藝學理論研究，固然要以文學的研究為要義，但文學的研究，也絕不意味著僅僅是意義、形象、文體、詞章等的簡單化了的闡釋，尤其不是長期以來受庸俗社會學影響的文學理論和方法。民間口頭文學，是文學，但又與一般的文人文學不同，是一種與民眾生活息息相通、須臾不可分割的文學。相應地，民間文學的研究，也與普通文學研究不同。也就是說，在研究民間口頭創作這種特殊的文學現象時，既不能忽視相關學科（包括民族學、考古學、宗教學、藝術學）所取得的資料和成果，不能忽視與其生存緊密聯繫著的社會生活所提供的一切可能的資訊，但又不能用民俗學、民族學、社會學的研究，特別是用長期以來大行其道的庸俗社會學思想來代替文學的研究，而必須把這一切聯繫起來進行觀照，才能達到自己的目標。

一九八七年十月二十六日凌晨寫完

二〇〇八年八月二日略作修訂

（原載《民間文學論壇》一九八八年第一期）

民間文學普查中若干問題的探討

一九八六年四月四日在「中國——芬蘭民間文學搜集保管學術研討會」上宣讀的論文

【小序】

二〇〇五年五月十八至二十日，中國民間文化保護工程國家中心在京舉辦了「國家級非物質文化遺產代表作申報培訓班」和《中國民族民間文化保護工程普查工作手冊》首發式，在會上傳達學習了《國務院辦公廳關於加強我國非物質文化遺產保護工作的意見》（國辦發[二〇〇五]十八號文件）和《國家級非物質文化遺產代表作申報評定暫行辦法》，討論了即將在全國開展的民間文化普查工作有關的若干問題。筆者應邀就「民間文化普查的思路和分類問題」做了一個發言。會後，覺得意猶未盡，於是找出十多年前就「中國民間文學三套集成」普查工作寫的一篇同題文章，自覺此文所論，即使現在倒也還並無大錯，於是借此實地發表出來，作為發言的補充，供即將投入全國民間文化普查工作和研究工作的朋友們參考和批評。

——作者二〇〇五年五月二十二日

一、問題的提起

中國是一個幅員遼闊的多民族國家。由於關山的阻隔，氣候的多異，語言的複雜，特別是由於社會經濟和生產方式發展的不平衡，形成了中國各民族、各地區民間文學發展的不平衡狀態。不僅主要居住在平原及沿海地區的漢族與主要居住在邊地山區的各少數民族的民間文學顯示出巨大的差異，而且主要居住在邊地山區的各少數民族的民間文學之間也顯示出各自的獨特性。這種不平衡性和地區的、民族的乃至心理的獨特性，構成了中國民間文學的色彩的斑斕和風格的多樣。中國民間文學的主流是農民的口頭文學。一則因為中國工人階級興起較晚，他們的口頭文學在淵源上、內容上、氣質上與農民的口頭文學有千絲萬縷的聯繫。二則因為中國的少數民族大都也是以農耕為主。在中華人民共和國建國的時候，各少數民族處在不同的歷史時期，也有的少數民族處在以狩獵為主要經濟的時期，但為數不多。中國民間文學從橫向看是多色彩的、多風格的，從縱向看由於經歷了不同的歷史時代的風塵，積澱著不同時代的文化因子和人民群眾對自然界和世事的樸素的觀念，是一宗彌足珍貴的文化遺產。

全國解放三十六年來，中國從中央到地方，陸續進行過多次民間文學調查採錄工作，取得了很大的成績，積累了可觀的民間文學資料。但我們的民間文學實在是太豐富了，已經搜集起來的資料與仍然流傳於群眾口頭上的民間文學相比，可謂滄海之一粟。而且由於種種原因，搜集是不平衡的。有的省、自治區，特別是雲南、貴州、廣西、黑龍江、遼寧等少數民族聚居的地區，有組織的考察進行了多次；有的省、自治區，雖然也搜集過一些，但多數是由個別愛好者和研究者自發進行的，真正按科學指導進行的有組織的普查則沒有搞過。不論哪個省、自治區，都有未曾進行過普查的空白點。那裏的民間文學還鮮為外人所知曉。因此，對中國各民族人民創造的民間文學這一宗文化遺產進行一次普查，即全面搜集，應當成為中國第七個五年計畫期間民間文學界一項極其重要的、刻不容緩的任務。

當前，技術革命的浪潮席捲著我們這個有五千年文明歷史的國家，現代化的進程把中國引入一個偉大的歷史轉變時期。舊的生產關係和社會關係，隨著生產方式，尤其是生產力的迅猛發展，而發生著急劇的變革。相應地，婚姻、家庭、道德規範、風俗、習慣以及人們的觀念，也在悄悄地發生著令人不易察覺的變遷。現代文明的發展——新技術的採用、資訊傳播手段（最強有力的廣播電視）的發達、商品經濟的發展，以及民族間政治、經濟、文化交往的加強，對老百姓中間固有的民間文學產生著深刻的影響，甚至不可逆轉地導致傳統民間文學的弱化。作為民間文學傳承者的老一輩的說唱家、故事家、歌手等逐漸由衰老而死亡，年輕一代又由於世界觀、信仰、文化興趣等的轉移，以及全體社會成員對越來越多樣化的文藝欣賞的選擇，從而導致了人們對民間文學的淡漠傾向，使民間文學傳播的載體迅速減少。由於中國是一個大國，民間文學的發展極不平衡，現代化的發展也極不平衡，上面的意見僅是對民間文學發展總的趨向的一種宏觀估量，至於地處邊遠的少數民族地區，活的民間文學仍然是社會成員中間幾乎唯一的文化生活。一九八五年我先後到雲南的德宏傣族景頗族自治州、楚雄彝族自治州、大理白族自治州、保山地區（有傈僳族）、臨滄地區的滄源佤族自治縣、西雙版納傣族自治州以及新疆伊犁哈薩克族自治州的察布查爾錫伯族自治縣、尼勒克縣的哈薩克帳篷等地做民間文學調查，瞭解情況，接觸了許多民間文學研究者和民間藝人，充分地領略了民間文學傳統的穩固和活力。即使在那些地區，人們也一致感到，保護和搶救民間文化，變得越來越迫切了。

為了保護和搶救民間文學，中華人民共和國文化部、中華人民共和國民族事務委員會和中國民間文藝研究會於一九八四年決定在一九九〇年以前編輯出版「中國民間文學集成」（包括《中國民間故事集成》、《中國歌謠集成》和《中國諺語集成》），而「集成」編纂工作的前提，是在全國範圍內進行一次有計畫、有組織、有領導的民間文學普查。不進行這樣一次普查，就不能掌握更多的民間文學資料，從而把「集成」編好。這項宏大的工程正在實施，各地已經提出了許多理論問題和實踐問題，有待於民間文學界同行們在研究探索中加以解決。

二、普查的含義與範圍

所謂普查，就是在一定範圍（在全國範圍內、在一個省、一個地市、一個縣的範圍內）按照科學的原則對民間文學進行的全面的搜集、記錄、考察、研究。對一個地區進行的普查，有別於單項的或專題性的考察。由於時間的關係或其他原因，一個考察隊到一地進行田野調查，或是搜集民歌，或是搜集民間故事，而對其他題材的民間文學棄置不顧，是所謂單項的考察。為解決某一專門課題，一個考察隊或個人到一地或幾地圍繞著這個課題而進行的考察，是謂專題考察。普查或曰全面搜集，與這些單項考察和專題考察不同，它的任務不止於搜集某些題材、某些形式或某種題材的民間文學，而是力求全面地搜集、記錄、調查和研究這一地方的民間文學，把民間文學作為該地文化的一個組成部分加以系統的考察。

中國民間文學大體上是由四種形態的作品和資料構成的，即：

（一）在社會成員（某層面、某範圍、某地區）中世代口耳相傳的口頭作品，這是民間文學的骨幹，具有傳承、無名和積澱等特點。從創作過程看，這種形態的民間文學大都是不自覺的藝術創作。產生於人類童年時期的作品或與圖騰信仰和祭典禮儀有關，或直接間接地反映著社會生產力的發展水平。產生於文明時代（在中國，主要是封建時代）的作品則直接或間接地反映了社會生活的樣相，階級的和世俗的內容尤其鮮明而突出，與巫術等原始信仰的關聯顯然減弱了。在民間故事中，勞里・航柯（Llauri Honko）先生提出的本人故事（personal [experience] narrative）在中國民間文學中也是存在的[1]，但僅僅是傳統故事的補充，尚未形成一

[1] 參閱《國外民間文學研究新動向拾零》中有關勞里・航柯〈空洞的文本，豐富的含義〉一文的報導，見《民間文學論壇》一九八五年第三期。

種獨立的文體。在民歌中，特別是對唱、聯唱一類作品中，即興演唱是一種普遍的形式，個人因素占重要地位。這種形態的民間文學由於跨越幾個時代而流傳至今，其中像一座座古文化遺址那樣積澱著不同時代的人們的觀念，在思想內容上呈現出相當的複雜性。

（二）以抄本、摹本、印本為存在形態的，至今仍在民間流傳的民間文學。這種形態的民間文學在許多文明古國都存在，蘇美爾史詩《吉爾加美什》甚至是以泥版的形式保存下來的。這種形態的民間文學作品是經過民間的知識份子記錄加工過的民間文學作品，有的今天還可能在民間流傳，有的則早已失傳或半失傳。在漢族居住的廣大地區，藏於民間的這種抄本、摹本、印本很多，並且時有發現。「五四」以後民間文學工作者們曾搜集了不少一向被稱為俗文學的彈詞、鼓詞、子弟書、俗曲一類說唱文學。一九三二年五月中央研究院語言歷史研究所曾印行過劉復、李家瑞編的《中國俗曲總目稿》（十六開本，一千二百七十六頁）。據劉復在序文中記載，搜錄工作從一九二五年起，北平孔德學校從車王府購得大批曲本，後劉氏再以中央研究院歷史語言研究所的力量繼續搜集，加上北平圖書館、故宮博物院和他本人所藏，共得六千多種。這項成就是堪可彪炳青史的。但可以相信，這也還僅是很小的一部分（注：據臺北中央研究院歷史語言研究所七十週年紀念文集《新學術之路》中所收王汎森〈劉半農與史語所的「民間文藝組」〉一文，當年劉半農所搜集到的萬首俗曲材料，現仍藏於臺北中央研究院所屬「傅斯年圖書館」。——二〇〇五年五月二十一日筆者補注）。可惜，這項工作後來未能有人繼續下去。臺北學者齊如山、何容、吳守禮、方師鐸、黃得時、呂訴上、朱介凡等曾做俗曲搜集工作，惜未見到他們的成果。去年（一九八五年）在北京成立的中國俗文學學會是否有此計畫，尚不得而知。日前從《文摘報》上得知，該學會薛汕的一本《書曲散記》最近已由書目文獻出版社出版。寶卷的內容，大都是宣傳佛教義理的，但也有相當廣泛地反映現實社會生活的，其數量之眾難以確論，五六十年代中國民間文藝研究會資料室在路工的主持下，搜集到的寶卷數量很多，成就堪可稱讚，可惜在極左思潮下全部被處理了（二〇〇四年，我在中國文聯圖書室查閱資料，請工作人員打開鐵櫃，看了一眼幾十年前由中國民間文藝研究會搜集的那批寶卷，心緒得到一些安慰，那批寶貝經歷了十年「文革」之亂如今還在。幾年前，揚州大學車錫倫先生曾根據我在中國俗文學學會成立大會的致詞中提供的線索來查閱過，但由於種種原因他未能全部過目。據我所知，世界各國圖書館裏的寶卷，差不多都已在學者的著作中有著錄了，唯獨中國文聯圖書室裏的這批寶卷，仍然深藏閨中尚未有人識。我雖念念於心，畢竟已逾古稀，也是有心無力了，今將此資訊錄之於此，希望後來者有志者讓這批寶貴資料見到天日。——二〇〇五年五月二十一日筆者補記。再記：據悉，中國文聯圖書室的這一鐵櫃子的寶卷，由於文聯黨組的某負責人擅自決定，已將文聯圖書室的全部珍貴圖書資料及這一鐵櫃裏的寶卷，無償地送給了中國藝術研究院！老夫希望將來有志者能夠將這批寶卷編輯出版和進行研究，讓世人和學界知曉。——二〇一三年十月十八日再記）。近年在河西走廊一帶不僅在群眾中又興起「唸卷」和「聽卷」活動，而且搜集到了寶卷手抄本五十多種。隨著社會生活的變遷，寶卷中注入了大量與人民生活息息相關的非宗教的內容[2]。近年來，以上海、浙江、江蘇吳語地區為中心進行的民間敘事詩的搜集調查，收到了令人矚目的成果，在調查過程中，也發現了許多手抄本。一部題為《林氏女望郎》的一九一四年手抄本，有一千五百行的規模[3]。在湖北神農架地區，當地文化館的幹部發現了一部題名為《黑暗傳》的長篇敘事詩，敘述了人類自開天闢地造世界以來的歷史故事，包含著許多神話因素，很有研究價值[4]。在少數民族地區，類似的抄本、摹本、印本也頗多見。藏族史詩《格薩爾王傳》、蒙古族史詩《江格爾傳》都有手抄本在民間流傳，近幾年收到了不少，對於這兩部史詩的整理翻譯起了重要作用。

2 參見段平，〈河西民間寶卷〉，載《民間文學研究動態》第八、九期合刊，中國民間文藝研究會研究部一九八五年編印。

3 參見上海民間敘事詩采風組〈有關〈林氏女望郎〉的一部分情況〉，載《民間文藝集刊》第四集（上海文藝出版社，一九八三年）。

4 胡崇俊搜集〈神農架民間歌謠集〉，見劉守華《民間文學概論十講》（湖北教育出版社，一九八五年），頁一八六。

雲南西雙版納東巴經書的搜集與翻譯所取得的成績，已引起了國內外東巴文化研究者的矚目。傣族敘事長詩的抄本、印本在民間也頗流行，近年來傣族民間文學研究者已經掌握了幾百部之眾。去年在允景洪，一位同行向筆者展示了一部鴻篇巨製的傣族創世史詩的手抄本；在德宏的首府芒市，一位同行告訴我他們已購得一部罕見的手抄本。滿族民間文學研究者告訴我，近年來他們也搜集到了一些民間文學的抄本和印本，可惜未能讀到刊本[5]。可見，這種形態的民間文學是不可忽視的，各地都已經注意到，有的已經做出了成績。

（三）作家創作的作品和地方戲曲中的故事返回或流入民間，經過社會成員的添枝加葉地改造，廣為流傳，家喻戶曉。有些作家廣泛吸收流傳於民間的傳說、故事、歌謠一類口碑文學，經過提煉加工，重新熔鑄構思，寫出了作品，如著名的古典小說《水滸傳》和《西遊記》等。後世人又把這些作品中的若干人物傳說、片段故事情節加以豐富，流傳起來。如今我們在魯西南水泊地帶還能搜集到梁山泊英雄好漢的傳說，在連雲港一帶還能搜集到有關孫猴子和花果山的傳說。對這種情況不可一概而論，要做具體分析。有的可能是世代口耳相傳傳統傳說故事，有的則可能是從書本返回民間的。至於地方戲曲與民間文學，往往是你中有我、我中有你，有些是戲曲吸收民間文學而得到活力，有些則是從戲曲而變為民間文學。

（四）從毗鄰國家（或民族）、從佛經故事中移植或外借而來的民間文學。最值得注意的是印度的史詩、民間故事和佛經故事，隨著宗教的傳入和商業的往來，而在一些信奉佛教的民族和雖然不全信佛教卻毗鄰而居的民族中生根、流傳、發展、衍變。如「屍語」的故事之於西藏、青海藏族；阿鑾的故事之於雲南的傣族[6]。古波

5　參見富育光，〈試論民間文學資料的保管〉，中國芬蘭民間文學聯合考察及學術交流祕書處編《中芬民間文學搜集保管學術研討會文集》（一九八六年）（中國民間文藝出版社，一九八八年），頁一一七至一二七。

6　阿鑾的史詩是否來自於《羅摩衍那》，是學術界的一個有爭議的問題。我這裏只是談民族文化的交融與影響。

斯、阿拉伯諸伊斯蘭民族的民間文學，通過古絲綢之路傳入新疆諸民族，新疆諸民族的民間文學傳入阿拉伯民族，發生著文化上的借用與交融，例子是很多的。

以上四種形態的民間文學，在普查中均不應排斥，而應一律看待，均在搜集、記錄、考察、研究之列。普查要求處理好點和面的關係。只抓面，不抓好點，並不能達到普查的要求。所謂面，是指對所要考察的地區各個村落、鄉鎮所做的一般性的調查採錄；所謂點，是指對那些說故事家、史詩演唱家、歌手薈萃的村落、鄉鎮的重點調查採錄。現實情況是，並不是每個自然村、每個家庭裏都有能夠比較完整地講述民間文學作品的能手，對於多數人來說，只是知道片言隻語、故事梗概，語言缺乏光彩，構思也缺乏才能，因此，他們不能代表當地民間文學的傳統和特點。在實地考察之先，最好能選一些說故事家、史詩演唱家、歌手比較集中的村落作為考察點，通過各種途徑找到有才能的講述家。在少數民族地區，最好能找到那些群眾公認的記憶好、講述民間文學比較多、比較完整的巫師一類的人物，如彝族的畢摩、納西族的東巴、傈僳族的尼扒、哈尼族的背馬等。他們講述的民間文學，大體上能夠代表本地民間文學的概貌，而且他們的講述比較一般人完整，構思上、語言上有更多的獨創性和藝術魅力。找到了這樣的考察對象，考察就能取得事半功倍的效果。

三、田野作業的理論與實踐

正如十五世紀以後新大陸的發現，提供了不同的原始民族的大量奇風異俗的資料，從而為人類學的建立打下了最初的基礎一樣，處在不同歷史階段的民族的民間文學田野考察，將會以客觀性的、翔實的科學資料，為民間文藝學（folkloristics）和神話學（mythology）這些學科奠定基礎。民間文藝學在世界各國學術界至今尚未能成為一門獨立的學科（儘管有許多學者在努力呼籲建立獨立的學科體系），其原因主要在於還沒有建立起獨立的理論框架和獨立的方法。記錄、搜集民間文學資料固然是田野考察的一個顯而易見的目的，但民間文學田野考察本身作為一個手段，其最終目的並不止於此，而在於把民間文學作為民族文化的一個組成部分，揭示出它的發生、發展、消亡的規律，確定它在民族發展延續和整個傳統文化中的地位和作用。

人類學和民間文藝學中有所謂「書齋學者」的雅稱。「書齋學者」所讀到的民間文學資料（文本）是平面的，或者說是扁形的，而在田野考察中所面對和得到的民間文學，則是立體的，或者說是圓形的。自馬林諾夫斯基（Bronislaw Malinowski, 1884-1942）開啟了人類學家必須進行長期的實地調查的研究方法以來，不僅為歐美的人類學家們奉行不渝，中國的人類學家們也廣泛採用。這種方法也是民間文學研究者們的基本方法。由於實地調查的廣泛採用，學術界日益認識到從整體性的角度來研究民間文學更容易把握民間文學的規律和特點。在實地考察中，不僅要用筆記錄下當地人講述的神話、傳說、故事、歌謠等的文本，而且還應盡可能地記錄下講述時的非語言因素（即感情、情緒、表情、手勢）、民俗因素（譬如筆者曾親眼見到新疆衛拉特蒙古的老「江格爾奇」在說唱《江格爾》之前，先當眾喝酒、灑酒祭天等動作）和講述環境（在什麼場合下講述，是鼓樓？火塘邊？聽眾是些什麼人？是男女都有還是只有男人？老年人與青年人是否同場？在莊嚴地演頌還是輕鬆地講述？等等）在講述民間文學時，講述者是信息發出者、傳遞者，而聽眾則是接受者，整個講述活動是由講述者的講述和聽眾的反饋完成的。講述者故事結構文本的深層的潛在的東西，要靠聽眾的生活積累和豐富的想像力的發揮才能得以實現。因此，要特別注意講述者的講述在聽眾中所引起的心理感應（通常在文藝理論中稱為「影響」），注意聽眾在講述過程中的反應對講述所起的作用。聽眾在聽講述時，是根據個人的生活經歷和遭遇、個人的理解力和想像力，來以不同的方式接受並創造性地完成作品的。講述者在講述神話或民間故事時，只是提供給聽眾一個作品的框架和連貫的思想內容，同時還留給聽眾許多空白〔接受美學理論謂之「未定點（uncertain points」）〕，讓聽眾在接受的過程中去填補。聽眾在聽講述時，聽了一句講述後，立即在頭腦中流動著一個「語句思維」（Satzdenken）。當聽眾頭腦裏產生的這個「語句思維」與講述者的繼續講述相符合、相連接的時候，講述者與聽眾是處在「同一」之中的。但講述者的講述出現了出人意外的跌宕起伏、變化轉折的時候，聽眾的預想與講述的文本產生了脫節，語句思維被打斷了，這時往往引起聽眾感情的波瀾，或驚歎，或憤怒。這些內心的感應是因人而異的，是講述文本中所沒有的，是聽眾的創造性的補充。在研究講述活動時，我們是把整個講述活動看作一個整體，而不是把文本解析出來，僅僅注意到文本就夠了。因此，考察者除了筆錄之外，還要輔之以錄音、錄相等技術手段，借助於這些視像手段，能夠較為理想地對民間文學做整體性考察。為了彌補現場記錄的不足，離開講述現場後，還應把當地人的心理資料（包括他們談到的種種意見、當地的掌故、趣聞、事物的來歷、咒語等）以及當地人的風俗習慣、宗教信仰、禁忌等補記下來。

田野考察所獲資料的客觀性，應受到嚴格的保證和充分的尊重。這是任何一個科學工作者起碼的素質與作風。在田野考察中，必須堅持馬克思主義的歷史唯物主義，堅持實事求是的科學態度。防止在考察過程中以任何形式歪曲和竄改民間文學材料使其失真，即使遇到在今人看來是可笑的或悖理的思想、情節和語句。對資料的鑑別、評價，是考察後期的工作。

考察者不應是消極的觀察者，而應是參與觀察者（participant observation）。如果時間寬餘、條件許可，考察者最好能與被考察者同吃、同住，取得他們的信任，成為他們的朋友，學會他們的語言，這樣就能去掉他們的戒心與隔閡。在這方面，我們已經有過許多值得效法的先例了。一九五六年以來中國的民族社會歷史調查就非常成功。近幾年來，遼寧的裴永鎮對朝鮮族女故事講述家金德順故事的記錄，張其卓等人對遼寧岫岩縣李成明、李馬氏、佟鳳乙三個滿族故事家的故事的記錄，湖北王作棟對故事家劉德培的故事的記錄，也取得了較好的成就。如果由於種種原因做不到同吃同住，也應採取各種可行的辦法，善於提出問題，打破僵局，務求得到你所要的資料。能否在比較生疏的場合下打破沉悶緊張的心理困境，而取得勢如破竹的考察效果，就要靠考察者在學術上的功力、事先的準備（包括提出什麼問題、擬定調查提綱）和臨場的經驗了。不論在什麼情況下，切忌居高臨下，擺著知識份子的架子，從而造成人為的心理障礙與隔閡，或給被考察者造成單純來挖材料的印象。要善於做好被考察者的思想工作，使他們打消顧慮（比如害怕講的是迷信的東西，因而受到批評等），心情愉快地講述。要善於引導被考察者正確對待考察，讓他知道他的講述對於研究他的民族文化所做的貢獻，而不要敷衍應付。有一次，日本學者到舟山漁村進行民俗考察，當學者提出當地居民有何信仰的問題時，被調查者只從政治的角度考慮問題，回答說：「我們信仰共產主義。」這就不是科學的態度，對於考察是無益的。

在少數民族地區考察民間文學，翻譯是起重要作用的。如果能找到一位熟悉該民族民間文學情況、配合默契的翻譯，可以收到預期的效果。一九六五年筆者在西藏日喀則、薩迦、錯那等幾個地區采風時，在當地請的翻譯與我們配合很好，當場口譯和記錄，每晚回到駐地核對記錄、推敲譯文，使采風得以順利完成。

普查中還有一些學術問題，如宗教對民間文學的影響問題，民族關係問題，以及考察中所得資料的處理問題等，將另文討論，這裏就不贅述了。

一九八六年四月

附記：此文於一九八六年四月四日在南寧舉行的「中國——芬蘭民間文學搜集保管學術研討會」上宣讀。英文本首發於芬蘭Nordoc Institute of Folklore主辦的《NIF Newsletter》一九八六年第二、三期合刊上；中文本收入中芬民間文學聯合考察及學術交流秘書處編《中芬民間文學搜集保管學術研討會文集》（一九八六年）（北京：中國民間文藝出版社，一九八八年）一書中。

對「後集成時代」民間文學的思考

引言

有機會參加第五次江蘇省民間文藝理論研討會，首先要感謝江蘇省民間文藝家協會及蔣義海先生的邀請和安排。從一九五八年春第一次到南京、蘇州、常熟、崑山調查瞭解民歌，與華士明、周正良等結識與合作起，我與江蘇省民間文藝界的交往，算來已有四十二年的歷史了。幾十年來，在不同階段我先後結識了許多朋友，與他們有過不同形式的交流和合作。朋友們的工作和業績使我敬佩，使我獲益。近十多年間，雖然也來過幾次南京，但都是為了別的事情、參加別的學科的會議，沒有機會與同行們坐到一起討論民間文藝的理論和實踐問題。如今能與這麼多多年不見的新老朋友和同行聚首古都南京，為中國民間文藝事業的持續發展探求新的思路，真是一大快事。

在中國現代民間文學的學術發展史上，江蘇占有特殊的地位。受吳文化的滋養，江蘇歷代文人薈萃，學者輩出；民間文學領域也不例外。現代中國第一部民歌集《江陰船歌》，就是劉半農先生於一九一八年由上海、江陰北上到北京大學任教途中向船工們搜集的[1]，被周作人稱為「中國民歌科學採集史上第一次的成績」[2]。接下來，陸續出現了顧頡剛的《吳歌甲集》（一九二六年），王翼之的《吳歌乙集》（一九二八年），王君綱的《吳歌丙集》（一九三一年）等。一百年來，江蘇省對民間文藝學科建設有貢獻的人物，除了上面提到的以外，還要提到魏建功，俞平伯、吳立模、郭紹虞、林宗禮、錢佐元（小柏）等前輩。本世紀前五十年，江蘇省民間文藝學建設的最顯著的特色，是對吳歌的搜集和研究。最近江蘇古籍出版社在「江蘇地方文獻叢書」中出版了一部大型的《吳歌・吳歌小史》，把前五十年間有關吳歌搜集與研究的文字全部匯集起來，做了一個歷史的總結。至於後五十年，第一本民間文學著作，也是關於吳歌的，是錢靜人在蘇南文學藝術界聯合會一九五二年組織的采風的基礎上寫成的《江蘇南部歌謠簡論》[3]。後五十年，特別是近二十年，吳歌的搜集與研究出現了重大進展，發掘採集了許多民間敘事長詩[4]和能夠記憶與演唱長詩的歌手。其代表作有：朱阿盤、唐建琴等唱述、朱海容搜集的《沈七哥》；陸阿妹唱述、張舫瀾、馬漢民、盧群搜集的《五姑娘》；朱祖榮唱述、朱海容搜集的《華抱山》等。吳語地區多部民間敘事長詩的搜集出版，在中國文學史上有重大意義[5]。但由於研究工作的相對滯後，民間敘事長詩的意義和內涵，還有待深入全面的研究與闡發。江蘇省民間文藝研究的成就，還表現在

1 劉半農，《江陰船歌》，搜集於民國七年（一九一八年七月前）。因搜集者忙於出國，出版較晚，第一次發表於《歌謠》週刊第二十四號，時為一九二三年六月二十四日。

2 周作人，〈中國民歌的價值〉，撰於一九一九年九月一日，首發於北京丙辰學社編《學藝雜誌》二卷一號（一九二〇年四月三十日發行）。《歌謠》週刊第六號（一九二三年一月二十一日出版）轉載。此文係《江陰船歌》序言。

3 錢靜人，《江蘇南部歌謠簡論》（江蘇人民出版社，一九五三年）。

4 八十年代以來，江、浙、滬三省市的民間文學研究者各自搜集各地的長篇民間敘事詩，共搜集了多少部，未見權威的確切統計數字。上海文藝出版社於一九八九年出版的《江南十大民間敘事詩》的主編姜彬和責任編輯錢舜娟在前言和後記中都說是三十多部。這之後，江蘇人民出版社又於一九九七年出版了《華抱山》第一集和第二集。

5 發掘記錄了多部長篇敘事詩的地區，除江、浙、滬三省市外，還有秦嶺之南、漢江以北的鄂西北地方，五十年代出版過宋祖立、呂慶庚等記錄整理的《雙合蓮》、《鍾九鬧槽》，九十年代末伍家溝故事村的發現和研究者李征康又在這一地區的呂家河村發現和搜集了十五部長篇民間敘事詩。這樣一來，我們有理由相信，江、浙、滬吳語地區和鄂西北地方，是中國現在還保有長篇民間敘事詩的兩個漢民族居住區。

其他方面，如由康新民等在鎮江籌建起來的中國第一家民間文藝資料庫；如八十年代幾位學者對白蛇故事的研究，九十年代以來陶思炎對民間文藝理論的研究、車錫輪對寶卷的研究、高國藩對敦煌民間文學的研究，等。

在全國民間文藝及其研究陷入低谷的時候，江蘇省民協召開第五次民間文藝理論研討會，探討民間文藝持續發展的有關理論和實踐問題，把理論研究推向新的階段，說明江蘇的同行們又走在了全國的前面。因此，我向你們致崇高的敬意，對會議表示熱烈的祝賀！

我在民間文藝研究上沒有做出成績，徒有中國民協顧問的虛名，步入老年後脫離了第一線工作，聞見有限，實不敢在這個講壇上發言。所談所論，難免偏狹或誤謬，請各位領導和專家指教。下面談一點我對當前民間文藝工作、主要是理論研究的思考。

一、關於「後集成時期」

我們談論的「民間文藝」，包括現在的和歷代的民間口頭文學和民俗藝術，但其核心部分是民間文學。這一點，五十年前郭沫若先生在中國民間文藝研究會成立大會上的講話中就講清楚了。許多前輩學者也都講過。中國的民間文學，源遠流長，十分豐富，加之中國是個多民族國家，多元一體是中國文化的一個很重要的特點。二十世紀中葉以前，中國民間文學沒有系統全面地搜集過，因而我們所擁有的民間文學文本資料和音像資料是相當貧乏的，且由於文人墨客受儒家思想影響很深，對民間文學資料的記錄相當隨意，缺乏嚴格的科學性，甚至多有歪曲。鑑於此種情況，從「五四」新文化運動爆發前夕的一九一八年起，有識之士們就不斷提出對中國的民間文學進行全面的搜集，以便把自生自滅的民間文學資料得以保存下來、傳遞下去，同時在翔實可靠的資料的基礎上開展研究工作，以探究中國下層老百姓的世界觀、生存狀況、文化傳統、風俗習慣、道德儀禮等，從而更好地繼承和發揚中國的民間文化遺產和傳統。「文革」之後，中國進入改革開放的新時期，幾代人的這一理想和願望，終於有了付諸實現的可能。這就是一九八四年制定的中國民間文學三套集成的編輯計畫，以及圍繞著這一計畫開展的全國民間文學普查工作。

民間文學三套集成計畫以及圍繞著集成而開展的全國民間文學普查，是中國民間文學史，甚至是中國文化史上的一項宏偉工程。作為參與制定這項計畫的工作人員之一，感謝文化部副部長丁嶠和國家民委副主任洛布桑，以及時任文化部代部長後任國家藝術科學規劃領導小組組長周巍峙等領導同志的支持，沒有他們的積極支持，就不會有這個涉及全國各省區的民間文學集成計畫的誕生。醞釀多年的民間文學三套集成計畫的文件，終於在一九八四年五月二十八日由文化部、國家民委和中國民間文藝研究會三家簽署並下達，七月在山東威海舉辦全國第一次民間文學集成工作會議，開始試點和培訓幹部的工作，爾後全面鋪開。一九八七年九月宣布普查階段基本結束，進入編纂階段[6]。據「中國民俗網」最近的消息，三套集成全面完成的有三個省，即浙江、江蘇、寧夏。審稿結束的還有上海市。已出版的二十六卷（或三十卷）；還有相當數量的卷本在印[7]。據權威人士評估，已出版的雖然只有二十六卷，僅占總數九十卷的三分之一弱，但就全部工作來說，現在可以說已經大功告成、進入掃尾的階段了。三套集成大量工作的完成，意味著全國民間文學界已經進入了一個「後集成時期」。

「後集成時期」的民間文學界有那些特點呢？一方面，一些於五十年代嶄露頭角、在集成工作中擔當骨幹的民間文學搜集者，在集成工作告一段落後，大都離休退休了。另一些參加過集成普查搜集工作的民間文學工作者，在集成完成之後，也處在徬徨之中。他們以為在普查之後，民間文學已經沒有工作可做，而要做研究工作，又顯得力不從心。對於

6 參閱馬振，〈民間文學史上的壯舉——記中國民間文學三套集成工作的開創〉，見鍾敬文主編《中國民間文藝學的新時代》（敦煌文藝出版社，一九九一年），頁三五五至三六二。

7 據Chinese folkroe 網所載劉曉路文章《民間文學三套集成簡介》。

這些同行來說，顯然有一個對八十年代普查的估價問題。以為經過一次普查，民間文學就搜羅無遺了。這是一種天真的想法。對此，我們應該有清醒的認識。我要說的是，八十年代的普查是認真的，基本上符合科學原則的，但也要指出，一次普查不可能無一遺漏。據我的瞭解，在那次普查中，大多數的省市縣是認真的、科學的，不可否認，也有許多地方，並沒有進行過認真的調查，更談不上忠實記錄。我們國家很大，參加普查的人員成千上萬，雖然進行過一些培訓，但培訓的面有限，指導工作又跟不上，田野調查的知識和基本功都與民間文學調查的要求有相當的距離。根據許多國家民間文學研究者的經驗（如芬蘭學者在拉普蘭人中的調查），即使被調查採錄過的文化社區，過幾年還要再次進行追蹤調查採錄，從而研究民間文學的生存狀態和流變規律，而且每次調查也總會發現過去沒有注意到的作品或新出現的文化事象。因此，在集成完成之後無所作為的思想，顯然是繼續開拓的障礙，是必須克服的。

另一方面，有的民間文學搜集者在集成基本結束之後，依然繼續深入到農村，一往情深地進行著調查、發掘、採錄，也有的適時地從搜集轉向研究，在研究中進行搜集，而且做出了令人稱羡的成績。他們表現出了對民間創作的摯愛和智慧。我接觸的範圍十分有限，但我願意舉幾個我所瞭解的例子。八十年代曾經在湖北十堰市丹江口市偏僻山區發現了伍家溝故事村的原六里坪文化站站長李征康，現已年過花甲，但幹勁不減當年。集成工作和伍家溝的調查結束之後，他又轉戰武當山後山，發現了一個隱蔽在大山皺褶裏的民歌村——呂家河村，並且在這個小村裏記錄了十五部敘事長詩。他的工作得到了包括民間文學專家和音樂學者的考察論證，中央電視臺前往拍攝了專題記錄片。也受到了丹江口市委、市政府的重視和支持，於去年底召開了研討會。湖北省民間文學三套集成主編之一、省群藝館的韓致中，在完成集成編輯工作之後，已退休在家，這幾年撰寫並在文化局的資助下出版了一部專著，其中除了對民間故事在理論上的論述外，以相當的篇幅總結了他所參與的民間文學集成工作的經驗體會和伍家溝故事村的情況。原在浙江省海鹽縣文化館工作的顧希佳，有豐富的田野工作經歷和經驗，八十年代曾以調查記錄騷子歌而蜚聲民壇，引起過國內外學術界的注意，近年來他在田野調查的基礎上，參照和結合他人調查的成果，撰寫了一部三十萬字的《祭壇古歌與中國文化》，近已由人民出版社出版，列入《中國文化新論叢書》。這是一部幾乎完全從調查資料出發立論，以實證研究為原則，研究中國社會主流文化之外的民間文學和民間文化的專著，引起學界的注意。遼寧省錦州市民間文藝家協會主席王光，是個女同志，她在完成錦州市的民間文學集成工作之後，在行政組織工作之餘，又轉入了地域民間文化的研究，撰寫並由瀋陽出版社出版了一部《寂寞的山神》的專著，引起遼寧省和北京學界的注意，榮獲遼寧社科獎。貴州省民間文學五十年成果輝煌，老一輩民間文學帶頭人田兵功不可沒；現在文聯分管民協的副主席余未人是位女作家，她與出版社的領導人一起策畫出版了《貴州民間文藝研究叢書》一套十一冊和《貴州民間文學選粹叢書》十卷，也引起了國內外學術界的注意，我看到一份材料，許多外國學者和官員聞訊到貴州進行考察。這僅僅是我知道的幾個例子，繼續深入民間進行專題採錄或轉入研究的民間文學工作者，還大有人在，令人高興。

民間文學三套集成是全國民間文學工作者的共同成果和財富，應該進一步做到資源分享。只有資源分享，才能使更多的學者（包括在民協系統和不在民協系統的，國內的和國外的）利用這些資料，才能更快地提高中國民間文學的學科水平。在中國加入WTO後，國家將更加開放。民間文藝開展國際交流，不能只停留在民間文藝演出這樣的層面上，必然要深入和提高到學術的層面上，中國學者也應站到聯合國教科文的政府專家行列之中，發揮我們應有的作用。按照現在的方案編輯出版，九十卷書能否出齊還是個未知數，即使全部出齊了，也只選錄了全國縣卷本資料的很少一部分（我想，連十分之一也未必有），大部分資料將湮沒無聞，或在歷史的煙塵中流失。因此，我建議，組織各省的力量將縣卷本（不是省卷本）的民間文學集成資料輸入電腦，編製檢索系統，通過數位化工程，達到資源分享。十年前，有位外籍華人學者曾向我提議和與我討論，組織實施這一課題計畫。由於多種原因，我沒有答應。現在資訊產業在中國已相當發達，應該說到了把這個課題付諸實施的時機了。如果民間文學集成資料數位化的課題能夠上馬，又有一個有威望、且勝任的課題帶頭人，把全國許多民間文學工作者納入到課題中來，再聘請一些電腦和網路軟體專家加盟，我想這個計畫就不會遙遙無期，而會在較短的時間內完成，那時，中國民間文學工作者將不僅不會愧對子孫，也會站立於世界民俗學的前列。這將是一項功德無量的事。

二、關於學科建設問題

民間文學作為人文學科中的一門新興邊緣學科，在中國，從本世紀初開始，經過了幾代學者前赴後繼的拓荒、墾殖，特別是近二十年來的建設，已經初步建立起了包括若干分支學科的學科體系。其中以神話學和史詩學領域的成就最為引人注目。

神話學從單純的文藝社會學的闡釋，發展為多學科的參與，觸及到了世界神話學幾乎所有重要問題，而且提出了許多值得注意的新見解。在古典神話及其文獻資料之外，近年又在全國各地、各民族的居民中搜集了大量流傳在口頭上的活態神話文本，填補了中國神話學的空白。神話學一時成為顯學。老一輩的神話學家（如袁珂、鍾敬文）和新中國培養起來的神話學家（如李子賢、陶陽、張振犁、潛明茲、蕭兵、劉城槐、馬昌儀、鄧啟耀等）都多有建樹。青年神話學家在新時期脫穎而出。如：呂威在《文學遺產》一九九六年第四期發表〈楚地帛書敦煌殘卷與佛教偽經中的伏羲女媧故事〉，因提出新見而獲全國古典文學研究的獎勵；葉舒憲引進西方人類學方法研究中國神話及其哲學，為中國傳統神話學研究打開新徑；楊利慧以女媧神話和信仰連續撰寫兩部專著，探討這一神話和信仰的起源，獲得國家教委獎勵；陳建憲埋頭於中國洪水神話的類型研究。

史詩研究雖然起步較晚，卻後來居上，如今已成磅礴之勢，一批中青年學者成長起來。中國不僅有了研究《江格爾》的仁欽・道爾吉、研究《瑪納斯》的郎櫻兩位博士導師和研究《格薩爾》的降邊加措教授，還擁有了好幾位年輕的博士和研究人員。一套「中國史詩研究叢書」於不久前由內蒙古大學出版社出版，受到學者們的稱讚，標誌著史詩研究的「中國學派」已經登上了世界史詩學壇。中國的史詩是活態的，不像古希臘羅馬的史詩是已經死亡了的，因此中國史詩的搜集和研究，對於中國文化史和世界文化史的書寫，有著特別重要的意義。除了長篇史詩以外，中國還是一個富於其他敘事長詩的國家。從五十至八十年代，在雲南、貴州、廣西、內蒙古等省區的各少數民族中搜集出版了上百部民間敘事長詩。六十至八十年代在東南沿海吳語地區的漢民族中也發現、搜集、整理、出版了幾十部長篇敘事詩，上海文藝出版社出版的《江南十大民間敘事詩》，就是從這些敘事詩中遴選出來的。五十年代鄂西北廣袤地帶，曾搜集出版過幾部長篇敘事詩；到九十年代，又在武當山後山的呂家河村發現和搜集了十五部敘事長詩（據我的判斷，這些長篇敘事詩有可能是五百年前從全國各地來此地修廟的外地民工帶來的古歌，就曲調和內容判斷，有的可能是吳地的長篇民歌的遺韻）。民間長篇敘事詩的搜集出版，在中國文學史上具有重大意義，根本糾正了二十年代胡適先生提出的中國不富有敘事傳統的結論。這種文化傳承現象在理論上也向我們提出了新問題，非常符合古人所說的「禮失求諸野」的規律。當沿海地區的發展與中原地區並駕齊驅，甚至超過中原地區時，秦嶺之南漢江以北這塊古代的荒漠之地，就成了保存著中原文化及其傳統的「野」。至少我們可以說，吳語地區和鄂西北地方，歷史上曾經是敘事傳統非常發達的兩個地區。史詩和敘事詩如此之豐富，又呈現著活態，要研究的課題委實很多，只有我們中國自己的學者才能做出回答。

傳說故事的研究，八十年代中期到九十年代中期這段時期的主要成就，表現在兩個方面：一是對故事家的發掘與研究，特別是故事家個性的研究；一是發現了一些故事村，最著名而且開掘得較深、研究得較細的有兩個，一是湖北省的伍家溝村，一是河北省的耿村。後來還發現了重慶市郊區的走馬鎮，但未能進行深入細緻的調查與研究。在傳說故事的理論研究上，相對於神話和史詩來說，顯得稍微寂寞一些，但也做出了很大的成績，從以往那種大而空的研究，逐步轉向專題研究，並取得了相當可觀的成就。劉守華幾十年如一日地專注於故事的研究，出版了十多部著作，近著《中國民間故事史》是一部拓荒性的著作，在資料的發掘、作品的斷代、類型的解析等方面，都做了開創性的探索。另一位專注於故事研究的學者祁連休，最近出版的《智謀與妙趣——中國機智人物故事研究》，就是他幾十年來研究機智人物故事的總結性著作。

民間文藝學應是現代學。在社會轉型期，在市場經濟條件下，在改革開放的步伐中，社會結構在發生著劇烈的變化，新的民間文學適應著時代的要求，每時每刻都在普通老百姓中間被創作出來。因此，除了舊時代傳承下來的口頭文學應予繼續搜集研究而外，民間文學工作者還應抓住時機，採摘下新時代的「國風」。古代有「十五國風」留給我們，我們也應把當代的「國風」（三十一個省市自治區）留給後人。這是時代賦予我們這一代民間文學工作者的歷史使命。如果我們忽略了或放棄了這方面的工作，當代民間文學將成為新的空白，我們也因而將成為歷史的罪人。在這一領域裏，我們是大有作為的。如果把民間文藝學僅僅當作歷史學或資料學，不回答現實生活提出的問題，不與現實發生關係，那它註定是要枯萎的。

民間文學的搜集和理論研究，方法的變革是一場學術的革命。從八十年代中期開始，在改革開放的思潮影響下，大多數民間文學研究者逐漸認識到，阻礙著民間文學研究前進和學術水平提高的諸多因素中，最主要的一個是學人的思維定勢，即把從文藝社會學的角度和方法闡釋民間故事奉為圭臬。實證原則、多學科、多角度的參與和比較研究等，不僅使民間文學的研究變得腳踏實地和豐富多彩，而且能夠幫助學者們揭示出包含或隱藏在民間作品中的深層文化內涵。

三、令人焦灼的隱憂

進入九十年代以來，中國民間文學事業出現了滑坡、衰落和蕭條的趨勢。有人形象地說，民間文學學科已如「落日黃昏」。這種狀況的出現，是由多種原因造成的。

首先，「集成」普查工作告一段落，編輯工作集中在少數人手中，多數民間文學工作者因缺乏前進的方向，而處於徬徨迷茫狀態。從人員結構來說，目前專業人員進入了一個自然換代的高峰時期，專業機構中的高素質研究人員流失嚴重，又沒有及時補充有專業技能的人員，特別是有真才實學的大學生、碩士生和博士生。專業研究人員的青黃不接造成了民間文學工作的斷擋。我沒有這方面的統計數字，但我可以斷言，與一些部門比較起來，碩士、博士，甚至大學本科畢業生，在民間文學機構人員中的比例是很小的，結構是有欠合理的。

其次，學科調整的不合理，也造成了人員的嚴重流失和學科水平的下降。有關領導部門幾年前決定將民間文學降低為三級學科，導致許多高校文學系的民間文學課程變為選修課或乾脆取消了。這個決定，以行政的力量，把百年來幾代學者努力爭到的毀於一旦。許多老師和研究生都紛紛拋棄民間文學而轉向民俗學或其他學科。筆者以為，這樣的決策，是一個失誤，是倒退到了「五四」新文化運動以前去了。這樣的決策所以做出，大半是因為參與決策的某些學者，即使不是站在蔑視民間文化的立場上，也是對民間文學學科缺乏應有的瞭解與研究。筆者在此呼籲，在調整「十•五」計畫期間學科配置時，建議有關部門將這個錯誤的決策改正過來，恢復民間文學學科原有的二級地位，給我們這樣一個在農耕文明基地上蓬勃生長起來的民間文藝的搜集、研究、繼承和發展，提供一個合理的良好環境，給予一個恰當的地位。

第三，受某些熱門學科（如文化人類學、社會學）的衝擊，市場經濟的影響，特別是受拜金主義思想的影響，一些民間文學搜集者、研究者、教師，紛紛改換門庭，轉向其他學科；本來以搜集、編輯、出版和研究民間文學為職志的中國民間文藝家協會的領導機構，近年來也迷失了方向，在某種程度上放棄了自己的本行，不再把重點放在民間文學的搜集、編輯、出版、研究，更多地熱衷於某些民間藝術的演出活動和民間工藝品的展銷（這些是應當做的，但不是其工作的重點，即使要抓民間藝術，也沒有真正深入民間去做發現和發掘、整理提高的工作，更不應越俎代庖取代或代替在這方面更有實力和更有經驗的那些政府職能部門），向其他藝術家協會靠攏，以組織在城市裏的演出活動代替對民間作品的搜集整理和理論研究。民間文學刊物也隨之轉了向，放棄了或改變了歷屆經中央宣傳部批准的民間文學工作方針，放棄了促進民間文學的搜集整理和理論研究，從而建立和建設有中國特色的以馬克思主義、毛澤東思想、鄧小平理論為指導的民間文學理論體系的任務。作為一個文學評論工作者和民間文學理論工作者，我呼籲恢復發表民間文學作品和理論園地，並通過民間文學家們的廣泛討論，改變目前的現狀。

有學者說過，在孔子的儒家學說影響下的中國文化之外，還有另一種中國文化。這種獨立於儒家影響之外的中國文化，就是包括民間文藝在內的下層文化。下層文化、民間文化在傳承流變過程中雖然也受到了儒家文化、上層統治階級的文化、宗教文化的影響，甚至發生了某種程度的交融，但不論什麼影響，民間文化的根本和內核不會消失，總是保持著自己獨立的傳統，而這些傳統是受到歷代統治者的鄙視和排斥的。關於這一點，上世紀末、本世紀初，特別是「五四」新文化運動的前後，許多新文化運動的倡導者和戰士，許多進步的知識份子，都曾指出過。近世歌謠運動的發生，雖然先於「五四」運動，但它無疑是思想解放運動的產物，是「五四」新文化運動的一支和成果。現在看來，這個成果仍然需要我們大聲疾呼地加以捍衛。

儒家思想影響下的上層文化，兩千年來固然達到了相當的高度，但也有嚴重的階級局限和思想局限；下層文化固然摻雜著許多不健康的雜質，但它卻飽含著勞動者的智慧和有著比儒家思想更為久遠的原始文化的傳統。二者共同構成源遠流長、多元一體的中華文化。從下層文化中，我們可以更直接地觀察到下層民眾的世界觀、生活史、風俗史、禮法史，可以從中研究導致中國歷代社會穩定和發展的多種因素，從而為中國的現代化服務。搜集、研究、繼承、發揚民間文學及其傳統，建設和完善民間文學學科，仍然任重而道遠。

二〇〇〇年九月五日於南京

附記：本文係作者二〇〇〇年九月五日在第五次江蘇省民間文藝理論研討會上的講演稿。發表於《東南大學學報（哲學社會科學版）》第三卷第四期（二〇〇一年十一月），題為〈關於當前民間文藝的幾點思考〉；收入劉守華、白庚勝主編《中國民間文藝學年鑑》二〇〇一年卷（華中師範大學出版社，二〇〇三年）；收入《民間文學：理論與方法》（中國文聯出版社，二〇〇七年）。

民間文學田野調查的理念和方法

新世紀之初在全國開展的這次非物質文化遺產普查工作，進展是不平衡的。有的地方很認真，那裏的領導者和主管者，有歷史感和責任感。也有些地方進展的情況很不理想，只是從面上大家都知道的抓到幾個專案，申報名錄而已，並沒有按照田野調查的要求去做認真的調查，大有走過場的可能。對於大多數參加調查工作的朋友來講，方法問題是重要的一環，頗有探討的必要。關於民間文學調查的理念和方法，我想談四個問題。

一、民間文學普查的理念和方法

二十一世紀之初在全國開展的這次非物質文化遺產普查，定位為一次文化普查，對文化部來說，應該說是一個很大的進步。回想二十年前，在中國民間文藝研究會制定《中國民間文學三套集成》方案的時候，我去請文化部部長簽字，批的是「文化部不管民間文學」。那時候的文化部，只管專業藝術和群眾文化，民間文學是文學，不在文化部的視野之內。在中國現有體制下，文化被分割成了一些小塊塊。所以我們工作起來是非常困難的。為了發布一個由文化部、國家民委和中國民間文藝研究會聯合簽署的文件，我們只好鑽領導們的空子，當部長出差的時候，請主管少數民族文化工作的副部長簽署的。

今天的情況完全不同了。重要的是「文化」的理念變了。政府的「文化」理念變了。中國政府於二〇〇四年八月接受了聯合國教科文組織二〇〇三年十月十七日通過的《保護非物質文化遺產公約》，接受了「非物質文化遺產」這一術語和理念。在「非物質文化遺產」這一概念下面，無論是聯合國教科文組織的文件、還是中國國務院及其文化主管部門的文件中，「民間文學」（聯合國文件中用的是oral traditions）都被列為第一項，在世界各國的非物質文化遺產中也都是最基本的一項。但在《中國民族民間文化普查手冊》（修訂版改為《中國非物質文化遺產普查手冊》）中規定的十六類非物質文化遺產中，民間文學有其特殊性，在二十世紀八十年代進行的那次普查中，做得是比較認真而徹底的，深入民間「田野」搜集記錄了數量很大的民間文學作品，全國二千多個縣（旗）以上的單位編印到資料本中去的約有六億三千五百七十萬四千六百六十六字。這是中國有史以來沒有過的事情。應該講，在搜集記錄作品上，與其他的七套集成（志書）不一樣，因為其他的集成（志書）多數都是「志」，如戲曲志、曲藝志，而不是民間作品的調查、記錄與編選，只有民間文學是作品的調查和編選。時間剛剛過去了二十年。現在我們正在進行的這次新世紀文化普查，對於民間文學來說，過去搞的不徹底的省區，還應認真進行一次普查，力求在這次普查中取得二十一世紀初在民眾中流傳與存活的口述文本，而對一些過去搞得比較認真、比較徹底的省區來說，更多地應當是一次「跟蹤式的調查」。

民間文學是靠口頭傳承的，它會隨著時代的變遷而發生嬗變。時代變了，民眾對事物的認識，甚至他們的世界觀，也隨之發生著或快或慢的變化。二十世紀八十年代調查採錄的文本，其所反映的，無疑是二十世紀八十年代前後民眾的世界觀和生存現狀。我們今天再做民間文學的調查，不可能再回到二十世紀八十年代的情景當中，「跟蹤式的調查」就是對過去的調查再做一次調查，找到過去被調查過的人，請他們講述過去講述的故事（作品），通過我們今天的調查和搜集記錄來的材料，來看民間文學發生了什麼樣的變化，從而分析判斷中國社會和民眾的世界觀二十多年來發生了怎樣的巨大變化。最近（二〇〇六年七月十五日吃新節前後），我應邀到貴州黔東南的西江千戶苗寨去考察那裏民間文化的傳承狀況。文化學者張曉和張寒梅兩姐妹在福特基金會的支持下做的一個專案，她們做得很認真，也有成效。我在村裏看到，千戶大寨裏的適齡男青年，大多數（約有百分之七十至八十？）出外打工了，留守在寨子裏的主要是婦女、老人、兒童。過去我們總是講民間文化是農耕文明下的精神文化，但我們忽略了宗法家族制度和觀念對民間文化、民間文學的深刻影響。過去，「禮俗」主要是靠男家、夫家及其當家人傳承下來，現在不同了，則主要靠婦女來傳承了，現在婦女所執行和傳承的禮俗，主要是夫家家族的禮俗。過去男家的一些儀式是不許女子參加的，現在變了，因為婦女成了夫家傳家和傳禮的主體，所以婦女也不能不參與夫家禮俗的執行與傳承了。禮俗和風俗、以至民間文學的這些變化，是社會結構劇變引起的，是誰也無法阻擋得了的。

二〇〇五年我應邀參與了《中國民族民間文化普查手冊》中「民間文學」這一章的起草。我在起草文件的時候，就強調了這次民間文學的普查要注意「跟蹤式的調查」這一思想。這個思想借鑑了世界、主要是芬蘭學者們的經驗和理念，得到了其他參加討論的學者們的贊同。我們從事民間文學搜集和研究的人，大都是喜愛寫作的文藝愛好者，具有兩個共同性的特點：一個是不同程度地受到儒家思想的薰染，把民間文學看作是「不登大雅之堂」的東西，要使它「登」上大雅之堂，就得改動、潤色；二是喜歡按自己的觀念修改（實際上是竄改）老百姓的口述作品，總覺得不識字或少識字的老百姓的觀念和見識不高，文詞不雅，要經過他的改動使老百姓口述的東西與他心目中的想法一致起來。我們看到，經過他們改過的，都像是小文人給旅遊景點的解說員們寫的解說詞，沒有新鮮思想，沒有思想個性和講述個性，即沒有講述者個人的風格。這是兩個「中國特色」的頑疾。通過「跟蹤式的調查」，對前後不同時間搜集記錄的口述作品做比較，就可以看出中國老百姓的思想和作品在怎樣變，在什麼情況下變，世道發生了怎樣的變化。這多有意思呀，多有文化史價值呀！

還可以說一點我個人的最近的經歷，也算是一次「跟蹤調查」的個例吧。最近我在北京市參加了「北京童謠」的申報和評審工作，北京童謠的變遷不僅使我非常感興趣，而且對學術方法有了新的體會。北京童謠在中國民間歷史上來說，是非常有名的。我在研究「二十世紀中國民間文學學術史」的過程中就發現，二十世紀二十年代，中國的一代大學者們，多少人都曾搜集過北京的童謠呀，魯迅就是其中的一位，著名的童謠「風來了，雨來了，和尚揹著鼓來了。這裏藏？廟裏藏。一藏藏了個小兒郎。兒郎兒郎你看家，鍋臺後頭有一個大西瓜。」就是他搜集的。這是一首在北京流傳時間甚為久遠又甚是廣泛的催眠童謠或「母歌」。其功能，有不同的說法：魯迅的注解說是，「此歌當風雨將至時，小兒群集而唱之。」另一種說法是，母親唱來為兒童催眠。據記載，此童謠至少在明代就已經流傳了。明劉侗、于奕正著《帝京景物略》裏就有記載。流傳中出現多種不同的異文，故而對這首歌謠的解釋，也多存在歧義。常惠先生在〈談北京的歌謠〉一文裏說：「《讀書雜誌》第二號，（胡）適之先生選了十首韋大列（Vitale）的歌謠，說這是『真詩』；我也很以為然，但我們也曾經介紹過一次，把他的〈序〉譯出來，登在《少年》的第十五期，在那〈序〉的前面，我說：『……這位先生（指義大利學者韋大列）太講理解了，裏邊不免有點兒附會的地方；然而在這麼大的一本著作裏邊，這也不算包涵。』但是又為什麼說他太講理解呢？因為他的第七十首，『風來啦，雨來啦，老和尚揹著鼓來啦！』這首確是『張三的帽子，給李四戴上了』，因為中國的風俗習慣他極注意，有一句諺語，『風是雨的頭，屁是屎的頭』，他就以為這首歌謠也是說下雨的，風過去就是雨，雨來了跟著又是雷，所以他的注釋裏說，老和尚揹著鼓是打雷呢。還有一本書是周啟明先生借給我的，我也說過」『一本在一九〇〇年出版的，共有一百五十二首歌謠，是一位美國女士所輯。不但有中文，還譯成英文的韻文，而且還有極好的照像，很能把二十年前北京的社會狀態表現出來，這是我最喜歡看的。然而，她譯成英文因為韻的限制，將原意失了不少，這也是一個美中不足。』但是她的書裏邊就不那麼說了：『狼來咯，虎來咯，老和尚揹著鼓來咯！』這首是對的，怎見得呢？一看《帝京景物略》就知道了，『凡歲時不雨，……初雨，小兒群喜，歌曰：「風來了，雨來了，禾場揹了穀來了。」』必是這首歌謠的訛傳，後由『兒歌』變成『母歌』了，然而也是演進的一個原因，所改『狼來了，虎來了』，拿它來恐嚇小孩子，使他速睡，頗為適宜，至於

『和尚揹著鼓來了』一句，是襯的關係，並沒有什麼意義在裏邊。」常惠的解釋，大體貼近這首童謠的原意，即這是一首兒童的催眠歌。

我在梳理材料時發現，凡是時政類的歌謠，如今基本上不再傳承了，例如八國聯軍進北京的沒有了，反對軍閥的沒有了，特別是描寫社會生活方面的，例如反映童養媳的、女孩子出嫁要彩禮的、婚姻問題的，等等，這些極富時代特點又極富情趣的童謠，如今都不再傳承和傳唱了。現在還在口頭上傳承、傳唱著的，不再是那些涉及時政的、有鮮明政治內容和強烈階級仇民族恨的，而是那些知識性的、詼諧的、遊戲的童謠了。例如「袁世凱，瞎胡鬧，一街的和尚沒有廟，不使銅子使鈔票。」不再有人吟唱了，而〈打巴掌兒的〉現在則收入了北京市的小學音樂課本，小學生們唱徹大街小巷。這後一首北京童謠，林庚先生曾寫文章說當年有十二段，可是現在北京出版的一些集子裏面、包括小學課本裏面選的，卻只有十段，有二段已經找不到了。這種「跟蹤式的調查」在國際學術界比較普遍，我們通過這種方法調查所得的結論，也是非常有趣的。我們從北京童謠這一窗口，看到的是百年來北京從一個帝都城市到一個現代化都市的巨大變遷，不光是四合院改成了摩天大樓、小胡同變成了寬廣的大街，也包括從世界觀到審美觀的變遷。

二、民間文學的「第二生命」問題

把民間文學的自然生命認定為民間文學的「第一生命」，而把記錄下來的文本稱做民間文學的「第二生命」，這個觀點不是我的發明，而是已故芬蘭學者勞里・航柯的理念。在世時，他是世界知名學者，又是聯合國教科文組織政府專家委員會的負責人。一九八六年，經過文化部的批准，我們請他來，他在中國著力推行的就是這一理念。當時我們與芬蘭文學協會以及土爾庫大學等進行了一次民間文學的聯合調查，所選的地區是當時尚未開放的廣西三江地區的六個村寨。那次我們選調了很多中國老中青學者來參加調查。「五四」時代從事民間文學搜集和研究的，都是修養有素的學者，包括周作人、顧頡剛、劉半農、董作賓、常惠、臺靜農、羅香林等先生。顧頡剛的《吳歌雜錄》、臺靜農的《淮南歌謠》、羅香林的《粵東之風》、劉兆吉的《西南采風錄》等，都是非常嚴格的科學記錄。但二十世紀五十年代以後搜集出版的一些重要的民間作品，除了何其芳編輯的《陝北民歌選》等少數選集外，多數沒有學者參與，用今天的話說，學者都缺席了，大都出自從事創作的文化人或文化館的幹部之手。勞里・航柯提出要保護民間文學，要用科學的方法記錄民間文學，而用科學的方法記錄下來的民間文學是民間文學的第二生命，民間文學以其第二生命在流傳中得到「循環」，為更多的人（讀者）所閱讀和欣賞，從而使其生命獲得永恆。

「第二生命」的觀念作為民間文學保護的一途，其提出是有學理根據的。民間文學浩如煙海，因係口頭傳播，如風一樣飄忽不定，如流水一樣變動不居，隨時代的轉換和變化而變化，與社會相適應者當繼續流傳變異，與社會不適應者則慢慢衰微甚至消亡。這是鐵的規律。籠統地說把民間文學整體性地保護下來，那是不可能的事，而且甚至要想把民間文學固定在某一個時間（時代）的狀況不變，也無異於異想天開。一件作品，即使同一個講故事者，也往往是今天這樣講，明天那樣講，不同時間的講述，會出現差異，甚至很大的差異。所以對於民間故事來說，我們在口頭上聽到的只有「現代時」，在文本（書本）上看到的總是「過去時」。即使那些傳承了幾千年的傳說故事，如孟姜女的故事、梁山伯祝英臺的故事，至今已傳承了二千多年了，我們讀到的文本，是不同時代記錄下來的，是「過去時」，而我們在「田野」中聽到的，主要是過去流傳的「元素」或情節，但它卻是滲入了當代觀念的「現在時」。所以，我認為，民間文學與非物質文化遺產的其他門類不同，把民間文學原原本本地記錄下來也是一種保護，而且是一種延續它的生命的重要手段和最好的保護。倘若沒有《詩經》，試想我們怎麼能知道周代各國（各地）的民歌是什麼樣子呢？設若沒有《九歌》，我們怎麼能知道戰國時期的南方民歌是什麼樣子呢？所以，我們今天要做民間文學的調查，必須記錄文本，必須原原本本地忠實記錄口述的文本。勞里・航柯強調記錄下來的民間文學文本是民間文學的「第二生命」，民間文學會以「第二生命」保留下去、傳播下去、延續下去。這個理念也是聯合國教科文組織當年推行的理念。那些政府專家們都比較認同的一個觀點。我們中國學者也認同這一理念。記錄下來以後可以出版，可以放在博物館裏頭，可以供其他更多的人來閱讀、研究，可以使民間文學的文本、相片、錄像等得到妥善的保存、保管、借閱、流傳，從而使它的「第二生命」得到循環。這就是民間文學的傳承與其他非物質文化遺產傳承的保護不一樣的地方，完完全全套用「整體性保護」是不可能完全奏效的。

有了「第二生命」這樣的理念，採取什麼樣的具體調查方法，又是一個問題。勞里・航柯在與中國學者交流時，推行的主要是「參與觀察」的方法。「參與」法，是文化人類學的主要方法。他將其運用於民間文學的調查採錄中，而且行之有效。「五四」時代，受時代局限，中國學者主要是採用徵集法，託親戚朋友、老師同學，向家人、鄰居、朋友搜集記錄來，交給我、由我來編輯發表。到了二十世紀四十年代，曾經有一批民族學家，在大西南親自做「田野調查」，他們實際上就是以這樣的調查方法，如劉兆吉、吳澤霖、芮逸夫、李霖燦、光未然等，為中國民間文學學科積累了大量翔實可靠的材料，他們的工作是嚴格的學術性的。現在還可以作為我們典範的是：凌純聲、芮逸夫所做湘西調查，凌純聲做的赫哲族調查（十九個故事梗概），芮逸夫做的湘西調查所得二十三個神話、十二個傳說、十五個寓言、十一個趣事（故事）、四十四首歌謠，今天來說，都是經典性的。

民間文學調查不能停止於資料的搜集、資訊的獲取，而必須要記錄作品。現在我們應該借鑑和推行「參與調查」的方法。民間文學的參與調查，跟民俗其他領域的調查不一樣，就是要住在那裏，要與被調查者們互動，要面對面地訪談。民間文學採錄最忌諱新聞採訪式的那種隨機訪問。民間文學調查首先要選擇有代表性的講述者或演唱者，因為一般的村民也許會說個一言半語，但這不是我們要求的民間故事或歌謠。只有那些具備了一定的條件（如知識、記憶、口才、識見等）的講述者或演唱者，才能講出或唱出有價值的作品來。這與民間文學的集體性有關。民間文學的特點是集體創作，集體加工琢磨，不是個人的創作，儘管我們不否認說故事者、唱民歌和史詩者，才具不同，個性不同，修養不同，創造力也不同。在這一點上，與手工藝藝人的創作略有不同，儘管手工藝藝人的技藝也是世代傳承下來的。一個講述人，因為他有廣泛生活閱歷、社會知識和生活經驗，他能講很多故事而且講得眉飛色舞，文采飛揚，在這個意義上，這個講述者可以稱得上是民間文學（故事或歌謠）的傑出講述者或傳承者。如進入第一批國家非物質文化遺產名錄的譚振山。如演唱史詩的著名瑪納斯奇居素甫・瑪瑪依。還有的雖然沒有列名於國家名錄、但講述故事和歌謠很多的被認定為第一批國家「非遺」中「民間文學」項目代表性傳承人的劉德方、孫家香、魏顯德、陸瑞英、靳正祥、靳正新、王安江、劉永洪，等。調查搜集民間文學時，不是每個遇到的人都能講述完整的故事，也不是每個遇到的人都能唱好民歌，因此要選擇優秀的講述人和演唱者，只有那些長於講述或演唱者，才能代表這個民族或地區的民間文學傳統和狀況。選好了採訪對象——講述者或演唱者之後，隨之而來的是，採訪者要把自己變成被採訪者認可的「自己人」，使他沒有任何顧慮，創造一個舒緩寬鬆的環境，能舒暢地講故事。講的故事要成為故事，有一定的文學性，語言流暢和有特點與個性，有的人講的是片段的材料，而不能成為一個故事。如果你不是「自己人」他就可能隨便說幾句應付您。在去年申報非物質文化遺產名錄的錄像片中，有的地方的調查採錄多半都是新聞記者式的採訪，拿著話筒讓人家站在公園裏面講兩句。這哪裏是民間文學的調查採錄？更談不上「參與式」的調查了。所以，這次二十一世紀之初的民間文學調查，應該大力推行這種方法、這種理念。但是，我很悲哀地說，我打開我們國家非物質文化遺產資料庫，到現在為止，還沒有看到有一份這樣嚴格的科學意義上的民間文學調查採錄資料，而只有一份幾百字的簡介，幾幅圖片而已。

三、材料保管問題

強調田野採錄和參與研究固然重要，但在中國國情下，調查採錄資料的收藏和保管似乎更為重要更為迫切。因為有了田野調查採錄的資料，而沒有完善的保管機制，一切前功盡棄，做了等於白做。我們有多少有價值的材料，無端地散失了，這一點，我們的教訓是沉痛的，無可挽回的。

不妨談點我個人經歷的事。我在這個行業裏前後工作了五十年，經我手的資料非常的多。譬如，一九六五年九月，我與同事去西藏調查採錄民間文學，大家知道，西藏人煙稀少，地域廣漠，連人民幣、糧票都不通行，沒有交通工具，連郵局運輸郵件的悶罐車和建設施工用的大老吊的吊杆上都坐過，很多地方都要騎馬，臨場記錄的材料，是由翻譯用藏文記錄，晚上回到駐地，連夜逐字逐句地譯成漢文。因此記錄下來的材料十分珍貴。可是，經過十年「文革」，除了那些藏漢文對照的文字記錄還有幸在我手中保存完好外，所攝的照片回京後都交給了公家，但現在卻連一張都找不到了！

再如，一九八六年四月，我參與了廣西三江中國芬蘭民間文學的聯合調查的組織領導工作，那時，我方調查隊員的裝備很落後，而芬蘭運來的器材，我們的民航客機都裝不下，不得不拆開來運到廣西。那次聯合調查所得的照片不要說了，錄影的全部資料很多，最後編輯剪輯成三個片子，北京中國民間文藝家協會一套，芬蘭文學學會一套，廣西民間文藝家協會一套。可是，現在，據說我們國內已經任何東西都沒有了，當時做的三套資料片我們都沒有了！編輯好的文字稿四十五萬字（紀錄稿），聽說也都沒有了。最近在網上看，連我本人在「文革」前翻譯的非洲故事的譯稿，也出現在潘家園的古玩市場上。一是我們只管耕耘不問收穫。黑瞎子掰苞米，掰一個扔一個。二是保管機制不完善。進入資料庫（室）的資料朝不保夕，換了一個管理者，說不定就丟了或偷了。前人調查採錄的資料，儘管很有價值，卻完全不能利用。因此，這次新世紀進行的普查，主管文化部門一定要先建立起保護機構——或資料館，或陳列館，登記造冊，妥善保存。應當把保存和保管看作是調查採錄的有機組成部分。

四、採錄工作的現代化和民間文學作品的編碼問題

這是過去沒有觸及的問題。王秋桂先生上次來就希望在田野調查中推行衛星定位系統。他說每個人帶個手機就可以知道你在哪裏，您所進行的田野調查，位於何處。解決田野調查的地理方位問題。這一點，包括地理方位和文化移動問題，我們過去確實比較容易忽視。當然，這是當代文化人類學的先進的思想和方法，在我們的非物質文化遺產普查中怎麼樣實施，是一個操作問題，儘管我們強調了使用先進的技術手段，如錄音錄像等，衛星定位系統似乎還沒有考慮在內。回想一九六五年我去西藏采風的時候，平叛剛剛過去，連區縣機關的電臺都撤銷了。我們去的錯那縣勒布區公所，不僅遠離祖國內地，甚至遠離錯那縣城，一年裏有九個月被大雪阻斷通往縣裏的道路。恰巧，我們在勒布區的區公所裏過國慶日，區公所裏只有四個人：一個是部隊轉業留在當地的區委書記，一個是當年剛從復旦大學中文系剛畢業的大學生；其餘兩人就是從北京來此調查採錄民間文學的我和董森二人。我們從區委所有的那一臺小型熊貓牌收音機裏聽著來自祖國心臟北京的狂歡聲音，但我們甚至無法知道我們身在何處。現在照相已經很普遍了，我們強調在這次調查中要使用錄音錄影等各種現代化技術手段，財政部文化部已經為地方上的調查隊或調查組採購了器械發了下去。現在好了，如果我們的普查小隊或小組能像文物普查那樣，配備或允許配備衛星定位系統，那麼，我們就能知道我們所在的村子、某種非物質文化遺產項目在什麼緯度、什麼經度，我們所搜集的文化與其他文化有什麼關係，歷史上發生過怎麼樣的「文化移動」。

這次普查中搜集記錄到的民間文學作品材料，要按照《中國非物質文化遺產普查手冊》的規定，進行編碼處理。給每一篇作品一個編碼，是文化普查的需要和要求。有了這個編碼，才有可能使我們在不同地區搜集記錄到的億萬篇民間文化材料，有序地進入陳列館、博物館，進入虛擬的資料庫，做到永久保存，供後代傳習、傳承、研究、弘揚，並逐步做到資料（知識）共用。這個編碼是請國家標準化部門幫助設計確定的，像公民的身份證一樣，每一篇作品具有一個獨立的編碼，具有唯一性。編碼設定為十四位，包括本體碼十三位、校驗碼一位。本體碼包括地區碼、類別碼、流水碼。有了編碼，任何一件在某地記錄的作品才有了在全國文化中的身份，也才有可能從資料庫中調出。代碼是全國統一的，編碼是普查中指令性的規定。各地要對調查員進行專門的培訓，不僅提高對編碼重要意義的認識，而且要熟練地掌握編碼技術。

安麗哲根據錄音整理，二〇〇七年十月四日改定

附記：本文係作者應邀參加於二〇〇七年六月二至四日由中國藝術研究院、臺灣東吳大學主辦，中國藝術研究院藝術人類學研究中心、中國藝術人類學學會承辦的「『二〇〇七』非物質文化遺產保護中的田野考察工作方法研討會」上的發言，論文的原稿在電腦中遺失了，現在這個文稿是在中國藝術研究院中國文化研究所安麗哲女士根據發言錄音整理的發言稿子基礎上修改而成的。在此致謝！

「非遺時代」的民間文學及其保護問題

一、從「非遺時代」說起

肇始於二十世紀八十年代、歷時二十五年的中國民間文學的「集成時代」，隨著二十一世紀的到來而結束了，新的世紀伊始把民間文學的發展推向了一個新的時代——「非遺時代」。說民間文學的「非遺時代」的根據是什麼呢？

第一，為適應現代化進程所帶來的社會轉型和文化變遷，繼承和弘揚優秀的傳統文化，促進中華文化大繁榮大發展，從二〇〇三年起，中國政府開始實施「政府主導，社會參與」方針下的「中國民族民間文化保護工程」（二〇〇五年後改為「中國非物質文化遺產保護工作」），差不多同時，非政府組織中國民間文藝家協會於二〇〇二年啟動了國家社會科學基金特別委託專案「中國民間文化遺產搶救工程」。在國際上，二〇〇三年十月十七日聯合國教科文組織通過了《保護非物質文化遺產公約》，中國人大常委會於二〇〇四年八月批准了這個條約，中國成為最早的締約國之一。包括民間文學在內的中國民間文化保護工作，從此納入了聯合國教科文組織《公約》的框架和理念之下。

第二，由於現代化、全球化、資訊化，特別是城鎮化的急速發展，農村人口的急劇減少，到二〇一二年底，城鎮人口已占到全國人口的百分之五十二點五七，與以口頭傳播為主要形式的民間文學相依相存的農耕社會、農村聚落，以及與之相適應的血緣家族社會結構和禮俗制度，發生了和正在發生著前所未有的急劇變遷和轉型，從而導致了在老百姓口頭上傳承的民間文學呈現出快速衰微、瀕危、乃至部分消失的趨勢，使得搶救和保護工作變得空前緊迫了。

第三，中國於二〇〇四年批准了，亦即接受了聯合國教科文組織的〈公約〉，同時要承擔〈公約〉所規定的義務，這也就意味著在國家的層面上接受了它的理念。這個理念是這樣表述的：「『非物質文化遺產』，指被各社區、群體，有時是個人，視其為文化遺產組成部分的各種社會實踐、觀念表達、表現形式、知識、技能以及相關的工具、實物、手工藝品和文化場所。這種非物質文化遺產世代相傳，在各社區和群體適應周圍環境以及在自然和歷史的互動中，被不斷地再創造，為這些社區和群體提供認同感和持續感，從而增強對文化多樣性和人類創造力的尊重。」[1] 由政府主導的中國非物質文化遺產保護工程（工作），自加入〈公約〉以來，正是按照這個定義開展工作的，把宮廷文化遺產、宗教文化遺產與民眾文化遺產等量齊觀地統稱為非物質文化遺產加以保護。根據聯合國教科文組織的這個表述，作為非物質文化遺產之一的民間文學，所強調的當然也是在一定社區或群體中間不斷地被再創作和被認同以及持續發展，而不考慮、不顧及其創作者、傳承者、傳播者、持有者的社會地位。而這個表述，是與近百年來中國民間文藝學界大體公認的理念不相符合的。中國學界，自二十世紀第一本概論式的著作徐蔚南的《民間文學》以來，雖然不同的研究者們在具體表述時略有差別，但大體都認為，民間文學是以農民和手工業者為主體的下層民眾所創作和傳承傳播的，亦即魯迅先生所說的是「生產者的藝術」而非「消費者的藝術」[2]。接受聯合國教科文組織的理念，這對於中國民間文藝學的建設來說，無疑是一個重大的轉折和變化。而這種無差別論或曰全民論，至少筆者是不敢贊同的，因為如果贊同這種理念或理論，就等於抹殺了民間文學的意識形態性和批判性，而意識形態性和批判性乃是民間文學以及所有文學藝術的根本屬性和基本特點。

---

1 聯合國教科文組織〈保護非物質文化遺產公約〉，見《聯合國教科文組織保護世界文化公約選編》（北京：法律出版社，二〇〇六年），頁二十二。

2 魯迅，《且介亭雜文・論「舊形式的採用」》（人民文學出版社，一九七三年），頁一五至一八。

民間文學（口頭文學）是人類與生俱來的一種口頭語言藝術，它的生存、傳播和延續，靠的是社會底層的廣大民眾之間的口傳心授。只要作為交流工具的語言被人類創造出來，人類就不斷地創造出了民間文學（口頭文學）；而民間文學（口頭文學）之所以不斷地被創造出來，是適應人類作為「社會人」之「表達意見」的需要。隨著人類社會的遞進，進入階級社會，出現了社會分層和階級對立，民間文學（口頭文學）就成了被統治的下層勞動者、生產者專有的精神產品，作為他們的「心聲」不斷地被創造出來傳承下去，並以其對社會的批判性與貴族文學、宮廷文學相區別、相對立。由於民間文學（口頭文學）的傳承和傳播方式的口頭性，任何民間文學（口頭文學）作品，都是在不斷地疊加和層累中完成的，即在傳承和傳遞過程中，由群體和個人在不斷地琢磨修改加工中有所增益，有所淘汰，不斷完善。由於人類心理需求的增加和人類心智的提高，民間文學（口頭文學）的體裁（形式）也日漸其繁，由原初單一的神話，而形成神話、傳說、故事、笑話、史詩、敘事詩、戲劇、說唱、諺語、俗語……等多種體裁並存。就其性質而言，民間文學（口頭文學）是社會最廣大的底層民眾以幻想的、藝術的方式，反映客觀世界、社會生活和心靈世界的一種文學作品，浸透著他們的價值判斷、道德判斷、倫理判斷、是非判斷等，故而具有鮮明的意識形態性。就其數量而言，民間文學（口頭文學）在人類非物質文化遺產的所有門類中，不僅數量最為浩瀚宏富，而且也最為集中、最為直接地體現著民族精神或稱做民族文化精神。民間文學（口頭文學）在人類文化遺產中的重要性是不言而喻的。這也就是聯合國教科文組織的〈保護非物質文化遺產公約〉為什麼在「非物質文化遺產」的定義中將其列在五個非遺門類之首的原因。

由於民間文學的口頭傳承和口頭傳播的特點，文藝理論上常把民間文學定位為口頭語言藝術。這一特點也決定了它的易變性（變異性）和不穩定性。惟其如此，民間文學（口頭文學）是與物質最為疏離的一種文化遺產。當代社會，是一個物質的時代，通常一切事情都與物質掛鉤，而民間文學（口頭文學）又恰恰是一個最與物質無緣、最與金錢疏離的非物質文化遺產門類，沒有世俗的「利益」和「政績」可言，所以在非遺的保護中，常常處於不被重視的「弱勢」的地位。崇尚物質、離棄精神，這固然是部分國人在物質時代陷於迷茫，缺乏「文化自覺」的表現，但既然形成了風氣或傾向，也就增加了對保護工作的誤解和困難，實在是一種無奈。

各地的非遺保護工作者常常遇到或聽到這樣的情況：經濟價值高的，或者說有利益可圖的，或者有政績可陳的，常常受到重視，而經濟價值比較低的，沒有利益的，則常常受到輕視或忽視。輕視或忽略民間文學的偏向，就是因為民間文學（口頭文學）沒有利益可圖，沒有政績可言。這裏顯然牽涉到對民間文學（口頭文學）的價值認識問題。我們說，在非遺價值的認識上，一幅雲錦、一幅唐卡、一件玉雕、一件漆雕，在經濟價值上，可能價值連城，而一個香包、一張剪紙、一個舞蹈、一首民歌、一個民間故事、一張年畫，則無法與其相提並論，但在文化價值上，則是同等的。如果人人有了這樣的認識，民間文學（口頭文學）的保護工作的意義和所採取的措施，就變得不同了。

二、非遺名錄在民間文學類上的誤區

自二〇〇六年以來，中國陸續建立起了由國家級、省市級、地市級、區縣級四級非物質文化遺產名錄構成的名錄體系。到二〇一一年，文化部非遺司公布的資料，國家級名錄的項目達到了一千二百一十九項。省級名錄項目的總數，缺乏官方的統計資料，據筆者的統計，至二〇一三年五月十日止，全國省級名錄所載專案為八千九百九十四項。「名錄」制度取得了巨大的成績。

但由於中國的名錄保護採取的是自下而上申報方式，加之地方政府往往將申遺與政府政績和經濟利益掛鉤，故而自覺不自覺地導致了或造成了「名錄」的不平衡狀況，這種不平衡狀況，日益顯示出有傷於名錄制度健康平穩發展的傾向。

全國省級名錄所收非遺專案為八千九百九十四項，其中民間文學類專案為六百九十八項，民間文學類占全國名錄項目總數的百分之七點八[3]。三批國家級非遺名錄所載項目為一千二百一十九項，而民間文學類，只有一百二十五項，大約占總數的百分之十強。國家級名錄的情況，如下列排位表所示：

三批國家級「非遺」名錄項目數量、比例和排位表

類別	第一批名錄項目	第二批名錄專案（不包括第一批名錄的擴展專案）	第三批名錄項目（不包括第二批名錄的擴展項目）	總數	%
傳統手工技藝	89	97	26	212	17.39%
傳統戲劇	92	46	20	158	12.96%
民間音樂	72	67	16	155	12.71%
民俗	70	51	23	145	11.89%
民間文學	31	53	41	125	10.25%
曲藝	46	50	18	114	9.35%

3 這兩個數字是筆者自己的統計，國家迄今沒有發布這方面的統計資料。

民間舞蹈	41	55	15	111	9.10%
民間美術	51	45	13	109	6.94%
傳統體育、遊藝和競技	17	38	15	70	5.74%
傳統醫藥	9	8	4	21	1.72%
總計	518	510	191	1219	

注：二〇一一年十一月五日補入此表

筆者以為，三批國家級名錄認定公布之後，民間音樂、民間舞蹈、傳統戲曲和曲藝、民間美術和傳統技藝等門類，舉凡重要的、知名的項目，差不多都已經浮出了水面，而對於浩如煙海的民間文學來說，進入國家名錄的一百二十五項，或進入省市級名錄的六百九十八項，則實在不過是九牛之一毛。一看便知，許多重要的項目都沒有申報上來，自然也就沒有進入各級名錄。對國家名錄中存在的這一問題，筆者曾寫過一篇〈非遺：一個認識的誤區〉做過一點粗淺的分析，不妨將有關的看法引錄在這裏：

> 「傳說」類共有二十三項進入名錄，占「民間文學」九個亞類總數的百分之二十七[4]。固然，在「民間文學」的各種體裁和類別裏，「傳說」之豐富是我們的國情所決定的，也是一些歷史較短的民族和國家所無法比肩的。我國

4 國家非遺名錄的「民間文學」類下又分為：神話、傳說、故事、歌謠、史詩、長詩、諺語、謎語、其他。共九個亞類。

傳說中，有山川風物傳說、名勝古蹟傳說、人物傳說、史事傳說、風俗傳說、宗教傳說等等；人物傳說又有帝王傳說、官宦傳說、士子傳說、工匠傳說、農民起義傳說等等，不一而足。「非遺」名錄中「傳說」項目所以占有最高比例，從一個側面反映出，各地政府申報時重傳說、輕故事的傾向是帶有普遍性的。迄今進入國家級「名錄」的神話、故事的項目，其數量和比例，與傳說相比，相對較少，神話只有四個（盤古神話、邵原[創世]神話、堯的傳說和炎帝神農傳說）；故事除了十個故事村（如：耿村民間故事、伍家溝民間故事、下堡坪民間故事、走馬鎮民間故事、古漁雁民間故事、喀左東蒙民間故事、北票民間故事、嶗山民間故事、都鎮灣民間故事以及滿族民間故事）外，真正學術意義上的故事只有兩個：徐文長故事、巴拉根倉的故事。故事村類似於文化生態保護區，只是故事村的區域範圍較小而已。而兩個民間故事，就其特點而言，大體屬於以機智人物為主人公的故事，主人公是所謂「箭垛式」的人物，更接近於傳說的一類。真正學術意義上的民間故事，如生活故事、幻想故事、精怪故事、動物故事等，一個也沒有進入名錄。據我的記憶，自開展國家名錄以來的幾年間，只有江西省申報過「毛衣女的故事」，即國際上著名的「天鵝處女故事」類型。毛衣女故事的最早記錄，見於東晉干寶《搜神記》（卷十四）；敦煌石室中收藏的唐句道興《搜神記》中的〈田崑崙〉，是毛衣女故事比較發展的形態（羅振玉《敦煌零拾》七）。這個幻想故事在我國許多地方都有流傳，無疑是應該加以保護的民間故事文化遺產，但因申報者江西省有關單位從旅遊開發著眼，而壓根兒沒有認真地搜集採錄當代還在民眾口頭上流傳的「活態」故事，故而兩次申報兩次都被專家評審組所否決，甚為遺憾。又如，世界著名的「灰姑娘故事」，在我國也非常流行，研究者認為可能源於我國南方越人及其後裔，現在還傳播於南方的二十一個民族之中，搜集到的故事達七十篇之多[5]，其最早的記錄應該是唐段成式《酉陽雜俎》裏的〈葉限〉。這個類型的著名民間故事，也是理應予以保護的珍貴文化遺產，可惜至今沒有地方中

5 劉曉春，〈仙履奇緣——《灰姑娘》故事解析〉，劉守華主編《中國民間故事類型研究》（武漢：師範大學出版社，二〇〇二年），頁五四七至五五七。

報。膾炙人口的「田螺姑娘」故事在沿海地區非常流行，在晉陶潛《搜神後記》裏的〈白水素女〉，應是這個故事的比較原始的形態，這就是說，「田螺姑娘」的故事至少也有近兩千年的流傳歷史了。晉束晳《發蒙記》、唐徐堅《初學記》、梁任昉《述異記》裏都有記載。早期記載中的故事發生地福建晉安，要麼是沒有對這個故事做什麼搜集研究的工作，要麼是感到故事的保護沒有利益可圖，一直沒有申報作為這個故事或故事類型的保護主體，對其進行保護。二〇〇九年的第三批國家級非物質文化遺產名錄申報之前，海南省海口市的非物質文化保護中心從漁民中搜集了一批「田螺姑娘」故事，並製作了一部簡短的錄像片，做得很好，填補了「田螺姑娘」故事的空白，可惜，不知為什麼海南省文化局和非遺保護中心沒有把這個項目的申請報到文化部來，失去了評審的機會。類似的知名於世的幻想故事或魔幻故事，如「蛇郎」、「田螺姑娘」、「巧媳婦」、「蛇妻」、「百鳥衣」；生活故事，如「狗耕田」、「石門開」、「青蛙丈夫」、「不見黃河不死心」、「人參故事」；動物故事或童話，如「狼外婆」、「中山狼」、「貓狗結仇」，……這些目前還在我國廣大地區流傳的故事或故事類型，一個也沒有在國家層面上立項（立檔），得到有效保護。所幸的是，在二〇〇九年第三批國家級名錄的申報與評審中，浙江省衢州市和山西省沁縣申報了「爛柯山」故事，這個最早見於南朝梁任昉《述異記》裏的、有著近兩千年的流傳史的王質遇仙的故事，還在這些地方流傳，當地的搜集成績和保護計畫，得到了國家級名錄評審專家們的積極支持。據筆者所知，除了這兩個地方外，陝西的洛川、廣東的肇慶等地，也還有口頭流傳，也應予全面的進行搜集研究和悉心保護。[6]

如果我們再把國家名錄中的入選專案與二十世紀八十年代搜集編纂的《中國民間文學三套集成》中經各省專家認定的「常見故事類型」加以對照研究，問題就更加明顯了。由於篇幅關係，無法把三十個省（市、區）的「常見民間故事

6 拙文發表於《河南社會科學》二〇一一年第五期。《文化研究》二〇一一年第十一期，全文轉載；《新華文摘》第二十三期，論點摘要。

類型」都列舉出來，只好每個大區選一個省（市、區）為例：

（一）東北地區，遼寧省常見故事類型有二十七個[7]。以筆者看，至少有十八個值得保護：1.老虎媽子（老虎外婆）；2.老猴精娶媳婦；3.蛇郎；4.蛤蟆兒子；5.怪孩子（怪異兒）；6.牛犢子娶媳婦；7.百鳥衣；8.小鏜鑼（兩兄弟）；9.西天問活佛（問活佛）；10.不見棺材不落淚、不到黃河不死心；11.人心不足蛇吞象；12.隱身衣；13.金馬駒；14.路遙知馬力；15.巧媳婦；16.慌張三；17.傻子學話；18.醜媳婦。但兩批《國家級非物質文化遺產名錄》一項也沒有進入。

（二）華北地區，北京市常見故事類型有十五個[8]。以筆者看，其中至少有九個值得保護：1.巧媳婦；2.狼媽媽（老虎外婆）；3.憋寶；4.貓狗結仇；5.傻子學話；6.人心不足蛇吞象；7.有緣千里來相會；8.不見黃河不死心；9.人為財死鳥為食亡。但兩批《國家級非物質文化遺產名錄》一項也沒有進入。

（三）西北地方，陝西省常見故事類型有十七個[9]。以筆者看，至少有十四個值得保護：1.狼外婆；2.老猴精娶媳婦；3.鍋漏娃哭；4.蛤蟆兒子；5.畫中仙女；6.王恩與世義；7.西天問佛；8.不見黃河心不死；9.人心不足蛇吞象；10.後娘害先房；11.貪心的兄嫂和仁義的弟弟；12.路遙知馬力、日久見人心；13.選女婿；14.開洞探寶（石門開）。但兩批《國家級非物質文化遺產名錄》一項也沒有進入。

7 這二十七個「遼寧省常見故事類型」，係由《中國民間故事集成・遼寧卷》（中國ISBN中心，一九九四年）編委會認定，並為中國民間故事集成全國編輯委員會的主編們審定認可。

8 這十五個「北京市常見故事類型」，係由《中國民間故事集成・北京卷》（中國ISBN中心，一九九八年）編委會認定，並為中國民間故事集成全國編輯委員會的主編們審定認可。

9 這十七個「陝西省常見故事類型」，係由《中國民間故事集成・陝西卷》（中國ISBN中心，一九九六年）編委會認定，並為中國民間故事集成全國編輯委員會的主編們審定認可。

（四）華東地區，浙江省常見故事類型有三十個[10]。以筆者看，至少有十九個值得保護：1.老鼠嫁女；2.貓 和 老鼠；3.狗貓結仇；4.老虎怕漏；5.梅花鹿遇虎；6.老虎外婆；7.嫁蛇郎；8.田螺姑娘；9.三擔水與龍女（龍女）；10.十兄弟；11.百鳥衣；12.狗耕田；13.孔雀鑼（兄弟分家）；14.人心不足蛇吞象；15.雲中落繡鞋；16.山魈帽；17.挖元寶；18.巧媳婦當家；19.呆女婿拜壽（呆女婿）。但兩批《國家級非物質文化遺產名錄》一項也沒有進入。

（五）西南地區，四川省常見故事類型又十二個[11]。以筆者看，至少有十一個值得保護：1.蛇郎；2.狗耕田；3.田螺姑娘；4.蛤蟆兒子；5.問佛；6.人心不足蛇吞象；7.熊家婆（狼外婆）；8.龍女；9.望娘灘；10.羅隱送圍腰；11.巧媳婦解難題。但兩批《國家級非物質文化遺產名錄》一項也沒有進入。

截止到目前，民間文學（口頭文學）類的非遺項目，進入國家名錄的只有寥寥幾個，如梁祝故事、牛郎織女傳說、白蛇傳傳說、董永傳說以及爛柯山故事。而上面這些被專家們認定為「常見故事類型」者，每個省區都擁有二十至三十個不等，如毛衣女的故事（即著名的天鵝處女故事）、田螺姑娘的故事、巧媳婦故事、兩兄弟的故事、老虎外婆故事、蛇郎故事、老鼠嫁女……等流傳廣泛、膾炙人口的民間故事和故事類型，都沒有進入國家名錄。如果認為把各省（市、區）的「常見民間故事類型」都列入國家級非遺名錄，可能數量太多了，那麼有專家研究後提出的至少有六十個類型是全國範圍內常見的類型，無疑是可以參考的。這六十個類型是：1.老鼠嫁女；2.小雞崽報仇；3.老虎怕漏；4.貓狗結

10 這三十個「浙江省常見故事類型」，係由《中國民間故事集成・浙江卷》（中國ISBN中心，一九九七年）編委會認定，並為中國民間故事集成全國編輯委員會的主編們審定認可。

11 這十二個「四川省常見故事類型」，係由《中國民間故事集成・四川卷》（中國ISBN中心，一九九八年）編委會認定，並為中國民間故事集成全國編輯委員會的主編們審定認可。

仇；5.狼外婆；6.中山狼；7.蜈蚣報恩；8.義虎；9.義犬救主；10.八哥鳥報仇；11.感恩的動物忘恩的人；12.人心不足蛇吞相；13.爛柯山；14.神仙考驗；15.請窮神；16.求好運；17.人鬼夫妻；18.鬼母育兒；19.漁夫和水鬼；20.宋定伯賣鬼；21.撻城隍；22.凶宅捉怪；23.石門開；24.太陽山；25.銀變；26.人參精；27.煮海寶；28.當良心；29.螺女；30.蛇妻；31.龍女；32.仙女救夫；33.蛇郎；34.青蛙丈夫；35.月老配婚；36.不見黃河心不死；37.怪異兒；38.十兄弟；39.黑馬張三哥；40.龍子望娘；41.獵人海力布；42.鬥閻王；43.頭上長角；44.長鼻子；45.狗耕田；46.灰姑娘；47.斷手姑娘；48.牛犢娶親；49.龍蠶；50.兩老友；51.路遙知馬力；52.張郎休妻；53.老人是個寶；54.百鳥衣；55.巧媳婦；56.皮匠駙馬；57.夢先生；58.長工和地主；59.奪妻敗露；60.二母爭子[12]。

三、記錄保存應是最可取的保護方式

上面援引的，畢竟是上世紀八十至九十年代流行於民間的民間文學（口頭文學）。但民間文學（口頭文學）總是要隨著時代進展發生嬗變的，但這種嬗變是遵循著文化自身的變遷規律進行，而非人為的。筆者以為，民間文學（口頭文學）的嬗變取決於三個因素：（1）生產生活方式的變遷，即自給自足的農耕生產生活方式的削弱，和逐漸為工業化、後工業化生產方式和現代化生活方式所取代；（2）血緣家族關係及其派生的禮俗制度和道德觀倫理觀的衰微；（3）城鎮化運動的急速推行，使農村聚落的迅速消失。前文已引，國家統計局公布，到二〇一二年底城鎮人口已占到全國人口的百分之五十二點五七，大量失去土地的農民住進了高樓，失去了口頭文學傳播的環境。失去了土地、失去了聚落環

12 引自劉守華主編《中國民間故事類型研究》（武漢：華中師範大學出版社，二〇〇二年）。

境，就是意味著失去了他們所熟知的傳承文化。對於現在我們正在經歷著的二十一世紀頭二十年的民間文學的現狀，學界還缺乏在調查基礎上的深入研究。相關機構已經發表的一些《發展報告》，由於沒有在正確的學理支持下的較大範圍內的綜合的和分類的調查，故而基本上不能滿足學術發展的要求，至於據此採取的保護措施也就很難到位。

十年來，關於非物質文化遺產的保護，政府和學界提出了種種保護方式，如整體性保護啦，生態性保護啦，生產性保護啦，展演展示啦，師傅帶徒弟啦，建立傳承基地啦，建立山歌館、故事館啦，非遺進校園啦，等等等等，無疑都是行之有效的，但也都是有一定限度的。至於民間文學（口頭文學）的保護，雖然也提出了一些見解，但似乎並沒有提出什麼放諸四海而皆準的、被政府認定的既定方式，還需要文化界和學術界同仁們繼續根據民間文學的特點進行探索。

二〇一一年公布的〈中華人民共和國非物質文化遺產法〉於同年六月一日開始實施。〈非遺法〉總則第三條規定：「國家對非物質文化遺產採取認定、記錄、建檔等措施予以保存，對體現中華民族優秀傳統文化，具有歷史、文學、藝術、科學價值的非物質文化遺產採取傳承、傳播等措施予以保護。」「保存」和「保護」並重的雙軌保護理念和原則，得到越來越多的保護責任單位的重視和實施。「保護」的主要內涵，應是對活態的非遺項目進行整體性和生態性的保護。「保存」的主要內涵，應是對非遺項目，特別是那些逐漸走向衰落、甚至瀕臨消失的非遺專案進行記錄保存。一個時期以來，對以物質為依託、易於進行生產性保護的非遺項目，以及比較易於進入文化產業鏈的表演藝術類非遺項目，普遍受到重視，其保護力度相對較大，收效也令人矚目；而對那些與底層老百姓日常生活休戚相關而又靠口口相傳而得以延續的專案，其保護力度則顯得相對薄弱乏力。後者以民間文學（口頭文學）類為代表。

在全國非遺普查結束之後，有些責任保護單位在普查的基礎上進行了更深入的調查，在調查的同時進行了科學的記錄。最早編輯、出版了新世紀調查記錄文本的，是第一批國家級非物質文化遺產名錄的河北省藁城市耿村民間故事集——《耿村一千零一夜》（六卷）。這部收入了一千多篇民間故事的大型的民間故事集所收錄的，是自一九八七年五月第一次普查十八年後於二十一世紀初進行的又一次調查記錄文本[13]。接下來，第一批國家名錄中的牛郎織女傳說的責任保護單位山東沂源縣，在山東大學民俗學研究所師生的合作和支持下，於二〇〇六至二〇〇八年先後進行了兩次實地調查採錄，其調查成果編輯出版了《中國女郎織女傳說・沂源卷》（除了調查報告《沂源卷》外，還編輯了《中國牛郎織女傳說・研究卷》、《民間文學卷》、《俗文學卷》、《圖像卷》），召開了「全國首屆牛郎織女傳說學術研討會」。這兩次調查，共採錄了牛郎織女故事五十六個，並發現了五個重要故事傳承人[14]。陝西省西安市長安區在陝西師範大學文學院的支援下，組織調查採錄，傳功振主編的《長安斗門牛郎織女傳說》，由陝西師範大學出版社於二〇〇九年出版。第二批國家級名錄中的「八達嶺長城傳說」，責任保護單位北京市延慶縣文化局組織進行了調查採錄，成書《八達嶺長城傳說》（上下兩冊）由北京出版社於二〇一〇年出版（隨便說一句，萬里長城橫跨中國十個省區，是世界遺產，這些省區或多或少地都有關於萬里長城的傳說流傳於民間，但不知為何，除了北京市的延慶縣外，其他九個省區都沒有申請保護這個項目，更沒有二十一世紀新搜集的傳說作品貢獻給廣大讀者，那些地方的文化官員們不知在想什麼、幹什麼！）。第二批國家級名錄中的《滿族民間故事》，責任保護單位遼寧省民間文藝家協會，在二〇〇六年的全國普查的基礎上，再次組織在校的碩士、博士對遼東六個滿族縣進行了深度的、科學的田野調查，記錄了八百則、總數達二百萬字的口頭演述的民間故事。經過編選的一百二十萬的《滿族民間故事・遼東卷》（上、中、下三卷），已於二〇一〇年由遼寧民族出版社出版。第二批國家名錄中的「劉伯溫傳說」，其責任保護單位之一的浙江省青田縣文聯組織了調查採錄，由曾娓陽主編的《劉伯溫傳說》一書，由中國文聯出版社於二〇〇八年出版。第三批國家級名錄中的西部苗族英雄史詩《亞魯王》，責任保護單位貴州省紫雲縣，從二〇〇九年起組織人力進行了浩繁艱苦的調查記錄和漢文翻譯工作，

13 袁學駿、劉寒主編《耿村一千零一夜》（六卷本）（石家莊：花山文藝出版社，二〇〇六年）。

14 葉濤，〈在天成象　在地成形——山東省沂源縣牛郎織女傳說的調查與研究〉，見葉濤、韓國祥主編的《中國女郎織女傳說・沂源卷》（廣西師範大學出版社，二〇〇八年）。

其漢文本第一部（兩冊，一萬二千行）於二〇一一年十二月由中華書局出版，引起全國注意。第三批國家名錄中的保護項目「曹雪芹（西山）傳說」和「天壇傳說」，也由責任保護單位（北京市海淀區的曹雪芹紀念館和東城區非遺保護中心）相繼組織了專項調查記錄，其紀錄文本先後編輯出版了《曹雪芹西山傳說》（中華書局，二〇〇九年）和《天壇傳說》（北京美術攝影出版社，二〇一二年）。第三批國家名錄中的「錫伯族民間故事」，責任保護單位瀋陽市于洪區文化館組織人力對其代表性傳承人錫伯族老人何均佑進行了現場採錄，從口頭講述中記錄下了六十萬字的錫伯族民間故事文本，編輯出版了《何均佑錫伯族長篇故事》一書（遼寧人民出版社，二〇〇九年）。不久前，何均佑已經辭世，這部紀錄文本為錫伯族留下了珍貴的民族作品。我這裏所舉的僅僅是我所知道的，大量的在新世紀調查採錄的民間文學作品選集，還有待於權威部門發布全面可靠的權威統計，但僅僅這些在新世紀調查採錄基礎上編輯成書的民間文學選集，就已經證實了〈非遺法〉規定的「記錄保存」原則的正確性：記錄保存和保護，不失是民間文學類非遺保護可供採用的首選模式。

這些在新的社會條件下從田野中實地採錄得來的民間文學作品，儘管數量還不夠多，覆蓋的面還不夠廣，但也多少能給我們認識現代條件下民間文學的嬗變提供了一個大致的面貌。我們從夏秋女士為《滿族民間故事・遼東卷》寫的後記裏看到，當他們對八十年代著名的講述人進行回訪時，他們所講的故事，就顯得簡化了，有些情節忘記了，語言也沒有原來的生動了。筆者在為《八達嶺長城傳說》寫的序言中曾寫下這樣一段話，表達了我對新搜集記錄的材料的感受：「儘管現代化、城鎮化、資訊化已經覆蓋了和強烈地影響著包括八達嶺長城所在的延慶縣，促動著具有濃重民族多元性的、市井文化與鄉民文化迅速交融中的延慶地域文化向著現代化的道路大步前進，而深深扎根於民眾中的民間傳說，卻仍然堅守著自己的文化傳統，保留著和傳承著如此多樣而豐富的口傳作品，與越來越明顯的文化趨同化趨勢相抗爭著。……守住我們的民間傳說，只是保持文化多樣性的一個方面，但卻是一個重要的方面。」[15] 延慶縣地處北京遠郊，

15 劉錫誠，《中國式的智慧和幽默〈八達嶺長城傳說〉・序》，郭延輝主編、張義執行主編《八達嶺長城傳說》（北京出版社，二〇一〇年）。

是一個多民族文化交匯之地，雖然受到現代化浪潮的推動比較強烈，但與北京近郊，與長江三角地帶、珠江三角地帶相比起來，社會的變動還不算劇烈，故而民間文學（口頭文學）還在一定程度上堅守著堅固的傳統。民間文學是語言藝術，敘述語言或歌唱語言是任何一個故事家或歌手的藝術生命和藝術風格的標誌。我曾在一篇文章裏比較研究過山東臨沂女故事家胡懷梅和遼寧岫岩女故事家李馬氏各自講述的〈蛤蟆兒〉故事[16]，她們幾乎都是沒有出過遠門的、但有過豐富人生閱歷的老年女故事家，她們所講述的故事，各自都呈現出獨具的風采，閱讀紀錄文本尚且能體會到她們的巧妙的藝術構思和生動的方言土語的魅力和無法重複的語言個性，如果真能按照美國學者理查・鮑曼的「表演理論」，提供出她們講述時的影像或描述，回到她們講述時的臨場情景中去，那將是多麼好的藝術享受啊！幾年前，筆者曾聽過一位故事家的講述，他的講述語言，基本上是公職幹部式的官話，甚至大量夾雜了官場上的社交語言，失去了民間故事固有的生動的民間語言和方言土語，聽下來索然無味，幾無可取之處。這樣的講述，固然可以從中感受到時代的巨大變遷，但它已然離開了民間故事自然嬗變的軌道。

對於民間文學類非遺而言，提倡記錄保存（包括文字記錄和影像記錄）的保護方式，不僅符合〈中華人民共和國非物質文化遺產法〉的規定，而且也是世界各國普遍採用的有效的保護方式，只要把講述演唱的文本記錄下來了，頭腦裏儲存了大量民間文學作品而又高齡的故事家、歌手、說唱藝人一旦過世，其紀錄文本就成為其生命和遺產延續的唯一根據。正如魯迅所說的：「因為沒有記錄作品的東西，又很容易消滅，流布的範圍也不能很廣大，知道的人們也就很少了。」[17]遺憾的是，這一點，至今並沒有為所有地方的領導者們所認同和推廣。從全國來看，民間文學類非遺項目進入國家級名錄前後，踐行申報時的保護承諾，組織進行認真而科學的實地調查採錄，並出版代表性傳承人臨場講述和演唱

[16] 胡懷梅講述的〈蛤蟆兒〉，見靖一民《口頭傳統新檔案——民間故事的錄音整理與記憶書寫類比文件》第157-162頁（中國文聯出版社，二〇一一年）。李馬氏講述的〈蛤蟆兒子〉，見張其卓、董明《滿族三老人故事集》（春風文藝出版社，一九八四年），頁二五六至二六二。

[17] 魯迅，《且介亭雜文・門外文談》（人民文學出版社，一九七三年），頁七七。

的文本紀錄專冊或當地還在以「活態」流行地區民間文學紀錄文本者，委實為數並不多，這些保護主體單位，顯然並沒有履行申報時的承諾。在這些地方，其載入國家名錄中的項目，形同空文，並沒有得到很認真的保護。筆者寄希望於文化主管部門和媒體界的朋友們給予關注，喚醒地方的非遺主管人員加強保護非物質文化遺產的責任感和文化自覺意識。同時也寄希望於高等院校和研究機構的專家學者和學生們，要深入到基層田野中去，為老百姓中流傳的民間文學（口頭文學）做扎實的文本記錄工作，使其以「第二生命」在更大範圍內傳播，使其傳之久遠。每個學校的民間文學教研室、各省社科院文學所的民間文學研究室，都應該有自己的體現著學術理念的專有民間文學作品的選集。所幸的是，我們已經擁有了一批這樣的民間文學作品經典選集。例如，遼寧大學江帆教授記錄並編選的《譚振山故事精選》（遼寧教育出版社，二〇〇七年），北京大學陳泳超教授和江蘇省文學研究所周正良研究員記錄併合編的《陸瑞英故事歌謠集》（學苑出版社，二〇〇七年），北京大學陳連山教授和湖北省民間文藝專家李征康先生主編的《武當山南神道民間敘事詩集》（長江出版社，二〇〇九年），黑龍江省文學研究所黃任遠研究員主編的《黑龍江流域少數民族英雄敘事詩・赫哲卷》（記音和對譯本，黑龍江人民出版社，二〇一二年）等等。我們常常為我們的源遠流長而又沒有斷流過的中華文化感到自豪，我們也擁有不少民間文學的新老專家，但我們卻始終沒有編出一本可以與阿拉伯世界的《一千零一夜》、日爾曼民族的《格林童話》、丹麥的《安徒生童話》等這樣一些為全民族一代代人共用的民族民間故事集。上面我所提到的這幾本由學者們在二十一世紀最初十年間從田野中採集來的民間作品選集，作為他們所在的學校和研究機構的代表性著作，無疑將會成為中國民間文藝和民間文藝學學科的經典留給讀者和後人。建議文化部非物質文化遺產司和中國非物質文化遺產保護中心組織和主持編纂一套中國非遺民間文學類項目的大型叢書，為我們民族留下二十一世紀初民間文學活態講（演）述文本的紀錄。

四、數位化：民間文學類非遺保護的新模式

採用錄音錄影的手段進行記錄保存，把記錄下來的非遺專案成數位化，標誌著非遺保護模式的重大轉變。文化部已經成立了中國非物質文化遺產數位化保護中心，負責國家「十二五」規劃中已經做出規定的非遺傳承人搶救工程的進行。民間文學（口頭文學）類非遺的數位化保護，也已經選定了一個試點——吳歌，並制定了負有保護責任的蘇州、無錫、常熟、張家港等八個地區和單位作為採錄對象地。中國民間文藝家協會正在開展的中國口頭文學數位化工程，目的在建設一個以二十世紀八十年代到世紀末的中國民間文學三套集成縣卷本為資源的資料庫，迄今已經錄入了縣卷本四千八百五十二本，字數據說過億。這樣，二十世紀八十年代，即二十世紀末還在中國各地老百姓中口頭流傳的民間文學（包括神話、傳說、故事、歌謠、史詩、敘事詩、諺語謎語、民間小戲、民間說唱等九大類民間作品的文字資源），將盡數囊括其中，成為世界上資料最多、庫容最大的中國民間文學資料庫。據悉，此資料庫不日即將基本完成，交付使用。但這個資料庫裏的資源，還不包括二十一世紀第一個十年間在民間流傳的活態的民間文學的樣相，現代仍然在民間流傳的民間文學的活態樣相的資料，有待於正在進行的非物質文化遺產保護工程中實地採集來的鮮活資料。

傳承人保護是非物質文化遺產保護的核心，這一點在文化界和學術界已成共識。中國已命名的國家級非物質文化遺產項目代表性傳承人共一千四百八十八人。據文化部非遺司三月份宣布，到去年為止，已去世一百三十四人。國家認定的民間文學類的非遺項目代表性傳承人共有七十七人（第一批三十二人，第三批二十五人，第四批二十人）。據筆者不完全統計，譚振山（譚振山故事）、靳正新（耿村民間故事）、魏顯德（走馬鎮民間故事）、何均佑（錫伯族長篇故事）、王安江（貴州臺江苗族古歌）等著名的代表性傳承人在近年都已相繼逝世。這些亡故的國家級非遺傳承人，是國

之寶，他們的亡故，帶走了他們所掌握的珍貴的非物質文化遺產，是無可挽回的。日前，文化部根據「十二五」規劃的規定，啟動了國家名錄中的代表性傳承人的搶救工程。規定說：

> 傳承人保護是非物質文化遺產保護的核心。……為避免「人走歌息」、「人亡藝絕」再次發生，急需對國家級非物質文化遺產項目瀕危、傳承鏈條幾近斷裂、年老體弱的代表性傳承人採取搶救性記錄措施。
>
> 根據非物質文化遺產「以人為本、活態傳承」的特點，採用錄音、錄影、數位多媒體等現代資訊技術手段，真實、系統地記錄代表性傳承人口述史、傳統技藝流程、代表劇（節）目、儀式規程等全面的資訊，有計畫地開展代表性傳承人搶救性記錄工程，為後人留下民族傳統文化的珍貴基因。
>
> 「十二五」期間，完成三百名國家級非物質文化遺產項目代表性傳承人的搶救性記錄工作。

非物質文化遺產資源資料庫的建設，將成為〈非遺法〉規定的「保存」模式的最好的體現和載體，預示著中國將在「數位化」保存的基礎上，最終做到人類資源分享。專家們已經為這項工程制定了「技術標準」和「業務標準」兩個供全國各省保護中心遵守的標準，可望於近期在全國鋪開。按照全國十大門類三百個代表性傳承人的預期，民間文學類的非遺傳承人，當不少於三十人。

過去，在筆者參與評審傳承人時，參與評審的專家們參照魏顯德（重慶走馬鎮）能講述一千三百六十七個故事，魏顯發（重慶走馬鎮）能講述一千一百四十一個故事[18]，譚振山（遼寧公民縣太平莊）能講述一千零一十個故事[19]，劉德

1 據聯合國教科文組織、中國民間文藝家協會、四川省民間文藝家協會編《走馬鎮民間故事》（內部印本）（一九九七年）。

2 據江帆《譚振山故事精選》（遼寧教育出版社，二〇〇七年），頁四七六至四九五。

培（湖北五峰）能講述五百零八個故事[20]，靳正新（河北耿村）能講八百零七個故事[21]，羅成雙（湖北伍家溝）能講四百一十七個故事[22]，其他人能講述五百個左右的故事這樣的事實，討論制定了一個以能講述五百個故事作為國家級傳承人的門檻。後來有人提出意見說太高了，要降低標準，至今還沒有看到領導機關下達的定案。這個搶救工程如能順利進行，將彌補二〇〇五至二〇〇九年全國非遺大普查中缺乏應有的民間文學「活態」作品的紀錄文本材料的歷史遺憾。

脫稿於二〇一三年六月十二日

附記：二〇一三年六月十三日在文化部非遺司和中央民族大學主辦的「民間文學類非物質文化遺產保護學術研討會上」宣讀；發表於《民間文化論壇》二〇一三年第六期。

---

[20] 據王作棟整理《（劉德培）新笑府・附錄》，第470頁（上海文藝出版社，一九八九年）；又，劉守華，《中國民間故事史》（商務印書館，二〇一二年），頁六五六。

[21] 據袁學駿，〈論耿村文化生態〉，見袁學駿、劉寒主編《耿村一千零一夜》（花山文藝出版社，二〇〇六年），頁四。

[22] 據張二江主編《伍家溝村民間故事集》第二集（山東文藝出版社，一九九六年）。

第四輯

傳承與傳承人

傳承與傳承人論

一、傳承是非物質文化的特點

文化是由兩部分組成的：一部分是有形的，一部分是無形的。早期英國人類學派學者愛德華‧泰勒說：「文化，或文明，就其廣泛的民族學意義來說，是包括全部的知識、信仰、藝術、道德、法律、風俗以及作為社會成員的人所掌握和接受的任何其他的才能和習慣的複合體。」[1]美國現代人類學家克萊德‧克魯克洪說：「（文化）是指整個人類環境中由人所創造的那些方面，既包括有形的也包含無形的。」[2]兩者在意思上是相同的，後者概括得比較簡明，前者所述可以做後者的注釋和補充。我們今天所說的物質文化遺產和非物質文化遺產，正是克魯克洪所說的文化的兩個組成部分。

「非物質文化遺產」是近十年來才出現的一個新的概念，與我們以往所使用的「民間文化」這個概念相近，但不完全相同。二〇〇三年十月聯合國教科文組織通過的〈保護非物質文化遺產公約〉對「非物質文化遺產」所下的定義說：「『非物質文化遺產』指被各社區群體，有時為個人視為其文化遺產組成部分的各種社會實踐、觀念表述、表現形式、知識、技能及相關的工具、實物、手工藝品和文化場所。這種非物質文化遺產世代相傳，在各社區和群體適應周圍環境

1 [英]泰勒，連樹聲譯（重譯本），《原始文化》（桂林：廣西師範大學出版社，二〇〇五年），頁一。
2 [美]克魯克洪，高佳等譯，《文化與個人》（杭州：浙江人民出版社，一九八六年），頁四。

以及與自然和歷史的互動中，被不斷地再創造，為這些社區和群體提供持續的認同感，從而增強對文化多樣性和人類創造力的尊重。在本公約中，只考慮符合現有國際人權文件，各社區、群體和個人之間相互尊重的需要和順應可持續發展的非物質文化遺產。」〈公約〉所列非物質文化遺產所包括的範圍是：「（一）口頭傳統和表現形式，包括作為非物質文化遺產媒介的語言；（二）表演藝術；（三）社會實踐、禮儀、節慶活動；（四）有關自然界和宇宙的知識和實踐；（五）傳統手工藝。」[3]民俗學所指稱的「民間文化」，主要是指那些為不識字的下層民眾以口傳心授的方式所集體創作、世代傳承和集體享用的文化，是與上層文化相對立的。而「非物質文化遺產」這個概念，則不重視它的創作者和傳承者是否下層民眾，而只注重「世代相傳」的創作和傳承方式，以及在社區和群體中被創造、再創造和認同感。根據我個人的理解，「非物質文化遺產」概念下所包括的內容範圍，要比「民間文化」寬泛些。比如已經列入世界非物質遺產名錄的古琴和崑曲，已經列入中國非物質文化遺產第一批名錄的京劇、智化寺京音樂、雲錦等手工技藝和北京中報專案天壇中和韶樂等，就並非出自下層民眾之手的「民間文化」，而是源自宮廷、寺院等的上層文化或曰雅文化，但它們符合聯合國教科文組織〈公約〉中所規定的「世代相傳」和在社區、群體中傳承（「被不斷地再創造」）和有「持續的認同感」。可見「世代相傳」，即傳承，是理解「非物質文化遺產」和「民間文化」的共同性的一個關鍵。

人類非物質文化遺產和物質文化遺產一樣，是一個民族或群體的文化及其傳統的兩個組成部分，對於人類社會或群體以至民族和國家的文化認同，民族精神的承續，都具有十分重要的作用。在當代世界中，以增強「文化多樣性」和「對人類創造力的尊重」為共同理念，人類非物質文化遺產的保護受到了前所未有的重視。而要對非物質文化遺產實行保護，就要探討和瞭解非物質文化遺產的生存特點和發展規律，只有懂得了非物質文化遺產的生存特點和發展規律，才能做到正確的、有效的保護。

[3] 中國民族民間文化保護工程國家中心，《中國民族民間文化保護工程普查工作手冊》（北京：文化藝術出版社，二〇〇五年），頁二〇〇。

非物質文化遺產的生存特點是什麼呢？答曰：「是傳承。」非物質文化遺產的發展規律是什麼呢？答曰：「是進化。」靠傳承而進化，在傳承中進化。美國文化學家愛爾烏德在二十世紀二十年代所著《文化進化論》一書裏寫道：「文化是由傳遞而普遍遺留下去的，並且漸次連接於語言媒介的團體傳說中。因此，文化在團體中，是一種累積的東西，而文化之對於個人則是一種和同伴交互影響後，所獲得或學習的思想行動的習慣。文化是包括人的控制自然界和自己獲得的能力。所以一方面它是包括物質文明，如工具武器、衣服、房屋、機器及工業制度之全體，他方面是包括非物質的或精神文明，如語言、文學、藝術、宗教、儀式、道德、法律和政治的全體。」[4]

非物質文化遺產的傳承和延續，不像物質文化遺產那樣有所憑依，而是像風一樣，飄忽無定，某些領域或項目又往往因傳承人的死亡而自生自滅，尤其在社會發生急劇變化的情況下，如當今的全球化、現代化浪潮，常常容易出現傳承鏈的中斷，甚至在不經意之中就會消失於歷史的煙塵之中。所以，運用適當的手段阻止或延緩「傳承」的中斷，換言之，保持文化傳統和傳統文化的延續和可持續發展，就成了非物質文化遺產保護的最終目的。

傳承是非物質文化遺產的基本特點，只有通過口傳心授的方式傳承，才能使某種非物質文化遺產的表現形式得以世代相傳，不斷流、不泯滅、不消亡，在自然淘汰中逐漸形成一種相對穩定的文化傳統或文化模式。在個人來說，傳承的第一義是習得，即通過傳習而獲得；第二義是創新或發明，即在前人所傳授的知識或技能的基礎上，加入自己的聰明才智，有所發明有所創新，使傳承的知識或技藝因創新和發明而有所增益。在群體（族群或社區）來說，由個別人所傳承的非物質文化在群體（族群或社區）中得到傳播和認同，並進入集體的「再創造」的過程。

進化是非物質文化遺產發展演變的基本規律。非物質文化是流動的，活態的，像水流一樣滾滾向前，川流不息，不會永遠停留在一個點上不變。而非物質文化的「變」是進化，而不是後退。談論文化時，常用「嬗變」二字來標明其發

4 [美]愛爾烏德，鍾兆麟譯，《文化進化論》（上海：世界書局，一九三二年），頁一一。

展進步。對於一個民族的非物質文化來講，它的進步和嬗變，表現在兩個方面：一個是積累，一個是傳遞。積累包括發明和借用。發明是群體（社區或族群）內部一部分智慧超群者的創新；借用是向外群體（族群或社區）、外國文化的吸收。這兩種途徑得來的文化因素，也是積累的題中應有之義。一般不會出現突變，即放棄本土的非物質文化而改換門庭。只有革命或滅國，才會給一個民族的文化帶來突變。而即使當其主流文化在政治高壓下發生突變時，以民眾傳承為主要方式的非物質文化，一般也很難在短期內發生根本性的變革，還會在很長的歷史時期內保留著原有的文化形態和精神。在非物質文化遺產的發展進化中，自然淘汰可能並不是無足輕重、微不足道的，而反倒是十分重要的手段。對於民眾來說，非物質文化的發展嬗變不可能聽任一種權威力量的指揮，而靠的是自然淘汰，即民眾的自願選擇，故自然淘汰也可以稱為文化選擇。

二、傳承方式

非物質文化遺產的傳承大體有四種方式：群體傳承；家庭（或家族）傳承；社會傳承；神授傳承。

（一）群體傳承

在我們要保護的非物質文化遺產當中，有相當數量的門類或形式是為群體所創造和擁有、通過群體傳承的方式世代相傳至今天的。這種被稱之為「群體傳承」的傳承方式，也可以借用現在時髦的話叫做「民間記憶」或者叫「群體記憶」。群體傳承，有的時候是指在一個文化區（圈）的範圍內，有的時候則是指在一個族群的範圍內，眾多的社會成員

（群體）共同參與傳承同一種非物質文化遺產門類或形式，或反過來說，某一種眾多社會成員（群體）參與其中的非物質文化遺產，顯示了組成這個群體的共同的文化心理和信仰（在此順便說說，文化的分布和傳播，是有自己的規律的，用「文化圈」這一概念來表述，比較符合文化的規律。「文化圈」與行政區劃不是一回事情，文化的分布狀態是按照文化的規律自然形成的，而行政區劃是以利益為準則的人為的決定，文化的分布狀態往往受到「硬性的」、「強勢的」行政區劃的擠壓）。

屬於以群體傳承方式傳承的非物質文化遺產，大致上有三類：一個是風俗禮俗類；一個是歲時節令類；一個是大型民俗活動。現分述如下：

1.風俗或禮俗

風俗和禮俗，從學術上講，是兩個不盡相同的概念，風俗所涵蓋的範圍大，禮俗所涵蓋的範圍小，同中有異，異中有同。在此恕不細論。關於風俗或禮俗的形成、延續、嬗變、消歇，中國古代的學者，大都將其興廢歸之於先儒個人的作用。持這種觀點的著名代表人物，一個是東漢的班固，他在《漢書‧地理志》裏說：「凡民含五常之性，而其剛柔緩急，音聲不同，係水土之風氣，故謂之風。好惡取捨，動靜亡常，隨君上之情欲，故謂之俗。孔子曰：『移風易俗，莫善於樂。』言聖王在上，統理人倫，必移其本而易其末。惟混同天下，壹之乎中和，然後王教成也。」另一個是應劭，也是東漢人，他在《風俗通義》裏說：「風者，天氣有寒暖，地形有險易，水泉有美惡，草木有剛柔也。俗者，含血之類，像之而生，故言語歌謳異聲，鼓舞動作殊形，或直，或邪，或善，或淫也。聖人作而均齊之，咸歸於正。聖人廢，則還其本俗。」[5]二人都認為風俗或禮俗的形成或消歇，是由於「聖人作而均齊之，咸歸於正。聖人廢，則還其本

5 應劭，《風俗通義‧序》，《風俗通義‧古今注》（叢書集成初編本）（長沙商務印書館，一九三七年）頁二至三。

俗」。他們的共同點，是誇大了聖人的作用，錯誤地解析了風俗或禮俗的起源和消歇的真實原因，表明他們不過是儒家的應聲蟲而已。筆者認為，風俗或禮俗的起源、形成，靠的主要是集體記憶和群體傳承，或曰：起主要作用的是集體記憶和群體傳承。所謂集體記憶和群體傳承，就是約定俗成、無意識地把前代所通行的風俗或禮俗傳襲下來，換言之，其起源、傳承和延續，固然不能抹殺個人的倡導作用，但從根本上說，卻並不是靠某幾個傑出的聖賢，而主要是靠集體的記憶和集體無意識代代傳襲，在傳襲中會不斷發生變易、嬗變的。現代禮俗學家鄧子琴說：「凡一種風會，倡之者為一二領袖人物，而形成社會習氣後，常綿延至若干時期，逐漸演變，以迄於消歇。在舊有消歇中，新的風氣，又逐漸生起成長，代之而起。復為循環，以迄於無窮。」[6]情況大致如此。

要進一步說的是，一種風俗或禮俗一旦形成之後，逐漸成為一種大家都要遵守的「自正自制」的社會制度，就會在群體與民眾中具有相當強大的規範力與約束力。所謂「自正自制」，就是自我遵守和自我約束。一個人，從一生下來到他死亡這幾十年的里程當中，作為社會的一個成員，他必須遵守（自覺不自覺地）全社會約定俗成的風俗或禮俗，否則他就會多少受到來自社會群體的、心理的、信仰的種種壓力、譴責，甚至制裁。從誕生到滿月，到週歲，到成年，到老年，有許許多多相應的人生禮俗伴隨著他，其中最不能超越的，大概是誕生禮、婚禮和喪禮。對這些風俗或禮俗的遵守，盡可以繁，可以簡，但不遵守是不行的。

比如，誕生習俗和禮儀是很受重視的，因為幾千年來，人丁的繁衍和家族的延續是中國人世界觀中最重要的部分。其中有一個小的習俗，生男孩要在大門口掛弓箭，生女孩要在大門口掛紅布條。此原是《禮記》裏就記載著的周朝的一種習俗，〈內則第十二〉說：「子生，男子設弧於門左，女子設帨於門右。」原意是女人分娩，男人是不能看的，外人也不能來家裏串門的，三天後才能抱出來，門上面懸掛弓箭或紅布條，就是向人們宣布分娩以及生的是男是女的信息，

6　鄧子琴，《中國禮俗學綱要》（中國文化叢書之一）（南京：中國文化社，一九四七年），頁五。

逐漸演為一種習俗。一九九一年我到山東成山列島的砣磯島上調查海島民俗，見一家大門的右邊門楣上插一小竹竿，竿上掛一塊紅色的布條。嚮導告訴我，這家剛生了一個小女孩。我很是驚訝，兩千多年前的生育習俗，如今還在這海島上如此完整地保留著，也就是說，漁民們仍然恪守著這個古老的習俗。外人一見到這家門上掛上了紅布條，就知道他家裏生了一個女孩；見到這家門上掛了一張小的弓箭，就知道他家裏生了一個男孩子。月子裏，產婦和嬰兒是不見生人的，外人見到這兩種標誌和信號，就應迴避，不能進到這個人家裏去。為什麼生男孩子要掛弓箭？弓箭是一種民俗文化象徵，古代男子要會武功，從小要學習「六藝」，要騎馬射箭。為什麼生女孩子要掛紅布條？紅布條也是一種民俗文化象徵，清人朱彬撰《禮記訓纂》說「帨」字是「事人之佩巾」[7]，筆者以為，「設帨於門右」，應是暗寓女孩子要學習女紅。弓箭和帨，應分別是男女的象徵。這種生育和人生習俗，現代也還存在著流行著，甚至還在一定程度上制約著農民群體的生活。人從一生下來就生活在禮俗當中，不可能超脫禮俗，這不過是一個普通而常見的例子罷了。在這一家的門樓上，我還看到了別的民俗設施，門樓的房脊上架設了一面小玻璃鏡子，這面小鏡子有反射作用，可以把從外面沖來的惡氣、邪氣反射回去，其道理，相當於在門外或丁字街拐彎處鑲嵌一塊「泰山石敢當」的石碣一樣，祈求家庭平安。這種習俗或禮俗的傳襲，不是靠哪一個人物，而是來自群體記憶。

婚俗和婚禮是中華民族保存下來的人生之中最隆重的禮俗之一。中國傳統婚俗和婚禮中包含著豐富而深厚的文化內涵。現在城市裏的一些青年的婚禮，搞了很多花裏胡哨的名堂，諸如租用或借用汽車隊接新娘一類，但那純粹是為了擺排場，比闊氣，嫌貧鬥富，並沒有與婚姻有關的深厚的文化含義，與傳統婚禮的構成和理念南轅而北轍，故而不僅不被民眾所重視，也不會被民眾所接受的。傳統的婚禮固然有簡有繁，一切視男方的家境能力而定，但一般地說，其整套程序，如新娘乘轎（騎馬），下轎時要新郎揹著，傳席（地毯），跨馬鞍，跨火盆，陪嫁，鬧房，等等，總之，從母家出

[7] ［清］朱彬，饒欽農點校，《禮記訓纂》卷十二（北京：中華書局，一九九六年），頁四三五。

發到進洞房以前，要經過種種考驗，新娘的腳不能著地，其中無不包含著與婚姻和生育相關的文化內涵，構成一個從母家家族進入夫家家族的象徵意義的過渡儀式。一個女子嫁到男方以後，便再也不能把女方的禮俗帶到男方家裏來，她要放棄母家的禮俗，而擔負起傳承男方家族禮俗的責任。

葬禮、葬俗近百年來，發生了很大的變易，但在廣大農村裏，對於正常死亡的人，活著的後人，不僅恪守當地流行的葬禮，更重要的是還要遵從流行的葬俗。可以說，與喪葬有關的禮俗、儀式，其制度性尤為明顯和突出。人不能超出禮俗之外，不是想怎樣就怎樣的，因為禮俗和習俗是群體性的，由群體傳承，群體認同的，你對祖先不敬，那你在生活的群體中就會遭到非議，心靈上道義上時時受到無法排解的譴責，嚴重的，甚至不能在此生存下去。葬禮和葬俗，作為一種社會制度，看起來是無形的，但其約束力是非常強大的。

人生禮俗之中和之外，生活中還有許許多多的禁忌。禁忌也是風俗的構成要素，那更是必須尊重而不能違悖的。

2. 歲時節令、民俗節日

中國的傳統民俗節日，既體現了對人與自然和諧相處的深刻認識和生生不息的民族精神，又適應了時間和氣候、農作與季節的需要，在其形成和演變過程中，陸續粘附上了家庭（族）團聚、紀念祖先、追懷慎遠等種種觀念與儀式，對中華民族來說，是非常重要的非物質文化遺產。與國家規定的全民性政治節日（如「十・一」、「五・一」等）不同，以農時節氣和干支記日曆法為基礎的傳統民俗節日和歲時節令，除了現時的春節是中華民國政府成立後由政令頒布把舊曆元旦（新正、正旦、元日）改定為「春節」者外，其他節日，既不是國家法令頒布實行，也不是個人傳承形成的，而是由民族記憶、群體記憶、民間記憶所傳承和延續的。經國務院批准的第一批「國家非物質文化遺產代表作名錄」當中，已載入了七個民俗節日，即：春節、清明節、端午節、七夕、中秋節、重陽節和二十四節氣。只是承認這些傳統民俗節日是文化遺產，而沒有對這些節日的內涵和禮法作出規定。近年來，學界發出了強烈的呼聲，建議把若干傳統民俗節日（春節已定為公假日），如清明節、端午節、中秋節等，有選擇地定為公假日。這件事，已引起了包括中央精神文明辦在內的中央有關部門的重視，應儘早納入最高級的立法程序。這既是回歸中國源遠流長的傳統文化的一大重要舉措，也是中國精神文明建設的一個進步。

十年「文革」浩劫對人們精神上的破壞，長期政治化對人們日常生活的影響，加上現代化進程中物欲浪潮的衝擊，阻斷了包括群體傳承在內的非物質文化遺產的一切正常傳承渠道，使青年一代對中國傳統文化的知識幾近中斷，中國文化傳統幾近遺忘，傳統文化情懷逐漸淡漠。傳統的民俗節日這類非物質文化遺產，同樣也面臨著從簡化到斷檔的危險。以端午節為例。據記載，晉人周處《風土記》：「仲夏端五，方伯協極，享鶩，用角黍，龜鱗順德。注云：端，始也，謂五月初五日。四仲為方伯，俗重五日，與夏至同。　春孚雛，到夏至皆任啖也。」陰曆五（午）月五（午）日為萬物長大豐盛之日，此後，太陽的威炎盛極轉衰，對生物生命力的作育力日漸衰減，萬物開始凋殘，故把端五這一天看作是由盛轉衰的轉捩點。又，「午」可解作「仵」，從而演繹出「五月為惡月」的觀念。吃粽子、喝雄黃酒、蓄蘭沐浴、採百草和鬥百草、捉蛤蟆（製成蟾墨）、龍舟競渡、燈畫龍船、戴長命索（縷）、香囊葫蘆、插艾、戴石榴花、用露水洗眼、走百病（遊百病）、競技（北方：走馬射柳、擊球；南方：搶鴨搶標）等民俗事象，無不帶有陰陽轉換、辟兵避毒、祭祀水神、消除百病等含義，後又帶上了紀念屈原的含義[8]。但如今，在南方，主要是兩湖、兩廣、東南沿海地區，民間還較為普遍地傳承和延續著龍舟競渡、吃粽子等活動，而在北方，則除了吃粽子外，幾乎把其他豐富多樣的相關事象及其固有內涵與儀式都遺忘在歷史深處了。無怪乎有些學者惋惜地呼籲，本來源出中國的傳統節日文化，我們自己保留得卻不如鄰國完整！

---

8 黃石，《端午禮俗史》（香港：泰興書局，一九六三年；臺北：鼎文書局版，無出版年月）。

對中國傳統文化知之甚少的中國青年一代，在西方文化大舉入侵的今天，一方面顯得手足無措，一方面又有一種豁然開朗的感覺，於是對西方的耶誕節和情人節等歡喜雀躍如醉如癡，而對我們自己的民族節日則由知之不多而逐漸漠然。在這種文化背景下，知識界大聲疾呼提出恢復中國傳統民俗節日、強化傳統民俗節日的思想和儀式內涵，是符合國家民族的長遠利益的。文化工作者有責任促使政府把民族文化及其傳統復興起來，把我們的節日搞得有聲有色，深入人心，使逐漸式微、甚至瀕臨失傳的文化傳統得以延續。這是擺在文化界面前的一個時代性課題。北京市文化局已做出決定，從今年（二〇〇六年）端午開始，逐漸恢復端午節相關的傳統節目，計畫開展一些活動，展現其豐富的文化內涵，提高和加深青年一代對傳統的非物質文化的風采和意義的認識。這是適應時代、順乎民心的。

廟會是另一種由群體傳承而得到延續的非物質文化遺產。廟會，又稱廟市，是在農曆某一相對固定的日期裏，在寺廟內或其附近舉行的以祭祀祖先、娛神娛人、集市貿易等為內容的綜合性群眾活動。廟會的起源很早，代代相傳，經歷了漫長的時間才形成現在的模式。

關於廟會的起源，學界一向缺乏深入的研究。二十世紀最早發表的廟會調查報告是一九二五年《京報副刊》上發表的〈妙峰山進香專號〉（顧頡剛等撰）。顧頡剛寫道：「香會，即是從前的『社會』（鄉民祀神的會集）的變相。社祭是周代以來一向有的，而且甚普遍，自天子以至於庶人都有。……自從佛教流入，到處塑像立廟。中國人要把舊有的信仰和它抵抗，就建設了道教，也是到處塑像立廟。他們把風景好的地方都占據了。遊覽是人生的樂事，春遊更是一種適合人性的要求，這類的情興結合了宗教的信仰，就成了春天的進香，所以南方有『借佛遊春』一句諺語。因為有了借佛遊春的人的提倡，所以實心拜佛的人就隨著去，成了許多地方的香市。」[9] 一九三四年全漢升發表了〈中國廟市之史的考察〉。作者寫道：「在中國，這種市（指類似於歐洲的fair或market。——引者）的發生甚早。雖然黃帝時代『日中為

9　顧頡剛，〈妙峰山的香會〉，見《妙峰山》（廣州：國立中山大學語言歷史學研究所，一九二八年），頁一二至一三。

市』的傳說不大可靠，《左傳》僖公三十三年『鄭商人弦高將市於周』的『市』總可以說公認定期大市之一種了。這種市的旁邊或附近，我們可以想像到，一定有和教堂或寺廟相類似的建築；可是因材料不足的緣故，暫從略……」他在文章裏所論述的最早的廟市，是北宋東京的相國寺瓦市[10]。一九五九年凌純聲先後發表〈中國祖廟的起源〉和〈中國古代的神主與陰陽性器崇拜〉，一九六四年又發表〈中國古代社之源流〉，這三篇文章都是以探討宗廟的起源為己任的，他認為「郭沫若、葛蘭耦、高本漢三氏的廟是源於社，最初廟與社是一物之說完全正確」[11]，而對於「社祭」、「三年一祫，五年一禘」的廟祭，是否就是廟會的雛形，卻沒有給出一個說法。近年來，高友鵬引用了不少考古和載籍的材料，明確地提出了「廟會在原始社會即史前時期就已形成」的觀點[12]，但細讀起來，直接的證據似乎仍顯得不足。

廟會的形成和延續，並非一人之功，也是靠群體傳承，這一點是不爭的。但作為非物質文化遺產之一種，由於其構成的綜合性（聯合國教科文組織二〇〇三年通過的〈保護非物質文化遺產公約〉中有「文化場所」、一譯「文化空間」的專名，廟會大約可歸於此項目），廟會的興衰，與口頭傳統和表演藝術的傳承傳播有別，自有其內部的規律，筆者以為它更多地受到社會變革的直接影響。近代以來北京廟會的興替，就是一個顯例。論者指出：「各廟市都有它的興替的命運。例如北京的城隍廟市，在明代是唯一的國際化的廟市，規模非常宏大；可是到了清代，北京的四大廟市起而代之，它也就日漸衰微了。所以到了清代，它由一個有國際人物及商品的大廟市一變而為單是買賣兒童玩具的小廟市，而且時間上亦由每月開三次一變而為每年開一次的廟市了。」[13]據稱，清代有四大廟會，即：土地廟、白塔寺、護國寺、隆福寺。到了現代，北京的廟會又發生了很大的變遷。就其類別而言，大致有春節舉行的廟會（如廠甸廟會）和在其他

10 全漢升，〈中國廟市之史的考察〉，陶希聖主編《食貨半月刊》第一卷第二期（一九三四年十二月十六日）（上海新生命書局），頁三〇至三一。

11 凌純聲，〈中國祖廟的起源〉，臺灣《中央研究院民族學研究所集刊》一九五九年第七期；收入《中國邊疆民族與環太平洋文化》（臺北聯經出版事業公司，一九七九年），頁一二二四。

12 高友鵬，《中國廟會文化》（上海：上海文藝出版社，一九九九年），頁二五。

13 同上引全漢升文，頁六二至六三。

農時舉行的、以某個俗神（如碧霞元君、東嶽大帝等）為祭祀對象的廟會（如妙峰山廟會）。據記載，妙峰山廟會鼎盛時期的香會達三百多檔，到一九九五年五月筆者在門頭溝區以中國旅遊文化學會民俗專業委員會的名義舉辦並主持「中國民俗論壇」和恢復後的第四屆妙峰山廟會的調查時，參加妙峰山廟會活動並在冊的香會跌落到了二百多檔[14]。妙峰山廟會雖然自民國以來，特別是抗日戰爭中，就出現蕭條趨勢，一九四九年後，特別是「文革」中，多年停頓，改革開放以來，恢復活動，參會的香會雖然少了三分之一，但畢竟還有這麼多的香會躍然而出，一呼百應地一下子就恢復起來，可見，正是他們這些群體傳承和延續了妙峰山廟會。

（二）家庭（家族）傳承

所謂家庭傳承或家族傳承，主要表現在手工藝、中醫以及其他一些專業性、技藝性比較強的行業中，指在有血緣關係的人們中間進行傳授和修習，一般不傳外人，有的甚至傳男不傳女。也有例外。

以第一批國家非物質文化遺產名錄中的「聚元號」弓箭製作工藝為例。據〈「聚元號」製弓技藝論證報告〉：「聚元號」初創的時間，大約在一七二〇／一七二一年，可考的歷史約為三百年。民國初年執掌「聚元號」的第七代店主王氏，家境敗落，將祖業變賣給楊瑞林（一八八四至一九六八）。楊瑞林（早年曾隨堂兄、弓箭大院另一弓箭鋪「全順齋」掌櫃習過藝）是為第八代傳人。一九四九年後加入「第一體育用品合作聯社」，一九五九年因國家經濟困難，「聚元號」停業。沉寂了四十年之後，第九代傳人楊文通重操舊業，並將「聚元號」傳給其第三子楊福喜；楊福喜遂成為

14 廟會前，參加第四屆妙峰山廟會的各地香會頭領在門頭溝聚會議事，各香會頭領簽名者二百餘人。有簽名簿可證。此簽名簿，後來筆者交給了做妙峰山廟會博士論文的吳效群（導師為鍾敬文先生）參閱和保管。

第十代傳人[15]。楊福喜成為「聚元號」弓箭技藝的唯一傳人，但還有三個絕活沒有學到手，是為遺憾[16]。「聚元號」弓箭製作技藝，由第七代王氏執掌店鋪時期技藝的傳承線路如何，不得而知，但自民國初年楊瑞林從王氏手中賣下店鋪之後，其技藝一直在楊氏家族範圍內傳承。楊瑞林身後第九代傳人本有三人，分別是楊文通、楊文鑫和張廣智（楊瑞林的大徒弟）。楊文鑫早逝，這一支傳人斷絕；因體制變易，張廣智失去聯繫多年，估計也已失傳。故楊文通成為「聚元號」弓箭的唯一傳人。「聚元號」製弓技藝是一個基本上在家庭內部傳承的封閉性傳承系統。家族傳承構成的傳承鏈的保守性和封閉性，反映了以家族為細胞的中國社會構成的特點。

（三）社會傳承

所謂社會傳承，大致有兩種情況：（1）師傅帶徒弟的方式傳承某種非物質文化遺產，如某種手工技藝，如戲劇曲藝；（2）沒有拜師，而是常聽多看藝人或把式的演唱、表演、操作，無師自通而習得的。這兩種傳承情況的共同點是，這些類別的非物質文化遺產都比較單純，不需要多種因素和多種技藝介入，都有賴於熟練的傳承人才能得以傳承和延續下去，不至於絕種。北京天橋中幡的傳承路線就顯示了這樣的特點。

清朝末年，天橋老藝人王小辮從宮中耍執事的哥哥處學得此藝，並將原來宮中八大執事的旗上繡的龍、鳳、虎、豹（各兩對）的圖案，改為中華民族一帆（幡）風順，並將大執事改名中幡，傳入民間，變成賣藝的表演。由於王小辮在天橋與跤王寶三共用一個場地，每天收入不多，寶三幫他收錢。時間一久，王小辮就收寶三為徒。王小辮去世後，寶三就既表演中幡又摔跤。後寶三收經常在跤場幫忙的傅順祿為徒，傳遂成為中幡的第三代傳人。傅順祿的兒子付文

15 北京市朝陽區文化館，「聚元號」製弓技藝論證報告（列印稿），二〇〇五年八月三十日。

16 〈「聚元號」老弓箭鋪第九代傳人去世〉，《北京青年報》二〇〇六年五月十九日。

剛刻苦演練中幡，一九八六年在首屆北京龍潭湖民間花會大賽上獲得「個人表演大獎」，成為第四代傳人[17]。天橋中幡的四代傳承人中，情況頗不一樣，有的是有所師從的，有的壓根兒就是「看」會的，有的起初只是看客，後來才拜師從藝。

社會傳承，在戲曲和曲藝界相對比較常見。民間故事和歌謠的傳承，大體上都是社會傳承，少部分是來自家傳。

（四）託夢說、神授說

在國際和國內的英雄史詩研究領域中，對家傳和師從這兩種傳承方式研究得較為充分，而對於「託夢」說或「神授」說，則既都承認，又存在分歧。「託夢」說或「神授」說，在中國史詩傳承學說中，占有相當的地位。藏族史詩《格薩爾》，主要流傳於藏族中，在蒙古族、土族、裕固族、納西族、普米族等民族也有廣泛流傳。其流傳地區涉及七個省區。《格薩爾》的傳承，靠的是傑出的格薩爾說唱藝人（藏語：仲堪），但卷帙浩繁的史詩，藝人是怎樣師承或傳習？答案是：有家傳的，有師從的；還有「託夢」或「神授」的。論者說：「仲堪」（說唱藝人）大約有三種：包仲、釀夏、退仲。「『包仲』自稱為神授故事家，他們不承認故事是學來的，認為是通過做夢，受到神或格薩爾的啟示，致使史詩故事降於頭腦之中，從此便會說唱。『釀夏』意為從心裏生長出來。這些藝人也不承認故事是學來的，認為是從自己心裏想出來的。『退仲』則是聽別人講述後而會說唱的藝人。這三種藝人之中，前兩種極具神祕色彩，而且比較有成就的藝人也大部分屬於這兩類，其中，『包仲』在藝人中占多數，且有較大的影響。」[18]

17 據北京市宣武區文化委員會〈宣武區天橋中幡申報國家級非物質文化遺產論證書〉，二〇〇五年八月十二日；《北京文化地圖之非物質文化遺產・天橋中幡三丈三》，《北京日報》二〇〇六年五月四日第二版。

18 楊恩洪，〈格薩爾藝人「託夢神授」的實質及其他〉，北京：《民間文學論壇》一九八六年第一期。

逝世未久的和如今健在的格薩爾說唱大師們，大都是出身底層，以乞討為生，浪跡天涯，閱歷豐富，但有的人並不識字，年齡也不大，閱歷也並不多，但他們所講唱的史詩，卻天上地下、說古道今、惡魔作亂、戰爭殺戮、生靈塗炭，人物眾多，場面宏闊，情節複雜，如同百科全書，無所不包，遠遠超出了個人經歷的範圍和記憶限度。他們的史詩是從哪裏傳承來的呢？他們幾乎都稱自己的史詩說唱藝術來自於託夢或神授。已故昌都說唱藝人札巴說，在九歲那年，到山上放羊時做了一個夢，夢見格薩爾的大將丹瑪（有的文章說是菩薩）用刀把他的肚子打開，將五臟全部取出，裝上格薩爾的書。夢醒後回到家裏大病了一場，神志不清、顛三倒四地說著格薩爾故事，家人把他送到邊巴寺清甘丹活佛唸經祈禱，到十三歲才逐漸清醒，從此便能說唱整部整部的格薩爾[19]。那曲索縣的女說唱藝人玉梅說，她十六歲時在山上放牧時，睡著了，做了一個夢，夢中黑水湖中的妖怪對她說：『你是我們格薩爾的人，我要把格薩爾的英雄業蹟一句不落地教給你，你要把它傳播給全藏的老百姓。』夢醒後玉梅大病了一個月，昏迷之中，嘴裏斷斷續續地說著格薩爾的故事，病癒後便會說唱，成了草原上著名的格薩爾史詩的女說唱藝人。此外，如桑珠、次旺俊梅、才讓旺堆等，也都自述過接受託夢神授而成為史詩說唱藝人的經歷。其他民族的史詩的傳承中，「夢境神授」的藝人也不鮮見，如柯爾克孜族史詩《瑪納斯》的說唱藝人居素甫・瑪瑪依、居素甫・阿洪，吉爾吉斯斯坦的薩根巴依、鐵尼拜克等，都屬於這種類型[20]。

關於史詩傳承的「託夢」說或「神授」說，前蘇聯學者在二十世紀六十年代就開始試圖做出闡釋[21]，到二十世紀八十年代末，中國史詩研究者開始有所探討，但由於長期受機械唯物論的影響，大都認為「託夢說」和「神授說」是唯心論和神祕主義，採取否定態度；進入九十年代和二十一世紀以來，在觀點上發生了較大的變化，大都援引佛洛伊德學說

19 據崗日曲成、邊峰，〈雪域國寶——記著名的《格薩爾》演唱家札巴老人〉，中國社會科學院少數民族文學研究所主編《格薩爾研究》第二集（中國民間文藝出版社，一九八六年），頁二〇〇至二一九。

20 陶陽，〈史詩《瑪納斯》歌手「神授」之謎〉，北京：《民間文學論壇》一九八六年第一期。

21 [蘇]M.阿烏埃佐夫，馬昌儀譯，〈吉爾吉斯民間英雄詩篇《瑪納斯》〉，《中國史詩研究》（一）（烏魯木齊：新疆人民出版社，一九九一年），頁二〇三至二七七。

認為是有科學根據的。《格薩爾》研究者降邊嘉錯說：「『託夢』說、『神授』說，不是毫無根據的『胡說』，而是有科學根據的，是符合唯物主義的認識論，只是過去沒有能夠正確對待，並給以科學的闡述，相反，卻被納入神學軌道，籠罩在神祕主義的迷霧之中。」[22]《瑪納斯》研究者郎櫻也說：「有人說瑪納斯奇的『夢授說』完全是杜撰出來的。筆者認為，有的『夢授說』未必不可信。」「瑪納斯的『夢授說』是有其文化、心理以及超常記憶才華三個層面的原因，是在漫長的歷史進程中形成的一種文化現象。」[23]

史詩傳承的「託夢說」或「神授說」，作為非物質文化遺產傳承的一種傳承現實和理論觀點，筆者認為，經過近二十年的研究，學界思想趨於開放，有了長足的進步，但目前的狀況，應該說，仍然處於既沒有理由說它是荒誕的、論證也還有欠充分，即還無法得到有說服力的驗證的狀態，故而仍然是一個有待於運用包括自然科學方法測定在內的多種方法和角度深入研究的問題。

三、傳承人

非物質文化遺產的大部分領域，如口頭文學、表演藝術、手工技藝、民間知識等，一般是由傳承人的口傳心授而得以代代傳遞、延續和發展的。在這些領域裏，傳承人是非物質文化遺產的重要承載者和傳遞者，他們以超人的才智、靈性，貯存著、掌握著、承載著非物質文化遺產相關類別的文化傳統和精湛的技藝，他們既是非物質文化遺產的活的寶庫，又是非物質文化遺產代代相傳的「接力賽」中處在當代起跑點上的「執棒者」和代表人物。

22 降邊嘉措，〈格薩爾論〉（中國史詩研究叢書）（呼和浩特：內蒙古大學出版社，一九九九年），頁五二四。
23 郎櫻，〈瑪納斯論〉（中國史詩研究叢書）（呼和浩特：內蒙古大學出版社，一九九九年），頁一五八至一六〇。

傳承人可能是家族傳承中承上啟下的繼承者，也可能是社會傳承中承上啟下的繼承者。至少在前面所舉的口頭文學、民間藝術、手工技藝和民間知識這些類別中，傳承人的傳承作用是非常明顯的。當然不限於這幾個類別。因為這些領域是比較適宜於個人技藝發揮和體現個性化創造的領域。傳承人之所以成就為傳承者，固然環境（家族中有傳承的傳統，有師傅的帶和教，等）起著決定性的作用，但當事者的超人強記博聞、聰明智慧、心靈手巧、獨特匠心等的能力與個性，也比較容易在這些領域裏突顯出來。總之，這些領域裏的文化傳承，不是單線的延長或原質的移位，而是既有衰減又有增量，以創新達成文化的積累。積累是傳承的結果，而積累的核心是傳承者的創新。

傑出的傳承人應是在繼承傳統中有能力做出文化選擇和文化創新的人物，他在非物質文化遺產的傳承、保護、延續、發展中，起著超乎常人的重大作用，受到一方民眾的尊重與傳誦。比如古代非物質文化的傳承中，華佗、孫思邈是傳統醫藥行的始祖，魯班是木石建築業的祖師，黃道婆是棉紡的祖師，范蠡被尊為製陶業的祖師，杜康被傳為造酒業的祖師，劉三姐是壯族的歌仙，等等。祖師就是最早的或早期創始者或傳人。

以刺繡為例，進入「第一批國家非物質文化遺產名錄」的顧繡、蘇繡、粵繡、湘繡、蜀繡以及尚未進入名錄的魯繡、汴繡、京繡，各自都有不同的祖師和師承系統。如：顧繡，明代的代表人物是顧壽潛妻韓希孟。清代起奉顧儒、顧世為祖師[24]。蘇繡，清代最著名的傳人為裘曰修母王氏、蔣溥妻王氏、于氏、盧元素、丁佩、倪仁吉、沈壽、華璂[25]。粵繡，以眉娘（神姑）為祖師。湘繡，第一位開創湘繡作坊的是清人胡蓮仙。蜀繡是清乾隆中期以後在成都傳統刺繡技藝基礎上吸收顧繡、蘇繡的長處發展起來的繡種，其最初的或著名的早期傳人，無資料可稽。中國各民族的非物質文化

24 田自秉、楊伯達，《中國工藝美術史》：「顧繡是（明代）南繡系統中最負盛名的大宗。對清代影響頗為深遠。顧繡是由幾代人在長期勞作中積累起來的成果，其代表人物是顧壽潛妻韓希孟。」（臺北文津出版社，一九九三年），頁三一四。李喬，《中國行業神崇拜・刺繡業》：「據蘇繡業錦文公所光緒十年所立〈刺繡業創立錦文公所緣起碑〉載，道光年間，蘇繡業建有顧公祠，供奉顧儒、顧世。」第二〇一頁（中國華僑出版公司，一九九〇年），頁二〇一。姚公鶴《上海閒話》謂顧氏二人為顧儒、顧名世（上海古籍出版社，一九八九年）。

25 田自秉、楊伯達，《中國工藝美術史》（臺北：文津出版社，一九九三年），頁三一四。

遺產就是在這些祖師（傳承者）們的開啟與傳承下，一代代傳承、延續、創新而發展到今天的，而沒有傳承人，或不願意傳給不合適的後人的門類，其技藝和傳統就可能就此中斷或泯滅。這在歷史上是不乏先例的。

傳承人對於非物質文化遺產的保護和延續的重要性，已被越來越多的人所認識，尋找傑出傳承人的工作成為非物質文化遺產保護工作的一個重點。正如馮驥才先生所說：「歷朝歷代，除了一大批彪炳史冊的軍事家、哲學家、政治家、文學家、藝術家以外，各民族還有一大批傑出的民間文化傳承人，後者掌握著祖先創造的精湛技藝和文化傳統，他們是中華偉大文明的象徵和重要組成部分。當代傑出的民間文化傳承人是中國各民族民間文化的活寶庫，他們身上承載著祖先創造的文化精華，具有天才的個性創造力。……中國民間文化遺產就存活在這些傑出傳承人的記憶和技藝裏。代代相傳是文化乃至文明傳承的最重要的渠道，傳承人是民間文化代代薪火相傳的關鍵，天才的傑出的民間文化傳承人往往還把一個民族和時代的文化推向歷史的高峰。」[26]尋找各類非物質文化遺產的當代傳承人，既是正在開展的全國非物質文化遺產普查工作的重點之一，也是擺在當代中國文化界和民俗學界的一個重要課題。幾年前遼寧大學江帆教授和臺灣成功大學教授陳益源對故事家譚振山的調查和研究，湖北宜昌民間文學研究者王作棟對故事家劉德方的調查和研究，華中師範大學教授劉守華在長陽縣調查發現的土家族女故事家孫家香，都取得了令人矚目的成果；他們的調查成為把譚振山和大堡坪村列入第一批「國家非物質文化遺產代表作名錄」的重要依據。

新中國成立五十年來，各地和各界在多次民族民間文藝調查、手工藝調查、民俗調查中，發現和掌握了一大批各類非物質文化遺產的當代傑出傳承人，特別是二十世紀八十至九十年代的「十部文藝集成志書」的調查中發現和調查的傳承人，他們的傳承，標誌了中國非物質文化遺產存活和發展的一個歷史時代。我們有責任把他們名字和業績整理和編輯成冊，理清各類文化遺產在二十世紀末的存活生態、發展現狀和傳承脈絡。這是我們邁步進入二十一世紀非物質文化遺產

26 中國民間文藝家協會編《中國民間文化傑出傳承人調查、認定、命名工作手冊》（二〇〇五年八月印行），頁一一。

保護時期的重要基礎，也是所有參加這項保護工作的人員的一本必讀書和入門書。

由於非物質文化遺產是靠口傳心授而習得的知識和技能，在其發展嬗變的漫長途程中，會出現變異。變異（或稱變易）是非物質文化遺產傳承和延續的常態，是誰也無法阻擋的。正常的變異主要表現在下列三個方面：一、某些非物質文化遺產，如民間故事等口頭作品，如漆雕、牙雕、玉雕等工藝複雜的手工技藝，都不是一個傳承人能夠完成的，在傳承過程中有多人即集體的參與，會出現互相琢磨、吸收、合併、類型化、歸一化的趨勢。二、因傳承人的遺忘或死亡，而使非物質文化遺產在傳承途中出現衰減，如前面說到的北京「聚元號」弓箭，第十代傳人楊福喜說，在他還沒有掌握他的父親、第九代傳人楊文通的「三個絕活」時，他的父親就逝世了。三、在傳遞中，某些非物質文化遺產會因為傳承人的創新而使該項目有所增益。

如果說，以往的歲月中，由於戰爭兵燹、政治運動、「文革」浩劫等頻發，在一定程度上使非物質文化遺產出現了急劇衰微甚至中斷的話，那麼，現在，正在推進的現代化進程，正在使民眾的生活條件發生著翻天覆地的變化，特別是非物質文化遺產所由發生和繁榮的農耕文明和宗法社會的土壤逐漸削弱和消失，民眾的價值觀和審美觀隨之發生著巨大的變化，加之傳承人的自然衰老和死亡，使中國非物質文化遺產的一些門類，逐漸走向式微，甚至消亡，傳承和延續面臨著嚴重危機。

國家人口主管部門宣布，中國已進入老齡化社會。非物質文化遺產的傳承人也相應地進入了老齡化時期和傳承人衰亡高峰期。筆者以為，非物質文化遺產大致可分為兩大部類：（1）屬於意識形態部類的，如民間文學、民間藝術、信仰民俗等，容易受到主流社會意識形態以及社會政治運動的影響；（2）屬於非意識形態部類的，如手工藝、生產或經濟民俗等，容易受到制度、體制轉換和經濟形態轉型的影響，如二十世紀五十年代的合作化運動和六十年代的公社化運動，使許多手工藝（如景泰藍、牙雕、漆雕等特種工藝）由合而無，傳承一度中斷了。在這種社會背景下，許多古老的非物質文化遺產，在一九四九年社會制度轉型後，就再也沒有了新的傳人或中斷了傳承活動，或即使有新的傳人產生，他們所掌握的非物質文化遺產的知識和技能，也難以達到完整和全面。那些負載著較多較深厚的非物質文化遺產知識和技能的傳人，以一九四九年為二十歲計算，到二〇〇〇年已經都是七八十歲的老人了。在我個人的經歷中，許多在二十世紀八十年代以後的調查中發現的民間文學傑出傳承人，如今都已成了故人。如：建國初期孫劍冰在河套地區發現和採錄的女故事家秦地女，內蒙古歌手琶傑、毛依罕，傣族章哈波玉溫、康朗英、康朗甩，八十年代以後，裴永鎮發現和採錄的朝鮮族女故事家金德順，已故學者馬名超採錄過的說唱《伊瑪堪》的葛德勝，滿族故事家傅英仁，張其卓和董明在遼寧岫岩縣發現的三位滿族故事家李馬氏、佟鳳乙、李成明，馬漢民等在蘇州發現並採錄過長篇吳歌《五姑娘》的陸阿妹，張崇綱等在青島嶗山發現和採錄的故事家宋宗科，靖一民和靖美譜在山東臨沂發現和採錄的女故事家胡懷梅，王成君，在臨沂發現和採錄的女故事家尹寶蘭、王玉蘭，范金榮在山西朔縣發現並採錄的故事家尹澤，吉林延邊朝鮮族故事家黃龜淵，等。他們的逝世，標誌著民間文學傳承鏈上的一個時代的結束。衰老與死亡是自然規律，現在已進入了傳承人的衰亡高峰期。這一點應引起我們的特別注意，抓緊時機對各類非物質文化遺產的傳人進行搶救性調查採錄。二〇〇五年進行的第一批國家非物質文化遺產代表作名錄評審工作，入選了湖北伍家溝、下堡坪、河北耿村、重慶走馬鎮四個故事村，這四個故事村有許多能講故事的故事家。入選了劉德方（湖北宜昌）、譚振山（遼寧新民）兩位故事家。據調查報導，譚振山能講六百多個故事。劉德方能講四百多個故事。

北京市比較著名的非物質文化遺產傳承人，大都散布在手工藝領域，有些也在民間美術領域。北京是一個帝都，保存下來許許多多帶有宮廷文化背景和色彩的非物質文化遺產，如進入了國家非物質文化遺產名錄的智化寺京音樂、京西幡樂，以及象牙雕刻（崇文區）、景泰藍（崇文區）、聚元號弓箭（朝陽區）、雕漆（崇文和延慶）等，這些手工藝的技藝精細、工序繁難，在手工藝中也是「高、精、尖」，至少在「源」上是宮廷物件或作品，非一般老百姓所能製作和享用。王朝覆滅後，有些作品或文物流入民間，被民間所收藏；有些工匠（傳承人）也流落民間，其工藝被民間藝人所吸收，成為我們現在所見到的這類高端的工藝品。除了上述品種外，還有榮寶齋木版水印技藝，也非純來自民間。北京市在評審論證非物質文化遺產名錄時，還討論過牙雕、石雕，從功能和傳承兩個角度考察，也是很有帝都城市特點的項目，現在其傳承人和傳承線路也已弄清楚了。凡此種種，都是其他純商業都市不可能擁有也不能與之比擬的非物質文化遺產。

智化寺京音樂雖然來自宮廷，後被寺院所接受、改造和傳承，成為另一種流入「民間」的模式，且已有五百六十年的傳承史。君不見，有許多文化傳統是由寺院保存和傳承下來的，寺院在保存和傳承文化方面功不可歿。京音樂在智化寺樂僧們「不斷吸收和改造中，仍保存下了某些唐宋時代的音樂舊制和風格，殊為可貴，而由於傳承僅靠樂僧口傳心授，代代相襲，如今第二十六代傳人只有兩人健在，後繼乏人」[27]。這些樂僧傳人的傳承譜系和傳承情況，特別是樂僧的個性和時代因素對樂曲傳承的影響，很值得在傳承人研究的背景下加以探究。

京西幡樂能在京西的兩個山村千軍臺和莊戶村存活了四五百年而餘音不絕，不僅是絕無僅有，而且實在是個奇蹟，蓋因為它是以幡會為依託。幡會是老百姓喜聞樂見的民間藝術形式，只要幡會每年都還「走」，幡樂也就不會消失。門頭溝文化館研究人員據村民家譜推定，幡樂傳到今天已是第十七代。而現在能演奏的藝人們多是老人，年紀最小的也在五十歲開外。幡樂靠這些傳人而存活著，這些傳人是幡樂的活的載體。現在文化館已記錄下了他們能夠演奏的樂譜，但對這些年事已高的老傳人的研究，包括與幡樂和京西文化有關的傳人的口述史和村落史研究，已迫在眉睫。

未進入第一批國家名錄的中和韶樂（天壇）原是明、清兩代神樂署為祭天慶典而演奏的神樂，其實已經失傳了，我們如今看到和聽到的樂舞，是根據載籍中遺留下的碎片復原的，也就是說，無從談論傳人問題了。現在的中和韶樂，既是祖宗留下來的非物質文化遺產，又不是祖宗傳承下來的遺產原物，而是複製品。在特殊情況下，複製品也是可貴的，如同「北京人」的頭蓋骨，原物失蹤了，陳列在周口店北京人博物館的複製件也很重要。

[27] 劉錫誠，〈把這根文化「接力棒」傳下去〉，《北京日報》二〇〇六年五月一日。

與宮廷藝術的遺存不同，家喻戶曉的北京民間美術、民間玩具，如麵人、絹人、鬃人、絨布人、風箏、毛猴，以及從天津移植而來的「泥人張」等，都是在民間的土壤上蘖生和成長起來，而又在都市環境中適應了市民的審美要求逐漸雅化的，在當代生活中仍然十分活躍，表現出強盛的生命力和時代的適應性。這些在當代仍然非常有「人氣」的民間藝術和民間玩具，追溯起來，都有一條或長或短的傳承鏈，而構成這些傳承鏈的，主要是家傳，但也有外姓傳人學藝接班的。如北京的麵人就是一例。北京麵人大致可分為湯、郎兩大流派。湯派的創始者湯子博（一八八一至一九七二年），早年在通州萬壽宮一帶觀摩山東曹州（今荷澤）藝人捏麵人，便學捏麵人，流連於京城戲園、大江南北寺院，專攻戲曲和神佛麵人，在他手裏改「籤舉式」麵人為「托板式」麵人，人稱「麵人湯」。第二代傳人湯夙國，係湯子博次子，家傳。郎派創始者郎紹安（一九〇九至一九九三年），幼年在白塔寺廟會上偶遇麵塑藝人趙闊明，隨其學藝，後走街串巷，體察民俗，把京都五行八作攬入麵塑之中，人稱「麵人郎」。第二代傳人郎志麗，郎紹安之女，家傳。此外，還有一個外姓弟子張寶琳，如今也非常活躍。

由於生存環境的不同，在長期的發展嬗變過程中，大都市的非物質文化遺產與農村的非物質文化遺產是有差異的，即使同源的專案，在不同的社會環境中也會發生異變。這一點，已引起了學界的注意。最近，上海市民間文藝家協會理論組召集上海的學者們開會，就這一問題進行探討。這就為政府的非物質文化遺產調查和保護提供了決策的依據。在筆者看來，農村的非物質文化遺產大都是原生態的，是生活形態的，與他們的生活觀念、信仰儀式融為一體的。與農村的非物質文化遺產相比，大都市的非物質文化遺產，其發軔期無例外地都是為謀生的手段，如麵人湯和麵人郎都是以捏麵人雲遊四方者，以戲曲人物或以神佛人物為造型摹寫對象，都追求藝術上的精益求精，「形為神舍，神乃形魂，形神兼備，是為上品」（湯子柏格言）。一方面，對新的事物、新的思想、新的需求、新的風尚，表現出更大的寬容性和適應性，逐漸趨向於藝術化、雅致化、審美化、工藝化；另一方面，則與民眾的生活形態（如耕作生活方式、家族社會、生活觀念、信仰儀式等）越來越拉開了距離。於是，農村裏的非物質文化遺產的傳承人，除了傳統的瞎子彈唱藝人、專業賣唱者以外，大都是不脫離生產、不以此為謀生手段的農民，而大都市裏的非物質文化遺產的傳承人，則大都是專業化了的，或以此為謀生手段的職業人士。

北京市不僅是古老的帝都，而且正在向著國際大都市邁進，城區和郊區的非物質文化遺產兼而有之，其形態豐富而多樣，應該下功夫，把傳承人的調查和研究工作做好，走到全國的前頭。幾天前，我到南京去講課，聽江蘇省文化廳的有關同志介紹，他們也正在做傳承人的調查和研究，而且已經取得了一些進展和可貴的經驗。傳承人問題，除了學理方面的問題以外，還有大量的屬於政策方面的問題，如著作權問題、署名權問題、多子女傳承和傳男不傳女帶來的權屬和保護主體問題、國家保護資助問題等。不久前，「泥人張」後代傳人張錩、張宏嶽及其開辦的北京泥人張藝術開發有限責任公司，訴張鐵成、北京泥人張博古陶藝廠、北京泥人張藝術品有限公司「泥人張」名稱使用權案，就是一起涉及非物質文化遺產的署名權的典型案例。這些問題，需要文化主管部門在調研的基礎上儘快提出辦法，並出臺文件。

四、傳承人的調查和認定、權益和管理

上個月，筆者在南京曾就這一問題與江蘇省非物質文化遺產保護中心的有關同志進行交流探討，瞭解他們關於傳承人調查與認定方面的經驗。日前從媒體上得到消息，江蘇省在剛剛制定的非物質文化遺產保護法中已對傑出傳承人的認定、權益和待遇等做出了明確的規定，凡是經認定和批准的傑出傳承人，得享受地方政府的特殊津貼。下面筆者願意就這些問題，提出一些探索性的意見。

（一）調查和認定

傳承人的調查和認定是非物質文化遺產普查工作中的一項重要工作。為保護中國文化的多樣性，為保護和繼承我們民族的文化記憶並尊重人民群眾的創造性，我們有責任和義務在這次非物質文化遺產的普查中，把各個門類的傑出傳承人作為一個重點和專項進行科學、深入的調查，在掌握情況和資料的情況下進行傳承人的認定和登記。就我在「國家非物質文化遺產代表作名錄」評審過程中所接觸到的來自全國各地的申報材料看，各地主管部門在這方面所掌握的情況以及研究的深度，基本上還停留在或壓根兒沒有超出二十世紀八十年代「十大文藝集成志書」的調查水平。在這個重要課題上，只有重視專家的力量，進行深度的、科學的調查，才能有新的進展和突破。

1. 調查

為保護和阻止非物質文化遺產傳統中斷，保持可持續發展，在對非物質文化遺產的傳承人進行調查時，要弄清楚其傳承譜系、傳承路線（傳承鏈）、所掌握和傳承的內容或技藝、傳承人對所傳承的項目的創新與發展。

對傳承人的調查，要事先選好對象人選，然後進行採訪，對本人、同行、親戚等進行多方面的調查，要記錄和提供他們的代表作，甚至還要做口述史，要把他所掌握和傳承的內容或技藝原原本本地用文字和繪圖記錄下來。調查的內容，包括傳承人的最基本的資料，姓名、藝名、性別、地址、職業、信仰、受教育情況等等，以及他所傳承的項目、他的技藝和當地地方文化的關係，與民族記憶的關係。以及他這個項目在村寨、在社區群體中、行業中的地位，他的授業師傅、他的親戚、他傳習的方式、他有沒有拜師、有沒有儀式、行內有什麼規則、有什麼樣的禁忌、有沒有祖師、有沒有行會。調查內容是很廣泛的，並不是非常簡單的問幾句就可以了。對他所掌握的特殊技藝，要像考古工作者描述考古發掘的文物那樣做出非常準確而又簡明扼要的記錄和表述。

傳承人的調查，不僅要記錄上述所列他的相關傳承情況，還要記錄（或描述）、搜集他的作品。我們講過，二十一世紀初進行的這次非物質文化普查是一次文化普查，是既包括人文意義的普查又包括資源意義的普查這兩方面含義的文化普查。文化普查不同於人口普查，人口普查是要入戶調查，獲取人口資料和有關情況。非物質文化遺產的普查，雖然不需要每一村每一戶都入戶調查，但不能只限於和不能滿足於發現了多少傳承人、多少作品，即不能只滿足於資料的獲取。數據對於國家文化主管部門、各省文化局、「民保」辦公室來講，固然是非常有用的，但是對非物質文化遺產來說，只有數據是遠遠不夠的。對傳承人的調查，只有在把傳承譜系和傳承線路弄清楚，把傳承人的專業技能與創新點弄清楚，把他的作品記錄下來，這樣的數據資料才有可靠度，也才有價值。

2.認定

非物質文化遺產傳承人的認定，至少需要解決兩個問題：一個是認定的標準，一個是認定的許可權。這是開展傳承人認定工作的前提。

要制定傳承人認定標準。非物質文化遺產多姿多彩，千差萬別，不同門類的文化遺產項目之間，是很難量化的，這一個門類的一個傳承人與另一個門類的另一個傳承人之間，幾乎不存在可比性。但，要認定傳承人，總要有一定的、大體的標準，否則，這項工作就難於進行。至於傳承人是否要分級，還需要進行專題的討論和聽證。

制定傳承人的認定標準時，甚至在對傳承人進行認定時，有時會牽涉到他所傳承的非物質文化遺產的價值評估問題。一件玉雕、牙雕、漆雕類的作品，由於其材質、用工、技藝等因素，可能是價值連城的，而一張剪紙，充其量，經濟價值也就是一元錢、兩元錢。二者之間，在資源價值上，顯然是不可比的。但從文化記憶的傳承上來看，又是不能用資源價值來作為其衡量標準的。文化本身含有人文意義上的價值和資源意義上的價值，這兩個價值是不能完全等同的。

一般說來，一個民間剪紙藝人的作品，與一個玉雕藝人的作品，也許在工藝的簡繁、難易上及文化的內涵上等方面有高下之分，但在人文意義上、技藝傳統的傳遞上的價值則是相等的，在一個國家，或一個省市的非物質文化遺產的名錄中，應當占有同等的地位。我們要有這樣的認識：像傑出的科學家、作家堪為一個國家和一個時代的文化和科學的代表一樣，一個傑出的傳承人也是某一類非物質文化遺產或民族文化遺產的代表。故認定傑出傳承人的工作絕對不能粗製濫造，標準和水平絕對不能降低，要防止商業化、庸俗化。

在非物質文化遺產工作啟動以前，在不同的行業裏，都曾進行過不同的傳承人的認定工作。國家發展改革委員會對工藝美術大師的認定和評級工作，已經搞了好多屆，已經形成了一個體系了，評審機構、評審辦法，也有了相對成熟的經驗了。中國民間文藝家協會過去曾與聯合國教科文組織北京辦事處聯合對工藝美術大師做過命名和頒發證書的工作，當下又在進行「中國民間文化傑出傳承人調查、認定、命名」專案。面對這樣的情況，一是建議和希望國家有關非物質文化遺產聯席會議相關機構進行協調，二是學習和吸收已經取得的成熟經驗，以免走彎路。

3.材料處理

傳承人的調查，要抓緊時間和抓住時機，千萬不要等這些人都死了，人亡藝絕了，再來後悔，再來歎息。調查時，既要採訪筆錄，又要採用現代化的新手段。要有完整的材料，包括文字記錄、繪圖製圖、錄音錄影，要有他們的作品和實物，要有他們的成果。不管這些成果保存在哪裏，非物質文化遺產辦公室應該有權知道它在哪裏，而且有權和能夠調出來。調查所得有關傳承人的一切材料，都屬國家所有，調查結束時，要上交相關主管機構歸檔保存。部分材料編輯成書籍出版和輸入國家和省市級的非物質文化遺產資料庫，做到資料共用。

（二）權益和管理

關於傳承人的權益，北京市文化局社文處、北京市群眾藝術館、北京市西城區文化館編輯的《北京市非物質文化遺產保護工作高級研討班參考資料彙編》（內部資料）中選錄了田文英先生的〈民間文學藝術傳承人的法律地位〉一文，從傳承人的確定、傳承人的權利、私生活和技術祕密的保護權、傳承人權利的保護方式等四個方面做了論述，雖然是個人的思考，但作者所提出和涉及的問題以及所闡述的觀點，頗能啟發思路，值得注意和在制定法律法規時參考。

1. 權益問題

過去我們在民間文學領域裏從事組織和研究工作的人，對傳承人的權益問題，一直是很困惑的，很多事情想解決但解決不了，甚至連思路都不很清晰。譬如，一篇民間故事，有講述者，有記錄者，又有整理者（是否要有整理者，那是另一個屬於學術上的問題），每個環節上的人，各自都有些什麼權益？一是署名權，這比較容易解決。二是一旦發表，稿費該給誰？三是編選成集時的版權問題如何處理？一般雜誌社或出版社發表或採用民間作品，給的稿酬是很低的，按出版署和版權局過去的規定，稿酬也不過是千字十五元到三十元，而在一本民間故事選集裏選了一篇某人講述、某人記錄、某人整理的民間故事，要想找這篇民間故事的講述者、記錄者、整理者十分困難，既費事、費錢（來往信件、電話費等），又費時間，費周折，即使找到了，發表了，充其量也不過是每人得五塊錢，還要付郵費。一首四句頭的歌謠就更困難了。現行的稿費辦法裏，對這些都沒有規定，也就是說，沒有可行的辦法可依。民間作品，不像一本書或一部電影或一首流行歌曲的版權和因版權交易而獲得的報酬那樣優厚。編輯民間文學的選集，本來就如同做一件公益事業，是要把散見在各處的民間文學作品集中起來加以編選，展現中國各民族各地區的民間文化的思想內容和藝術風貌，供給讀者、特別是兒童讀者閱讀，還知識於人民的，不料卻遇到這樣複雜的問題，一想到此，編者往往會望而卻步，不願意做這樣的吃力不討好、徒勞無益的事了。

困難歸困難，但傳承人應該享受一定的權利。版權、署名權等，屬於個人所有的、屬於家族所有的、屬於團體或集體所有的，都應在調查研究的基礎上做出明晰的界定。外國的材料中好像對集體的傳承權有所規定，在某種情況下，集體的傳承權就轉化為國家的傳承權。這些問題，對我們文化工作者來說是陌生的，版權局成立二十多年了，民間作品的版權問題似乎至今也還都沒有明確的說法，看來確有一定難度。

曾經作為聯合國教科文組織保護民間文化政府專家委員會負責人並起草法案的已故芬蘭學者勞里・航柯先生一九八六年來華進行學術交流時，曾這樣介紹聯合國教科文政府專家委員會有關民間文學權益的一些考慮：

> 民間文學並不與版權法體現的思想很合拍。活生生的民間傳說是不斷變化的，因而不可能像文學或藝術作品那樣保存。一個傳說材料表演者，或歌唱者，只能申請他個人表演的版權，至於材料本身，由於很難搞清原作者，直到現在誰都可以利用。然而，如果要使這些材料保留下來以免歪曲、訛誤和庸俗化，就必須採取某種保護措施。日內瓦委員會裁定，版權屬於保持該民俗的團體；如果這個團體已不復存在，版權就屬於國家。這個國家要借助國家檔案館、博物館和研究組織為後代保存這些材料。利用民間文學材料所得的經濟收入的一部分，應交給國內有關組織，如果可能，應交給該民俗的團體。

他還對負責保管和控制使用民間文學採錄資料的團體的責任，做了闡述，並提出：在民間文學文獻中心和檔案館已受到保護的和今後也應受到保護的權利至少有四種：

第一，保護提供材料的人。……採集者的義務是保證這些材料不致因為疏忽或故意而被濫用。採集的材料歸檔後，檔案館則承擔起這一義務。在研究工作中使用這一材料的學者同樣要負擔起這樣的責任。

第二，首次使用權。一般說來，首次使用權是屬於想在採集材料的基礎上進行調查及準備發表文章或出書的採集者。未等採集者在適當的時間內有機會完成自己的計畫，就允許他人用類似的方式使用這些材料是不道德的。

第三，採集者有權期望他放到檔案館的材料，得到妥善保管（如磁帶、膠捲，應採取特別保管措施，複製副本，供人使用和借閱等）。採集者還有權期望對他的材料編出適當的索引，分門別類，從而使資料便於查找使用。

第四，檔案館有權，或者確切地說，有責任控制資料的使用和使用人員。它必須能夠決定用何種方法、為何種目的和在何種條件下才能使用這些資料，換句話說，檔案館必須有自己的工作章程，根據這種章程，通知民間文學資料的使用者在使用這些精神財富中需要注意的問題。

保護民間文學政府專家第二委員會一九八五年巴黎會議的工作文件中承認了這四種權利的存在。[28]

中國民間文學和民間文化的版權法，也因困難很多而被擱置多年。聯合國教科文組織政府專家委員會的各國專家們在一九八五年經過多輪磋商而產生的這四條關於民間文學版權的意見，對我們今後制定非物質文化遺產保護的版權法規定，無疑是頗有參考價值的。

---

28 [芬蘭]勞里・航柯，〈民間文學的保護——為什麼要保護及如何保護〉，見中芬民間文學聯合考察及學術交流秘書出編《中芬民間文學搜集保管學術研討會文集》（一九八六年）（北京：中國民間文藝出版社，一九八八年），頁二七至二八。

2.管理問題

傳承人認定後，隨之而來的便是管理問題。管理上，現在比較分散，政出多門。譬如，手工藝方面的管理，現在是採用產業或商業的管理辦法。非物質文化遺產的管理怎麼做？這是新問題，需要進一步討論研究。管理上，還有一個問題是政治待遇。舉一個例子，據我所知，柯爾克孜族史詩《瑪納斯》主要傳承人居素甫・瑪瑪依，當年從南疆喀什請到烏魯木齊來演唱、錄音、記錄，史詩篇幅太長，一唱就是幾個月、幾年，就在烏魯木齊定居了，鑑於他對民族文化的巨大貢獻，自治區黨委和政府給他一定的政治待遇，他是新疆自治區政協委員。史詩的搜集、記錄、整理、出版，是一個民族一個國家的大事，印度大史詩出版發行時，是由國會舉行儀式的。我們也應對傑出的傳承人較高的待遇。依我個人的看法，按照瑪瑪依對國家的貢獻來說，做一個全國政協委員也是當之無愧的。

管理問題必須有法可依，有法可循。制定相關的法律法規，在法律法規中對傑出傳承人的地位做出界定非常重要，有了明確的界定，執法部門、管理部門才有所遵循。

附記：由於原稿是作者於二〇〇六年四月二十八日在「北京市非物質文化遺產保護工作高級研討班」的講稿，故較多地採用了北京市的材料。此稿在講稿的基礎上做了較大修訂。

（原載《河南教育學院學報》二〇〇六年第五期）

故事家及其研究的文化史地位

一、引言

二〇〇九年，筆者曾就民間故事講述家及其講述活動的研究發表過一個探索性的見解：「在世界民間故事學術史上，二十世紀八十年代中國故事研究有兩大貢獻：第一個貢獻，是先後發現了兩個故事村（河北省藁城縣的耿村、湖北省丹江口市的伍家溝村；九十年代又發現和報導了重慶的走馬鎮）；第二個貢獻，是發現了許多著名的故事講述家，並陸續出版了他們講述的民間作品。」「以往，由於西方民俗學把民間故事只看作是民俗的衍生物，而非獨立的口頭語言藝術作品，故而傳統的民間故事研究，多半也就沿襲西方人開創的研究路子，較多地關注和研究民間故事的類型等，而對民間藝人（故事家、歌手）的個性特點及其對民間作品的創新、增益，則極端忽略。」「中國學者的兩大貢獻，其核心是對故事講述家個性特點的發現與張揚。故事家的藝術風格，在西方民俗學家們的研究中，則常常是缺位的。可惜的是，西方世界對中國學界實在是太缺乏瞭解了，他們似乎並沒有從中國人的發現和主張中得到什麼啟示和教益。」[1]

1 〈劉守華〈民間故事的藝術世界〉序〉（華中師範大學文學院教授文庫）（武漢：華中師範大學出版社，二〇〇九年）。

同樣興起於二十世紀的以美國民俗學家理查・鮑曼（Richard Bauman）為代表的表演理論，在其建構過程中融匯了人類學、語言學、文學批評等的理念和方法，其「口頭藝術是一種表演」的基本理念[2]，關注講述者（演唱者）及其講述（演唱）過程中的表演，多少顯示了向美學研究和綜合研究回歸的傾向，與上述中國民間文學學術界的故事講述家研究有交叉和同質的一面，可以算作是同行者吧。中國的年輕學者閻雲翔於一九八五年七月二十日出版的《民間文學》上發表了〈民間故事的表演性〉，以馬林諾夫斯基一九二六年在特羅布里恩德群島調查記錄的漁民講述的故事、一九五五年孫劍冰在河套地區的烏拉特前旗調查記錄的秦地女講述的九個故事、一九八四年裴永鎮在瀋陽郊區調查記錄的金德順講述的故事這三位搜集者為對象，發現並從理論上概括地提出了民間故事的表演性對故事學建構的重要性。他寫道：「優秀的民間故事家講故事，不僅是一種講述，而且是一種表演；不僅是講述者個人的藝術表演，而且是聽眾參與的集體藝術創作活動。」「重視和研究民間故事的表演性，對於民間故事學的建設具有多方面的意義。例如，通過民間故事的傳承過程，從而促進民間故事的形態學研究；還可以全面瞭解民間故事在社會生活中的作用，從而深化民間故事的社會學研究。但是相比之下，民間故事的表演性對於民間故事的美學研究似乎具有更為重要的意義。因為，歸根結底，『故事不是讀的文學，而是聽的文學』（關敬吾語），只有訴諸於口頭講述，民間故事才有可能成為充滿生機的藝術品。換言之，民間故事的表演過程即是民間故事的藝術表現過程；而藝術表現正是美學研究、同樣也是民間故事美學研究的重要領域。」[3]筆者沒有過細地考察和研究閻雲翔的表演性理論與鮑曼的表演理論之間的關聯性和差異性，而只想指出，鮑曼的表演理論本質上畢竟是從民俗學的角度關注口頭藝術，更多地顯示出的，是其民俗學的而非敘事學的特質，而表演理論對民間故事講述家的講述活動的關注，從一個方面拓展了故事學的疆域和豐富了故事學的研究方法。

2 理查・鮑曼著，楊利慧、安德明譯，《作為表演的口頭藝術》（桂林：廣西師範大學出版社，二〇〇八年），頁二。

3 閻雲翔，〈民間故事的表演性〉，《民間文學》一九八五年第七期，頁三三至三四。

中國民間故事講述家及其講述理論的誕生，至今還只有短短三十年的時間，距離一種學科體系的理論建構，也許還任重而道遠，但它在民間口頭文學敘事規律的探尋上所做出的努力和所達到的成果，是符合中國國情和口頭文學的生存和流變規律的，尤其對當下和今後中國五十六個民族的非物質文化遺產的傳承和傳承人的保護，有著重要的理論價值，無疑是十分珍貴的，值得世界同行們重視。

二、故事講述家作為研究對象的確立

中國的民間故事講述家有多少？二十世紀八十年代巫瑞書研究列出了一百二十七人[4]。劉守華則列出了一百四十一人，而他挑選出來能夠作為研究對象的，即「既發表了相當數量的故事，又做了個人情況介紹的」，只有三十二位[5]。實際上，故事家的數量，當然遠遠不止於這個數字。劉守華在九十年代還做過一次不完全統計，說能講述五十則以上民間故事的故事講述家不下九千人[6]。問題不在有多少，而在於對故事講述家這個群體的素質認識和文化定位。在中國學界，對民間故事講述家的認識，有一個漫長的過程[7]。從一九八〇年代起，中國民間文學搜集者和研究者們開始認識到：記憶故事數量多，又有超拔的講述才能，敘事風格獨特和藝術個性鮮明的民間故事講述人，是一個民族、一個地區

4 巫瑞書，〈民間故事家資料索引（一）〉，見中國民間文藝研究會研究部編《民間文學研究動態》一九八六年第二、三期合刊。

5 劉守華，〈中國民間故事的傳承特點——對三十二位民間故事講述家的綜合考察〉，見所著《比較故事學》（上海文藝出版社，一九八五年），頁三〇〇。

6 據劉守華，〈中國鄂西北的民間故事村伍家溝〉，《民俗曲藝》民俗調查與研究專號第一百一十一期（一九九八年一月）（臺北：財團法人施合鄭民俗文化基金會）。

7 見巫瑞書，〈傳統故事講述家今昔談〉，中國民間文藝研究會研究部編《民間文學研究動態》一九八六年第二、三期合刊（總第十七、十八期合刊）。

的民間故事的主要負載者和傳承者。從此，民間故事搜集和研究的重點，開始由分散搜集、普查思維和記錄文本文學化整理，向尋找優秀故事講述家轉移。對民間文學的傳統理念來說，這無疑是一個飛躍和變革。贊同這一學術理念的一些民間文學搜集者們，相繼在遼寧、山東、湖北、河北、山西五個省份的農村裏，陸續發現了一些能講述幾十個、上百個乃至上千個民間故事的「講手」（魯迅語）[8]——故事講述家，並記錄和出版了這些民間故事家講述的作品專集。

先後出版或編印的故事講述家個人故事專集有：

1.裴永鎮整理《朝鮮族民間故事講述家金德順故事集》（上海文藝出版社，一九八三年）；
2.張其卓、董明整理《滿族三老人故事集》（春風文藝出版社，一九八四年）；
3.傅英仁，《滿族神話故事集》（北方文藝出版社，一九八五年）；張愛雲整理《傅英仁滿族故事》（上、下集）（黑龍江人民出版社，二〇〇六年）；
4.《臨沂地區四老人故事集》（中國民間文藝研究會山東分會編印，一九八六年）；
5.金在權採錄，黃龜淵故事集《天生配偶》（延邊人民出版社，一九八六年）；《破鏡奴》（民族出版社，一九八九年）；金在權、朴昌默整理，朴贊球譯，《黃龜淵故事集》（中國民間文藝出版社，一九九〇年）；
6.楊榮國記錄《花燈疑案》（靳景祥故事集）（中國民間文藝出版社，一九八九年）；
7.王作棟整理《民間故事講述家劉德培故事集新笑府》（上海文藝出版社，一九八九年）；
8.中國民間文藝家協會、青島市民間文藝家協會編《民間故事講述家宋宗科故事集》（中國民間文藝出版社，一九九〇年）；

---

8 魯迅，〈且介亭雜文・門外文談（十）〉，《魯迅全集》第六卷。魯迅說：「這講手，大抵是特定的人，他比較地見識多，講話巧，能夠使人聽下去，懂明白，並且覺得有趣。」

9. 彭維金、李子碩主編《魏顯德民間故事集》（重慶出版社，一九九一年）；
10. 劉則亭，《遼東灣的傳說》（春風文藝出版社，一九九三年）；
11. 范金榮採錄《尹澤故事歌謠集》（山西省民間文藝家協會、山西省民間文學集成辦公室、朔州市民間文藝家協會編印，一九九五年）；《真假巡按》（山西古籍出版社，一九九八年）；
12. 袁學駿主編《靳正新故事百篇》（甘肅人民出版社，一九九五年）；
13. 蕭國松整理《孫家香故事集》（長江文藝出版社，一九九八年）；
14. 于貴福採錄、黃世堂整理《野山笑林》（劉德方口述）（大眾文藝出版社，一九九九年）；
15. 江帆記錄整理《譚振山故事精選》（遼寧教育出版社，二〇〇七年）；
16. 周正良、陳泳超主編，中國俗文學學會、常熟市古里鎮人民政府編《陸瑞英民間故事歌謠集》（學苑出版社，二〇〇七年）；
17. 瀋陽市于洪區文化館記錄整理《何鈞佑錫伯族長篇故事》（上、下兩卷）（遼寧人民出版社，二〇〇九年）等。

這個資料或不完整，有待完善，但可從中看出我們的故事搜集和研究所留下的足印。

要說明的是，在上面所舉第一批被發現的故事家中，傅英仁的情況與其他人有所不同。黑龍江省民間文學工作者們於八十年代初在寧安縣發現了滿族故事家傅英仁，並對他所講述的故事進行了採錄。他的特點是，他有較高的文化水平，不僅能講述，而且也能自己寫定，可以把自己爛熟於心的故事用筆寫下來。他所講述的故事，開始時在《黑龍江民間文學》和《民間文學》雜誌上發表，後來有成書問世。筆者曾親赴寧安他的家中造訪，他的談吐更像是滿族的高級知識份子，他的故事文本，缺乏現場的口述特點而更接近於書面文字。因此，研究故事講述家，他缺乏典型意義。

最早提出和實踐新的學術理念的，是瀋陽部隊《前進報》的青年記者、民間文學搜集研究者裴永鎮。他在一九八一年四月十二日發現了一位從黑龍江無常縣遷居到瀋陽郊區蘇家屯女兒家的八十三歲朝鮮族老太太金德順能講很多朝鮮族民間故事，於是便開始了他的金德順民間故事的記錄工作。他把金德順講述的七十三篇故事和三十三篇故事資料輯為《金德順故事集》一書。通過對金德順故事的採集，裴永鎮形成了一個關於故事家的學術理念：「民間故事的分布就像一條未經探明的原始礦藏帶，它的分布不是平均分布，而是重點分布。具體一點講，民間故事分散、流傳在廣大群眾的口頭上，而通常又是由重點人來記憶保存的，特別是由那些見識多、口才好、記憶力強，又能說善道的優秀故事講述家保存並傳播的。他們既是民間故事的傳播者，又是民間故事的出色的保存者。盡可能系統地搶救他們講述的故事，對繼承和發展優秀的民間文化遺產有著不可忽視的科學意義。現在我們提出，在以往地區普查的基礎上，刻不容緩地優先搶救故事家的故事，是很合時宜的。」[9]裴永鎮搜集整理的《金德順故事集》以及他對故事講述家的這種認識一經發表，在民間文學研究工作者中間便引起了共鳴，也得到了很多人的認同。故事講述家金德順個人專集的出版，把民間故事搜集者們的目光引向了對故事家的關注，並從而導致了學術界對故事家及其個性和故事傳承問題研究浪潮的出現，並逐漸演為一個新的學術取向。

在《金德順故事集》的影響下，經過了差不多一年的醞釀和探索，民間文學搜集者和研究者們陸續發現了並向全國讀者推出了幾位優秀的故事家，他們是：遼寧岫岩的李成明、李馬氏和佟鳳乙，湖北宜昌五峰縣故事家劉德培[10]，沂蒙山區的女故事家尹寶蘭[11]。

9 裴永鎮，〈朝鮮族民間故事講述家金德順和她的故事〉（一九八二年八月），見中國民間文藝研究會遼寧分會理論研究組編《民間文學論集》第一集（中國民間文藝研究會遼寧分會印，一九八三年），頁一六。

10 何伙，〈民間故事大王劉德培〉，《長江日報》一九八四年一月十日；王作棟〈博聞強記，自娛娛人——記民間故事家劉德培老人〉，武漢：《布穀鳥》一九八四年第四期。

11 《民間文學》月刊於一九八五年第十一期首次開闢「尹保蘭講的故事」專輯；同期發表華積慶〈心願，在實現中——記九十一歲高齡的故事家尹張其卓、董明從一九八〇年起用了三年的時間在岫岩縣調查採錄（筆錄加錄音）的李馬氏、李成明和佟鳳乙《滿族三老人故事集》向我們打開了另一扇窗戶。書中選輯李馬氏（女）一百二十篇、李成明（女）四十六篇、佟鳳乙（男）五十二篇。張其卓還寫了一篇〈這裏是「泉眼」——搜集採錄三位滿族民間故事講述家的報告〉作為附錄。她從多年的搜集實踐中得出的結論是：「一是，在經濟發達、現代文明活躍的地區，講述民間故事這種民俗活動，已被其他形式的文化生活所代替了；而在偏僻閉塞的山區，這種民俗活動仍在進行，因為那裏缺乏精神食糧。二是，民間故事雖然產生於民間，並不是每一個生活在民間的人都會講述。往往那些有文化的、注重讀書本的人不會講；而那些不識字的、不為人注目的老太太卻講得滔滔不絕，繪聲繪色。其原因在民間文學是口傳文學，即人民的口頭創作。不識字的人不讀書，思想容易集中在口傳心授上。三是，正像不是每個生活在民間的人都會講故事一樣，不識字的老人也不一定都會講故事。即使能講，大多數也屬於轉述，講起來吃力，數量也少。而民間故事講述家則不同，他那引人入勝的故事情節，熟練的藝術語言，一開始就會把你抓住，使人感到他們的頭腦就是文化財富的海洋。四是，民間故事講述家在村落裏，左右鄰舍、尤其是孩子們中間是有聲望的，孩子們及群眾就是民間故事講述家的推薦人。五是，講述民間故事不是自覺的文學創作，在民間看來，就如同吃飯、穿衣一樣平常，是生活本身的一項有機活動。」[12]

劉德培雖然見多識廣，但也應屬於「沒有走出村的類型故事家」。鄂西北的封閉環境養育了他。王作棟一九八三年發現了他。以後的十年間，劉德培一共講述了五百零八則故事。四十八萬字的劉德培故事集《新笑府》是他的代表作。他講的故事題材十分廣泛，能「隨方就圓，揮灑自如」，富於幽默的風格，但總的來看，以笑話著稱[13]。「以『講經』

保蘭〉一文。

12 張其卓，〈這裏是「泉眼」——搜集採錄三位滿族民間故事講述家的報告〉，《滿族三老人故事集》（瀋陽：春風文藝出版社，一九八四年），頁五七六至五九〇。

13 王作棟，〈劉德培與前輩傳承人〉，《民間文學》一九八七年第九期；王作棟，〈劉德培印象〉，見《新笑府——劉德培故事集》（上海文藝出版社，一九八九年）；李惠芳《新笑府・序》。

出名，並以此為樂的劉老，不論是面對初會面的還是親友熟人，只要人們請他講，他從不推辭，一講就是一串。聽眾忍俊不禁，引出滿屋的笑聲。老人的故事脈絡清晰，語言樸實風趣，結尾巧妙，笑料響亮。他每講一個，往往開頭時不緊不慢，煞尾時緊湊利索；在包袱抖響之後，他就任人們去笑，去回味、議論，自己也樂在其中。」[14]

在新的學術取向初顯成績的情況下，《民間文學》編輯部於一九八五年十二月二十至二十一日召開了有二十位專家參加的「《金德順故事集》和民間故事講述家學術討論會」，第一次把故事講述家的講述活動和所講述的故事作為故事學科的議題來研討。作為主編，筆者在致詞中闡明了編輯部的觀點：「以往我們的主要精力放在了研究用分散的方式搜集的民間故事上，一批故事家的發現，為民間文學的搜集和研究工作開拓了一個新的領域。一個被稱為故事講述家的人，無論在社會生活的經歷方面，還是在藝術造詣和講述的才能方面，都遠遠超出常人，因此故事家所講的故事，有可能涵蓋他（她）所生活與活動的那個地區的故事。」[15]

對故事家的知識結構、講述藝術和文化地位的認識，是由分散的搜集和純文本的研究向新的學術取向的轉換的根據。巫瑞書說：「傳統故事講述家大都見識廣、閱歷多。優秀的民間故事講述家在傳承時，總是結合自己的貧困生活和深切感受，社區周圍群眾的不幸遭遇或社會傳聞，把傳統故事錘鍊加工得更為生動感人，講述的樸實真切而又活靈活現，從而具有更為鮮明的傾向和強大的魅力。見識廣、閱歷多必須通過說話巧、造詣深（能編善講，娓娓動聽）體現出來，才能成為享有盛譽的故事講述家。驚人的記憶力，也是傳統故事講述家獲得成功的經驗之一。」[16]張紫晨說：「傑出的故事講述家一般具有如下的共同特點：一、大都身世比較低下，生活比較窮苦。有的還經過許多坎坷。二、從童年

---

14 王作棟，〈博聞強記，自娛娛人——記民間故事家劉德培老人〉，《布穀鳥》一九八四年第四期；又見劉守華、陳建憲編《故事研究資料選》（中國民間文藝家協會湖北分會編印，一九八九年），頁一五一至一五四。

15 筆者在《金德順故事集》和民間故事講述家學術討論會的開幕詞，見志華〈開拓新的領域——記《金德順故事集》和民間故事講述家學術討論會〉，《民間文學》一九八六年第二期。

16 巫瑞書，〈略談傳統故事講述家〉，《民間文學》一九八五年第七期，頁三五至三七。

起，便是故事迷，對聽故事有強烈的要求和愛好。三、具有極強的記憶力，過耳不忘，複述故事原原本本；講故事引以為樂。四、具有較好的表達能力和創造才能，善於用自身的生活經驗和認識豐富故事，善於運用活的語言及當地民間口承文藝傳統，進行再創作。」[17]

儘管稍後中國故事學會在承德召開的學術會議上繼續把故事家的研究作為研討議題，但材料並沒有發表，因此，我們有理由把《民間文學》編輯部召開的這次學術研討會看作是八十年代故事理論研究路途上的一個站點。這次研討會在下列四個理論問題上有所進展：

（1）故事家講述活動，與故事文本一起，成為故事研究的重要組成部分。

（2）民間故事講述人（傳承者）的個性與民間故事傳承的集體性的關係，故事講述家的個性對故事傳承的貢獻。

（3）民間故事的傳承模式：家族傳承與社會傳承的互補。

（4）採錄方法：尊重故事家的講述，不隨意亂改；故事家的表演納入採錄內容。

三、故事家的講述個性與民間故事的傳承

長期以來，中國民間故事的搜集和研究是分離的。搜集者在現場，他們是故事講述人和講述活動的見證者，但他們的職責只是記錄故事家所講述的文本，然後經過他們的整理（多數以自己的知識和口味將其進行了修改）定稿，成為文學讀物。而研究者，基本上、大多數（不是一切人）是書齋學者，他們很少到講述現場，他們的研究範式，多數把目光

17 張紫晨，〈關於民間故事講述家的傳承活動〉，載《民間文學》一九八六年第二期。

集注在經搜集者記錄下來、整理定稿的文本分析上。在這樣的背景下，內容分析、類型研究、比較研究幾乎成為常見的學術選擇。前面說了，從二十世紀八十年代初中期以來，民間故事講述家及其講述過程闖進了研究者的視野，民間故事的研究範式開始出現了轉折和變化。故事家的講述個性、語言特色、隨機表演、藝術風格、地方色彩、民俗風味，甚至聽眾的現場互動等等突顯出來，民間故事不再是研究者筆下的那些被抽象出來的乾巴巴的枯燥的故事「母題」，也不再是單純的認識社會的民俗資料，而是有個性的、生動的、色彩斑斕的、津津有味的口頭藝術作品。凡此種種，成為研究和解析民間故事繞不過去的重要因素。從而，長期以來我們對民間文學集體性特徵的闡釋，也理所當然地遇到了挑戰。我們不得不重新認識和重新解釋。

（一）故事家的類型

在民間社會（鄉民社會）裏生活與活動著各種各樣不同特點的故事講述家。老百姓的平淡而寂寞的日子裏，須臾不能離開他們，他們能給鄉親們帶來歡樂，帶來知識，帶來樂趣。聽他們講故事的人，各色人等，老年人、青年人、學齡兒童、學前兒童、婦女，各有各的聽眾群。故事家講故事，有時隨興而講，有時看人下菜碟，總之是為鄉親們娛樂解頤，打發漫漫長夜和寂寞的冬天。當然講故事也就傳授了知識。就故事家而論，有喜歡講長本大套的歷史和人物故事的，也有喜歡講捧腹大笑的幽默笑話的；有喜歡講兄弟分家一類生活故事的，也有喜歡講鬼狐成仙一類幻想故事的……。要問這個故事家屬於什麼類，老百姓會感到茫然，他們並不感興趣。倒是到了研究者手裏，不分類就不行。分類，是研究者的需要。在故事家的分類問題上，有很多說法，迄無統一。如家族傳承和社會傳承，口頭傳承與書面傳承或二者相結合[18]，「發揮傳統」的故事家和「守護傳統」的故事家[19]。日本民間文學研究的開山人物關敬吾認為：「對於民間故事傳承者來說，有幾乎沒有出過村的類型者，和不斷地出走旅行者兩種。」[20]在一九八七年十二月山東沂蒙召開的「四老人」故事討論會上各家的論述中，似持後者觀點的為多。相比之下，筆者更趨向於認同關敬吾的分類法。

請容許我用「未走出過本村者」和「走南闖北見多識廣者」來翻譯關敬吾的意思，也許更中國化一些。用以來區分故事講述人的類別屬性，應該是分析和認定他們各自所講故事的個性特點、語言特點、藝術特點、風格特點的一個利器。

像河北藁城耿村的靳景祥、山東青島嶗山的宋宗科、走馬鎮的魏顯德、遼寧的金德順等，應該屬於「走南闖北見多識廣者」這一類的故事家。他們講述的故事，與那些沒有走出過家門的故事家講述的，有很明顯的差別。以靳景祥為例。他所生活的耿村是冀中大平原上的一個古村落，而且是一個古商道上的村落，集市頗大，南來北往，商賈雲集，文化環境不同於一般的農村。他本人一生在外漂泊的時間多，到晉縣學過修鐘錶的手藝，向說書藝人學過說書，在東鹿、晉縣、藁城做飯二十七年，見多識廣。他的故事來源，除了父母傳授之外，主要是在外學藝、做飯、聽書時從社會上所習得，所謂「社會傳承」，這些來自各方的故事，極大地豐富了他的故事貯藏，廣泛地交往，也鍛鍊了他的表達能力[21]。嶗山道士身份的宋宗科，更是一個有別於一般傳統故事家的另類故事講述家。他出生在山東費縣，進過私塾，在臨沂的「德興頤」學過中醫，在雲蒙山的萬壽宮當過道士，在北京白雲觀代理過道長，研究過道教經典、閱覽過皇宮藏

18 劉守華，〈中國民間故事的傳承特點——對三十二位民間故事講述家的考察〉（上海文藝出版社，一九八五年），頁三〇〇至三〇八；〈劉德培與金德順〉，《民間文學》一九八六年第三期。

19 林繼富，《民間敘事傳統與故事傳承》（中國社會科學出版社，二〇〇七年），頁二一七至二二四。

20 [日]關敬吾著，張雪冬譯，《日本民間故事講述家的研究及其展望——從民間故事講述家平前信老人談起・附記》（一九八二年四月三十一日），遼寧民間文藝研究會編《民間文學論集》第三集。

21 參閱袁學駿《耿村民間文學論稿》之頁一一至三八〈耿村文化根〉，頁五六至六八〈故事家本體論・靳景祥〉（中國民間文藝出版社，一九八九年）。

書[22]。真可謂「閱歷豐富，學識廣博」。「他的故事來源，既有從農民中繼承的，也有從古書中轉變來的，所以在他所講述的故事中，不僅故事內容多種多樣，語言風格也大相徑庭。在語言運用上，宗科老人往往根據故事內容和故事中的人物身份來運用自己的敘述語言；講民間生活故事時，則語言樸實生動；講文人或名人故事時，則語言文雅凝煉。由於它在青少年時期學過漁鼓和山東快書，能說唱好多曲藝小段，他所講的故事，也有的是從曲藝轉變過來的，而且在敘述語言上，甚至摻雜著不少戲曲語彙和書面語彙。由於他出身經歷曲折複雜，文化素質較高，語言表達能力強，因此，在故事講述上形成了個人的獨特風格。」[23]

而那些生活在邊遠或偏僻小村裏，一生未走出過村子的故事家，他們的故事世界則又是另一番景象。沂蒙山區的四老人尹保（寶）蘭、胡懷梅、王玉蘭、劉文發，湖北五峰的劉德培、孫家香，山西朔州的尹澤，遼寧的譚振山，應該都屬於「沒有走出過村」的故事家。他們都沒有走出過生活的村子，但他們的生活經歷大不相同，這種不同生活經歷和人生脾性，決定了他們講述的故事，不僅在內容和體裁上各有側重，而且藝術風格各有千秋。這個方面的差異，將在下文裏分析。

以這樣的分類介入故事講述家的分類，對鄉民社會裏的故事家的特點，大體能說得清楚。但細究起來，也不盡然。譬如，男性故事家與女性故事家所講述的故事，其來源、其內容、其風格，也都存在著某些差異。性別與民間故事，不僅是一個分類問題，而且是一個中國學界至今還未予深入研究，甚至未予觸及的大課題，用是否「走出過村子」作為區分的準則，顯然就未必能有圓滿的答案。用是否「走出過村子」作為標準，也不可能解決林繼富在《民間敘事傳統與故事傳承》中提出的「發揮傳統」與「守護傳統」兩種故事家類型所蘊含的內容。只能說，在故事家的類型上，似乎尚未找到萬全的分類法。

---

22 山曼，〈對民間文學發展前景的一種預報——論「宋宗科現象」〉，見《宋宗科故事討論會論文集》（中國民間文藝家協會、青島市民間文藝家協會編印，一九九一年）。

23 王太捷，《宋宗科故事集・前言》（中國民間文藝出版社，一九九〇年）。

（二）故事家講述的共同性與個性

在故事講述家的問題上，烏丙安的論述發表最早，那時，除了外國的（日本的）相關資料外，幾乎還沒有可資借鑑的材料。他在為《金德順故事集》所撰序言（一九八二年五月）裏指出：「（金德順講述的）這些故事優美動人，不僅有鮮明的主題，而且還有講述家富於感染力的語言藝術風格和濃郁的朝鮮族民俗特色。絕大部分故事是完整的，在世界故事類型中是比較典型的。」[24]。金德順所講的故事中，以幻想性故事最具特色。講述故事的現場，往往對講述者產生某種影響，如她常常根據在場的聽眾和場合而選擇講述某類故事或某個故事，而且簡繁也有別。搜集者將其稱做「有針對性」[25]。烏丙安的論述，重點在指出了故事講述家的個人藝術風格。指出金德順講述的故事的語言藝術風格和民俗特色，在當時是帶有倡導性的，因而是重要的。但在他撰文的當時，其他故事家的材料還沒有公布，還缺乏可資比較的其他故事家的鮮活資料，因而他的論述還給人一種「帶著鐐銬跳舞」的感覺，沒有完全放開，沒有把故事講述家的藝術個性這一思想提出來。而承認故事講述家的個性，正是時代的挑戰。

在金德順之後，王太捷從對沂蒙地區發現的「四老人」故事講述活動的觀察和研究中看到，故事講述者們既有共同性，也有個性。他寫道：「由於故事家有基本相同的出身和民間故事本身所具有的基本特徵，所以他（她）們講的故事，才有共同的特徵——思想內容上鮮明的階級性。但是，他（她）們畢竟是具體的某個人，雖然出身基本相同，但具體生活經歷不同，傳授人不同，個人的文化素養及所受教育不同，因此，他（她）們所講的故事，在題材範圍上，語言風格上，講述方式上，也就出現千差萬別，多姿多彩；正是因為這些帶有個性的差異和變化，才構成了故事家講述藝

24 烏丙安，《金德順故事集・序言》（上海文藝出版社，一九八三年）。
25 裴永鎮，〈金德順和她所講的故事〉，《金德順故事集》（上海文藝出版社，一九八三年），頁一至一二。

術的不同風格。」[26]王太捷的觀察，既看到這些鄉村裏的故事講述家，大都有著低下的社會地位和悲苦的人生命運，所以他們對所講述的故事的選擇和故事的基調，都是同情普通人、弱者，鞭打統治者、強者、地主老財，即「思想內容上鮮明的階級性」構成了他們的共同性。臨沂地處山區，交通不便，資訊閉塞，是一個有著豐厚的文化傳統和革命傳統的地區。這四位故事講述家，雖同處大致相同的社會政治、地理自然和文化傳統的環境之中，但由於他們每個人的身世不同、經歷各異，故事也各就有其不同特點。尹保（寶）蘭講述的故事，內容涉及社會的各個方面，但基本的是：窮人、弱者、受欺侮者最後總有好的結局，富人、惡人、統治者最終總要受到應有的懲罰[27]。胡懷梅人生經歷坎坷，她所講的故事圍繞著一種思想：善有善報，惡有惡報。她的處世箴言是：「為男為女在世間，良心行為要當先；為人不懂世間理，枉在世界走一番。」這一思想滲透在她所講的故事中[28]。現在我們有些學者熱衷於形式主義的研究，曲意迴避或抹殺中國民間文學的階級性和社會性，是一種片面的、甚至錯誤的傾向。同時，他也看到了故事講述家們所表現出來的鮮明的個性，正是這些個人獨具的個性，使他們講述的民間故事在題材上、語言風格上、講述方式上千差萬別，多姿多彩，從而構成了各自的藝術風格。試問，沒有鮮明的個性和獨特的風格的口述故事，怎麼能吸引萬千觀眾百聽不厭呢？

（三）區域敘事傳統與個人敘事風格

民間故事比較研究，一般的是把文人文學比較研究的方法和模式，移植到民間故事的比較研究中來，亦即只是做文

---

26 王太捷，〈略談故事家的共同特點及不同的藝術風格——對沂蒙山區三位女故事家的調查〉，見《四位故事家及其作品研討會論文集》（民間文藝論文集刊）（中國民間文藝家協會山東分會編印，一九八七年），頁一四。

27 王全寶，〈尹寶蘭簡介〉，《四老人故事集》（中國民間文藝研究會山東分會編印，一九八六年），頁四四二。

28 靖一民、靖美譜，〈胡懷梅簡介〉，《四老人故事集》，頁四三七至四三九。

本的比較。這樣的比較研究，固然也有一定的價值，但最大的弊端是，拋棄了民間故事的講述過程中對文本形成起著決定性影響的敘事傳統，以及傳承鏈（主要是家族系統）上的文化環境、社會遭遇，講述者個人的經歷、遭遇、眼界、年齡、性格、素養、家庭環境等因素。而這些起著重要影響的因素，往往導致不同的講述者所講述的故事，在內容、結構、觀點、敘事語言和敘事風格上出現很大的差異。

以出現過尹寶蘭、胡懷梅、王玉蘭、劉文發四位故事家的沂蒙山區為例，他們所處的社會環境是差不多的，但他們的題材取向、講述方式和講述風格卻很不一樣。即使一個村子裏有幾個故事家，他們講同一個母題的故事，而各人所講的卻很不一樣，這種差異不僅反映在語言的表達上，甚至反映在對故事中人物和事件的評價上。胡懷梅和尹寶蘭以及遼寧岫岩李馬氏和李成明講述的故事中，都有〈蛤蟆兒〉這個故事，她們的講述在語言上、風格上卻大相徑庭。胡懷梅講述〈蛤蟆兒〉，一開頭就說：「臘月二十四燒紙辭灶，老嬤嬤說：『張灶王，張灶王，年年辭別你上天堂，俺男根女花沒一點，你哪怕是叫俺有個蛤蟆兒呢，俺也成年給你燒香燒紙把頭磕！』果然十個月後，生了個蛤蟆兒呢。」尹寶蘭講的〈蛤蟆兒〉故事，開頭這樣說：「人說這家子行好，冬捨衣，夏捨茶，修橋、疊路積兒，積個『蛤蟆兒』是個蛤蟆。」胡、尹講的故事，開頭都是說行好積德，盼望生兒——哪怕是個蛤蟆兒。兩人用的都是有韻腳的句子，用來交代人物、情節，顯得生動而有趣。

李馬氏的〈蛤蟆兒子〉開頭是這樣的：「有一家兩口子，手腳勤快，心眼也好，可就有一件事不順心：無兒無女。眼看一年年過去了，歲數漸漸大了，老兩口子盼子心更切了。一天，老太太在河邊洗衣服，看見一群癩蛤蟆從石板裏蹦蹦噠噠，出來進去的。不由得長歎一聲：『唉，哪管有個癩疥巴子兒子，在我眼前蹦躂著，也算我沒白活人世一回呀。』說玄真就玄，老太太洗完衣服回去，真就有了孕，懷揣九個月，一生生下個肉蛋子。肉蛋子『嘣』的一聲裂開了。從裏跳出個癩蛤蟆，別看癩蛤蟆長得寒磣，老太太可稀罕得了不得。……」搜集者附記裏說：「李成明的〈蛤蟆兒子〉與李馬氏講的基本相同。所不同的是，蛤蟆在石板底下喊阿媽，老頭便把蛤蟆領回家，成為其兒子。蛤蟆脫下皮變成人形，老兩口看到後，樂得了不得。」

與胡懷梅和尹寶蘭講述的故事相比，李馬氏和李成明講的就是另一個樣子了。儘管蛤蟆兒故事在全國各地流傳廣泛，有著共同的母題和敘事傳統，但具體到不同地區，受到不同地域文化和習俗的影響，使這同一母題的故事出現了不同的敘事文本。生活在臨沭縣的胡懷梅和生活在費縣的尹寶蘭，儘管使用的語言不同，但可以看出，她們的共同基礎，是沂蒙地區的民間敘事傳統。而李馬氏講述的蛤蟆兒故事，不像胡懷梅、尹寶蘭講述的故事情節那樣單純，語言那樣簡練，而是包容了很複雜的故事情節，有很細緻的描寫，可想而知，他們所遵循的共同的基礎，是東北地區的民間敘事傳統和習俗文化。

四、二十一世紀：故事講述家的未來命運

進入二十一世紀，復興中華傳統文化，增強文化軟實力，提高全民族的文化自覺，成為大家的共識。二〇〇二年中國民間文藝家協會啟動了民族民間文化搶救工程。二〇〇三年中國政府啟動了「政府主導，社會參與」的非物質文化遺產保護工程。二〇〇三年聯合國教科文組織通過了〈保護非物質文化遺產公約〉。二〇〇四年中國人大常委會批准了〈公約〉，中國成為第一批締約國。開展非物質文化遺產保護工作八年來，建立了國家、省、地市、縣四級非物質文化遺產名錄，分級對進入名錄的非物質文化遺產進行保護。國家級非物質文化遺產名錄迄今已公布了三批，進入名錄的專案達一千二百一十九項，其中民間文學類一百二十五項，故事類六十一項，計有：

第一批（七項）

白蛇傳傳說、梁祝傳說、孟姜女傳說、董永傳說、西施傳說、濟公傳說、滿族說部。

第二批（二十七項）

八達嶺長城傳說、永定河傳說、楊家將（穆桂英）傳說、堯的傳說、牛郎織女傳說、西湖傳說、劉伯溫傳說、黃初平（黃大仙）傳說、觀音傳說、徐福東渡傳說、陶朱公傳說、麒麟傳說、魯班傳說、八仙傳說、禿尾巴老李傳說、屈原傳說、王昭君傳說、炎帝神農傳說、木蘭傳說、巴拉根倉傳說、北票民間故事、（遼東）滿族民間故事、徐文長故事、嶗山民間故事、都鎮灣故事、盤古神話、邵原神話群。

第三批（二十七項）

天壇傳說、曹雪芹傳說、契丹始祖傳說、趙氏孤兒傳說、白馬脫拖韁傳說、舜的傳說、禹的傳說、防風傳說、槃瓠傳說、莊子傳說、柳毅傳說、禪宗祖師傳說、布袋和尚傳說、錢王傳說、蘇東坡傳說、王羲之傳說、李時珍傳說、蔡倫造紙傳說、牡丹傳說、泰山傳說、黃鶴樓傳說、爛柯山的傳說、珞巴族始祖傳說、阿尼瑪卿雪山傳說、錫伯族民間故事、嘉黎民間故事、海洋動物故事

與其他類別和形態的非物質文化遺產相比，作為非物質文化遺產之一的民間文學的數量實在是太少了，與我們常說的「浩如煙海」不相適應。而且進入名錄的，多數是具有開發潛力的傳說類專案，屬於民間故事類的項目很少，狹隘的民間故事只有爛柯山的故事一個。令人欣喜的是，隨著研究工作的深入和提升，能講述一千零六十七個故事的譚振山受到了重視，「譚振山民間故事」進入了國家名錄。此外，耿村、伍家溝，以及稍後發現的走馬鎮、下堡坪、都鎮灣、古漁雁等故事村落，和北票、遼東六縣、嶗山、邵原等縣的故事和神話，相繼進入了國家名錄，在國家的層面上受到了保護。

非物質文化遺產的保護，關鍵在保護傳承人。為了保護傑出的、代表性的傳承人，國家建立了非物質文化遺產項目代表性傳承人名錄，制定了傳承人申報和認定辦法。由地方上申報，國家聘請專家評審認定，再由國務院批准公布。迄今已公布了三批國家級非遺專案代表性傳承人一千五百五十八人。民間文學的項目代表性傳承人為五十七人，其中民間故事的代表性傳承人是十一位。這十一位傳承人的申報與認定，與研究工作的成績是分不開的，換言之，與地方文化工

作者和專家的工作分不開的。試想，如果沒有基層文化工作者和學者們的發掘和多年的研究與宣傳，也許這些傳承人，至少其中的一部分人，至今也還沒有「浮出水面」呢。他們是：

河北省二人：靳景祥（藁城耿村民間故事）、靳正新（藁城耿村民間故事）。

遼寧省四人：譚振山（新民縣譚振山民間故事）、劉則亭（大窪縣古漁雁民間故事）、愛新覺羅・慶凱（金慶凱）（六個縣滿族民間故事）、劉永芹（喀左東蒙民間故事）。

湖北省三人：劉德方（宜昌夷陵區下堡坪民間故事）、羅成貴（丹江口市伍家溝民間故事）、孫家香（長陽縣都鎮灣民間故事）。

重慶市二人：魏顯德（九龍坡區走馬鎮民間故事）、劉遠揚（九龍坡區走馬鎮民間故事）。

故事家的研究於八十年代異軍突起，至世紀末已是硝煙散盡。名噪一時的南方故事村的伍家溝、北方故事村的耿村，雙雙陷於寂寞蕭條之困境，甚至連線民在網路上提出的詰難和追問，也一直沒有人回應。進入二十一世紀第一個十年，民間文學又時來運轉，遭遇了大好時機，一方面，政府啟動了非遺保護計畫，一方面，學界諸君獨闢蹊徑，拋卻研究室的舒適安逸，開始對一些民間故事家做跟蹤研究，沉潛數年，終於做出了斐然的成績。

江帆對故事家譚振山的研究鍥而不捨，對其做了二十年的跟蹤研究，記錄（或錄音）他的故事，撰寫研究論文，探討譚振山故事的文本敘事和講述活動的文化玄機。她幾乎變成了譚振山家庭中的成員。二〇〇四年她所撰寫的〈民間敘事的即時性與創造性——以故事家譚振山的敘事活動為對象〉[29]，榮獲中國文聯主持的第五屆「中國文藝評論獎」（二

---

29 《民間文化論壇》二〇〇四年第四期。

○○五年）理論文章一等獎。她對自己的追蹤研究做了這樣的自我剖析：「從宏觀上看，對一個民間故事家進行的持續性的追蹤研究，對中國乃至國際民間文學研究均具有重要的學術意義。這是因為，民間故事作為一種口承文學樣式，其基本特徵是以人為載體進行傳承和流動的。對民間故事的研究離不開對其載體的研究，尤其是對這一傳統的積極攜帶者——故事家的研究。民間故事家由於彼此生存環境、經歷、信仰、價值取向不同，性別、年齡、文化、個人資質各異，在其故事活動中，無一例外地體現出各自的風格與特點。……每一位民間故事家所展示給我們的『文化之網』都是獨特的。而對一個故事家進行長時段的追蹤研究，可以使我們真實地把握到這張『文化之網』的一個個網扣是如何編結出來的。」[30]

從二十世紀八十年代中期起就跟蹤記錄和研究沂蒙山區臨沭縣鄭山鄉軒莊子村的女故事家胡懷梅的靖一民，這麼多年來一直沒有中斷過這方面的研究。過去他曾和靖美譜合作寫過〈民間故事家胡懷梅的調查報告〉[31]，成為研究胡懷梅的學者們的主要參考材料。他的一部花費了二十年的三十萬字新著《口頭傳統新檔案》就要問世。他把著作的全文電子檔發給我看，我寫了這樣一句話回贈他：「二十世紀八十年代初中期，中國的文化界把默默無聞的民間故事家推到了文化史上，給他們以文化創造者的身份和地位。靖一民先生就是當時為數並不多的文化人之一。」多年來，作者對這位已經過世了的老婆婆故事家講述的故事，逐字逐句進行深入研究，從口頭傳統研究的角度對這些故事進行了重新整理，添加了詳細的方言注釋，並為每篇故事都撰寫了「整理筆記」。胡懷梅也許早已被鄉民們忘記了，但她卻因靖一民的著作而活著，活在中國民間文藝學史上。施愛東在給他寫的序言裏寫道：「其實，靖一民先生自己就是個故事家。……每則胡懷梅的『錄音整理故事』後面，都有一篇靖一民的『整理筆記』，有些是對胡懷梅故事的補充，有些是異文，有些是語境說明，有些是歷史對照，還有些是靖先生自己對於故事文本或者故事演述的心得體會，他會告訴你故事為什麼這樣講而不那樣講，不同講法各有什麼奧妙。這些筆記體例雖不拘一格，卻篇篇都有閃光之處。靖先生的注釋和整理，絕不

30 江帆，《譚振山故事精選・序》（瀋陽：遼寧教育出版社，二〇〇七年），頁四。

31 靖一民、靖美譜，〈民間故事家胡懷梅的調查報告〉，見《四位故事家及其研討會論文集》（中國民間文藝家協會山東分會編印，一九八七年）。

是止步於訂正字詞，理順文句，讀者很容易從中看出靖先生所花費的時間和精力，他在並不擁有一個學院圖書館的不利條件下，卻翻查了大量的文獻，試圖在歷史和故事之間搭建一座便捷的橋樑，方便讀者理解和認識故事與歷史的關係，他用筆記的形式記錄了一個故事整理者的所思所學所悟。」他以採訪者、記錄整理者的親身經歷，對故事家與整理者的關係所做的學理闡明，對研究故事家與紀錄整理者的關係有參考價值的。

另一個類型的故事傳承人，是周正良和陳詠超筆下的陸瑞英。周正良對陸瑞英的關注始於一九五九年，那年他與路工、張紫晨一起曾對她做過觀察研究；陳泳超也在她身上傾注了多年的觀察研究的心血。陸瑞英是常熟白峁的故事家兼歌手。二〇〇七年，周、陳主編的《陸瑞英民間故事歌謠集》出版，是他們根據陸瑞英講述和歌唱進行記錄和錄音的成果，正文分語體文本、方言文本和錄音光碟三部分。堪稱是一個我們多年來夢寐以求的科學版本。特別值得注意的是，周、陳把陸瑞英認位定為「綜合性傳承人」：「民間文藝的傑出傳承人很多，但是像陸瑞英這樣在故事、歌謠兩方面都具有很有造詣的綜合性傳承人，在漢族地區還很罕見。」[32]情況確如他們所說。就已經發現和得到研究的著名故事家而言，沒有一位是陸瑞英式的「綜合性」的講述者或傳承者。因此，如果說，八十年代民間文學界對民間故事講述家的發現和研究，是中國民間文學理論研究的重要進步和貢獻，那麼，新世紀學者對「綜合性傳承人（講述人）」陸瑞英的發現和研究，無疑稱得上是在民間文學搜集和研究領域裏又一次新的開拓。《集》中收入的故事和歌謠，同樣是以口傳心授的方式傳承延續，同樣是口頭語言藝術的不同體裁，但相比起來，歌謠的文本雖然也有變化，但相對比較固定，而故事，則更多地顯現出講述者的個人風格和藝術個性。多年來在腦際縈繞不去的對「型式」理論無法解決中國故事問題的困惑，在研讀了陸瑞英講述的民間故事之後，茅塞頓開，豁然開朗。作品內容、情節結構、敘事模式、講述風格、審美意象等的研究，仍然是民間文學學科不能棄置的重要內容和課題。

[32] 周正良、陳泳超，〈高亢嘹亮婉轉激越　陸瑞英：吳歌的現代傳奇〉，《人民日報・海外版》二〇〇七年五月十五日。

與江帆、靖一民、周正良和陳詠超的以某個故事家為追蹤研究對象相比，從「問題意識」出發的林繼富的研究則是另一類。他另闢蹊徑，以民間故事家的講述活動與敘事傳統的動態關係為題旨，對巴蜀文化背景下的土家族的多位故事家進行了長達十年的觀察研究，其研究成果以博士論文《民間敘事傳統與故事傳承》的形式面世，所論涉及到並提出了故事傳承和敘事傳統的諸多的學理問題。故事學學理的探索，是林著的一個顯著特點。在此，我願意引用他的導師劉魁立的評價：「說起民間敘事傳統，沒有人敢否定它的存在。因為這一傳統明明白白體現在各個時代乃至每一個講述人的講述活動中，它是『頑固的』，但它又是潛在的，像靈魂一樣是難以描述的；在許多人的著述裏，它往往被擴大成為民間敘事的決定性的甚至是唯一的重要因素。例如，僅僅癡迷於類型學研究的絕對主義者就是最好的例證。另外，也有的學者把傳承人的個性誇大到不適當的地位，忽視了它僅僅是民間敘事傳統中間的一環和一個具體時空中的表現。在這兩種情況下就很難揭示出民間敘事發展進程和現實表現的真諦。繼富的這部著作在民間敘事傳統的問題上進行探索，追求學理的發現，應該說他在這方面已經取得一定的成績，為進一步的深入探索提供了極為有益的思考基礎。」[33]

當然，這些年來，在這個領域裏還出現了一些純粹的理論研究的優秀成果，其學術意義和現實指導作用不可忽視，限於篇幅，就恕不贅言了。

隨著二十一世紀第一個十年的結束，中國農村的現代化步伐急劇加快，農村人口的結構出現了歷史性的變化，原本在漫長的家族血緣社會結構下形成的農村聚落，或多或少出現了解體的趨勢，自給自足的農耕社會逐漸瓦解，作為口頭文學重要題材之一的民間故事的載體，老故事家群體自然老齡化，甚至相繼辭世，民間故事的傳承遭遇到了空前的困境。前面提到，二十世紀九十年代，研究者提供的全國能夠講述五十則故事以上的故事家為九千人。到二十一世紀第一個十年末，記憶並能講述較多故事的人究竟還有多少，沒有人做過統計，二〇〇九年結束的全國非物質文化遺產

33 劉魁立，《林繼富〈民間敘事傳統與故事傳承〉序》（北京：中國社會科學出版社，二〇〇七年）。

普查也未能提供這方面的資料，進入國家級非物質文化遺產三批保護名錄的民間故事代表性傳承人（筆者參加評審時，專家們的共同意見是以能講述四百至五百個故事及其以上者為進入國家級傳承人的門檻）只有十人左右，如今已有四人去世了。省級代表性傳承人無法統計。難道二十一世紀將成為傳統意義上的民間故事、民間敘事的絕唱之期？難道我們今天談論的民間故事講述人，將在我們這個偉大時代裏成為歷史的記憶嗎？

二〇〇九年十月筆者在一篇尚未發表的文章〈非遺：一個認識的誤區〉裏曾就民間文學的傳承人問題說過一點補充性的意見，我願意引出一段作為本文的結尾。

> 如今政府文化主管部門和學界普遍認識到，「非遺」保護的核心在對傳承人的保護，並建立了傳承人名錄制度。一般地說，這是沒有疑問的。在傳統戲劇、傳統曲藝、傳統手工技藝、中醫藥等個人作用顯著的領域，傳承人的意義特別明顯，他們的地位也較為容易確立。關於傳承人的見解，同樣也大體符合民間文學的情況。卷帙浩繁的史詩和近年來發現的許多民間敘事詩，幾乎無一例外地都有演唱藝人在演唱，史詩因藝人的演唱而得以存世。史詩《格薩爾》、《瑪納斯》、《江格爾》等長篇巨製的傳人，已廣為國內外所知。包括我國在內的世界各國，著名史詩藝人對民族文化的巨大貢獻，是毋庸質疑的，那些傑出的演唱藝人得到了社會很高的尊重與榮譽。在民間，唱歌的能手（歌師）也是名聲很大、備受尊崇的。歌仙劉三妹（姐）就是一例。相比之下，說故事的能人——故事講述家，則沒有著名歌手那樣的聲譽。但他們的歷史功績不能、也不會永遠被埋沒於山野。
>
> 改革開放三十年來，中國的情況已經有所改變，我們改寫了中國文化史沒有農民故事家地位的紀錄。各省的民間文學研究者在民間、在底層陸續發現了一些著名的故事講述家，他們當中既有一生未曾出過遠門而只在本鄉本土、語言個性突出、口才超拔的農村老嫗故事講述家，也有見多識廣、博學多才、能言善辯的故事講述者。……一大串男女故事講述家已經知名於世，有的故事家還應邀走出國門，登上了外國大學的學術講堂。

二〇〇七年六月五日公布的〈第一批國家級非物質文化遺產項目代表性傳承人名單〉，認定了民間文學傳承人三十二名。這是一個令人高興的開端。普通農民故事講述家和歌唱家，竟然登上了國家的「非遺」傳承人名單！當然，也有令我們感到遺憾的，就是民間文學的傳承人，只有三十二人，占全部「非遺」傳承人七百七十七名的百分之零點零四！這樣一個比例，無論怎麼說，都是有欠公正的。這是一個令人心痛的比例！也許，我們當初就不應該拿城市裏那些專業從事某種技藝的人一樣的標準，來套農村裏講故事、唱民歌的那些人。他們是在生活極其艱難的環境下，民間文學及其傳統的守護人！他們在講述故事時，在歌唱時，在說笑話時，會忘記他們生活的艱難，忘情於他的講述和歌唱。這就是無產階級革命導師恩格斯說的：「民間故事書的使命是使一個農民做完艱苦的日間勞動，在晚上拖著疲乏的身子回來的時候，得到快樂、振奮和慰藉，使他忘卻自己的勞累，把他的磽瘠的田地變成馥郁的花園。民間故事書的使命是使一個手工業者的作坊和一個疲憊不堪的學徒的寒傖的樓頂小屋變成一個詩的世界和黃金的宮殿，而把他的矯健的情人形容成美麗的公主。但是民間故事書還有這樣的使命：同《聖經》一樣培養他的道德感，使他認清自己的力量、自己的權利、自己的自由，激起他的勇氣，喚起他對祖國的愛。」[34]這也是故事家、歌手們的神聖使命！

有些做基層保護工作的朋友們提出，他們看到，農村裏的故事傳承、民歌傳承，往往並不是靠有名有姓的傳承人來傳承、傳習，而是靠群體、靠社會來承襲的。其實，這是一種誤解。我們心中記得的故事，大半是在孩提時代，依偎在媽媽或奶奶的懷抱裏，無意中聽她們講給自己聽，而後就記住了的。也有的時候，是夏天在樹陰下、冬天在地窖裏，聚精會神地聽那些會講故事的人講的。那既是我們的娛樂，更是我們的啟蒙教育。我們的知識，就是從聽故事、聽唱歌開始的。那些講故事、唱歌者，就是我們今天所說的傳承者，我們每個人的啟蒙老

34 恩格斯，〈德國的民間故事書〉，引自《馬克思恩格斯論藝術》（人民文學出版社，一九六六年），頁四〇一。

師，不過他們或許沒有那麼傑出，或許是因為我們在不經意中給忘記了罷了。我們沒有權利埋沒他們。應該在普查中所做的調查採錄的基礎上，給他們以特別的注意，留下他們的名字、他們的形象、他們的業績以及他們對中華文化的貢獻。

二〇一一年十月六日於北京

附記：本文係為中央民族大學文學與傳播學院於二〇一一年十月十五日召開的「中國民間敘事與故事講述人學術研討會」而撰；發表於《民俗研究》二〇一二年第二期。

往事與新知
——關於故事家和民歌手陸瑞英

二〇〇七年五月十七日，用吳語方言紀錄稿與普通話整理稿對照印刷的《陸瑞英民間故事歌謠集》（常熟市古里鎮人民政府、中國俗文學學會編，周正良、陳泳超主編，學苑出版社）在北京大學舉行首發式。在中國民間文藝學史上以個人講述和吟唱的作品出版文集的，特別是以科學的方法記錄的，為數不多，陸瑞英是這很少的幾位民間故事講述家和歌手中的一位。

陸瑞英是五十年前我在白茆調查採訪過的當地山歌手。舉行陸瑞英作品首發式的那天，我應邀躬逢其盛，當面對陸瑞英和以自己的辛勞與科學研究方法而把陸瑞英推向讀者和學術界的陳泳超、周正良表示了祝賀。這次見面也勾起了我對往事的一些回憶。

一九五八年第一期《紅旗》半月刊上發表了周揚的〈新民歌開拓了詩歌的新道路〉長文，傳達了毛澤東主席關於搜集新民歌的信息（周揚，〈新民歌開拓了詩歌的新道路〉，收入《周揚文集》第三卷（人民文學出版社，一九九〇年），頁一至一二）「近水樓臺先得月」，很快我們便知道了毛澤東主席三月二十二日中共中央成都會議上關於搜集民歌的號召。作為民間文學工作者，那時，對此我們倍感興奮。

毛澤東說：「搞點民歌好不好？請各位同志負個責任，回去以後，搜集點民歌，各個階層，青年、小孩都有許多民歌，搞幾個點試辦，每人發三五張紙寫寫民歌，勞動人民不能寫的，找人代寫，限期十天搜集，會收到大批的民歌，下次會印一本出來。」「中國詩的出路：第一條民歌，第二條古典，在這個基礎上產生出新詩來，形式是民歌的，內容應當是現實主義和浪漫主義的對立統一。……搜集民歌的工作，北京大學做了很多。我們來搞可能找到幾百萬成千萬首的民歌，這不費很多的勞力，比看杜甫、李白的詩舒服一些。」

我所供職的中國民間文藝研究會研究部的職責就是搜集和研究民間文學，在當時的社會政治和思想體制下，毛澤東的號召就是命令。我和《民間文學》編輯部的老編輯鐵肩同志在研究部主任路工先生的帶領下，立即起身冒著料峭的春寒，趕赴山東煙臺的芝罘島去做采風調查。那裏的果農正忙著在蘋果園裏剪枝、澆水、鬆土，我們沒有什麼收穫。於是我和路工又從煙臺轉道到了南京。此時的江南已是春意闌珊。我們在江蘇省文化局局長周邨、省文聯主席李進（夏陽）、宣傳部副部長錢靜人的建議和指導下，來到了著名的吳歌之鄉白茆。

在白茆鄉公所的辦公室裏，縣文化館和鄉文化站的工作人員第一個就把陸瑞英找來。那時，陸瑞英是鄉裏的衛生員，以唱四句頭山歌在當地頗有名氣。在過去白茆塘的山歌對唱中，她曾經被推選為對唱的首席女歌手。她的肚裏不僅貯藏了許多傳統山歌，還有隨機應變的能力，能夠在後援者的支援下臨場即興編創。

從全國來看，此時「大躍進」的形勢已經形成，但農村裏人民公社還沒有誕生，農村的主流建制還是高級合作社，人民公社是七月份以後才陸續成立的。我們是帶著任務下來的：第一是要調查當地新民歌創編的情況，第二是要按毛主席的指示，搜集些新、舊民歌回去。新民歌創編的情況，是由鄉裏的負責人向我們介紹的，而搜集民歌，則主要靠陸瑞英給我們演唱了。

我們聽到的毛主席關於搜集民歌的講話，有不同的版本，根據周揚文章和當時北京文藝界爭先恐後召開的座談會所提供的信息，我們體會，主要是搜集新民歌，即「大躍進」民歌，但也有的說，毛主席還說，舊民歌也要搜集。所以當我們對陸瑞英說要她唱民歌時，她的意識中，也是在完成一項光榮的任務。

在那個狹窄而又光線並不充足的辦公室裏，坐在辦公桌對面的陸瑞英，從「一把芝麻撒上天，肚裏山歌萬萬千；南京唱到北京去，回來還唱兩三年。」之類的「引歌」開始，一路給我們唱下來，既有新民歌，也有舊民歌，但主要的還是當地人耳熟能詳的舊民歌、薅草歌和莳秧歌一類的勞動歌。也給我們唱了幾首「盤歌」；「盤歌」富有知識性和情趣性，語言機敏而曲調高亢，給我們以阡陌山野間的開闊感舒展感。但她沒有給我們唱情歌。我們知道，情歌只適合於在田野裏唱，而不適宜於在家裏和在室內唱，尤其是與我們面對面唱。

她給我們的印象是：性格開朗，會唱很多山歌（田歌），沒有拘束感，唱歌是她抒發內心情感的一個渠道。歌喉也很圓潤，音域開闊，很耐聽。無疑是一個很合適的民間歌手調查對象。可惜的是，後來她唱歌唱壞了嗓子，不能再唱山歌了。那時，我們還不知道她能講故事、善講故事，也沒有發現她的創編才能。她的歌喉關閉之後，其藝術才能轉移到了說故事上。我沒有調查和研究過她的生活史和從藝史，但我堅信，她的由善唱山歌到善講故事的經歷，大體符合那些多才多藝的鄉村藝人的成長規律和民俗藝術規律，這種事例，在別的地方也有過，不同的民俗藝術在民間藝人身上是相通的。

一九五八年赴南方調查採訪新民歌，我所採訪的歌手中，除了陸瑞英外，還有安徽省肥東縣定光鄉山王村的殷光蘭。回京後我寫了一篇〈民間歌手殷光蘭〉，發表在研究部主編、作家出版社一九五八年七月出版的《向民歌學習》一書中。當時還是童養媳的殷光蘭，現在是安徽省著名的非物質文化遺產傳承人。

五十年後的今天與陸瑞英在北大見面時，我懷著一種愧疚的心情，當年為什麼就沒有寫一篇陸瑞英的採訪記呢？陸瑞英講一口吳語，她所唱的山歌，在我這個北方人聽來，無異於聽天書，多有不懂，故而說好由路工（他是浙江慈溪人，說的也是吳語）先生寫一篇採訪記或調查記，但他回京後並沒有寫成文章，倒是促成了中國民間文藝研究會研究部和江蘇省文聯、文化局合作於一九五九年進行的白茆新民歌調查。

那次調查，陸瑞英被吸收為調查組成員。路工於一九五九年六月十二日撰寫的〈江蘇常熟白茆人民公社新民歌調查報告〉，實際上就是一九五八／一九五九年前後兩次調查的綜合成果（見中國民間文藝研究會研究部主編，路工、張紫晨、周正良、鍾兆錦編寫《白茆公社新民歌調查》（上海文藝出版社，一九六〇年），頁一二九至一四八）。

周正良先生也是五十年前因白茆田歌而結緣的老朋友。一九五八年他參與創辦了中國科學院江蘇分院文學研究所，並於一九五八年十月編印了《江蘇民歌參考資料》（第一輯）。這本書裏，選輯了王翼之的《吳歌乙集》（國立中山大學語言歷史研究所民俗學會，一九二八年）、葉德輝編《淮安歌謠集》（同前，一九二九年）、林宗禮和錢佐元編《江蘇歌謠集》第三輯（滬海區：江蘇省教育學院，一九三三年）。

陳泳超在電話裏多少有點羞澀也多少有點遺憾地告訴我，《陸瑞英民間故事歌謠集》首發式本打算在人民大會堂召開的，因為在人民大會堂開會要省部級，而主辦本書首發式的中國俗文學學會級別不夠門檻，不得其門而入，便改在了北京大學英傑交流中心陽光大廳。其實此事純屬偶然，卻讓我這個民研老兵感想良多。在北京大學英傑交流中心舉行這部民間作品的首發式，未必不是一件好事，至少陡增了許多學術的味道，況且其深意也許還遠不止於此。

其一，北京大學是中國歌謠運動的發祥之地。一九一八年一月的一個冬日，劉半農與沈尹默在北河沿散步時的聊天，非常偶然，卻開啟了影響深遠的北京大學徵集近世歌謠的運動；一九一九年八月，劉半農向家鄉江陰的船夫記錄了二十首吳語民歌，後彙為一集《江陰船歌》，被周作人稱為「中國民歌的學術史上的第一次的成績」（周作人《中國民歌的價值——劉半農編《江陰船歌》的序文》，北京：《學藝雜誌》一九一九年第一卷第一號）。

九十年後的今天，在民間文學學科全面進入低潮的二〇〇七年的初夏，又由任教於北大的陳泳超和江蘇省社科院文學研究所的周正良以一部用吳語講述的故事和以吳聲吟唱的吳歌《陸瑞英民間故事歌謠集》，從北京大學英傑交流中心陽光大廳裏發出了一聲新世紀的非物質文化遺產保護的震響。

劉、沈是吳地人，陳、周同樣也是吳地人或在吳地工作多年的學者，前者是在中國社會轉型期衝破黑暗發動歌謠運動，後者則是在學科低潮期以採錄實績和理論方法打破沉寂的振臂一呼，我想，二十世紀之初和二十一世紀之初發生在北大的這兩件事情，也許並非僅僅是歷史的巧合吧。我寄希望於北大英傑交流中心首發式上學者們在新世紀之初發出的聲音，重新燃起中國民間文學學科的雄心。

其二，常熟市的白茆塘水養育了並推出了一個在這裏生活了幾十年、在傳承故事和歌謠上做出了重要貢獻的故事家和歌者陸瑞英。白茆鄉能講故事和善唱民歌的人很多，其中也不乏傑出的人物，多年前我在白茆採訪過的，除了陸瑞英外，還有萬祖祥等。但無可置疑的是，陸瑞英是其中最有特點也最有代表性的一位，她既能唱山歌又能講故事，集民歌手和故事家於一身。如今業經文化部批准為國家級非物質文化遺產代表性傳承人。

周正良和陳泳超把她認定為「綜合性傳承人」：「民間文藝的傑出傳承人很多，但是像陸瑞英這樣在故事、歌謠兩方面都具有很有造詣的綜合性傳承人，在漢族地區還很罕見。」（周正良、陳泳超，〈高亢嘹亮婉轉激越　陸瑞英：吳歌的現代傳奇〉，《人民日報・海外版》二〇〇七年五月十五日。）情況的確如此。二十世紀八十年代在民間文學研究領域裏有兩大領先性的進展和成就：一是故事村的發現；一是故事家的研究。就已經發現和得到研究的著名故事家而言，如東北地區：朝鮮族的金德順、黃龜淵，滿族的傅英仁（寧安）、李馬氏（岫岩）、于春貴（鞍山）、蒙古族的武德勝（喀喇沁佐旗）、譚振山（新民）；華北地區：靳正新、靳正祥（河北耿村）、尹澤（山西朔州）；華東地區：宋宗科（費縣—青島）、尹寶蘭（山東費縣）、胡懷梅（山東臨沭）、王玉蘭（山東蒼山）；華中地區：劉德培、劉德方、李德富、葛朝寶（湖北伍家溝）、土家族孫家香（長陽）；西南地區：魏顯德（重慶走馬鎮）……沒有一位是陸瑞英性的「綜合性」的講述者或傳承者。因此，如果說，八十年代民間文學界對民間故事講述家的發現和研究，是中國民間文學理論研究的重要進步和貢獻，那麼，新世紀學者對「綜合性傳承人（講述人）」陸瑞英的發現和研究，無疑稱得上是在民間文學搜集和研究領域裏是一次新的開拓。

讀《陸瑞英民間故事歌謠集》中收入的故事和歌謠，同樣是以口傳心授的方式傳承延續，同樣是口頭語言藝術的不同體裁，但相比起來，歌謠的文本雖然也有變化，但相對比較固定，而故事，則更多地顯現出講述者的個人風格和藝術個性，在這個領域裏，西方學者創造和完善起來的、目前在中國仍然頗為時興的「型式」理論和方法，則不僅捉襟見肘，乾脆就是無能為力，顯示出了形式主義的研究的局限和蒼白。多年來在腦際縈繞不去的對「形式」理論無法解決中國故事問題的困惑，在研讀了陸瑞英講述的民間故事之後，茅塞頓開，豁然開朗。作品內容、情節結構、敘事模式、講述風格、審美意象等的研究，仍然是民間文學學科不能棄置的重要內容和課題。

在這一領域裏，當代學人（特別是八十年代）所做出的開拓和成就，大大超過了前輩——現代學人，即使在世界民間文學學壇上，也是可以引為自豪的。可惜的是，我們的學界並沒有對自己的成就和建樹給予應有的關注和論述。如果筆者所論不致大謬的話，那麼，在北京大學英傑交流中心發布的《陸瑞英民間故事歌謠集》紀錄文本以及書中幾位學者對陸瑞英其人，以及對她所講述的作品和講述的風格特點的初步分析論述，就顯示了不言而喻的開拓性學術意義。

我已步入老年，缺乏國際學界的新知的補充，見聞十分有限。二十世紀八十年代之前，據認為，前蘇聯學者在故事講述人的研究方面，曾出版過一部著名故事講述家費多索娃的研究著作，走在世界同一學科的前面，得到學界的讚賞。我曾收藏有這部書，改革開放後，我不再研究這個問題，就將此書贈送給了即將成立的臺灣佛光大學。據我所知，至少那個時代，西方並沒有這類研究活態民間故事傳承人方面的研究著作。當代，美國學界的「口頭詩學」和「表演理論」頗為盛行，但我不知道他們是否有對傑出的故事講述者的個案調查與悉心研究問世。而我確信，我們中國學者繼承和發揚自己的民族文化傳統和學術傳統，在民間故事和民歌傳承人的研究方面走在了前面。

國家文化主管部門已經公布了經過認定的包括「民間文學」在內的五個類別的「第一批國家非物質文化遺產項目代表性傳承人」二百二十六名，給學界打開了一個廣泛而未知的領域，筆者期待著學者們在這一領域裏的研究，能交出令人滿意的答卷，為中國民間文學學科的建構提供出一批支柱性的研究著作來。

二〇〇七年九月三十日

附注：陸瑞英演述，周正良、陳泳超主編《陸瑞英民間故事歌謠集》，學苑出版社，二〇〇七年。

故事家劉德方與下堡坪民間故事

回顧中國民間文學的現代學術史，大概沒有人會否認，二十世紀八九十年代是一個在田野調查和學術研究兩方面都呈現出大發展、大繁榮的黃金時期。故事學、歌謠學、史詩學等領域，尤其是少數民族民間文學的調查與研究，都做出了前無古人的成就，給後人留下了豐富的文化學術遺產。具體說到故事學的建構上，故事村和故事家的發現與論說，是中國民間文學學科進入發展和成熟期的兩個標誌性領域，也是中國民間文藝學家們對世界民俗學的重要貢獻。在那個思想解放、意氣風發的新時期，中國的民間文藝學家們，在民間文藝調查、搜集和研究方面，已走在了世界各國同行們的前列。

由於自然環境和社會歷史的多種原因，一直到了現代，鄂西北地區仍然是中國包括民間文學在內的民間文化蘊藏豐富和保護良好的「富礦區」之一，理所當然地應該是一個民間文化生態區，從而在國家層面上得到保護，同時為國際學界所承認。在湖北省境內，以講故事著稱的著名故事家劉德培（五峰縣長樂坪鎮珍珠山村，已故）、羅成貴（丹江口市伍家溝）、孫家香（長陽土家族自治縣都鎮灣）、劉德方（宜昌市夷陵區下堡坪）先後被發現。他們講述的故事的精選本（孫家香，《孫家香故事集》，一九九八年；劉德方，《野山笑林》，一九九九）也相繼公開出版，從而得以其「第二生命」（芬蘭學者勞里・航柯語）在鄂西北以外的更加廣大地區傳播和閱讀。二〇〇七年六月五日，劉德方被國務院認定為「第一批國家級非物質文化遺產項目代表性傳承人」；二〇〇九年五月二十六日，羅成貴和孫家香被國務院認定為「第三批國家級非物質文化遺產項目代表性傳承人」；二〇〇七年六月，劉德方和孫家香同時被中國文學藝術界聯合會、中國民間文藝家協會認定為「中國民間文化傑出傳承人」。

劉德方講述故事的代表作《野山笑林》出版，華中師大劉守華先生當即寄給我一本，使我有機會先睹為快。我從中領略了故事家的深厚的民間文化素養，特別是講述民間故事的才能和駕御語言表達的能力。同時，也引發了我對他這樣一位處於社會下層、生活道路坎坷不平的農民，何以能成就為一位傑出的民間故事講述家做了深度的思考。但與劉德方見面，進行面對面的對話，卻是四年以後的二〇〇三年十一月六日。這一天，我與在華中師範大學參加海峽兩岸民間文學學術研討會的學界朋友一道，從武漢趕赴宜昌夷陵區，在一間會議室裏與他做對視的談話和答問。在我的記憶裏，面對這些長期從事民間文學研究的專家和當地的領導們，劉德方雖然不免有些許緊張，談話間不時插入一些應酬性的語言和政治性的套語，但總體上說，還是比較充分地展示出了他作為一個民間文學講述家的智慧和風範。生長於農村、常年從事體力勞動、與我年齒相仿的他，那不凡的談吐給我留下了頗深的印象。稍後，主持「非遺」保護工作的宜昌市文化局長一行來京向文化部做專案申報準備工作和資料庫工作的彙報，我也被邀與聞其事。席間我曾當面同他們做了交流，對如何保護好劉德方及其所掌握的民間故事及其他民間知識資源，提出了我的個人意見。誠然，劉德方所掌握的民間故事和其他民間知識，在一定程度上代表了下堡坪的民間文化的貯藏和風貌。如果說，對第一批國家級非物質文化遺產項目申報名單中的「伍家溝民間故事」，專家們比較熟悉，除了對其保護現狀有些擔憂甚至非議外，沒有更多的疑問。然而，對「下堡坪民間故事」這個保護項目，則相對比較陌生，而借助於對劉德方其人其藝的瞭解，很自然就大大增加了專家們對「下堡坪民間故事」進入國家級名錄的信心。正如後來事情的發展一樣，「下堡坪民間故事」順利通過專家評審，國務院於二〇〇六年六月二日發布文件，宣布其進入「第一批國家級非物質文化遺產名錄」。次年，劉德方順理成章地被認定為「下堡坪民間故事」（編號：I-16）這個國家級「非遺」保護項目的代表性傳承人。對他而言，這既是對他的肯定，又加重了他肩上的責任。下堡坪民間故事及其傳統能否在他的手上傳承下去，他的責任就顯得很重很重了。

故事講述家的研究，在中國，早已形成了傳統。且不說建國前延安時代對盲藝人韓起祥的研究。建國後不久，孫劍冰先生一九五四年在內蒙古烏拉特前旗中灘調查時，發現女故事家秦地女，搜集到她講述的〈天牛郎配織女〉故事群（《略述六個村的搜集工作》），成為新中國民間文學工作者有口皆碑的經典。進入八十年代以後，遼寧女民間文學工作者張其卓，在岫岩發現滿族三老人故事講述家李成明、李馬氏、佟鳳乙，並對他們追蹤研究。瀋陽部隊民間文學工作者裴永鎮，在黑龍江發現並搜集記錄朝鮮族故事家金德順。山東民間文學工作者靖一民等，在沂蒙山地區發現胡懷梅、尹寶蘭、王玉蘭、劉文發等四老人故事講述家，省裏召開「四老人故事研討會」。青島市民間文學工作者張崇綱等，在嶗山發現故事講述家宋宗科，該市召開「宋宗科故事討論會」，出版論文集。宜昌市民間文學工作者王作棟，發現故事講述家劉德培，並進行研究。宜昌市長陽縣蔡國松，發現女故事講述家孫家香。山西民間文學工作者張余，發現故事講述家尹澤，……都屬於開風氣之舉。我們可以自豪地說，中國民間文學的調查和研究走在了世界的前列。我們做出了西方民俗學家們所沒有做到的業績和成就。

對於民間文化傳承人劉德方的調查研究，中國民間文藝家協會、湖北省民間文藝家協會、宜昌市夷陵區文聯及該區劉德方民間藝術研究會，做了很多及時有效的工作。多次組織專家學者進行調查採訪，熱心而認真地向國家文化部門介紹和推薦。宜昌市夷陵區劉德方民間藝術研究會成立後，在會長彭明吉先生的帶領下，幾年間卓有成效地工作著，先後整理出版了「四書一碟」。即：《野山笑林》、《野山笑林續集》、《郎啊姐》、《奇遇人生》、《劉德方笑話館》。他們的工作成就，為知名專家的深層次研究提供了極為豐富的資料。總之，在聯合國教科文組織和中國啟動的「非物質文化遺產保護」背景下，夷陵區進行的民間文化傳承人的研究，走在了全國前列，充當了「東風第一枝」——引領者的角色。擺在我手頭的這本《諸家評說劉德方》，就是從不同的視角對劉德方其人其藝研究的新成果。該書收錄了許多知名的專家學者論述劉德方的文章，讓讀者看到一位多棱鏡下的國家級非物質文化遺產項目代表性傳承人的風範。

主持編輯該書的宜昌市夷陵區民間藝術研究會，囑我為這本書寫序。我寫了上面的話，就作為序言吧。

二〇一〇年十一月二十二日（小雪）於北京

附記：此文係《諸家評說劉德方》序言（大眾文藝出版社，二〇一一年）。

民俗與民間文學叢書03　AC0025

民間文學的整體研究

作　　者 / 劉錫誠
主　　編 / 林繼富、劉秀美
責任編輯 / 廖妘甄
圖文排版 / 楊家齊
封面設計 / 蔡瑋筠

發 行 人 / 宋政坤
法律顧問 / 毛國樑　律師
印製出版 / 秀威資訊科技股份有限公司
114台北市內湖區瑞光路76巷65號1樓
電話：+886-2-2796-3638　傳真：+886-2-2796-1377
http://www.showwe.com.tw
劃撥帳號 / 19563868　戶名：秀威資訊科技股份有限公司
讀者服務信箱：service@showwe.com.tw
展售門市 / 國家書店（松江門市）
104台北市中山區松江路209號1樓
電話：+886-2-2518-0207　傳真：+886-2-2518-0778
網路訂購 / 秀威網路書店：http://www.bodbooks.com.tw
國家網路書店：http://www.govbooks.com.tw
圖書經銷 / 紅螞蟻圖書有限公司
台北市114內湖區舊宗路2段121巷19號（紅螞蟻資訊大樓）
電話：+886-2-2795-3656　傳真：+886-2-2795-4100

2015年4月　BOD一版
定價：520元
版權所有　翻印必究
本書如有缺頁、破損或裝訂錯誤，請寄回更換

Copyright©2015 by Showwe Information Co., Ltd.
Printed in Taiwan
All Rights Reserved

國家圖書館出版品預行編目

民間文學的整體研究 / 劉錫誠著. -- 一版. -- 臺北市 : 秀威資訊科技, 2015.04

面 ;　公分. -- (民俗與民間文學叢書03 ; AC0025)

BOD版

ISBN 978-986-326-306-7 (平裝)

1. 民間文學 2. 文學評論 3. 文集

815.807　　103023690

讀者回函卡

感謝您購買本書，為提升服務品質，請填妥以下資料，將讀者回函卡直接寄回或傳真本公司，收到您的寶貴意見後，我們會收藏記錄及檢討，謝謝！

如您需要了解本公司最新出版書目、購書優惠或企劃活動，歡迎您上網查詢或下載相關資料：http:// www.showwe.com.tw

您購買的書名：______________________________

出生日期：________年________月________日

學歷：□高中（含）以下　□大專　□研究所（含）以上

職業：□製造業　□金融業　□資訊業　□軍警　□傳播業　□自由業

□服務業　□公務員　□教職　□學生　□家管　□其它_____

購書地點：□網路書店　□實體書店　□書展　□郵購　□贈閱　□其他

您從何得知本書的消息？

□網路書店　□實體書店　□網路搜尋　□電子報　□書訊　□雜誌

□傳播媒體　□親友推薦　□網站推薦　□部落格　□其他__________

您對本書的評價：（請填代號　1.非常滿意　2.滿意　3.尚可　4.再改進）

封面設計____　版面編排____　內容____　文／譯筆____　價格____

讀完書後您覺得：

□很有收穫　□有收穫　□收穫不多　□沒收穫

對我們的建議：______________________________

____

____

____

請貼
郵票

11466
台北市內湖區瑞光路 76 巷 65 號 1 樓

秀威資訊科技股份有限公司 收

BOD 數位出版事業部

....

（請沿線對折寄回，謝謝！）

姓　　名：________________ 年齡：________ 性別：□女　□男

郵遞區號：□□□□□

地　　址：____

聯絡電話：（日）____________________（夜）____________________

E-mail：____